Stephanie Laurens
Una novia esquiva

Cualquier forma de reproducción, distribución, comunicación pública o transformación de esta obra solo puede ser realizada con la autorización de sus titulares, salvo excepción prevista por la ley.
Diríjase a CEDRO si necesita reproducir algún fragmento de esta obra.
www.conlicencia.com - Tels.: 91 702 19 70 / 93 272 04 47

Editado por HarperCollins Ibérica, S.A.
Núñez de Balboa, 56
28001 Madrid

© 2009, Savdek Management Proprietary Ltd.
© 2022 Harlequin Ibérica, una división de HarperCollins Ibérica, S.A.
Una novia esquiva, n.º 14 - 3.3.22
Título original: The Elusive Bride
Publicado originalmente por HarperCollins Publishers LLC, New York, U.S.A.
Traductor: Amparo Sánchez

Todos los derechos están reservados, incluidos los de reproducción total o parcial en cualquier formato o soporte.
Esta edición ha sido publicada con autorización de HarperCollins Publishers LLC, New York, U.S.A.
Esta es una obra de ficción. Nombres, caracteres, lugares, y situaciones son producto de la imaginación del autor o son utilizados ficticiamente, y cualquier parecido con persona, vivas o muertas, establecimientos de negocios (comerciales), hechos o situaciones son pura coincidencia.

® Harlequin, TOP NOVEL y logotipo Harlequin son marcas registradas por Harlequin Enterprises Limited.
® y ™ son marcas registradas por Harlequin Enterprises Limited y sus filiales, utilizadas con licencia. Las marcas que lleven ® están registradas en la Oficina Española de Patentes y Marcas y en otros países.

Imágenes de cubierta: Dreamstime.com.

I.S.B.N.: 978-84-1105-620-5
Depósito legal: M-37183-2021

PRÓLOGO

2 de septiembre de 1822
Carretera de Poona a Bombay

—¡Ul... ul... ul... ul... ul!

Los gritos de guerra de sus perseguidores se acallaron momentáneamente cuando Emily Ensworth y su escolta tomaron a toda velocidad la siguiente curva. Con la mirada fija en la superficie de la carretera de tierra, ella se concentró en azuzar a su yegua para que corriera más deprisa, en huir montaña abajo por la carretera como si su vida dependiera de ello.

Pues sospechaba que así era.

Estaban a medio camino de la carretera que descendía desde Poona, capital de la India, durante los monzones, para el escalafón más alto de los británicos que gobernaban Bombay. La propia Bombay se encontraba todavía a varias horas de difícil ruta. Alrededor de ellos, la habitualmente serena belleza de las colinas con sus majestuosos abetos y cortante aire fresco fue de nuevo rota por los gritos de los jinetes que los perseguían.

Poco antes había podido verlos claramente. Vestidos con sus ropas tradicionales, su seña de identidad era un pañuelo de seda negra atado alrededor de la cabeza y dejando las largas puntas volando al aire como si se tratara de centelleantes espadas, esos hombres los seguían, cabalgando salvajemente.

Sus perseguidores eran sectarios de la Cobra Negra. Había oído las horripilantes historias que se contaban de ellos, y no tenía ningún deseo de aparecer en el siguiente y espeluznante capítulo.

Su escolta, comandada por el joven capitán MacFarlane, y ella habían huido a galope tendido, pero los fanáticos habían conseguido de algún modo acortar la distancia. Al principio ella había confiado en que las tropas, y ella misma, podrían escapar, pero ya no estaba tan segura.

El capitán MacFarlane cabalgaba a su lado. Con la mirada fija en la empinada carretera, ella lo percibió mirar hacia atrás, y un momento después, mirarla a ella. Estaba a punto de espetarle que era una consumada amazona, como ya debería haberse dado cuenta, cuando él miró al frente y señaló.

—¡Allí! —MacFarlane gesticuló hacia su teniente—. Esas dos rocas en el siguiente tramo. Podré contenerlos con otros dos hombres el tiempo suficiente para que la señorita Ensworth y el resto de vosotros os pongáis a salvo.

—¡Yo me quedo con usted! —gritó el teniente por encima de la cabeza de Emily—. Binta y los demás pueden seguir con la *memsahib*.

La *memsahib*, Emily, fijó la mirada en las rocas. Dos altas y voluminosas piedras que enmarcaban la carretera, con la empinada colina a un lado y una caída igualmente empinada al otro. Ella no era ningún general, pero, si bien tres hombres podrían retrasar a sus perseguidores, jamás podrían contenerlos.

—¡No! —Emily miró a MacFarlane sin dejar de galopar—. Nos quedaremos todos, o seguiremos todos.

—Señorita Ensworth —los ojos azules del capitán se clavaron en su rostro, la mandíbula encajada—, no hay tiempo para discutir. Irá con el grueso de la tropa.

Por supuesto ella discutió, pero él no quiso escuchar.

Tan poco caso hizo de sus palabras, que Emily comprendió de repente que el joven sabía que no iba a sobrevivir.

Sabía que moriría, allí en esa carretera, y que no sería una muerte dulce.

El capitán lo había aceptado. Su valentía la impresionó, dejándola sin palabras mientras, tras alcanzar las rocas, se detenían, arremolinándose para escuchar las órdenes de MacFarlane.

A continuación, él alargó una mano, agarró la brida del caballo de Emily y la apartó del grupo.

—Tome —el capitán sacó un sobre acolchado del interior de su chaqueta y lo arrojó en sus manos—. Tómelo, diríjase al encuentro del coronel Derek Delborough. Está en el fuerte de Bombay —los ojos azules se clavaron en los suyos—. Es vital que le entregue esto, a él y solo a él. ¿Lo ha entendido?

—Coronel Delborough —ella asintió aturdida—, en el fuerte.

—Eso es. ¡Y ahora a cabalgar! —él le dio una palmada a la yegua en la grupa.

El caballo dio un brinco mientras Emily guardaba el sobre debajo de su chaqueta de montar y agarraba las riendas con fuerza. Detrás de ella, la tropa se acercaba a gran velocidad, rodeándola mientras proseguían con la huida.

Al tomar la siguiente curva, ella miró hacia atrás. Dos miembros de la tropa estaban tomando posiciones a cada lado de las rocas. MacFarlane estaba soltando a los caballos, gesticulando para que se marcharan.

Una vez superada la curva los perdió de vista.

Tenía que continuar. El capitán no le había dado ninguna opción. Si no llegaba a Bombay y entregaba ese paquete, su muerte, su sacrificio, sería en balde.

Y eso no podía suceder. Emily no podía permitir que sucediera.

Sin embargo, ese hombre era tan joven…

Sintiendo el escozor de las lágrimas en los ojos, parpadeó con rabia para contenerlas.

Tenía que concentrarse en la maldita carretera y seguir cabalgando.

Más tarde ese mismo día
Fuerte de la Compañía de las Indias Orientales, Bombay

Emily miró fijamente al guardia cipayo apostado junto a las puertas del fuerte.

—¿El capitán MacFarlane?

Siendo sobrina del gobernador de Bombay, de visita en casa de su tío desde hacía seis meses, tenía derecho a preguntar y a esperar que le contestaran.

El cipayo palideció a pesar de su piel olivácea. La mirada que posó sobre ella estaba cargada de tristeza y compasión.

—Lo siento mucho, señorita, pero el capitán ha muerto.

Emily ya lo sabía, aun así… bajó la mirada y tragó con dificultad, antes de levantar la cabeza y respirar hondo. Volvió a clavar la mirada, todavía más fijamente, sobre el hombre.

—Deseo hablar con el coronel Delborough. ¿Dónde puedo encontrarlo?

La respuesta había sido que estaba en el bar de oficiales, en el porche acristalado del comedor. Emily no estaba segura de si resultaba aceptable que ella, una mujer, entrara en ese lugar, pero ese detalle no le iba a impedir hacerlo.

Idi, la doncella india que había tomado prestada de entre los empleados de su tío, la seguía de cerca mientras subía las escaleras. Al adentrarse en la penumbra del porche, ella se detuvo para acomodar la vista.

Tras conseguirlo, recorrió con la mirada el porche de izquierda a derecha, registrando el familiar entrechocar de las bolas de billar que surgía de una habitación contigua. Varios oficiales en grupos de dos y de tres se reunían en torno a mesas redondas, y al fondo a la derecha, había un grupo más numeroso. Por supuesto todos se habían dado cuenta de su llegada.

—¿Señorita? —un sirviente se acercó rápidamente.

—Busco al coronel Delborough —Emily desvió la mirada del grupo al rostro del muchacho—. Se me ha informado de que estaría aquí.

—Sí, señorita —el chico asintió repetidamente antes de girarse y señalar hacia el grupo más grande al fondo—. Está allí con sus hombres.

¿Había sido MacFarlane uno de los hombres de Delborough? Emily le dio las gracias al muchacho y se dirigió hacia la mesa de la esquina.

Había cuatro oficiales muy corpulentos sentados a esa mesa. Los cuatro se levantaron lentamente al acercarse ella. Emily recordó que Idi la seguía de cerca y se detuvo para indicarle a la doncella que se sentara en una silla a un lado del porche.

—Espérame allí.

Sujetándose el extremo del sari y cubriéndose el rostro, Idi asintió y se sentó.

Emily respiró hondo y alzó la cabeza antes de continuar la marcha.

Mientras se acercaba observó a los hombres, aunque no sus rostros. No necesitaba mirarlos para saber que sus expresiones serían sombrías. Habían sido informados de la muerte de McFarlane, y casi con total seguridad sabían cómo se había producido, algo que, estaba segura, ella no quería saber. Pero en lo que sí se fijó fue en los cuatro pares de anchos hombros, en busca de los galones de coronel.

Pensó que en el lenguaje coloquial de las damas, esos hombres serían calificados de «impresionantes», con sus anchos torsos, su elevada estatura y ese aire de fuerza física bruta. Le sorprendió no haber visto a ninguno de ellos en los salones que había visitado con su tía durante los últimos meses.

Había otro capitán, más rubio que MacFarlane, y dos mayores, uno de cabello castaño claro... Emily tuvo que arrastrar la mirada hasta el otro mayor, el de cabellos oscuros y revueltos, y finalmente encontró al coronel, supuestamente Delborough. Él también tenía el cabello oscuro.

Emily se detuvo delante de él, fijó la mirada en su rostro y encajó la mandíbula ante las emociones que se desprendían de esa mesa. No podía permitirse que la arrastraran con ellos, que la hicieran caer. Que la hicieran llorar. Ya había llorado bastante al llegar a casa de su tío, y ella no había conocido a MacFarlane como esas cuatro personas, a juzgar por la intensidad de sus expresiones.

—¿Coronel Delborough?

—¿Señora?

—Soy Emily Ensworth, la sobrina del gobernador. Yo… —recordando las instrucciones de MacFarlane, solo debía entregar el sobre a Delborough y a nadie más, miró a los otros tres hombres—. Me gustaría, si fuera posible, hablar con usted en privado, coronel.

Delborough titubeó antes de contestar.

—Cada uno de los hombres sentados a esta mesa es un viejo amigo y colega de James MacFarlane. Trabajábamos juntos. Si el asunto que se trae entre manos conmigo tiene algo que ver con James, le pediría que hablara delante de todos.

El coronel tenía una mirada cargada de agotamiento y tristeza. Un vistazo a los otros tres y a sus rígidas expresiones, muy contenidas, la convenció y asintió.

—De acuerdo.

Había una silla vacía entre los dos mayores. El de cabellos castaños la sujetó para ella.

—Gracias —Emily le sostuvo brevemente la mirada. Tenía los ojos de un color avellana algo más oscuro que los suyos propios.

Ignorando el repentino cosquilleo en su estómago, ella se sentó y dirigió la mirada intencionadamente al frente, encontrándose con una botella de aguardiente casi vacía en el centro de la mesa.

Con un ligero arrastrar de las sillas, los hombres se sentaron de nuevo.

—Comprendo que esto pueda parecerle irregular —ella miró a Delborough—, pero me gustaría tomar un poco de eso…

—Es aguardiente —él le sostuvo la mirada.

—Lo sé.

El coronel le hizo una seña al camarero para que llevara otro vaso. Mientras esperaban, y por debajo de la mesa, ella abrió el bolso y sacó el sobre de MacFarlane.

El muchacho les llevó el vaso, y Delborough le sirvió un poco.

Con una sonrisa torcida, ella aceptó la copa y tomó un pequeño sorbo. El fuerte sabor le hizo arrugar la nariz, pero su tío le había permitido tomar licores de forma experimental, y conocía sus propiedades para infundir valor. Antes de dejar el vaso sobre la mesa tomó otro sorbo más grande. Reprimió el impulso de mirar al mayor de cabellos castaños y fijó su mirada en Delborough.

—Pregunté en la entrada y me lo han contado. Siento mucho que el capitán MacFarlane no consiguiera regresar.

La expresión de Delborough no podría haber sido más pétrea, aunque hizo una inclinación de cabeza.

—Si pudiera contarnos qué sucedió desde el principio, nos ayudaría a comprender.

—Sí, por supuesto —Emily se aclaró la garganta—. Salimos de Poona muy temprano.

Contó la historia con sencillez, sin adornos.

Al llegar al punto en que se había separado del galante capitán, hizo una pausa y apuró el vaso.

—Intenté discutir con él, pero no quiso escucharme. Me apartó a un lado, un poco más adelante, y me entregó esto —ella dejó el paquete sobre la mesa y lo deslizó hacia Delborough—. El capitán MacFarlane me pidió que le entregara esto.

Emily terminó su relato con el menor número de palabras posibles y concluyó:

—Se volvió con unos pocos hombres, y los demás vinieron conmigo.

Cuando dejó de hablar, el inquietante mayor sentado a su izquierda se removió en la silla.

11

—Y usted los envío de vuelta en cuanto se sintió a salvo —habló con delicadeza. Ella se volvió hacia él y le sostuvo la mirada color avellana, y él continuó—, lo hizo lo mejor que pudo.

En cuanto había tenido Bombay a la vista, Emily había insistido en que todos salvo dos hombres de la tropa regresaran a ayudar a sus compañeros. Por desgracia, habían llegado demasiado tarde.

—Hizo lo correcto —Delborough posó una mano sobre el paquete y lo deslizó hacia él.

—No sé qué contiene —Emily parpadeó repetidamente antes de alzar la barbilla sin apartar la mirada del paquete—, no he mirado, pero sea lo que sea... espero que haya merecido la pena, que haya merecido el sacrificio que él hizo —fijó la mirada en la de Delborough—. Lo dejo en sus manos, coronel, tal y como le prometí al capitán MacFarlane que haría —se apartó de la mesa.

Los cuatro hombres se levantaron. El mayor de cabellos castaños le sujetó la silla.

—Permítame organizar una escolta para que la acompañe de regreso a casa del gobernador.

—Gracias, mayor —Emily hizo una elegante inclinación de cabeza.

¿Quién era ese hombre? Sentía de nuevo mariposas en el estómago. El mayor estaba más cerca que antes, y ella no estuvo segura de que esa sensación de embriaguez que sentía fuera debida al aguardiente.

—Buenas noches, coronel —Emily se obligó nuevamente a centrar su atención en Delborough y los otros dos hombres—. Caballeros.

—Señorita Ensworth —todos hicieron una reverencia.

Dándose media vuelta, Emily regresó al porche con el mayor caminando despacio a su lado. Le hizo una seña a Idi, que se apresuró a seguirle el paso.

Ella se fijó en la forzada expresión vacía del mayor antes de aclararse la garganta.

—Entiendo que todos se conocían bien, ¿es así?

—Sirvió con nosotros, a nuestro lado, durante más de ocho años. Era un compañero y un buen amigo.

Emily se había fijado en sus uniformes, pero de repente algo llamó su atención. Miró nuevamente al mayor.

—No son regulares.

—No —él torció los labios—. Trabajamos para Hastings.

El marqués de Hastings, el gobernador general de la India. ¿Ese grupo, y MacFarlane, habían trabajado directamente para él?

—Entiendo —no era así, pero estaba segura de que su tío podría ilustrarla.

Salieron a las escaleras del porche.

—Si no le importa esperar aquí un momento…

No era una pregunta. Emily se detuvo y, con Idi a su lado, observó al mayor levantar una mano para llamar la atención de un sargento cipayo que entrenaba a su tropa en la plaza.

El sargento se presentó enseguida. Con unas pocas palabras, el mayor organizó un grupo de cipayos para escoltarla de regreso a la residencia del gobernador, en el centro de la ciudad.

El innato, aunque discreto, aire de mando, y la atención y buena disposición, incluso entusiasmo, del sargento por obedecer, resultó tan impresionante como la presencia física del mayor.

Mientras los cipayos se apresuraban a formar delante de las escaleras, Emily se volvió hacia el soldado que estaba a su lado y le ofreció una mano.

—Gracias, mayor…

—Mayor Gareth Hamilton, señorita Ensworth —él tomó la delicada mano en la suya, fuerte y cálida. Tras soltarla, se volvió hacia los cipayos, formados en perfecto orden y asintió a modo de aprobación antes de volverse de nuevo hacia ella.

Sus miradas se fundieron.

—Por favor. Tenga cuidado.

—Sí, por supuesto —Emily parpadeó. Su corazón galopaba inusualmente rápido. Todavía sentía la presión de los dedos del mayor sobre los suyos. Tomando un muy necesario aliento, inclinó la cabeza y descendió hasta el polvoriento suelo.

—Buenas noches, mayor.

—Buenas noches, señorita Ensworth.

Gareth permaneció en las escaleras y observó a Emily Ensworth alejarse sobre la tierra quemada por el sol, hacia las enormes puertas del fuerte. Con su piel de porcelana de tono rosado y puro, sus delicados rasgos y suaves cabellos castaños, tenía un aspecto completamente británico, la personificación de las encantadoras damas inglesas que lo había acompañado durante todos sus años de servicio.

Sin duda ese era el motivo por el que sentía que acababa de conocer su futuro.

Pero no podía ser ella, no en ese momento.

En ese momento, el deber lo reclamaba.

El deber, y el recuerdo de James MacFarlane.

Volviéndose, subió las escaleras y regresó al interior.

3 de septiembre de 1822
En mi habitación de la residencia del gobernador, Bombay

Querido diario:

He esperado tanto tiempo, y debo admitir que había adquirido la costumbre de imaginar que jamás sucedería, que ahora que puede que haya sucedido, me siento bastante recelosa. ¿Sería esto a lo que se referían mis hermanas cuando decían que simplemente lo sabría? Desde luego, mi estómago y mis nervios han demostrado ser particularmente sensibles a la presencia del mayor Hamilton, tal y como vaticinaron Ester, Meggie y Hilary, pero ¿hasta qué punto es un indicador fiable?

Por otra parte, da la impresión de que se trata de uno de los habituales trucos del destino. Y aquí estoy, prácticamente fi-

nalizando mi estancia en la India, un viaje emprendido con la intención de ampliar mis horizontes, es decir caballeros casaderos, exponiéndome a más especímenes de diferentes características de manera que mi conocida reluctancia recibiera suficiente información para, por fin, encontrar a alguien que me llamara la atención, y después de todo un día, apenas he conseguido saber su nombre y rango.

No me sirve de nada que la tía Selma permanezca en Poona, demasiado lejos para darme sus consejos, por tanto toda la información que necesito debe llegarme de mi tío, aunque mi tío Ralph suele contestar sin pensar en la motivación detrás de la pregunta, lo cual está muy bien.

Hasta que no averigüe algo más sobre el mayor Hamilton, no podré saber si es «él»… mi «él», el caballero destinado a mí, de manera que mi necesidad más apremiante es averiguar más acerca de él, pero ¿a través de quién?

Además, necesito pasar más tiempo en su compañía, pero ¿cómo?

Debo afanarme en encontrar la manera, solo me quedan unos pocos días.

Y después de todos estos años esperando a que aparezca, después de haber llegado hasta aquí antes de conocerlo, zarpar lejos de aquí y dejar a mi «él» atrás no es ninguna opción posible.

E.

10 de septiembre de 1822
Residencia del gobernador, Bombay

Emily frunció el ceño ante el sirviente indio parado bajo el rayo de sol que iluminaba la alfombra de seda del salón de su tía.

—¿Se marcha?

—Sí, señorita —el muchacho, Chandra, asintió—. Se dice que sus otros amigos y él han dimitido de sus puestos porque están hundidos por la muerte de su amigo el capitán.

Emily se resistió al impulso de sujetarse la cabeza entre las manos y tironear de sus trenzas. ¿Qué demonios estaba haciendo Hamilton? ¿Cómo podía ser su «él» si era tan cobarde como para huir a casa, a Inglaterra? ¿Qué había pasado con el honor y con vengar la muerte de un amigo, un compañero asesinado de la manera más espantosa y horripilante?

La visión de los cuatro hombres alrededor de la mesa del bar de oficiales apareció en su mente y el ceño se hizo más profundo.

—¿Todos, los cuatro, han dimitido?

Cuando Chandra asintió, ella pidió más aclaraciones.

—¿Y todos regresan a Inglaterra?

—Eso es lo que dicen. He hablado con algunos que conocen a sus sirvientes, todos están entusiasmados con la idea de ver Inglaterra.

Emily se reclinó en el asiento tras el escritorio de su tía, y pensó de nuevo en esos cuatro hombres, en lo que había percibido en ellos, recordó el sobre que había dejado en manos de Delborough, y sacudió la cabeza para sus adentros. Ya resultaba difícil aceptar que uno solo de esos cuatro hombres huyera como un cobarde, pero ¿los cuatro? Todavía no iba a perder su fe en Hamilton.

Estaban tramando algo.

Y ella se preguntó el qué.

Tenía previsto embarcarse el dieciocho de ese mes, rumbo a Southampton vía El Cabo. Necesitaba averiguar más sobre Hamilton, mucho más, antes de marcharse. En cuanto estuviera convencida de que no era tan cobarde como sus últimas acciones le hacían parecer, y tras asegurarse de que regresaba a casa, podría, de algún modo, hacer lo necesario para volverse a encontrar con él allí.

Pero antes...

—Quiero que te dediques al mayor Hamilton —Emily devolvió su atención a Chandra—. Averigua todo lo que puedas sobre sus planes, no solo de sus empleados, sino también del cuartel o de cualquier otro sitio al que vaya. Pero, hagas lo que hagas, que no te pillen.

—Puede confiar en Chandra, señorita —la amplia sonrisa del muchacho reveló una blanca dentadura sobre el rostro de caoba.

—Sí, lo sé —ella sonrió.

Lo había descubierto apostando, algo prohibido entre el servicio doméstico del gobernador, pero, al saber que su necesidad de rupias era para pagar la medicina de su madre, había conseguido que le avanzaran el dinero de su sueldo y que su madre, que trabajaba también en la mansión del gobernador, recibiera mejores cuidados. Desde entonces, Chandra había sido su fiel servidor. Además, era avispado, observador, y prácticamente invisible en las bulliciosas calles de Bombay, demostrando ser extremadamente útil para seguir a Hamilton y a los otros tres.

—Una cosa, ¿Hamilton no tiene otros amigos ingleses, solo esos tres oficiales?

—Así es, señorita. Todos llegaron de Calcuta hace unos meses, y no se relacionan con nadie más.

Lo cual explicaría por qué ella no había sabido nada de Hamilton a través del entramado social de Bombay. Asintió hacia Chandra.

—De acuerdo. Hazme saber lo que averigües.

15 de septiembre de 1822
Residencia del gobernador, Bombay

—¿Que se ha marchado? —Emily miró fijamente a Chandra—. ¿Cuándo? ¿Y cómo?

—Esta mañana, señorita. Tomó el balandro con destino a Adén.

—¿Él y sus sirvientes?

—Eso he oído, señorita. Ya se habían marchado cuando llegué.

—¿Y los otros tres? —preguntó ella, la mente le funcionaba a velocidad de vértigo—, ¿ellos también se han ido?

—Solo he podido averiguar dónde estaba el coronel, señorita. Al parecer zarpó esta mañana en el barco de la compañía. A todo el mundo le sorprendió. Nadie sabía que fuera a marcharse tan pronto.

El barco de la compañía era un gigantesco East Indiaman que se dirigía a Southampton vía El Cabo. Ella iba a embarcar en uno igual en pocos días.

—A ver qué puedes averiguar sobre los otros dos, el otro mayor y el capitán —si los cuatro habían abandonado precipitadamente Bombay…

Chandra hizo una reverencia y se marchó.

Emily sintió un inminente dolor de cabeza.

Gareth Hamilton, el que podría ser su «él», había abandonado Bombay por una ruta diplomática. ¿Por qué?

Independientemente de sus motivos, la repentina marcha le dejó una importante pregunta sin respuesta, y una decisión todavía más importante a tomar. ¿Era su «él», o no? Necesitaba pasar más tiempo con él para saberlo. Si quería conseguir ese tiempo, quizás podría seguirlo. Pero tenía que actuar con rapidez

¿Debería seguirlo o dejarlo marchar?

Emily cerró los ojos y revivió los minutos en el bar de oficiales, el único momento en el que había podido juzgarlo. Recordó de una manera sorprendentemente vívida la sensación de sus dedos cerrándose sobre su mano, sintió de nuevo esa extraña aceleración de su pulso, el escalofrío que había activado sus nervios.

Sintió, recordó, revivió.

Soltó un suspiro y abrió los ojos. Había una cuestión que no se podía ignorar.

De todos los hombres que había conocido en su vida, únicamente Gareth Hamilton la había afectado mínimamente.

Únicamente él había acelerado su corazón.

16 de septiembre de 1822
Residencia del gobernador, Bombay

—Buenas noches, tío —Emily entró en el comedor y se sentó a la derecha de su tío. Estaban ellos dos solos. Su tía seguía en Poona, lo cual era una suerte. Desplegó la servilleta y sonrió al mayordomo mientras esperaba a que le sirviera y se apartara de la mesa antes de continuar hablando—. Tengo una noticia que darte.

—¿Y eso? —su tío Ralph la miró con fingida cautela.

—No te preocupes, solo supondrá un pequeño cambio de planes —ella sonrió. Siempre se había llevado bien con Ralph—. Como bien sabes, estaba previsto que embarcara en el barco de la compañía dentro de dos días, pero después de hablar con algunas personas, he decidido que, dado que llegué por esa ruta, debería regresar a casa por otro camino más directo y bonito —agitó el tenedor en el aire—. Podría ver Egipto y las pirámides, y dado que se trata de la ruta diplomática, es poco probable que corra algún peligro y habrá muchas embajadas y consulados a los que acudir en busca de ayuda si algo sucediera.

—A tu padre no va a gustarle la idea —Ralph masticó y frunció el ceño—, pero, claro está, él no lo sabrá, no hasta que estés de nuevo frente a él.

—Sabía que podía confiar en que captarías lo esencial. Realmente no hay ningún motivo para no regresar a casa por ese camino.

—Eso suponiendo que encuentres un pasaje con tan poco tiempo. Tus padres te esperan dentro de cuatro meses, viajando vía El Cairo les darás una sorpresa, siempre que encuentres un camarote —al ver el rostro de su sobrina iluminarse, Ralph lo comprendió—. Doy por hecho que ya lo has encontrado.

—Sí —Emily asintió—, en uno de los balandros que utiliza la compañía normalmente, de manera que el capitán y la tripulación son de confianza.

—Bueno —tras reflexionar sobre las palabras de su sobrina, Ralph asintió—, eres la jovencita más sensata que he conocido jamás, y llevarás contigo a Watson y a Mullins, de modo que supongo que estarás bien —enarcó una ceja—. Entonces, ¿cuándo te marchas?

CAPÍTULO 1

17 de septiembre de 1822
En mi camarote a bordo del balandro Mary Alice

Querido diario:

Como de costumbre, voy a procurar registrar mis pensamientos a las cinco de la tarde cada día, antes de vestirme para la cena. Esta mañana he zarpado de Bombay, y tengo entendido que estamos haciendo un buen tiempo mientras el Mary Alice se desliza a través de las olas hacia Adén.

Y sí, reconozco que es innegablemente osado por mi parte perseguir a un caballero tal y como estoy persiguiendo al mayor Hamilton, pero, como todos sabemos, la fortuna favorece a los atrevidos. Además, incluso mis padres aceptarían la necesidad, pues ellos fueron los que me enviaron a Bombay porque me resistía a elegir a ninguno de los jóvenes que se ofrecían a mí, optando en cambio por esperar a mi «él», tal y como hicieron mis hermanas y, sospecho, mis cuñadas también. Siempre he sostenido que era una cuestión de esperar a que apareciera el hombre adecuado y, si el mayor Hamilton demuestra ser mi hombre adecuado, entonces a la avanzada edad de veinticuatro años dudo que nadie pueda discutir mi elección de perseguirlo.

Claro está, todavía tengo que determinar si es realmente mi «él», pero eso solo podré decidirlo después de volver a verlo.

A propósito de lo cual… él y su grupo me llevan dos días de ventaja.
Me pregunto: ¿cómo de rápido puede avanzar un balandro?
E.

1 de octubre de 1822
En mi camarote a bordo del Mary Alice

Querido diario:

La respuesta a mi última pregunta es: «impresionantemente rápido», cuando todas las velas están izadas. El hecho de que me esté mostrando excepcionalmente encantadora con el capitán, desafiándolo a que demuestre lo rápido que puede avanzar su barco ha supuesto un nada despreciable beneficio. En algún momento de la noche pasada adelantamos al Egret, *el balandro en el que viajan el mayor y sus empleados. Con suerte y vientos a favor, desembarcaré en Adén antes que él, y él no tendrá ningún motivo para sospechar que yo he embarcado para seguirlo.*
E.

2 de octubre de 1822
Adén

—Pero ¿qué…? —Gareth Hamilton estaba de pie en la proa del *Egret* mirando con incredulidad el parasol de color rosa claro que se abría paso entre la multitud del muelle.

Habían seguido a otro balandro de la compañía hasta el puerto, y habían tenido que esperar a que los pasajeros de ese navío, el *Mary Alice*, desembarcaran primero.

El equipaje del mayor, junto con los bultos más pequeños transportados por su reducido aunque eficaz grupo de empleados domésticos: un ayudante personal, Bister, el sirviente interno, Mooktu, un antiguo cipayo, y su esposa Arnia, estaba siendo amontonado en ese mismo instante sobre el muelle de madera, pero esa no era la causa de la consternación, por decirlo suavemente, del mayor.

Se había fijado en el parasol bamboleándose por la pasarela del *Mary Alice*, amarrado casi al final del largo muelle. Había visto a su portadora, una dama vestida en el mismo tono de rosa, que se abría paso entre la multitud. Ella y el contingente de empleados que la seguía de cerca, con un atlético hombre abriendo paso a través de la ruidosa y bulliciosa muchedumbre, tuvieron que pasar junto al *Egret* para dirigirse a la ciudad.

Hasta ese momento no había podido ver el rostro de la portadora del parasol, pero al pasar junto al *Egret*, ella había apartado el parasol a un lado y mirado hacia arriba, y él había contemplado... un rostro que no había esperado volver a ver.

Un rostro que desde hacía semanas, atormentaba sus sueños.

Pero casi de inmediato el maldito parasol había vuelto a su lugar ocultándola de su vista.

—¡Maldita sea! —una parte de su mente le estaba asegurando que no podía ser ella, que estaba viendo lo que quería ver... pero otra parte, una parte más visceral, ya estaba completamente segura.

Dudó, esperando ver de nuevo ese rostro, para asegurarse de que era verdad.

Pero un movimiento entre la multitud más allá del parasol llamó su atención.

Sectarios.

Al mayor se le congeló literalmente la sangre. Sabía que lo estarían esperando, él y su gente esperaban un recibimiento.

Pero Emily Ensworth y sus empleados no se lo esperaban.

Sin pensárselo dos veces saltó por la barandilla y aterrizó sobre el muelle, la mirada fija en Emily.

Se puso en pie con un fuerte impulso, cargando con su cuerpo a través de la multitud. Llegó justo a tiempo para agarrarla y apartarla del cuchillo que uno de los fanáticos había lanzado contra ella.

El respingo de Emily quedó ahogado en la cacofonía de sonidos, exclamaciones, gritos y alaridos. Más personas habían visto la amenazadora espada, pero en el mismo instante en que la multitud se giró para, con gran algarabía, buscar al culpable, los sectarios se desvanecieron. De estatura más elevada que la media, Gareth los vio retirarse. Por encima de las cabezas de la gente, uno de los fanáticos, un hombre mayor y de barba negra le sostuvo la mirada. Incluso a tanta distancia, Gareth sintió la maldad en la mirada del hombre, que a continuación se volvió y fue engullido por la multitud.

—¿Lo seguimos? —Mooktu apareció al lado de Gareth.

Bister ya se había adelantado inspeccionando a la muchedumbre.

El instinto de Gareth le gritaba que los siguiera, que los persiguiera y le diera su merecido a cualquiera de esos fanáticos que pudiera encontrar. Pero… bajó la mirada hasta el rostro de la mujer que todavía sujetaba en sus brazos, las manos cerradas sobre sus antebrazos.

Sin el obstáculo del parasol, pudo contemplar los grandes ojos de color avellana verdoso. Contempló un rostro que era tan perfecto como el que recordaba, pero muy pálido. Estaba aturdida.

Por lo menos no gritaba.

—No —desvió la mirada hacia Mooktu—. Vamos a largarnos de aquí, lejos de los muelles, rápido.

—Reuniré a los demás —Mooktu asintió.

Sin esperar un segundo, el hombre se marchó dejando a Gareth al cuidado de la señorita Ensworth. Delicadamente la dejó de pie, como si fuera de porcelana y pudiera romperse en cualquier instante.

—¿Se encuentra bien?

La calidez, el calor, de las manos del mayor la abandonaron y Emily consiguió parpadear.

—S...sí —sin duda eso era lo más parecido a una conmoción.

Lo cierto era que Emily se sorprendió de no haberse desmayado. El mayor la había agarrado, apartándola del peligro, abrazándola con fuerza, aplastándola contra un costado de su cuerpo. Ese cuerpo sólido, excesivamente cálido, por no decir ardiente.

Emily estuvo segura de que jamás volvería a ser la misma.

—Ah... —¿Dónde estaba el abanico cuando más se necesitaba? Miró a su alrededor, y un sonido llegó de repente a sus oídos. Todo el mundo hablaba en varios idiomas diferentes.

Hamilton no se había movido, firme como una roca en medio de ese mar de humanidad. Emily no se sintió demasiado orgullosa escondiéndose tras él.

Al fin localizó a Mullins, el feroz y canoso exsoldado encargado de su protección, que se acercaba entre la gente. Justo antes del ataque, una oleada de cuerpos lo había empujado hacia delante separándolos, y en ese instante el atacante se había interpuesto entre Watson, su guía, que la seguía de cerca, y ella.

Su gente iba armada, pero tras haber perdido al asaltante en medio del tumulto, habían ido regresando. Mullins reconoció a Hamilton como un soldado a pesar de que no llevara uniforme y elevó una mano hacia la sien en un breve saludo.

—Gracias, señor, no sé qué habríamos hecho sin usted.

Emily se fijó en cómo Hamilton apretaba los labios, y agradeció que no afirmara lo evidente, que de no haber sido por su intervención ella estaría muerta.

El resto del grupo se reunió. Sin necesidad de que se lo pidieran, ella hizo rápidamente las presentaciones: Mullins, Watson, Jimmy, el joven sobrino de Watson, y Dorcas, su muy inglesa doncella.

Hamilton saludó con una inclinación de cabeza antes de desviar la mirada de ella a Watson.

—¿Dónde tenían pensado alojarse?

Hamilton y su gente, un ayudante personal de veintitantos años, aunque con la experiencia grabada en el rostro, feroz guerrero pastún, y su idénticamente feroz esposa, escoltaron al grupo lejos de los muelles y subieron el equipaje de ambos grupos a un carro de madera para continuar por las calles de Adén hasta llegar al límite del barrio diplomático y el discretamente elegante hotel que el tío de Emily había recomendado.

Hamilton se detuvo en la calle frente al edificio, estudiando la fachada atentamente.

—No —sentenció con calma mientras la miraba a ella y luego a Mullins—. No pueden quedarse aquí. Hay demasiadas entradas.

De nuevo estupefacta, y sin que hubiera sido capaz aún de controlar sus sentidos lo suficiente como para poder reflexionar sobre las implicaciones del ataque de los sectarios, Emily miró a Mullins y lo descubrió asintiendo.

—Tiene razón —concedió el hombre—. Una trampa mortal, eso es lo que es —desvió la mirada hacia Emily antes de continuar—, dadas las circunstancias.

—Por lo menos de momento —Hamilton continuó delicadamente antes de que ella pudiese protestar—, me temo que nuestros dos grupos van a tener que permanecer juntos.

Ella se lo quedó mirando.

—Necesitamos encontrar un lugar mucho menos… llamativo —él captó su mirada.

No podía haber nada menos llamativo que la casa del barrio árabe en la que Emily se encontró descansando un rato después. No demasiado lejos de los muelles, y en dirección opuesta a la zona habitada por los europeos, tuvo que admitir que la casa de huéspedes era el último lugar en el que alguien pensaría encontrar a la sobrina del gobernador de Bombay.

Situada detrás de un alto muro de piedra junto a una pequeña calle lateral, la modesta casa estaba dispuesta alrededor de un patio central. Los dueños, una familia árabe, vivían en un ala, dejando las estancias principales y otras dos alas con dormitorios para los clientes.

De momento, los dos grupos eran los únicos clientes. Por lo que había entendido durante las negociaciones, Hamilton había alquilado la casa entera para toda su estancia.

No la había consultado, ni siquiera le había informado de sus intenciones. No le había contado nada en absoluto, simplemente la había conducido a ella y a su gente hasta ese lugar junto con sus propios empleados.

Al parecer allí estaban a salvo, o por lo menos todo lo a salvo que podrían estar.

Las implicaciones del ataque en los muelles al fin se habían hecho evidentes, pillándola por sorpresa. Emily comprendió que había estado muy cerca de morir, lo cual la había despejado bruscamente, y también sacudido. Pero también había generado varias preguntas, preguntas que no podía responder.

Sin embargo, estaba bastante segura de que Hamilton sí podría. En cuanto su gente estuvo instalada y ella se hubo adecentado, se dirigió a la estancia que servía como salón.

Encontró allí a Hamilton, solo, sentado en uno de los largos divanes cubiertos de cojines. Levantó la vista, la vio, y se puso en pie.

Con una sonrisa, Emily se acercó a él y se sentó en el diván que estaba a su izquierda. Frente a ellos las anchas puertas se abrían al patio con su pequeño estanque central y un árbol que ofrecía sombra.

—Yo… —el mayor volvió a sentarse—, espero que tenga todo lo que necesita.

—El alojamiento es adecuado, gracias —no era a lo que ella estaba acostumbrada, pero todo estaba limpio y resultaba lo bastante confortable. Serviría—. Sin embargo —ella fijó la mirada en su rostro—, tengo algunas preguntas, mayor, que espero pueda contestarme. Solo conseguí ver fugazmente a mi atacante, pero lo suficiente como para saber que se trataba de un fanático de la Cobra Negra. Lo que no entiendo es por qué atacarme a mí, o qué hace esa gente aquí, en Adén.

Ante la falta de una respuesta tranquilizadora, Emily prosiguió.

—El único contacto que he tenido con la Cobra Negra fue durante el incidente con el pobre capitán MacFarlane y el sobre que entregué de su parte a su amigo, el coronel Delborough. Doy por hecho que el ataque de hoy está relacionado con ello.

Gareth estudió atentamente su rostro, la expresión decidida, la franqueza de su mirada y, lamentándolo, renunció a la opción preferida de no revelar nada en absoluto. Si ella hubiera sido la típica damisela sin mucho seso... Pero detrás de esos encantadores ojos se agazapaba una mezcla de inteligencia, determinación y sin duda una potencialmente peligrosa curiosidad...

—Sospecho que los sectarios estaban aquí para interceptarme a mí y, sí, está relacionado con el sobre que llevó a Bombay. El único motivo que podrían tener para atacarla sería que la reconocieron, y o bien pensaron que seguía llevando el sobre, o simplemente querían castigarla por su implicación en la pérdida de ese sobre.

—¿Qué contenía ese paquete para que la Cobra Negra lo desee tan desesperadamente?

Tal y como él había pensado, era demasiado lista. Gareth había mantenido la esperanza de ocultar su misión, los aspectos más importantes, pero... esa mirada de color avellana verdoso era demasiado aguda, demasiado decidida. Muchos, ella desde luego, insistirían en que tenía derecho a saberlo, a saber más dado que la secta acababa de demostrar que no tenía intención de ignorar su participación en el asunto. Suspiró para sus adentros.

—Doy por hecho que preferirá que empiece por el principio.

—Así es.

—Cinco de nosotros: Delborough, el mayor Logan Monteith, el capitán Rafe Carstairs, James MacFarlane y yo mismo, fuimos enviados a Bombay por el gobernador general Hastings con instrucciones específicas de hacer lo que fuera necesario para llevar a la Cobra Negra ante la justicia —Gareth se reclinó contra los cojines, la mirada fija, en blanco, sobre la pared de enfrente—. Eso fue en marzo. En pocos meses ya habíamos identificado a la Cobra Negra, pero las evidencias eran circunstanciales, y dadas nuestras sospechas, el caso necesitaba ser irrefutable.

—¿Quién es la Cobra Negra?

Él volvió la cabeza y la contempló. Si se lo contaba... Pero la secta acababa de demostrar que le daba exactamente igual que ella lo supiera o no, y dado que estaba allí con él, que había sido vista con él...

—La Cobra Negra es Roderick Ferrar.

—¿Ferrar? ¡Cielo santo! Por supuesto, lo conozco.

—¿Qué opinión tiene de él?

—No me resulta agradable —ella arrugó la nariz.

—Y no lo es. De modo que sabíamos que era él, pero no teníamos ningún modo de demostrarlo de manera concluyente. Seguimos buscando... Y entonces, mientras James estaba en Poona, adonde había ido para recogerla, se encontró una carta de la Cobra Negra dirigida a uno de sus príncipes a sueldo. Ya habíamos encontrado cartas parecidas, pero esta era diferente. Estaba firmada por la Cobra Negra, pero llevaba el sello personal de Ferrar, el sello de anillo que lleva en el dedo meñique y que no se puede quitar. En cuanto usted nos trajo esa carta, ya tuvimos lo que necesitábamos, y como ya habíamos pedido instrucciones a Inglaterra, sabíamos lo que teníamos que hacer.

El mayor la vio apretar los labios con impaciencia, pero ya había adivinado al menos una parte.

—Tenemos que conseguir que esa carta, la original, llegue al duque de Wolverstone en Inglaterra. Ferrar, por supuesto, hará todo lo que esté en su considerable poder para detenernos. Las instrucciones que recibimos de Wolverstone, él es el cerebro de esta operación, fueron hacer cuatro copias y que cada uno de nosotros trajera una a casa, cada uno siguiendo una ruta diferente.

—Para que a la Cobra le resultara más difícil detenerlos.

—Desaparecido James —él asintió—, solo quedamos cuatro y todos vamos camino de Inglaterra. Solo uno de nosotros lleva la carta original, pero la Cobra no sabe cuál de nosotros es, de modo que tiene que intentar interceptarnos a todos.

—Y usted… —ella lo estudió con la cabeza ladeada. Reflexionó sin apartar la mirada de él antes de continuar—, sospecho que lo que lleva es una de las copias, un señuelo, por así decirlo.

—¿Cómo…? —Gareth se alegró de que no hubiera nadie más en la habitación.

—En el muelle —los labios de Emily se curvaron fugazmente—, usted y sus hombres querían perseguir a los sectarios. De haber estado en posesión de la carta original, no habrían corrido ese riesgo. Se defenderían, no atacarían, harían todo lo posible por no llamar la atención.

—Sí, bueno, pues a partir de ahora estaremos huyendo —él soltó un bufido—. Mis órdenes son claras, tengo que hacer todo lo que pueda para distraer a los sectarios de aquí al Canal, hacer todo lo que pueda para que me persigan, conseguir que la Cobra lance todas las fuerzas que pueda y que tenga en Europa contra mí.

—Sin poner en evidencia que lo que lleva es una copia y no el original —Emily asintió antes de fruncir el ceño—. No llevará la carta encima, ¿verdad?

—No —Gareth no encontró ninguna razón para no decírselo—. Está en uno de esos portarrollos de madera que los indios utilizan para transportar documentos.

—Entiendo —ella volvió a estudiarlo atentamente—. Lo lleva Arnia.

—Es imposible que sea tan obvio —él la miró fijamente.

—Yo se lo confiaría a ella —Emily se encogió de hombros—, pertenece a una tribu de guerreros, una tribu bastante peligrosa, supongo, aunque para los sectarios será prácticamente invisible. Jamás pensarían en ella.

—Watson mencionó que había decidido regresar a casa por tierra —Gareth gruñó, en parte aplacado—, que esperaba poder ver las pirámides y otras cosas de interés por el camino.

—Me pareció buena idea ver algo más del mundo mientras pueda —ella volvió a encogerse de hombros—, y dado que ya estaba en Bombay...

—En cualquier caso, ahora que la secta la ha visto, y que les haría claramente feliz lastimarla, sería más inteligente, por seguridad, unir los dos grupos, al menos hasta llegar a Alejandría —él hizo una pausa antes de continuar—. No creo que Ferrar conociera nuestra misión antes de que abandonáramos Bombay, pero debe haberla averiguado poco después, y ha movido ficha rápidamente para que los sectarios nos adelanten. Tengo la sensación de que nos estaban esperando, vigilando los muelles. Ya estaban allí.

—¿Y eso significa que puede que vayan por delante de nosotros, potencialmente, hasta casa?

—Si yo fuera Ferrar —él asintió—, y en su situación actual, eso es lo que haría. Además, tiene hombres de sobra, lo cual por supuesto es el principal objetivo de mi misión: reducir sus fuerzas.

Emily asintió con expresión pensativa. Al ver que no decía nada, él decidió continuar.

—Entonces, ¿está de acuerdo en que lo mejor es que sigamos camino juntos? ¿Unir nuestros grupos en aras de la seguridad?

Concretamente la de ella.

Para alivio del mayor, ella sonrió.

—Sí, por supuesto. No veo ningún motivo por el que no

deberíamos proseguir juntos. Llevo conmigo a mi doncella, y dadas las circunstancias, mis padres lo aprobarían.

—Excelente —Gareth tenía la sensación de que acababa de quitarse un peso de encima. Y, sin embargo, acababa de asumir toda la responsabilidad de la seguridad de la joven. De su vida. Con los sectarios libres, no estaba exagerando ni un poco.

—Además —ella continuaba sonriéndole—, me impliqué en este asunto al intentar ayudar al pobre capitán MacFarlane, y en vista de su sacrificio me siento obligada a hacer lo que pueda, por poco que sea, para asegurar el éxito de su misión.

La mención de James le recordó al mayor que, en cierto modo, él había ocupado su lugar, asumiendo la responsabilidad que había sido originalmente de su compañero: asegurar que la señorita Ensworth llegara sana y salva a su hogar.

Por un instante tuvo la sensación de que el fantasma de James había aparecido en la habitación. Casi podía ver su despreocupada sonrisa. James había muerto como un héroe. Era brillante y atractivo, unos pocos años mayor que la señorita Ensworth, con lo cual no sería sorprendente que, dadas las circunstancias, la joven tuviera algún sentimiento romántico hacia su amigo fallecido.

Se preguntó si era eso lo que estaba viendo en sus ojos.

Bruscamente, se levantó del diván.

—Debo organizar los turnos de guardia con los demás, toda precaución es poca. La veré para cenar.

—Necesitaremos decidir cómo continuar el viaje —ella inclinó la cabeza.

—Mañana consultaré nuestras opciones. Le informaré en cuanto lo sepa —el mayor echó a andar hacia la puerta.

—Excelente, lo hablaremos por la mañana.

—Por la mañana —él se volvió desde la puerta y asintió.

Gareth echó a andar por el pasillo, recuperando cierta sensación de alivio. La joven se había mostrado de acuerdo con que viajaran juntos. Así sería capaz de mantenerla a salvo. Esa había sido la cuestión crítica. En cuanto había visto al sectario correr hacia ella en el muelle, había comprendido que tendría que mantenerla a su lado, seguramente hasta llegar a Inglaterra, hasta poder dejarla en algún sitio en el que la secta no pudiera alcanzarla.

No era una responsabilidad de la que pudiera escabullirse, entre otras cosas porque su honor no se lo permitiría. Esa mujer se había convertido en un objetivo de la Cobra Negra al ayudarles en la misión y él y sus compañeros, incluido James, estaban en deuda con ella. Si ella no hubiese cumplido con su parte llevando la carta hasta Del, todavía estarían persiguiendo sectarios por la India, y la Cobra Negra continuaría impunemente con su reinado de terror y destrucción.

En cambio, y gracias en gran parte a Emily Ensworth, la Cobra Negra era quien se encontraba persiguiéndolos a ellos.

Lo único que tenían que hacer era mantenerse un paso por delante de los esbirros de ese demonio y todo iría bien.

CAPÍTULO 2

3 de octubre de 1822
Por la mañana.
En una casa de huéspedes en el barrio árabe de Adén

Querido diario:

Anoche me sentía demasiado distraída para escribir. Sospecho que durante mi viaje las aportaciones a este diario pueden variar en función de las circunstancias. ¡Pero vamos con la noticia! En primer lugar, he averiguado que el mayor Hamilton es totalmente inocente de cualquier sospecha de cobardía al regresar a su casa. En efecto, se encuentra en una misión para exterminar a la Cobra Negra y, con ello, vengar a su amigo, MacFarlane. Yo ya tenía la sensación de que el mayor no podía ser un cobarde, ¿cómo iba a serlo mi «él»? Pero debo admitir que no tenía ni idea del nivel de la noble empresa en la que él y sus amigos se han embarcado. Es toda una lección de humildad, y estoy encantada de poder escribir que, gracias a un giro del destino, al parecer yo también voy a poder desempeñar un papel. Por tanto la segunda parte de mi noticia es que vamos a juntar nuestras comitivas, ¡y seguir viaje juntos!

Si bien debo admitir que no me hace ilusión encontrarme con más sectarios, pues son unos fanáticos enloquecidos, sí me siento movida a hacer todo lo que pueda para vengar al pobre MacFarlane dado que, a fin de cuentas, estaba allí y murió allí mientras me estaba escol-

tando. Sin embargo, mi principal motivación al acceder a la petición de Hamilton de unir nuestras fuerzas es mucho más prosaica. ¿Y si la rechazaba y algo le sucediera? ¿Algo que yo podría haber evitado estando con él?

No. Ahora que sé que no es ningún cobarde, de hecho es todo lo contrario, y que la oportunidad de ayudarlo se ha cruzado en mi camino, si, a tenor de mi creciente sospecha dada la tormenta sensorial que sigue provocando en mí, es mi «él», entonces es indiscutible que yo continúe a su lado.

Dicho lo cual, estoy escribiendo esta mañana tras haber averiguado que dispongo de tiempo libre. Me levanté fresca y descansada, y salí de mi habitación dispuesta a discutir con él la continuación del viaje, tal y como pensaba que habíamos acordado, pero él ya había abandonado la casa. Al parecer su concepto de «mañana», es antes de las ocho, lo cual no es una buena noticia para comenzar nuestro viaje en común.

E.

Gareth regresó a la casa de huéspedes al mediodía junto con Mooktu. Intercambió algunas palabras con Mullins, que se encontraba en su turno de guardia a la entrada del muro, cruzó la puerta y encontró a Bister afilando espadas y diversos cuchillos junto al estanque del patio.

Bister, un muchacho del barrio obrero de Londres, que se había unido a Gareth el año anterior en la campaña de la Península, y había permanecido desde entonces con él, levantó la mirada.

—¿Nos pondremos pronto en marcha?

—Mañana por la noche es lo más pronto posible —Gareth asintió y miró hacia la casa—. ¿Todo tranquilo por aquí?

—Eso parece —Bister regresó a la piedra de afilar—. Pero la dama está en el salón, creo que lo está esperando. Lleva un buen rato caminando enérgicamente.

A Gareth no le sorprendió saber que la señorita Ensworth estaba ansiosa por conocer los arreglos.

—Hablaré con ella ahora, le daré la noticia. Tú puedes contárselo a los demás. Nos marchamos mañana con la marea de la noche.

Bister asintió.

En lugar de utilizar la puerta principal, Gareth se dirigió a la puerta que daba al salón. Se detuvo en la entrada y, cuando su cuerpo dibujó una sombra en la habitación, la señorita Ensworth, que en efecto estaba caminando de un lado a otro, se giró bruscamente.

—¡Ah, es usted!

—Sí —el mayor frunció el ceño para sus adentros ante el tono empleado por la joven, no muy seguro de qué emoción escondía—. Tengo vigilantes en la puerta y en el patio, no hay motivo para pensar que los sectarios puedan entrar aquí.

—Ese pensamiento ni siquiera había pasado por mi mente —ella lo miró.

Entonces no era miedo. Antes de poder elaborar su siguiente comentario, ella continuó.

—Le estaba esperando para discutir la continuación del viaje.

—En efecto —quizás no fuera más que impaciencia. Había cierto tono seco en sus palabras que le hacían pensar en brazos cruzados y pies dando golpecitos en el suelo. Dado que la joven seguía de pie, él también permaneció así—. Nos marchamos mañana por la noche con la marea. Habría preferido irnos antes en algún barco rápido, pero esa era la mejor opción —fijó su mirada en los ojos verdosos, cada vez más abiertos—. Me temo que iremos en una barcaza, de modo que el trayecto por el estrecho hasta el mar Rojo será lento, pero, en cuanto lleguemos a Mocha, deberíamos poder alquilar una goleta que nos lleve a Suez.

El mayor no podría jurarlo, pero le pareció que la joven tenía la mandíbula desencajada.

—Ya lo ha dispuesto todo.

No hacía más que afirmar lo obvio, pero en un tono de voz extrañamente distante.

Él asintió, crecientemente inquieto, inseguro de cuáles eran los pensamientos de esa mujer. Inseguro de ella.

—Tenemos que marcharnos lo antes posible, de modo que...

—Yo creía que íbamos a discutir nuestras opciones.

Gareth rememoró la conversación de la tarde anterior.

—Dije que evaluaría nuestras opciones, y que se lo comunicaría en cuanto lo supiera. La barcaza es nuestra mejor opción para escapar de los sectarios.

—¿Y por qué no ir a caballo? —ella alzó la barbilla—. La gente va a Mocha a caballo, es la ruta habitual para los correos. Y, sin duda, es mejor estar en movimiento que atrapados en un, si lo he entendido bien, navío de avance lento.

Aquello era cierto, pero... ¿Estaba discutiendo con él?

—La carretera que va a Mocha atraviesa el desierto y unas colinas rocosas, ambos lugares habitados por bandidos con los que los gobiernos tienen acuerdos para que dejen pasar a sus correos. Y esa es la ruta que los sectarios esperan que tomemos. Nos pisarán los talones en cuanto abandonemos la ciudad o, peor aún, nos esperarán en algún paso. No me cabe duda de que será una excelente amazona, y toda mi gente son jinetes expertos, pero ¿qué me dice de su doncella, y Mullins y Watson? ¿Serán capaces de seguirnos durante una enloquecida persecución?

Ella le sostuvo la mirada antes de entornar lentamente los ojos. Sus labios formaban una fina línea.

El momento se hizo eterno. Él no estaba acostumbrado a consultar nada con nadie, estaba acostumbrado a estar al mando. Y, si iban a viajar juntos, esa mujer iba a tener que aceptar que solo podía haber un jefe.

Se estaba preparando para la batalla cuando, para su sorpresa, la expresión de la joven cambió, aunque él no habría podido describir exactamente cómo, y asintió. Una vez.

—De acuerdo, la barcaza pues.

A lo lejos se oyó una campana que llamaba a la comida.

Para mayor sorpresa e inquietud del mayor, por no mencionar su incomodidad, ella le sonrió resplandeciente.

—¡Excelente! Me muero de hambre. Y, dado que ya hemos concretado nuestro medio de transporte, podemos empezar a reorganizar el equipaje.

Emily se dio media vuelta y, con la cabeza muy alta, encabezó la marcha.

Él la siguió más bien despacio, la mirada fija en la espalda de la joven, la sensación de perplejidad. Debería sentirse contento de que ella hubiera accedido. Se dijo a sí mismo que así era, pero también sentía...

Hasta que no estuvo tumbado en la cama aquella noche no encontró la palabra exacta para describir cómo se sentía sobre esa conversación.

Complacido.

Gareth soltó un bufido, se giró en la cama y se tapó hasta los hombros con la sábana. No estaba preocupado, Emily aprendería.

4 de octubre de 1822
Todavía en Adén, en la casa de huéspedes

Querido diario:

Dentro de unas pocas horas iniciaremos la primera parte de nuestro viaje a casa juntos y, en cuanto nos hayamos marchado, él, Gareth, el mayor Hamilton, ya no podrá enviarme de vuelta. Estuve a punto de explicarle que yo no era uno de sus hombres y que por tanto no debería asumir que simplemente aceptaré cualquier decisión que él tome, pero recordé a tiempo que en Adén estamos al alcance de los barcos de la compañía. Si se le metiera en la cabeza que mi compañía es demasiado complicada o, como diría él mismo, demasiado peligrosa, entonces no sería extraño que contratara un balandro y me hiciera embarcar junto con mi séquito, bien de regreso a Bombay o hacia el Cabo, para que luego pudiera tomar un barco regular a casa.

Por tanto cambié bruscamente el tono. Dada mi necesidad de sa-

ber más de él, la oportunidad de compartir el viaje a casa, el contacto diario y la proximidad, es demasiado buena para dejarla escapar.

Cierto que esa costumbre de mandar está tristemente arraigada en él, pero ya le dejaré clara mi opinión al respecto más adelante.

Pensándolo bien, no podría haberlo planeado mejor. Qué ironía deber esta oportunidad para confirmar y, con suerte y con el tiempo, amarrar a mi «él», el único caballero para mí, a ese horrible demonio de la Cobra Negra.

E.

Regresaron a los muelles con el sol convertido en una brillante bola de fuego sobre el mar. El ángulo bajo de la luz que se reflejaba en las olas dificultaba reconocer a la gente. Gareth confiaba en que los sectarios mantuvieran los pañuelos de seda negra atados a la cabeza, su único rasgo fácilmente identificable.

Miró a Emily, que caminaba ágilmente a su lado. Ante su sugerencia, se había puesto un vestido de color pardo y el parasol estaba a buen recaudo en el equipaje. A esa hora, todas las personas que había en los muelles caminaban con determinación, todos los navíos dispuestos para aprovechar la marea de la noche, de modo que su avance rápido no desentonaba del de los demás.

Lo que sí podría haber llamado la atención de un agudo observador era el modo en que él, y los otros hombres del pequeño grupo, observaban constantemente a la multitud, pero eso era inevitable. Los sectarios sin duda estarían en los muelles

Había conseguido no pensar demasiado en Emily, en un aspecto personal. Seguía intentando que su mente se adaptara y la etiquetara como señorita Ensworth, preferentemente acompañándolo de las palabras «la sobrina del gobernador», para más seguridad, pero su mente tenía otras ideas. Caminando por el muelle donde unos pocos días antes la había salvado de la daga de un asesino, era incapaz de ignorar su presencia, su cuerpo, delgado, cálido y con curvas, moviéndose elegantemente a su lado.

La deseaba tener mucho más cerca, por lo menos su mente

y su cuerpo así lo hacían. Los dos recordaban, recreaban, las sensaciones de los instantes en los que la había sujetado protectoramente contra su cuerpo.

Ese instante en el que algo profundamente enterrado en su interior había aflorado a la superficie y rugido: «mía».

El mayor sacudió la cabeza en un esfuerzo inútil por disipar la distracción.

—¿Qué pasa? —preguntó ella levantando la mirada.

No podía reprocharle su concentración, los ojos abiertos, alerta. El mayor miró hacia los barcos.

—Me estaba preguntando dónde estarán los sectarios. No he visto a ninguno —señaló hacia una barcaza cercana—. Esa es la nuestra.

Ella asintió bruscamente y se dirigió directamente hacia la pasarela adecuada.

Pero él la agarró del brazo y la detuvo.

—Espere —le hizo una seña a Bister, quien asintió rápidamente y subió la pasarela corriendo. Jimmy, el sobrino de diecisiete años de Watson, le pisaba los talones.

—Todo despejado —anunció Bister tras reaparecer dos minutos después.

Tardaron diez minutos en conseguir embarcar todos y subir el equipaje. El capitán asintió benévolamente, la tripulación los recibió sonriente.

Por toda la barcaza se gritaban órdenes, se lanzaban cuerdas, y por fin estuvieron en marcha.

La barcaza avanzaba lentamente, moviéndose pesadamente ante la creciente y rápida corriente. Siendo uno de muchos, el resto de los barcos les proporcionaba una protección adicional. Para alivio de Gareth, las tres mujeres, Emily, su doncella Dorcas, y Arnia, se habían retirado, sin que hiciera falta pedírselo, a los camarotes dispuestos a lo largo de la barcaza. Watson también había entrado, llevándose a Jimmy con él y dejando a Gareth, Mooktu, Bister y Mullins montando guardia.

Encontraron todos los posibles puntos donde ocultarse, pero la barcaza llevaba poca carga aparte de la de sus pasajeros.

Gareth había esperado que, al programar su marcha en el último minuto posible de la marea, aunque los sectarios los hubieran visto, como estaba seguro de que había sucedido, no tendrían tiempo de embarcar tras ellos hasta que pasaran por lo menos otras doce horas, si no más.

Llegados a ese punto, un adelanto de un día era todo lo que podían esperar.

Se alejaron, bamboleándose, del puerto y hacia el mar, antes de girar a lo largo de la costa en busca de los estrechos sin peligro. Pero al abordar el último cabo, Jimmy captó el reflejo de un catalejo dirigido hacia ellos.

Bister se llevó al joven con él para informar a Gareth.

—Yo también lo he visto, en cuanto él lo señaló. Sin duda alguna alguien nos estaba observando.

—No es difícil adivinar de quién se trata —Gareth hizo una mueca—. Pero por lo menos hemos escapado, y con los estrechos por delante, dudo que nos den caza, no antes de llegar a Mocha.

Más tarde aquella noche
En otra parte de Adén

—¡Tío... hay noticias!

El hombre barbudo de elevada estatura, conocido entre los adeptos de la Cobra Negra simplemente como Tío, levantó lentamente la mirada de la granada que estaba pelando.

—¿Sí, hijo?

El joven al que había enviado a vigilar el puerto se irguió con la cabeza en alto.

—Vimos al mayor Hamilton zarpar en una barcaza, pero la barcaza se dirigió al mar, camino del estrecho, antes de que pudiéramos verlos claramente.

—Entiendo —Tío hizo una pausa para comer un pedazo de granada antes de continuar—, ¿llevaba con él a una mujer, la inglesa a la que salvó de nuestras dagas en los muelles?

El joven se volvió hacia sus compañeros, que lo habían seguido hasta el patio. Se produjo un cambio de pareceres entre susurros antes de que regresara.

—Fue vista brevemente en los muelles, pero no la vimos en la barcaza, claro que hay camarotes.

—Ya —Tío terminó la granada sin ninguna prisa, y luego se limpió cuidadosamente las manos antes de asentir y mirar a su segundo al mando. Su único hijo verdadero—. En ese caso, creo que mi trabajo aquí ha terminado.

—Los atraparemos en Mocha —su hijo asintió—, ya tenemos algunos hombres allí.

—Así es —Tío se levantó lentamente, estirándose en toda su impresionante estatura—. Nuestro ilustre líder ha previsto la ruta que tomarán los caballeros. Hay hombres vigilando dispuestos a actuar a lo largo de todas las posibles rutas. Pero mi misión... —se interrumpió y se volvió hacia su hijo—, nuestra misión no consiste solo en evitar que esos hombres lleguen a Inglaterra. La Cobra Negra exige mucho más de aquellos que se oponen a su poder y fuerza.

Tío se volvió hacia el joven y sus compañeros.

—Habéis hecho un buen trabajo. Permaneceréis aquí por si acaso alguno de los otros caballeros viene por este camino. Pero yo y los míos —volvió a mirar a su hijo y sonrió—, nos vamos a Mocha.

Deslizó la mirada sobre los hombres más mayores y curtidos, asesinos todos, que formaban detrás de su hijo. Su sonrisa de anticipación se hizo más amplia.

—Encontrad caballos. La ruta por tierra es más corta.

5 de octubre de 1822
Desembocadura del mar Rojo

El amanecer irrumpió como una lluvia de perlas doradas que se esparcían sobre las olas. Saliendo del estrecho pasillo que discurría a lo largo de los camarotes, Gareth respiró profundamente el aire salado y espiró lentamente. La barcaza se dirigía hacia el noroeste, siguiendo a otros navíos hacia la estrecha desembocadura del mar Rojo, que quedaba todavía a cierta distancia.

Vio a Watson inclinado sobre la barandilla, los ojos fijos en la costa lejana y se acercó a él. Watson lo miró antes de erguirse.

—Vete a dormir un rato —Gareth sonrió—. Yo te relevaré hasta que aparezca Mooktu.

—Gracias, señor —Watson asintió mientras reprimía un bostezo—. La noche ha sido tranquila —posó la mirada en el agua—. Una bonita mañana, pero voy a buscar una cama. Queda al mando.

Haciendo un breve saludo, Gareth se acomodó, sin dejar de sonreír, apoyándose en la barandilla. Oyó a Watson dirigirse hacia los camarotes. El golpeteo de las olas contra el casco resultaba relajante, el leve murmullo de voces proveniente de la popa, la charla de la tripulación, interrumpida por los gritos de una gaviota…

Durante los últimos días, mientras evitaba a la dama, se había esforzado por llegar a conocer a su gente. Si iban a viajar juntos, necesitaba saber qué clase de personas viajaban bajo su mando.

Tanto Watson como Mullins se mostraban agradecidos sin reservas por el rescate de su señora. Mullins había servido en la infantería hasta después de Waterloo. Había regresado a su casa en Northamptonshire, buscando trabajo y allí había conocido a Watson que, tras la derrota de Bonaparte y estando el continente de nuevo a salvo, trabajaba como guía turístico de jóvenes caballeros en el equivalente moderno del Grand Tour. Watson era el guía, Mullins, el escolta. Jimmy, el hijo de la hermana de Watson, había sido incluido en ese viaje para aprender el trabajo.

Con el paso de los años, Watson y Mullins habían trabajado frecuentemente para la familia Ensworth a la que conocían muy bien. La familia era muy extensa y habían guiado a tres hombres Ensworth por todo el continente, además de escoltado a los Ensworth de mayor edad en varios viajes. Esa familia estaba considerada como una clientela muy bien valorada y la idea de perder a Emily, una de las más jóvenes del clan, bastaba para que tanto Watson como Mullins, por muy experimentados que fueran, palidecieran literalmente.

Además, Emily les gustaba. En su opinión era una joven dama sensata, tranquila, y de buen carácter a la que no tenían ningún inconveniente en guiar por medio mundo.

Tanto Watson como Mullins eran de mediana edad, y compartían cierta tendencia a la robustez. Aunque seguían estando sanos, capaces y activos, tal y como Gareth había comentado horas antes con Emily en privado, ninguno montaba bien y, al parecer, las habilidades ecuestres de Jimmy tenían más de entusiasmo que de habilidad. Era una cuestión que iba a tener que tener en cuenta al organizar la continuación del viaje.

Mullins se tomaba en serio su tarea. En Adén le había pedido a Mooktu que le ayudara a mejorar sus habilidades con la espada. Mientras tanto Bister, sin que nadie se lo pidiera, había tomado a Jimmy a su cargo. Gareth había visto a los dos practicar el lanzamiento de cuchillo, la especialidad de Bister. Para proteger a las mujeres que viajaban con ellos, no les faltarían recursos.

Por otra parte, en opinión de Gareth, Arnia no necesitaba que nadie la protegiera. Al igual que Mooktu, provenía de la frontera noroeste y, al igual que todas las mujeres de esas tribus, era tan mortífera con los cuchillos como los hombres. Sin embargo, era poco probable que los fanáticos se dieran cuenta del peligro que suponía esa mujer hasta que fuera demasiado tarde.

Averiguar más sobre Dorcas, la muy inglesa doncella de Emily, una mujer a finales de su treintena, de elevada estatura, activa y competente, había requerido del empleo de ciertas dosis de encanto, pero al final la mujer se había ablandado lo suficiente como para admitir que montaba bastante mal, y que llevaba con Emily y su familia casi toda la vida de Emily.

Dorcas también se mostraba agradecida por el rescate y consiguiente protección de su señora, pero continuaba viéndolo con cierta sospecha que no se molestaba en ocultar. Si bien Gareth había tenido mucho cuidado en reprimir, o por lo menos ocultar, toda evidencia de su irresistible atracción hacia la joven, no estaba seguro de qué había detrás de la mirada vigilante, y más que dispuesta a la censura, de Dorcas.

Oyó unas pisadas, sus pisadas, y ya se estaba volviendo en busca de Emily incluso antes de que ella rodeara los camarotes vestida con un traje de algodón de color lila que revoloteaba en la brisa.

Al verlo, sonrió y se acercó a él.

Gareth se esforzó por ocultar su automática y demasiado reveladora sonrisa y consiguió sustituirla por un ceño.

—¿Qué hace levantada a estas horas? —miró a su alrededor—. No debería estar en cubierta, podría ser peligroso.

Ella ladeó la cabeza, lo observó atentamente unos segundos y, con la sonrisa todavía dibujada en la comisura de los rosados labios, desvió la mirada hacia las olas.

—Todo está tan tranquilo y pacífico que sin duda se oiría cualquier otro barco que se aproximara.

Se volvió hacia el mayor y le sostuvo la mirada.

—¿No podía dormir? —él solo fue capaz de soltar un bufido y volver a inclinarse sobre la barandilla.

Se estaba mostrando deliberadamente poco amistoso. Simplemente con tenerla cerca... Pero cuanto más revivía su anterior conversación con ella, más soñaba con la suave luz que había visto en sus ojos, seguro de que albergaba sentimientos por MacFarlane, y no tenía ninguna intención de competir con eso. Con el fantasma de su amigo.

—Lo cierto es que, visto lo bonita que está la mañana, me parece que he dormido demasiado.

Emily se apoyó en la barandilla junto a él.

La cálida suavidad de su cuerpo resultaba como un canto de sirenas para el mayor, debilitando sus defensas. Se dijo a sí mismo que debería apartarse, emplear la excusa de estar de guardia para hacer la ronda de la barcaza.

Sin embargo, permaneció en el sitio, observando por el rabillo del ojo cómo la brisa jugaba con sus cabellos, soltando mechones que aterrizaban junto a las mejillas de porcelana.

Después de unos segundos, se obligó a concentrarse de nuevo en el mar.

—Yo… doy por hecho que vendrá de una familia grande.

—Eso es quedarse muy corto —Emily rio—. Tengo tres hermanas y cuatro hermanos. Soy la segunda más pequeña, solo Rufus es más joven que yo.

—De modo que es la pequeña de las chicas…

—Sí, pero resulta bastante ventajoso. Todos estamos muy unidos, aunque, claro, las otras tres están casadas y tienen sus propias familias. De todos modos, nos vemos a menudo —ella se mostraba totalmente dispuesta a hablar de su familia ya que eso le permitía darle la vuelta a la situación y preguntar a su vez—. ¿Y qué hay de su familia? ¿Tiene hermanos y hermanas?

—No —Gareth se irguió, tenso, y la miró antes de suavizar la brusquedad de la respuesta—. Fui hijo único.

—Sus padres… —Emily se percató de que hablaba en pasado—, ¿han muerto?

—No hay nadie esperándome en Inglaterra —Gareth asintió mientras devolvía la mirada al mar antes de volver a posar los ojos en ella fugazmente y sonreír—. A diferencia de usted.

—Desde luego. Cuando regrese, habrá muchas celebraciones, que incluirán un ternero cebado —y si las cosas salían tal y como ella esperaba, él estaría allí también. La sonrisa de ilusión que se dibujó en su rostro mientras contemplaba las olas era totalmente genuina.

Sin embargo tuvo la repentina y desconcertante idea de que él quizás sí tuviera a alguien esperándolo en Inglaterra, una dama, incluso una prometida, aunque su respuesta había sido muy clara. Una oleada de alivio recorrió sus venas, dejándola casi mareada.

El mayor se mostraba irritable y tenso, pero Emily no iba a permitir que eso la desanimara. Según sus hermanas, los hombres, esas extrañas criaturas, a menudo se comportaban así cuando se sentían atraídos hacia una dama, pero intentaban ocultarlo. En cuanto a lo demás, comprendió que «protector», era su primer apellido, por lo menos en cuanto a las mujeres. Sin embargo, todavía no había visto ninguna indicación clara de que esa sensación protectora hubiera pasado de lo general a lo específico con ella.

De todos modos, aún les quedaba mucho viaje por delante, tiempo de sobra para observar y ver.

Todavía estaba en la fase de tachar elementos de la lista de características que debería poseer su «él». Tenía un ideal bastante claro en su mente, pero conciliar la realidad con su lista estaba demostrando ser más desafiante de lo que había esperado. Había toda una serie de cuestiones a tener en cuenta.

En esos momentos estaba satisfecha. Tenía toda la intención de trabajar con él, de animarlo a permitir que su actitud hacia ella fuera menos forzada.

—Me parece que voy a dar una vuelta por cubierta —anunció tras reflexionar.

Tal y como había esperado, el mayor reaccionó frunciendo el ceño.

—Sería mucho más seguro regresar al camarote principal —él se apartó de la barandilla y la miró con expresión severa.

—Si está de guardia, quizás podría acompañarme —ella le devolvió una brillante sonrisa—, así podría revisar el resto de la barcaza mientras paseamos.

Emily no le dio la oportunidad de rechazar su proposición, dándose media vuelta y echando a andar hacia la pasarela entre los camarotes y la barandilla.

De repente se volvió y le sonrió por encima del hombro.

—Venga.

Y Gareth fue incapaz de resistirse. Sintiendo la amargura en su interior, se descubrió a sí mismo siguiéndola de cerca, respondiendo demasiado contundentemente a esa atractiva sonrisa.

En su opinión, esa mujer era demasiado atractiva, y con cada día que pasaba, con cada nuevo hecho que averiguaba sobre ella, ese atractivo crecía más y más. Era una distracción, una fijación, una potencial obsesión. Él sabía que debía alejarse, pero... a diferencia de los hombres bajo sus órdenes, esa mujer era evasiva y difícil de manejar y, tal y como le estaba demostrando, el viaje iba a hacer que mantener las distancias fuera imposible.

Se reunió con ella mientras, sujetándose los cabellos que ondeaban al viento, Emily señalaba emocionada un cormorán que buceaba entre las olas. Y él se preguntó por qué en lugar de sentirse apesadumbrado, sentía el corazón ligero, más ligero de lo que lo había sentido en mucho, mucho tiempo.

CAPÍTULO 3

5 de octubre de 1822
Antes de la cena
En mi camarote de la barcaza que se dirige al mar Rojo

Querido diario:

Los asuntos progresan tal y como había esperado. Se dice que uno aprende la verdad sobre la gente observándola bajo situaciones de estrés. Nuestro viaje parece propicio para proporcionar tales condiciones, y tengo grandes esperanzas de averiguar todo lo que necesito saber sobre Gareth, lo suficiente como para estar absolutamente segura de que es el único y verdadero caballero para mí.
Mis esperanzas son elevadas.
E.

A última hora de la tarde, mientras paseaba por cubierta observando las olas cada vez más picadas a medida que atravesaban los estrechos, *Bab el Mandeh,* como los llamaba la tripulación, que conducían al mar Rojo, Gareth encontró a Bister en la popa, sentado sobre un montón de cuerda y puliendo sus cuchillos.

Su ayudante personal levantó la vista, asintió y continuó con su tarea.

—Ninguna señal de esos imbéciles del demonio.

—¿Por qué imbéciles? —Gareth se apoyó en la barandilla más cercana—. Estuvieron a punto de alcanzar a la señorita Ensworth en Adén.

—Lo cual demuestra que tengo razón. Deberían haberse mantenido ocultos y atacarnos primero a nosotros, y luego la señorita Ensworth habría sido una presa muy fácil. Solo Mullins tiene alguna idea de cómo pelear, y lo apartaron del resto con toda facilidad —Bister sostuvo un cuchillo en alto y examinó el filo.

—No todo el mundo ha tenido las experiencias que hemos tenido nosotros, pero no sería inteligente tomar a los sectarios demasiado a la ligera.

—Nunca hay que subestimar al enemigo —Bister asintió con gravedad.

—Así es —Gareth apartó la mirada para ocultar un amago de sonrisa. Bister tenía apenas veinticinco años. Se había unido a él a los diecisiete, siendo tan simplón e inexperto como Jimmy.

—Quería comentar una cosa.

Gareth se volvió con las cejas enarcadas.

Bister mantuvo la mirada fija en el cuchillo, sin dejar de frotar.

—La señorita Ensworth. Jimmy dice que tenía previsto regresar a su casa por la ruta habitual, y había reservado un pasaje en el barco de línea que se dirige a Southampton vía el Cabo. Pero un día o dos antes, cambió de idea y decidió regresar vía Adén.

—¿Y dio alguna explicación para el cambio de ruta? —preguntó Gareth tras unos segundos de pausa.

—No, solo dijo que se le había metido en la cabeza ir por este camino y no por el otro.

—¿Cuándo exactamente cambió de idea? ¿Lo sabe Jimmy?

—Su tío fue, lógicamente, el primero en saberlo —Bister asintió—. Jimmy dice que eso fue apenas dos días antes de zarpar, lo hicieron el diecisiete.

Gareth y su comitiva había zarpado el quince, el día que Emily Ensworth había decidido cambiar de planes.

Los hechos encajaban, pero...

Casualidad. Tenía que ser casualidad. Además, era imposible que ella hubiese sabido que él se marchaba... ¿verdad?

Y aunque lo hubiera sabido, ¿por qué iba a molestarse en cambiar de planes para seguirlo? No tenía ningún sentido.

Un amago de respuesta se le insinuó mentalmente al oído, pero sin duda no era más que un ejemplo de manifiesta arrogancia.

—Hazme saber si descubres algo más —el mayor se apartó de la barandilla y continuó con la ronda.

7 de octubre de 1822
Por la mañana
Todavía en mi camarote a bordo de la barcaza

Querido diario:

He dejado pasar varios días sin escribir por la sencilla razón de que no tengo nada que contar. Supongo que, a falta de nada más interesante, debería describir lo que he visto.

Agua. Y también interminables costas arenosas. Costas arenosas desiertas. Con alguna roca ocasional. Esta, desde luego, no es una parte pintoresca del mundo. El sol arranca constantes destellos del agua, algo que resulta bonito la primera vez que lo ves, aunque me duelen los ojos de tanto entornarlos.

Tal y como mencioné, me he propuesto averiguar más sobre Gareth, pero está demostrando tener la incómoda costumbre de evitarme incluso en un espacio tan reducido como este. Cuando consigo acorralarlo, permanece tenso, literalmente, e intenta incluso mantener las distancias durante las conversaciones. Resulta de lo más irritante. He concluido, dado que es una persona tan decididamente firme y silenciosa, que voy a tener que fijarme en sus acciones para conseguir información sobre su carácter.

Así pues, mi siguiente pregunta es: ¿qué acciones necesito provocar?
E.

La barcaza arribó a los muelles de Mocha a primera hora de la tarde.

Con la ayuda de Watson, Gareth consiguió reunir al grupo y tenerlos listos para desembarcar en cuanto el barco estuvo amarrado. En pocos minutos se dirigían ágilmente por los muelles hacia la ciudad. Emily, Dorcas y Arnia caminaban rápidamente delante del equipaje. Los hombres las habían rodeado, permaneciendo ellos en alerta máxima.

Cuando Gareth pasó junto a Emily, ella lo agarró de la manga y tironeó para acercarlo.

—¿Qué es lo que no me ha contado? —ella levantó la vista y le sostuvo la mirada con los ojos entornados.

Gareth reflexionó durante unos segundos y decidió que no le haría daño conocer la verdad.

—Los sectarios pueden haber llegado por tierra. Debemos dar por hecho que están aquí, y no queremos encontrarnos con ellos si no es necesario.

Emily le sostuvo la mirada durante unos segundos, antes de asentir y soltarle la manga.

Él la observó durante unos cuantos segundos más, pero, lejos de mostrar cualquier atisbo de miedo, la joven se limitó a buscar entre la multitud, observadora y alerta. A Gareth no se le había ocurrido hacerle partícipe de la situación, como había hecho con los hombres. Los hombres debían mantenerse en guardia. Ella… a Gareth simplemente no se le había ocurrido.

—¿Hacia dónde nos dirigimos? —preguntó ella sin mirarlo.

Gareth también mantenía la mirada sobre la ruidosa multitud.

—A algún lugar donde estén todos a salvo mientras yo encuentro una goleta que nos lleve a Suez.

Bister, que iba de avanzadilla, como de costumbre, regresó con las señas de una pequeña taberna familiar en una estrecha calle lateral a unos cuantos bloques de los muelles.

Cuando llegaron, Gareth dio su aprobación. La fachada era prácticamente toda una pared, con una sola puerta y una pequeña ventana sin cristales cubierta por un pedazo de cuero que en esos momentos estaba bajado para proteger el interior del calor.

Entraron. Dada la hora, la estancia estaba vacía.

Gareth indicó a Emily y a Dorcas que se colocaran en la esquina más alejada de la puerta. Arnia las siguió. Para alivio del mayor, aunque Arnia solía mostrarse extremadamente reservada, parecía haber firmado algún pacto con Dorcas y las dos mujeres se habían puesto de acuerdo para trabajar juntas, algo que desde luego iba a facilitar mucho su vida.

Mooktu había ido, junto con Mullins, en busca del propietario, un árabe de mediana edad que sonrió y asintió. Regresaron con una bandeja que llevaba una jarra y varias tazas. Sin decir una palabra, juntaron mesas, colocaron bancos y se sentaron para refrescarse un poco.

Y planificar.

—Tú, Mooktu, y yo tenemos que regresar a los muelles y buscar una goleta que podamos alquilar —Gareth miró a Watson—, preferiblemente una que nos lleve a nosotros, y solo a nosotros, sin ninguna carga más, y que pueda zarpar hacia Suez lo antes posible.

—Eso va a costar dinero —Watson hizo una mueca.

—El dinero no es problema —respondió el mayor—. Mi principal preocupación es nuestra seguridad.

—Pues cuando quiera —Watson asintió.

—Necesitamos víveres —Emily esperó a que Gareth la mirara para levantar la cabeza y enumerar con los dedos de las manos—, harina, lentejas, arroz, té, azúcar y cualquier cosa que no tuvimos en la barcaza.

Habían comprobado que, si bien el servicio se mostraba encantado de compartir la comida, india o inglesa, una dieta a base de pescado y solo pescado no gustaba a nadie.

Además de Emily, tanto Arnia como Dorcas asentían, así como Bister y Jimmy.

Gareth abrió la boca, pero enseguida la cerró al darse cuenta.

—Así es —Emily sonrió con frialdad—, si encuentra un barco en el que podamos seguir camino, tal y como todos esperamos, entonces, y dada la hora que es, vamos a tener que hacer una visita al zoco. No podemos esperar a que vuelvan.

Él la miró fijamente y Emily prácticamente vio formarse en su lengua las palabras del instintivo rechazo que le producía dejarla salir a la calle. Emily señaló al Bister

—Si Bister pudiera venir conmigo, y Mullins también, podemos dejar a Jimmy con Arnia y Dorcas para que vigilen el equipaje.

Era una división de tareas razonable. Emily mantuvo la mirada fija en el rostro del mayor, deseosa de comprobar si aceptaría. Si tenía intención de mostrarse razonable.

Gareth apretó los labios, pero asintió, se obligó a asentir, lentamente.

—De acuerdo —miró a Bister y a Mullins—. Pero tomad todas las precauciones posibles. Hasta ahora hemos conseguido evitar a los sectarios. Debemos intentar en la medida de lo posible que no nos vean.

El zoco era un bullicioso enjambre de humanidad situado en un barrio de estrechas y serpenteantes calles. Tanto los comerciantes como los clientes provenían de diferentes países, y todos hablaban a gritos en muchas lenguas diferentes. Por suerte, con la expansión de la influencia francesa y británica, la mayoría de los comerciantes tenía al menos nociones de la lengua inglesa, y algunos hablaban un francés pasable, lo suficiente como para que Emily pudiera entenderse.

Estaba firmemente decidida a no sentirse acobardada por tener que tratar con unos extranjeros tan extraños. Y, en efecto, descubrió que, si los abordaba con confianza, los comerciantes la trataban con deferencia y educación. Y, después de los meses pasados en Bombay, el regateo se había convertido en algo natural para ella.

Se ocuparon de la lista de compras necesarias con una encomiable rapidez. Emily estaba completando la última transacción, la compra de unos guisantes, cuando Gareth y Mooktu se unieron a ellos.

—Tenga —ella sonrió y le entregó los guisantes a Gareth—, ya que está aquí, puede hacer algo útil... —lo miró a la cara y percibió la expresión, vio cómo el mayor revisaba la multitud con la mirada—. ¿Qué?

—Tal y como sospechábamos, hay sectarios en la ciudad —contestó él tranquilamente sin mirarla—. Los hemos visto, pero hasta ahora no creo que ellos nos hayan visto a nosotros. Si fuera posible, me gustaría que siguiera siendo así.

Emily miró a su alrededor. No se quejó cuando los firmes dedos de Gareth le agarraron el codo y, asintiendo secamente hacia el dueño de un puesto, la hizo girar y echar a andar hacia la taberna.

Tuvieron que desandar el camino, atravesando de nuevo el zoco, para llegar a la taberna.

—¿Ha encontrado una goleta? —murmuró ella mientras caminaban al mismo paso que el resto de la gente.

—Sí. Hemos tenido suerte, podremos marcharnos esta noche —sin apartar la mirada de la multitud, dispuesto a entrar en acción si veía a algún sectario, Gareth percibió el asentimiento de Emily, pero de nuevo no la miró.

Se sentía excesivamente expuesto y no poco vulnerable. Mooktu, vestido con su ropa tribal, se fundía con el resto de la gente, pero había pocos europeos por allí y Emily, Bister, Mullins y él destacaban demasiado.

Sin previo aviso, Emily se detuvo.

Gareth, que ya tenía el ceño fruncido, sujetó con más fuerza su codo y la instó a continuar. Y entonces se dio cuenta de que ella estaba mirando hacia un callejón con puestos.

—Disfraces —ella lo miró con ojos brillantes.

Él volvió a mirar y vio que los puestos vendían prendas y otros objetos típicos de la vestimenta local.

—No podemos fundirnos con la gente con este aspecto. Pero, si compramos alguna ropa árabe, podremos pasear tranquilamente por delante de los sectarios.

—No hará falta que nos acerquemos tanto, pero... —él la miró a los ojos, que seguían resplandecientes de entusiasmo. Asintió—. Echemos un vistazo.

Reunió a Mooktu, a Bister y a Mullins con un gesto y siguió a Emily hacia el estrecho y serpenteante callejón.

A ella no le llevó mucho tiempo descubrir un comercio que vendía toda clase de túnicas. Se probó un burka, una túnica larga que cubría completamente el cuerpo de pies a cabeza, con una pequeña ventanilla cubierta de encaje para que se pudiera ver a través de ella.

En cuanto deslizó el burka sobre su cabeza, se volvió absolutamente indistinguible de cualquier otra mujer de las que abarrotaban las calles.

—¡Esto es maravilloso! —su voz camuflada surgió de debajo de la tela negra—. Veo perfectamente —se volvió hacia un lado y otro, mirando a su alrededor en la pequeña tienda—. Pero nadie puede verme a mí.

Con un revuelo de tela, levantó la parte delantera de la túnica y miró fijamente al tendero.

—Me llevaré esta, y... —señaló otra túnica de color marrón— esa. ¿Cuánto por las dos?

Gareth la dejó regateando y, espoleado por lo bien que se había disfrazado Emily, se propuso encontrar túnicas para él también, al mismo tiempo que urgía a Bister y a Mullins a que hicieran lo propio.

Algo reticentes al principio, pronto se dejaron llevar por la transformación. A Gareth le gustó el resultado final. Con suerte podrían, quizás, escapar de la mirada de los sectarios. Si lo lograban, ese pequeño esfuerzo habría merecido la pena.

Tras indicarle al tendero que pronto llegarían más personas de su grupo en busca de túnicas, y que debía mostrarles prendas similares, abandonaron la tienda todos disfrazados de árabes.

Ni una sola persona miró en su dirección.

Desde debajo del burka, Emily observaba cómo se comportaban las mujeres árabes. Rápidamente ajustó su lugar en el grupo para caminar siempre un paso detrás de Gareth. Dado que Mooktu y Mullins caminaban detrás de ella, Gareth no protestó. Él también debía haberse fijado en las costumbres es.

Cuando se detuvo en la esquina del zoco y miró hacia atrás para comprobar que todos estuvieran con él, ella parpadeó y sonrió encantada desde detrás del velo de su burka. Con la túnica blanca sobre los pantalones sueltos, con el largo y suelto pañuelo enrollado alrededor de la cabeza, y otro más oscuro alrededor de la cintura, Gareth parecía el perfecto jeque del desierto, un hombre misterioso, de peligroso poder y de increíble sensualidad.

Los demás… simplemente parecían peligrosos.

Cuando él echó de nuevo a andar, ella se colocó a un paso de él, sin dejar de sonreír para sus adentros.

De nuevo en la taberna, enviaron a Mooktu de regreso a la tienda con Watson, Jimmy, Dorcas y Arnia para que compraran disfraces adecuados.

En su ausencia, Emily, con la ayuda de Mullins, Bister, y Gareth, reorganizó el equipaje, colocando las últimas compras en dos grandes bolsas de cáñamo que habían comprado al tabernero.

—Arnia dice que ella cocinará, y Dorcas se ha ofrecido a ayudarla —Emily se apartó de la bolsa para que Gareth y Mullins lo cerraran—. Yo también sé cocinar, pero me temo que tengo poca experiencia con esta clase de ingredientes.

—Dudo que tengamos que hacer uso de sus habilidades culinarias —Gareth la miró. Sospechaba que él sería capaz de cocinar mejor que ella, y eso que no era un gran cocinero—. Tanto Mooktu como Bister son aceptables cocineros.

—Lo que usted diga —Mullins soltó un bufido mientras se enderezaba—. Si Watson o yo tenemos que echar una mano... Bueno, lo más probable es que ninguno quiera comer.

Los demás regresaron enseguida y se reunieron todos en la, afortunadamente, todavía vacía taberna para admirar sus disfraces. Dorcas también había elegido un burka, aunque en el caso de Arnia, que normalmente llevaba un pañuelo atado la cabeza con un extremo suelto con el que solía cubrirse la cara, el cambio no resultaba tan remarcable.

—Nadie nos ha visto —informó Mooktu—. Vi a dos sectarios entre la multitud, pero eso fue después de haber abandonado la tienda. Ni siquiera nos miraron dos veces.

—Bien —Gareth supervisó a su pequeña banda de aspecto muy local. Captó la mirada de Emily a través de la rejilla de encaje del burka negro y tuvo que esforzarse por reprimir una sonrisa. Agachó la cabeza en su dirección—. Su idea... excelente.

—Gracias —Emily se agitó impaciente—. ¿Y ahora qué? ¿Ya es la hora de ir a los muelles?

—No, es demasiado pronto. El capitán de la goleta no nos quiere allí hasta justo antes del anochecer —Gareth miró al dueño de la taberna—. Creo que vamos a cenar.

El tabernero se mostró encantado de servirles la comida. Alegremente explicó cada uno de los platos, e incluso les hizo una demostración de cómo los lugareños utilizaban pedazos de un pan plano en lugar de cuchara. Mientras comían entraron otros clientes en la taberna. Para cuando terminaron de comer y de probar pequeñas cantidades de la bebida local, una especie de café espeso, la taberna estaba llena y empezaba a anochecer.

Gareth pagó al tabernero y todos se marcharon haciendo el típico saludo local.

Se reunieron en la calle, y formaron en el orden que habían decidido durante la cena, antes de echar a andar hacia los muelles. Gareth y Watson lideraban el grupo, confiados y tranquilos, dos adinerados árabes muy bien vestidos dirigiéndose hacia su barco. Uno o dos pasos por detrás, Emily, Dorcas y Arnia los seguían, sujetándose la parte delantera del burka con la mano para mantenerlo en su sitio y poder ver a través de la rejilla de encaje, las cabezas agachadas para ver por dónde pisar. El verdadero motivo por el que las mujeres árabes siempre parecían tan humildes mientras seguían a sus maridos de repente fue completamente evidente.

Detrás de las mujeres, Bister y Jimmy empujaban el carro de madera que habían abarrotado con el equipaje. Dejarían el carro en el muelle, como hacían la mayoría de las personas. Detrás de ellos iban Mooktu y Mullins, ejerciendo su verdadera función de guardaespaldas.

La procesión se abrió paso hasta los muelles sin ninguna prisa, como si estuvieran en casa. Como si su única preocupación fuera llegar al barco a tiempo para zarpar.

En la calle principal pasaron por delante de dos sectarios.

Y delante de otros dos cerca de los muelles.

Todos los sectarios los vieron. Ninguno sospechó quiénes eran.

Alcanzaron la goleta, en uno de los amarraderos más alejados.

—¡Mayor Hamilton! —el capitán sonrió y saludó a Gareth.

Gareth soltó un juramento por lo bajo y subió la pasarela de tres largas zancadas. Alcanzando al capitán, se dispuso a bombardearlo con preguntas sobre su alojamiento, distrayendo su atención de las personas que lo seguían.

Cuando miró a su alrededor y vio que todos estaban agrupados sobre la cubierta, la repentina tensión que lo había agarrotado aflojó. Aunque no demasiado.

Avanzó por la cubierta y abrió la puerta de listones de la escalerilla, gesticulando bruscamente hacia las mujeres para que bajaran.

Emily se lo quedó mirando, pero obedeció. Incluso a través del burka, él sintió su mirada de desaprobación.

Pero al final, de todo el grupo, solo Mooktu, Bister, y él quedaron en cubierta, con el capitán gritando órdenes para zarpar.

El vaivén del mar Rojo bajo cubierta resultaba acogedor. Tranquilizador. Desde la popa, Gareth observaba cómo Mocha desaparecía de su vista. Vio a los sectarios reunirse en el muelle, los vio señalar… hacia la goleta.

Habían conseguido marcharse sin el enfrentamiento que tanto había temido. Nadie situaba a tantos vigilantes en una ciudad tan pequeña sin un propósito decidido, sin un plan de actuación.

Habían escapado, pero alguien había sido lo bastante listo como para sumar dos y dos, como para contar el número de personas que formaban su comitiva. Seis hombres, tres mujeres. Al ver a los sectarios de pie en el muelle señalando, tuvo la certeza razonable de que su goleta había sido la única en zarpar ese día con un pasaje como el suyo.

Habían escapado antes de ser alcanzados, pero habían sido descubiertos.

Los esbirros de la Cobra Negra sabían dónde estaban.

7 de octubre de 1822
Muy tarde
En un camarote de una goleta en el mar Rojo

Querido diario:

Hemos escapado de los esbirros de ese demonio en Mocha. Sin embargo, la tensión, sin duda palpable en esos momentos en el puerto y mientras esperábamos a que zarpara la goleta, no ha desaparecido. No sé por qué, pero es evidente que Gareth, y los demás también, temen que la Cobra nos localizará, que aún no somos libres.

Debo admitir que al decidir seguir a Gareth, no preví este grado de peligrosidad y la consiguiente tensión permanente. Resulta muy molesto. Cierto que se me ha dado la posibilidad de observar su carác-

ter bajo presión, que sin duda será más revelador que si estuviésemos viéndonos en un entorno más convencional y libre de peligros, pero esa presión también produce otros efectos, y también me afecta a mí.

He descubierto que no me gusta vivir bajo la amenaza constante de una inminente y horrible muerte, pero dadas las circunstancias, estoy decidida a sacarle el mayor partido a la situación.
E.

Una vez más, se reunió con él al amanecer.

La cubierta de la goleta estaba vacía salvo por el vigilante de noche que bostezaba junto al timón. Se detuvo a su lado junto a la barandilla de proa, se echó hacia atrás unos mechones de cabello que se habían soltado y, con los ojos cerrados, alzó el rostro hacia la brisa de la mañana.

Gareth aprovechó para estudiar ese rostro. No intencionadamente, simplemente no pudo evitarlo. No podía apartar la mirada de las suaves curvas y de los delicados rasgos.

Percibió el céfiro de la mañana deslizarse por la fina piel, el beso de la naturaleza, uno que él ansiaba imitar. La idea de sus labios surcando esas curvas rosadas, hundiéndose en las sombras...

Se aclaró la garganta disimuladamente, se irguió y fijó la mirada en las olas que tenían delante. Cerró una mano con fuerza sobre la barandilla. Ojalá se hubiese puesto el burka... pero entonces no habría podido ver su rostro. Aun así...

—Hay una sorprendente cantidad de barcos ahí fuera, no pensaba que fuera a haber tantos.

—Hay mucho comercio a lo largo del mar Rojo —él la miró—. Artículos que llegan desde África y la India, incluso China, destinados a los mercados de El Cairo y más allá.

Emily arrugó la nariz, la mirada fija en un barco basurero que llevaba un rumbo paralelo al suyo, a unos cientos de metros.

—Supongo que en ese caso deberíamos llevar puesto el burka incluso en cubierta —ella lo miró con expresión interrogante.

—Estaba a punto de sugerirlo —admitió el mayor—. Sin embargo, imagino que debe hacer bastante calor debajo. Por lo menos estas... —se señaló sus nuevas ropas— son más frescas que nuestra ropa habitual.

—Ese es el problema —ella asintió—, los burkas van encima de todo lo demás —hizo una pausa antes de continuar—. Quizás si restringiésemos nuestros paseos a después de que se haya hecho de noche, o cuando veamos que no hay otros barcos lo bastante cerca como para distinguirnos, funcionaria.

—Seguramente —él asintió—. Haciendo una estimación razonable, a los sectarios les llevará un día o dos alcanzarnos —le sostuvo la mirada—. Nos vieron cuando zarpamos de Mocha.

—Y vendrán a por nosotros, ¿verdad? —Emily hizo una mueca.

—Eso me temo.

Un profundo silencio los envolvió, interrumpido por el golpeteo de las olas, el crujir de las velas, y el solitario grito de una gaviota. Debería haber resultado incómodo, pero resultó más bien amigable, un momento compartido.

Contemplando el rostro de Emily, la serena expresión, Gareth supo que ella también lo había sentido. Era natural, se dijo a sí mismo, que ellos dos gravitaran juntos de ese modo. Eran las únicas dos personas que compartían su misma clase social, era normal buscar... compañía.

Compañerismo.

No era más que eso.

—Usted, y los otros tres, están haciendo esto para honrar la memoria del capitán MacFarlane, ¿verdad?

—Sí —la pregunta lo pilló por sorpresa. Una repentina oleada de emoción, el recuerdo de James, lo asaltó. Gareth respiró hondo y cambió de posición... pero enseguida apretó con fuerza la barandilla y continuó—. Es nuestra misión y por tanto estamos decididos a llevarla a cabo. Habríamos hecho lo mismo aunque James estuviera vivo, y con la misma determinación. Pero... —por primera vez lo vio claro—.

Tiene razón, cada uno de nosotros está haciendo esto en parte para vengar su muerte.

Gareth sintió la mirada de Emily sobre su cara, sintió su aprobación antes de notar cómo apartaba la vista.

—Me alegro. Dado que el capitán MacFarlane murió mientras me escoltaba, tengo un especial interés en vengarlo yo también.

Al mayor no le sorprendió oírlo. Todavía era capaz de recordar con facilidad la joven y atractiva sonrisa. Su vitalidad a menudo hacía que Gareth y los otros hombres se sintieran unos ancianos. James siempre había sido popular entre las damas. Gareth miró de reojo a Emily. No resultaba difícil imaginar qué románticas ideas evocaría el hecho de que un atractivo joven muriera defendiéndote.

El comentario de Emily, sin embargo, despertó de nuevo la inquietante pregunta de si, por extraño que pareciera, había cambiado sus planes de viaje para seguirlo a él. Pero ¿por qué a él y no a Del, o alguno de los otros dos?

La pregunta le hacía sentirse incómodo y, ¿cómo demonios iba a formularla sin sonar absolutamente pagado de sí mismo?

—Entonces —Emily se volvió hacia él, apoyando su espalda contra la barandilla—, ¿qué tiene pensado hacer cuando todo esto haya terminado y esté de regreso en Inglaterra?

—No lo he pensado realmente —él la miró fijamente. Lo cierto era que no lo había pensado en absoluto. Su pizarra mental debería estar en blanco, pero para su considerable sorpresa estaba pensando y suministrando toda clase de deseables imágenes... todas las cuales la incluían a ella. Parpadeó y se giró ligeramente—. Debería echar un vistazo por las cubiertas. Se supone que estoy de guardia.

—Pero, si se acercara otro navío, lo oiría —el ceño se reflejó más en los ojos que en la expresión.

—Podrían llegar nadando. No me extrañaría.

—Muy bien, lo acompaño en la ronda.

—¡No! —era lo que faltaba. No era solo su mente la que

reaccionaba a su cercanía. Buscó el origen de su vehemencia—. La luz se está haciendo más fuerte y no lleva el disfraz. Y… —señaló hacia un grupo de barcos más lentos a los que se acercaban—, pronto estaremos cerca de esos barcos. No sabemos hasta dónde habrán llegado los sectarios.

Ella prácticamente fulminó con la mirada a los barcos que tenían por delante. Apretó los labios, a punto de hacer un mohín petulante.

La errática mente de Gareth le animaba a borrar esa expresión de sus labios con un beso…

—De acuerdo.

«Gracias a Dios».

—Ya lo alcanzaré después —ella se volvió hacia la escalerilla después de mirarlo fijamente.

Gareth inclinó la cabeza sin revelar nada. En cuanto los pies de Emily tocaron la escalerilla, echó a andar por la cubierta, agradecido por el disfraz que le proporcionaba la nueva túnica. Un problema del que no tenía que preocuparse.

Aunque veía más problemas por delante.

Estaban realizando un viaje que estaría plagado de situaciones peligrosas, seguramente más a medida que se acercaran a Inglaterra, aunque no tenía otra elección aparte de llevar a Emily con él. Al margen de la creciente fascinación que sentía por esa mujer, su seguridad no era algo que pudiera poner en peligro. Por desgracia, dicha fascinación parecía decidida a hacer estragos en sus interacciones con ella, interacciones donde él avanzaba a tientas.

Había estado al mando de subordinados durante más de una década. Las mujeres, por desgracia, eran otra cosa.

CAPÍTULO 4

8 de octubre de 1822
Por la tarde
En la cubierta de nuestra goleta en el mar Rojo

Querido diario:

Empezaré por preguntar cuánto se puede aprender de una persona en un estado constante de tensión. En guardia. Con la cabeza permanentemente girada hacia atrás para mirar por encima del hombro. Juro que tengo una contractura permanente. Desafortunadamente, sabemos que los sectarios están ahí fuera. Bister y, poco después, Mullins avistaron sus pañuelos negros.

Aparte del constante miedo a sufrir un ataque, continuamos nuestra marcha con relativa comodidad. A Dorcas se le ocurrió colgar una de las muchas redes contra los mosquitos de una sección de la popa para proporcionarnos a mí, a ella, y a Arnia cierta cobertura que nos permita sentarnos libres del peso del burka. Ahora mismo estoy sentada en una de estas improvisadas tiendas, observando pasar los barcos. Vamos a buen ritmo, por lo menos eso me han dicho. El escenario apenas ha mejorado, pero el tiempo ya no es tan irritante, por lo menos en el agua… De nuevo me descubro recorriendo insistentemente con la mirada el navío al que está adelantando nuestra goleta.

Los hombres de nuestro grupo hacen guardias por turnos, lo que supone una distracción, y dificulta en cierto modo conseguir que Ga-

reth participe en alguna conversación que resulte reveladora. Pues él, de todos ellos, es el que más a menudo está de guardia, dispuesto a responder a cualquier alerta.

Casi preferiría que se produjera un ataque para poder aliviar esta infinita presión.

E.

Más tarde aquella noche, portando un ligero echarpe en las manos, Emily subió por la escalerilla hasta la cubierta de popa. Irguiéndose, se detuvo para colocarse el pedazo de seda sobre los hombros. Después de echar una mirada a su alrededor, vacío de toda señal de vida, se dispuso a darse un tardío paseo.

Y, si por casualidad se tropezara con Gareth Hamilton, tenía la intención de animarlo a que se aprovechara de las sombras de la noche y, por así decirlo, de ella. Al menos que le tomara la mano, le besara los dedos... los labios si quería. Estaba harta de observar y cavilar, hasta donde era capaz, y todavía no había descubierto ningún rasgo de comportamiento que fuera incompatible con que ese hombre fuera su «él».

Atracción física e interacción parecía el evidente siguiente paso. Un cortejo de cualquier clase, aunque todavía no establecido. ¿Cómo iba a poder valorar si eran compatibles a ese nivel sin probarlo realmente? Sus hermanas sostenían que era esencial asegurar que no estabas tratando con una rana, con la clase de hombre que seguía siendo una rana pasara lo que pasara.

La noche era cálida. La goleta se deslizaba por las negras aguas con una ligera vela, la brisa que les había empujado durante los últimos días se había transformado en apenas un aliento. La luna era nueva y su brillo pálido, aunque a lo largo de las barandillas había dispuestas antorchas que brillaban sobre la cubierta. Emily avanzó confiada hacia la proa.

Acababa de alcanzar el mástil central cuando un cambio en el aire a sus espaldas le hizo girarse.

Una cabeza oscura y empapada, un rostro de caoba con ojos salvajes y brillantes, un alargado cuerpo, desnudo salvo por un empapado taparrabos, se materializó de entre las sombras. Los dientes resplandecieron en una malvada sonrisa. Una mano se elevó y un sable brilló bajo la luz del alba.

Emily gritó fuerte y prolongadamente mientras se giraba y echaba a correr. El hombre se lanzó y alargó una mano. Sus dedos atraparon su echarpe.

Ella lo dejó caer y huyó.

Pero solo para ver más sectarios salir de entre las sombras junto a la barandilla más adelante. Emily se detuvo bruscamente, los hombres sonreían y alzaban los sables en anticipación mientras se acercaban lentamente.

—¡Aquí, tome mi mano!

Ella miró hacia arriba y vio una sombra agazapada dibujada contra cielo, pero conocía bien su voz, lo conocía a él. Alargó ambas manos y se agarró a la mano que él le estaba ofreciendo.

Él se levantó y tiró de ella lanzándola sobre la parte trasera del techo de la cabina de mando, junto a él.

Los sectarios aullaron y se lanzaron tras ella.

Gareth la soltó en el momento en que vio que sus pies tocaban el techo.

Al girarse para enfrentarse al peligro, vio brillar el sable de Gareth en un salvaje giro que hizo que los sectarios tuvieran que agacharse.

Pero volvieron a asomarse de inmediato y, agitando los sables, treparon para alcanzar posiciones más altas.

Con empujes y estocadas, Gareth los hizo retroceder.

De repente alguien saltó sobre el techo detrás de ellos. Emily se giró, pero se trataba de Mooktu que acudía en ayuda de su señor.

Ella se apartó ligeramente para dejarles espacio a los dos, pero mantuvo una mano aferrada a la túnica de Gareth, lo suficiente como para mantener el equilibrio, pero no tanto como para obstaculizarle el movimiento.

Los sectarios avanzaban y ascendían, apareciendo más y más, abarrotando la cubierta debajo de Gareth y Mooktu, intentando conseguir que avanzaran alargando los brazos y las manos para tirar de ellos hacia abajo.

Dos golpes simultáneos rasgaron la noche cuando las dos puertas de las escalerillas se abrieron de golpe. Pisadas resonaron sobre la cubierta cuando los marineros subieron por las escaleras de proa a popa. Emily vio a Mullins y a Bister encabezar el ataque desde la popa.

La mayoría de los sectarios ni siquiera dirigieron una mirada a los recién llegados. Tenían los ojos fijos en Gareth e intentaban desesperadamente alcanzarlo… y a ella.

Entre las sombras de salvajes movimientos, ella vio una aparición más oscura apartarse del resto, deslizándose alrededor de los hombres que luchaban. Con la mirada clavada en la espalda de Gareth, el sectario se acercaba silenciosamente.

Un rápido vistazo le indicó que el mayor estaba totalmente absorto en los enemigos que tenía ante él. El sectario la ignoró a ella, su atención centrada en el oponente más peligroso mientras se deslizaba entre las sombras bajo el borde del techo de la cabina.

En un segundo estaría arriba.

Con el corazón en la garganta, Emily miró a su alrededor y vio un cubo de metal enganchado a un brazo del foque. Con la mano que tenía libre lo agarró y comprendió por el peso que estaba medio lleno de arena…

Justo en el instante en que una oscura mano, seguida de un oscuro brazo y hombro aparecieron por el borde del techo de la cabina.

Emily no se lo pensó y lanzó el cubo hacia atrás y, en el instante en que la cabeza del sectario asomaba por el borde del techo, lo lanzó contra él con todas sus fuerzas.

El sólido golpe del cubo tumbó al sectario, que cayó de espaldas del techo. Dos marineros lo vieron y saltaron sobre él.

Emily se tambaleó y casi perdió el equilibrio que le haría caer sobre la sangrienta refriega bajo sus pies. Consiguió estabilizarse agarrándose con fuerza a la túnica de Gareth.

Él había mirado hacia atrás al sentir el primer tirón, había visto lo que sucedía, y había tirado de su propia túnica. Sus miradas se encontraron, y él se volvió para ocuparse de los desesperados sectarios.

Muy desesperados. Se negaban a retirarse. Se negaban a abandonar.

Al final, todos resultaron muertos y sus cuerpos arrojados por la borda.

Gareth no se relajó hasta que el último cuerpo cayó al agua. Incluso entonces, esperó hasta que Bister hubo comprobado, junto con Mullins, que no quedaba ninguno más.

Se irguió y aflojó los dedos que agarraban la empuñadura del sable. La nueva túnica de Mooktu, y la suya propia, estaban literalmente ensangrentadas. Una rápida inspección confirmó que nada de esa sangre era suya.

Solo entonces, con la batalla terminada, miró a Emily.

Ella seguía de pie en el techo a su lado, observando la actividad sobre la cubierta inferior. Tenía los brazos cruzados con fuerza, agarrándose los codos como si tuviera frío. Conmocionada, desde luego, aunque no histérica. El mayor dio gracias por esa pequeña prebenda.

Y por la mucha mayor prebenda de que ella siguiera viva, Gareth cayó metafóricamente de rodillas y dio gracias.

Sabía que ella estaba en cubierta. Había oído sus pisadas. Estaba empezando a rodear la cubierta desde lado opuesto del barco, con el fin de evitarla como hacía siempre que podía desde hacía unos días.

Pero su grito había puesto fin a aquello.

Había desgarrado la noche, lo había desgarrado a él. Su corazón se había detenido antes de empezar a latir con tanta fuerza que estuvo seguro de que los sectarios podrían oírlo y verlo mientras trepaba sobre el techo.

Pero ella seguía viva. Y no parecía tener ninguna herida.

Además, le había cubierto las espaldas a la perfección, lo último que había esperado de ella.

Por eso también se sentía sinceramente agradecido.

La cubierta empezaba a despejarse. Mooktu gruñó antes de saltar del techo y alejarse con el fin de tranquilizar a Arnia, que había aparecido en la popa.

Con su mano libre, Gareth acarició la delicada espalda de Emily.

—Vamos. La bajaré.

El mayor saltó al lado menos sangriento de la cubierta, y dejando a un lado el sable se volvió hacia ella, alargó los brazos y la agarró de la cintura.

La bajó ágilmente.

Sintió latir su corazón un poco más fuerte al dejarla de pie delante de él, al mirar ese rostro que atormentaba sus sueños. Con el pecho inflamado, tuvo que obligar a sus manos a soltarla y dejarla ir.

Bister ayudó sin querer al regresar para tomar el sable del mayor y llevárselo para limpiarlo.

Acababa de entregárselo cuando regresó el capitán Ayabad tras ordenar a sus hombres que limpiarán la cubierta hasta dejarla resplandeciente.

—Mañana haré que cuatro de mis hombres hagan rondas por la cubierta —Gareth habló antes de que pudiera hacerlo el capitán.

—Y mientras lo hacen —Ayabad inclinó la cabeza—, creo, mayor, que usted y yo vamos a tener que mantener una charla. Hay cosas que desconozco y que al parecer debería conocer.

—Hablaremos mañana por la mañana —Gareth asintió secamente.

—*Bon* —Ayabad, un hombre alto moreno de edad similar a la de Gareth, volvió a inclinar la cabeza antes de mostrar una sonrisa brillante al volverse hacia Emily—. Debo darle las gracias, *mademoiselle*, por esta velada tan entretenida.

—Me alegra que disfrutara con la emoción, capitán —Emily lo contempló con cierta frialdad.

Ayabad, árabe, aunque de madre francesa, en parte motivo por el cual Gareth había elegido su barco, volvió a sonreír, hizo media reverencia y se marchó.

Para entonces Bister, Mooktu y los demás hombres de su grupo ya se habían retirado bajo cubierta, al igual que la mayoría de los marineros, algunos para ocuparse de las heridas, pero la mayoría para comentar su gesta.

Aparte del timonel y los vigilantes dispuestos en la proa y la popa, Gareth y Emily fueron de repente los únicos que permanecían en cubierta.

El mayor se volvió hacia ella en el mismo instante en que Emily levantaba la vista hacia él.

En la suave oscuridad, ella estudió su rostro, buscó su mirada. Y sin previo aviso, se estiró, tomó su rostro entre las pequeñas manos, se puso de puntillas y tirando de él unos centímetros hacia abajo posó sus labios sobre los del mayor.

Los instintos de Gareth afloraron a la superficie...

Pero los apartó despiadadamente.

Era un beso de agradecimiento. Lo sabía, aun así...

Cada partícula de su consciencia se cerró ante la suave caricia, ante la calidez del cuerpo femenino a apenas unos centímetros del suyo, ante la sensación de las delicadas curvas que se ofrecían, que se apretaban inocentemente contra sus labios.

Sus hambrientos, famélicos, labios.

Gareth se esforzó por negar la ávida pasión que se inflamaba en su interior, se esforzó por reprimir el impulso de tomarla en sus brazos, aplastarla contra él, y devolverle el beso.

De saborear, luego reclamar, y luego devorar.

Se esforzó por mantenerse firme, por no moverse ni un centímetro, por dejar que lo besara todo el tiempo que ella quisiera...

Los labios de Emily permanecieron sobre los suyos.

Hasta que, soltando un suspiro, ella se apartó.

Mientras sus talones volvían a tocar la cubierta, ella se irguió a regañadientes, con evidente decepción.

Los encantadores labios se curvaron. La mirada de Gareth seguía fija en ellos y vio formarse las palabras.

—Gracias, mayor.

Él se obligó a mirarla a los ojos. Unos ojos que también sonreían.

—Buenas noches —ella inclinó la cabeza.

El mayor no podía responder, y no dijo nada mientras ella se daba media vuelta y se dirigía hacia las escalerillas. Tuvo que esforzarse al máximo para que sus pies permanecieran quietos, para no seguirla. Para evitar el impulso de deslizar la punta de la lengua sobre sus labios y así saborearla.

No quería sufrir ese tormento. El beso había sido una manera de darle las gracias, estimulado por la gratitud, no por el deseo.

No había sido algo personal, no significaba nada en especial.

Al menos no para ella.

Gareth susurró un juramento antes de obligar a sus pies a caminar en dirección opuesta. Entre ellos dos no había nada, había sido un imbécil al pensar que sí lo había.

Fuera lo que fuera eso, estaba todo en su mente.

10 de octubre de 1822
Por la mañana muy temprano
En mi camarote de la goleta que se balancea sobre el mar Rojo

Querido diario:

Me siento indecisa sobre la concesión de mi último deseo. El ataque fue verdaderamente aterrador y me demostró, como si fuera necesario, la verdadera violencia en la naturaleza de los sectarios. Son unos fanáticos y no les importa morir luchando. De no haber sido por mi galante mayor... Pero eso, por supuesto, fue lo que gané de la experiencia, por terrorífica que resultara. Gareth estuvo absolutamente soberbio al apartarme de las inminentes garras de esos depravados, y luego al protegerme contra esa chusma. *Eliminó a muchos de ellos. Los demás, también, y la tripulación hizo su parte, de eso estoy segura, pero comprensiblemente yo solo tenía ojos para mi rescatador, un hecho que me permitió hacerme cargo yo misma de uno de los sectarios, protegiendo al mayor de un deshonroso ataque por la espalda y nivelando así la balanza ligeramente.*

Por supuesto, después tuve que besarlo. Sí, me mostré extraordinariamente osada, pero el momento, y la excusa, estaban allí y habría sido una estupidez por mi parte dejar pasar la oportunidad.

Por tanto, Querido diario: ahora estoy en situación de informar que el mayor Gareth Hamilton no es ninguna rana. Aunque el beso fue enteramente por mi parte, pues él, muy adecuadamente, no respondió, yo pude percibir, y sentir... lo suficiente como para poder decir que las postrimerías de la experiencia alteraron mi sueño durante el resto de la noche.

Naturalmente, dado su éxito, ese beso solo podrá ser mi primer paso. Por así decirlo, se ha abierto la puerta, y ahora debo averiguar qué hay al otro lado.

Debo admitir que me siento insaciablemente curiosa.

E.

A la mañana siguiente, y conforme a lo prometido, Gareth acudió a su reunión con el capitán.

Con el fin de conseguir toda la ventaja en la negociación que, sin duda, iba a producirse, llevó a Emily con él.

Llamó a la puerta del camarote del capitán con los nudillos, y cuando Ayabad les invitó a entrar, él abrió la puerta y empujó a Emily al interior. Iba vestida de un modo muy atractivo con un fino vestido de color verde.

Ayabad se levantó de un salto y se apresuró a sujetarle una silla a Emily, que le devolvió el saludo fríamente y se sentó.

Gareth tomó una segunda silla y se sentó a su lado.

Emily se había sentido absolutamente encantada cuando él le había pedido que lo acompañara. Él empezaba a ser capaz de leer las expresiones de su rostro. Por supuesto, ella no entendió exactamente por qué había requerido su presencia, pero a él no le pareció que hubiera nada de malo en permitirle imaginarse que necesitaba su consejo, y distraer a Ayabad era, en su opinión, un movimiento estratégicamente perfecto.

—Y bien, mayor — Ayabad se volvió a sentar detrás del pequeño escritorio—, quizás tenga a bien explicar los intereses de esas personas que atacaron este barco anoche, y si es probable que nos encontremos con algunos más de su calaña en este viaje.

Tras haber decidido de antemano hasta dónde podía revelar, Gareth explicó sencillamente las bases de la secta de la Cobra Negra y el interés de los sectarios en Emily, al ser ella quien había valientemente proporcionado la prueba fundamental a las autoridades.

Ayabad se mostró convenientemente impresionado e intrigado. Soltó una exclamación al oír el relato del viaje de Emily desde Poona y formuló varias preguntas, que Emily contestó con el grado exacto de femenina modestia

Empleando el recurso de no mencionar la copia de la carta que llevaba encima, el relato de Gareth, apoyado por Emily, dejó a Ayabad con la impresión de que el mayor ejercía de escolta de la dama en su viaje a casa, en Inglaterra, porque la Cobra Negra debía buscar venganza a través de ataques como el de la noche anterior.

Después de eso no hizo falta gran cosa para convencer a Ayabad de que debería apoyarlos continuando el viaje hacia el norte hasta Suez, rechazando cualquier ataque de los sectarios por el camino. Gareth era muy agudo juzgando a hombres como el capitán. Ayabad y su tripulación se mostraron totalmente dispuestos a animar sus vidas uniéndose a una buena batalla. Por supuesto había una tarifa que pagar. Ayabad y él regatearon la suma adicional.

Un vistazo a Emily le mostró que estaba horrorizada, ya fuera por la cuantía o por el simple hecho de que hubiera que pagar una suma extra, eso no fue capaz de adivinarlo el mayor, pero para su alivio ella permaneció en silencio aunque él, desde luego, sentía su desaprobación.

En efecto, Emily estaba furiosa, pero, dado que Gareth no parecía sentirse molesto ni por la exigencia del capitán ni por la, en su opinión, desproporcionada suma que se estaba barajando, sintió que debía sujetar su lengua.

Lo que le permitió tomar nota de que, dada la cifra, Gareth Hamilton no era ningún pobretón. Hasta ese momento no había reparado en los gastos que había cubierto, pero un rápido cálculo confirmó que debía disponer de recursos muy superiores a los de un mayor del ejército promedio. Por otra parte, ella había oído muchos relatos sobre las riquezas acumuladas por aquellos que trabajaban en la Compañía de las Indias Orientales, y Gareth le había dicho que sus compañeros oficiales y él habían trabajado allí. En sus propias palabras eran «de Hastings».

Su riqueza por tanto no debía provenir únicamente del salario del ejército.

Esa riqueza, por otra parte, no resultaba importante. Si el mayor demostraba ser su «él», se casaría con él independientemente del dinero, pero su relativa riqueza desde luego ayudaría a conseguir la aprobación de sus padres para la unión.

Devolvió su atención al camarote del capitán y descubrió que Gareth y el otro hombre estaban estrechándose las manos.

Los dos sonreían de manera idéntica.

Los dos parecían piratas.

Emily se puso en pie al igual que Gareth y se despidieron del capitán, que hizo una reverencia muy elaborada sobre la mano de Emily. Ella tomó nota mentalmente de asegurarse de no hacer nada para animar a Ayabad. Lo juzgó como un mujeriego, sin duda disponiendo de una mujer en cada puerto del mar Rojo.

Cuando la puerta se hubo cerrado a sus espaldas, Gareth sonrió.

—Excelente —hizo un gesto hacia la escalerilla.

Emily le precedió escaleras arriba. Él la siguió de cerca mientras caminaban por la cubierta.

—Ha ido bien —Gareth la miró a la cara—. Quería evitar mencionar mi misión y me ha sido de gran ayuda con eso —miró hacia delante acompasando el paso al de ella mientras se acercaban a la popa—. Se comportó justo como había que hacerlo para despertar la vena caballerosa de Ayabad. Estaba seguro de que la tenía. Es un hombre honorable, por eso lo contraté en Mocha.

Ella se detuvo junto a la barandilla de popa, agarrándose con fuerza y mirando la estela.

Gareth se detuvo a su lado y miró hacia atrás. Las cubiertas habían sido limpiadas a primera hora de esa mañana y no quedaba ninguna señal de la batalla de la noche anterior.

—Debería regañarla por caminar sola anoche en cubierta —él hizo una mueca con los labios—, pero todo el grupo se siente mejor tras haber rechazado el ataque que todos sabíamos que llegaría. Recibimos algunos cortes y magulladuras, pero nadie resultó seriamente herido.

El mayor hizo una pausa, recordando vívidamente el momento en el que al mirar hacia abajo desde el techo había visto a los sectarios rodeando a Emily, la había visto indefensa, comprendido el peligro en el que se encontraba... Pero él había estado allí, y la había rescatado, ante lo cual ella se había mostrado debidamente agradecida.

Y, en mitad de la trifulca, ella lo había salvado. Gareth la miró, pero Emily seguía con la mirada puesta en las olas.

—Todavía no le he dado las gracias por su ayuda de anoche, no la he felicitado por su rápida reacción y sentido común. De no haber sido por usted, podría haber resultado gravemente herido.

O muerto, pensó Emily, mientras se volvía para mirarlo a la cara.

Sus miradas se fundieron y ella esperó expectante. Si quería darle las gracias, ella ya le había indicado la manera de hacerlo.

Emily se había quedado sorprendida cuando él había revelado sus motivos para solicitar su presencia aquella mañana. Cada palabra que había pronunciado desde entonces solo había conseguido enfurecerla más y más, pero, si quería redimirse dándole las gracias adecuadamente, ella estaba más que dispuesta a pasar por alto su arrogancia.

De manera que esperó.

—Yo… —la mirada de Gareth recorrió el rostro de Emily antes de regresar a sus ojos— debo admitir que cuando sugerí que uniésemos nuestras fuerzas me imaginé a mí mismo aceptando la responsabilidad de cuidarla como si fuera su niñera, pero ya ha contribuido de una manera positiva, de muchas maneras positivas, a la aventura conjunta, al bienestar de nuestro grupo, y se merece nuestra, desde luego mi, agradecimiento y gratitud.

Ella esperó. Esperó.

Gareth parecía percibir su expectación, pero lo único que hizo fue moverse inquieto.

—Estoy seguro de que los demás…

¿Los demás? Emily se rindió, lanzó los brazos hacia arriba mientras emitía un sonido de frustración. Se acercó a él y plantó las manos sobre sus mejillas, tiró de su cara hacia abajo y posó sus labios sobre los de él.

Otra vez. Con más fuerza.

Con más determinación, con más confianza.

Sugerentemente.

Emily sintió la ligera rugosidad de la barba bajo sus manos, sintió de nuevo la dureza de su rostro, las líneas cinceladas de sus mejillas y los pómulos. Deslizó ligeramente los dedos sobre esos pómulos mientras registraba, absorbía, y exploraba de nuevo la fascinante dureza de los labios de Gareth bajo los suyos.

Y, como en la anterior ocasión, él no le devolvió el beso, aunque sí reaccionó, ella lo sentía. Prácticamente sentía la batalla que estaba librando para contenerse, para mantener la ridícula distancia entre sus cuerpos, para mantener sus brazos alejados de ella, para evitar que sus labios buscaran los suyos.

Y de nuevo fue una batalla ganada por él, ¡maldito fuera!

Con la cabeza que empezaba a darle vueltas por la falta de oxígeno, ella se vio obligada a apartarse.

Gareth respiró hondo en cuanto los labios de Emily abandonaron los suyos, inmovilizó sus sentimientos con grilletes de hierro y estuvo a punto de perder el sentido ante el esfuerzo que requirió.

—¿Y eso por qué? —el mayor frunció el ceño mientras ella lo buscaba con la mirada.

—Para que dejara de hablar —Emily entornó los ojos que lanzaban chispas doradas desde el verde musgoso—. ¡Y para que me diera las gracias por lo de anoche!

Dicho lo cual se dio media vuelta y, con un furioso vaivén de la falda, se dirigió hacia la escalerilla.

Gareth la vio desaparecer escaleras abajo. Y se quedó con su sabor en los labios.

Y profundamente confuso sobre lo que estaba sucediendo.

11 de octubre de 1822
Por la mañana
En mi camarote en la goleta del capitán Ayabad

Querido diario:

Me temo que en el asunto de Gareth Hamilton, corro serio peligro de convertirme en una mujer lasciva. Lo he vuelto a besar, en pleno día, en la cubierta de popa, a la vista de cualquiera que pudiera haber estado mirando. No creo que hubiera nadie, pero estaba tan furiosa que me marché antes de comprobarlo.

Mi enfado, por supuesto, fue enteramente culpa suya. Admitió que había iniciado nuestro viaje considerándome una carga, un peso que debía llevar. Sin duda por honor. ¡Ja! Me niego a ser considerada de ese modo, a que él me vea de un una manera tan paternalista, pero después de los más recientes sucesos está, al parecer, reconsiderando su opinión. Tanto mejor. El que sea mi «él» exige que me contemple como la dama con la que desea pasar el resto de su vida.

Y esa fue en gran medida la razón por la que lo volví a besar, para ayudarle a reconsiderar su opinión. Y me niego a lamentarlo. Mi siguiente paso, claramente, será conseguir que me devuelva el beso. Por un instante tuve esperanzas de que lo hiciera, pero es evidente que necesita que lo animen más para cruzar esa línea.

Estoy firmemente decidida a seguir persiguiéndolo, dado lo bien que cumple mis expectativas. Con cada día que pasa, me convenzo más, pues todo lo que veo en él es loable y atractivo... bueno, excepto su tendencia a asumir el mando absoluto. Y su continua reticencia a dejarse llevar por mí. Sé que no es inmune a la atracción que arde entre nosotros.

Por desgracia, ayer no se produjo ninguna oportunidad más para avanzar en mi causa. Tras robarle ese segundo beso, no tuve la sensación de que pudiera iniciar otro más, no sin arriesgarme a que me viera como una mujer fácil. Hoy no creo que se presente ninguna oportunidad para avanzar, pero mañana el capitán Ayabad ha anunciado que atracaremos en Suakin. Pasaremos el día allí, en tierra firme, y eso sí podría generar nuevas oportunidades.

Ya veremos.

E.

La mañana siguiente la goleta se deslizó sobre aguas tranquilas hacia la bahía en la que se situaba la isla de Suakin. Conectada a tierra firme mediante un puente, la isla era el centro de la bulliciosa ciudad. En efecto, hasta donde Emily podía ver, la isla estaba enteramente cubierta por edificios, hasta la misma costa.

El barco dio un rodeo para entrar en los muelles. Pasaron por delante de todo tipo de navíos, pero, aparte de las pesadas barcazas a un lado, ninguno era tan grande como la goleta.

El capitán Ayabad se reunió con Gareth, Dorcas, Watson, y ella junto al timón.

—Hay que hacer acopio de agua y suministros, lo cual nos llevará casi todo el día, pero me gustaría zarpar a media tarde, para aprovechar la marea que nos llevará por el canal y de vuelta al mar Rojo. De modo que, si tienen intención de desembarcar, tendrán que volver a esa hora.

—¿Qué le parece visitar el mercado? —Gareth asintió y miró a Emily.

—Sí. Nosotros también necesitamos suministros.

—El zoco está más o menos en el centro de la isla —Ayabad señaló. Esa es la mezquita. Pasada la mezquita encontrarán los puestos.

Gareth le dio las gracias y para cuando la goleta hubo atracado y la pasarela estuvo desplegada, el grupo ya estaba listo para marchar. Después de alguna discusión, Gareth había acordado que Arnia y Dorcas buscaran lo que necesitaran en el zoco. Había intentado sugerirle a Emily que se quedara a bordo, la clave era «segura», pero después de haber pasado tantos días en la goleta, ella no estuvo dispuesta a dejar pasar la oportunidad de estirar las piernas.

Ni de estar presente si los sectarios volvían a atacar.

Al final, todo el grupo salvo Watson, que estuvo de acuerdo en permanecer a bordo para vigilar sus posesiones, desembarcó. Mientras caminaba por las angostas calles, que se iban estrechando cada vez más pasada la mezquita, Emily fue consciente de que intentaba mirar hacia todas partes a la vez.

Los demás hacían lo mismo. El último contacto que habían mantenido con los sectarios había sido días atrás, y ninguno de ellos se imaginaba ni por un instante que se hubieran rendido marchándose a sus casas.

Una vez en el zoco, la tensión no hizo más que aumentar. Mientras Emily, Dorcas, y Arnia regateaban por la harina y la carne seca, Gareth y Mooktu permanecían atentos cerca de ellas, los rostros severos y la postura amenazante, dejando bien claro que estaban vigilando. Bister, Jimmy y Mullins también andaban cerca. Bister parecía estar instruyendo a Jimmy sobre cómo fundirse entre las multitudes, y cómo encontrar el mejor punto de observación para la vigilancia.

Emily se alegró de poderse volver hacia Gareth y anunciarle que habían terminado las compras.

Él soltó el aire e hizo una seña a los demás para que se reunieran y regresaran al barco. Nadie sugirió dar una vuelta ni disfrutar de las vistas.

Gareth suspiró aliviado para sus adentros cuando el último del grupo lo adelantó en la pasarela del barco. Se dio la vuelta y los siguió. Las que todos habían esperado que fueran unas pocas horas de relajación habían estado cargadas de creciente tensión.

La expectación ante un nuevo ataque resultaba casi palpable.

Subiendo a la cubierta de la goleta, el mayor se detuvo para echar un último vistazo a la ciudad. No habían visto un solo sectario. Pero eso no significaba que no hubieran estado allí.

Lo que más le preocupaba era ese cosquilleo que sentía, y no solo ligeramente sino mucho.

Había sido ese mismo instinto el que lo había mantenido con vida durante una larga carrera de, a menudo, impredecibles batallas. Y no estaba dispuesto a ignorarlo. Pero, según Ayabad, su siguiente parada sería Suez. En cuanto zarparan, tendrían varios días de tensión para prepararse para la bienvenida que les tuviera preparada la Cobra Negra.

Haciendo una mueca para sus adentros, se volvió de nuevo y se reunió con los demás en la popa.

Emily permaneció en cubierta con los demás, contemplando la isla de Suakin alejarse de ellos. La marea los llevó rápidamente por el canal que unía la bahía al mar Rojo propiamente dicho.

Con la embocadura del canal a la vista, y la vasta extensión de agua del mar Rojo más allá, ella se apartó de la barandilla y se dirigió bajo cubierta.

En el pequeño camarote del que disponía para ella sola, se sentó en el borde de la cama fijada a la curvada pared externa, y sacó de la bolsa el diario con tapas de cuero. Abrió el cierre y atrapó el pequeño lápiz antes de que se le cayera. Dedicó unos momentos a leer su última anotación antes de volver la página y alisarla. Con el lápiz sujeto entre los dedos, miró a su alrededor ordenando sus pensamientos, sus impresiones, del día.

Suspiró, bajó la mirada y acercó el lápiz al papel.

—*¡Hola!*

Emily levantó la cabeza ante el grito que provenía de la cubierta.

Durante un segundo, no se oyó nada, pero luego estallaron los gritos y los juramentos, un creciente barullo marcado por el golpeteo de muchas pisadas.

El diario salió volando cuando ella se lanzó hacia la puerta. Mientras la abría de golpe, el ruido que tanto había temido oír, el entrechocar metálico de los sables, se unió al alboroto.

Asomándose al pasillo, vio a Mullins desaparecer escaleras arriba seguido de Watson. Arnia y Dorcas permanecían abajo, mirando hacia arriba. Cuando Emily se unió a ellas, Arnia murmuró algo antes de colocar un cuchillo de cocina en las manos de Dorcas.

—Sería una estupidez quedarnos atrapadas aquí abajo cuando allí arriba podríamos conseguir equilibrar la balanza.

Armada con otro amenazador cuchillo de cocina, Arnia subió rápidamente las escaleras.

—Será mejor que se quede aquí —Dorcas miró a Emily antes de subir también ella las escaleras.

Un instante después, Emily se encontró mirando el cielo azul desde la empinada escalera, visión rota cuando alguien pasaba por delante.

No consiguió averiguar nada por los gritos, gruñidos y pisadas. No sabía cuántos estaban peleando, ni quién ganaba.

Dorcas tenía razón, pero ella no tenía ningún arma, de modo que no podría ayudar. Aunque…

Subió las escaleras, quedándose un peldaño más abajo y asomó la cabeza. Lo único que veía era una masa de cuerpos que se movían y llenaban toda la popa. Subiendo ese último peldaño y saliendo de las escalerillas miró hacia atrás a lo largo de la goleta. Por todas partes se veía lo mismo.

Y entonces vio el barco que se había deslizado junto al suyo. A bordo había sectarios. Cada vez que el oleaje acercaba los barcos, más y más de ellos saltaban a la cubierta de la goleta.

Devolviendo la mirada a la acción que se desarrollaba a su alrededor, Emily se dio cuenta de que Arnia tenía razón, iban a necesitar todas las manos que pudieran pelear para ganar en esa ocasión.

Su valoración le había llevado menos de un minuto. Temiendo ser descubierta por algún sectario en cualquier momento, miró a su alrededor con desesperación en busca de algo que pudiera utilizar… y vio el cubo que tan buen servicio le había hecho la otra vez. Evitando a una pareja que luchaba, se abrió paso, alargó una mano y agarró el cubo justo en el instante en que un sectario se fijó en ella.

Con los finos labios apretados en una maliciosa sonrisa, emitiendo un horrible alarido, el hombre se arrojó a través de la multitud hacia ella.

Emily apenas tuvo tiempo de llevarse el cubo hacia ella y arrojarlo hacia delante en esa ocasión hacia arriba. Le dio al sectario debajo de la barbilla y lo lanzó hacia atrás cayendo de espaldas sobre otros dos compañeros. Los tres cayeron en un enredado montón. Los marineros que habían estado peleando con los otros dos se lanzaron sobre ellos.

Emily les dejó a la tarea y se dirigió en dirección contraria, de nuevo blandiendo el cubo.

Tumbó a otro sectario más, pero…

—¡Oh, no!…

Sus dedos resbalaron del asa del cubo, que salió volando hacia la refriega.

Tenía que encontrar otra cosa. Rodeó la popa y, al acurrucarse contra uno de los lados, sus talones tropezaron con algo. Al mirar hacia abajo vio un largo palo de madera.

Se agachó, lo agarró y se lo llevó junto a su cuerpo.

Y descubrió que el palo servía para agarrar las velas y que tenía un gancho metálico de aspecto muy peligroso en un extremo.

Se irguió con el palo entre las manos, como había visto hacer a sus hermanos cuando peleaban con varas. El gancho era pesado y tiraba del palo hacia abajo. Ella encontró el punto de equilibrio justo en el instante en que un sectario se apartaba de un grupo de cuerpos enredados y, sonriendo, se dirigía hacia ella.

Emily se mantuvo firme y levantó el extremo con el gancho. Enganchó al sectario en la garganta y el hombre se detuvo, gorgoteando, antes de caer.

Derribó a dos más, pero no permanecieron en el suelo. Sin embargo, Bister apareció de entre la refriega y utilizó su espada para asegurar que no volvieran a levantarse más.

Emily aprovechó el momento para asimilar lo que estaba sucediendo a su alrededor. Los marineros estaban defendiendo el resto del barco, mientras su grupo peleaba sobre todo en la popa. Cuerpos… todos de sectarios hasta donde ella fue capaz de ver, se amontonaban por todas partes. El grupo de atacantes disminuía, pero cuatro sectarios todavía tenían a Gareth y a Mooktu acorralados contra la barandilla de popa. Encajando la mandíbula, ella blandió el palo.

—¡No, espere! —Bister gesticuló frenéticamente para que le pasara un extremo—. Así.

El hombre se agachó, sostuvo el palo bajo, y agitó la otra mano.

Emily comprendió qué quería decir. Sujetando su extremo ella también se agachó y los dos se lanzaron contra los cuatro sectarios por la espalda. El palo les golpeó en las corvas. Con gritos y brazos al aire, cayeron hacia atrás, y Gareth y Mooktu saltaron hacia delante y acabaron con ellos.

Emily se colocó detrás de Gareth, pegada a la barandilla, con Bister en una posición similar al otro lado. Mooktu había aprovechado el momento para saltar hacia delante y, blandiendo la espada, abrirse paso hasta Arnia y Dorcas, que habían estado peleando con Watson, Mullins y Jimmy.

Los sectarios seguían llegando, lanzándose hacia delante, pero las filas a sus espaldas iban disminuyendo. Hacia el otro extremo de la goleta, Emily vio al capitán Ayabad, blandiendo la espada, con una sonrisa salvaje en el rostro y a su corpulento primer oficial, un nubio con una cimitarra, a su lado.

El entrechocar de las espadas cerca de ella devolvió su atención a Gareth y a Bister, que se defendían furiosamente de otros tres sectarios. Volviendo a levantar el palo, Emily lo dirigió por detrás de Gareth, esperó su momento, y enganchó al sectario que tenía más cerca por la garganta.

El villano reculó y Gareth dio un paso al frente para ocuparse de él, permitiéndole a Emily deslizarse detrás de él y enganchar a uno de los otros dos a los que se enfrentaba Bister.

Su intervención permitió a Bister tomar ventaja y pronto Gareth se unió a ellos… Y de repente eran libres.

Sin embargo, todavía había grupos de hombres peleando por casi toda la cubierta.

Emily respiró hondo, miró hacia un lado y agarró a Gareth por la manga.

—¡Mire!

Señaló hacia el barco de los sectarios. La corriente lo había separado lo suficiente como para que la distancia entre los dos barcos fuera demasiado grande para que los hombres pudieran saltar de un barco a otro. De la cubierta del otro navío, unas pocas docenas de sectarios gritaban y agitaban las espadas en alto, impacientes por abordar la goleta y pelear, su atención fija en sus compañeros que intentaban lanzar cuerdas con ganchos sobre la barandilla de la goleta.

Gareth soltó un juramento, envainó la espada y agarró el palo de Emily.

—Vamos.

El mayor saltó por encima de cuerpos hacia la barandilla lateral. Dejó que Bister, que los había seguido, cortara las cuerdas que habían conseguido enganchar a la barandilla de la goleta y, sentándose casi a horcajadas sobre la barandilla, apoyó el extremo del palo bajo la línea de cubierta del navío de los sectarios, más pequeño que el suyo, y empujó.

Utilizando toda su fuerza, consiguió evitar que el otro barco se acercara más, pero…

—¡Mooktu! ¡A mí!

Un minuto después, apareció Mooktu, vio, comprendió, y desapareció.

Otro minuto después, reapareció con un palo similar y lo apoyó contra el otro barco más cerca del timón. Y también empujó.

Bister acudió en ayuda de Mooktu.

Emily agarró a Gareth cuando este estuvo a punto de perder el equilibrio. Hundió sus manos en la túnica y se echó hacia atrás devolviéndole el equilibrio.

Los sectarios gritaban, intentando encontrar palos para apartar los suyos y acercar los dos barcos.

—¡Mullins! ¡Jimmy!— Gareth miró por encima del hombro. Los dos acababan de liberarse de sus asaltantes.

—¡Más velas, rápido!

Jimmy saltó sobre la cabina de popa. Mullins trepó detrás de él. Juntos consiguieron desenrollar una pequeña vela que izaron, levantaron y tironearon, hasta que la vela principal se desplegó.

Durante un instante, las velas ondearon y luego se hincharon y tensaron.

La goleta se inclinó levemente antes de dar un brusco salto hacia delante.

Los sectarios sobre el barco más pequeño gritaron furiosos y corrieron para desplegar sus propias velas. Pero la goleta era más grande y llevaba muchas más. A medida que el pequeño barco quedaba atrás, Gareth devolvió su atención a los sectarios que seguían en cubierta.

Pero estos, viendo que estaban solos y que no podían ganar, saltaron por la borda. En cuestión de minutos, la batalla había terminado.

El capitán Ayabad dio órdenes para izar más velas. Había salido del pequeño canal de Suakin solo con el foque, motivo por el cual el otro barco había podido acercarse a ellos con tanta facilidad.

Ayabad consiguió abrirse paso hasta la popa, donde Gareth y los demás estaban todos tumbados, recuperando el resuello tras lanzar todos los cuerpos por la borda.

—Mis disculpas —Ayabad asintió hacia Gareth e hizo una reverencia a Emily—. Debería haber estado más pendiente, pero no pensé que esos gusanos intentaran abordarnos de ese modo.

—Yo tampoco —Gareth hizo una mueca y miró hacia los agotados miembros de su grupo—. Unos cuantos cortes, algunas magulladuras y golpes, pero no nos han herido de gravedad —devolvió la atención a Ayabad—. ¿Sus hombres?

—Algunos heridos, pero ninguna vida corre peligro. Estos sectarios... no están bien entrenados.

—La mayoría no —contestó Gareth—. Los contratados como vigilantes y asesinos sí lo están, pero la mayoría son granjeros con cuchillos en las manos.

—Se nota —Ayabad asintió—. Sin embargo, después de esto, si no le importa, me gustaría dirigirme hacia Suez por la ruta más rápida.

—Hasta ahora hemos tenido suerte —Gareth asintió—, no tiene ningún sentido alentar otro ataque.

Al llegar la noche las cubiertas de la goleta estaban de nuevo limpias, con todo en su lugar y como debía ser mientras avanzaban a través de las pequeñas olas con todas las velas desplegadas, por delante de una brisa cada vez más fuerte.

Tras atender las heridas de su pequeño grupo, unos cuantos rasguños y dos cortes más profundos, Emily había acompañado a Arnia y a Dorcas para ofrecer sus pócimas y ungüentos al capitán Ayabad y su tripulación. Los marineros estuvieron más que contentos de que unas delicadas manos atendieran sus heridas, y Emily comprendió por sus comentarios que, al igual que su capitán, habían disfrutado con la batalla.

Después de cenar, cuando el sol ya se había puesto y la noche envolvía las aguas en una aterciopelada oscuridad, se dirigió a la cubierta de popa. Dada la velocidad a la que navegaban, dudaba que se produjera algún peligro. Inclinándose sobre la barandilla, miró hacia la noche.

Y tal y como había esperado, Gareth se unió a ella.

Oyó sus pisadas antes de sentir su corpulencia a su lado.

Él también se inclinó sobre la barandilla al igual que ella, contemplando las encrespadas aguas ante ellos.

—Una noche hermosa, muy tranquila. Nadie diría que, hace tan solo unas horas, esta cubierta era un campo de batalla.

Ella lo miró. La luz de la luna se reflejaba sobre el agua, dibujando sombras en el rostro del mayor.

—Así es la vida, ¿no? Batalla y triunfo.

—En esta ocasión, nuestras heridas han sido menores —los labios de Gareth se curvaron mientras inclinaba ligeramente la cabeza—, de modo que supongo que el triunfo es nuestro.

—¿Cree que después de lo de hoy llegaremos a Suez sin más incidentes?

—Dada nuestra velocidad —él miró hacia atrás a las velas—, con suerte, puede que sí. Los que dejamos atrás tendrán que informar a alguien. Los sectarios de base operan bajo las órdenes de miembros superiores, y dudo que hubiera ninguno de ellos en ese barco. De modo que no creo que tengamos que preocuparnos por la posibilidad de que nos persigan. Sin embargo... —después de una pausa, continuó—, debemos asumir que habrá sectarios vigilando en Suez, quizás no específicamente esperándonos a nosotros, pero a cualquiera de nosotros cuatro que podríamos pasar por ahí. Es un punto de parada habitual de varias rutas de regreso a Inglaterra.

—De modo que cuando lleguemos a Suez —ella asintió—, tendremos que estar de nuevo vigilantes —lo miró—. ¿Cómo piensa viajar a partir de allí?

—No lo sé —él sacudió la cabeza.

Gareth no veía ningún motivo para explicar que, hasta que la había incluido en su comitiva, tomándola bajo su protección, su misión había tenido un cariz algo distinto. Su intención había sido actuar como un señuelo y atraer la atención de todos los sectarios que pudiera para que lo persiguieran. Con Mooktu, Bister y Arnia, los tres capaces de cuidar de sí mismos, no habría tenido que preocuparse excesivamente por el peligro.

Llevarla con él lo había cambiado todo.

—Tendré que pedir unos cuantos favores —el mayor se irguió—, y decidir cuál es la mejor ruta y medio de transporte para evitar llamar la atención de los sectarios. Suez también será la última ciudad en la que podremos conseguir suministros adecuados a este lado de Marsella, de modo que también vamos a tener que ocuparnos de eso.

—¿Y todo ello sin ser descubiertos por la secta?

—Así es. Y hablando de la secta... —Gareth la miró a los ojos antes de hacer una mueca—. Si bien debería desaprobar contundentemente el que subiera a cubierta en medio de una batalla, no puedo ser tan hipócrita.

Emily le sostuvo la mirada durante unos segundos antes de curvar los labios. Volvió a contemplar el agua.

—Arnia dijo algo sobre que sería estúpido que las mujeres esperaran acobardadas a que sus hombres ganaran, si la presencia de esas mujeres en la batalla podría inclinar la balanza y asegurar la victoria. He decidido que estoy de acuerdo con ella. Su filosofía puede que no se aplique a los campos de batalla y acciones del Ejército, pero, en la clase de escaramuzas a las que vamos a enfrentarnos, tiene bastante sentido.

Por mucho que la idea le espantara, no enfrentarse al problema podría ser peor. Ella se había manejado bien ese día, y también en la batalla anterior, pero encontrar armas improvisadamente era confiar demasiado en su suerte, que la próxima vez podría no estar de su lado.

—No sabe mucho sobre armas, ¿verdad? —preguntó él reprimiendo su instintiva reacción.

La sonrisa de Emily se hizo más amplia mientras lo miraba fugazmente.

—Sé que una espada tiene el extremo puntiagudo y, normalmente solo un borde afilado.

Gareth soltó un bufido y reflexionó durante unos segundos.

—Bister es muy bueno con los cuchillos, y Arnia también. Les pediré que le den lecciones, y le buscaré un cuchillo o dos para que los lleve siempre consigo. Tal y como ha dicho, dado que vamos a tener que enfrentarnos a más situaciones como esta, será mejor que no la pille indefensa.

A medida que el mayor hablaba Emily se había vuelto hacia él, apartándose de la barandilla. Incluso bajo la débil luz de la luna, él pudo ver su expresión. Era algo más que un sutil regocijo.

—Gracias —los labios de Emily se curvaron seductoramente y sus ojos brillaron con dulzura.

El movimiento la había acercado a él, y en esos momentos estaban muy cerca.

Durante unos segundos permanecieron así, sosteniéndose la mirada. Gareth habría jurado que la luna, la tierra, y el cielo se habían detenido. Habría jurado que no existía otra realidad más allá de ellos dos de pie en la oscuridad, con la brisa haciendo revolotear algunos mechones de cabello de Emily, y aplastando el vestido contra la esbelta figura.

Se detuvo tras levantar las manos, pero fue incapaz de recordar por qué no debería hacerlo. Ella lo había besado para darle las gracias, no veía por qué no podía hacer él lo mismo.

Y por eso sus manos se posaron sobre la delicada curva de su rostro, las rugosas palmas acunando la delicada piel de sus mejillas, acariciando los frágiles huesos de su mandíbula mientras acercaba el bello rostro hacia él.

—Gracias por lo de hoy —Gareth agachó la cabeza—, por salvarme.

Ella levantó el rostro y sus labios se rozaron. Pero en esa ocasión fue él quien la besó, fue él quien apretó los labios contra los suyos, dulcemente, lentamente, dolorosamente delicado.

Emily no reculó. Él sintió su mano elevarse y posarse sobre el dorso de la suya, anclándose, anclándolo, anclándolos.

Aceptando.

Urgiendo.

Gareth ladeó la cabeza y presionó un poquito más, persuadió y, cuando ella entreabrió los labios, los sedujo un poco más antes de, controlando sus instintos al máximo, sujetándolos, introducir su lengua lentamente, deliberadamente, decididamente. Dado que ella no parecía quejarse, él presionó un poco más, y tomó posesión.

Y algo estalló.

Ella se apretó contra él provocando una impresionante cascada de calor que lo invadió. Sus labios se movían debajo de los suyos, atrayéndolo más profundamente a su interior, devolviendo las caricias.

Y allí estaba el deseo, de repente, desplegándose en su interior, y en el interior de ella.

Familiar, aunque no tanto. Más específico, más consciente. Gareth no podía confundirlo, ni en él ni en ella.

Fue algo inesperado y aun así seductor, atrayente, tentador. Durante largo rato él no hizo nada más aparte de saborearla, sintiendo la embriagadora droga de tener a una mujer dispuesta en sus brazos. Entre unas cosas y otras, la misión, la Cobra Negra, había pasado bastante tiempo desde la última vez que había libado de la copa del deseo, pero ni siquiera ese placer, ni la promesa de más, podría apagar su mente a la realidad de qué mujer tenía entre sus brazos.

A pesar de lo cual el calor, la promesa, permaneció inalterada.

No estaba seguro de qué era eso, ni hacia dónde se dirigía.

Un rápido revolcón sobre un camastro no era posible, no para él, no con ella.

Aquello, fuera lo que fuera, era diferente, de eso estaba seguro. Pero lo que tuviera reservado el futuro estaba envuelto en misterio.

Gareth se detuvo, tuvo que hacerlo, pues no sabía qué seguiría después de aquello. Allí y en ese momento, con ella.

Ni siquiera sabía si ella era consciente de lo que él estaba haciendo, si había reconocido el tirón de creciente deseo y comprendido hacia dónde les llevaría si continuaban, si seguían ciegamente el camino que sus pies estaban marcando.

De modo que interrumpió el beso, aunque reticentemente, muy reticentemente, y apartó sus labios de los de ella.

La miró a la cara y vio aletear sus pestañas, y luego abrirse los ojos. La miró a los ojos y vio…

Nada, más allá de un dulce deleite.

Los labios de Emily estaban brillantes tras el beso, ligeramente curvados. Ella dejó caer su mano y él le soltó el rostro antes de que ella diera un paso hacia atrás.

Sin dejar de sonreír con esa dulce y esquiva sonrisa.

—Buenas noches, Gareth.

Él oyó, pero no dijo nada.

Solo era capaz de mirar, solo podía confiar en sí mismo para mirar, mientras ella se daba la vuelta y sin ninguna prisa se dirigía hacia la escalerilla y luego bajaba por ella.

Gareth oyó sus pisadas por el pasillo inferior, oyó abrirse la puerta de su camarote y luego cerrarse.

Y únicamente entonces llenó sus pulmones, respirando prolongada y profundamente. A continuación se volvió y se inclinó sobre la barandilla de nuevo, y miró al frente hacia el agua iluminada por la luz de la luna.

CAPÍTULO 5

12 de octubre de 1822
Muy tarde por la noche
En mi camarote en la goleta de Ayabad

Querido diario:

¡Me ha besado! Por fin estoy haciendo progresos, y me halaga ver que, por lo menos, he conseguido interesarle. El beso fue maravilloso, mucho mejor en todos los aspectos que cualquier beso que haya podido experimentar antes. Fue muy habilidoso, pero de ninguna manera abrumador. Fue la clase de beso que tengo la intención de seguir experimentando con frecuencia, preferentemente con mucha frecuencia, y que, estoy segura, llegará.

Igualmente prometedor fue su repentino reconocimiento de mi participación en las actividades del día y quién habría pensado que un mayor del ejército podría ser tan abierto de mente como para aceptar la necesidad de que yo mejore mis capacidades para defenderme, y defenderlo a él, aunque dudo que eso último se le haya ocurrido.

En cualquier caso, debo anotar que todo está progresando muy favorablemente. Dada su estimación de que estaremos a salvo de un nuevo ataque hasta que lleguemos a Suez, tengo grandes esperanzas de lo que los próximos días nos depararán.

Recostaré mi cabeza para dormir en una excitada anticipación.
E.

16 de octubre de 1822
Por la tarde
En mi camarote de la goleta

Querido diario:

Hace días que no escribo nada ya que, para mi irritación, no tengo nada que comentar. Tenía grandes esperanzas de que Gareth, tras haber roto el hielo y haberme besado, y los dos sabemos que tenía poco que ver con la gratitud, y tras haberse dado cuenta de la naturaleza de nuestro vínculo, como estoy segura que ha sucedido, buscaría besarme de nuevo.

Por desgracia, no ha mostrado ninguna evidencia de tal sensibilidad, de hecho, ¡su reacción al suceso parece ser intentar mantenerme alejada de él! No digo que esté negando la atracción que ardió entre nosotros, lo veo en su mirada, es más bien que ha decidido que no deberíamos permitirnos el tiempo ni el lugar para perseguir más nuestro mutuo interés.

Ya he mencionado su irritante tendencia a tomar decisiones unilaterales, ¿verdad?

Esto debe acabar, aunque todavía tengo que descubrir el modo de conseguir doblegar su determinación.

Pero lo haré.

E.

19 de octubre de 1822
Por la mañana muy temprano
En el camarote de la maldita goleta

Querido diario:

Estoy escribiendo esto rápidamente mientras preparamos el equipaje, y nos preparamos, para abandonar este limitante navío. Suez

se ha materializado entre la niebla delante de nosotros y esperamos llegar a puerto en unas pocas horas. Esta parte de nuestro viaje ha llegado a su fin y si sus revelaciones han sido significativas, y sé sin lugar a dudas que Gareth Hamilton responde a todos los requisitos de mi «él», y su consiguiente evolución, ¡ese prometedor y alentador beso!, debo observar que todavía tengo que atrapar a Gareth.
Que se ha mostrado irritantemente evasivo.

Ni yo ni él sabemos qué nos deparará la siguiente etapa de nuestro viaje, pero tengo esperanzas de que me ofrecerá mayores horizontes para perseguirlo o, más exactamente, para animarlo a que me persiga a mí.
Sigo adelante con esperanza.
E.

Abandonaron los muelles mientras el sol se alzaba sobre el lado este de Suez, dibujando los pálidos muros de un brillante rosa ambarino. Gareth entornó la mirada hacia los edificios que se dibujaban contra el cielo de la mañana, minaretes y cúpulas de mezquitas que señalaban su presencia en tierras extranjeras.

Por suerte, desde la derrota de Bonaparte, esas tierras extranjeras estaban cayendo cada vez más bajo dominio británico.

Vestido con sus ropas árabes, el mayor avanzaba con confianza, como si perteneciera a ese lugar, como si supiera hacia dónde iba, lo cual era cierto. Ya había hecho una escala en Suez camino de la India. Pasó los muelles y entró en la plaza, mirando hacia atrás, hacia la pequeña procesión que lo seguía, Mooktu a su lado, Emily, Dorcas y Arnia vestidas con sus burkas a una respetuosa distancia, y luego Bister y Jimmy, que portaban el equipaje, con Watson y Mullins cerrando la comitiva.

Devolviendo la mirada al frente, Gareth condujo a la comitiva a través de la abarrotada plaza hasta una calle que llevaba, no al barrio diplomático, sino a una tranquila zona residencial. Se detuvo bajo la entrada a una tienda que todavía no había abierto, y esperó a que las tres mujeres, Bister, Jimmy, Watson y Mullins se acercaran y se detuvieran lo suficientemente cerca como para oírle.

No les había dicho adóonde los llevaba. No quería preguntas ni quejas durante el trayecto, nada que pudiera alterar la imagen que estaban proyectando. «No miréis a vuestro alrededor descaradamente como si estuvierais buscando», les había dicho antes de bajar la pasarela del barco. Los sectarios sin duda estarían en Suez, y necesitaban evitar llamar la atención.

—No podemos arriesgarnos a ir al consulado —les informó con calma mientras miraba a Emily—. Ferrar tiene contactos en los círculos diplomáticos, puede que haya pedido a los empleados que lo avisen a él o a sus adeptos si alguno de nosotros pasa por allí.

—Entonces, ¿adónde vamos? —Emily lo miró a través del panel de encaje de su burka.

—A ver a un viejo amigo —él la miró a los ojos.

Y sin más, los condujo hacia delante, hacia las calles residenciales y más tranquilas.

Sabía que Cathcart les prestaría toda la ayuda que pudiera. Lo que Gareth no sabía era si las habilidades de su viejo amigo incluían organizar la clase de transporte que necesitaban. Pero Cathcart siempre había sido un tipo con recursos.

Las calles por las que caminaban eran estrechas, en parte pavimentadas, todas polvorientas. A los lados se alzaban altos muros de estuco tras los cuales se ocultaban casas grandes y pequeñas. A esas horas resultaba sencillo transitar por esas calles, la gente que finalmente las abarrotaría salía en grupos de dos y de tres de las macizas puertas de madera abiertas en los muros.

Un paseo de diez minutos desde los muelles los llevó a una puerta pintada de verde que él no había olvidado. Levantando un puño, golpeó la puerta.

Pasó un minuto antes de que el panel que ocultaba un estrecho rectángulo labrado en hierro se deslizara hacia un lado. Unos oscuros ojos los observaron.

—¿Todavía vive Roger Cathcart aquí? —Gareth miró directamente a esos ojos.

El árabe de mediana edad al otro lado de la puerta asintió.

—Esta es la residencia del señor Cathcart.

—Excelente. Por favor, informa al señor Cathcart de que Gar está aquí y que quiere consultar con él un asunto de suma gravedad.

El hombre parpadeó y, después de unos segundos, el panel se cerró.

Menos de dos minutos después, Gareth oyó unas ágiles pisadas de botas acercándose a la puerta desde el otro lado.

Ya sonreía cuando la puerta se abrió de golpe y Roger Cathcart se lo quedó mirando fijamente, encantado y sorprendido, y visiblemente intrigado.

—¿Hamilton? ¿Qué demonios estás haciendo aquí, muchacho?

Antes de poder explicarlo, se llevaron a cabo las presentaciones y se dispusieron los alojamientos necesarios. La casa de Cathcart era lo bastante grande como para acomodarlos a todos, y su reducida servidumbre era sumamente discreta, algo que Cathcart, intuyendo la necesidad de secretismo tras echar un vistazo a sus ropas, tuvo cuidado en exigir encarecidamente.

Tras ejercer como primer secretario del cónsul británico durante más de ocho años, Cathcart conocía todo lo que sucedía en Suez, las vicisitudes políticas y sociales y, o eso esperaba Gareth, las diversas maneras de viajar hacia el Mediterráneo y más allá.

Cathcart se mostró encantado e intrigado de conocer a Emily, sobre todo después de saber de su conexión con el gobernador de Bombay, pero controló su curiosidad hasta que

Emily, Gareth, y él mismo quedaron a solas, sentados sobre mullidos sillones alrededor de una mesa baja, dando buena cuenta de la comida servida en bandejas de cobre y latón.

—Consideradlo un desayuno tardío —Cathcart agitó una mano en el aire—, o una comida temprana —miró a Emily, ocupada observando la selección de alimentos, y se sonrojó ligeramente—. Debo decir… debo disculparme. Todos son platos locales, no se me ocurrió pedir algo más inglés…

—No, no —Emily sonrió mientras se servía unos pequeños pastelillos de cereales—. Después de seis meses en la India, me he acostumbrado a la comida especiada.

—Ah, qué bien. ¿Seis meses? Una visita bastante larga.

—Una visita muy agradable para ponerme al día con mi tía y mi tío —Emily terminó de elegir la comida y dejó el plato sobre la mesa—. ¿Lleva aquí mucho tiempo?

Mientras llenaba su plato con las delicadezas recién preparadas, Gareth escuchó a Roger ofrecerle a Emily una versión condensada y elocuentemente encantadora de sus años allí.

Emily parecía bastante animada, alentándolo a continuar.

Roger y ella mantuvieron una animada conversación hasta que, con el plato lleno y los dos comiendo, Roger llamó la atención de Gareth.

—¿Y bien, cuál es ese asunto de suma gravedad que te trae a mi casa?

Gareth miró hacia la puerta.

—Han regresado todos a la cocina —añadió Roger—. Nadie puede oírnos.

Gareth asintió y, entre bocados de comida muy especiada, aunque deliciosa, le contó a Roger toda la historia, desde las órdenes de Hastings hasta su necesidad de llevar la ropa con la que había llegado a su residencia.

Roger era uno de los pocos hombres en el mundo en quien el mayor tenía la suficiente confianza como para contarle toda la verdad. Lo conocía desde que los dos eran alumnos en el instituto de Winchester y ninguno había defraudado jamás al otro. Mientras que Gareth había entrado en el Ejército, Roger había optado por el servicio diplomático, pero habían mantenido el contacto y por eso Gareth había parado en Suez en su camino de regreso de la India.

Tal y como había esperado el mayor, Roger captó de inmediato las implicaciones de la identidad de la Cobra Negra.

Frunciendo el ceño, apartó su plato vacío.

—Aquí estaréis a salvo, por supuesto, mis empleados son de confianza, pero deberíais limitar al mínimo vuestras apariciones en las calles, y evitar en todo lo posible la zona que rodea el consulado.

Miró a Gareth a los ojos y luego a Emily.

—Últimamente he visto unos cuantos turbantes con unos extraños pañuelos de seda negra.

—Miembros de la secta —Emily abrió los ojos desmesuradamente.

—Me temía que estarían aquí, por delante de nosotros —Gareth asintió—, vigilando.

—Desde luego eso es lo que han estado haciendo. El único lugar en el que los he visto es en las calles que rodean el consulado.

—No tenemos ninguna razón para ir por esa zona, pero —Gareth miró a Roger a los ojos— tú también tendrías que tener cuidado. Alguien del consulado puede que recuerde nuestra conexión de cuando estuve yo aquí hace seis años.

—Puede ser —Roger hizo una mueca—, aunque es improbable, pero tendré cuidado y me aseguraré de que no me sigan, no hasta aquí, y no adonde sospecho tendré que ir para solucionar el tema del vuestro transporte.

—Hablando del cual —Gareth tomó el último pan y lo mojó en la salsa de su plato—, no creo que debamos ir vía El Cairo.

—No iba a sugerirlo. Supongo que, si hay sectarios por aquí, El Cairo estará repleto de ellos. Mucho mejor si os alejáis de ese nido de avispas y os dirigís directamente a Alejandría.

—¿Se puede hacer eso? —la última vez que había viajado

el mayor hasta allí, había ido desde Alejandría por el Nilo hasta El Cairo, y luego en parte por el río, en parte por tierra, hasta Suez.

—Es un camino bastante recto, y —Roger asintió y miró a Emily—, dada tu compañía, tiene el beneficio añadido de ser la última opción que cualquiera esperaría que eligieras.

Gareth no estaba muy seguro de cómo sonaba aquello.

—¿Por qué no? —preguntó Emily.

Roger abrió la boca, pero se detuvo como si, enfrentado a los grandes ojos de Emily, él también estuviera teniendo dudas sobre la mejor opción. Pero, como Emily se limitaba a esperar expectante y decidida, le dirigió a Gareth una mirada cargada de disculpas antes de proceder a explicarse.

—Creo que estarán más a salvo si viajan con una de las caravanas de bereberes que atraviesan el desierto directamente hasta Alejandría.

—Y los bereberes —Gareth frunció el ceño—, ¿no son bastante poco fiables? Belicosos, taimados.

Roger captó lo que su amigo había dejado sin decir y sonrió tranquilizador.

—Algunos lo son, pero conozco a unos cuantos de sus jeques, y... a falta de una mejor descripción, son honorables. Estaréis seguros con una de sus tribus, pero primero tengo que averiguar si alguno de aquellos en los que confío están aquí ahora mismo, y cuándo tienen pensado partir hacia Alejandría.

—¿Con qué frecuencia hacen el viaje? —preguntó Gareth.

—Están casi todo el tiempo en movimiento. Solo paran entre Alejandría y aquí en los oasis del desierto. Pero, cuando llegan aquí, las tribus pasan una semana o dos en campamentos fuera de la ciudad —Roger miró a Emily, invitándola a hablar—. Si cree que será capaz de soportar las privaciones, sería casi con toda certeza la ruta más segura.

Gareth esperaba que ella preguntara a qué privaciones iba a tener que enfrentarse, pero, en cambio, la bonita barbilla redondeada se tensó. Tras dedicarle una rápida mirada, se volvió hacia Roger.

—¿Es la opción de la caravana la que nos ofrece mayores probabilidades de llegar a Alejandría sin encontrarnos con los sectarios?

Roger dudó antes de asentir. Con decisión. Luego desvió la mirada hacia Gareth.

—Si eliges cualquier otro camino, es casi seguro que os encontréis yendo directamente hacia ellos y, dada la cantidad que he visto por aquí, es probable que tengan una fuerza más que significativa.

—En ese caso, elegiremos la opción de la caravana, si puede organizarlo... —Emily miró a Gareth y enarcó las cejas.

Gareth evitó parpadear y asintió. Él estaba a cargo, pero, si esa mujer estaba dispuesta a aceptar las dificultades que conllevaba viajar con una caravana, no iba a ser él quien se quejara por ello.

—Muy bien —Roger consultó la hora en el reloj de una mesa cercana—. Tengo que repasar unos cuantos documentos y, de todos modos, la mejor hora para encontrarlos es a primera hora de la tarde —miró a Gareth—. Me acercaré por allí esta tarde y veré quién está en el campamento y quién tiene pensado marcharse en un día o dos.

19 de octubre de 1822
Antes de ir a la cama
En mi habitación en la casa de Cathcart en Suez

Querido diario:

Bueno, por lo menos puedo anunciar que he visto alguna evolución en la actitud de Gareth hacia mí, aunque no podría describirse precisamente como decisiva de ninguna manera. Durante la cena se convirtió en un auténtico oso, gruñendo y protestando, y todo porque su amigo Cathcart me prestó la debida atención. No una atención excesiva, sino simplemente la habitual atención que cualquier caballero sociable y sofisticado podría dedicarle a una dama que está cenando a su mesa, y con el fin de resultarle agradable. En ningún momento se pasó Cathcart de la raya. Gareth, por el contrario, se mostró decididamente hosco. No provocó ningún altercado abiertamente, pero, dado que habitualmente muestra un carácter muy equilibrado, su desafección me resultó evidente, y sospecho que, siendo viejo amigo suyo, a Cathcart también.

Me pregunto qué suposiciones hizo.

En cualquier caso, y aunque hoy no encontró a esas personas que buscaba, Cathcart está haciendo todo lo que puede por nosotros, y por tanto se ha hecho merecedor de mis sonrisas.

Si Gareth no encuentra motivo alguno para llamar mi atención, ni invitarme a sonreírle, entonces no debería quejarse si me dedico, únicamente las sonrisas por supuesto, a otra persona

No estoy dispuesta a hacerle concesiones estando de ese humor. No puede contemplar a Cathcart como a un rival. Es a Gareth a quien he besado, ¡tres veces! Si no actúa y empieza a perseguirme pronto, voy a tener que hacer algo más drástico.

E.

La tarde siguiente, Gareth se encontró deambulando por los pasillos de la casa de Cathcart sin nada que hacer, nada que requiriese su atención urgente, ni siquiera no urgente. Había pasado tanto tiempo sin un momento libre que se sentía literalmente perdido.

Poco antes había acompañado a Emily y a los demás al zoco para reabastecerse. Al regresar a la casa, Roger se había reunido con ellos para tomar un ligero almuerzo antes de partir en busca de las tribus bereberes acampadas fuera de los muros de la ciudad.

En cuanto Roger se hubo marchado, Emily había salido al patio delantero con Arnia y Bister, que se estaba tomando muy en serio su nuevo papel como maestro de armas de Emily. Tras observarla por la ventana, y ver cómo Bister rodeaba a Emily y le tomaba una mano mientras le hacía una demostración de varios movimientos, y fintas, Gareth había lamentado brevemente no haberse presentado voluntario para enseñarla él mismo.

Pero lo que quería era que ella aprendiera, por lo menos para tener algunas habilidades defensivas, y de haber sido él su profesor, él... y quizás incluso ella, se habrían distraído.

Con la túnica árabe ondeando a su alrededor, se había dirigido al otro patio más contemplativo, pero allí no había encontrado nada que mantuviera su interés, contemplativo o de cualquier otra índole. Pensar en qué estarían haciendo sus tres compañeros de armas tampoco ayudó a tranquilizar su mente.

Pensar en los esbirros de la Cobra Negra fue aún peor.

Regresó a la casa y permitió que sus pies lo llevaran hacia el salón principal. Al detenerse en la entrada que conducía a la gran estancia, vio a Emily sentada en el diván más grande, acurrucada entre los mullidos cojines, la mirada fija en la ventana y una expresión distraída y ausente en el rostro.

Sus botas no habían hecho el menor ruido sobre la gruesa alfombra del pasillo y por tanto ella no sabía que estaba allí. Aprovechó el momento para estudiarla, el perfecto perfil, el elegante cuello, las bonitas líneas de sus brazos. Las atractivas curvas de su esbelto y muy femenino cuerpo.

Él basculó el peso del cuerpo de un pie al otro y ella levantó la vista, mirándolo a los ojos.

—¿En qué estás pensando? —el tuteo surgió de su boca antes de reflexionar.

—En esto y lo otro —ella se encogió ligeramente de hombros.

El sutil rubor en sus mejillas la delató.

Debería haber preguntado en quién estaba pensando.

¿En él? ¿En Cathcart?

¿O acaso en el fantasma de MacFarlane?

De repente, resultó importantísimo saberlo. Desde que había sido lo bastante insensato como para besarla en la goleta, se había formulado incesantemente preguntas, sobre qué pensaba ella, sobre qué deseaba, sobre qué pasaba por su mente. Sobre qué estaba bien, qué era lo honorable, qué era lo aceptable dadas las circunstancias. Sobre hasta qué punto podía culpar a las circunstancias por el aparente interés que mostraba Emily por él. Entró en el salón y sorteó los numerosos cojines del suelo y mesas bajas y se acercó al diván.

—¿Puedo?

—Por supuesto —ella se irguió entre los cojines, recogiendo sus faldas en una clara invitación para que él se sentara a su lado.

Y Gareth lo hizo. Pero los divanes no estaban diseñados para sentarse formalmente. Emily contoneó las caderas, encogió las piernas bajo las verdes faldas, y se giró para mirarlo a la cara. Él se recostó entre los cojines y extendió los brazos sobre la colorida seda, una rodilla doblada sobre el diván y el cuerpo girado hacia ella.

—¿Qué te está pareciendo el viaje hasta ahora?

—Pues... —ella agitó una mano en el aire en un gesto que podría significar muchas cosas—, instructivo, esclarecedor, innegablemente excitante.

—Me temo que no vamos a poder ver las pirámides ni la esfinge.

—Dado que esa ruta nos llevaría a través de El Cairo, no me seduce demasiado. Preferiría llegar a Alejandría viva y no presa de los hombres de la Cobra Negra.

—Así es —Gareth dejó pasar unos segundos antes de continuar—. Debe haber supuesto una conmoción saber que James había encontrado la muerte a manos de ellos.

Emily frunció el ceño durante unos segundos antes de que su rostro se iluminara.

—MacFarlane —reflexionó antes de hacer una mueca y mirarlo a los ojos—. Para serte sincera, cuando insistió en quedarse atrás como lo hizo, dado el número de atacantes, me habría sorprendido más si hubiera sobrevivido.

—Fue un inmenso acto de valentía.

—Fue un inmenso acto de autosacrificio, eso lo admito —ella inclinó la cabeza—. De haber sido al revés, dudo que yo hubiese hecho lo mismo.

Emily observó el rostro de Gareth y se preguntó por qué había sacado ese tema de conversación.

—Tu MacFarlane murió como un héroe, pero está muerto, y los que permanecen vivos deben seguir viviendo —agachó la cabeza, tanteando el camino y sin apartar la mirada de él—. Dado que mis posibilidades de seguir viva mejoraron significativamente con su sacrificio, el mejor modo que tengo para honrarlo, o eso pienso, es continuar con mi vida, más aún, vivir la vida plenamente.

«Contigo».

El corazón de Emily latía con fuerza. Estaban solos. Aunque los demás estaban en la misma casa, no había nadie cerca. Y él había hecho el primer movimiento al sentarse a su lado, sin duda una clara declaración de intenciones.

Con expectación desbordante, ella se esforzó por no removerse, por no inclinarse hacia él y precipitar, iniciar, las cosas ella misma. Gareth posó la mirada en los labios de Emily, como si hubiese oído sus pensamientos, pero rápidamente la devolvió a sus ojos.

—Cathcart. Tú… él…

Una repentina comprensión estalló en la mente de Emily. ¿Estaba… se había sentido… celoso? ¿Era ese el motivo de tanta hosquedad?

—Se me ocurrió —ella sonrió con gesto conspiratorio— que, dado que sus esfuerzos son tan vitales para nuestra causa, sería inteligente mostrarme encantadora —abrió mucho los ojos—. ¿Crees que habrá ayudado?

Él buscó en su mirada, y sus labios dibujaron una mueca.

—Conociendo a Roger, seguramente sí —Gareth hizo una pausa sin apartar la mirada de los ojos de Emily y levantó un brazo de los cojines, adelantándolo lentamente hacia su rostro—. Él no es más inmune a sentirse apreciado por una encantadora dama… —su mano se curvó sobre la barbilla de Emily, atrayéndola hacia el. Fascinada, embelesada por la tentación que veía en los ojos del mayor, ella se inclinó hacia delante, acercándose más… entornando los ojos, posando la mirada en sus labios a tiempo de ver formarse las palabras del final de la frase— que los demás.

La mente de Emily comprendió la implicación y sus labios se curvaron al encontrarse con los de él.

El contacto hizo que su corazón diera un brinco.

Emily entreabrió los labios, rindió alegremente su boca, lo recibió, y reprimió un escalofrío. Los labios de Gareth eran firmes, resistentes, dominantemente masculinos. Su lengua la acarició, incrementando y extendiendo las sensaciones.

Ella se entregó, se hundió, en el beso.

Lo sintió acercarse, sintió su mano deslizarse de su rostro, rodeándola, atrayéndola hacia él, su brazo envolviendo su cintura ante su feliz complacencia.

Pegándose todavía más, Emily colocó sus manos sobre la blanca tela que cubría el torso del mayor. Sintió la dureza de los músculos pétreos bajo sus manos y se regocijó. Con gran osadía, los labios pegados a los suyos, su lengua enredada con la de él, se inclinó hacia delante y deslizó sus manos hasta los hombros, y continuó hasta posarlas sobre la nuca, hasta que sus dedos se enredaron en los suaves mechones de su cabello.

Emily suspiró a través del beso, la excitación y expectación mezclándose. Él la atrajo hacia sí antes de inclinarse lentamente hacia atrás, hundiéndose en los cojines, llevándola con él.

Gareth acabó medio tumbado con ella encima. Emily sintió sus labios curvarse bajo los suyos, sintió su satisfacción mientras, sujetándola con firmeza con un brazo, levantaba la mano libre y la acariciaba. Desde una cadera hasta la cintura. La mano se detuvo, aumentando la anticipación, el calor de la palma atravesando el vestido hasta llegar a la piel.

Y entonces movió la mano de nuevo, desde la cintura hacia arriba, en la más ligera de las susurrantes caricias, hasta su pecho.

El escalofrío que recorrió los tensos nervios de Emily hizo que algo en su interior se contrajera… y luego se soltara mientras la mano de Gareth, dura y grande, con hábiles dedos, encontraban lo que buscaba, lo tomaba con la mano ahuecada. Lo reclamaba.

Los dedos de Emily se tensaron sobre la cabeza de Gareth mientras él seguía acariciándola, distrayéndola con su lengua y sus labios, pero solo para apartarse y permitir que el calor, el seductor placer de sus caricias, llenara su mente.

Ella se perdió en la sensación.

Y él también. Gareth estaba inmerso en el sutil regocijo, su mente inundada de placer táctil. Había pasado demasiado tiempo desde la última vez que había tenido a una mujer en sus brazos, de modo que la complació, y a sí mismo, sin prisa. Incluso inmerso en el momento, él, todo su ser, sabía que no se trataba de cualquier mujer. Era quien era, Emily, y eso hacía que ese momento fuese aún más especial.

Aún más adictivo.

Aún más seductor.

Los minutos pasaron. El placer aumentó, creció.

Ella se apretó más contra él, con decisión.

Gareth respiró hondo y cedió a la creciente compulsión, cerró la mano sobre el firme montículo del pecho de Emily, sintió su pecho tensarse cuando ella dio un respingo a través del beso. La espalda de Emily se curvó ligeramente cuando él dibujó las firmes curvas, encontró el pezón, lo rodeó, y cerró sus dedos alrededor del tenso botón.

Ella arqueó la espalda, el movimiento apretándola con más firmeza contra la palma de la mano de Gareth. Él cerró de nuevo la mano, amasó, y la sintió derretirse.

Oyó su suave gemido.

El calor y el deseo recorrieron el cuerpo de Gareth, directamente hasta su entrepierna. Instintivamente, se movió para colocarla a ella bajo su cuerpo…

Y justo a tiempo fue consciente.

Se sujetó, se detuvo.

En frágil equilibrio sobre el invisible borde.

Si lo hacía, si daba el siguiente paso hacia delante, ¿qué pasaría?

Había entrado en la estancia con preguntas. Ella había contestado algunas, pero todavía no estaba claro qué deseaba realmente, mucho menos por qué.

Esa mujer seguía confundiéndolo, y no solo por ella.

Gareth interrumpió el beso, al igual que ella, jadeando.

Una mirada a los aturdidos ojos le indicó que ella, de repente, se sentía tan indecisa como él.

Le indicó que ella también se había dado cuenta de hasta dónde habían llegado.

Que ella, al igual que él, necesitaba pensar antes de ir más lejos.

Se miraron el uno al otro, la mirada fundida, buscando. Pero él no estaba seguro de que ninguno de los dos supiera realmente qué buscaba.

Sus posiciones, la cercanía física, se hicieron evidentes, poco a poco, en sus mentes mientras lentamente regresaban al presente.

Con los músculos tensos, tanto él como ella, empezaron a sentarse y a apartarse.

—Creo que están en el salón.

Watson se dirigía hacia ellos, seguido de los demás.

Cuando el guía de Emily apareció en la entrada, Emily ya estaba elegantemente sentada en el diván, y Gareth de pie junto a la ventana, aparentemente mirando por ella.

El mayor se volvió cuando Watson se detuvo, y enarcó una ceja.

—Pensé que les gustaría saberlo —anunció Watson—, Mullins y Jimmy han visto a una banda de sectarios patrullando la calle no muy lejos de aquí.

El barbudo sectario, conocido por todos como Tío, estaba sentado junto al estanque en un pequeño patio.

—Sabemos que están aquí, en alguna parte de esta pequeña ciudad, pero ¿dónde?

Las palabras murmuradas en voz baja estaban cargadas de una silenciosa amenaza.

Los tres sectarios arrodillados ante el estanque temblaron. Uno se armó de valor y decidió hablar a los pies de Tío.

—Los vigilantes del consulado no han visto nada. Estamos peinando las calles, pero con los muros tan altos de estas casas...

Tío observó al hombre que hablaba, un ligero ceño reflejándose en su mirada. El silencio se prolongó hasta que al fin asintió.

—El mayor está demostrando ser un digno oponente. Tienes razón, Saleeb, no tiene mucho sentido desperdiciar nuestros esfuerzos buscando por estas calles. En su lugar, debemos rodear la ciudad con ojos y oídos, y esperar a que se muestren. Tienen que dirigirse bien al norte o al oeste. Salid de aquí, hijos míos, y estableced contacto con los pastores, con los nómadas, y con cualquiera que se reúna fuera de los muros de la ciudad. Reclutadlos para que sean nuestros ojos y oídos, tenemos dinero de sobra, gracias a la generosidad de nuestro estimado líder —Tío levantó una mano con la palma hacia arriba a la altura del hombro y su hijo depositó rápidamente en ella una bolsa.

Tío sopesó la bolsa antes de ofrecérsela al hombre arrodillado ante él, el que había hablado.

—Toma, utiliza esto para comprar la información que necesitamos. Y, cuando el mayor y su grupo intenten marcharse, lo sabremos —se reclinó en el asiento—. Marchaos.

Los tres hombres se levantaron y se fueron, haciendo reverencias, tan deprisa como se atrevieron.

Y dejaron a Tío reflexionando sobre las vicisitudes del destino.

Había ordenado un ataque nocturno al barco del mayor, con la esperanza de matar al menos a la mujer, pero ella había gritado y, a pesar del elevado número de sectarios a bordo, el mayor y su gente los había superado.

Y luego un barco, llevando a un gran número de sectarios, los había alcanzado, barco enviado desde Adén tal y como él había ordenado. Los había enviado a atacar el barco del mayor cuando por fuerza redujeran la velocidad para salir del canal de Suakin. Había estado seguro del éxito, había empezado ya a planear cómo iba doblegar al mayor, pero solo para ver a sus hombres derrotados de nuevo, y el barco del mayor alejarse gracias a la mayor rapidez de la goleta. Soltando un juramento, había visto su fracaso desde la cubierta de otro barco no muy lejos de allí.

¿Quién habría pensado que el capitán y la tripulación de la goleta se levantarían en armas contra sus sectarios?

En la India, los sectarios no recibían la oposición de los demás. Los demás permanecían quietos y observaban mientras ellos ejercían su venganza sobre el elegido. Así funcionaban las cosas... Pero, al parecer, no era así como funcionaban en el mundo exterior.

A partir de ese momento, iba a tener que permitir comportamientos así de extraños. El mayor parecía empeñado en reclutar a otros para su causa.

—Los encontraremos, padre.

—Desde luego —Tío levantó la vista hacia su hijo y sus labios se curvaron—, así lo haremos, hijo mío.

El fracaso no era una opción.

CAPÍTULO 6

20 de octubre de 1822
Antes de cenar
En mi habitación en casa de Cathcart

Querido diario:

Me apresuro a escribir estas líneas antes de la cena. Aunque me he sentado con tiempo de sobra, he permanecido tanto tiempo mirando al vacío que ahora debo darme prisa para conseguir anotar mis pensamientos. Ha habido una nueva evolución en los sucesos, tras pasar una considerable parte de la tarde en brazos de Gareth mientras explorábamos la profundidad y el potencial de nuestra mutua atracción. El resultado todavía está por decidir, pues cuando nos detuvimos, por mutuo acuerdo, yo por lo menos necesitaba pensar y reflexionar, ya que no había hecho ni lo uno ni lo otro durante el tiempo que sus labios estuvieron posados sobre los míos.

Lo cierto es que hemos llegado a un punto a partir del cual ya no puedo avanzar, no hasta que, y a no ser que, esté absolutamente segura de que Gareth Hamilton es mi «él», el caballero a quien he estado esperando tanto tiempo.

Lo que me dará esa seguridad, no lo sé, del mismo modo que no sé qué nos deparará el mañana en este peligroso viaje. El camino a seguir todavía no está claro. En cualquier caso, debemos dirigirnos hacia Inglaterra eludiendo a los sectarios y todos los peligros que ese diablo

arroje a nuestro paso. De manera similar, aprovecharé cada oportunidad para convencerme a mí misma de que Gareth es mi «él», pero que sea capaz de hacerlo a este lado de Dover todavía está por ver.
No obstante, estoy decidida a seguir adelante.
E.

A última hora de la mañana siguiente, Emily estaba sentada en el salón arreglando el dobladillo de su vestido verde cuando un movimiento en el patio le hizo mirar hacia fuera y vio a Gareth recibiendo a un sonriente Cathcart.

Cathcart había ido a hablar con un jeque bereber sobre la posibilidad de que se unieran a la caravana del hombre. Por la expresión de Cathcart, era portador de buenas noticias.

Los dos hombres se volvieron y se dirigieron hacia la casa. Emily dejó a un lado la costura, y levantó la vista expectante cuando Cathcart y Gareth entraron en la habitación.

Cathcart la saludó con una reverencia.

—Su carruaje está listo, señorita. Se marchará al amanecer mañana —riéndose, Cathcart hizo una mueca—. Por desgracia no existe tal carruaje, e, igualmente por desgracia, me temo que cuando Ali-Jehan dice «amanecer», se refiere al instante preciso en que el sol aparece sobre el horizonte. Por lo cual —Cathcart se arrojó sobre el otro diván y sonrió a Emily con conmiseración— eso significa que hay que salir de aquí incluso antes.

—¿Y ese tal Ali-Jehan entiende que puede que nos persigan, incluso nos ataquen? —vestido con las ropas árabes con las que parecía cada vez más cómodo, Gareth contempló a su amigo.

—Para Ali-Jehan —Cathcart sonrió—, eso ha sido un punto a favor para aceptar.

Gareth soltó un bufido, y Emily tuvo la impresión de que no parecía enteramente complicado.

—Bueno —ella intentó imprimir un tono alegre a sus palabras—, ¡esas son noticias excelentes! —los dos hombres se volvieron hacia ella y Emily y continuó—. Tenemos que seguir adelante, y viajar con una caravana... será toda una aventura —captó la mirada de Gareth—. Bastante parecido a ver las pirámides.

Él volvió a soltar un bufido y se acercó al diván de Emily, sentándose en el otro extremo.

—Debemos darle las gracias, señor —volviéndose hacia Cathcart, ella sonrió—, por su ayuda y hospitalidad. Nos ha proporcionado un muy necesitado respiro —enarcó las cejas, inquisitivamente—. ¿Hay algún mensaje que querría que llevásemos de regreso a Inglaterra? ¿Quizás para la familia?

Cathcart le dio las gracias a Emily por su amabilidad, aunque rechazó el ofrecimiento. Gareth vio a su amigo deleitarse en el brillo de la aprobación que le dispensaba Emily. Intentó no gruñir ni rechinar los dientes. Ella no tenía ningún interés verdadero en Cathcart, era él a quien había permitido besarla, pero Gareth no estaba totalmente seguro de que Cathcart, que aceptaba alegremente los femeninos elogios, no tuviera ningún interés en ella.

En ese instante Emily lo miró con una expresión inclusiva y cargada de conspiración en su mirada, antes de volverse de nuevo a Cathcart y continuar con sus halagos…

Gareth se dio cuenta de que tenía el ceño fruncido y borró la expresión de su rostro. Por lo menos hacia fuera. Por dentro el ceño se hizo aún más profundo. Ella lo sabía. De eso trataba el breve intercambio de miradas. Sabía lo que le estaba provocando su coqueteo con Cathcart.

De todos los progresos de la última hora, eso era lo que menos le había gustado.

21 de octubre de 1822
Antes de cenar
En mi habitación en casa de Cathcart

Querido diario:

Después de la confirmación de Cathcart de que nos marcharemos mañana, nuestro grupo hizo otra muy necesaria visita al zoco. La tensión era claramente palpable, pero a pesar de mantenernos vigilantes, no vimos a ningún sectario en absoluto, lo cual, en lugar de tranquilizarnos, solo consiguió que aumentara nuestra incertidumbre. Ninguno de nosotros cree que ese demonio se haya rendido. El que haya apartado a sus sabuesos solo genera la pregunta de qué estará planeando, de cómo intentará acorralarnos.

Pero en cuanto a la siguiente etapa de nuestro viaje, si bien no manifesté abiertamente ningún reparo, no me siento del todo optimista ante la idea de viajar con una caravana. Sin embargo, dado que no parece haber ninguna alternativa viable, por supuesto seguiré camino con la cabeza bien alta.

En el plano personal, he notado una cierta tendencia en Gareth de ejercer de perro del hortelano. Siento un cierto grado de posesividad en su actitud hacia mí, y en ese aspecto no sé muy bien cómo responder. Si bien no me complace esto, y veo los problemas acechando, sospecho que con cierta clase de hombres la posesividad es innata, y no resulta fácilmente erradicable.

Mis hermanas, estoy segura, podrían aconsejarme, pero tristemente están fuera de mi alcance y no hay nadie más a quien pueda preguntar sobre este tema. En este aspecto, las echo realmente de menos, y a mamá también.

Estoy bastante segura de que en cuanto a Gareth Hamilton, necesito sabios consejos.

E.

Roger Cathcart los condujo hasta los bereberes, una pequeña tribu comandada por el jeque Ali-Jehan, antes del amanecer. El campamento de la tribu se situaba en una hondonada de las dunas de arena al noreste de la ciudad.

Camuflada bajo su burka, Emily permaneció en un apretado grupo con los demás, igualmente disfrazados y reunidos en torno al equipaje apilado sobre una carreta, mientras Gareth y Ali-Jehan, que resultó ser un atractivo diablo de la misma edad que Gareth y Cathcart, mantenían una discusión en voz baja, con Cathcart de testigo. Mirando a través de la pequeña ventana de su burka, Emily aprovechó los minutos para ver todo lo que pudiera de ese mundo desconocido.

Había numerosos campamentos esparcidos por toda la zona. Todos parecían habitados por tribus nómadas, pero no todos eran tan altivos y atractivos, y por tanto fácilmente localizables, como los bereberes. Desde su posición, Emily veía otros tres campamentos bereberes, presumiblemente de otras tres tribus. Desde los otros campamentos, los hombres observaban a su grupo, atentos a la conversación entre los tres hombres.

Volviendo a esa discusión, Emily pilló a Gareth y a Ali-Jehan mirando hacia ella, concretamente a ella. Ali-Jehan le hizo una pregunta a Gareth y él asintió, volviendo a las negociaciones.

Al final Ali-Jehan mostró una resplandeciente y blanca sonrisa. Cuando Gareth le ofreció su mano, Ali-Jehan la tomó en la suya. Con un asentimiento, soltó a Gareth antes hacer una seña al grupo para que se acercara mientras se volvía y empezaba a gritar órdenes a los hombres y mujeres afanados en desmontar el campamento.

Cathcart y Gareth se volvieron hacia ellos cuando se acercaron.

—En esta tribu todos hablan inglés, francés, o las dos cosas —les explicó Cathcart—. Podrán hacerse entender, y entenderse con ellos, deberían estar seguros —sonriente, miró a Gareth—. Tan seguros como se puede estar.

Emily fue incapaz de interpretar la mirada que intercambiaron Gareth y Cathcart, pero en ese momento Gareth la miró.

—Dorcas y Arnia viajarán con las mujeres más mayores. Mooktu, Bister y yo cabalgaremos con los hombres que escoltan la caravana. Mullins, Watson y Jimmy ayudaran con las carretas que transportan nuestro equipaje.

—¿Y yo? —Emily frunció el ceño bajo el burka.

—Tú tendrás una montura propia —Gareth levantó la vista por encima de la cabeza de Emily.

Ella se volvió y vio al Ali-Jehan regresar con otro hombre, que sujetaba una cuerda con la que tiraba de un enorme camello.

Había más camellos enganchados en una larga fila, pateando y roncando y removiéndose inquietos, cada uno cargado con toda clase de equipaje, pero ese camello en particular era diferente. En lugar de equipaje, llevaba un artilugio almohadillado atado detrás de su joroba.

El camello se acercó, abrió su boca y mostró los dientes en un rebuzno que Emily interpretó como una queja de camello.

—Oh, no —ella intentó recular.

—Por desgracia, sí —Gareth apoyó una mano contra la espalda de Emily—. Dadas las circunstancias, el lugar más seguro para ti es la espalda de esta bestia. Es la manera más segura de viajar por el desierto.

—¿Y eso según quién? —Emily abrió los ojos desmesuradamente mientras, con una gran demostración de dentadura, tanto por parte del asistente como del camello, el animal fue obligado a arrodillarse junto a ella.

Ali-Jehan rodeó a la bestia, desplegó una escalerilla de cuerdas e hizo una reverencia, los ojos negros brillantes.

—Su montura, querida dama.

Hablaba un perfecto inglés, pero no había nada civilizado en la manera en que su mirada intentaba atravesar el burka.

Ignorando ese detalle, consciente de que él no podía verla, y que en cualquier caso iba completamente vestida debajo, Emily estudió la peluda cabeza del camello. Con mucho cuidado dio un paso al frente. La enorme cabeza se giró hacia ella y los labios se curvaron hacia atrás.

—Ten cuidado —Gareth tiró de ella para colocarla junto a la silla—, escupen.

—¿Escupen? —ella se volvió y lo miró fijamente.

Gareth la urgió a que se sentara y, bastante perpleja, ella alargó una mano instintivamente hacia el elevado borrén, plantó la bota en el estribo y se elevó... Y vio, detrás del camello, un grupo de espectaculares caballos.

En lugar de girar las caderas y sentarse en la silla, se quedó petrificada e intentó volver a bajar.

—Tienen caballos. Soy perfectamente capaz de montar, hui a galope tendido por esa carretera desde Poona, ¿recuerdas?

—No —Gareth la agarró por las caderas y la empujó hacia arriba—, no puedes montar uno de sus caballos.

—¿Por qué no? —Emily intentó girarse lo suficiente como para fulminarlo con la mirada.

Pero él siguió sujetándola por las caderas, impidiéndole moverse.

—Para empezar, como diríamos nosotros, están medio salvajes.

—Yo podría…

—Quizás —el tono de voz del mayor era cada vez más cortante—. Pero el otro motivo por el que vas a viajar encima de este animal es que se trata de la mascota personal de Ali-Jehan.

Cansada de la incómoda posición, y distraída al sentir sus manos agarrándola de las caderas, ella se rindió, se giró y se dejó caer en el sorprendentemente cómodo asiento. Frunció el ceño hacia Gareth, pero él estaba con la cabeza agachada, ajustando los estribos de cuerda. Emily miró a su alrededor y vio al jeque bereber pasando entre su gente, gritando órdenes y gesticulando.

—¿Y eso qué tiene que ver con todo esto?

—No se alejará de él —contestó Gareth mirándola los ojos.

—¿Y? —Emily frunció más aún el ceño.

—Y… —dando un último tirón, él se apartó—, si los bandidos atacan la caravana e intentan secuestrarte, les va a costar un triunfo mover a este animal, no hay nada más testarudo que un camello.

Gareth la miró durante unos segundos antes de asentir al asistente, que sujetaba la cabeza del animal.

El asistente pronunció una palabra.

Emily contuvo un grito cuando la bestia, en una serie de torpe sacudidas, se volvió a poner en pie.

Cuando por fin lo hubo conseguido, ella volvió a mirar a Gareth.

—Esto es...

—Lo que te mantendrá con vida —el mayor apoyó las manos sobre las caderas y levantó la vista hacia ella antes de desviarla hacia el asistente—. Este es Haneef. Él te enseñará a guiar a Doha.

—¿Doha?

—Es verdaderamente un animal espectacular —Haneef sonrió hacia ella.

Tío se dejó caer sobre los cojines dispuestos delante de una mesita baja que contenía toda clase de platos que ni reconoció ni le interesaron particularmente. Estaba al servicio del amo elegido por él, y dispuesto a soportar cualquier privación necesaria para alcanzar el éxito.

Antes de poder tocar el primer plato, un barullo surgió en el patio al otro lado del arco. Tío agitó una mano en el aire y envió a su hijo a comprobar quién había llegado. Unos segundos más tarde, Muhlal regresó con uno de los sectarios de menor rango siguiéndolo de cerca.

—Excelencia —el hombre hizo una profunda reverencia—, acabamos de saber que el mayor y su séquito ha sido visto en las tierras fuera de la ciudad.

—¿Y?

—Se han marchado con una caravana bereber —el hombre continuó sin levantar la cabeza—. Los hombres a quienes pagamos dijeron que la caravana se dirige al oeste.

—Excelente —Tío asintió—. Puedes irte.

Sorprendido, el hombre levantó la vista. Al encontrarse con la mirada de Tío, rápidamente la volvió a bajar.

—Sí, Excelencia —el hombre salió de la habitación marcha atrás y sin dejar de hacer reverencias.

—¿Lo has oído? —En cuando se hubo marchado, Tío miró a su hijo.

Muhlal asintió.

—Sin duda el mayor se dirige a la embajada de El Cairo —Tío sonrió y le hizo un gesto a su hijo para que se sentara a su lado. Después, apoyó una mano en su hombro, se acercó y bajó el tono de voz—. Esta es tu oportunidad, hijo mío, de brillar al servicio de la Cobra Negra. Nuestro líder es magnánimo con quienes le sirven bien. Ha sido decretado que el mayor debe ser detenido, y si, además, resulta capturada la señorita Ensworth, y adecuadamente recompensada por su temeridad, sería una bonificación feliz. Sugiero que hagas uso de los nómadas a los que tenemos en nómina ahora y partas tras el mayor y la mujer. Capturarlos y entregármelos a mí en El Cairo sin duda te supondrá la gloria a ojos de la Cobra Negra.

—¿Estoy al mando? —Muhlal lo miró resplandeciente.

Tío sonrió y asintió mientras le daba una palmada en el hombro a su hijo.

—Comamos, y luego organizaremos tu marcha. Una caravana se mueve con lentitud. No se te escaparán —cuando Muhlal alargó ansioso una mano hacia el plato, la mirada de Tío se suavizó—. Y yo estaré esperando en el Cairo para celebrarlo contigo.

Mientras se ponía el sol, coloreando la amplia extensión del cielo del desierto en tonos naranjas, rojos, y morados, Emily se levantó de la alta silla de montar y con mucho cuidado bajó a tierra.

Doha la miró con gesto de pocos amigos, y luego la ignoró.

Emily soltó un bufido para sus adentros y se sacudió las faldas y el burka. Y, dejando a Doha al cuidado de Haneef, se volvió para ir en busca de los demás. Le había llevado un buen rato acostumbrarse al extraño movimiento del camello, pero, en cuanto lo había hecho y ya no se sintió en peligro de caerse, Haneef le había enseñado a utilizar las riendas para ejercer cierto control, un control mínimo en opinión de Emily, sobre el animal.

En contra de lo que había esperado, su primer día de viaje había transcurrido sin ningún incidente. Cuando la caravana se detuvo para tomar un ligero almuerzo y refrescarse un poco, antes del mediodía, ella le había hecho a Haneef la pregunta obvia: si Ali-Jehan echaba a correr sobre su caballo entre las dunas del desierto, por ejemplo persiguiendo a algún atacante, ¿le seguiría Doha?

—Oh, no, señorita —Haneef había sacudido la cabeza—. Doha es un animal muy listo, sabe que este —agitó una mano a su alrededor señalando la caravana—, es el lugar de su amo. Se quedará aquí y esperará el regreso de Ali-Jehan. No hay necesidad de que salga corriendo detrás de él si sabe que va a volver.

El que el camello fuera vago hasta la extenuación no le había supuesto una sorpresa a Emily.

—¿Estás seguro de que no es contigo con quien más vinculado se siente?

—Bueno —Haneef había sonreído—, yo siempre estoy aquí, tengo una pierna mal y no puedo montar lo bastante bien como para perseguir a algún asaltante.

Emily vio a los demás al otro lado del campamento, se recogió las faldas y se dirigió hacia ellos sin apartar la mirada de los pies para no tropezarse en la arena. No podía decirse que estuviera encantada con su camello, apestaba extraordinariamente, mucho peor que los caballos, pero montarlo había sido todo un lujo. Los demás habían hecho casi todo el trayecto a pie.

Había varias carretas, pero algunas eran de mano, tiradas por hombres que, al igual que Haneef, no formaban parte de la guardia montada. Otras carretas eran tiradas por burros, y las mujeres y los hombres mayores se turnaban para montar en esas, pero la mayor parte de la tribu y del séquito del mayor había caminado a través del desierto durante todo el día.

Encontró a Dorcas y a Arnia entre el barullo de la gente de la tribu que estaba montando el campamento.

—¿Estáis todos bien? —preguntó mientras agarraba a su doncella del brazo.

—Perfectamente —Dorcas sonrió con expresión cansada.

—No ha sido tan duro como parece —Arnia asintió, comprendiendo el motivo de la pregunta de Emily—. El ritmo ha sido bastante razonable.

—Ha sido como un largo y sencillo paseo —Dorcas asintió mostrándose de acuerdo—. En cuanto le pillas el tranquillo no es tan difícil.

En cierto modo tranquilizada, Emily centró su atención en el campamento que empezaba a tomar forma a su alrededor. Las tiendas se levantaban alrededor de una zona central en la que algunos estaban construyendo una gran hoguera. Bister, Jimmy, Watson, y Mullins estaban ayudando a levantar una de las tiendas bereberes más grandes.

—No hemos traído tiendas.

—No necesitareis tiendas —un bufido surgió de detrás de Emily y unos dedos como garras se clavaron en su codo—, compartiréis la nuestra, señorita.

Volviéndose, Emily se encontró con un par de brillantes ojos oscuros en un rostro profundamente bronceado y arrugado. La anciana sonrió, mostrando una dentadura sorprendentemente blanca con un hueco en el centro. Dio unos golpecitos al burka de Emily, a la altura de la nariz.

—En el campamento, no necesitarás el disfraz. Aquí somos familia todos, y durante este viaje serás una de nosotros. Puedes quitártelo — la anciana asintió hacia Dorcas y Arnia—. Vosotras también.

Emily se había acostumbrado tanto al burka que casi había olvidado que lo llevaba puesto. Pero, ahora que se lo habían recordado, sintió de inmediato la incomodidad y el peso. Sin pensárselo dos veces tiró de él y se lo quitó por la cabeza.

La anciana estudió el vestido de Emily, repentinamente revelado. Alargó una mano y deslizó los dedos por la tela.

—Qué delicado —sacudió la cabeza—. No va a durar mucho —miró las ropas de Dorcas y Arnia y chasqueó la lengua—. Venid —haciéndoles una seña se dirigió hacia las carretas que habían sido alineadas detrás del círculo de tiendas—. Soy la madre de Ali-Jehan. Podéis llamarme Anya. Reuníos conmigo y con las otras ancianas en mi tienda y encontraremos ropa más adecuada para vosotras.

—Gracias —Emily agachó la cabeza respetuosamente.

—Y, después —Anya le dirigió una mirada aguda y observadora—, quizás nos lo puedas agradecer contándonos qué está pasando, ¿sí?

—Desde luego —Emily asintió y reprimió una sonrisa—, si es eso lo que quieres —al parecer las ancianas eran iguales en cualquier parte del mundo.

—Bien —Anya señaló hacia las carretas—. Primero tenemos que meter nuestras cosas.

Todas ayudaron a transportar alfombras enrolladas, mantas de lana, cortinas de seda y sábanas de algodón, cojines y almohadones y juegos de platos y jarras, toda la parafernalia de la comodidad del nómada, al interior de la tienda. Otras cuatro ancianas se unieron a ellas, y Anya se las presentó como Marila, Katun, Bersheba y Girla. Mientras organizaban la tienda la curiosidad hacía presa de ellas.

Cuando al fin se sentaron con las piernas cruzadas sobre las alfombras alrededor del pequeño brasero dispuesto en el centro de la tienda, y compartieron unos pequeños vasos de té de rosas, Anya habló:

—Las mujeres más jóvenes cocinarán en la gran hoguera —señaló al exterior de la tienda hacia la hoguera en el centro del campamento—. Podréis ayudar si así lo deseáis, siempre se alegran de tener un par de manos más.

Tanto Dorcas como Arnia asintieron.

—Las normas de nuestro campamento — Anya continuó—, son que todas las mujeres solteras deben dormir en las tiendas de sus familias. Dado que no tenéis familia aquí, dormiréis en esta tienda y, durante la mayor parte del tiempo, permaneceréis cerca de aquí. No está permitido que las mujeres solteras merodeen entre los hombres sin llevar una acompañante.

—Arnia está casada —Emily miró a Arnia.

—Ya lo he notado —Anya asintió—, pero tu marido no tiene tienda propia sino que comparte la tienda de mi hijo y sus guardias. Por tanto —miró a Arnia—, procurarás permanecer con nosotras aquí, aunque puedes pasear y hablar libremente con tu marido.

Arnia inclinó la cabeza en señal de agradecida aceptación.

—Voy a necesitar hablar con el mayor Hamilton a menudo mientras estemos en el campamento —Emily se removió inquieta y soltó su vaso de té vacío.

—Eso solo podrá ser si él te aborda —Arnia entornó los ojos y miró con expresión severa—, y únicamente en el espacio central y a plena vista.

—Pero…

—No es negociable —los oscuros ojos de Anya sostuvieron la mirada de Emily—. Sois nuestros invitados y, por supuesto, deberéis respetar y seguir nuestras costumbres.

—Como tú digas —dicho así, Emily no podía hacer nada salvo agachar la cabeza.

No le cabía la menor duda de que Watson, Mullins, Jimmy, incluso Bister y Mooktu, acudirían allí en su busca si tenían algún asunto que tratar. Pero ¿Gareth? Estaba bastante segura de que utilizaría las costumbres bereberes como excusa para evitar discutir nada con ella.

—De acuerdo —Anya se dio una palmada en la cabeza y dejó el vaso vacío—. Ahora veamos qué podemos encontrar para que os pongáis.

Emily, junto con Dorcas y Arnia, pasaron la siguiente hora probándose una selección de ropa que las ancianas les iban mostrando. Las mujeres que compartían la tienda de Anya habían estado todas casadas en alguna ocasión, y sus hijas y nueras estaban entre las mujeres casadas del campamento. Tras definir las necesidades de las tres recién llegadas, las ancianas, las matronas de la tribu, tal y como Emily las bautizó mentalmente, llamaron a sus parientes femeninos más jóvenes y les explicaron esas necesidades antes de enviarlas a sus respectivas tiendas para buscar algo que les fuera de utilidad.

La tienda de Anya estuvo pronto llena de chicas tímidas y de risa fácil, que ofrecían diversos vestidos, faldas, camisas, y chalecos, y esperaban su turno para examinar la tela y estilos de la ropa de Emily, Dorcas, y Arnia.

El estilo bereber era mucho más adecuado para cruzar el desierto. Consistía en una túnica suelta que se llevaba sobre una sencilla camisa, ideal para llevar debajo del burka. En cuanto el burka fue desterrado en favor de un pañuelo con velo para la cabeza, las faldas y chalecos fueron colocados sobre las túnicas, ofreciendo calor, peso, y color.

Las tres quedaron al fin adecuadamente vestidas como para pasar por bereberes. Anya dio su aprobación con un seco asentimiento.

—Bien. Ahora vamos a reunirnos con los demás ahí fuera.

Al otro lado del campamento, Gareth estaba tumbado sobre unos cojines delante del brasero en la tienda de Ali-Jehan mientras aprendía de su anfitrión los entresijos de la vida bereber. El jeque concluyó con una filosófica reflexión.

—Yo reino sobre la tribu y la caravana, pero mi madre reina sobre el campamento. Así son las cosas. De modo que no podrás reunirte con tus mujeres en privado mientras estés con nosotros.

Gareth asintió y apuró su vaso de refrescante té.

—No veo ningún inconveniente en adherirme a vuestras costumbres —no mencionó que ninguna de las tres mujeres de su séquito era «suya». Si Ali-Jehan y sus hombres solteros, muchos de los cuales habían encontrado motivos para detenerse junto al camello de Emily a lo largo del día, preguntando por su comodidad, habían llegado a la conclusión de que Emily era, como decían ellos, «suya», Gareth no veía ningún motivo para sacarlos de su error. Estaría más segura, y también sería más seguro para él. A fin de cuentas, Emily estaba a su cuidado.

—Y ahora, ven —Ali-Jehan le dio una palmada en el hombro y se levantó—. Deberíamos reunirnos con los demás, ya casi es hora de cenar.

Gareth lo siguió fuera de la tienda. La zona central bullía de actividad con gente arremolinándose a un lado y otro, charlando y observando cómo se cocinaba la comida sobre el fuego. Las mujeres se afanaban de un lado a otro, ya no ocultas bajo sus túnicas, pero la mayoría llevaba pañuelos enrollados alrededor de la cabeza.

La escena estaba llena de color, en cierto modo familiar, aunque la presencia de las mujeres confería un aire diferente al campamento.

—Nosotros nos sentamos aquí —Ali-Jehan señaló hacia una zona a un extremo de la hoguera rectangular—. Todos los hombres nos sentamos en este lado.

Gareth se reunió con él sobre la colorida alfombra extendida sobre la arena, cruzando las piernas como los demás. Vio a Bister y Mooktu, y a Watson y Jimmy, y por fin localizó a Mullins entre los grupos de hombres. Cada uno hablaba animadamente con uno o más de sus anfitriones.

—Ese líder serpiente negra —Ali-Jehan se interrumpió cuando una mujer se acercó con una bandeja de pan plano y carne especiada. Tras servirse, el jeque esperó a que Gareth hiciera lo mismo antes de continuar—. No me has contado mucho de esta persona —miró a Gareth a los ojos—. Cuéntame más.

Mientras comían, Gareth habló. Algunos de los otros guardianes de la caravana, los guerreros de la tribu, se acercaron para escuchar. Gareth no vio motivo alguno para no contarles todos los detalles, desde cuando él y sus colegas habían recibido órdenes del Gobernador General, hasta el último encuentro en el mar Rojo con los sectarios.

Por los comentarios y exclamaciones que provocó su relato, las reacciones de los bereberes a las atrocidades la Cobra Negra eran similares a las suyas, su solución preferida, la decapitación, recordaba extrañamente a la de su colega, Rafe Carstairs.

Para cuando llegaron al tiempo presente, el fuego se había extinguido y el viento arreciaba, lanzando pesadas sombras que parpadeaban sobre las tiendas. Las mujeres hacía rato que se habían retirado, dejando solos a los hombres para que hablaran.

Por fin se produjo un agradable silencio, y Ali-Jehan asintió lentamente.

—Eso que hacéis es muy honorable, el viaje para detener el reino del terror de ese demonio —observó a Gareth y lo evaluó, sin dejar de asentir—. Os ayudaremos en esta empresa, es lo correcto.

Los demás hombres de la tribu murmuraron su asentimiento. Gareth inclinó la cabeza. En el grupo se encontró con la mirada de Mooktu y vio su propia confianza reflejada en ella.

Cathcart había acertado al elegir a Ali-Jehan y su tribu para que los acompañaran en su viaje. Los acentos eran diferentes, la ropa también, pero en el fondo todos eran hermanos.

—Y ahora a dormir —Ali-Jehan sonrió mientras se levantaba—, y a rezarle a Alá para que este demonio muestre la cara y podamos ejercer la venganza de la justicia sobre él.

Los guardias se levantaron junto con Gareth y sus hombres, todos unidos en la misma idea.

22 de octubre de 1822
Muy tarde
En la tienda de Anya, en alguna parte del desierto, camino de Alejandría

Querido diario:

Escribo esto a la luz de una lámpara de aceite, que tendré que apagar pronto para que las damas y yo podamos dormir. Resulta extraño tumbarse enrollada en sábanas y mantas sobre una alfombra colocada encima de la arena, con los lados de la tienda moviéndose ligeramente con el viento, pero hoy ha habido tantas cosas extrañas que parece una pieza del mismo puzle.

He tenido que montar en camello, ¡y apestaba! Y, si bien habría preferido montar uno de esos maravillosos caballos árabes, no puedo quejarme, ya que la mayor parte de las mujeres y algunos de los hombres no poseen montura alguna y deben caminar sobre la arena. Y por lo que he descubierto para mi desazón, la arena del desierto se mete en todas partes. Cuando digo en todas partes, me refiero a lugares en los que la arena nunca debería estar. Y de nuevo eso es algo sobre lo que no puedo hacer gran cosa, simplemente es otra cosa más que debo soportar.

Pero indudablemente el aspecto más desafiante de viajar con nómadas es la absoluta separación entre hombres y mujeres. ¿Cómo voy a poder perseguir a Gareth, cómo me va a poder perseguir él a mí, cómo vamos a poder explorar nuestra mutua atracción, si la única ocasión en la que podemos intercambiar algunas palabras es a plena vista de todos los demás?

Es evidente que las reglas del cortejo nómada son distintas.

Sospecho que voy a tener que aprender esas reglas, aunque solo sea para averiguar cómo contravenirlas.

E.

Gareth se echó a dormir sobre una alfombra en la tienda de Ali-Jehan. A medida que iban acallándose los murmullos y los ruidos, y fueron sustituidos por los ronquidos, una delicada sinfonía sonó contra el silbido del viento. Pero, en lugar de llevarle directamente al sueño, su mente insistía en deambular... por el día, por cómo habían evolucionado los asuntos, y por cómo parecía todo dispuesto para el día siguiente y los días que seguirían.

Su mente quedó atrapada en una imagen mental de su última visión de Emily, mientras seguía a la Madre de Ali-Jehan al interior de la tienda de las mujeres, deteniéndose a la entrada para dedicar una última y frustrada mirada en su dirección, antes de seguir a las demás mujeres al interior y que la solapa de la tienda cayera a sus espaldas.

La separación, forzosa durante esa parte del viaje serviría, se dijo a sí mismo, de ayuda. Sería útil. Les daría tiempo para pensar, para trabajar las cosas y comprender.

Tal y como había demostrado el beso en el salón de Cathcart, había sucumbido de algún modo bajo el hechizo de Emily. Lo que no sabía era por qué. Por qué la deseaba. ¿Era solo lujuria, una forma virulenta, lo que le hacía sentirse tan atraído hacia ella, tan movido a hacerla suya? Pero dado quién era ella, si cedía y se rendía, solo podría haber un final. El matrimonio.

¿Y era eso lo que él quería? ¿Tener a Emily por esposa?

¿Era ella la dama que necesitaba a su lado cuando regresara a Inglaterra y se dispusiera a forjar el resto de su vida?

Hasta hacía poco nunca había pensado en su futuro más allá del descabezamiento de la Cobra Negra. No le había parecido nada importante, pero dado que hacerle el amor a Emily llevaría inevitablemente al matrimonio, necesitaba aprovechar esos momentos para pensar en ello.

Para pensar en ello e imaginarse cómo encajaría ella. Tumbado en la tienda, la mirada fija en el oscuro techo, permitió que la perspectiva tomara forma y sustancia en su mente.

Solo para descubrir que, más allá de ella, no veía gran cosa en su futuro.

Gareth se removió con creciente inquietud a medida que la realidad se hacía patente. Daba igual lo que él pensara, lo que él quisiera, si ella no pensaba y quería lo mismo.

¿Era él el hombre que ella quería como esposo?

Y aunque fuera el hombre que ella quería en esos momentos, ¿cómo de genuina y profundamente anclado estaba ese deseo? ¿Qué lo movía? ¿Qué le había dado vida?

¿Lo había elegido como sustituto de MacFarlane? Su amigo sin duda había sido una figura más romántica. ¿Estaba él, por así decirlo, en la piel de un hombre muerto?

¿O acaso el deseo de Emily hacia él era más el resultado de estar inmersos en una acción violenta y peligrosa? No resultaría sorprendente. Él era la única persona adecuada a quien ella se podía aferrar. Pero una reacción nacida del miedo y de la necesidad que generaba no era una base buena para el matrimonio.

El mayor soltó un bufido para sus adentros. ¿Qué sabía él del matrimonio?

La respuesta fue susurrada en su mente mientras el sueño lo arrastraba.

No sabía más del matrimonio de lo que sabía sobre su futuro, y aun así sabía sin lugar a dudas que a no ser que Emily lo deseara por el motivo correcto, él no tendría ni lo uno ni lo otro. No podría tenerlo, no sin ella.

Los sectarios atacaron a media mañana del día siguiente.

La caravana se abría paso lenta y pesadamente por la cima de una duna cuando los hombres a caballo aparecieron en una oscura oleada desde un valle arenoso un poco más adelante, y se acercaron galopando sobre las dunas, gritando y aullando, las espadas cortando el aire.

Los nómadas reaccionaron con bien entrenaba precisión. Mientras los guardias dirigieron sus monturas para lanzarse hacia delante y encontrarse con el peligro cara a cara, todas las personas de las carretas y los camellos se agruparon juntas, animales y equipaje proporcionando una protección para quienes iban a pie.

Desde su elevada atalaya, casi en el centro del grupo, Emily tenía una excelente visión de la batalla. Entornando los ojos contra el sol, vio sectarios entre los atacantes a caballo, los negros pañuelos flotando mientras volaban por la arena.

Los que le sorprendieron fueron los otros, otros bereberes. Miró a sus defensores, sus guardias con Gareth y Ali-Jehan a la cabeza, Mooktu y Bister cerca de ellos, todos blandiendo espadas y cimitarras mientras cargaban, y luego miró hacia abajo y localizó a Anya, sentada con las ancianas, esperando tranquilamente.

—¡Hay otros bereberes con los sectarios!

Anya levantó la vista y la miró, reflexionó, y con impresionante calma asintió.

—Los El-Jiri. Siempre dispuestos a pelear.

Emily volvió a observar la batalla justo en el momento en que los hombres a caballo se encontraban como dos olas que chocaban y se aplastaban. Dio un respingo ante el estruendo del acero contra el acero, el entrechocar y golpear, audible incluso desde lejos.

El corazón trepaba rítmicamente por su garganta mientras ella contemplaba, esperaba, se esforzaba por ver…

Gareth se abrió camino, seguido de cerca por Mooktu y Ali-Jehan. Los tres se giraron blandiendo las espadas antes de caer sobre los atacantes.

Todo concluyó tan deprisa que Emily, que todavía estaba recobrando el aliento, se preguntó si todas las batallas se ganaban tan rápidamente. Lo dudaba, pero de repente el cuerpo de los atacantes se fracturó y se desperdigó. Los bereberes, vestidos con sus túnicas más oscuras, se apartaron en grupos de dos y tres para descender por las dunas y regresar por donde habían llegado.

Los guardias los persiguieron, pero solo hasta cierto punto. En cuanto la huida de los atacantes fue confirmada, los guardias redujeron la velocidad antes de girar y regresar al trote.

Se unieron a Gareth y a Ali-Jehan. Emily comprobó rápidamente que los demás también estaban allí, que los únicos cuerpos tumbados inmóviles en la arena pertenecían a los sectarios. Volvió a mirar a sus defensores, cabalgando hacia ellos. Todos y cada uno de los hombres portaba una enorme sonrisa en el rostro.

—Impresionante —murmuró ella, aliviada y a la vez maravillaba ante la evidente felicidad que iluminaba cada rostro masculino.

—Tuvieron éxito, ¿no?

Emily bajó la mirada hasta Anya. Las mujeres, al estar rodeadas, no podían ver la acción.

—Están regresando, sonriendo como niños pequeños.

—Han ganado —Anya sonrió abiertamente—, y están felices. Esta noche habrá una gran celebración en nuestro campamento.

Tal y como había pronosticado Anya, el humor en el campamento aquella noche era claramente festivo. Mientras las mujeres preparaban la cena, los hombres se reunían en grandes grupos fuera de la tienda de Ali-Jehan.

Con gritos a su salud, brindaron por Gareth, y luego se dispusieron a enzarzarse en profundas discusiones, que él parecía liderar. Hasta donde Emily podía comprender desde el otro lado del campamento, él estaba dibujando diagramas en la arena, señalando hacia un lado y hacia otro, manteniendo cautivo a su público, en la palma de la mano.

Bister se acercó para inspeccionar los cuchillos de Emily.

Ella se los entregó antes de apartarlo a un lado y señalar hacia el grupo de hombres.

—¿Qué es todo eso?

Bister se sentó en el borde de una carreta para afilar un cuchillo con una piedra de afilar.

—Ninguno de esos han visto nunca cargar a una caballería de verdad.

—¿Y?

—Pues que hay diferencias en cómo se sienta un hombre de la caballería, en cómo sujeta la espada. Ellos atacan, los hombros cuadrados, prácticamente pidiendo que les hagan pedazos. Nosotros avanzamos agachados, las espadas extendidas, lo que facilita tanto el trabajo ofensivo como defensivo —Bister asintió hacia el grupo de hombres—. Eso es lo que les está explicando.

—¿Por eso terminó tan rápidamente la batalla? —Emily miró hacia el otro lado de la hoguera.

—En parte —Bister levantó la vista y le devolvió el cuchillo con una sonrisa—. También nos ordenó que fuéramos a por los sectarios, que si nos encargábamos de ellos, los demás huirían. Y tenía razón, pero Ali-Jehan y los otros están un poco decepcionados porque no pudieron pelear más.

—Ya habrá más ataques —Emily soltó un bufido e hizo una pausa antes de continuar—, y más sectarios, ¿verdad? —miró a Bister a los ojos mientras él se ponía en pie—. En ese grupo de hoy solo había unos cinco, y tiene que haber muchos más persiguiéndonos.

—Eso opina el mayor —Bister señaló con la cabeza hacia los hombres al otro lado del campamento y asintió—. Por eso se lo está explicando todo, el mejor modo de atacar y la mejor manera de defenderse de los sectarios. Desde luego todavía no hemos visto el final de ellos.

Las celebraciones continuaron mientras comían, y hasta bien entrada la noche. A Emily se le antojaron un poco exageradas. Sin embargo, no se excedieron. Cathcart ya había mencionado que no habría licores, cerveza, ni vino en la caravana, lo cual, viendo toda esa fiesta, Emily solo pudo juzgar como bueno. De haber habido cerveza, ya estarían borrachos, y todavía había sectarios por ahí fuera.

Sentada con las ancianas fuera de su tienda, observó la reunión masculina con cierto resentimiento y se esforzó por no fruncir el ceño o, peor aún, hacer un mohín.

Si había algo que celebrar, ella quería unirse también.

Sin embargo, aquellas no eran las costumbres nómadas.

Gareth se levantó y ella vio al jeque Ali-Jehan decirle algo y recibir una respuesta del mayor. Cuando el jeque bereber intentó ponerse en pie, Gareth apoyó una mano sobre su hombro en un gesto claro para indicarle que no se molestara. Él, Gareth, se ocuparía de lo que fuera.

Emily siguió a Gareth con la mirada mientras el mayor le hacía un gesto a Mullins y a Watson, y a dos de los guardias, para que lo siguieran y les condujo fuera del círculo de tiendas.

¿Tenían la intención de formar un grupo de vigilancia? Emily esperaba que así fuera. La idea de que hubiera más sectarios merodeando entre las dunas no iba a facilitarle el sueño. Ninguna de las otras mujeres, excepto quizás Arnia y Dorcas, entendían verdaderamente la dimensión del peligro.

Pero si esos hombres que se habían marchado con Gareth iban a mantener la vigilancia fuera…

Emily volvió la cabeza y esperó a llamar la atención de Anya.

—¿Me está permitido dar un paseo alrededor de las tiendas para estirar las piernas? Las siento bastante agarrotadas después de pasarme todo el día sentada encima de Doha.

—Está permitido —Anya enarcó las cejas, pero asintió—, pero no te entretengas o tendremos que enviar a otras en tu busca.

Emily no esperó ni un segundo más y rápidamente se levantó. Cuando Dorcas la miró con expresión inquisitiva, sacudió la cabeza.

—No tardaré.

Enrollándose el pañuelo alrededor de la cabeza y los hombros, tal y como había visto hacer a otras mujeres en el campamento, caminó por la avenida entre dos tiendas y salió al espacio exterior iluminado por la luz de la luna.

La noche sería completamente negra de no ser por la enorme luna que colgaba baja en el horizonte. Emily dio gracias por ello mientras sorteaba las tiendas, esperando…

—¿Adónde vas?

Gareth salió del hueco entre dos tiendas mientras Emily se volvía para quedar frente a él.

—¡Oh! Aquí estás —ella sonrió.

—No deberías estar aquí fuera —él frunció el ceño—, no es seguro.

Gareth se dirigía de vuelta al campamento cuando había sentido… algo. Quizás un movimiento. Había mirado hacia atrás y la había visto pasar. La luz de la luna había iluminado sus cabellos y su delicada piel.

Esa mujer lo había atraído como un faro. Dándose media vuelta, la había seguido.

Se detuvo junto a la parte trasera de la tienda mientras ella también daba la vuelta y se acercaba.

—Pensaba que estabas montando un grupo de vigilancia —ella buscó su mirada.

—Y así es.

—Entonces estaremos seguros, ¿no?

—Posiblemente —Gareth apretó los labios.

Emily sonrió, como si entendiera los impulsos contradictorios que chocaban dentro de él. «Mantenerla a salvo». «Devorarla».

El mayor se recordó a sí mismo que lo honorable era mantenerla a salvo de él también.

Emily se acercó un poco más, lo bastante como para que él pudiera sentir el atractivo calor que emanaba de su cuerpo. Lo bastante para poder apoyar una pequeña mano sobre su torso.

Gareth reculó un paso, regresando a las sombras entre las tiendas.

Ella lo siguió sin que su mano perdiera en ningún momento el contacto con él. Gareth sentía esa mano con tanta intensidad como si estuvieran desnudos.

—Vi la batalla desde encima de Doha. Fue… —Emily se interrumpió con un evocador escalofrío mientras sus ojos se oscurecían—. Aterradora.

—¿Aterradora? —el escalofrío provocó en Gareth el deseo de tomarla en sus brazos. Pero apretó los puños contra el impulso.

—Espadas, cimitarras, cuerpos sin armadura —ella asintió—. No es una buena combinación —alzó la cabeza posando su mirada en la de él—. No cuando esos cuerpos pertenecen a personas por las que siento algo.

El mayor se quedó petrificado. Se dijo a sí mismo que

no debería preguntar, que no debería exponer su vulnerabilidad.

—¿Sientes algo por mí?

—Sí —ella le sostuvo la mirada con firmeza.

El corazón de Gareth dio un vuelco y se inflamó.

La tomó en sus brazos en el mismo instante en que ella se apretaba contra él, levantando la cara hacia él.

Tentándolo sin ningún esfuerzo para que él inclinara la cabeza y cubriera sus labios con los suyos.

Pero en el instante en el que estaba a punto de hacerlo, ella le devolvió a la realidad.

—Por supuesto.

¿Por supuesto? ¿Porque era él quien se situaba entre ella y esos temibles sectarios? ¿Porque...?

Gareth decidió que no tenía ninguna necesidad de saberlo. Ya pensaría en ello después. Emily estaba allí, con él, y deseaba que él la besara, quería besarlo.

Antes de poder hacer nada, ella redujo la distancia, y apretó sus dulces labios contra los de él. La presión, ligera, persuasiva, lo llamó y él le devolvió el beso.

Inclinó la cabeza y tomó el mando del beso.

Tomó lo que quiso, lo que, de repente, comprendió que necesitaba.

Ella le había regalado su boca, lo había tentado con su lengua, se había hundido en él mientras él la abrazaba, la atraía hacia su cuerpo.

Gareth deslizó los brazos alrededor de su cuerpo y la sujetó con fuerza contra él.

Pegada a él.

La sensación estalló, la atravesó. La pasión surgió poderosa, explícita, centrada.

Emily interrumpió el beso y jadeó.

—Quería celebrarlo contigo, pero estaba atrapada al otro lado. Con las mujeres. Quería...

Gareth la besó de nuevo, con más voracidad. Con rapacidad.

Y ella respondió de la misma manera.

Y le hizo tambalearse sobre sus talones mentales.

El deseo estalló, ardiente y agudo, dolorosamente fuerte, inflamado y dulce.

En el salón de Cathcart, los dos se habían detenido, pero eso... eso era fuego y vida, y todo lo que él pudiera desear.

Todo lo que él necesitaba.

Y ella también lo deseaba.

Emily no podría haber dejado más claros sus deseos, y con los propios deseos de Gareth latiendo de idéntica manera en su sangre, él ya no pudo negar lo que sentía. No quería hacerlo.

Ya no tenía el poder de hacerlo.

No podía apartarse.

El beso se hizo más profundo, pero no de una manera delicada ni lentamente, sino en saltos en espiral. Las manos de Gareth encontraron los pechos de Emily, se cerraron, amasaron. Los dedos de ella se deslizaron entre sus cabellos aferrándose, agarrándose sugerentemente.

Lo mantuvo pegado a ella, al beso. Lo ancló en el torbellino de la pasión que acababan de liberar.

Él deslizó las manos sobre su cuerpo, aprendiendo, queriendo saber, queriendo poseer.

Que ella lo acompañaba no estaba en duda. Los labios de Emily se mostraban tan ansiosos como los suyos, su boca igual de exigente. Ella se apretó contra él, flagrantemente imprimiendo su cuerpo sobre el suyo, la firmeza de su vientre presionando contra la dolorosa erección.

Ninguna invitación había sido nunca tan explícita.

Pero ella consiguió que lo fuera aún más.

Emily deslizó una mano entre los dos cuerpos y tocó, acarició.

Gareth se estremeció. No recordaba haberse estremecido nunca de ese modo ante la caricia de una mujer.

Su caricia... La ansiaba. Y deseaba a Emily de un modo que lo conmocionaba incluso a él.

Llenándose las dos manos con la seductora promesa de su trasero, la levantó contra él, movió las caderas sugestivamente, provocadoramente, y sintió su respingo de excitación.

Sujetándola con un brazo, inmovilizada contra él, Gareth hundió su mano libre en los cabellos de Emily, acarició su cabeza y la besó con voracidad.

Se tensó para girarse, para apoyarla contra algo sólido...

Pero no había nada sólido a su alrededor.

—Hace una noche agradable y fresca, ¿no te parece?

Las palabras, pronunciadas en la tranquila voz de Anya, arrancaron a ambos del beso.

Levantaron sus cabezas y miraron fijamente, primero el uno al otro, luego hacia el hueco entre las tiendas, hacia la voz.

Pero allí no había nadie.

—Quizás la señorita sigue caminando alrededor de las tiendas, puede que esté al otro lado.

—Katun —susurró Emily mientras se humedecía los labios que, estaba segura, estarían hinchados, y miraba a Gareth a los ojos—. Tengo que irme.

Él asintió.

Rápidamente la dejó en el suelo, pero la reticencia con la que sus manos la soltaron le contó a Emily la verdadera historia, una historia que la alegró profundamente.

Emily se sacudió la falda, se recolocó el pañuelo, levantó la vista hacia Gareth y, estirándose, rozó sus labios contra los suyos.

—Hasta la próxima ocasión.

Y con eso, salió de entre las tiendas, miró a su alrededor y vio a las dos ancianas caminando lentamente, con la espalda hacia ella. Respiró hondo y sintiendo que se le aclaraba la mente, echó a andar hacia ellas.

Ellas, por supuesto, se dieron cuenta. Anya y las otras ancianas la miraban con los ojos brillantes de interés mientras se acomodaban en sus habituales posiciones para dormir en el interior de la gran tienda.

—Ese mayor… es bien atractivo —comentó Bersheba a nadie en particular de la tienda, pero con la mirada fija en Emily, que con mucho cuidado doblaba las faldas y la blusa antes de acurrucarse bajo las mantas.

—Es valiente —Marila soltó un bufido—, y eso es más importante. Ya oísteis al jeque, el mayor es un gran guerrero.

Emily sintió las miradas de Dorcas y de Arnia, igualmente intrigadas, unirse a las de las ancianas, todas fijas en ella.

—Pero los hombres son hombres, grandes guerreros o no —afirmó Katun—. Necesitan que les… acaricien el ego. Con frecuencia.

—No me sorprendería —intervino Anya— que después de la batalla de hoy, en la que él y mi Ali-Jehan guiaron a nuestros hombres a la victoria, el mayor tuviera necesidad de una cierta cantidad de caricias. A fin de cuentas, los hombres son muy predecibles. Anhelan que se reconozca su valentía.

—Sobre todo por parte de aquellos a quienes protegen —añadió Girla.

—Sobre todo si, además, buscan impresionar a esas personas —afirmó Katun, que continuó tras una pausa— con su destreza.

—Yo diría que tenéis razón —Emily se acurrucó bajo las mantas—. Buenas noches.

Se tumbó, se tapó hasta los hombros, y rezó para que la oscuridad camuflara sus mejillas llameantes. Al parecer las ancianas eran incorregibles en cualquier parte del mundo. Lo que resultaba más interesante era que el comportamiento masculino parecía ser también universal.

CAPÍTULO 7

26 de octubre de 1822
A primera hora de la tarde
En la tienda de Anya, en nuestro campamento en el oasis del desierto

Querido diario:

Llegamos al oasis justo después del mediodía. Hay un lago de aguas cristalinas, bastante más grande de lo que me esperaba. Debe estar alimentado por un manantial, y está rodeado de palmeras y diversas plantas que forman un cinturón de verdor alrededor de la costa. Hay otras dos caravanas, las dos más pequeñas que las nuestras, acampando aquí también, pero hay suficiente costa para todos. Al parecer es la costumbre pasar unos cuantos días aquí, permitiendo que tanto los animales como los humanos se recuperen antes de seguir caminando por el desierto nuevamente.
El respiro es más que bienvenido. Juro que me bamboleo al ritmo de Doha aunque no vaya montada en la silla. Y lo más maravilloso es que hay suficiente agua para darse un baño, algo de lo que pienso aprovecharme por completo. A pesar de las tribulaciones, debo admitir que he descubierto que vivir entre los bereberes es más sencillo de lo que pensaba.
Del mismo modo, al parecer me ha resultado más fácil de lo que esperaba decidirme sobre Gareth. Dado mi comportamiento de ano-

che, y conste que volvería a hacerlo si tuviera de nuevo la oportunidad, tengo que concluir que mi mente se ha decidido y está convencida más allá de cualquier duda de que es mi «él», el caballero para mí.

Da igual que, pensando racionalmente, sienta que debo tener cuidado. Con respecto a él no hay cautela en mí. Después de nuestro intercambio en el salón de Cathcart, estaba segura de que necesitaría tiempo para reflexionar antes de dar el siguiente paso, ese paso que una vez dado, no puede deshacerse, pero no. Tal y como quedó transparentemente claro para mí, y para Gareth, anoche entre las tiendas, estoy preparada y dispuesta a yacer con él.

No será algo que pueda suceder mientras viajemos con la caravana, aunque pensé que necesitaría algo más que verlo luchar en mi defensa para convencerme.

Al parecer, en estas cuestiones, el corazón no es necesariamente dependiente de la mente.

E.

Cuando salió de la tienda de Anya, Emily descubrió que casi todos los hombres del grupo se habían marchado del campamento, dejando únicamente a un pequeño número guardándolo.

Se detuvo junto a Arnia y a Dorcas, que estaban sentadas sobre alfombras y ayudando a algunas de las otras mujeres a preparar la cena.

—¿Dónde están todos?

No le hizo falta aclarar a quién se refería por «todos».

Arnia soltó un bufido de manera muy elocuente, y contestó sin levantar la mirada.

—El mayor envió exploradores a reconocer el terreno. Regresaron con la noticia de que había otra banda de bereberes, de la misma tribu que nos atacó ayer, acampada un poco más adelante, y hay más sectarios con ellos.

—Lógicamente —intervino Dorcas mientras cortaba una batata recién lavada y la echaba a un cazo—, nuestros hombres están todos deseosos de darle la vuelta a la situación y atacar a los otros antes de que nos ataquen ellos —levantó la vista y miró a Emily—. Ahí es donde han ido.

—Para ellos es casi como un juego —Emily frunció el ceño—. Quizás una partida de ajedrez, pero un juego al fin y al cabo.

—Nuestros hombres, sus hombres —Arnia se encogió de hombros—, son guerreros. Viven para luchar.

—Eso es verdad —una de las mujeres bereberes asintió sabiamente—. Cualquier pelea es bienvenida para ellos, pero cuando más felices son es cuando luchan para defendernos —ella también se encogió de hombros en un gesto filosófico—. ¿Qué quieres? Es su papel, y están encantados de ser útiles —con un gesto de la mano, señaló al círculo de mujeres que alegremente preparaban la cena—. Al igual que nosotras. Nosotras no somos tan diferentes en eso.

Emily no había pensado en ello de esa manera. Después de unos segundos asintió, de acuerdo con la mujer, y siguió su camino por la orilla del lago hasta donde Anya y las ancianas, las matronas, estaban sentadas sobre alfombras a la sombra de un palmeral.

Anya agitó una mano en el aire, llamándola para que se reuniera con ellas. Emily se dejó caer sobre una alfombra al lado de Girla, cuyos dedos estaban ocupados anudando unos flecos. Emily se sentó con las piernas recogidas y los brazos rodeando las rodillas. Apoyó la barbilla sobre las rodillas y miró hacia el lago, cuyas aguas formaban pequeñas olas en la suave brisa, y dejó vagar su mente.

Después de un rato, Anya habló con voz y rostro igualmente serenos.

—Si, tal y como esperamos, nuestros hombres regresan victoriosos, esta noche volverá a haber celebraciones.

Las demás mujeres asintieron.

—Eso es lo que esperaban, a fin de cuentas… es su deber —apuntó Katun.

Emily se sentía capaz de entender eso, pero…

—¿Por qué será que los hombres parecen pensar que proteger a una mujer, de algún modo, las hace… suyas? —sintió el rubor calentar sus mejillas, pero continuó—. Te protegen, te defienden de un ataque, y luego gruñen y protestan si haces algo que no les gusta —miró a su alrededor y vio que nadie reía, ni siquiera sonreía. Todas escuchaban, algunas asentían comprensivas—. Es casi como si, en cuanto han peleado por ti, ya te hubieran ganado… que después de eso, de algún modo, de algún modo sin especificar, son tus dueños.

Quizás su corazón había tomado una decisión con respecto a Gareth, pero no había olvidado su comportamiento de perro del hortelano con Cathcart, algo que había recordado tan solo hacía unas cuantas horas cuando, tras llegar al oasis, Gareth se había transformado de nuevo en un oso, dispersando a los jóvenes bereberes que se habían reunido a su alrededor ansiosos por ayudarla a bajar de Doha.

No le gustaba ser tratada de una manera tan claramente posesiva.

—Es el castigo que toda mujer debe soportar —Katun suspiró pesadamente.

—Al menos toda mujer cuyo hombre sea guerrero —los labios de Anya se curvaron ligeramente y las demás asintieron. La anciana mirada de Anya se fundió con la de Emily—. Es el precio que hay que pagar por tener a un guerrero como compañero. Él te protegerá, te mantendrá a salvo, pero a cambio… —la sonrisa se hizo más amplia—. Son, en verdad, unas criaturas extrañamente vulnerables, al menos en lo que respecta a sus mujeres.

—Su mujer se convierte en su principal vulnerabilidad —apuntó Girla—, de modo que, siendo guerreros hasta la médula, por supuesto que la protegerán ferozmente.

—De cualquier cosa y de todo… real o imaginado.

Todas rieron y asintieron ante la franqueza de Katun.

—En verdad —concluyó Anya—, el verdadero valor que un guerrero le da a su mujer se revela con la profundidad de su… ¿cómo se dice?

—¿Posesividad? —sugirió Emily.

—Yo pensaba más bien en protección, pero ¿posesión? —Anya hizo una mueca—. Supongo que eso también es verdad. Es la otra cara de la moneda, ¿no?

—Sí, tienes razón —Emily reflexionó antes de asentir—. Una acaba donde comienza la otra... con los guerreros, la línea se difumina.

En lo alto de una duna, a varios kilómetros del oasis, Gareth, Ali-Jehan y Mooktu se pasaron el catalejo de Gareth mientras, tumbados boca abajo en la arena, sopesaban la fortaleza de la banda de bereberes y sectarios reunidos en la hondonada más abajo.

—Hay muchos más sectarios de los que había esperado ver —Ali-Jehan frunció el ceño y bajó el catalejo—. Si tienen tal cantidad de gente, ¿por qué no hicieron una mayor demostración contra nosotros ayer?

Gareth se había estado preguntando lo mismo. Ahí abajo había muchos más sectarios que bereberes. Tomó de nuevo el catalejo y volvió a valorar su cantidad.

—Por lo que estamos viendo, sospecho que ayer fue un amago, una batalla que nunca esperaron ganar, pero con la que pretendían hacernos creer que no suponían una verdadera amenaza. Por eso se marcharon tan bruscamente los otros bereberes, su único cometido era estar allí mientras los sectarios estuvieran allí. En cuanto cayeron, ya no había necesidad de que permanecieran.

—De modo que, en cierto modo, ¿fue una especie de pantomima, con la esperanza de que... cómo se dice, bajáramos la guardia?

Gareth asintió.

—Son demasiados —murmuró Mooktu—, y esos sectarios de ahí abajo, la mayoría tiene aspecto de asesinos.

Gareth había constatado los mismos y preocupantes hechos.

—Puede que seamos capaces de hacernos con ellos —

Ali-Jehan frunció el ceño—, pero... —agitó una mano en el aire—. Con mi madre y las otras mujeres en el campamento —miró a Gareth—, y tus mujeres también, preferiría no atacar a este grupo. Conozco a mis primos de El-Jiri, son feroces guerreros. Si tú dices que los otros también lo son, entonces...

Cuando Ali-Jehan se interrumpió inesperadamente, Gareth lo miró.

—¿Podremos evitarlos?

—No —Ali-Jehan lo miró a los ojos e hizo una mueca—. Los El-Jiri conocen bien mis rutas, y conocen esta zona tan bien como yo —dirigió la mirada al campamento—. Cerca de aquí hay un lugar ideal para un ataque.

Gareth titubeó. Ali-Jehan y él se habían llevado bien desde su primer encuentro. Se parecían bastante, guerreros disfrazados más o menos de civiles, responsables de una banda de civiles que viajaba con ellos. Eran de edad similar y, calculó Gareth, no muy distintos en carácter. Con eso último en mente se aventuró:

—¿Hay alguna manera de que podamos contactar con tus primos de ahí abajo, alguna manera que no alerte a los sectarios?

El jeque lo miró y luego desvió la mirada hacia el campamento, evaluando los bordes exteriores, y la línea de caballos y camellos.

—Podría ser — Ali-Jehan se volvió hacia Gareth—. ¿Por qué?

Gareth explicó su idea, su posible estrategia. Una sonrisa se dibujó lentamente en el rostro de Ali-Jehan. Al terminar Gareth, asintió.

—Así haremos.

Se arrastraron de vuelta por la duna, y Ali-Jehan eligió a dos hombres, ambos de su extensa familia, y con mucho cuidado les explicó lo que quería que hicieran.

Gareth y Ali-Jehan regresaron a su posición en lo alto de la duna, y observaron, pacientes e inmóviles, mientras los dos hombres de la tribu llevaban a cabo su misión con éxito.

Pasó otra hora antes de que el líder de los bereberes El-Jiri apareciera en su campo de visión. Él y Ali-Jehan intercambiaron elaborados saludos y luego se dispusieron formalmente a negociar.

Gareth fue presentado y se unió a ellos.

El líder de El-Jiri sonrió, de un modo que presagiaba la muerte de alguien. Asintió hacia Ali-Jehan.

—Está bien. Haremos como dices. Debo regresar junto a mis hombres y pasar la orden. Ya te darás cuenta cuando estemos preparados.

—Y entonces libraremos nuestras tierras de esos esbirros de la serpiente —Ali-Jehan sonrió de un modo parecidamente escalofriante.

Gareth observó a los dos jeques bereberes despedirse, y luego al líder El-Jiri marcharse por las dunas.

El desarrollo de su estrategia se había llevado a cabo con más fluidez de lo que había esperado. Con suerte, la ejecución sería igualmente exitosa.

Emily charlaba junto al fuego cuando los hombres, que habían permanecido ausentes la mayor parte del día, regresaron cabalgando al campamento... victoriosos.

No hubo necesidad de preguntar por el resultado de las aventuras de ese día... los gritos, las cabriolas de los caballos, las sonrisas que ocupaban todo el rostro lo decían todo.

Junto a ellos llegaron otros bereberes, incluyendo un líder que Ali-Jehan presentó a Anya. Relegada, como de costumbre, a la compañía de las mujeres, Emily solo pudo oír que el recién llegado era el jeque de los El-Jiri.

Perpleja, intercambió una mirada con Arnia, a su lado.

—¿No fue la tribu de los bereberes El-Jiri la que nos atacó ayer?

—Al parecer se han vuelto contra los sectarios —Arnia asintió.

En esa ocasión, sin embargo, había heridos. Emily acudió

en su ayuda. Gracias a aquellos a los que curó, consiguió más detalles sobre lo sucedido.

Asesinos. La palabra hacía que a Emily se le helara la sangre en las venas. Había oído demasiados relatos de sadismo sobre los adeptos más acérrimos de la secta. Tal y como lo entendió, había habido más sectarios, la mayoría asesinos, que todos los bereberes juntos. Pero con Gareth al frente de un ataque conjunto —cómo consiguió que las dos tribus bereberes que normalmente estaban enfrentadas trabajaran juntas no lo supo—, habían triunfado.

La mitad de los sectarios había muerto, y la otra mitad… Era la recompensa de los El-Jiri.

Cuando mostró indicios claros de no entenderlo, la mujer del hombre al que ella estaba ayudando a curar susurró:

—Los El-Jiri a veces son tratantes de esclavos. ¿Un grupo de hombres entrenados para luchar? Estarán encantados de comerciar con ellos.

Emily hizo una pausa, preguntándose mentalmente cómo se sentía sobre eso. Pero había visto demasiado de las acciones de los sectarios como para sentir otra cosa que no fuera conformidad.

Cuando terminó, el sol ya se había puesto y era la hora de cenar. Tal y como habían predicho las matronas, la atmósfera era festiva, con muchas conversaciones a gritos, risas, palmadas en la espalda entre los hombres. Las mujeres…

Mirando más de cerca, Emily no vio resignación, sino más bien afecto en las miradas de las mujeres mientras servían a sus hombres. Sus defensores y protectores. Había oído lo bastante para comprender que, tal y como se habían desarrollado los asuntos aquella tarde, la caravana había estado en grave peligro de ser atacada y superada si hubieran pretendido seguir adelante.

La acción de aquella tarde había erradicado esa amenaza. Los hombres habían, en efecto, defendido y protegido a sus mujeres.

Vio a Gareth al otro lado de la hoguera y fue consciente

de un llameante deseo de acudir junto a él, de felicitarlo, de sonreír y llenar su vaso y ofrecerle los dulces que se estaban sirviendo.

Pero no estaban casados.

Ella no era suya, por lo que él no era suyo.

No tenía derecho a compartir sus triunfos, a elogiarlo y a festejar, a alabarlo, tal y como hacían las mujeres cuyos esposos habían peleado. Incluso Arnia sonreía y mimaba a Mooktu, sentada justo detrás de él, apoyada contra la espalda de uno de sus anchos hombros mientras comía de su propio plato.

Emily rodeó lentamente el fuego. Sus ojos regresaron a Gareth... y los de él la encontraron cuando se detuvo al lado de Anya. Él sonrió y ella le devolvió la sonrisa, sincera, feliz, sintiendo en su interior la misma emoción que hacía brillar los ojos de las mujeres casadas, pero entonces Ali-Jehan le hizo una pregunta y él se volvió para contestar.

Emily se dejó caer sobre la alfombra, al lado y un poco detrás de Anya.

Un segundo más tarde, la anciana alargó una mano y, sin girar la cabeza, le dio una palmadita.

—Estos hombres nuestros son difíciles, pero al final merecen la pena.

Con la mirada fija al otro lado de la hoguera, Emily descubrió que estaba de acuerdo.

Tres días más tarde, un sectario, desencajado, polvoriento, con heridas que, al no ser atendidas, se habían infectado, apareció en un pequeño patio de un tranquilo barrio del viejo Cairo.

Tío bajó la mirada a la desaliñada cabellera del hombre que acababa de informarle de la completa y absoluta derrota de los hombres que había enviado a capturar al mayor.

—¿Qué sabes de mi hijo? —la pregunta ardía en el cerebro de Tío.

El hombre, con la frente pegada al suelo de piedra, se estremeció visiblemente de terror.

—Ya no está con nosotros —consiguió balbucear—. Todos han caído.

Tío experimentó un instante de absoluta locura, de aguda devastación, pero, gracias a su fuerza de voluntad, se mantuvo entero.

—Los árabes fueron contratados para volverse contra nosotros —todavía no era capaz de asimilarlo. En la India, nadie, absolutamente nadie, se atrevería a traicionar a la Cobra Negra.

De acuerdo con todos los preceptos, debería asegurarse de que los árabes ofensores fueran convenientemente castigados, sus hijos descuartizados, sus mujeres violadas y muertas, y para los hombres una larga y lenta muerte. Su alma vengativa gritaba pidiendo ese auxilio, anhelaba vengar a su único hijo, pero allí, en ese momento, no había tiempo.

Y empezaba a quedarse sin hombres. Se había dejado en la India unos cuantos pertenecientes a la élite.

Tragarse su ira, su dolor, su rabia, no era fácil, Pero si no satisfacía a su señor, todo sería en vano.

Se obligó a sí mismo a apartarse del hombre que se humillaba a sus pies, y fulminó con la mirada a su teniente, el que iba a ocupar el lugar de Muhlal junto a él.

—Asegúrate, pero asegúrate bien, de que el mayor y su gente son capturados en cuanto llegue la caravana. Coloca hombres...

—No. Tío...

Tío se volvió de golpe y vio al hombre tirado sobre el suelo de baldosas elevar una mano en un gesto de apaciguamiento.

—¿Qué has dicho?

—La caravana no viene hacia aquí. Oí a los árabes hablar antes de que fuésemos atacados, la caravana del mayor se dirige a Alejandría.

—¿Estás seguro? —Tío entornó la mirada.

—Lo juro por mi vida. Los El-Jiri conocían a los árabes que están con el mayor, dijeron que iban a Alejandría.

—Consigue el barco más rápido que puedas encontrar en el río —Tío no perdió ni un segundo y, volviéndose de nuevo a hacia su teniente, empezó a dar órdenes—, debemos llegar a Alejandría antes que ellos.

31 de octubre de 1822
Antes de cenar
En la tienda de Anya en el campamento bereber

Querido diario:

Esta noche será la última que pasaremos con los bereberes. Mañana llegaremos a Alejandría y separaremos nuestros caminos. Totalmente en contra de mis expectativas originales, el tiempo que hemos pasado con ellos no solo ha sido una cuestión de atravesar una distancia, de movernos de un lugar a otro, sino un viaje cargado de interés y descubrimientos.

He aprendido mucho, de Anya y de las matronas, de observar a los bereberes en sus honradas, abiertas y sencillas vidas. Gracias a eso, mi apreciación de Gareth ha pasado a un nuevo plano. Siento que ahora lo estoy contemplando a través de una mirada mejor instruida.

También he aprendido más sobre las cosas importantes de la vida, o más bien las que son importantes para mí. Y eso me ha llevado a reconsiderar lo que estoy dispuesta a ceder a cambio de lo que conseguiré casándome con Gareth. Una decisión así no es una cuestión sencilla, pero estoy deseosa de regresar a la civilización para ver cómo se mostrarán allí esos rasgos a los que me he vuelto tan adepta en un entorno menos civilizado.

Extrañamente, y esto resulta totalmente inverosímil, sospecho que voy a echar de menos a mi apestoso camello. He llegado a acostumbrarme a su bamboleante aunque firme caminar.

E.

Llegaron a las afueras de Alejandría justo antes del mediodía del día siguiente. Los El-Jiri se habían llevado a sus prisioneros a un punto de reunión en el desierto hacia el sur.

Gareth no había preguntado demasiado sobre sus planes para ellos.

El mayor había sugerido que su grupo se separara de la caravana a cierta distancia antes de alcanzar los muros de la ciudad, pero Ali-Jehan no quiso ni oír hablar de ello. La caravana se detuvo en sus tierras habituales, y Ali-Jehan, su madre, y un destacamento de guardias, los acompañaron hasta la entrada de la ciudad.

Allí se despidieron con muchas palmadas en la espalda y estrechando manos y, se fijó Gareth, abrazos entre las mujeres. Si dos meses antes le hubieran preguntado si la sobrina del gobernador de Bombay encontraría su lugar en una tribu bereber, él habría contestado que no, pero entonces no conocía a Emily. Empezaba a pensar que había muy pocas cosas que pudieran desconcertarla seriamente durante mucho tiempo. Esa mujer parecía poseer la feliz habilidad para hacer frente a lo que fuera.

Emily parpadeó rápidamente mientras caminaban por las calles y miró atrás una última vez para despedirse de Anya agitando una mano en el aire. Incluso lamentó perder de vista a Ali-Jehan. Había sido un excelente compañero para Gareth. Por otra parte… contempló al hombre que avanzaba poderoso por delante de ella, sus ropas árabes ondeando entorno a sus piernas. Después de los días pasados en el desierto, era idéntico a un jeque árabe, y los demás parecían su séquito caminando detrás de él.

Confraternizar con Ali-Jehan había desvelado un aspecto más primitivo, o por lo menos lo había hecho más detectable, de él. Emily se preguntó cuánto tiempo haría falta para que la pátina de la civilización volviera a cubrirlo.

Ali-Jehan les había recomendado una casa de huéspedes regentada por un pariente suyo donde estarían a salvo. Estaba situada en el barrio árabe detrás de los muelles, pero para llegar hasta allí tenían que atravesar la ciudad.

Lo hicieron a un paso firme, pero sin prisas, de nuevo procurando no hacer ni decir nada que pudiera llamar la atención de cualquier vigilante que tuvieran los sectarios apostado. En esa ocasión, tal y como les había instruido Gareth, no se trataba simplemente de evitar ser atrapados. Si los sectarios averiguaban que habían llegado, los perseguirían sistemáticamente, y, dado que todavía no tenían ningún transporte organizado para continuar su viaje, ser descubiertos elevaba las probabilidades de ser acorralados antes de poder escapar.

Para cuando dejaron atrás el centro de la ciudad, los nervios de Emily estaban tensos, tirantes como ya no se acordaba haberlos tenido antes.

Mirando de un lado a otro bajo el velo de su chador, descubrió una cosa más que echaría de menos de viajar con los bereberes. La seguridad. Había olvidado cómo era no tenerla.

Acostumbrado al mando, a dirigir hombres, Gareth fue consciente de la creciente tensión en el grupo que lo seguía.

Tensión que él compartía.

Alejandría era una ciudad vieja. Las calles estrechas y serpenteantes, con los muros de las casas construidas justo en el borde, formaban laberintos hechos a medida para un asesino. Si los asesinos los estaban siguiendo, para cuando se dieran cuenta del peligro, ya sería demasiado tarde.

Durante los últimos días habían cruzado el desierto, saliendo al campo abierto y extensiones planas del delta del Nilo. De baja altitud y con numerosos ríos menores atravesando el paisaje y llevando las aguas del poderoso Nilo hasta el mar Mediterráneo, la región del delta no solo era más fácil de atravesar, sino que proporcionaba mucha mejor cobertura para esconder una caravana. Ali-Jehan había planeado llevar a su gente a través del canal principal del Nilo ese mismo día, de modo que estarían apartados de los habituales lugares de asentamiento de las caravanas que viajaban hacia Alejandría.

Gareth había disfrutado del tiempo compartido con los bereberes, y esperaba que estuvieran a salvo, que no sufrieran ningún daño por haberles ayudado a él y a su pequeña compañía.

Miró brevemente a un lado y, por el rabillo del ojo vio que

Emily caminaba a no más de un paso detrás de él. Mientras habían estado con los bereberes, él sabía que ella estaba a salvo. A salvo con sus mujeres, tanto como podría estarlo. Pero en esos momentos…

De nuevo se sintió asaltado por una familiar tensión, sintió la responsabilidad hacia la seguridad de Emily de nuevo pesar sobre sus hombros. No se quejaba de esa carga, ni por un minuto se la habría pasado a otro.

De lo que sí se quejaba era de que, gracias a su misión… no, gracias a la Cobra Negra, ella, su vida, su futuro, estaba nuevamente en peligro.

Bajo una auténtica amenaza.

No se alegraba lo más mínimo de estar de vuelta en la civilización.

Encontraron la casa de huéspedes y fueron recibidos por el primo de Ali-Jehan y su esposa. Para alivio de Gareth, la casa no tenía ningún otro huésped alojado aquella noche. Inmediatamente negoció el cierre de la casa para su comitiva, algo que Jemal, el primo de Ali-Jehan, estuvo más que dispuesto a hacer cuando Gareth le puso en la palma de la mano el triple de lo que esperaba cobrar.

Ya estaban acostumbrados a instalarse en nuevos alojamientos. Mooktu, Bister y Mullins hicieron la ronda del perímetro para determinar los puntos defensivos, mientras que los demás dejaban sus pertenencias en las habitaciones que habían elegido, y luego se reunían en el salón principal donde, siendo primera hora de la tarde, sus anfitriones les sirvieron una comida de pan plano, pescado y mejillones.

Cuando Jemal colocó una gran fuente de fruta sobre la mesa y se marchó haciendo reverencias, Gareth miró alrededor de la mesa y decidió que todos los que estaban allí sentados merecían oír todo lo que tenía que decir. Todos ellos, tras haber elegido algunas piezas de fruta, parecieron presentir sus intenciones y levantaron la vista, expectantes, hacia él.

Emily, que estaba sentada al otro lado de la mesa, enarcó las cejas y esperó.

—Primero —Gareth hizo una mueca—, debemos tener mucho cuidado. Este es un puerto principal del Mediterráneo, donde sin duda habrá sectarios por todas partes, vigilando, aunque no necesariamente buscándonos a nosotros. No podemos permitirnos darles la ocasión de descubrirnos, cualquier confirmación de que estamos dentro de los muros de la ciudad. Si fuéramos a marcharnos mañana, no sería tan peligroso, pero, hasta que no estemos preparados para abandonar esta ciudad, es de vital importancia que no sepan que estamos aquí.

Miró a Mooktu, Bister, Jimmy y Mullins.

—¿Qué tal son nuestros puntos defensivos?

Los otros dos miraron a Mullins.

—Mejor de lo que habíamos esperado. Las casas a nuestro alrededor están construidas directamente pegadas a esta por la parte de atrás y a ambos lados, y el muro de la fachada es bueno y alto —Mullins señaló hacia arriba—. Lo mejor de esta casa es que es la más alta de la zona. Desde el tejado, podremos mantener un puesto de vigilancia y veremos acercarse a cualquiera mientras que nosotros permaneceremos en gran medida fuera de la vista de los demás.

Gareth hizo algunas preguntas más, pero Ali-Jehan les había indicado bien. La casa era muy defendible.

—Bien. Mantendremos un punto de vigilancia permanente sobre el tejado. El tejado es la manera más obvia para ellos de intentar acceder a la casa. A nosotros.

Jimmy se presentó voluntario para hacer la primera ronda de vigilancia.

—Podrás subir cuando terminemos aquí —Gareth asintió y volvió a mirar alrededor de la mesa—. Nuestra necesidad más urgente es encontrar un medio de transporte para continuar nuestro viaje. Tenemos que llegar a Marsella, a ser posible lo más deprisa y fácilmente que podamos.

—¿Hay alguien aquí a quien puedas acudir en busca de ayuda? —preguntó Emily.

—No con seguridad —Gareth sacudió la cabeza—. En teoría el consulado nos asistiría, pero, con el peso político de Ferrar, es demasiado arriesgado y aquí no tengo ningún viejo amigo, nadie en quien pueda confiar con total seguridad.

Nadie a quien confiaría su vida, mucho menos la de ella.

—Como he dicho —continuó el mayor—, debemos tener cuidado. Si eso significa que el resto de vosotros os quedáis aquí, en el interior y fuera de la vista mientras Watson, Mooktu y yo pasamos unos cuantos días buscando el barco más adecuado, entonces así tendrá que ser.

Esperaba discusiones, alguna protesta al menos. Sin embargo, después de mirarlo fijamente durante unos segundos, Emily lo sorprendió asintiendo.

—De acuerdo.

Había poco más que decir, al menos hasta que hubiesen evaluado sus posibilidades de encontrar un barco que los llevara a Marsella. Watson, Mooktu y él se recolocaron las túnicas y abandonaron la casa en dirección a los muelles.

Emily los observó marchar y luego siguió a Jimmy hasta el tejado, pero no consiguió verlos con tanta gente por las calles.

Ansiedad, una sensación que era lo bastante poco familiar como para llamar su atención, floreció y se extendió en su interior. Y apretó.

Tras unos segundos de mirar hacia los tejados de Alejandría, ella se dio la vuelta y volvió a bajar. Encontró a Dorcas y a Arnia, y llamó a Bister y a Mullins para que se reunieran con ella. Se sentaron a la mesa.

—Tenemos que hacer listas —anunció enérgicamente—, una de los artículos que vamos a necesitar durante los próximos días y otra de los suministros que necesitaremos hasta llegar a Marsella —decidida a mantenerse ocupada, miró a los demás—. ¿Tenemos dos pedazos de papel?

Gareth, Watson y Mooktu regresaron a la casa de huéspedes al caer la noche.

—¿Ha habido suerte? —preguntó Emily, que los estaba esperando en el salón principal.

Gareth sacudió la cabeza.

—Aunque hay bastantes barcos que salen cada día para Marsella, la mayoría están reservados desde hace meses —Gareth se sentó a la mesa y se dejó caer en una silla.

Watson y Mooktu se sentaron también y Mullins se unió a ellos.

—Entonces, ¿qué opciones tenemos? —preguntó Mullins.

—Hoy hemos estado haciendo averiguaciones sobre la ruta más directa —contestó Watson en el mismo momento en que Dorcas entraba en el salón—, pero podríamos ir por otros caminos.

—También se me ocurre —intervino Gareth tamborileando con un dedo sobre la mesa— que la ruta más directa será la que la Cobra Negra espere que tomemos. Me temo que tropezaríamos con más sectarios si fuéramos por allí.

—Estamos en Alejandría —Watson extendió las manos—. Básicamente toda Europa está al norte de nosotros. Hay muchos caminos, menos transitados por los que podríamos ir —miró a Gareth—. ¿Hay que ir vía Marsella por fuerza?

—Mi ruta nos dirige específicamente a través de Marsella —Gareth asintió.

—Eso reduce nuestras opciones —Watson hizo una mueca—, pero aun así… podríamos ir por numerosa rutas, alrededor o por el Mediterráneo.

—Pero, por ejemplo, una ruta hacia el norte a lo largo de la costa y luego hacia Turquía, Grecia e Italia hasta Francia nos llevaría mucho más tiempo —intervino Emily dirigiéndole una mirada a Gareth—. ¿Disponemos de tanto tiempo?

—Nos ha llevado más tiempo llegar hasta aquí de lo que había anticipado Wolverstone —él la miró a los ojos y negó con la cabeza—. Él me quiere a mí, a nosotros, en Inglaterra a mediados de diciembre.

—Hoy es primero de noviembre —Emily parpadeó.

—Exactamente. De modo que contando con los días necesarios para cruzar Francia… tenemos que llegar a Marsella lo antes posible.

—En ese caso —opinó Watson—, vamos a tener que viajar en barco todo el tiempo —miró a los demás—. Viajar por mar es significativamente más rápido que viajar por tierra. Una de las rutas más directas, con un barco rápido, podría tardar en llegar a Marsella de nueve a quince días.

—Pero no hemos conseguido encontrar pasaje en ninguno de esos barcos —murmuró Mooktu mientras miraba a Gareth—. Y no tenemos tiempo para esperar aquí hasta que haya camarotes disponibles.

Gareth soltó un bufido.

—Pero quedarnos aquí sentados esperando a que los sectarios nos caigan encima tampoco es una opción.

—De modo que elegiremos la siguiente mejor opción —Emily se volvió hacia Watson—. Sea cual sea.

—Yo diría —Watson frunció el ceño— que eso sería vía Italia, luego Córcega hasta Marsella o, posiblemente, hacia el oeste a Túnez, y luego al norte hasta Marsella —miró a Gareth—. Soy consciente de las distancias, pero los tiempos de navegación son más difíciles de adivinar. Tendremos que hacer preguntas, y luego ver qué barcos podrían dirigirse por esas rutas y cuáles tienen espacio suficiente para nosotros.

—Mañana —Gareth asintió—. Bajaremos a los muelles al amanecer. A esa hora los muelles estarán menos abarrotados.

—He estado pensando —intervino Mooktu— que, si los sectarios enviados para vigilarnos aquí todavía no han sido advertidos de que vamos disfrazados, entonces es menos probable que nos descubran.

—Cierto. Por eso debemos recordar ir siempre disfrazados.

—Sería preferible que siguiésemos vestidos con la ropa árabe incluso aquí dentro —Gareth miró alrededor de la mesa.

Emily se sentía perfectamente feliz de hacerlo. Sus ropas árabes eran menos agobiantes y, con el clima de la ciudad, desde luego más cómodas que sus vestidos y enaguas. Había intentado devolver las prendas que las mujeres bereberes le habían prestado, pero habían agitado las manos en el aire y le habían dicho que se las quedara y las utilizara mientras estuviera en tierras árabes.

—Mañana tendremos que ir al zoco —Emily atrajo la mirada de Gareth—. Iremos mientras vosotros estáis en los muelles. Nos llevaremos a Mullins y a Bister con nosotras y tendremos sumo cuidado, pero no nos hará daño echar un vistazo a nuestro alrededor.

A Gareth no le gustó la idea, ella lo veía claramente en sus ojos, pero al final terminó por asentir.

—No, no lo hará.

CAPÍTULO 8

2 de noviembre de 1822
Por la mañana temprano
En mi habitación de la casa de huéspedes de Alejandría

Querido diario:

Algo ha cambiado entre Gareth y yo, aunque no sé exactamente qué. Hay una mayor sensación de empresa compartida, como si él aceptara por fin que yo puedo contribuir de diversas maneras a nuestra supervivencia.

El calendario sugiere que nuestro viaje con los bereberes es responsable de este cambio de actitud, pero por qué pasar tiempo separados en una sociedad menos civilizada, que no hace más que exacerbar su vena protectora y posesiva, debería resultar en una actitud más inclusiva es todo un misterio. Sin embargo, estamos de nuevo bajo una amenaza tan grande de ser descubiertos por los sectarios enviados para esperar nuestra llegada para cortarnos la cabeza que no es fácil encontrar tiempo ni espacio en mi mente para pensar en estas cuestiones personales.

Hoy debo conducir una expedición al zoco para avituallarnos con los artículos más necesarios mientras Gareth busca un pasaje para continuar viaje. La tensión es palpable. Él todavía no lo ha dicho, pero puedo ver que está preocupado por todos nosotros, y quizás más específicamente por mí...

A pesar de las exigencias de nuestra situación, hay momentos como este en los que soy consciente de la dirección hacia la que nos llevan los cambios que se han producido entre nosotros.
Pronto habrá más.
E.

El zoco de Alejandría estaba bastante alejado del puerto, escondido entre los muros del casco viejo de la ciudad. Había una plaza central del mercado, cubierta, con numerosos callejones y numerosas filas de puestos, la mayoría vendiendo productos frescos o ropa. Calles estrechas abarrotadas y serpenteantes conducían fuera de la plaza del mercado, como unos tentáculos que llevaban más profundamente al interior de un laberinto de diminutas tiendas y talleres abarrotados. Había un callejón de orfebres, un callejón de cesteros, y calles donde se vendía ropa, artículos de metal, de cristal, y cualquier objeto concebible.

Sintiéndose totalmente cómoda con sus ropas bereberes bajo el envolvente burka, Emily condujo al grupo a través de la plaza del mercado mientras buscaban los artículos que necesitaban, regateando en francés, algo en lo que cada vez era más eficaz a medida que transcurría el viaje.

No llevó mucho tiempo reunir todo lo necesario para los siguientes días. Comprar suministros para el viaje que seguiría tendría que esperar hasta que supieran cuándo iban a marcharse, y cómo. Tras haber grabado en su memoria el callejón de los cesteros, ella se dirigió hacia allí. Encontró dos cestos muy grandes y plegables hechos de hojas de palma, que serían perfectos para llevar más suministros a bordo de un barco. Tras una entusiasta ronda de regateos con el dueño de la tienda, adquirió los dos. Regresaban por el callejón de los cesteros, y casi habían llegado de nuevo a la plaza del mercado, cuando dos sectarios aparecieron a la entrada del callejón y se detuvieron, observando a los compradores que abarrotaban el estrecho espacio.

El corazón de Emily dio un vuelco antes de empezar a latir alocadamente, con fuerza. Instintivamente se detuvo. Por suerte, un hombre árabe se cruzó en su camino, bloqueándola a ella y al resto del grupo temporalmente de la vista de los sectarios, y dándole tiempo para comprender que pararse y quedarse mirando fijamente sería muy poco aconsejable.

En cuanto el árabe se apartó, se volvió y luego se alejó, Emily respiró hondo con sus repentinamente estrechos pulmones y, con la cabeza alta bajo el burka, siguió su camino paseando tranquilamente hacia delante como si no tuviera ni una sola preocupación en el mundo, mientras rezaba para que los demás siguieran su ejemplo e hicieran lo mismo.

Los sectarios los vieron, era bastante imposible no hacerlo, pero sus miradas pasaron sobre ellos sin dedicarles el menor interés, mucho menos reconocerlos.

Con gran osadía, Emily continuó la marcha y pasó junto a los dos sectarios. Adentrándose en la plaza del mercado, siguió caminando hasta que la multitud entre ella y el callejón fue lo bastante espesa como para poderse arriesgar a detenerse y, mientras fingía mirar unas telas, echar un vistazo hacia atrás.

Dorcas y Arnia la habían seguido de cerca. Bister y Mullins no se veían por ninguna parte.

—Bister y Mullins entraron en una tienda —Dorcas se pegó a ella para poder susurrar—. Sus caras...

Emily asintió. Aunque los rostros de todos sus hombres estaban profundamente bronceados, sus rasgos seguían siendo demasiado europeos como para engañar a nadie.

Arnia se apretó contra Emily.

—Si nos quedamos aquí, nos darán alcance.

Viendo a los sectarios todavía en la entrada del callejón, pero con la mirada puesta en la plaza del mercado, Emily volvió a asentir.

Unos segundos después, los sectarios siguieron su camino. Sin prisa. Sin dejar de mirar y buscar.

Emily respiró más aliviada. Dorcas, Arnia y ella regresaron hacia el callejón de los cesteros. Al acercarse, vieron a Bister y Mullins aparecer en el abarrotado callejón y reunirse de nuevo con ellas.

—Volvamos a la casa de huéspedes —gruñó Mullins.

—Sí —Emily asintió—. Vámonos ya.

Regresaron a la casa de huéspedes sin mayores incidentes. Una vez allí, en cuanto pudo quitarse el burka y reflexionar mientras paseaba de un lado a otro, la imaginación de Emily se volvió inútilmente viva.

Los sectarios no los habían reconocido, ¿por qué iban a hacerlo? Tapada por el burka, no se veía nada de su cuerpo. Pero Gareth… él era más alto que la mayoría de los árabes. Alto y de anchos hombros. Incluso en Inglaterra destacaría en medio de una multitud. Y si bien había adoptado el estilo bereber para cubrirse la cabeza, tapándose sus cortos cabellos, si los sectarios echaban un vistazo a sus ojos, sus pómulos sobre las delgadas y esculpidas mejillas, por no hablar de su barbilla, no podrían evitar reconocerlo como un inglés.

Con los brazos cruzados, ella seguía paseando de un lado a otro del salón, diciéndose a sí misma que no debería entrar en pánico hasta que no se hiciera de noche y ellos no hubieran regresado, cuando una sacudida del pestillo de la puerta la detuvo en seco.

La puerta se abrió de golpe hacia dentro, y Gareth entró, seguido de Watson y Mooktu. Emily jamás se había sentido tan aliviada de ver a nadie en su vida.

Estaba a medio camino del patio para reunirse con él cuando se percató. La expresión casi relajada, la sonrisa que había iluminado sus ojos, desaparecieron al mirarla a la cara.

—¿Qué ha pasado?

Las palabras salieron de golpe y allí estaba él, la mano cerrándose sobre su codo para girarla y empujarla de nuevo hacia el salón mientras miraba hacia el tejado.

—Sectarios —consiguió responder ella, deteniéndose en el umbral—. En el zoco, aquí no. Pero no nos vieron. O más bien, nos vieron, pero pensaron que éramos lugareños. No reaccionaron en absoluto.

Gareth la miró fijamente. La sangre se le heló en las venas mientras su mente se poblaba con horribles visiones de lo que podría haber sucedido, de lo que habrían hecho los sectarios si la hubiesen atrapado...

Parpadeó, y sacudió la cabeza para eliminar esas visiones. Emily estaba allí, con él, y claramente ilesa.

Watson y Mooktu pasaron junto a ellos, hacia el interior del salón. Mooktu continuó, sin duda en busca de Arnia.

Emily miró a Gareth a los ojos.

—Me preocupaba tanto que te hubieran visto... Eres mucho más reconocible que nosotros —volviéndose, ella entró en el salón.

Gareth la soltó y la siguió lentamente.

—Llevábamos puestos los burkas, y Mullins y Bister iban detrás de nosotros, y tuvieron tiempo de esconderse antes de que los sectarios pudieran verlos bien —Emily se volvió hacia él de nuevo. La preocupación y el evidente alivio que él había visto en su rostro poco antes se habían esfumado. De hecho parecía feliz, y bastante alegre.

Ella estudió su rostro antes de inclinar la cabeza.

—Habéis vuelto pronto. ¿Significa eso que...?

Emily se interrumpió y ambos se volvieron hacia la puerta al oírla abrirse de nuevo. En esa ocasión era Bister, más disfrazado que de costumbre, con pañuelos cubriéndole la cabeza y el rostro, el que entró.

Cerró la puerta y, despojándose de la despreocupación que había mostrado, se acercó rápidamente a ellos.

Asintió hacia Emily antes de informar a Gareth.

—Después de traer aquí a las damas, se me ocurrió echar un vistazo rápido para ver si era capaz de seguir a esos condenados sectarios hasta su guarida. No volví a encontrar a esos dos, pero sí a otros dos, que también paseaban por las calles, vigilando sin duda, aunque no buscando como si supieran a quién buscaban.

—¿Encontraste su cuartel general? —preguntó Gareth.

—Sí, y no te va a gustar. Están en una casa frente al consulado, entrando y saliendo a sus anchas. Eso solo ya sería bastante malo, pero, mientras les observaba, entró un grupo a caballo. Un grupo de asesinos, y a la cabeza iba un hombre más mayor y con barba. La cuestión es que creo que lo vi en los muelles de Adén.

—¿Alto, ligeramente encorvado, barba negra, marcadamente mayor? —la expresión del rostro de Gareth se volvió pétrea.

—Ese mismo —Bister asintió con amargura.

¡Maldición! Tenían a uno de los sectarios de mayor rango pisándoles los talones.

Emily miraba de Gareth a Bister. Por su expresión cada vez más sombría, empezó a entender las implicaciones.

—Iba a preguntar —intervino ella— si vuestro temprano regreso significaba que habíais encontrado un barco que nos llevará a Marsella.

—No exactamente —él la miró a los ojos—. Watson hizo algunas preguntas. Al parecer nuestra mejor opción para evitar a los sectarios y llegar a Marsella en un tiempo razonable consiste en ir hacia el oeste por la costa. Encontramos a un comerciante con un jabeque, y espacio suficiente para todos nosotros, que se dirige en esa dirección, pero todavía no tiene previsto zarpar.

Gareth miró a Bister, y luego a todos los demás, que habían entrado en el salón para oír las noticias.

—Uno de los miembros de la secta, que estaba en Adén cuando llegamos nosotros, acaba de llegar aquí. A partir de ahora, debemos asumir que los sectarios están buscándonos a nosotros específicamente, que conocen la composición de nuestro grupo, cuántos hombres, cuántas mujeres, edades aproximadas, y todo eso —el mayor hizo una pausa antes de acercarse a la mesa y detenerse en el borde. Miró a todos los rostros, todos familiares ya—. Alejandría —movió una mano en el aire abarcando el espacio a su alrededor—, este barrio en particular, no es un buen sitio para ser descubiertos. Para quedar atrapados. Aunque esta casa es defendible, si la secta averigua que estamos aquí, podrán sitiarnos y mantenernos aquí.

«Hasta que nos agoten».

«Hasta que liquiden a suficientes de nosotros como para arrasar la casa».

«Y entonces...».

Emily se había colocado a su lado. Levantó la vista y lo miró a los ojos.

—Entonces tendremos que asegurarnos de que no nos localicen.

Gareth vio la determinación, la expresión de no rendirse jamás, en sus ojos. Miró a los demás, y vio la misma resolución en los de ellos. Asintió.

—Entonces, haremos todo lo humanamente posible para no ser vistos durante los dos próximos días —volvió a mirar a Emily, y sus miradas se fundieron—. Zarparemos hacia Túnez al amanecer, dentro de tres días.

3 de noviembre de 1822
Por la mañana temprano
Escondida en mi habitación en la casa de huéspedes en Alejandría

Querido diario:

Empiezo a sospechar que Gareth tiene una tendencia natural a acercarse a personas que aprecian una buena pelea. Anoche mencionó que el capitán del jabeque en el que zarparemos hacia Túnez expresó su decepción porque era improbable que los sectarios, pues Gareth sintió la necesidad de mencionar su posible interferencia, nos alcanzaran durante el viaje.

¡Ja! En cuanto a mí misma, me sentiría inmensamente agradecida si tuviéramos un respiro de la persistente caza a la que nos someten los sectarios. Gareth y Watson están seguros de que ellos, la secta, esperan que tomemos la habitual ruta diplomática a través de Atenas

y luego por tierra, y que para cuando se den cuenta de que hemos ido hacia el oeste por la costa de África, y se organicen para seguirnos, ya estaremos demasiado lejos de ellos para que nos alcancen. Un jabeque, me ha dicho Gareth, es un barco rápido y, en cuanto estemos a bordo y lejos de Alejandría, es improbable que nos atrapen.

Todo esto, por supuesto, suponiendo que los sectarios no nos localicen antes en nuestra guarida aquí. Lo lógico es pensar que a estas alturas ya sabrán que nos movemos disfrazados, pero hay muchas personas vestidas con ropas árabes en Alejandría.

Ya veremos, pero la cantidad de veces que he escrito la palabra «improbable», aquí no presagia, en mi opinión, nada bueno.

E.

A la mañana siguiente, Emily, Dorcas, y Arnia se dirigieron al zoco, protegidas por Mullins, Bister y Mooktu, a comprar los suministros que necesitarían durante el viaje a Túnez. Dado que habían visto sectarios en el zoco el día anterior, pensaron que sería mejor, potencialmente más seguro, ir ese día y no al siguiente.

Llevaron a cabo la misión sin ver a ningún sectario, y regresaron a través de la multitud que abarrotaba las calles al mediodía.

Estaban a unos metros de la casa de huéspedes cuando Dorcas, bordeando un agujero en el suelo, chocó con un hombre árabe que se dirigía en dirección contraria.

—¡Oh! Lo siento —por suerte, los dos se mantuvieron en pie. Recuperando el equilibrio y moviendo la cabeza cubierta por el burka en gesto de disculpas hacia el hombre, Dorcas se apresuró a alcanzar a Emily.

Quien, alertada por las palabras, se detuvo y se volvió.

A tiempo para ver al hombre girarse, mirar fijamente, soltar un bufido y lanzarse contra Dorcas.

Emily la agarró y la apartó del hombre, ¡un sectario! Vio el pañuelo negro en la cabeza debajo de la capucha de la túnica de estilo árabe que llevaba puesta.

También vio el cuchillo en su mano, vio la sangre, la sangre de Dorcas, manchándolo. Lo vio agarrarlo con fuerza y echar el otro brazo hacia atrás.

—¡Mooktu!

El enorme pastún ya estaba allí. Alcanzó al hombre justo en el instante en que dos sectarios más, también vestidos con túnicas, se materializaron de entre la multitud.

—¡Corra! —Arnia apareció junto a Emily—. Llévela dentro. Tiene un corte.

Cuando Emily miró hacia atrás, al barullo que se estaba formando, con Bister y Mullins peleando contra los otros dos sectarios, Arnia la agarró y la empujó hacia la puerta de la casa de huéspedes.

—Déjenoslo a nosotros —un cuchillo de aspecto muy peligroso apareció en la mano de Arnia—. ¡Váyase!

Emily se dio media vuelta y echó a andar tirando de Dorcas. La doncella temblaba, pero tras respirar hondo consiguió poner sus pies en movimiento.

Casi estaban en la puerta cuando esta se abrió de golpe. Gareth salió corriendo, seguido de Jimmy y Watson.

—Gareth la vio, se detuvo y la agarró del brazo.

—Estamos bien —Emily señaló con la cabeza el barullo de cuerpos que peleaban—. Tres sectarios, por lo menos.

Gareth asintió y se marchó seguido de los otros dos hombres de su grupo.

Emily empujó a Dorcas al interior de la casa y la sentó a la mesa del salón principal.

Y vio la espada de Gareth encima la mesa.

—Quédate aquí —le ordenó a Dorcas—. Enseguida vuelvo.

Agarró la espada y sintió su peso, pero, decidida a utilizarla si hacía falta, se apresuró hacia la puerta.

Antes de alcanzarla, Arnia la abrió y entró rápidamente seguida de Watson y Jimmy, llevando, sorprendentemente, los suministros que los otros hombres habían dejado caer.

Bister los siguió unos segundos después con la última bolsa.

—Tenga —vio a Emily y vio la espada en su mano—, tome la bolsa y déjeme a mí eso —Emily abrió la boca para protestar, pero él la interrumpió—. Él no querría verla ahí fuera, ahora no.

—¿Qué está sucediendo? —ella tuvo que admitir que las palabras de Bister tenían sentido. Por tanto tomó la bolsa y le entregó la espada.

—Han muerto los tres —contestó Bister tras una breve pausa, mirándola a los ojos—. Tenemos que hacer rápidamente limpieza antes de que alguno de sus amigos venga buscándolos —levantó la espada—. Me la llevaré por si acaso —asintió dándose media vuelta y se marchó cerrando la puerta tras él.

Emily echó a andar hacia la puerta, pero luego se dio la vuelta y rápidamente ordenó a los demás que siguieran adelante.

—Vamos dentro a colocar todo.

Era lo único que podía hacer, seguir hacia delante, y hacer lo que había que hacer.

Media hora más tarde, Gareth regresó y encontró a Emily atendiendo a una muy temblorosa, casi histérica, Dorcas.

La doncella, su piel pastosamente blanca, estaba sentada a la mesa y Emily agachada a su lado vendándole cuidadosamente un largo tajo en la parte de atrás del antebrazo.

Gareth entró sin hacer ruido y oyó a Emily murmurar en tono consolador:

— En serio, ya verás. Quedará perfectamente bien. No ha sido más que pura mala suerte que el hombre que tropezó contigo fuera uno de los sectarios, de no haberlo sido, tu desliz no habría supuesto mayor problema. No es culpa tuya que él no estuviera prestando atención y tropezara contigo.

Al oír sus pisadas, las dos mujeres se volvieron y Emily lo miró a la cara.

—¿Está todo solucionado?

Quizás Emily hubiera tenido éxito al tranquilizar a su doncella, pero sus ojos estaban desmesuradamente abiertos, y en la profundidad verdosa se reflejaba una especie de conmoción.

—Están muertos —Gareth se dejó caer en la silla en un extremo de la mesa—, no podrán informar a nadie de nuestra presencia aquí —la miró, consciente de lo cerca que habían estado del desastre, y supo que lo mejor que podía hacer para tranquilidad de todos era dar una explicación—, encontramos un canal cubierto no muy lejos de aquí. Escondimos los cuerpos allí. Mooktu, Bister y Mullins están vigilando los alrededores, manteniendo los ojos abiertos. Volverán en cuanto se haga de noche.

Emily lo miró durante unos segundos, y una amplia sonrisa se dibujó en su rostro, se volvió hacia Dorcas y le dio una palmadita en el brazo.

—¿Lo ves? Ya está todo solucionado.

4 de noviembre de 1822
Antes de cenar
En mi habitación en la casa de huéspedes

Querido diario:

No hay mucho que contar más allá de la tensión que nos envuelve a todos. Alejandría puede que sea una ciudad legendaria, pero no he visto gran cosa. Desde nuestra expedición de ayer al zoco, hemos permanecido prácticamente enclaustrados en la casa de huéspedes, con dos guardias continuamente sobre el tejado.

Únicamente Gareth y Mooktu salen, y siempre van juntos, patrullando los alrededores en busca de cualquier señal de sectarios reunidos para preparar un ataque. De momento, no se ha producido ninguna alarma, pero han visto demasiados sectarios entre la muchedumbre como para permitir que ninguno de nosotros nos relajemos.

En una atmósfera tan tensa, ha sido del todo imposible explorar

la creciente conexión entre Gareth y yo misma. No lo he preguntado, pero espero que un jabeque sea un navío de suficiente tamaño como para permitirnos un mínimo de intimidad para continuar con nuestro, aún por declarar, cortejo.
Hasta que no hayamos salido de Alejandría, no hay nada que pueda hacer salvo esperar.
E.

Abandonaron la casa de huéspedes al amanecer, y calladamente se abrieron paso a través de las silenciosas calles hasta los muelles. Mullins había tenido la brillante idea de intercambiar sus baúles, unos sólidos baúles ingleses, por otros sencillos y de madera, también sólidos, pero claramente árabes, que Jemal tenía en su almacén. Todos habían comprendido el valor de esa idea, y consiguientemente se habían afanado en borrar cualquier señal de aspecto inglés, incluso europeo, de su apariencia. El grupo que llegó aquella mañana a los muelles, ya bullicioso y lleno de barcos preparándose para zarpar con la marea de la mañana, resultaba absolutamente indistinguible de cualquier otro grupo que estuviera esperando para embarcar.

Gareth, la cabeza envuelta en el típico pañuelo, que por suerte ocultaba en gran medida sus rasgos, los condujo por los muelles a un ritmo ágil aunque sin prisas. Por su actitud daba la impresión de ser el dueño de un pequeño reino árabe en alguna parte.

El resto de ellos lo seguía en su orden habitual. Cuando Gareth se detuvo a los pies de la pasarela, levantó la vista hacia el barco, y llamó al capitán por su nombre, Emily volvió rápidamente la cabeza, contempló el barco, y consiguió a duras penas reprimir un gruñido.

Un jabeque era más pequeño que una goleta.

Y estaba atestado de mercancías.

¿Dónde demonios iban a meterse todos?

La pregunta seguía resonando en su cabeza mientras el capitán recibía formalmente a Gareth a bordo, y luego les hacía una seña al resto para que subieran.

Una vez allí, las frustradas suposiciones de Emily se confirmaron. Las tres mujeres vestidas con burka fueron rápidamente conducidas bajo cubierta a un único camarote en la popa, que tenía tres jergones apretados en el pequeño espacio.

El equipaje las siguió poco después. En cuanto estuvo dispuesto en el suelo, dejándoles el espacio justo para caminar de la puerta al jergón y de ahí al pequeño ojo de buey, y la puerta se hubo cerrado, Emily se despojó del burka y, sin la visión restringida, volvió a mirar a su alrededor, pero...

—¡Ni siquiera hay un lugar donde sentarse!

¡Hombres! La palabra, cargada de fulminante frustración, resonó en su cabeza. Dorcas frunció el ceño y Arnia murmuró algo. Emily ni siquiera tenía espacio suficiente para dar dos pasos.

El barco se balanceó. Emily se agarró al marco de la puerta, y, dándose cuenta de que el navío estaba zarpando, utilizó los jergones para sujetarse y acercarse al ojo de buey. Mirando hacia fuera vio los muelles retirarse rápidamente.

—Por lo menos esta cosa parece ir bastante deprisa.

Dorcas, Arnia y ella tenían órdenes estrictas de permanecer bajo cubierta para reducir la posibilidad de que su grupo fuera reconocido por los sectarios, que seguro estarían observando desde los dos cabos gemelos del enorme puerto.

Una vez que el jabeque hubo alcanzado las aguas más allá de la bahía, el capitán sin duda debió izar más velas, pues el barco dio un salto hacia delante.

Para cuando pasaron entre los dos cabos, el barco prácticamente volaba sobre las olas. Pero, cuando alcanzaron el Mediterráneo, las aguas más profundas ralentizaron el navío.

Desde el ojo de buey de popa Emily tenía una excelente visión de ambos cabos del puerto mientras el jabeque se deslizaba a través de ellos, finalmente libres de la bocana del puerto.

También tuvo una excelente visión de los sectarios en cada cabo.

Una visión perfectamente clara del catalejo que uno de ellos sujetaba apuntando a la cubierta del jabeque.

Vio a ese sectario volverse y decirle algo a otro. Vio al segundo sectario agarrar el catalejo y mirar a través de él antes de asentir excitado. Tras echar otro vistazo, ambos se dieron la vuelta y echaron a correr... aunque ella no pudo ver adónde.

Sin embargo habría jurado que sonreían.

En cuanto el cabo desapareció en la bruma marina de la madrugada, ella abandonó el camarote y subió a cubierta.

Encontró a Gareth apoyado sobre la barandilla a un lado. Ella se apoyó a su lado.

—¿Los vistes en el cabo?

—Nos era imposible a todos ir bajo cubierta —él asintió y buscó su mirada—. Con el peso añadido, algunos de nosotros tuvimos que ayudar a los marineros.

Ella miró hacia las olas, hacia donde, a una gran distancia, se imaginaba que estaría Europa.

—No puedo asegurarlo, pero creo que nos vieron.

Después de unos segundos, Gareth posó una mano sobre la de ella, sobre la barandilla, y apretó delicadamente.

—Así es, creo que deberíamos asumirlo. Pero lo que no vieron fue en qué dirección nos dirigíamos. El capitán permaneció en un rumbo neutro hasta que estuvimos fuera de vista.

Emily se quedó donde estaba, digiriendo la información y sus implicaciones, absorbiendo el calor de la mano que cubría la suya.

—De modo que saben que nos hemos ido, y que vamos en un jabeque, pero, con suerte, nos buscarán...

—En cualquier dirección salvo en la nuestra.

Ella asintió, tranquilizada, pero no se movió de donde estaba, disfrutando del momento.

En la casa frente al consulado británico, Tío caminaba de un lado a otro sin parar.

—¡Esto es inaceptable! Estamos persiguiendo a esas personas, ¿cómo es posible que hayan desaparecido tres más de nuestros hombres? —el tono exigía una respuesta que los hombres, acobardados y humillados, que tenía delante no podían ofrecer—. ¿Han desertado? ¡No! ¿Cómo es posible conociendo la venganza que exigirá la Cobra Negra? Saben cómo golpeará nuestro reverenciado líder, y mutilará y torturará hasta que griten…

Se interrumpió cuando su nuevo teniente, Akbar, llegó corriendo.

Akbar hizo las reverencias oportunas y pasó a informar.

—Los han visto, al mayor y su grupo, sobre un navío rápido abandonando el puerto hace una hora.

Tío permaneció en silencio, tanto tiempo que los hombres humillados ante él volvieron a temblar, incluso más de lo que habían temblado mientras les había estado regañando. El silencio se prolongó mientras Tío volvía a controlar su formidable genio. Finalmente respiró hondo y, esforzándose por no rechinar los dientes, preguntó tranquilamente:

—¿Y hacia dónde se dirige ese navío?

—Los hombres no lo saben —Akbar parpadeó—. No fue posible saber hacia dónde se dirigían antes de que la bruma marina los engullera.

—Sugiero que empecéis a hacer preguntas —Tío tomó aire más prolongadamente, con tensión. Y lentamente exhaló—. Esta mañana solo han zarpado unos cuantos barcos. Preguntad hasta averiguar hacia dónde se dirigía ese.

Akbar hizo una profunda reverencia antes de darse media vuelta y marcharse.

Tío miró a los hombres que seguían temblando a sus pies.

—Largaos de aquí.

Obedecieron atropellándose los unos a los otros.

Solo en la habitación, Tío siguió paseando lentamente. Akbar era ambicioso. Haría cualquier cosa para conseguir la información necesaria.

—Tampoco es que importe —murmuró Tío—. Tenemos

hombres en cada puerto, la Cobra Negra ya se ha ocupado de eso. El mayor y esa mujer no escaparán —entrelazó las manos y curvó lentamente los labios—. Y yo me aseguraré personalmente de que el mayor sufra prolongadamente como debe ser por haberme arrebatado a Muhlal.

CAPÍTULO 9

6 de noviembre de 1822
Antes de cenar
En el abarrotado camarote de popa del jabeque, en alguna parte del Mediterráneo, en dirección a Túnez

Querido diario:

En contra de mis esperanzas, un jabeque es un barco diseñado para el comercio, no para pasajeros. No hay intimidad por ninguna parte. En efecto, las mujeres tenemos suerte de disponer de un camarote para nosotras. Los hombres de nuestro grupo comparten el de la tripulación.
Es imposible mantener una conversación privada en ninguna parte, mucho menos ceder a la comunicación no verbal. Añadido a eso, no hay nada que ver y menos que hacer, por lo que no es raro que Dorcas, Arnia y yo ya estemos mortalmente aburridas. Los hombres, por otra parte, parecen haber congeniado con la tripulación, incluso he visto a Watson recibir lecciones de navegación. Gareth y el capitán se llevan bien. Excepcionalmente bien. Gareth se pasea por ahí vestido con túnica, pantalones y botas de caballería, la espada a un costado y, al igual que el capitán, parece un bucanero.
Observarlo caminar por cubierta es una de las pocas distracciones de las que dispongo.
E.

*10 de noviembre de 1822
Antes de cenar
En el jabeque, en el diminuto camarote*

No tengo nada de comunicar. Llevamos los últimos cinco días navegando a buen ritmo sin experimentar ningún incidente, de ninguna clase. La estratagema de Gareth para perder a los sectarios en nuestra huida de Alejandría parece haber tenido éxito... pues no hemos sido molestados, ni siquiera durante la noche. Parece haber pocas razones para temer nuevos ataques, por lo menos en este tramo de nuestro viaje. Gareth sigue montando guardia, y Bister y Jimmy pasan una buena parte del día subidos al mástil principal, pero todos hemos relajado en gran medida nuestra vigilancia. La ausencia de la tensión a la que nos habíamos acostumbrado resulta tan patente ahora como lo fue la tensión antes.

Esta podría ser una magnífica oportunidad para que Gareth y yo explorásemos la potencial conexión entre ambos... ¡me cuesta creer que no haya tenido la ocasión de concentrarme en este candente hecho después de los escasos momentos robados entre las tiendas de los bereberes! Pero una interacción personal como esa resultaría totalmente imposible bajo las narices de la tripulación.

Incluso he investigado el horario de la tripulación en un intento de encontrar un momento o lugar en el que estén ausentes, pero no. Resulta más que frustrante. Si pensara que fuera a servir de algo, me arrancaría el pelo.

No hay ningún lugar al que ir, nada que hacer. Ningún avance.
E.

*11 de noviembre de 1822
Antes de cenar
Todavía a bordo del maldito jabeque
Querido diario:*

El capitán debe haber oído mis quejas. O eso, o Gareth le ha mencionado mi amenaza de tirarme por la borda si nos sirven pesca-

do una noche más. Él, el capitán, me ha informado muy cordialmente hace escasos minutos de que vamos a hacer una escala técnica, ¡una parada de un día entero!, en Malta mañana. El barco debe avituallarse de agua potable, y espera poder comerciar con parte de la sal que lleva a bordo. Mi espontaneidad y sentida respuesta fue «¡gracias al cielo!», a lo cual el capitán Laboule sonrió. Aunque es musulmán, al parecer mis palabras son, sin embargo, una gratitud aceptable por la intervención divina.

¡Un día entero en tierra! Me siento a la vez aliviada y llena de anticipación. Sin duda, Gareth y yo podremos encontrar un lugar adecuado para avanzar en nuestro mutuo entendimiento.

Se me ocurre que, al explorar y planear nuestro futuro camino juntos, estamos realizando otro viaje. Uno paralelo y sobreimpuesto a nuestro viaje físico a Inglaterra.

Aguardo el día de mañana con esperanza y expectación.

E.

Aunque fundada por los Caballeros de Malta hacía siglos, La Valeta estaba en ese momento bajo dominio británico, un hecho que Gareth no había olvidado y se molestó en inculcar a los demás miembros de su grupo.

De pie junto a la barandilla, mientras el jabeque se deslizaba suavemente a través de las aguas de Puerto Grande, el sol de la mañana arrancaba destellos del agua y el navío abordaba los muelles que se alineaban en la costa bajo los bastiones más bajos de la ciudad espectacularmente fortificada, Gareth miraba a las personas que lo rodeaban. Siguiendo sus órdenes, todos vestían ropa árabe.

—Deberíamos evitar la zona alrededor del palacio del gobernador. Casi seguro veremos muchos soldados en las calles, pero no suponen ninguna amenaza... La influencia de Ferrar es diplomática, no militar.

—Pero tendremos que mantener los ojos bien abiertos por si hay sectarios —observó Mullins.

—Sin duda los habrá —Gareth asintió—, vigilando, pero es poco probable que hayan sido advertidos de que deben buscarnos a nosotros específicamente —a un grupo de nuestro tamaño y composición— o de que vamos disfrazados. Siempre que no hagamos nada para llamar su atención, deberíamos poder pasar desapercibidos.

—Por lo menos aquí no tendremos que preocuparnos de que hablar en inglés pueda alertarlos —Dorcas se recolocó el burka.

—Puede que no —contestó Emily—, pero seguramente será mejor, siempre que sea posible, fingir ser árabe.

Gareth agradeció la observación de Emily. Cuando el jabeque topó contra el muelle de piedra, ellos se volvieron hacia donde se desplegaría la pasarela.

En cuanto estuvo desplegada, bajaron hasta el muelle de piedra y, en grupo, caminaron junto al bastión hasta la calle que el capitán Laboule había señalado como la ruta más directa hacia el barrio comercial. Mientras subían por las calles pavimentadas, Gareth miró hacia las agujas y cúpulas de las iglesias y catedrales que se erigían sobre ellos. Siendo un soldado que había visto una buena parte del mundo, los muros defensivos y fortificaciones le resultaron impresionantes, los fuertes y las defensas del puerto imponentes.

Se sentía perfectamente capaz de pasar días paseando alegremente por la ciudad, apreciando su arquitectura, sus defensas, pero, con los sectarios merodeando, su principal prioridad era mantener a Emily a salvo.

En cierto modo le sorprendió la poca sensación de fastidio que le provocaba esa conclusión.

Por una vez, no necesitaban comprar víveres y pudieron disfrutar tal y como deseaban. Al pasar por un cruce de calles que olía a especias y estaba bordeado de curiosas tiendas, Arnia declaró que quería ver qué clase de hierbas y condimentos se vendían allí. Asintiendo hacia Gareth, Mooktu y Mullins la acompañaron. Todos acordaron reunirse en el jabeque a las tres de la tarde, una buena hora para zarpar con la marea de la tarde.

—Primero quiero ver la catedral —Emily miró a Gareth

mientras caminaba a su lado—. Laboule dijo que hay muchos bonitos edificios para ver aquí, y una buena cantidad de museos.

Gareth asintió mostrándose de acuerdo. Una gran parte de la historia de La Valeta transcurría en los históricos palacios que los Caballeros de Malta habían dejado atrás, y desde niño se había sentido intrigado por esa orden militar de cruzados.

Dorcas y Watson caminaban detrás de ellos. Bister, necesitando una diversión más activa, se llevó a Jimmy a buscarla.

Pasaron el día visitando iglesias y palacios. Los últimos lo suficientemente magníficos como para llamar la atención incluso de Gareth. La arquitectura, el diseño, la decoración y el mobiliario eran tan fabulosamente espléndidos que resultaban tan impresionantes como las fortificaciones.

A pesar de su firme intención de aprovechar al máximo el día, Emily se sintió distraída por la suntuosa belleza de todo lo que vio mientras, asombrada, paseaba por la ciudad.

Se detuvieron en una tranquila taberna para almorzar. Para poder comer, Emily y Dorcas iban a tener que retirarse los burkas. Al no detectar a ningún sectario, todos estuvieron de acuerdo en que los disfraces quizás fueran innecesarios.

—La Valeta no es más que un puesto avanzado, una escala en el camino hacia alguna otra parte —observó Gareth—. Ferrar debería saber que no tiene ningún sentido dejar un gran destacamento aquí, sabe que, como mucho, solo pasaremos aquí un día. Mejor simplemente dejar a un hombre o dos vigilando, para que les informe de cualquier avistamiento, ya sea de nosotros o de otros, quizás por correo diplomático.

Emily lo miró a través del panel de encaje de su Burka.

—Si fueras a dejar a alguien vigilando en este lugar, ¿dónde lo situarías?

—En uno de los fuertes. La mayoría dispone de excelentes vistas del puerto y los muelles, y hay suficientes como para que la localización y la eliminación de sus vigilantes nos resulte virtualmente imposible.

Emily asintió. Dorcas y ella se retiraron los pesados burkas, doblándolos y revelando los vestidos ingleses que llevaban debajo, convirtiéndose así de golpe en unas de las muchas inglesas que había en la ciudad.

Pasaron el resto de la comida comparando paisajes y observaciones sobre todo lo que habían visto. Solo cuando estaban abandonando la taberna, Gareth y ella delante, Dorcas y Watson charlando detrás, Emily recordó su objetivo del día. Le quedaba apenas un par de horas para llevarlo a cabo.

El siguiente palacio en el que entraron se parecía mucho a los anteriores. Dejando a Dorcas y a Watson estudiando una armadura sobre una chimenea, ella salió al pasillo y entró en el siguiente salón con la confianza de que el instinto protector de Gareth le hiciera seguirla.

Y lo hizo, pero se quedó alejado, manteniendo las distancias. Deteniéndose junto a las ventanas, ella miró hacia atrás, y mentalmente dio unos golpecitos con el pie en el suelo.

Con las manos sujetas detrás de la espalda, él recorrió lentamente la sala, estudiando una larga hilera de espadas ceremoniales dispuestas a lo largo de la pared. Con determinación, cada vez más consciente de los minutos que pasaban, ella se volvió y se dirigió hacia él.

Gareth se detuvo, la mirada fija en una cimitarra con joyas engarzadas.

Y ella lo alcanzó justo en el instante en que Dorcas y Watson entraban en la sala.

Suprimiendo su irritación, Emily intentó de nuevo alejarse lo suficiente de sus sombras como para, por lo menos, poder hablar en privado. Al entrar en el largo comedor, con su enorme mesa dispuesta para un festín, Dorcas y Watson se detuvieron para examinar minuciosamente la cubertería, la porcelana y el cristal. Aprovechando el momento, Emily se dirigió directamente por la larga estancia hasta una pequeña galería. Deteniéndose, miró hacia atrás, esperando y deseando que Gareth se uniera a ella.

Él la siguió lentamente, tomándose su tiempo exageradamente para estudiar la vajilla y la cristalería. Impaciente, ella aguardó. Gareth llegó al umbral de la galería, la vio esperando, se giró y se fijó en Dorcas y Watson, todavía a medio camino de la enorme sala.

Al ver que él no se giraba de nuevo, ni aprovechaba el momento para reunirse con ella, Emily frunció el ceño.

—Gareth —lo llamó en un tono de voz apenas más alto que un susurro—. Hay... asuntos que debemos discutir.

—Este no es ni el lugar ni el momento —Gareth se volvió hacia ella y sus miradas se fundieron.

Emily apretó los labios, pero no pudo mostrarse en desacuerdo.

—¿Y cuándo y dónde será oportuno mantener nuestra discusión en particular?

—No lo sé —Gareth hablaba con voz uniforme aunque, al igual que ella, lo más baja posible. Después de un momento, añadió—: Ese tema, para abordarlo adecuadamente, puede que tenga que esperar hasta que lleguemos a Inglaterra.

—¿Inglaterra? —ella lo miró fijamente e hizo un rápido cálculo—. Puede que tardemos otro mes antes de llegar allí.

Él asintió, pero se volvió antes de que ella pudiese responder. Dando un paso atrás, permitió que Dorcas lo precediera al interior de la galería.

Y obligó a Emily a darse media vuelta y, con fingida felicidad, dirigir el camino.

¿Otro mes?

¿Otro mes sin ningún avance, sin una clara definición, sin poder explorar más lo que había entre ellos?

«No, murmuró para sus adentros. «No, y no», a ese respecto, Gareth iba a tener que replanteárselo.

Por supuesto, tras haber revelado Emily su objetivo, él adoptaría una actitud evasiva. Nada que ella pudiera hacer, ningún lugar que pudiera encontrar en ese palacio, sería de utilidad en lo concerniente a Gareth, no con Dorcas y Watson siguiéndolos de cerca, proporcionándole a él la excusa perfecta para evitar cualquier *tête à tête*.

Haciéndole creer que había aceptado la derrota, aceptado

su decisión, Emily los condujo tranquilamente fuera de palacio. Una vez en la calle, miró hacia el puerto, y vio el verdor de los árboles y el césped a una altura entre su posición y los muelles a la orilla del mar.

Mirando los edificios frente a ella, localizó lo que necesitaba. Otro palacio de otro grupo de caballeros. Perfecto.

—Mira... jardines —anunció mirando a Dorcas y señalando hacia la masa de verdor un poco más abajo. Los otros tres también miraron. Sabiendo que la debilidad de Dorcas era pasear y ver paisajes en lugar de edificios y museos, Emily sonrió a su doncella—. ¿Por qué no vais Watson y tú hacia allá? A mí me gustaría echar un vistazo a un palacio más —deteniéndose junto a la señal que indicaba el siguiente «albergue», miró a Gareth a los ojos—. Este servirá.

Watson y Dorcas se mostraron encantados de seguir adelante.

—Les esperaremos allí —con un asentimiento hacia los dos, Watson echó a andar al lado de Dorcas, que lo agarraba de un brazo mientras que con la otra mano se sujetaba el burka sobre los hombros.

En cuanto estuvieron lo bastante lejos como para no ser oídos, Emily miró a Gareth.

—Ven conmigo —girándose, empezó a subir las escaleras del palacio.

Gareth la vio marchar, balanceando las caderas bajo las faldas inglesas, suspiró para sus adentros, y la siguió.

Sabía muy bien cuál era ese asunto que ella deseaba discutir, pero precisamente era un tema que él intentaba evitar, un tema con el que había pasado demasiadas horas obsesionado. Sin embargo, su conclusión, la verdadera e inapelable, si bien ineludible, conclusión, no era algo que él, ni ningún otro hombre vivo, estuviera dispuesto a discutir voluntariamente. Solo la idea de formular en palabras sus pensamientos le hacía estremecerse por dentro.

Y eso significaba que, por el bien de la suerte de ambos, debía dejarla hacer a ella, aunque al final él tenía que ganar, tenía que asegurarse de que ella no consiguiera tiempo para discutir nada en absoluto.

Lo que siguió fue algo parecido a una partida de ajedrez en la que ella se movía en su dirección y él contraatacaba con un movimiento que anulaba el suyo. Emily lo fulminaba con la mirada y él mantenía el rostro impasible, la mirada tan inocente como era capaz de ponerla.

Gareth, además, intentaba no permitir que su ser interior pensara en lo excitante que resultaba jugar a ese juego casi seductor, y frustrante, de evitar a Emily.

Él sabía lo que sabía: no había ningún futuro en excitarse por ella.

Emily apretó los labios, encajó la mandíbula y juró para sus adentros que no la iba a rechazar. No entendía el empeño de Gareth en evitar aprovechar el momento, fuera de la vista del resto de su grupo y de cualquier sectario, pero no estaba dispuesta a dejarle ganar. Eso, se juró para sí misma, era una cuestión de principios.

Una cuestión de necesidad y de deseo.

Y no solo para ella.

Lo condujo de regreso a la planta principal y giró hacia otra de las habitaciones que había allí. El primer salón no resultó muy prometedor, de modo que rápidamente regresó al vestíbulo y se dirigió al siguiente.

En esa ocasión dio en el blanco.

A un lado de la pared había una puerta cerca de la unión con el muro exterior. Ella abrió la puerta y pasó, y se encontró en un estrecho pasillo que conectaba con la siguiente estancia. La puerta del otro lado del pasillo estaba cerrada. Sonriendo para sus adentros, echó a andar antes de detenerse y mirar por las ventanas hacia el puerto que se veía a lo lejos.

Gareth titubeó en la entrada.

Sin mirar en su dirección, ella señaló por la ventana.

—Allí está nuestro barco.

Tras un instante de pausa en el que ella casi pudo oír su

suspiro de resignación, Gareth cruzó el umbral, cerró la puerta, y se reunió con ella.

—¿Lo ves? —continuó ella cuando él se detuvo a su lado. En cuanto estuvo segura de que seguía su mirada hasta la línea de barcos a lo lejos, continuó—. Ese es el diminuto navío al que vamos a regresar en menos de una hora, para pasar los siguientes días encerrados en compañía de otros, incapaces de intercambiar ni siquiera una palabra en privado.

Emily se volvió hacia él, estudió su perfil, lo único que se veía de su rostro.

—Dado lo que ya hemos intercambiado, lo que ya ha pasado entre nosotros, cualquier otro caballero estaría encantado de aprovechar la oportunidad… —y solo para que no se le escapara el significado de su frase, ella levantó los brazos hacia arriba—, esta oportunidad para, por lo menos, volver a besarme.

Gareth la miró de reojo antes de girarse ligeramente para que ella pudiera ver más de su rostro.

—¿Entonces, por qué no lo estás haciendo? —ella lo miró con los ojos entornados—. ¿Por qué de repente me estás evitando?

Pronunciar las palabras en voz alta las convirtió en reales. Emily se había dado cuenta de lo que estaba haciendo él, pero hasta ese momento no había permitido que las palabras se formaran en su mente. Eran demasiado condenatorias, y ninguna joven dama con un mínimo de modestia las formularía jamás en voz alta… Pero ella no opinaba gran cosa de la modestia que conducía al autosacrificio.

De modo que lo fulminó con la mirada, se cruzó de brazos, negándose a admitir el escozor de las palabras, el agudo y profundo dolor, y esperó.

Esperó.

—Te estoy dando tiempo para recuperar la cordura.

—¿Cómo? —ella parpadeó.

—Necesitas comprender qué es esto, nuestra atracción. De dónde surge. Hacia dónde conduce.

—Yo ya sé... —Emily frunció el ceño.

—No. No lo sabes.

Ella lo observó a través de la mirada entornada, registrando las rígidas convicciones de Gareth. Y lentamente enarcó las cejas.

—¿Eso crees? ¿Y por qué no me iluminas?

Había caído en la trampa. Gareth rechinó los dientes, y mantuvo la mirada fija en la de ella... Pasaron los segundos y ella no cedió, no titubeó, no se ablandó, y él aceptó que no tenía más elección. Tomó aire y se lanzó.

—Lo que ha sucedido entre nosotros es el resultado de sobrevivir al peligro, la consecuencia, una consecuencia natural y habitual, de los peligrosos episodios que hemos vivido juntos. Es normal sentirse así después de una experiencia tan fuerte. Yo estoy acostumbrado a ello, y por eso lo reconozco, pero tú es imposible que hayas experimentado algo así antes y... —Gareth sintió que su rostro se endurecía—. Independientemente de lo que tú imagines que significa lo que ha pasado entre nosotros, en realidad no es más que el resultado de haber sobrevivido a un peligro de muerte.

Emily había dejado de fruncir el ceño, sustituyendo la expresión por una aturdida mirada vacía. Tanto la mirada, como su voz, parecieron surgir desde muy lejos.

—Eso no es...

—No es lo que crees, pero es lo que es.

Ella lo miró con los ojos muy abiertos, el rostro desprovisto de expresión, ligeramente boquiabierta, antes de contestar:

—Tú no tienes ni idea de qué pienso yo. Ni idea de por qué siento lo que siento.

—Lo que tú crees que sientes no tiene nada que ver con esto. Yo sé lo que es, sé por qué quieres que vuelva a besarte y por tanto sé, sin lugar a dudas, que el honor dicta que como caballero, siendo el más experimentado, debería negarme y mantener las distancias adecuadas.

Harto de explicaciones, Gareth se lanzó al ataque.

—Deberías estar dándome las gracias por no aceptar la

invitación a seguir coqueteando —habló con un tono decidido, incluso dictatorial—. La mayoría de los hombres en mi situación se aprovecharía, pero tú te mereces algo mejor.

—De modo que... —Emily entornó de nuevo los ojos y fijó la mirada más intensamente en él—, lo que estás diciendo es que sufro de eh... ¿Qué? ¿Una especie de deseo ilusorio inducido por el peligro del que tú necesitas salvarme?

—Sí —él asintió después de dudar unos segundos—. Eso es todo lo que hay.

—Necesitas salvarme de mí misma —ella respiró entrecortadamente—. Y lo sabes, porque...

—Porque tengo mucha más experiencia que tú.

—Entiendo —la ira de Emily surgió, haciendo que su voz temblara. Entornando los ojos todo lo que se podían entornar, lo fulminó con la mirada. Una ira que jamás había sentido se deslizaba ardiente por sus venas. Abrió la boca y... y descubrió que era incapaz de pronunciar palabra alguna.

Respiró hondo, mantuvo el aire en su interior, intentó de nuevo hablar, pero la ira le taponaba la garganta.

«¡No tienes ni la menor idea de qué estás diciendo!».

—¡Arrg! —ella lanzó las manos hacia arriba se dio media vuelta, echó a andar hacia la puerta al final del pasillo, la abrió de golpe, y salió.

Qué buena idea encontrar un lugar adecuado. Qué buena idea encontrar el momento adecuado.

Qué buena idea desarrollar una relación con él, ¡pues él ni siquiera creía que ella quisiera una de verdad!

Frases agraviantes, declaraciones irritadas, todas esas cosas que le encantaría decirle, con las que le encantaría llenarle la cabeza, si tan solo fuera capaz de hablar, si tan solo pudiera confiar en sí misma lo suficiente como para reprenderlo sin las furiosas lágrimas que estrangulaban su voz, todas esas cosas resonaban en su mente mientras, sin detenerse, se dirigía fuera del palacio y hacia la calle.

Su gesto debía ser el de la ira reprimida, pues, con solo mirarla, todo el mundo se apartaba de su camino. No miró atrás para ver si Gareth la seguía, pero pronto oyó pisadas a su espalda y supo que era él.

Alcanzó la puerta de la verja del parque. Deteniéndose, se apoyó contra ella, miró hacia atrás, miró el rostro de Gareth, lo fulminó con la mirada y se dio media vuelta antes de dibujar una expresión relajada sobre su cara, recolocarse el burka sobre los hombros y, con la cabeza alta, echar a andar en busca de Dorcas y Watson para regresar al jabeque.

12 de noviembre de 1822
Tarde
De nuevo en el jabeque

Querido diario:

No tengo palabras. Todavía. Gareth cree que mi interés por él está movido por un deseo inducido por el peligro y la supervivencia. A sus ojos, estoy ciega y soy una ilusa.

Cada vez que pienso en lo que dijo, en lo que él cree, de nuevo resurge la ira. ¿Cómo se ha atrevido? ¿Qué demonios pretende diciéndome qué siento y por qué? Y, por si eso ya no fuera bastante malo, ¡cómo se atreve a equivocarse tanto!

Me encuentro literalmente fuera de mí… jamás supe qué significaba esta frase antes de hoy. ¡La temeridad de ese hombre es evidente que no conoce límites!

No obstante, hay algunas frases que murmuró y que, sospecho, debería repasar más detenidamente.

Y sin lugar a dudas lo haré… En cuanto me haya calmado.
E.

El jabeque atracó en el puerto de Túnez tres días después por la tarde. Desde Alejandría no habían vuelto a ver ningún sectario, afortunadamente, dado que la entrada a Túnez por mar se hacía a través de un paso estrecho hasta llegar a una especie de lago. El jabeque tuvo que arriar todas las velas y echar mano de los remos. Escapar a una persecución habría resultado imposible. Tras despedirse del capitán Laboule y su tripulación, agradeciéndole la hospitalidad y lamentando exageradamente la ausencia de peleas, Gareth condujo a su grupo fuera del barco, hasta los muelles. De nuevo vestido con ropa árabe, siguiendo fielmente las instrucciones de Laboule, alquilaron una pequeña carreta tirada por un burro, de las muchas que esperaban para conducir a pasajeros, equipaje, y bienes por la corta distancia de la orilla del lago hasta la puerta de la ciudad. Con las tres mujeres sentadas sobre el equipaje en la carreta, Gareth caminó por la arenosa carretera junto con los otros hombres que rodeaban la carreta.

En todo momento, el mayor evitó mirar a Emily. Desde su discusión en La Valeta, ella no había intentado acercarse más, no había ofrecido ninguna invitación a que la besara.

Mejor así. De haberlo hecho, él no estaba del todo seguro de haber tenido la fuerza o la voluntad de resistirse.

Pero había hecho lo correcto. No lo que deseaba, pues la deseaba ella, pero el honor había dictado que él no podía aprovecharse de ella, que tenía que darle la oportunidad de echarse atrás.

Y así lo había hecho.

Emily había reculado, había pensado en lo que había dicho él y había visto la verdad en sus palabras, en su afirmación. Había aceptado la posibilidad que él le había dado de echarse atrás de cualquier futura interacción que, dado lo que ya había sucedido entre ellos, solo podría haber terminado en un lugar, en una actividad.

Gareth tenía razón, y ella por fin lo había comprendido.

Durante los días que siguieron a La Valeta, él había sido consciente de la mirada vigilante de Emily sobre él, amenazadora, como si lo estuviera evaluando.

Quizás se estaría preguntando por la locura de pasión que la había poseído, feliz de que él se lo hubiera explicado y que ella lo entendiera. Gareth continuó caminando e intentó no pensar en ella.

Intentó centrarse en su misión, en evaluar la posible amenaza de sectarios en esa ciudad apartada. Intentó concentrarse en las útiles indicaciones de Laboule, y condujo a la comitiva a través de la puerta de la ciudad y en dirección a la medina.

Era un zoco, llamado de otra manera. A medida que se acercaban se oía la creciente cacofonía de voces, se olían los punzantes aromas de las especias, y todo mucho antes de que vieran las estrechas calles y callejones cubiertos frente a ellos.

Justo antes de alcanzar la medina, Gareth giró a izquierda y encontró, unos cien metros más adelante, la casa de huéspedes que Laboule le había recomendado. Un rápido vistazo desde la calle resultó prometedor. Dejó a los demás en la calle con el equipaje y llamó a la puerta que se abría en el muro, siendo admitido.

La casa de huéspedes estaba bien equipada para sus necesidades, limpia, lo bastante grande, pero no demasiado extensa, con suficientes habitaciones y, sobre todo, una única puerta, bien vigilada, que daba a la calle. El mayor se dispuso a regatear con los dueños y comprobó que dejar caer el nombre de Laboule le ayudaba. No tardó mucho en alquilar la casa de huéspedes entera, de nuevo asegurándosela en exclusividad para su grupo.

Salió de nuevo a la calle, acompañado por el dueño y su esposa, para que entraran los demás.

Emily se sintió inexpresablemente feliz de poder quitarse el burka, lavarse la cara y cepillarse los cabellos, y todo de pie sobre un suelo que no se movía. En una habitación que tenía espacio suficiente para estirar los dos brazos sin que sus dedos tocaran nada.

La sensación física de alivio fue maravillosa.

—No me importaría no volver a poner un pie sobre un jabeque nunca más —le informó a Dorcas, ocupada en sacudir sus vestidos de viaje y colgarlos en el armario.

—Por lo que he podido oír —Dorcas soltó un bufido—,

es bastante probable que volvamos a subir a una de esas cosas para nuestro siguiente tramo del viaje hasta Marsella.

—Yo también lo he oído —Emily hizo una mueca. Laboule le había facilitado a Gareth el nombre de otro capitán de jabeque que pensaba podría acceder a llevarlos a Marsella—. Pero sí parece que vamos a poder disfrutar de al menos unos cuantos días aquí, en tierra firme.

—Tendremos que ir al zoco a comprar suministros —la voz de Dorcas surgió camuflada desde el interior del armario.

—Supongo que mañana —Emily dejó el cepillo a un lado—. Por lo menos está cerca.

Rezó para que, tal y como todos esperaban, no hubiera sectarios en Túnez.

De ser así, si todo permanecía tranquilo, quizás el tiempo que fueran a pasar allí le concedería la oportunidad de eh... redireccionar a Gareth. Reeducarlo hacia la realidad de sus deseos.

Hacia la fuerza real y muy concreta que movía los deseos de ella.

Se volvió y se encontró con la mirada de Dorcas.

—Venga. Vamos abajo a ver si podemos preparar un poco de té.

Era una inglesa lejos de casa, y había algunas cosas de las que verdaderamente odiaba tener que prescindir.

El solitario sectario de rango bajo enviado a Túnez para vigilar e informar de si alguno de los cuatro soldados-*sahib* pasaba por esa ciudad, sabía que su misión era insignificante, que las probabilidades de que alguno de los oficiales que buscaba la Cobra Negra llegara a esa ciudad eran tan remotas como para ser despreciables.

Pero, por supuesto, no había discutido, no lo había cuestionado.

Obedientemente había viajado hasta Túnez, y todos los días se daba un paseo por los muelles a orillas del lago, y vigilaba.

Ese día, por la tarde, apenas había podido creer lo que veían sus ojos.

En efecto, al principio sus sentidos lo habían traicionado. El grupo había pasado por delante de él y ni siquiera le había llamado la atención. Pero después había oído un comentario intercambiado entre los dos hombres que caminaban detrás de la pequeña procesión.

La palabra «sectario», sí había llamado su atención.

Se había bajado de su atalaya formada por un montón de nasas de pesca y los había seguido.

Poco después, agazapado entre las sombras de una carreta tirada por un burro, detrás de la que el *sahib* había alquilado, envuelto en una larga túnica y sin su pañuelo de cabeza de seda negra, había escuchado más que visto. Y lo que había oído, los acentos, las maneras tan autoritarias, le habían convencido.

Uno de los *sahib* había llegado a Túnez.

Por qué viajaba con mujeres, con tres, se escapaba a la capacidad adivinatoria del vigilante, pero eso no importaba.

Había seguido al pequeño grupo de lejos, se había tomado su tiempo y esperado en la esquina de la calle por la que habían girado, y había obtenido su recompensa. Ya sabía dónde se alojaba el *sahib*.

Solo no podía atacar, pero tenía mucho dinero y se sabía las órdenes de memoria.

Corrió hacia la taberna en la que se alojaba. Pidió papel y lápiz y se dispuso a escribir un mensaje, un informe. Sabía a quién de la embajada francesa debía entregarse. Y, en cuanto lo hubiera hecho, podría dedicarse a cumplir con absoluta diligencia las órdenes de su augusto amo.

CAPÍTULO 10

15 de noviembre de 1822
Tarde
En mi habitación en la casa de huéspedes de Túnez

Querido diario:

Desde que volvimos a embarcar en el jabeque en La Valeta, las restricciones del viaje me impidieron reconectar con Gareth, algo que, en retrospectiva, ha resultado ser bueno. El forzoso alejamiento no solo me proporcionó tiempo para calmarme y recuperar la habilidad para pensar claramente, sino que me dio tiempo también para revaluar completamente mi posición a ojos de Gareth.

Aparte de confirmar lo completamente desacompasado que está el cerebro masculino, incluso el de un espécimen superior, con las prioridades femeninas, algo sobre lo que mis hermanas han insistido con frecuencia, nuestra discusión, básicamente unilateral, de La Valeta, en cuanto fui capaz de considerarla desde la calma, resultó bastante reveladora.

Lejos de disuadirme de creer que es mi «él», la postura arrogante, si bien noble, de Gareth ha subrayado el hecho de que, como si yo no lo supiera, con él estaré absolutamente a salvo. Incluso de él.

Por supuesto, eso me deja en la posición de tener que abrirle los ojos a mi desorientado mayor hacia mis auténticas motivaciones y sentimientos, pero confío, Querido diario: en que todo eso esté entre mis posibilidades.

Confío en que nuestro tiempo aquí en Túnez me proporcionará la oportunidad que necesito.

E.

A la mañana siguiente, Emily, Dorcas y Arnia, fuertemente escoltadas por Gareth, Mooktu, Bister y Mullins, todos vestidos con sus disfraces árabes, abandonaron la casa de huéspedes y caminaron calle abajo hacia los aromas y sonidos de la medina.

No hizo falta pedir la dirección.

No habían avanzado cincuenta metros cuando tres guardias en coloridos uniformes los abordaron al trote.

El que iba en cabeza se detuvo delante de Gareth. En un claro y preciso francés, le entregó lo que parecía claramente un requerimiento formal para que Gareth se presentara en el palacio del bey.

Ignorando la tensión del grupo a sus espaldas, Gareth sonrió y, en un fluido francés coloquial, preguntó cuál era el problema.

—Se trata de un requerimiento, señor. Todos los extranjeros deben presentarse y rendir pleitesía al bey. Lo deben hacer todos los recién llegados.

—Acudiré inmediatamente a ofrecer mis respetos al bey —Gareth inclinó la cabeza. Ya había oído hablar de esas costumbres.

Gareth se volvió y miró a Emily.

—¿Lo has oído? —preguntó con calma en inglés.

—Ten cuidado —contestó ella mientras asentía con la preocupación reflejada en su mirada, incluso visible detrás del burka.

—No te preocupes, lo tendré —miró a Mooktu—. Tú vienes conmigo. Los demás... —los miró a todos—, seguid según lo planeado, pero permaneced juntos.

Todos asintieron con preocupación, y luego Gareth se volvió hacia los guardias que esperaban.

—Caballeros, indiquen el camino.

El guardia al mando asintió, se volvió y echó a andar calle arriba, mientras sus dos subordinados se colocaban detrás de Gareth y de Mooktu, siguiéndolos.

Emily siguió con la mirada al pequeño grupo hasta que doblaron la esquina y desaparecieron de su vista.

Con los labios apretados, miró a los demás, y los vio a todos mirando en la misma dirección. Sintió un escalofrío y decidió que hacer algo como organizar, o comprar, era mejor que quedarse por ahí retorciéndose las manos de preocupación.

—Muy bien. Hay que comprar suministros. Deberíamos intentar encontrarlo todo hoy, por si acaso.

Por si acaso sucedía algo y tenían que abandonar Túnez precipitadamente.

Ya era tarde cuando Gareth y Mooktu subieron por la calle donde estaba la casa de huéspedes. Ansioso por regresar y tranquilizar a los demás, que a esas horas sin duda ya estarían preguntándose si les había sucedido algo malo, Gareth aceleró el paso.

La audiencia con el bey había resultado totalmente anodina. Unas cuantas palabras como respuesta a las preguntas más evidentes: ¿Estaban allí para comerciar? No, eran simples turistas de paso. ¿Tenían pensado quedarse mucho tiempo? Solo unos pocos días, quizás más. ¿A qué se dedicaba? Era un soldado retirado recorriendo el mundo.

El que una conversación de escasos minutos hubiera llevado tanto tiempo no era más que el resultado de la habitual falta de prisa de la diplomacia. Nada que tuviera consecuencias había sucedido ni antes ni después. Algo que Gareth había notado con cierto alivio era la ausencia de cualquier señal de presencia diplomática inglesa cerca del bey. Hasta donde había podido comprobar, en la sala no había otros ingleses, ni franceses tampoco. Un italiano y un español, pero nada más.

Gareth esperaba que los demás hubieran vivido un día igualmente aburrido.

Mooktu y él estaban a escasos pasos de la puerta de la casa de huéspedes cuando unas repentinas pisadas corriendo detrás de ellos les hicieron girarse instintivamente, colocando la espalda contra la pared, y las manos sobre la empuñadura de la espada.

Justo a tiempo para desenvainarlas y hacer frente al ataque de cinco hombres que portaban largos cuchillos.

Gareth hizo recular a tres de los atacantes, dibujando un arco ante él con un salvaje giro de su espada de caballería. Una larga espada siempre ganaba a los cuchillos. Pero ¿tres a la vez?

El trabajo estaba hecho para él. Una mirada le mostró a Mooktu manteniéndose firme contra los otros dos asaltantes. Tras tranquilizarse, Gareth se concentró en inhabilitar o desarmar a los tres que, ciertamente, intentaban matarlos. No herirlos ni capturarlos, sino matarlos.

Eran lugareños, no sectarios, pero Gareth dudaba que se les hubiera metido en la cabeza sin más atacarlos a Mooktu y a él. Ninguno de los dos llevaba nada valioso encima, y a ninguno que tuviera un mínimo de sentido común se le escaparía que era un experimentado militar, y las maneras de andar de Mooktu lo señalaban como aún más mortífero.

De modo que sus atacantes habían sido enviados, pero ¿por quién? ¿Por la Cobra Negra o algún otro? ¿El bey? ¿Alguien del palacio?

En cualquier caso, dado que eran lugareños, matarlos no sería inteligente.

Un cuchillo soltó un destello y pinchó a Gareth en el brazo. Encajando la mandíbula ante el escozor, él se sacudió todas las distracciones y concentró sus energías en batir a los hombres.

En la calle se empezó a formar un corrillo. Los asaltantes, que no encontraban la manera de atravesar la mortífera defensa de Gareth y Mooktu, llamaron a otros. Pidieron ayuda.

La mayoría de los curiosos se quedaron atrás, espantados y sacudiendo las cabezas, pero tres jóvenes dieron un paso al frente, la mirada ansiosa mientras sacaban el típico puñal árabe corto de las vainas de su cintura. Sonrieron y se abrieron paso para unirse a la pelea.

Y justo en ese instante la puerta junto a Mooktu se abrió y Bister, Mullins y Jimmy salieron a la carrera, espadas en mano.

Y ahí empezó la verdadera batalla.

Fue un caos. Una confusión.

De repente dos de los oponentes tropezaron con algunos de los curiosos, tirando a una mujer al suelo, y ahí empezó una pelea entre el público, y al final fue imposible saber qué estaba pasando allí.

Las mujeres se unieron a la trifulca desde el exterior, golpeando a los hombres en la cabeza con cestos, hatillos y palanganas.

Para horror de Gareth, Emily, Dorcas y Arnia aparecieron por la puerta. Armadas con cucharones, empezaron a golpear a su alrededor.

Durante un maldito instante reinó el caos, antes de que empezaran a oírse unos gritos desde el fondo del corrillo. Unos cuerpos grandes y atléticos empezaron a abrirse paso.

Los guardias del bey.

Gareth miró hacia Emily, intentando captar su mirada para dirigirla de regreso al interior de la casa de huéspedes, pero sin suerte. Rindiéndose, se abrió paso peleando hasta su lado, llegando allí justo en el instante en el que el capitán de la guardia la alcanzaba.

Era el mismo hombre que había encabezado el destacamento que lo había abordado horas antes. Sus oscuros ojos se fundieron con los de Gareth.

—Si no les importa, van a tener que acompañarme todos —anunció después de unos segundos.

Llevó otros diez minutos restaurar la calma, pero el capitán reunió eficazmente a todos los implicados, tanto los del grupo de Gareth como los lugareños, incluyendo a las mujeres. El capitán había llevado con él a toda una tropa. Los malhechores formaron en fila de a dos y, escoltados por guardias, se dirigieron hacia el palacio.

Caminando junto a Mooktu, a la cabeza de la procesión, Gareth miró hacia atrás, confirmando que los cinco lugareños que habían iniciado la pelea, además de los otros tres que se habían unido más tarde, llevaban todos las manos atadas. Los demás permanecían sin atar. El capitán había hablado en árabe con los lugareños que se habían quedado al margen, y era evidente que había recibido una versión correcta de la historia. Gareth lo tomó como una buena señal.

Miró a Emily y a Arnia, que caminaban justo detrás de él y Mooktu, y murmuró:

—Cuando lleguemos a palacio, dejad que hable yo.

Emily lo miró a través del panel de su burka.

—Dudo seriamente que el bey se digne a hablar conmigo. Con nosotras —con su mirada incluyó a Arnia antes de apartar la vista e inclinar la cabeza en un gesto de desdén—. Los hombres siempre creen que los hombres lo saben todo.

A Gareth le pareció oír un pequeño bufido. También tuvo la sensación de que ella no estaba hablando solo del bey.

Volviéndose hacia delante, él intentó recordar si había algún consulado británico en Túnez, o incluso en la vecina Argelia, que en esos momentos dominaba sobre Túnez.

Cuando llegaron al palacio, fueron llevados a un gran vestíbulo donde tuvieron que esperar junto con los guardias, armados, que los vigilaban. A diferencia de su anterior visita, en esa ocasión no tuvieron que esperar mucho. Apenas diez minutos habían pasado cuando una puerta al final del vestíbulo se abrió y el bey, un hombre de mediana edad y estatura media, y con cierta tendencia al sobrepeso, que llevaba un turbante de seda enrollado alrededor de la cabeza y otro más ancho cruzado sobre un hombro y alrededor de la cintura, se acercó a ellos seguido de su guardia personal.

El capitán hizo una profunda reverencia.

El bey hizo una señal con la mano para que se irguiera y exigió saber qué hacía toda esa gente en su vestíbulo.

El relato del capitán fue breve y conciso, y, para alivio de Gareth, muy ajustado a la realidad.

El bey repasó con la mirada a todos los allí reunidos antes de regresar al principio y fijarla en Gareth.

—Mayor, creo que nos hemos conocido brevemente esta tarde —en esa ocasión el bey habló en un impecable inglés.

—Excelencia —Gareth hizo una reverencia.

—¿Es cierto que algunos de estos hombres lo atacaron cuando regresaba a su alojamiento? —cuando Gareth hizo un gesto de asentimiento con la cabeza, el bey enarcó las cejas—. ¿Cuáles fueron?

Gareth se movió para poder señalar a lo largo de la fila de hombres.

—Primero fueron estos cinco, luego pidieron ayuda y esos tres se unieron a ellos.

—Muy bien —el bey caminó a lo largo de la línea de hombres hasta detenerse delante de los cinco—. ¿Por qué habéis atacado a esta gente, a quien yo acababa de dar la bienvenida a nuestra hermosa ciudad?

Los cinco cayeron de rodillas antes de postrarse por completo. Tras murmurar palabras de obediencia, uno de ellos se apresuró a contestar.

—Nos contrataron, Excelencia, otro extranjero.

—¿Quién? —el bey frunció el ceño y miró a Gareth.

—Llevaba un turbante como el más alto —el atacante señaló a Mooktu—, pero el suyo era una banda negra.

Gareth intercambió una mirada con Mooktu y con Mullins, que estaba un poco más apartado de ellos.

El bey se dio cuenta y regresó hasta detenerse delante de Gareth.

—Tú conoces a este hombre del turbante negro.

Era una afirmación, no una pregunta y Gareth miró a los oscuros ojos del bey.

—Por desgracia sí, Excelencia. Al parecer nos han seguido,

o quizás esta persona estuviera aquí antes que nosotros, pero están trabajando para el líder de una secta india que desea vengarse de una dama, la sobrina del gobernador de Bombay, que fue una pieza clave para reunir una prueba vital en contra de ese líder. La secta es una amenaza para el gobierno y el pueblo de la India.

Tal y como Gareth había supuesto, siendo él mismo un gobernador, el bey no tenía piedad para alguien que amenazara cualquier gobierno.

—Esta secta —declaró el bey a toda la concurrencia—, no debe recibir ninguna ayuda de mi pueblo —hizo una pausa y se acercó a los cinco hombres que seguían arrodillados—. Habéis sido unos idiotas hasta lo indecible al atacar a una persona a quien yo había dado la bienvenida, a instancias de un extranjero. ¡Capitán!

—¿Sí, Excelencia? —el capitán se acercó.

—Llévate a estos cinco, y a los otros tres también, y que durante tres meses limpien las calles alrededor del palacio y las cuadras. Después de eso quizás se lo pensarán mejor antes de aceptar dinero de un extranjero a cambio de atacar a un invitado de esta ciudad.

Los ocho hombres se postraron en el suelo. La condena, en opinión de Gareth, era bastante benevolente, pero encerraba una gran sabiduría. Su grupo y él pronto se habrían marchado de allí, pero el bey permanecería y continuaría gobernando a esas personas.

El bey interrogó brevemente a los demás testigos de la pelea, y que se habían unido a ella, pero luego los dejó marchar. Mientras salían de palacio, aliviados de haberse librado de cualquier castigo, el bey regresó por el vestíbulo hasta donde permanecían Gareth y su grupo.

El bey deslizó la mirada sobre las tres mujeres, todas de incógnito tras sus burkas, y luego la posó en el rostro de Gareth.

—Esa dama, la sobrina del gobernador… ¿Viaja contigo?

—Es mi deber mantenerla a salvo de la secta durante nuestro viaje de regreso a Inglaterra —Gareth asintió.

—Bien —el bey le dio una palmada a Gareth en el hombro—. Ven, vamos a dar un pequeño paseo — miró hacia las mujeres—. Y si no va en contra de vuestras normas, tal y como creo, quizá tu dama podría acompañarnos.

Sin dudarlo ni un segundo, Emily se quitó el burka de la cara y dio un paso al frente antes de hacer una pequeña reverencia.

—Excelencia.

El bey se mostró encantado con el elegante gesto, y le correspondió con otra reverencia.

—Encantado de conocerla —caballerosamente, le ofreció su brazo—. Así es como se hace, ¿verdad?

—Exactamente, así —Emily sonrió y colocó su mano sobre el brazo del bey—, Excelencia.

—Estupendo —el hombre se volvió hacia Gareth y le hizo una señal con la mano—, venga vamos a los soportales.

Gareth miró fijamente a los demás miembros de su grupo, que esperaban en silencio. Siguiendo su mirada, el bey levantó una mano.

—Mis disculpas, tu gente puede regresar a vuestro alojamiento. Enviaré guardias para escoltarlos, y el capitán os escoltará a ti y a tu dama en breve.

—Gracias —Gareth inclinó la cabeza.

Mientras los demás se marchaban, saliendo del vestíbulo acompañados de los guardias, Gareth caminó junto a Emily mientras el bey los conducía a través de un arco maravillosamente labrado hasta los soportales alicatados que rodeaban un patio.

Mientras paseaban, el bey señalaba distintos mosaicos y esculturas, que ellos educadamente, y sinceramente, admiraron. Terminado el circuito del patio, el bey les indicó un pequeño salón que daba al estanque del patio, y señaló hacia unos mullidos cojines para que se sentaran. En cuanto todos estuvieron acomodados, fue directo al asunto.

—Tengo un pequeño favor que pedir, una mínima complacencia si tienes a bien concedérmela —el bey miró de

Gareth a Emily y de vuelta a Gareth—. Tengo grandes esperanzas de poder visitar diversas cortes europeas el año que viene y, tal y como se espera según las costumbres europeas, llevaré conmigo a mi esposa, mi esposa principal, la begum. También llevaré a mis cortesanos más cercanos. Sin embargo, aparte de mí mismo, y hablo de cuando era joven, hace muchos años, aquí tenemos poca experiencia con las costumbres europeas. Y ninguna experiencia reciente —hizo una pausa y fijó la mirada en Gareth—. Esperaba que pudiera contar contigo y con tu dama para asistir a una cena aquí mañana por la noche, y ofrecernos a mí, a la begum, y a los que van a viajar conmigo, instrucciones sobre cómo comportarnos en una mesa europea.

Gareth parpadeó perplejo antes de mirar a Emily, y vio la sorpresa y la curiosidad en su mirada. Devolvió la mirada al bey e inclinó la cabeza en un gesto de asentimiento.

—Estaremos encantados de hacerlo, Excelencia.

17 de noviembre de 1822
Por la noche
En mi habitación en la casa de huéspedes de Túnez

Querido diario:

Escribo esto a toda prisa mientras me estoy preparando para lo que seguramente será la cena más extraña de mi vida. El bey quiere que Gareth y yo le enseñemos a él y a sus acompañantes las costumbres europeas. Dado que ese hombre es el regidor absoluto de esta ciudad, fue imposible rechazar la invitación.

Esta tarde, después de pasar la mañana buscando al hombre que el capitán Laboule recomendó como el más probable para llevarnos a Marsella a salvo, sin ninguna suerte, Gareth pasó algún tiempo conmigo hablando de qué aspectos sería adecuado abordar. Con cierta timidez, sugirió que el bey seguramente da por hecho que somos marido y mujer, ya que en su cultura sería muy extraño que una mujer soltera de buena cuna viajara con hombres que no fueran de su familia. El resumen de nuestras consideraciones es que esta noche yo llevaré puesto el anillo de mi abuela en el dedo anular de mi mano izquierda.

Dadas las circunstancias, fingir ser una pareja casada parece la decisión más segura, para protegerme a mí y también para evaluar la tendencia protectora de Gareth, aunque por supuesto él no expuso el asunto en esos términos.

De modo que ahora estoy hirviendo de ansiosa curiosidad, no solo por cómo será interactuar con el bey, la begum y su séquito, sino sobre todo por cómo me voy a sentir cuando Gareth y yo nos comportemos como algún día haremos.

La práctica nunca debe ser desdeñada.

E.

El bey no iba a correr ningún riesgo. Envió al capitán y a tres guardias más para escoltarlos a través las estrechas calles hasta el palacio. Dado que tanto Emily como Gareth se habían vestido para cenar, ella con un vestido de seda color verde claro que Dorcas había rescatado de su equipaje, y Gareth con su uniforme rojo de gala, resultaban muy reconocibles y era una precaución totalmente recomendable.

—Por lo menos ya es de noche —murmuró Gareth, mirando a su alrededor, mientras abandonaban la casa de huéspedes.

Emily asintió y se cerró el abrigo mientras seguían de cerca al capitán.

Él los condujo hasta una parte distinta del complejo palaciego. No encontrando ningún motivo para no hacerlo, ella miró descaradamente a su alrededor fijándose en la madera labrada, los mosaicos enjoyados, la belleza árabe allí donde mirara.

Deteniéndose ante un arco particularmente ornamentado, el capitán les entregó formalmente al cuidado de un individuo estridentemente vestido que parecía ocupar una posición equivalente a la de un mayordomo. Hablaba un inglés aceptable y, tras hacer una profunda reverencia, darles la bienvenida y ocuparse de sus abrigos, les condujo a través de una sucesión de largos pasillos, frente a incontables puertas y galerías, hasta una espaciosa estancia llena de columnas, abierta a un lado hacia un patio arbolado.

La estancia en sí misma era elegante y magnífica, pero al detenerse en la entrada, fueron las personas las que llamaron la atención de Emily, ellas también resultaban magníficas, aunque a sus ojos algo menos elegantes. En efecto, su afición al oro, las joyas y la ornamentación ostentosa bordeaba lo estridente.

El mayordomo captó la mirada del bey, y proclamó en un tono estentóreo:

—El mayor Hamilton y la señora Hamilton.

Todas las cabezas se volvieron hacia ellos. Emily esbozó una relajada sonrisa y se tranquilizó. Era evidente que pensaban que Gareth y ella estaban casados. Habían hecho bien en prepararse para ello.

Sonriendo abiertamente, el bey se adelantó para saludarlos. Ofreció su mano a Gareth y la estrechó calurosamente antes de sonreír encantado mientras se volvía hacia Emily... y titubeaba.

Percibiendo que no sabía cuál era la manera aceptable de saludarla, y sin dejar de sonreír, ella extendió una mano.

—Tome mis dedos en su mano derecha, e incline la cabeza —murmuró ella.

La sonrisa del bey se hizo más profunda mientras obedecía delicadamente y Emily le obsequiaba con una reverencia. Mientras se erguía, él le dio una palmadita en la mano.

—Gracias —el bey la soltó—. Ha pasado mucho tiempo y no estaba seguro.

A continuación se volvió y señaló hacia la habitación en general.

—Y ahora permítanme presentarles a los demás. Todas las personas que están aquí me acompañarán en mis viajes —

miró a las mujeres que formaban un grupo a un lado de la habitación—. Bueno, todos los hombres, de entre las mujeres, únicamente la begum nos acompañará.

Mientras el bey los conducía por el suelo de mármol, Emily tomaba a Gareth del brazo e intentaba imaginarse cómo sería ser la única mujer en una cultura tan diferente… Y comprendió que esa era exactamente su situación en ese momento.

—No recuerdo bien —el bey se detuvo y, frunciendo ligeramente el ceño, miró a Emily—. ¿Es costumbre presentar a una esposa a otro invitado masculino?

Gareth asintió.

—Sí, lo es —afirmó Emily categóricamente. El grupo ante el que se encontraban estaba formado enteramente por hombres. Ella miró al grupo de las mujeres—. De hecho, lo habitual es que los hombres y las mujeres estén entremezclados y conversen desde este momento, la reunión previa a la cena en el salón, y durante toda la cena en sí misma. Al finalizar la comida, las damas dejan a los hombres a la mesa para que beban oporto o licores, y se van a charlar entre ellas, pero solo durante cierto tiempo. Después, los caballeros se reúnen con las damas en el salón, y ya permanecen todos juntos hasta el final de la velada.

—Vamos a tener que practicar todo eso —sin dejar de fruncir el ceño, el bey asintió con determinación.

Y así fue como Emily se convirtió en instructora de protocolo durante la velada. Bajo sus consejos e instrucciones, apoyada por la autoridad y el ejemplo del bey, los hombres, al principio algo tensos, empezaron a mezclarse con sus esposas. Por suerte, las mujeres se mostraron más dispuestas a ampliar la conversación para incluir a los hombres.

Conseguir que el grupo se dirigiera a cenar en el orden correcto, resultó a la vez instructivo y desafiante. La begum en particular, una belleza sensual de cabellos negros y ojos del color de la endrina, provista de exuberantes curvas, muchas de las cuales quedaban apenas ocultas por las telas de gasa que tanto les gustaban vestir a las mujeres de la corte del bey, resultó difícil. Ella parecía empeñada en que, siendo la dama principal, era ella quien debía elegir quién se sentaba a su lado, en otras palabras Gareth. Emily tuvo que mostrar cierta firmeza, e invocar la autoridad el bey, para quitarle esa idea de la cabeza, asegurando que, como anfitriona, era la que menos tenía que decir en el asunto. Iba a tener al invitado masculino de mayor rango, en ese caso el visir, sentado a su derecha, y al segundo de mayor rango, uno de los ministros del bey, a su izquierda.

La begum se mostró taciturna durante la mayor parte de la comida, pero gracias a que no eran invitados con un verdadero poder, Emily y Gareth terminaron sentados uno frente al otro en mitad de la mesa, y por tanto a Emily le resultó bastante sencillo ignorar los mohínes de aquella mujer.

Aunque al principio se notaba cierta tensión, las conversaciones alrededor de la mesa poco a poco florecieron, y más aún a medida que los hombres descubrían que esas mujeres a las que habitualmente ignoraban eran, si se les daba la oportunidad, conversadoras interesantes.

Emily sospechaba que lo contrario también sería cierto. Esas mujeres apenas habían intercambiado dos palabras con la mayoría de los hombres en los círculos de sus respectivos esposos.

Se sentía razonablemente orgullosa de su logro. Y, en efecto, desde su posición a la cabeza de la mesa, el bey sonreía encantado.

Justo frente a ella, Gareth captó su mirada y, con una ligera inclinación de su cabeza, elevó la copa hacia ella.

Emily sonrió e inclinó la cabeza, sintiendo rebosar y fundirse la felicidad con la sensación de logro.

Poco después, cuando se estaban retirando los últimos platos, ella atrajo la mirada disgustada de la begum y, empleando el lenguaje de gestos, enseñó a su anfitriona cómo pedir a las damas que la siguieran de regreso al salón. La begum decidió moverse lo suficiente para llamar la atención y, bajo la mirada benevolente de su esposo, realizó la tarea con aplomo.

Siguiéndola desde el comedor, Emily decidió que por raro que resultara, con un poco de suerte conseguirían acabar bien la velada.

Al final de la velada, el bey insistió en que el capitán les acompañara de regreso a la casa de huéspedes. Cuando llegaron a la puerta del muro, Gareth se volvió y encontró al capitán haciendo una respetuosa reverencia.

—El bey se siente complacido —irguiéndose, el capitán señaló hacia dos figuras que merodeaban entre las sombras, una a cada lado de la calle—. Durante el resto de su estancia aquí, mantendremos la vigilancia.

—Gracias —Gareth lo miró a los ojos y asintió—. Y transmite nuestro agradecimiento a Su Excelencia.

El capitán casi sonrió.

Gareth abrió la puerta y siguió a Emily al interior antes de volverse. El capitán le hizo un saludo y se marchó. Cerrando la puerta, Gareth oyó sus pisadas alejarse por la silenciosa calle.

Siguió a Emily a través del patio lleno de sombras, buscó, y encontró a Mullins vigilando en una esquina. Dada la hora que era, todos los demás llevarían mucho tiempo ya durmiendo. El viejo soldado hizo un saludo y, levantando una mano a modo de respuesta, Gareth siguió hacia el interior de la casa.

Acompañaría a Emily al piso de arriba y luego, dado que no tenía sueño, quizás relevaría a Mullins. Pero antes...

—Lo has hecho muy bien esta noche —Gareth se detuvo en la penumbra y se concentró en Emily.

Se había visto obligado a permitir que fuera ella quien llevara la voz cantante. A Gareth no le había gustado, no le había gustado tener que hacerse a un lado y verla cruzar una línea diplomática tan potencialmente peligrosa, pero había conservado el equilibrio, la compostura, durante toda la velada.

Cuando Emily se volvió y lo miró con los ojos muy abiertos a través de la oscuridad, él añadió:

—Le diste al bey exactamente lo que quería sin revelar nada que él no necesitara saber.

Vio los labios de Emily curvarse y captó el brillo de los dientes blancos cuando sonrió.

—He disfrutado con el desafío —lentamente, ella se acercó a Gareth—. Y me ayudó el que todos pensaran que estábamos casados.

Cierto, aunque a él no le había ayudado, no cuando había tenido que escuchar a los otros hombres hacer comentarios apreciativos y, luego, felicitarlo por haberse asegurado un premio como ese.

Pues ella era un premio a muchos niveles, aunque no era su premio.

El recuerdo lo había distraído, pero rápidamente se volvió a centrar y la descubrió mucho más cerca, demasiado cerca. El pulso de Gareth se aceleró ligeramente en sus venas, la atención fija en ella, atrapada, cautiva. No queriendo liberarse, mucho menos dejarla ir.

Deteniéndose apenas a un centímetro, ella levantó una mano, y agarró las solapas de la chaqueta del mayor antes de acercar su rostro al suyo.

Los ojos de Emily atraparon los suyos. Durante un instante el silencio lo ocupó todo antes de que, en voz baja y con los labios delicadamente curvados, murmurara:

—Tú consideras mi atracción hacia ti provocada por un deseo inducido por el peligro... —la mirada de Emily se detuvo en los labios de Gareth. Su lengua asomó entre los labios humedeciéndoselos antes de volver a levantar sus ojos—. ¿No se te ha ocurrido que podrías estar equivocado?

¿Equivocado? A Gareth le llevó un momento que su mente, distraída por otras cosas, encontrara sentido a lo que ella estaba sugiriendo. Intentando ver hacia dónde quería llegar, y por qué, empezó a fruncir el ceño.

Emily renunció a encontrar las palabras, las palabras adecuadas para explicar cómo de equivocada había sido, era, la lectura de sus motivos. Siempre había creído que las acciones hablaban mucho más fuerte que las palabras. Deslizó la mano del pecho del mayor hasta sus hombros y de ahí a la nuca, y se estiró mientras empujaba la cabeza de él hacia abajo, y lo besaba.

Presionó sus labios contra los de él, no de manera persuasiva, sino con expectante confianza. Acababan de pasar una velada jugando a ser marido y mujer, resultando convincentes sin ningún esfuerzo, sin ningún fallo. Sin duda, él debía haber visto que solo había una manera posible, solo una razón por la que ella había interpretado su papel tan convincentemente.

Emily lo besó, movió sus labios sobre los suyos, y permitió que todo lo que sabía, todo en lo que creía, todo lo que sentía, se desbordara y se vertiera de ella. Para conducirla, liberarla, y liberarlo a él.

Para atraerlo.

Ella abrió los labios y lo recibió, encantada cuando él cedió, cuando sus manos se cerraron en torno a su cintura y él tomó el mando del beso, se hundió en su boca, y le dio todo lo que ella pedía. Todo lo que ella quería.

A él.

En la profunda oscuridad, en el silencio de la noche.

El beso estalló, haciéndose más intenso, más amplio, los sentidos de ambos alcanzando, extendiéndose, buscando.

Deseando.

Ella jadeó y echó la cabeza hacia atrás. El abrigo se deslizó de sus hombros cuando le rodeó el cuello con los brazos, y mientras las manos de Gareth se cerraban en torno a sus pechos. Posesivamente. Apasionadamente.

Él masajeó y ella gimió, mientras intentaba contener los sonidos que le arrancaba, inclinaba su cabeza y posaba los labios en su cuello, y mientras sus manos seguían haciendo magia y ella se derretía.

Gareth se movió y la empujó hasta que su espalda se encontró con la pared junto a la puerta. Mientras la sostenía allí permitió que sus manos vagaran por todo su cuerpo. Emily se sentía cada vez más acalorada, más necesitada, más lasciva.

Emily se deleitó en las sensaciones, y entonces él murmuró algo con voz gutural y tironeó de repente del corpiño hasta deslizarlo hacia abajo, dejando un pecho expuesto. Luego inclinó la cabeza y posó su boca sobre su piel. Y Emily gritó.

Sin aliento.

Sufriendo desesperadamente.

El sugestivo sonido atravesó la noche. Se clavó como cuchillos en la mente de Gareth, cada uno de esos cuchillos impregnado de necesidad y deseo.

Gareth deseaba. En medio de todo el calor, de la desbordante urgencia, por encima de todo, deseaba tenerla a ella. Pero tener no era ya un verbo sencillo. Posesivo, sí, pero incluía mucho más.

Deseaba mucho más de ella. Con ella.

Para ella y para él.

Con el flexible cuerpo de Emily en sus brazos, su delicada piel bajo sus labios, la imagen de su cuerpo retorciéndose en su mente, Gareth no podía pensar en otra cosa, no sabía nada más allá del deseo, de la necesidad.

Los suaves montículos de sus pechos, firmes e hinchados bajo sus manos, las areolas tensas y fruncidas, lo atraían. Gareth inclinó la cabeza y disfrutó, devoró.

Sin que su boca abandonara el pecho de Emily, deslizó una mano hacia abajo, agarró una de sus rodillas y le levantó la pierna, enganchándola alrededor de su muslo. Levantó la cabeza y encontró sus labios, los cubrió con los suyos mientras deslizaba una mano por su pierna hacia arriba y, a través de las capas de ropa, agarraba su trasero.

Ella soltó un respingo al sentir cómo lo agarraba, antes de soltarlo ligeramente y seguir deslizando su mano. El beso se volvió voraz, hambriento, y luego incendiario mientras él la acariciaba.

La potente mezcla de hambre, deseo y pasión, de creciente necesidad, no podía ser negada. Emily se aferró a él, se apretó contra él, hasta llenarlo a él como él la llenaba a ella.

Soltando su trasero, Gareth bajó la mano hasta encontrar su tobillo. Siguió hacia arriba, bajo las faldas y enaguas, por la pantorrilla envuelta en las medias y los volantes de encaje de la liga que envolvía su muslo. Y siguió hacia arriba.

Encontró y dibujó con los dedos el contorno externo de su muslo, volvió a agarrarle el trasero, pero en esa ocasión posando directamente la mano sobre su piel. Sintió tensarse los brazos de Emily alrededor de su cuello, elevarse su cuerpo, y acomodarse con más firmeza en su mano. Emily basculó las caderas hacia él, ofreciéndosele sin palabras.

Gareth soltó un juramento para sus adentros, pero ya era demasiado tarde para controlar su rugiente deseo.

La mano exploró, deslizándose sobre el muslo y continuó hacia el interior. Explorando, buscando. Inspeccionando.

Encontrando.

La húmeda e inflamada carne se deslizaba como la seda contra la punta de sus dedos. Gareth acarició y dibujó círculos alrededor de la tensa entrada, presionó ligeramente hacia dentro.

Ella lo besó con ferocidad antes de arquearse en sus brazos, suplicando indefensa.

Gareth introdujo un dedo dentro de ella, lentamente, profundamente, y empezó acariciar igual de lentamente, igual de profundamente,

Emily entró en combustión.

Se volvió prácticamente incandescente en sus brazos, su cuerpo rindiéndose, entregándoselo para que hiciera con él lo que quisiera…

Hasta ellos llegó el sonido del entrechocar del metal.

Gareth interrumpió bruscamente el beso. Giró la cabeza y buscó.

Y sintió que ella hacía lo mismo.

El ruido provenía del interior de la casa. Quizás del patio de la cocina. Desde su posición, era imposible que Mullins lo hubiese oído.

Gareth prácticamente perdió el equilibrio al devolver la mirada hacia Emily. Su respiración sonaba entrecortada y brusca. Emily estaba claramente jadeando. El corazón de Gareth latía con fuerza bajo la influencia de muchos imperativos. Al mirase a los ojos, él vio regresar esa otra tensión que les había abandonado a ambos durante los últimos minutos. Impregnándolos a ambos.

—¿Quién? —ella vocalizó la palabra mientras parpadeaba perpleja.

Él sacudió la cabeza. Con delicadeza, retiró la mano de entre los muslos de Emily, de debajo de sus faldas. Agarrándole la rodilla, le bajó lentamente la pierna y la sujetó hasta que ella asintió indicando que podía sujetarse por sí misma.

—Quédate aquí —él se acercó más a ella—. No te muevas.

Apartándose, reforzó la orden con una mirada fulminante.

Y ella le devolvió otra igual de fulminante, la expresión sombría. Pero sus labios permanecieron apretados y se quedó donde estaba mientras él se volvía lentamente y con suaves pisadas se adentraba en el pasillo de la casa.

Por supuesto, al detenerse junto a la puerta cerrada de la cocina, la encontró pegada a su espalda.

Del otro lado de la puerta mal encajada les llegaron ruidos susurrantes, golpes, el arañar de la madera sobre la loseta, y un ocasional sonido metálico.

Seguido de un resoplido.

Liberándose de toda tensión, Gareth alargó una mano y empujó la puerta hacia dentro.

La puerta se abrió de golpe, mostrando al intruso.

La cabra levantó la vista y baló.

Les llevó media hora conseguir que la cabra se marchara y les permitiera recoger la cocina. Para entonces, el acalorado momento se había enfriado definitivamente.

Emily estaba más que dispuesta a prender de nuevo la llama, pero tras acompañarla al salón delantero, en lugar de seguirla escaleras arriba, posiblemente hasta su cama, Gareth se detuvo junto a la puerta de la entrada.

Emily comprendió que ya no la seguía y se volvió. Lo miró en la oscura expansión de la habitación sin luz.

Y de repente no estuvo segura.

De repente comprendió que, aunque ella lo quería, a pesar de todo lo que habían compartido, no tenía ningún motivo real para pensar que él la quisiera a ella.

Él la deseaba. Si ella lo besaba y se ofrecía a él, él tomaría, tal y como aseguraban sus hermanas. En eso era como cualquier otro hombre.

Pero ¿realmente la quería a ella del mismo modo en que ella lo quería a él?

¿Y si no era así?

La idea hizo que se sintiera repentinamente expuesta. Repentinamente vulnerable como nunca se había sentido antes.

Mientras el silencio se prolongaba, mientras él no hacía ningún movimiento para acercarse a ella, limitándose a mirarla en la oscuridad... Emily se preguntó si no se habría equivocado tremendamente con todo.

—Buenas noches —al fin él se movió y asintió—. Te veré por la mañana.

—¿No vas a subir? —«¿Conmigo?». El corazón de Emily se había instalado en alguna parte de su garganta.

—Voy a relevar a Mullins —Gareth se obligó a sí mismo a sacudir la cabeza—. Tenemos que seguir manteniendo guardia.

Ella titubeó durante unos segundos más antes de inclinar la cabeza, volverse, y lentamente subir las escaleras.

Él la observó hasta perderla de vista. Y entonces relajó las manos abriendo los puños apretados y se volvió hacia la puerta, aunque no hizo ningún movimiento para abrirla.

Durante varios segundos sacudió la cabeza. Todavía tenía la sensación de que alguien lo había golpeado. Con fuerza.

Y alguien lo había hecho. Ella.

Esa mujer había revuelto todos sus pensamientos y conectado con su lujurioso ser interior, ese ser que deseaba desesperadamente tenerla bajo su cuerpo, desnuda o no. Ella había conseguido sacar ese ser primitivo más apasionado de él y liberarlo. Liberarlo a él.

Pero…

Esa maldita cabra lo había salvado.

Todavía no estaba seguro de si quería darle las gracias al animal o retorcerle el cuello.

En la oscuridad cada vez más profunda, las preguntas que lo atormentaban se mostraban claras y brillantes en su mente. ¿De verdad lo quería ella o se había visto arrastrada por la pasión? Por una necesidad que él seguía pensando se debía más a la reacción que a una auténtica y sincera emoción.

Gareth la quería para él, desesperadamente, casi insanamente, pero también quería que ella lo quisiera por la misma razón.

Simplemente porque…

Porque él era el hombre al que ella quería realmente. Al que quería a un nivel básico y visceral que no podía ser negado.

Quería que ella lo quisiera.

A él. Por sí mismo.

No a él porque estaba allí en un momento en que ella necesitaba acostarse con un hombre, necesitaba sentirse viva en los brazos de un hombre para equilibrar sus encuentros con la muerte.

No él en lugar de un colega caído.

Y desde luego no él solo para llenar el vacío, para ser un esposo con el que poder jugar a ser esposa.

Ninguna de esas alternativas serviría. No para él.

No para ella. Ambos se merecían algo mejor.

El problema era que, si no era con ella, no se imaginaba cómo podría hacerse realidad ese algo mejor para él.

Mirar fijamente a la puerta oscura no le iba a llevar a ninguna parte. Respiró hondo y cuadró los hombros antes de abrir la puerta, y salió al exterior para relevar a Mullins, y para buscar toda la paz que pudiera en el tranquilo silencio de la noche.

CAPÍTULO 11

18 de noviembre de 1822
Por la mañana
Escondida en mi habitación de la casa de huéspedes en Túnez

Querido diario:

Lo intenté. Anoche intenté abrirle los ojos, hacerle ver lo que siento por él, que es mi «él», y hasta qué punto soy suya, y realmente pensé, esperé y creí, que estaba teniendo éxito, pero entonces esa maldita cabra nos interrumpió y el momento se esfumó.
Se fue.
Pero eso no fue lo peor de todo. Al final, cuando él decidió hacer guardia en lugar de subir las escaleras conmigo, me asaltó el peor de los pensamientos. ¿Y si él, en el fondo de su corazón, no me quiere?
Sé que mis hermanas soltarían un bufido, pero ellas no son imparciales.
Pensándolo bien, mi problema es que no puedo asegurar hasta qué punto lo impulsan sus elevadas ideas de qué es lo mejor para mí, claramente diferentes de lo que yo deseo. Quizás lo que yo consideré una falta de verdadero interés fue, una vez más, el soldado apartándose noblemente para protegerme e impedir que cometa lo que él considera es un disparate.
El sonido que acabo de hacer no puede trasladarse en palabras.
¿Y ahora qué?

Después de considerarlo debidamente, creo que debería continuar viendo su insistencia en mantener las distancias como algo empujado por su nobleza. Él es, y lo sé sin ningún lugar a dudas, tan honesto y sincero que, si no se sintiera atraído hacia mí como mujer, y no tuviera ninguna inclinación a profundizar en nuestra conexión, un incidente como el de anoche no habría podido suceder por mucho que yo lo hubiera presionado. A fin de cuentas él es físicamente mucho más fuerte que yo, y de ninguna manera puede ser descrito como un hombre frágil. De todos modos, tras haber declinado mi invitación no formulada, es natural que yo busque alguna señal de confirmación de lo que creo que es la naturaleza subyacente de su consideración hacia mí. Si es verdaderamente mi «él», no sería imposible que fuera suya de pleno derecho. Su «ella».

Pero en cuanto haya visto esa señal, esa confirmación, y ganado la confianza que me traerá, juro que nada me va evitar forjar la relación que deseo mantener con él.

Sigo totalmente decidida.
E.

Aquella tarde, todos se sentaron alrededor de la mesa baja del salón principal, recostados entre los cojines, seguros de que los guardias apostados en el exterior les alertarían en caso de ataque, para celebrar el éxito de Gareth y Bister al encontrar al capitán que Laboule les había recomendado, y asegurarles un pasaje en su jabeque a Marsella. Zarparían al día siguiente con la marea de media mañana.

Acababan de brindar con zumo de naranja por la siguiente etapa del viaje cuando alguien llamó a la puerta del patio.

Con un sonido claramente oficial.

Gareth se puso en pie, seguido de Mooktu, y la puerta se abrió revelando la familiar figura del capitán de la guardia. Habían averiguado que era el capitán de aquel distrito, un distrito que casi nunca veía a dignatarios o residentes merecedores de acudir a palacio. Les había asegurado que se sentía agradecido por su presencia… y sus ramificaciones.

El hombre sonrió al ver a Gareth en la entrada del salón.
Gareth salió al patio devolviéndole la sonrisa, aunque su instinto le hacía sentir un extraño cosquilleo.

—Mayor Hamilton —el capitán hizo una reverencia—. Vengo con otra invitación para usted y su dama, para cenar en el palacio esta noche.

—Gracias —Gareth miró a su alrededor y vio que Emily lo había seguido hasta la entrada.

El capitán había hablado en voz lo suficientemente alta para que ella lo oyera también. Saliendo al sol, ella se reunió con los dos hombres. Mientras se acercaba, él leyó claramente la pregunta en su mirada, y vio el ligero encogimiento de hombros al comprender Emily que solo había una posible respuesta.

—Nos sentimos honrados —Gareth inclinó la cabeza devolviendo su atención al capitán.

—Vendré a recogerlos como la otra vez —el capitán sonrió resplandeciente—, a la misma hora.

—Gracias, capitán —Emily sonrió con elegancia—. Estaremos esperando.

El capitán hizo una nueva reverencia y se retiró. En cuanto la puerta se cerró detrás de él, Gareth tomó a Emily del brazo y regresó con ella a la casa.

—¿Alguna idea?

—Lo único que se me ocurre —ella hizo una mueca— es que el bey quiere aprovecharse de nuestra presencia para que la begum y sus cortesanos ensayen un poco más su comportamiento europeo.

Al entrar en el salón, ella miró a Dorcas.

—Vamos a cenar otra vez en el palacio, habrá que rebuscar entre los baúles y encontrar otro vestido.

El capitán los condujo por otra entrada distinta. Más pequeña, menos grandiosa, la entrada estaba escondida a un lado del palacio, y se alcanzaba a través de un patio muy protegido.

El hombre que esperaba para recibirlos era más grande, extrañamente fofo, y vestía unas ropas mucho menos ornamentadas que el mayordomo del bey.

El hombre no habló, limitándose a hacer una reverencia y, tras tomar el abrigo de Emily y entregárselo a un subordinado, hizo un gesto para que lo siguieran. Les condujo por una serie de pasillos y Gareth se fijó en que el decorado era menos ornamentado, menos grandioso. Quizás fueran a cenar con el bey en familia…

La idea se acrecentó cuando su guía se detuvo y les hizo un gesto para que entraran en un salón relativamente pequeño, aunque lujosamente decorado, que daba a un patio privado. Siguiendo a Emily, Gareth vio a la begum sentada entre varios cojines dispuestos alrededor de una mesa baja tradicional, apenas lo suficientemente grande para cuatro.

La begum los recibió con una sonrisa. Agachó la cabeza en respuesta a la reverencia de Emily, pero su mirada se desvió rápidamente hacia su acompañante fijándola en él.

—Mayor y señora Hamilton, me hace feliz que me honren con su presencia.

El tono acaramelado, combinado con la mirada que la begum posaba, casi avariciosamente, en él, hizo que a Gareth se le erizara el vello de la nuca.

—¿Supongo que el bey se reunirá con nosotros? —Emily dio un paso al frente con osadía, interponiéndose entre Gareth y la begum.

Ya se había fijado en que la mesa estaba puesta para tres.

—Mi esposo fue llamado inesperadamente, algún problema en el sur — la begum jugueteó con los anillos de sus dedos—. Se me ocurrió sorprenderle aprendiendo más sobre sus costumbres —alargó el cuello para mirar por detrás de Emily, sonrió e hizo un gesto hacia los huecos a ambos lados de ella—. Mayor, señora… por favor siéntense.

La cena de la noche anterior había sido servida en una mesa de estilo europeo, con sillas adecuadas. Emily contempló la pila de cojines. Sospechaba que la begum no estaba interesada en saber más sobre los modales a la mesa. Cuando Gareth posó una mano sobre su espalda, en un sutil empujón, ella dio un paso al frente y se dejó caer a la izquierda de la begum.

Sentarse sobre unos cojines de modo que resultara recatado y elegante no era fácil. A Emily le llevó varios minutos recolocar las piernas y las faldas. Miró a la begum para intentar averiguar si había algún truco, y casi se le desencajó la mandíbula.

La esposa del bey se había retorcido para erguirse, sentada con las piernas cruzadas entre los cojines de seda. El echarpe de color oro viejo que había cubierto sus hombros cayó, dejándola vestida básicamente con una gasa traslúcida de color bronce.

Espantada, Emily miró, y detectó, pedazos de seda opaca de color bronce colocada en lugares estratégicos. Pero ¡en serio! ¡Esa mujer estaba prácticamente desnuda!

La begum no se fijó en la reacción de Emily. Estaba sonriendo abiertamente a Gareth, su mirada, toda su atención, fija en él.

Emily casi esperó que en cualquier momento se lamiera los labios.

Miró a Gareth, vestido de nuevo con su uniforme, que se había sentado en el tercer hueco disponible a la mesa, a la derecha de la begum, con las piernas cruzadas. En su rostro lucía una de sus expresiones más anodinas, pero, después de todo lo que habían pasado juntos, Emily era capaz de interpretarlo. Sus hombros reflejaban tensión, cada músculo rígido, preparado para reaccionar. Gareth observaba a la begum como si estuviera observando a un animal potencialmente peligroso a cuyo lado tuviera que sentarse.

Miraba a la begum a los ojos, aparentemente ni atraído ni interesado en ninguna otra cosa a su alrededor.

Emily se sintió aliviada. La begum era muy hermosa, aunque de una manera sensual y más bien depredadora.

Sintiendo la mirada de Emily, Gareth la desvió fugazmente

hacia ella. A través de ese breve contacto ella sintió su inquietud. Estaba incómodo y le gustaría estar en cualquier lugar que no fuera ese.

Recordando el propósito para el que habían sido ostensiblemente invitados, Emily se aclaró la garganta, sonrió con cierta condescendencia cuando la begum se volvió hacia ella y se acercó un poco más.

—Creo que debo advertirle, mi querida begum —anunció en tono confidencial—, que el atuendo con el que nos está honrando esta noche no sería adecuado en ninguna corte europea.

La begum frunció el ceño y bajó la mirada a su blusa traslúcida.

—Esta ropa se considera totalmente apropiada para que una dama cene con invitados en la casa de su esposo.

—Me atrevería a decir que es adecuada... aquí. Pero en Europa, aparecer en cualquier lado vestida así provocaría un escándalo, se lo aseguro. Y, discúlpeme si no lo he entendido bien, pero supuse que el motivo del bey para pedirnos que les enseñásemos a usted y a los demás los modales europeos era evitar cualquier incidente innecesario.

La atención de la begum estaba totalmente puesta en Emily, pero, tras un momento de reflexión con el ceño fruncido, la esposa del bey se volvió espantada hacia Gareth.

—¿Es verdad lo que dice su esposa? ¿Que si voy vestida de esta manera —extendió sus brazos prácticamente desnudos— provocaría una mala impresión?

Gareth apretó en los labios, y fijó la mirada en el rostro de la begum mientras asentía.

—No sería bien visto en la alta sociedad. La gente lo desaprobaría, y las grandes damas sin duda —hizo una pausa antes de corregirse— no la invitarían a sus selectas veladas.

—¡Oh! —la begum bajó los brazos con gesto desolado, y devolvió la mirada a Emily—. Entonces —recorrió el vestido de Emily con la mirada—, ¿debo taparme como usted?

Emily bajó la mirada a su vestido de seda ambarina con su

discreto escote y cinturilla alta, ambos ribeteados de encaje. La falda llevaba un paño de encaje por encima y una fila de botones de ámbar y plata recorrían la parte delantera desde el escote hasta el dobladillo.

—En cuanto al estilo, sí, pero sus vestidos podrían ser más ornamentados —Emily alargó una mano y acarició el bordado de hilos de oro sobre la manga de la begum—. Como esto. En Europa, el estatus se refleja por la calidad de los tejidos y la riqueza de la ornamentación, más que por los diferentes estilos.

—Entiendo —la expresión de la begum no era tanto de reflexión como de cálculo. Pero en ese momento apareció el hombre corpulento y fofo en la entrada. Ella lo miró y se volvió sonriente a Gareth—. La comida está lista, de modo que vamos a comer —volvió a mirar al mayordomo y ordenó algo en árabe. Con una profunda reverencia, el hombre se retiró.

Una sonrisa jugueteó en los labios de la begum mientras se volvía hacia Gareth.

—Y después podrá instruirme en aquello que más deseo saber.

Gareth intercambió una mirada con Emily, y rezó fervientemente para que los vestidos, los bonetes, y los modales en sociedad fuera lo único que tuviera la begum en mente, y que estuviera interpretando mal la impresión que estaba recibiendo de las miradas y sonrisas de esa mujer.

Por desgracia, no pensaba que fuera a ser el caso, pero mientras la begum continuara creyendo que él y Emily, su «esposa», estaban casados, él, ellos, deberían estar a salvo.

La comida expuesta ante ellos sobre platos de metal ornamentados no desmerecía en nada a la sensibilidad europea. Por suerte, Emily y él llevaban ya un tiempo comiendo al estilo árabe y participaron de los diversos platos y numerosas guarniciones sin dudar. A diferencia de la mayoría de las damas inglesas que había conocido Gareth, Emily no comía como un pajarito, y sus gustos, se había fijado, eran claramente aventureros.

Poco después de que comenzaran a comer, Emily cumplimentó a la begum por el trabajo de su cocinero, y a partir ese momento desvió hábilmente la conversación hacia los comentarios que se consideraban de buen gusto hacer en la mesa de la anfitriona.

El tema les duró toda la comida, hasta que el eunuco de la begum, pues Gareth al fin había descifrado esa extrañeza en el cuerpo del supuesto mayordomo, colocó dulces y frutas confitadas sobre la mesa, sirvió pequeñas cantidades de un espeso café y, dejando la ornamentada cafetera sobre la mesa, hizo una profunda reverencia y, ante una palabra de la begum, se retiró.

La begum se volvió inmediatamente hacia Gareth, con un brillo anticipatorio iluminándole la mirada.

—Y ahora, mayor, si es tan amable, me enseñará todo sobre el coqueteo. He oído que ese pasatiempo es bienvenido en todas las cortes europeas.

La mujer se acercó más a él y Gareth tuvo que esforzarse por no echarse atrás.

Con la mirada fija en los ojos de Gareth, la voz de nuevo convertida en un sensual y decadente ronroneo, la begum declaró:

—Me enseñará cómo se hace —su mirada descendió hasta los labios del mayor y, con la punta de la lengua, se humedeció lentamente, lánguidamente, el labio inferior—. Me hará una demostración, hasta el último detalle.

Al parecer ya tenía una buena idea de lo básico. Gareth se contuvo a tiempo antes de manifestar sus pensamientos en voz alta, pero ¿cómo iba negarse sin ofender a la begum, sin hacer que acabaran, él y, sobre todo Emily en las arenas movedizas tunecinas?

Extremadamente movedizas, dado que no podía correr el riesgo de pedir ayuda a ningún oficial británico.

Con la mirada fija en la begum, que se acercó un poco más, él se estrujó el cerebro en busca de una salida. No se atrevía mirar a Emily, ni a apartar la mirada del peligro.

La begum empezó a erguirse, inclinando su rostro hacia el mayor en un gesto de ofrecimiento.

Él deseaba ponerse de pie de un salto y marcharse de allí, pero no lo hizo. No podía. La ofensa sería demasiado grande. Desesperadamente apeló a sus instintos, y tuvo la sensación de que se había convertido en piedra.

—¡No! —la airada exclamación estalló en los labios de Emily.

Había estado observando a la begum en una especie de estupor, incapaz de dar crédito a que esa mujer fuera realmente a besar a Gareth delante de ella, su «esposa». En cuanto el hechizo se hubo roto, ya no tuvo ninguna dificultad en continuar.

—¡No, no, y no!

Alargó una mano y agarró a la begum del brazo, tirando con osadía de la mujer, apartándola de Gareth y sus labios.

Por lo menos los labios de Gareth habían estado evitando los de la begum, pero ¿en qué demonios había estado pensando dejándola acercarse tanto?

—Así no se hace —Emily fulminó con la mirada a la estupefacta begum—, en Europa no.

La begum frunció el ceño, un gesto que rápidamente se convirtió en una expresión airada.

—Tengo entendido que es habitual que las damas casadas disfruten con caballeros que no son sus esposos. Y que los caballeros pueden estar casados o no, ya que para ellos el matrimonio no significa nada. ¿Acaso no es verdad?

Las palabras de la begum eran todo un desafío, uno que Emily conocía lo bastante bien como para hacerle frente.

—Sí, pero como en casi todas las cosas, siendo extranjera, no ha captado las sutilezas, los distintos matices —Emily respiró hondo, le dirigió una afilada mirada a Gareth con la esperanza de que tuviera el buen sentido de permanecer en silencio, y luego fijó la mirada una vez más en la de la begum—. No todas las damas casadas disfrutan con caballeros que no son sus esposos, y no todos los caballeros casados disfrutan con damas que no son sus esposas. Únicamente un porcentaje, en determinados círculos un porcentaje muy pequeño, de personas casadas buscan... eh, entretenerse con otros que no son sus esposos.

La expresión de la begum se oscureció, volviéndose malhumorada. Y se volvió hacia Gareth.

—¿Es eso cierto?

—Sí, es cierto —intervino Emily antes de que él pudiera contestar, y esperó a que la begum se volviera de nuevo hacia ella para continuar—. Y en su caso, al acudir a una corte europea como esposa del bey, deberá mantener los más estrictos niveles de decoro, aunque solo sea en defensa propia.

Una expresión de confusión, con un toque de preocupación, brilló en la mirada de la begum.

«¡Ajá!», pensó Emily antes de lanzarse de nuevo.

—Tendrá que mantenerse alerta ante cualquier posible seductor, pues los únicos caballeros europeos, casados o no, que abordarían a la esposa de un dignatario extranjero con idea de coquetear solo pueden tener una cosa en mente: o bien desacreditar a su esposo provocando un escándalo, ya sabe cómo son los hombres, o averiguar más sobre los negocios de su esposo a través de usted —ella frunció el ceño e inclinó la cabeza—. O quizás el objetivo sea chantajearla.

Emily volvió a concentrarse en la begum.

—Bueno, he nombrado más de una cosa, pero espero que se haya hecho una idea del peligro —comprendiendo bruscamente que su aproximación había sido poco halagadora, ella se apresuró a añadir—: sería totalmente diferente si estuviera allí de manera extraoficial, no ligada a su esposo, sino por usted misma —haciendo una pausa para respirar hondo, añadió con sinceridad—, a fin de cuentas es una mujer preciosa, y estoy segura de que encontrará muchos caballeros dispuestos a coquetear con usted, pero... —sacudió la cabeza—, esta vez no. No mientras esté de viaje como esposa del bey.

La expresión de la begum se había vuelto cada vez más abatida a medida que Emily progresaba con su clase magistral. El silencio se prolongó mientras miraba a Emily, y luego a Gareth.

—Entonces…

—Ni el mayor ni yo coqueteamos con otros —Emily lo afirmó de manera categórica, definitiva. Además, últimamente no era mentira. No miró a Gareth, pero sí se percató de la mirada de la begum al devolver su atención sobre ella—. Quizás debería añadir que en la cultura europea es costumbre que los caballeros sean los que den el primer paso.

—Pero… la begum parecía absolutamente indignada—. ¿Qué sentido tiene eso? Podrías estar esperando eternamente.

—Así es —Emily consiguió no fulminar a Gareth con la mirada mientras lo decía—. Y bueno, ahora que se lo hemos explicado, que le hemos advertido, sobre el coqueteo en nuestra sociedad, me temo que se está haciendo tarde y deberíamos agradecerle su hospitalidad y regresar a nuestra casa de huéspedes —Emily se retorció para estirar las piernas encogidas.

La begum emitió un sonido muy poco elegante para una dama.

—Entonces —gruñó—, aunque me pasearé por sus salones de bailes y demás salones, seguiré tan enclaustrada como estoy aquí en casa —levantó la mirada mientras Emily por fin conseguía ponerse en pie. La begum entornó los ojos y la señaló—. ¡Ajá! Ahora entiendo la razón de esos vestidos que llevan, por qué se visten así, completamente tapadas, cuando acuden a algún acto social. Por qué, fuera de su casa, visten como monjas y no como esposas.

Emily se contuvo de mencionar que en casa se vestían de idéntica manera.

Con fluida elegancia, la begum se levantó en su prácticamente desnudo esplendor y agitó las manos.

—Déjeme ver ese vestido, yo no tengo nada parecido.

Emily se giró lentamente. Al hacerlo, miró a Gareth, que se había levantado al igual que ella, pero cuyo rostro, incluso a sus experimentados ojos, era una máscara impenetrable. No tenía ni idea de qué estaba pensando.

La begum frunció el ceño antes de mirar a Emily a los ojos cuando la tuvo frente a ella de nuevo.

—Entonces, ¿si no hago que mi modista me cosa algunos vestidos como este, mi esposo se sentirá contrariado y se avergonzará cuando vayamos a las cortes europeas?

Emily titubeó, incómoda con el brillo calculador que vio en los oscuros ojos de la begum, pero, sin otra alternativa, asintió.

—En ese caso, señora Hamilton —la begum sonrió—, me haría un gran favor si intercambiara su vestido por el mío. Somos de estatura y tamaño parecido, sería un gran favor para mí. ¿Querrá que intercambiemos los vestidos?

Emily intentó no mirar fijamente la diáfana creación con la que se envolvía el cuerpo la begum. Además del cálculo, había otra cosa en la mirada de la begum, una necesidad de llevarse algo de esa reunión. Algo positivo que pudiera mostrar a otros… Emily había oído que la begum vivía en el harén, que era la primera esposa, cierto, pero solo la primera de entre muchas…

—Sí, por supuesto —Emily asintió.

Con la mandíbula encajada y rechinando los dientes, Gareth siguió a Emily a través de la puerta del patio de la casa de huéspedes. Asintiendo bruscamente, despidió al capitán, cerró la puerta y echó el candado.

Mientras caminaba detrás de Emily hasta la puerta del salón, vio a Mooktu, entre las sombras, levantar una mano a modo de saludo, pero no se detuvo. Al no saber cuánto tiempo permanecerían en el palacio, los demás se habían repartido los turnos de guardia entre ellos. Gareth no tenía que preocuparse por ello esa noche, además… gracias a Emily, tenían a la begum, tradicionalmente la regidora de la ciudad en ausencia de su esposo, totalmente de su parte.

El abrigo de Emily revoloteó a su alrededor mientras lo recogía para subir las empinadas escaleras hasta el salón. Por debajo del abrigo asomaba la seda bordada, la tobillera, y las borlas. Además, una pulsera tobillera brilló bajo la luz de la luna antes de que Emily entrara en la casa y se quitara el abrigo, quedándose envuelta en la penumbra.

Con cada músculo tenso, Gareth la siguió con gesto sombrío. Jamás se había sentido tan agradecido por la existencia de los abrigos femeninos. Mientras Emily y la begum se habían retirado para intercambiarse los vestidos, previendo el resultado y el peligro que lo acompañaría, él había buscado al eunuco y le había pedido el abrigo, abandonado en la demasiado lejana entrada como para ir a buscarlo él mismo.

Por suerte, el eunuco había regresado con el abrigo antes de que volviera Emily. Al aparecer en la habitación detrás de la begum, que resultaba razonablemente presentable vestida con el traje de Emily, Gareth había tenido que tomar aire con fuerza, retenerlo, e intentar no reaccionar. En absoluto.

Una gesta sobrehumana, una gesta que no había logrado.

El sonrojo de Emily le había hecho centrarse bruscamente en algo aparte de su propio dolor. Agitando el abrigo en el aire, lo había sujetado en alto y ella prácticamente había corrido a través de la habitación, con las pulseras tobilleras tintineando, para refugiarse bajo los suaves pliegues de lana.

Una vez cubierta, había alzado la barbilla, recuperando la confianza. Y se había despedido de la begum con genuinas sonrisas y un montón de reverencias.

El tema de los vestidos al parecer unía a todas las mujeres.

Todavía sujetando el abrigo, Emily levantó la mirada hacia las escaleras de la casa de huéspedes. Mientras él pisaba el escalón más bajo, ella se volvió, sonriendo fugazmente bajo la luz de la luna.

—Ha terminado bastante mejor de lo que pensé que haría.

Y no gracias a él. Gareth encajó la mandíbula, un caos de

turbulentas emociones condensándose en un ardiente nudo en su interior, antes de ascender lentamente, inexorablemente, hasta su garganta.

—Te compraré otro vestido.

El tono de voz era airado, irritado… frustrado.

—No seas ridículo —Emily se detuvo en el rellano de la planta superior y se volvió. Mantuvo la voz baja en consideración hacia los demás, que sin duda estarían durmiendo. Y continuó por el estrecho pasillo—. No era más que un vestido. Tengo más, más que suficientes.

—De todos modos, cuando lleguemos a Inglaterra haré que te lo reemplacen.

Llegando a su puerta, Emily se detuvo y se volvió bruscamente hacia él. Incluso en la penumbra, veía la expresión testaruda y la mandíbula encajada, sentía la… ¿eso era desaprobación?, irradiar de él mientras se detenía delante de ella. Entornando los ojos, Emily levantó la barbilla.

—Hice lo necesario para sacarnos de allí sin armar ningún jaleo, un jaleo que no nos podemos permitir.

—Si me lo hubieras dejado a mí… —en la mandíbula de Gareth se contrajo un músculo.

—Si te lo hubiera dejado a ti, esa mujer habría… —dándose cuenta de que estaba alzando la voz, en consonancia con su enfado, Emily murmuró un sonido de frustración, abrió la puerta, agarró las solapas de la chaqueta de Gareth y tiró de él hasta meterlo en la intimidad de su habitación.

No habría sido capaz de moverlo si él no hubiese colaborado, pero al parecer estaba tan decidido como ella a continuar con la discusión. Las paredes y puertas eran lo bastante sólidas como para permitirles mantener esa discusión que hervía dentro de ella. ¿Cómo se atrevía a no apreciar que lo había salvado de un destino peor que a saber qué a manos, y algunas otras partes, de la begum?

Soltándolo, Emily se volvió hasta colocarse frente a él, prácticamente pegando su nariz a la de él bajo la brillante luz de la luna que entraba por la ventana. Ya no controlaba su temperamento, la beligerancia se había hecho con el mando.

Gareth se había dado la vuelta para cerrar la puerta de golpe. Al regresar junto a ella, Emily se puso de puntillas y clavó su mirada en la de él.

—Escucha, tú… yo logré que saliéramos esta noche de ahí sin perder nada vital… más aun, manteniendo los favores de la begum. ¿Qué error puede haber en eso?

—Mantenerte a salvo es mi trabajo —los ojos de Gareth, oscuros y entornados, se clavaron en los de ella.

—¿Por orden de quién?

—Mía. Así se hacen las cosas, todo el mundo lo sabe.

El mayor hablaba en serio, Emily lo veía en su tensión, pero no estaba dispuesta a ceder. Quería forjar un compañerismo que durara toda la vida, y su intención era empezar tal y como tenía pensado y continuar. Cruzándose de brazos, sujetando el abrigo para que no se cayera, siguió mirándolo a los ojos.

—Independientemente de cualquier norma aceptable, la única manera de sobrevivir a esto… a tu misión y a este inesperado viaje juntos, es trabajando juntos y protegiéndonos los unos a los otros. Esta noche yo estaba en mejor posición para tratar con la begum que tú, y por eso lo hice, y salimos de allí intactos. Deberías estar agradecido —concluyó ella ásperamente con los ojos entornados.

El tono de voz de Emily hizo vacilar a Gareth. Había un toque de malestar, de malestar porque él no estaba aplaudiendo sus actos, su rapidez de pensamiento al rescatarlos. Permitió que su mente regresara a palacio, que reviviera los momentos… Las reacciones, defensivamente intensas, volvieron a florecer y estallaron de nuevo en su interior. Su rostro se endureció.

—De todos modos, no quiero que vuelvas a hacerlo nunca más.

—¿Hacer qué?

—Interponerte entre el peligro y yo —cuando ella frunció el ceño, claramente sin entenderlo, él rechinó los dientes y continuó—. Cuando fuimos llevados ante la begum, tú te colocaste entre ella y yo. Después, estuviste todo el tiempo desviando su atención de mí a ti.

—¡Te estaba protegiendo!

—Lo sé. Pero, de nuevo, es mi trabajo protegerte.

—Y de nuevo, yo no era quien estaba amenazada. ¡Eras tú! La mandíbula de Gareth parecía a punto de partirse.

—De todos modos...

—¡Arrg! —Emily lanzó las manos hacia arriba. El abrigo se deslizó de sus hombros—. ¡Qué hombre tan desagradecido!

Con un suave golpe sordo, el abrigo cayó al suelo.

Y ella quedó allí bajo la luz de la luna que se filtraba por la ventana, vestida con una gasa tan fina que Gareth veía cada curva deliciosamente dibujada por la luna.

Emily se acercó bruscamente, acercó su rostro al de Gareth, fulminándolo con la mirada desde apenas unos centímetros de distancia.

—¿O acaso te apetecía acostarse con ella?

—Claro que no... —las palabras se perdieron junto con el feroz ceño con el que había intentado reforzarlas. Escapando de su control, su mirada había descendido, fijándose en su cuerpo, en las curvas y montículos y tentadores huecos imperfectamente ocultos, seductoramente reveladores, por la gasa de seda bordada.

A Gareth se le hizo la boca agua y sus dedos se encogieron.

Su rostro, sus rasgos, habían quedado en blanco. Fue incapaz de componer una expresión para salvarse.

Cuando la begum había portado ese traje, él no había tenido ningún problema. Tras una primera ojeada se había sentido como un mirón y muy incómodo, y no había tenido ninguna dificultad para desviar la mirada.

Pero Emily vestida con una gasa de seda, el cuerpo de Emily...

—La única mujer con la que quiero compartir mi cama...

Gareth se interrumpió, espantado. Lo había dicho en voz alta.

Incluso él había percibido la lujuria marcando su voz.

Su mirada permaneció clavada en las pálidas y sutiles curvas de los pechos de Emily.

El silencio se prolongó.

Tenía que pensar en algo, pero era incapaz. La lujuria había sobornado a su cerebro.

—¿Sí? —lo animó ella dulcemente, expectantemente, esperanzadamente.

Gareth respiró hondo, levantó la vista, la clavó en los ojos de Emily... Vio en el fondo avellana verdoso la comprensión y...

También vio suficientes descarados ánimos para tumbar sus defensas por completo.

Soltó un juramento y la agarró para acercarla a él.

Inclinó la cabeza y aplastó sus labios bajo los suyos, y la besó con toda la rabia, frustración, y pura necesidad acumulada en su interior.

Ella le sujetó la cabeza y le devolvió el beso con idéntica ferocidad, con idéntica voracidad.

El choque de emociones hizo que a Gareth le diera vueltas la cabeza. La ira y la frustración se transmutó en una poderosa pasión y un deseo igualmente poderoso, y todo en apenas un segundo.

Le hizo sentirse dolorosamente duro, cada músculo convertido en acero.

Soltándola, deslizó sus manos deliberadamente por el cuerpo envuelto en seda, y sintió acelerársele el pulso.

Cerró las manos en torno a la cintura de Emily y sintió el latido de su corazón.

Se había sentido furioso, no solo porque ella se hubiese puesto en peligro, sino porque, de haberse torcido las cosas, él habría sido incapaz de protegerla. Sin embargo, había tenido que dejarla a ella manejar la situación, pues él no tenía ni idea de qué hacer, de modo que no le había quedado más remedio que sentarse y mantenerse callado, y permitir que ella arriesgara…

Inclinando la cabeza, Gareth se hundió en su boca, saqueó, devoró.

La presión de los labios de Emily bajo los suyos, el sugestivo sabor de Emily, el hambre en la pasión que igualaba la suya propia, lo tranquilizó como nada más podría haberlo hecho.

Ella lo había conseguido, y estaban a salvo. Vivos.

Y en esos momentos los dos deseaban, cada uno necesitaba…

Al otro.

El único remanente de racionalidad que quedaba en su cerebro le recordó que aquella era la reacción típica tras vencer al peligro. No debería aprovecharse…

Pero Gareth hizo callar a esa irritante vocecita. No entendía los motivos de Emily, pero no podía, no era lo bastante fuerte, como para rechazarla. Ni a sí mismo. Para contenerse ante lo que los dos tan abierta y claramente, desesperadamente, deseaban.

Necesitaban.

Tenían que tener.

Encogió los dedos y sintió moverse la seda, deslizarse contra la piel igualmente suave. Bajo sus palmas, la tela se había calentado. Dejó que sus manos se deslizaran sobre la espalda de Emily, sintió la gasa de seda sobre la piel de seda en una sugerente y provocativa tentación.

Abriendo sus manos sobre la suave espalda, tiró de ella contra él. Apretándose contra ella.

La abrazó, las femeninas y cálidas curvas envueltas en esa ligera seda, pegadas a él.

Y ella acudió.

Ansiosamente, descaradamente, Emily elevó los brazos, se puso de puntillas para alcanzar mejor los labios de Gareth, para corresponderle mejor en ese beso crecientemente salvaje. Le rodeó el cuello con los brazos y con un abandono nacido de la absoluta certeza, se apretó contra él.

Emily, sus sentidos, saltaron, y luego se regocijaron al sentir los brazos de Gareth cerrarse, dos bandas de acero, atrapándola contra su endurecida longitud. Obedeciendo a los dictados de su galopante corazón, se hundió contra él.

Se entregó al embriagador calor, al remolino de sentidos, al mareante golpeteo de su pulso.

Lo deseaba, ella lo deseaba.

Incluso mientras, de puntillas, inclinándose contra él, le ofrecía su boca y lo seducía para que la tomara, ella desesperadamente deseaba.

Más.

Todo.

Ya.

En esa habitación bañada por la luz de la luna, ella lo deseaba con una certeza que prendió en sus venas.

Un deseo absoluto, uno que ella no había sentido jamás, uno demasiado vibrante, demasiado agudo para ser cuestionado.

Su necesidad simplemente era. Del mismo modo que ella era suya.

Del mismo modo que él era suyo.

Nada más importaba. Nada más tenía el poder de romper la compulsión, una compulsión que ella abrazaba de todo corazón.

Las manos de Gareth se deslizaron, las palmas ardiendo, sobre la sensible piel de su espalda, la seda una barrera seductora, desgarradora. El sonido susurraba sobre noches seductoras, sobre la promesa de ardientes delicias mientras las manos se deslizaban sobre la piel de Emily, acariciándola no solo donde sus manos presionaban, sino por todo el cuerpo, más allá, provocando una punzante consciencia en todo su cuerpo.

El calor la impregnó. Gareth ladeó la cabeza y volvió a saquear su boca, reclamando su atención, su lengua deslizándose con fuerza por encima y a lo largo de la de ella mientras, con una osadía que ella encontró imposiblemente excitante, él se deleitaba.

Ardientes, pesadas, las manos de Gareth dibujaron el contorno de sus caderas, se deslizaron hacia abajo, alrededor, agarraron.

Él la levantó contra su cuerpo, amoldando sus caderas a las suyas propias. La insustancial seda no hizo nada por camuflar la excitante dureza masculina, la sólida vara de su erección que presionaba contra los pantalones, ansiosa por pegarse a la firme suavidad del vientre de Emily.

Con controlada deliberación, Gareth se movió contra ella, Sugerentemente, provocadoramente empujando hasta que ella encogió los dedos.

El calor inundó a Emily, una erupción de dulce calidez que se extendía bajo su piel antes de deslizarse sinuosamente más abajo.

Inflamando, palpitando. Emily soltó un respingo e interrumpió el beso, desesperada por respirar, y captó la mirada de Gareth, el oscuro fuego en sus ojos.

Las manos de Emily encontraron los cabellos de Gareth, sus dedos enredándose en los suaves mechones. Obligando a sus párpados, pesados por la pasión, a abrirse, ella contempló, extrañamente consciente de sus labios ardientes e inflamados, húmedos por el beso, de su respiración agitada, de la tirantez en el pecho.

Del mareo de sus sentidos, del deseo en su sangre.

De la necesidad que imprimía un irresistible ritmo en sus venas.

Los ojos de Emily buscaron los de él, y en las oscuras profundidades ella vio el calor disminuir ligeramente. Vio ese honor racional, testarudo y profundo, luchar por elevarse sobre la acalorada compulsión, atravesarla, y reclamarlo a él.

Pero Emily mantuvo su posición. Titubeante, tan consciente...

Del calor que crecía bajo cada milímetro de su piel. Que se hacía evidente en el palpitar de sus labios, y aún más insistente en el palpitar de la suave piel entre sus muslos.

Por primera vez supo, sintió, experimentó plenamente el

ansioso fuego que la inundaba y le hacía desear. Que hacía que su cuerpo se reblandeciera, se fundiera. Que le hacía anhelar un final que ella jamás había conocido, con una violencia que dolía.

—No te pares —ella captó su mirada y la sostuvo. El tono de voz habría hecho que la begum se sintiera orgullosa, era un tono autoritario, exigente, envuelto en una seductora y lujuriosa avaricia.

El calor volvió a reavivarse en los ojos de Gareth. Su pecho se inflamó mientras luchaba, ¡ese condenado hombre luchaba!, por contenerlo. Por suprimirlo.

Pero no lo consiguió.

Cada músculo de su cuerpo grande y duro se volvió más ardiente, más duro, acero forjado, templado e incandescente, poderoso e inquebrantable.

Pero, si ella lo quería esa misma noche, iba a tener que pelear también.

Pelear contra él, contra esa naturaleza excesivamente noble.

Sosteniéndole la mirada, ella respiró hondo y sintió crecer en su interior el poder. Sintió ese intangible fuego surgir a su llamada, lo sintió crecer y desbordarse a su alrededor.

No le hizo falta pensar, buscar, preguntarse. El deseo y la pasión, la lujuria y la necesidad, estaba todo allí en la acalorada compulsión que prácticamente crujía entre ellos, a su alrededor.

¿Qué hombre podría rechazar una petición como esa?

Desde luego él no. No tratándose de ella.

Gareth ni siquiera estuvo seguro de cuándo se decidió, de exactamente cuándo se rindió.

Lo único que supo fue que tenía que estar allí donde ella lo quería, que necesitaba hundirse profundamente en su interior tanto como ella lo necesitaba a él allí.

Por lo menos esa necesidad era evidente, genuina, como el afilado demonio que lo estaba devorando desde el interior.

De modo que Gareth interrumpió el beso que se había

convertido en un intercambio salvaje, incandescente, la tomó en sus brazos y se dirigió hacia la cama.

Los ojos de Emily brillaban a la luz de la luna, sus labios entreabriéndose en una sonrisa fugaz y satisfecha mientras él la tumbaba sobre la cama.

Resistiéndose a la urgencia de simplemente seguirla, cubrirla, arrancar la fina seda y hundirse en su interior, resistiéndose a la creciente urgencia que ya palpitaba en él, Gareth se obligó a sí mismo a erguirse y apartarse de las manos de Emily. De pie junto a la cama, se quitó el abrigo. Ella lo observaba sonriente, con una de esas dulces y enigmáticas sonrisas de femenino triunfo, y luego se sentó, buscando a su espalda los botones de la finísima blusa de seda que cubría su piel.

—No.

Sorprendida por la gutural orden, ella levantó la vista.

—Déjatelo puesto, quiero quitártelo yo —arrancándose el pañuelo del cuello, él señaló con su barbilla—. Túmbate y déjame contemplarte.

«Déjame planear».

Emily encontró la oscura mirada, y titubeó cuando algo en su interior se encogió, una reacción primitiva a la clara promesa que subrayaba las palabras de Gareth. Pero... con los labios ligeramente curvados movió la cabeza hacia él y, lentamente, lánguidamente, se relajó contra las almohadas, percibiendo el modo en que la mirada de él la seguía hambrienta desde su hombro hasta el pecho, hasta la cadera, hasta el muslo.

El corazón de Emily latía con fuerza, firme y seguro. No había ninguna posibilidad de que se enfriara, no mientras tuviera los ojos de Gareth sobre ella.

No cuando él se estaba desnudando ágilmente, prenda a prenda, revelando más de la fascinante musculatura de su torso y abdomen. Arrojando la camisa a un lado, el cinturón ya desaparecido, Gareth se desabrochó los pantalones mientras se volvía para sentarse sobre el borde de la cama para quitarse las botas, dándole a ella la oportunidad de observar su espalda, los largos y definidos músculos que rodeaban la columna, la ancha robustez de sus hombros.

Haciéndosele la boca agua, incapaz de contenerse, Emily se movió, alargó una mano y tocó. Él dio un respingo, le dedicó una oscura mirada, pero no dijo nada. Le permitió acariciar, le permitió comprobar la increíble elasticidad de la piel que cubría los músculos de acero.

Permitió que su calor la sedujera de nuevo. Gareth ardía.

Una bota golpeó el suelo. Segundos más tarde, su compañera se reunió con ella.

Emily retiró la mano. Casi sin aliento, con la boca repentinamente seca, esperó a que él se pusiera de pie y se diera la vuelta.

Pero no lo hizo. Se levantó, se bajó los pantalones hasta las caderas y se sentó de nuevo para deslizarlos por sus largas piernas.

Emily apenas tuvo tiempo de registrar la maniobra antes de que los pantalones llegaran al suelo y él se girara, colocándose sobre ella.

Hundido en la cama a su lado, apoyándose en un codo, él la observó detenidamente.

Emily sabía por qué lo había hecho. Estaba demasiado cerca para que ella pudiera ver algo más que la amplia extensión de su torso. Por desnudo y deleitable que resultara, ella había albergado más expectativas.

Emily entornó los ojos y abrió su boca para comunicarle que tenía tres hermanas casadas…

Pero él la besó, llenó su boca con su fuerte sabor, con poder, pasión y promesas.

La arrastró con él sin esfuerzo, sobre una marea de creciente necesidad, movida por una creciente y aguda sensación de urgencia.

Gareth cerró una mano con fuerza sobre un pecho cubierto de seda. Posesivamente lo sopesó y acarició. Su pulgar encontró el pezón y lo rodeó, acarició, excitó… hasta que ella jadeo a través del beso, arqueó el cuerpo y se apretó con más firmeza contra la exigente mano.

Al parecer, él no necesitaba más.

La mano de Gareth, fuerte, masculina, descaradamente exigente y autoritaria, recorrió el cuerpo de Emily, arrancándole respuestas que ella ni siquiera sabía que tenía para dar.

Ella tenía la sensación de que ya quemaba.

Pero de repente ardía.

Gareth interrumpió el beso, se deslizó hacia abajo e inclinó la cabeza para lamer, chupar. La seda se pegó al pecho de Emily, a su tenso y erguido pezón. Él se retiró lo bastante como para mirar, antes de volver a inclinar la cabeza y tomar el turgente botón en su boca.

Y chupar.

Ella gritó, intentando sofocar el sonido. Se esforzó por cabalgar sobre la ola de sensación que se estrellaba en su interior. Él continuó deleitándose hasta dejarla a ella sin aliento, hasta que ella se retorció y gimió.

A continuación Gareth deslizó la mano entre los muslos de Emily y con la punta de un dedo la acarició a través de la húmeda seda que la cubría allí.

Emily sollozó, le agarró la cabeza, sujetándola contra su cuerpo mientras basculaba las caderas en una muda súplica.

El dedo encontró la entrada y empujó, solo un poco. La seda ya empapada era una insoportablemente frustrante barrera que evitaba el contacto auténtico, la penetración más profunda.

Ella quería... pues sabía más que suficiente como para saber exactamente qué quería.

Liberando una mano de entre los oscuros cabellos de Gareth, ella la deslizó hacia abajo... y lo encontró a él. Más ardiente de lo que debería ser la carne, terciopelo sobre acero. Alargó los dedos lo suficiente como para tocar, para dibujar reverentemente el extremo de su masculinidad.

En el momento de establecer contacto, él se detuvo. Estirándose, ella alargó la mano un poco más, y cerró los dedos acariciando ligeramente hacia arriba.

Gareth se estremeció y soltó un juramento en voz baja, su aliento una exhalación que cayó sobre el torturado pezón de Emily.

Y entonces se movió.

Emily apenas consiguió contener un grito cuando él rodó, llevándola con él, hasta colocarla encima en medio de un revoloteo de seda. Con una mano le agarró la cabeza y la empujó hacia abajo, la empujó hacia un beso tan vorazmente posesivo que, literalmente, los dedos de los pies de Emily se encogieron.

La otra mano de Gareth también estaba ocupada. Emily se dio cuenta cuando el aire nocturno le acarició la espalda desnuda, y la blusa de gasa se abrió. Las manos de Gareth la ayudaron a deslizarla por los hombros. Emily levantó una mano y un brazo, y luego el otro, se despojó de la prenda y la arrojó a un lado, sin importarle dónde caía.

Pues le importaba mucho más sentirse piel con piel con él, sus pechos, rotundos y dolorosamente inflamados, acariciándolo antes de apretarse contra los fuertes músculos del torso, los tensos pezones seductoramente raspándose contra el oscuro vello que lo adornaba. Apenas tuvo tiempo de absorber esa sensación cuando sintió un tirón y los pantalones bombachos de seda se deslizaron sobre sus caderas.

La expectación creció. La anticipación recorrió sus venas.

Los nervios tensos, vivos, ante el menor contacto, esperaban mientras él seguía bajando el pantalón de seda hasta que ya no separaba el vientre de Emily del suyo. Ella contuvo el aliento cuando lo sintió moverse, levantándola mientras seguía deslizando la prenda por sus muslos.

La mente de Emily funcionaba frenéticamente, anticipaba frenéticamente, en una embriagadora felicidad, y entonces recordó los puños de los tobillos.

Y justo en ese instante él volvió a rodar sobre la cama, sujetándola bajo su cuerpo.

Emily le agarró los brazos y jadeó ante la sensación de estar encajonada, atrapada, por un hombre duro y ardiente. Él la besó de manera exigente, conquistando, reclamando, dejándola tambaleante.

Gareth aprovechó el momento para apartarse de ella y ocuparse de los puños de los tobillos, y por fin arrancarle los pantalones bombachos de gasa.

Concediéndose únicamente un breve instante para absorber la visión de Emily tumbada descompuesta y excitada, los cabellos castaños revueltos sobre las almohadas, los párpados medio cerrados, los labios hinchados y brillantes, el cuerpo lujurioso y preparado, todo suyo.

Y entonces se estiró sobre ella y dejó que su cuerpo descendiera sobre el suyo.

Entusiasmado con la sensación de las firmes curvas, la suave piel, la dulzura femenina que lo acogía, el demonio que llevaba en su interior prácticamente babeó encantado.

Las pequeñas manos de Emily se apoyaron en su torso. Buscó su mirada mientras ella lo empujaba, y no se sorprendió del todo cuando oyó su protesta… aunque débil.

—Quiero verte.

—Ahora no —la respuesta surgió como un categórico gruñido. Gareth no se sentía capaz de soportar el tormento, no sin reaccionar. No mientras tuviera que mantener el control necesario para ir despacio. Había apostado por la virginidad de Emily, de modo que era obligatorio ir despacio. Lo cierto era que no tenía experiencia en ese terreno. En su código, las vírgenes no eran juego limpio, al menos eso había oído.

A pesar de su estado, Emily encajó la mandíbula.

—Después —sintiéndose inspirado, Gareth añadió—, la próxima vez —«quizás».

No esperó para ver si ella se mostraba de acuerdo, inclinó la cabeza y volvió a besarla.

El calor surgido entre ellos no había disminuido en absoluto, sino que se reavivó, las llamas rugiendo, escalando rápidamente mientras las manos tocaban y encontraban piel ardiente y húmeda, mientras él se movía sobre Emily, instándola a separar los muslos y ella le complacía dispuesta mientras él se instalaba entre ellos.

Mientras Emily se retorcía, acomodándolo, y luego basculaba sus caderas...

Él se hundió en su interior, introduciéndose antes de lo que había sido su intención.

Pero ya no había marcha atrás.

La notó tensa. Lo bastante tensa como para hacerle estremecer. Como para hacerle contener la respiración mientras seguía empujando una y otra vez. A medida que, centímetro a centímetro, la llenaba, y ella se estiraba para tomarlo.

Y en efecto allí estaba la barrera. Cada músculo tenso, rígido bajo un absoluto control, Gareth se retiró casi hasta la entrada, y sintió las manos de Emily agarrarlo histéricamente, intentando volver a empujarlo al interior.

Él arqueó la columna y empujó con fuerza, atravesando la fina barrera hasta acomodarse plenamente dentro de ella, hasta hundirse profundamente, hasta el fondo.

Y se detuvo. Manteniéndose inmóvil, cada uno de sus sentidos pendiente de ella.

Bajo su cuerpo, atrapada en el beso, Emily no había emitido ningún sonido, pero se había quedado paralizada.

Una reacción instintiva ante un agudo dolor. Gareth esperó, los labios sobre los de ella, y rezó para no haberle hecho demasiado daño, para que ella...

Interrumpió sus pensamientos cuando ella empezó a moverse debajo de él. A medida que, poco a poco, gradualmente, la tensión provocada por el dolor empezaba a ceder.

Y debajo de todo eso, reemplazándolo, Gareth sintió algo en ella que jamás había encontrado a pesar de toda su experiencia. Le llevó un momento encontrarle un hombre.

Fascinación.

Emily estaba absolutamente fascinada. No solo con el cuerpo de Gareth, sino con la sensación de la unión, de sentirlo hundido profundamente en su interior.

Él la besó con dulzura, y se movió, retirándose lentamente antes de volver a embestir, y sintió llamar su excitación, la misma fascinación.

El instinto, y el baile, tomaron el mando.

Emily se rindió a él, a la situación, al remolino de euforia ante su unión, entera y completamente abrazando el acto. Su mente era incapaz de contener tanta felicidad, tanta alegría, el inexpresable alivio de sentirse al fin allí, con él, y siendo todo mucho mejor de lo que se había imaginado jamás, de lo que sus hermanas le habían podido describir.

Emily se deleitó, y le urgió a que continuara. Hizo todo lo que pudo para acompañarlo, para corresponderle, para averiguar qué le daba placer a él, para aprovechar cada instante para compartir el abundante placer que él le estaba ofreciendo, y devolvérselo.

Amar era compartir, eso lo sabía sin lugar a dudas. Emily se lanzó a ello, buscando las maneras de utilizar su cuerpo para darle placer del mismo modo que él usaba el suyo para dárselo a ella.

Sospechaba que él lo disfrutaría tanto como ella. Sus labios permanecían pegados, pero en los breves instantes en que se separaron, ella se deleitó con los sonidos entrecortados de la respiración de ambos, con la urgencia que tan evidentemente asaltaba a Gareth, y a ella también, y les hacía buscar su objetivo, cuerpo a cuerpo, corazón con galopante corazón.

Y rápidamente se sumergieron de nuevo en el beso, en las llamas, en el indescriptible calor que iba ascendiendo. Aunque fuera su primera vez, Emily se sentía ansiosa por hacer que significara algo, para recibir la gloria, hacerla suya y buscar más...

Hasta que chisporroteó en sus venas, atravesándola, azuzando las llamas que recorrían su piel hasta provocar un incendio. Una conflagración que se hundía profundamente, antes de fusionarse, que se introdujo y se tensó, inexorablemente, despiadadamente concentrada...

Sin interrumpir el beso, Gareth gruñó y se hundió más profundamente y con más fuerza, y una explosión de sensaciones estallaron dentro de ella, esquirlas de placer tan agudas que relumbraban en cada uno de sus nervios, en sus venas.

Hasta que Emily se sintió volar, libre de la tierra, totalmente tomada por la gloria.

Durante dos latidos, Gareth saboreó la liberación de Emily, apretando los dientes para aguantar desesperadamente, pero las ondas del cuerpo de Emily, tensas y poderosas, lo ordeñaron y lo empujaron irresistiblemente a continuar.

Gareth se sintió invadido por la liberación, más profunda que ninguna que hubiese conocido jamás.

Rindiéndose, dejando que su tembloroso cuerpo obtuviera su recompensa, se dejó ir, y la siguió al éxtasis.

Dicha. Emily decidió que no había otra palabra capaz de describir la sensación.

Tumbada de espaldas en la cama revuelta, Gareth un ardiente y contundente peso desmadejado sobre su vientre, ella contempló el techo con una sonrisa en el rostro, y una inhabitual sensación de paz en el corazón.

De modo que eso era lo que llamaban postrimerías. Sus hermanas jamás habían sido capaces de encontrar las palabras, y le habían dicho que ella lo sabría cuando lo experimentara.

Gareth se movió. Parecía tener dificultades para encontrar la fuerza para moverse. Ella conocía bien esa sensación. Sinceramente dudaba que fuera capaz de mover ni el dedo gordo del pie.

Él se había derrumbado sobre ella al final, pero rápidamente había rodado a un lado para no aplastarla contra el colchón. Aunque no le hubiese importado. Le resultaba bastante agradable la sensación de su cuerpo prácticamente desmadejado sobre el suyo.

Quizás porque ella había sido la responsable de reducirlo a ese estado.

Moviéndose lentamente, él se apoyó sobre los codos y volvió la cabeza para mirarla, dedicándole una prolongada y evaluadora mirada. Sus cabellos estaban encantadoramente revueltos, sus rasgos todavía algo flojos, sin su habitual concentrada determinación.

Emily sintió que sus labios empezaban a curvarse, y se permitió sonreír reflejando la felicidad que sentía.

—Eso ha sido maravilloso.

Él la miró durante unos instantes antes de emitir un sonido a medio camino entre un gruñido y un bufido, y cambió el peso sujetándose sobre un codo para contemplarla mejor. La expresión de nuevo había regresado a su habitual gesto autoritario.

—Por supuesto, en cuanto lleguemos a Inglaterra, nos casaremos.

Ella le sostuvo la mirada, nada sorprendida ante la orden. Ya se había esperado algo parecido, nada de una proposición formal, nada de posar una rodilla en el suelo. Y desde luego nada de jurar amor eterno.

Pero si algo había aprendido de esa noche, era que, absoluta e inequívocamente, él era, más allá de cualquier duda, su «él», el caballero, por encima de todos los demás, con quien debería casarse.

Su respuesta a la orden estaba, por tanto, decidida. Sin embargo... mirando al fondo de los oscuros ojos, dando gracias por la fuerte luz de la luna que le permitía hacerlo, Emily se dio cuenta de que, gracias a la begum y su seductor vestido, ambos habían dado varios pasos de gigante hacia delante.

Sabía que Gareth era su «él», pero ¿sabía él que Emily era su «ella»?

Esa era una pregunta crítica, una para la que necesitaba una respuesta antes de acompañarlo ante el altar. Necesitaba saber exactamente por qué quería casarse con ella.

El mayor era un hombre para quien el honor era auténtico y tangible. El que utilizara el honor como pantalla para casarse con ella era predecible, pero Emily no estaba dispuesta a permitirle ocultarse detrás de esa pantalla. Si la amaba tal y como ella lo amaba él, tal y como ella esperaba y rezaba para que él hiciera, entonces Gareth debería, y lo haría, reunir el valor para admitirlo.

Si la amaba de verdad.

Ninguna otra cosa le serviría.

—Quizás —contestó ella con los ojos clavados en los suyos y una dulce sonrisa.

Con los labios todavía curvados, Emily cerró los ojos, alargó una mano y le dio una palmadita en el pecho.

—Necesitamos dormir.

Hacía demasiado calor para taparse con la sábana y ella se acomodó en la cama y relajó las piernas.

Gareth la contempló y, dado que ella ya no podía verlo a él, permitió que aflorara el ceño fruncido de su interior. ¿Quizás? ¿Qué demonios significaba eso?

Tal y como lo veía él, la cuestión era muy sencilla. Él quería casarse con ella, lo había sabido desde la primera vez que la había visto en el bar de oficiales en Bombay, y ella se le había entregado, prácticamente seduciéndolo, lo cual, para él, zanjaba la cuestión.

El ceño se hizo más profundo mientras se tumbaba de espaldas y miraba al techo. Emily era virgen, lo había deseado a él, y había conseguido lo que deseaba. El matrimonio era la conclusión natural de ese relato.

¿Por qué «quizás»?

Su mente dio vueltas a un pensamiento que no le gustaba lo más mínimo, hundiendo la daga en la latente y potencial herida. ¿Había deseado Emily realmente a MacFarlane, pero, habiéndoselo negado el destino, decidido probar con él como segunda opción? ¿Por eso no estaba segura?

Recordó, reflexionó, y por fin preguntó:

—¿Por qué me seguiste a Adén?

La respuesta de Emily surgió de inmediato, sin moverse ni abrir los ojos.

—Porque pensé que esto —elevó una mano y la agitó entre ambos indicando que se refería a la situación en la que se encontraban— podría estar escrito nuestro destino, y necesitaba conocerte mejor primero. Antes.

¿Antes? Gareth seguía con el ceño fruncido. ¿Contestaba eso a su pregunta? ¿A su verdadera pregunta?

Emily abrió los ojos y se volvió hacia él. Gareth borró de inmediato el ceño fruncido antes de que ella lo viera.

La expresión de ella le indicaba que seguía flotando en las postrimerías.

Emily estudió el rostro de Gareth durante unos segundos y luego, con los labios todavía curvados, volvió a agitar la mano en el aire.

—¿Esto siempre hace que uno se sienta tan... letárgico? ¿Somnoliento, aunque no exactamente igual? Me siento como si no tuviera un solo hueso en el cuerpo.

—Sí —Gareth sintió brotar en su interior una sensación de satisfacción, casi de orgullo—. Así es como debería sentirse.

Y dado que ella se sentía así, no tenía ningún sentido en esos momentos presionarla para conseguir la respuesta adecuada a su decisión sobre su futuro. Todavía les quedaba un largo viaje por completar y él sabía cómo persuadirla.

Levantando un brazo, se acercó a ella y lo deslizó bajo sus hombros, girándola hacia él hasta acomodarla contra su costado, la cabeza sobre su hombro.

—Así es como debería ser —no había ningún motivo para no aprovechar la ocasión y establecer el procedimiento que tenía intención de adoptar a partir de ese momento.

Sobre todo dado que, por el momento, ella parecía totalmente complaciente. Emily se retorció y se acomodó antes de relajarse.

Él sintió la tensión, que había regresado momentáneamente, desaparecer. Contempló la cabeza de Emily antes de besar sus cabellos.

—Duérmete.

Sintió más que oyó el suave bufido, pero Emily obedeció. Y pronto él oyó relajarse su respiración.

Echando la cabeza hacia atrás, Gareth cerró los ojos y sonrió para sus adentros. Todavía permanecerían juntos durante varias semanas. Y, se juró a sí mismo, un silencioso juramento ante la luna, que para cuando llegaran al final de su aventura ella sería suya. No pensaba dejarla escapar.

Jamás.

CAPÍTULO **12**

19 de noviembre de 1822
Por la mañana temprano
Todavía en mi cama, pero sola

Querido diario:

¡BUENO! *Ha sucedido. Por fin. Y sí, puedo anunciar con entusiasmo que yacer con un hombre, con el hombre adecuado, es tan maravilloso como me lo había imaginado.* En efecto, mi imaginación carecía tristemente de varios conocimientos pertinentes, pero da igual, la realidad fue mucho mejor que mis sueños.

Por supuesto, tal y como me habían advertido mis hermanas que sucede a menudo cuando se trata de los hombres, hubo una salvedad. Una cuestión que no funcionó exactamente de acuerdo con mis planes. Básicamente me refiero a la consiguiente declaración de Gareth, no de amor eterno, sino de que vamos a casarnos.

Y sí, lo haremos, esa es mi actual meta inquebrantable después de que la noche confirmara más allá de toda duda que él es en efecto y absolutamente mi «él», pero antes de colocarnos frente a un altar, estoy decidida a saber con certeza que él sabe que me ama, que es mío del mismo modo que yo soy suya, que la emoción que nos une es mutua y no solo por mi parte.

Tengo esperanzas de que ese sea, efectivamente, el caso. Sin embargo, su declaración de anoche surgió del honor, por lo menos *así fue como lo planteó y, por tanto, no me dice nada de sus sentimientos.*

Vamos a tener que hacerlo mejor que eso, sobre todo ahora que he formulado mi propia declaración tan claramente. Me he entregado a él y, como todos sabemos, las acciones hablan mucho más alto que las palabras.

Y así estamos. Yo soy ahora indiscutiblemente suya para la eternidad, pero antes de permitirle deslizar un anillo en mi dedo, esa es mi meta final, necesito que declare su amor. Basta con que lo diga en voz alta.

Como bien sabes, Querido diario: estoy decidida a alcanzar mi meta final. Sigo adelante con esperanza.

Y, en efecto, estoy segura de que estoy ya a medio camino.

E.

Al mediodía de ese mismo día, se encontraron a bordo del jabeque del capitán Dacosta, cruzando el lago de Túnez hacia el Mediterráneo camino, por fin, de Marsella.

Gareth caminaba por la borda, sintiéndose más seguro de lo que se había sentido en semanas. Estaba encantado de haber hecho el esfuerzo, y perdido unos cuantos días, buscando a Dacosta, el capitán que Laboule les había recomendado. Al igual que Laboule, Dacosta se había mostrado encantado de cumplir con sus requerimientos. Ni el capitán ni su pequeña tripulación rechazarían una buena pelea.

Con suerte, no se produciría ninguna, dado que no habían visto ningún sectario desde Alejandría. Aunque al principio estuvieron seguros de que el ataque que habían sufrido Mooktu y él el primer día en Túnez había sido obra de la secta, ya no lo estaban tanto. Después de aquello, todo había estado extrañamente tranquilo, muy impropio de la secta.

Deteniéndose junto a la barandilla de proa, Gareth oteó el horizonte. Allí afuera había barcos, era el Mediterráneo, pero ninguno parecía mostrar ningún interés especial en ellos. Más aún, el horizonte en sí mismo estaba despejado. El tiempo era bueno y parecía que iba a seguir siéndolo en un futuro inmediato.

Sus labios se curvaron al caer en la cuenta de que podría decirse lo mismo de las condiciones atmosféricas de su situación personal. Emily estaba en un estado soleado, y si bien únicamente él conocía el motivo de esa evidente sonrisa que habitaba su rostro, sospechaba que por lo menos algunos de los demás lo habían adivinado. Por ejemplo su doncella. Dorcas lo había mirado con severidad cuando había ayudado a Emily a subir la pasarela.

No estaba totalmente seguro de alegrarse de que aquel fuera el típico jabeque de viaje completamente cargado de ánforas de exquisito aceite para cocinar y, consiguientemente, con el espacio limitado. No había un rincón privado por ninguna parte, ningún lugar en el que Emily y él pudieran disfrutar de un interludio íntimo.

Considerando todos los factores, sospechaba que sería lo mejor. Emplearía el tiempo hasta llegar a Marsella en reflexionar sobre su aproximación, su plan para conseguir que ella accediera a la boda, a convertirse en su esposa, sin que mediara ninguna discusión más sobre sus motivos o sentimientos. Sin embargo, eso último iba a resultar complicado, pues Gareth no tenía ninguna idea clara de cuáles eran realmente sus sentimientos hacia ella, aunque conocía el resultado: que la necesitaba como su esposa, y eso bastaba.

Analizándolo más profundamente...

Después de varios minutos, él reprimió una mueca, se giró y abandonó la barandilla para volver a caminar por la borda.

Ningún soldado, ningún espadachín, ningún hombre al mando, mostraba jamás su vulnerabilidad voluntariamente. Él era las tres cosas, y no tenía ninguna intención de violar esa ley no escrita. Quería casarse con Emily. En sus circunstancias, ni ella ni él necesitaban saber más.

El solitario sectario enviado a Túnez para vigilar hizo cuidadosamente su equipaje. Había llevado a cabo sus órdenes y, si bien había sido incapaz de capturar al mayor, sí que había realizado la tarea más esencial e imperativa que se le había encomendado.

En cuanto había visto al grupo del mayor, se había asegurado de que la información zarpara con la siguiente marea.

Esperaba que su amo estuviera complacido.

Cerrando la bolsa, miró a su alrededor en la pequeña habitación y, equipaje en mano, se volvió y salió por la puerta.

19 de noviembre de 1822
Por la noche
De nuevo en un camarote compartido a bordo de un jabeque

Querido diario:

Abandonamos Túnez hoy con viento a favor, el cual, según me ha informado el capitán Dacosta, es probable que nos acompañe durante todo el viaje hasta Marsella. Dacosta se parece mucho a Laboule, y por tanto también a Gareth, lo cual me lleva al asunto que quiero tratar.

Los hombres de acción, como Gareth, los capitanes de nuestros jabeques, los jeques bereberes, y similares, parecen compartir ciertas similitudes de carácter, sobre todo en el aspecto personal. He reflexionado sobre la sabiduría que las ancianas bereberes, que han pasado una vida observando a hombres como esos, se dignaron compartir. Creo que no podría tener mejores consejos.

Mis conclusiones son que, si bien él siente claramente algo por mí y, en efecto, todas las señales apuntan a que ese algo es amor, es importante, de hecho fundamental, para nuestra futura felicidad que lo reconozca y acepte que el amor, mutuo y duradero, es la verdadera base de nuestro matrimonio desde el principio.

¿Y bien, cómo lo abordo?
Como siempre resuelta.
E.

El ataque llegó al amanecer.

Emily despertó sobresaltada. El jergón se sacudió bruscamente al sentarse en él. Hasta el camarote llegaban los gritos desde la cubierta, seguidos del inconfundible entrechocar de las espadas.

El ruido de pisadas retumbaba junto a ella mientras los hombres bajo cubierta corrían hacia las escaleras.

Un fuerte golpe sonó en su puerta antes de que esta se abriera y apareciera Gareth, vestido con pantalones, camisa, una pistola en una mano, y la espada a la cintura.

—Quédate aquí —él la miró fijamente.

Después miró a Dorcas y Arnia, extendiendo la orden a ellas también, antes de darse media vuelta y desaparecer corriendo para unirse a la batalla.

Emily miró a Arnia, y luego a Dorcas, y saltó del jergón. Apenas había luz suficiente para ver, una luz blanquecina y perlada que se extendía desde el horizonte lejano y se deslizaba como si fueran unos dedos a través del pequeño ojo de buey.

Segundos después, completamente vestidas, las tres mujeres se reunieron a los pies de la escalerilla de popa. No tenían ninguna intención de permanecer ajenas a la batalla, de no ayudar a sus hombres, pero tampoco eran idiotas.

En cuestiones como esas, Arnia era quien tomaba el mando. Levantó la cabeza oyó los golpes y pisadas sobre la cubierta por encima de ellas. Se inclinó hacia Dorcas y Emily y susurró:

—Será mejor esperar a que todos estén enzarzados, y luego caer sobre ellos, sobre nuestros atacantes, por detrás —hizo un gesto con el amenazador cuchillo en la mano—. Si los sectarios tienen tiempo de fijarse en nosotras, vendrán a por nosotras primero, pensando que si nos atrapan debilitarán las defensas de nuestros hombres.

Emily asintió. Dorcas tenía el segundo cuchillo de Arnia. Emily había buscado por la cocina del barco, pero no había visto nada que pudiera utilizar. A pesar de las lecciones de

Bister, no se sentía capaz de blandir un cuchillo. La mera idea de hundir una cuchilla en una persona le producía repugnancia, pero sí se había fijado en el palo que utilizaban los marineros para dirigir las velas y las cuerdas, similar al que ella había utilizado en su anterior batalla a bordo de un barco. Como en la anterior ocasión, el palo estaba junto a la cabina de popa. Podría agarrarlo en cuanto subiera a cubierta.

Era una mujer inglesa, pelear con palos era mucho más de su estilo.

Arnia seguía escuchando atentamente. Bruscamente, asintió.

—Ahora.

Empezó a subir las escaleras, seguida de Dorcas y Emily pisándole los talones.

Al llegar a cubierta no solo encontraron caos, sino un absoluto pandemonio. Las goletas en ocasiones se empleaban como barcos de guerra, mucho mejor preparadas para el combate cuerpo a cuerpo. Pero la mayoría de los jabeques eran simples barcos mercantes. La barandilla baja y estrechas pasarelas hacían que las cubiertas fueran totalmente inadecuadas para la pelea.

Emily reconoció los pañuelos de seda negra, que había aprendido a temer, enrollados alrededor de demasiadas cabezas. Arnia y Dorcas eligieron espaldas a las que atacar y se apartaron. Saliendo abiertamente a cubierta, Emily se agachó para tomar el arma de su elección.

Acababa de agarrar el suave palo de madera, y empezaba a arrastrarlo hacia ella cuando su instinto le hizo darse la vuelta.

Un sectario la había descubierto. Sonriendo abiertamente, se acercó corriendo con una espada ensangrentada en la mano y la otra mano alargándola hacia ella.

Pero un segundo después ya no sonreía, cuando el extremo del palo se hundió en su entrepierna.

Emily se levantó de un salto mientras él caía de rodillas, arrojó la espada fuera de su alcance de una patada y levantó el palo en alto para estrellarlo sobre su cabeza.

El hombre cayó, inconsciente, pero no muerto.
Emily no sentía ningún escrúpulo con dejar inconsciente a un hombre.

Dos sectarios más se acercaron al palo que ella blandía, pero tuvo que esperar su momento y conseguir espacio suficiente para blandirlo... y, ¡por Dios! Había docenas de ellos. La melé de cuerpos literalmente obstruía la cubierta.

Y entonces lo comprendió. Otro barco, muy parecido al jabeque, se había acercado lo bastante como para que más sectarios pudieran saltar a la cubierta de su barco cada vez que las grises olas lo empujaban un poco más cerca del otro.

Un vistazo a lo largo de la cubierta le contó toda la historia. Los suyos, ayudados por el capitán y su tripulación, luchaban valientemente y hasta ese momento mantenían las posiciones. Pero no había ninguna posibilidad de que pudieran aguantar eternamente, no contra la marea de sectarios que esperaban para saltar a cubierta y unirse a la batalla.

El miedo la agarrotó. Con los ojos muy abiertos, recorrió el jabeque con la mirada. A través del fino velo de la bruma matinal, localizó a todos los miembros de su grupo, todos seguían en pie, todos seguían peleando tenazmente, pero dos marineros ya habían caído. Y mientras ella observaba cayó otro más.

Bajas. Y no serían las únicas, iba a haber muchas más. A no ser que...

Una repentina agitación de cuerpos a su izquierda hizo que ella blandiera de nuevo el palo agitándolo hacia ellos.

Pero el que surgió de entre todos fue Gareth, que había estado peleando un poco más allá.

Su mirada buscó la de ella. Había una fría ira en sus ojos, pero, antes de alcanzarla, un sectario se lanzó contra él. Con un rugido, Gareth se giró para ocuparse del atacante, moviendo la espada con fluidez y sin ningún esfuerzo.

Emily se echó a un lado para dejarle más espacio mientras su mente trabajaba frenéticamente, a la carrera, pensando.

Tras deshacerse del sectario, Gareth se volvió hacia ella.

—¡Por el amor de Dios! —rugió. ¿Qué demonios haces aquí? ¡Vete abajo!

Abajo… Con la mirada desorbitada, Emily agarró a Gareth de la solapa y lo atrajo hacia ella, lo bastante como para que pudiera oírla por encima de la tremenda algarabía.

—¡El aceite! —lo miró a los ojos—. Lo vi en la cocina, el cocinero acaba de verter un ánfora en un montón de botellas pequeñas. Utiliza muchos trapos. Si metes esos trapos en las botellas, los prendes fuego y… —levantó la vista hacia las velas del barco, tensas bajo la brisa del viento a favor que seguía soplando, y luego miró hacia el otro barco, el barco de los sectarios, que también navegaba a vela—. Si se queman sus velas…

Emily no necesitó terminar la frase. Gareth la agarró por un brazo y la empujó hacia las escaleras de popa.

—¡Vamos!

Tuvo que ayudarla a deslizarse entre los hombres que luchaban desesperadamente. De repente alargó un brazo por encima de un montón de hombros, llamando la atención de alguien metido en otra melé.

Un segundo después, asomó la cabeza de Bister.

—¿Qué?

—Acompáñanos —Gareth se abrió paso por delante de Emily para despejar la zona alrededor de la escotilla de popa. En cuanto pudo, ella corrió detrás de él y bajó las escaleras. Ante un asentimiento del mayor, Bister la siguió.

Gareth se entretuvo ocupándose de los dos sectarios que los habían visto bajar. Un corte en el antebrazo y dos arañazos después, se dio media vuelta y bajó las escaleras también.

Hundió la mano en su bolsillo y sacó su yesquero.

—Pero… —Bister hizo lo mismo mientras contemplaba las botellas—. Necesitaremos estar en cubierta antes de encenderlas.

—Así es —Gareth alargó una mano hacia el cesto de botellas, pero un ruido en el pasillo le hizo blandir la espada en lugar de tomar el cesto y girarse hacia la puerta.

Sin embargo fue Watson el que apareció. Sangraba por un corte en la cara.

—¿Qué hay que hacer?

—¿Qué tal es tu puntería? —preguntó Gareth mientras bajaba la espada y levantaba el cesto.

Mientras Bister guiaba la comitiva de vuelta hacia la escalera de popa, Gareth explicó el plan. Dejó el cesto en el primer peldaño de la escalera y le pasó dos botellas a Watson, otras dos a Bister, y tomó otras dos él mismo, metiéndoselas en los bolsillos de los pantalones.

—Yo iré primero y despejaré la zona, vosotros seguidme, encended las botellas y apuntad a las velas. Mooktu y Mullins están ahí arriba en alguna parte. Os daremos protección y yo me desharé de mis dos botellas en cuanto pueda. Sin embargo, casi seguro que vamos a necesitar más que estas —asintió hacia las botellas que tenían— para incendiar por completo sus velas. De manera que, en cuanto lancéis las dos primeras, venid a por más.

—Y tú te quedas aquí abajo —Gareth se volvió hacia Emily—, y vas pasando el resto de las botellas a medida que vengamos a por ellas —reforzó la orden con una firme mirada... con los soldados siempre le funcionaba.

De repente se dio cuenta de lo mucho que quería besarla, necesitaba desesperadamente saborear sus labios aunque solo fuera un instante. Sabía las pocas probabilidades que tenían de salir de esa situación.

Agarrando con fuerza la espada, se volvió y se abrió paso junto a Bister.

—¡Vamos! —sin echar la vista atrás, condujo la comitiva hacia arriba y fuera.

De vuelta a la cacofonía de una batalla que, desde luego, no iban ganando. El ataque estaba infinitamente mejor preparado que en cualquiera de los incidentes anteriores. Quienquiera que lo hubiera organizado sabía lo que hacía.

Su regreso al restringido espacio alrededor de la escotilla de popa inclinó la balanza temporalmente a su favor.

Encontró a Mooktu y, con una mirada y una palabra, lo tuvo pegado a su hombro, Mullins lo vio y, aunque no sabía por qué, se reunió con ellos ayudándoles a despejar la zona alrededor de la escotilla y a mantener a los atacantes a raya.

Gareth vio a Arnia, que estaba junto a Mooktu, y a Dorcas detrás de Mullins. Las dos mujeres parecían desencajadas, pero ninguna estaba herida y ambas blandían cuchillos. Sabía que Arnia era muy capaz de utilizar el suyo, y el de Dorcas estaba manchado de sangre.

Pero, cuando otra oleada de sectarios cargó contra su pequeño muro, tuvo otras cosas con las que ocupar su mente.

La primera bomba incendiaria surgió de detrás de él. La dirección de Bister fue buena, aunque la inclinación no tanto. La botella ardiente se estrelló contra la cubierta del otro barco. Una sorprendida tripulación rápidamente apagó el fuego.

Sin embargo, la siguiente botella acertó en la parte baja de la vela latina central.

El aceite la empapó y llameó, y la vela se prendió fuego.

Tal y como había esperado el mayor, los marineros corrieron a apagar las llamas, pero Watson lanzó sus botellas en una rápida sucesión prendiendo la vela latina trasera.

Con gritos y juramentos, los marineros del otro barco se apresuraron a llenar cubos. Pero, antes de que las llamas estuvieran apagadas del todo, Bister acertó de nuevo a la vela central, y en la parte alta de la de la latina trasera.

El otro barco empezó a perder velocidad y a quedarse atrás, acercando la latina delantera al alcance de Bister mientras Watson se concentraba en mantener los fuegos encendidos en las velas central y trasera.

Una de las ventajas que hasta entonces habían disfrutado los sectarios era que podían mantenerse concentrados en la batalla sin preocuparse por lo que sucedía en el jabeque. Pero con su propio barco en apuros, la situación cambió. Distraídos, miraron hacia las olas y vieron cómo su barco se alejaba cada vez más.

El viento de la batalla, hasta entonces a favor de los sectarios, cambió de golpe. Dacosta y su tripulación lo notaron. Y rápidamente se aprovecharon, empujando fuerte para reducir el número de sectarios a bordo.

Algunos de esos sectarios decidieron que las olas eran un lugar más seguro.

Y, de repente, bruscamente, la batalla sobre la cubierta del jabeque llegó a su fin. Bister apareció junto a Gareth, que reculaba de la menguante refriega.

—Se nos han terminado las bombas incendiarias —Bister asintió hacia el otro barco—, pero parece que ha habido suficientes. Watson incluso consiguió alcanzar el seguro de la vela, de manera que tardarán un tiempo en poder venir tras nosotros.

—A no ser que decidan utilizar los remos —Dacosta se abrió paso entre los demás para reunirse con ellos en la popa. Miró hacia el barco que se alejaba y luego contempló sus propias velas, y sacudió la cabeza—. No, ni siquiera así —se volvió hacia Gareth—. Esos sectarios… ¿Qué probabilidades hay de que sean buenos remeros?

—Probabilidades muy pocas —Gareth miró a Emily que se había reunido con ellos en cubierta. Parecía ilesa. Ella se agarró de su brazo como si buscara apoyo y consuelo, y algo dentro de Gareth se relajó.

Dacosta llevaba su catalejo y apuntó con él al otro barco.

—La tripulación va a necesitar bajar esas velas y apagar el fuego antes de poder pensar en tomar los remos y, si los sectarios no saben remar, no hay suficiente tripulación para hacer gran cosa —miró hacia atrás y llamó a su primer oficial—. Mantendremos todas las velas izadas, en estas condiciones no nos hará daño.

—Tuviste una gran inspiración al pensar en utilizar el aceite —Gareth captó o la mirada de Emily.

—¿Fue idea suya, *mademoiselle*? —Dacosta la miró con las cejas enarcadas.

—Había que hacer algo —Emily sonrió tímidamente—, de modo que…

Emily luchó contra el impulso de apoyarse contra Gareth. Pelear era horriblemente agotador… lo cierto era que, en todos los aspectos, era simplemente horrible. Intentó no mirar a su alrededor mientras la tripulación revisaba los cuerpos y lanzaba por la borda a los muertos. Los sectarios que no estaban malheridos ya habían saltado ellos solos.

Pero el jabeque estaba de nuevo a salvo, y ellos también.

—Parece que estamos todos en deuda con usted *mademoiselle* —Dacosta hizo una profunda reverencia—. En mi nombre y el de mi tripulación, y el de mi hermano, que es el dueño de este barco, le doy las gracias.

Emily agachó la cabeza sin soltar el brazo de Gareth y notó sus cortes. Ninguno sangraba ya, pero sentía un irrefrenable deseo de tomar su mano y llevarlo bajo cubierta para lavar y curar esas heridas. Se preguntó si quizás lo conseguiría más tarde.

—Si pudiera explicarme una cosa, mayor —Dacosta se llevó de nuevo el catalejo al ojo—. ¿Por qué el capitán…? —la mirada fija dejaba claro que estaba hablando del capitán del otro barco—. ¿Por qué no sacó sus armas? Quiso hacerlo después de que incendiáramos sus velas, le vi intentar dar la orden, pero los sectarios, los que estaban en su barco, se lo impidieron. De no ser por eso… —Dacosta bajó el catalejo y los contempló impasible—. Dada nuestra carga, habríamos saltado en pedazos.

—¿Llevaba armas? —preguntó Emily perpleja—. ¿Se refiere a un cañón? —la última palabra surgió como un chillido agudo.

—Todos los jabeques llevan armas —Dacosta asintió—, aunque son pequeñas y no son muchas. Sin embargo, a tan poca distancia, no podría haber fallado y, con tanto aceite a bordo, habríamos desaparecido —hizo un gesto con las manos en el aire—, ¡puf!

Gareth sonrió con expresión compungida mientras miraba brevemente a Emily antes de volverse hacia Dacosta.

—Es por algo que yo llevo y ellos quieren. Por una vez,

nos ha protegido. Si el barco hubiera saltado por los aires, aunque solo lo hubiesen hundido, perderían aquello que han venido a buscar, y a su amo no le gustaría.

—Entiendo —Dacosta asintió—. Ese amo suyo, esa Cobra Negra, ¿estoy en lo cierto si pienso que no es muy dado a perdonar?

—No, no lo es —Gareth sacudió la cabeza—. De hecho, por lo que he oído, no perdona jamás.

La ausencia de perdón de la Cobra Negra, más concretamente, la venganza que ejercía sobre cualquier miembro de la secta que fracasara, era uno de los pensamientos más recurrentes de Tío.

Desde la seguridad de la cubierta de un pequeño aunque ágil balandro pesquero que flotaba sobre las olas a cierta distancia de la acción, y a través de un catalejo, Tío fue testigo del desarrollo de la batalla, y soltó un juramento.

Para esa ocasión no se había arriesgado. Lo había planeado todo, y enviado una fuerza que, todos habían estado de acuerdo, sería más que suficiente para derrotar al jabeque del mayor.

Pero no. Una vez más, su enemigo había triunfado. Una vez más, su presa había escapado.

Rechinó los dientes y rápidamente contó las cabezas envueltas en los pañuelos negros sobre la cubierta del navío de nuevo en calma.

Del gran ejército que había enviado, regresaban menos de un tercio.

Desde que había abandonado la India, había perdido muchos hombres. Al líder no le iba a gustar.

Sintió un escalofrío en la nuca deslizarse lentamente por la columna.

Se estremeció y se sacudió para quitarse de encima la sensación, la sensación de impotencia.

Conseguiría darle la vuelta a la situación. Se redimiría

capturando tanto al mayor como a esa mujer, y les ofrecería un buen ejemplo de la venganza de la Cobra Negra.

Vengaría a su hijo, y triunfaría en nombre de su amo.

Bajó el catalejo y entornó los ojos sobre las aguas, entonando en voz baja:

—Gloria a la Cobra Negra.

Imprimió las palabras de la reverencia de una oración. En su corazón, así lo sentía.

Como si fuese una respuesta, el sol de la mañana se elevó bañando el mar con una lluvia rosa y dorada.

Tío se volvió y caminó hacia donde esperaba en silencio su teniente.

—Dile al capitán que se dirija a toda prisa a Marsella —miró a través de las olas hacia la popa del jabeque que huía—. Nuestra persecución todavía no ha terminado.

20 de noviembre de 1822
A primera hora de la noche
En mi jergón de nuestro diminuto camarote

Querido diario:

Todavía acusamos los efectos de la acción de ayer por la mañana. Aunque ganamos con nuestras vidas y el barco intactos, tal y como me temía, hubo bajas. El capitán Dacosta perdió a dos miembros de su tripulación y otros dos están demasiado heridos para poder trabajar. Gareth y nuestra gente ayuda todo lo que puede, Dacosta sigue navegando a toda vela, incluso durante la noche, y así volamos sobre las olas hacia Marsella. Quiere aprovechar el viento a favor mientras dure. Creo también que exponerse a los sectarios y su ferocidad, y la pérdida de sus dos hombres, le ha vuelto menos ansioso por encontrarse con nuestro enemigo.

Una pelea de esta naturaleza no es nunca divertida. En efecto, cada vez que recuerdo retazos de lo sucedido durante la batalla, no puedo evitar estremecerme. La sangre, las cuchillas y la muerte vio-

lenta nunca han formado parte de mi lista de cosas preferidas. Sin embargo, todo eso era necesario, o de lo contrario habríamos muerto. De manera que es inútil quejarse por lo sucedido.

Se supone que las mujeres inglesas fuera de nuestro país somos resilientes.

Y yo, en efecto, intento serlo. Acabo de regresar de guardar vigilia junto al jergón de Jimmy, y escribo ahora porque por fin puedo informar de que está despierto, y en un estado de razonable posesión de sus facultades. Mientras que el resto de nuestro grupo concluyó la batalla en pie, a pesar de sufrir algunas heridas para las que muchos necesitaron atención, al principio no encontrábamos a Jimmy.

Buscándolo con creciente sensación de horror, temiendo que hubiese caído por la borda, Bister al fin lo encontró debajo de algunos sectarios. Jimmy tenía una grave herida de cuchillo y había perdido mucha sangre, pero Gareth nos aseguró que la herida no era mortal, y en efecto resultó que Jimmy había perdido el conocimiento. Sin embargo, hasta esta mañana no ha despertado. Arnia y Dorcas consiguieron hacerle tragar un poco de caldo. Instantes después volvió a quedar inconsciente y de nuevo temimos que hubiese sufrido alguna lesión en la cabeza.

Sin embargo ahora está completamente despierto, y Bister bromea con él, de modo que aunque quizás le lleve algunos días recuperar sus fuerzas, saldrá adelante y, espero, sin sufrir secuelas duraderas. Me siento inmensamente aliviada pues de haber muerto Jimmy, yo me sentiría inmensamente responsable. Jimmy está en mi grupo, forma parte de mi gente, y nuestra implicación en la misión de Gareth y las situaciones de peligro vienen de mi empeño en seguirlo. Fue mi decisión la que nos trajo aquí. Si Jimmy, o alguno de los otros, hubiesen muerto, yo lo habría sentido intensamente.

No puedo ni imaginarme cuánto de esa pesada responsabilidad ya reposa sobre los anchos hombros de Gareth. Es comandante de campo desde hace años, y llevaba más de una década en el servicio activo. Empiezo ahora a apreciar lo mucho que él, y otros como él, hacen por nuestro país, y lo mucho que soportan en silencio las consecuencias de esa responsabilidad, eternamente. No puede ser una carga ligera, pero nunca hablan de ello.

No puedo evitar preguntarme cómo de pesada será la carga de la muerte de MacFarlane para Gareth y los otros tres que conocí aquel día en la cantina de los oficiales. Malo es vivir la muerte de un subordinado, pero la de un amigo…
Quiero creer que será el sentido del honor lo que les ayuda a soportar la carga.
De nuevo, siento profundamente las restricciones de este jabeque. Durante todo el día de ayer, incluso en este momento, siento la necesidad de acudir a Gareth, de verlo, tocarlo, convencerme de que está bien. Sé que lo está, y reconozco ese impulso como la consecuencia de nuestro más reciente roce con la muerte, pero sigo sintiéndolo.
Por lo menos conseguí habilitar un rincón de la cubierta para atender sus heridas, tres cortes, ninguno demasiado profundo afortunadamente, y un montón de arañazos. Lo que daría por disponer de una habitación privada, preferiblemente con una cama, incluso una estrecha serviría. Lo cierto es que no hay ningún lugar en el que siquiera poder besarlo, y estoy bastante segura, dado lo atado que está al honor, que jamás me besará en público.
Al parecer, el resto de este tramo de nuestro viaje estará, forzosamente, dedicado a prepararnos para la siguiente etapa. A pesar de haber huido de una batalla, la sensación generalizada es que nuestra paz actual no es más que la calma que precede a la tormenta.
Como cualquier otra mujer genuinamente inglesa, me prepararé para la batalla y seguiré avanzando.
E.

Cinco mañanas más tarde, Emily estaba en la proa del jabeque, con Gareth a su lado, y observaba materializarse el puerto de Marsella de entre la espesa bruma marina.

El día se presentaba claro. Para cuando el jabeque hubo franqueado la entrada al puerto y se hubo colocado en un amarradero en los increíblemente bulliciosos muelles de lo que, a fin de cuentas, era el puerto de mayor actividad del Mediterráneo, el sol ya lucía en lo alto y había derretido la bruma. Todo se veía con claridad cristalina, lo cual significaba que cualquiera que estuviera observando también podría verlos a ellos.

Por suerte, el nivel del mar era significativamente más bajo que los muelles de madera, de manera que con la congestión de barcos, a no ser que el vigilante estuviera mirando desde el muelle directamente encima de ellos, las personas que había sobre el jabeque no resultaban visibles.

Eso, para Gareth, era lo único que tenían a su favor. Las órdenes de Wolverstone les obligaban a pasar por Marsella. Si bien entendía el motivo y, de haber viajado únicamente con su propio séquito, habría aceptado esa necesidad sin dudar, desde que Emily y los suyos se habían unido a su grupo, había mucho más en juego.

Concretamente, el riesgo, lo que podía perder, era significativamente más grande de lo que había supuesto que sería.

Aun así, la necesidad obligaba.

El jabeque tocó el muelle. Gareth miró a su alrededor en cubierta mientras los marineros se afanaban en amarrar el barco a los cabestrantes por encima de ellos. Su grupo estaba prácticamente reunido, preparado para subir por las escaleras de madera y abandonar los muelles lo más deprisa que pudieran. Los demás permanecían de pie junto a su equipaje. Tras alguna discusión, todos habían decidido volver a ponerse su ropa habitual, europea o india, pues ya no había motivo ni ninguna ventaja en vestir con sus disfraces árabes. En cuanto a él mismo, había guardado el uniforme con el equipaje y vestía su ropa de civil.

A su lado, vestida con el oscuro abrigo que llevaba sobre un vestido de viaje azul, Emily estaba atractiva y femenina.

—Siempre que sea posible —murmuró ella—, tú y yo deberíamos ser los que hablemos.

Se lo había dicho en un fluido francés. Después de años de batallas en el continente, él también hablaba francés de manera coloquial. Con reticencia, Gareth asintió.

—Pero siempre que sea posible, hazte pasar por una gran dama y deja que sea Watson quien hable por ti —Watson era el único otro miembro del grupo que hablaba francés lo suficientemente bien—. Mullins habla lo suficiente como para entenderse con conductores de carruaje, mozos de cuadra, y gente así, pero, a no ser que se presente una verdadera necesidad, nosotros, tú, Watson y yo, deberíamos proteger a los demás de tener que hablar. Si conseguimos pasar como provincianos franceses camino a casa, tenemos más probabilidades de escapar de entre la redes de la secta.

Porque habría una red, una que se extendería por toda la ciudad. Marsella era el puerto que Gareth y cualquiera de los otros tres hombres que se dirigían a casa por rutas distintas a la de El Cabo elegirían con mayor probabilidad. Una cosa a su favor era que Marsella era grande.

Y bulliciosa.

Tras despedirse por última vez de Dacosta y su tripulación, el grupo subió hacia el abarrotado muelle. Se mezclaron con la multitud de pasajeros que desembarcaban o embarcaban en las docenas de navíos de toda clase y naciones que se alineaban en los numerosos muelles. Emily iba del brazo de Gareth.

Sin mostrar excesiva prisa, se dirigieron a lo largo del muelle hacia la salida más cercana de la zona del puerto. Todos mantenían los ojos bien abiertos.

Jimmy, con la cabeza todavía vendada, fue el primero en divisar al enemigo. Rápidamente se acercó a informar a Gareth.

—Hay uno de ellos junto a ese almacén azul más adelante, pero no parece que nos haya visto.

—Bien —Gareth miró en esa dirección, vio al sectario, y asintió antes de volverse hacia los demás—. Girad a la derecha al final de esta sección.

—¿Tienes la impresión de que no nos está buscando específicamente a nosotros? —preguntó Emily después de haber dado unos cuantos pasos más.

Gareth asintió. Por lo menos una de sus oraciones había recibido respuesta.

—Confiaba en que las noticias de nuestra inminente llegada, y la descripción de nuestro grupo no llegaran aquí antes que nosotros. Por la actitud de nuestro vigilante, simplemente estaba observando a los pasajeros de manera general, esperando verme a mí o a alguno de mis compañeros.

—De modo que no sabe que se nos espera aquí, mucho menos que ya estamos aquí, ni qué aspecto tiene nuestro grupo, ¿es así?

—Eso es. Pero todo eso cambiará, seguramente antes de que finalice el día.

Gareth les condujo al mismo paso enérgico, aunque no acelerado, de una típica familia con sus empleados domésticos, que abandonaban los muelles con la intención de seguir con sus asuntos, y giraron a la derecha, apartándose del sectario que merodeaba entre las sombras de la puerta abierta del almacén azul.

—Debemos dar por hecho que a última hora de esta tarde nos estarán buscando a nosotros en concreto. Tenemos que encontrar un refugio, uno muy bueno, antes de entonces.

—De manera que no podemos ni acercarnos al consulado.

—No —frente a ellos se abría una estrecha calle. Gareth los condujo hacia allí como si esa hubiera sido su intención desde el principio. Adentrándose en la calle adoquinada, sintiendo las sombras cerrarse a su alrededor y el peligro de los muelles abiertos quedar atrás, se dirigió de nuevo a su comitiva—. Hay que buscar un pequeño alojamiento en alguna zona pobre lejos de los muelles, no demasiado cerca de, pero con buen acceso a alguna casa de postas y los mercados. Por lo menos de momento es lo que necesitamos.

Watson localizó el lugar perfecto. Un pequeño negocio familiar escondido en una calle frente a una pequeña plaza. La posada estaba construida en piedra y ladrillo, la puerta delantera daba a la calle empedrada, calle que albergaba una caótica colección de tiendas: una panadería, una botica, dos pequeñas tabernas, una pastelería, entre otras cosas, todas dispuestas entre edificios residenciales de diferentes clases.

El sitio estaba lo bastante lejos de los muelles y el centro de la ciudad como para ser considerado totalmente francés, pero estaban en Marsella, de manera que el turbante de Mooktu y los coloridos echarpes de Arnia no llamaron especialmente la atención.

Era ya media mañana cuando Emily siguió a Watson al interior de la posada. Mientras Watson tomaba la iniciativa con el posadero y organizaba los alojamientos, Emily miró concienzudamente a su alrededor. Todo, literalmente cada uno de los objetos ante su vista, estaba limpio, brillante y ordenado.

En efecto, mucho más limpio que cualquier lugar en el que se hubiera alojado desde que abandonara Inglaterra. Al posadero, o más concretamente a su esposa, estaba claro que le gustaba tener su casa impecable. Al sentarse en uno de los bancos a lo largo de la pared, Emily se dio cuenta de hasta qué punto se había acostumbrado a vivir con mucho menos a la hora de alojarse en un sitio.

Gareth se reunió con ella. Los otros miembros del grupo se quedaron a un lado, acercándose a otras mesas más alejadas, instintivamente estableciendo una separación entre el amo y sus sirvientes, pero Gareth los vio y les hizo un gesto para que se reunieran con ellos en la gran mesa delantera.

Él se acomodó al lado de Emily, entre ella y la puerta, vigilando su posición. Al acercarse Mullins, levantó la vista.

—Esa será tu posición —Gareth señaló con la cabeza hacia el asiento más cercano a la ventana que daba a la calle—. Dudo que tengamos que montar guardia ya, pero si alguien mira por esa ventana, tú eres el que menos posibilidades tiene de ser reconocido.

Mullins asintió y se sentó. Los demás se acomodaron alrededor de la mesa.

—Todavía vamos a tener que seguir pensando en cosas como esa, ¿verdad? —preguntó Watson—. Todavía no hemos salido del bosque.

—Estamos muy lejos de salir —Gareth titubeó antes de continuar—. De hecho, si acaso ahora estamos en mayor peligro y seguiremos estándolo como grupo hasta que lleguemos a Inglaterra. Una vez allí, nos esperarán algunos compañeros. Supongo que algunos de vosotros podréis quedaros en una casa segura mientras yo llevo el portarrollos a su destino final.

Con la mirada fija en él, Emily bufó para sus adentros. Más le valía al mayor no estar pensando en dejarla atrás, escondida segura en algún lugar mientras él se enfrentaba solo al peligro.

El posadero salió de la cocina con bandejas cargadas de café, un cazo con chocolate caliente y espectaculares pasteles. Todos esperaron mientras él les servía. Con la boca haciéndosele agua, Emily sonrió resplandeciente dándole las gracias junto a Gareth.

En cuanto el posadero se hubo retirado tras el mostrador al fondo de la estancia, Gareth miró alrededor de la mesa a los rostros ya tan familiares.

—Nos quedan unas pocas horas para considerar nuestras opciones y hacer planes. Cuanto más nos acerquemos a Inglaterra, más desesperados se mostrarán nuestros perseguidores. Debemos decidir cómo vamos a hacer el viaje desde aquí hasta el canal, cómo sortear los obstáculos que la secta sin duda pondrá en nuestro camino.

Gareth hizo una pausa. Todos los demás escuchaban muy atentos.

—Llegados a este punto, tenemos dos opciones, y debemos elegir una de ellas —miró a su alrededor—. Yo podría tomar esa decisión, y normalmente lo suelo hacer, pero en este caso debemos decidir todos juntos porque lo que salga de esa decisión será algo a lo que todos tendremos que enfrentarnos. Estamos en esto todos juntos.

Nadie discutió.

—Podríamos huir ahora mismo de la ciudad —continuó él—, alquilar los dos primeros carruajes que encontremos y dirigirnos al norte a toda prisa antes de que los sectarios que están aquí en Francia sepan siquiera que hemos llegado. Esa es nuestra primera opción y presenta cierto atractivo. Sin embargo, si hacemos eso, no tendremos tiempo de encontrar a ningún cochero competente dispuesto a ayudarnos, que quiera pelear a nuestro lado si hace falta, ni podremos adquirir ningún suministro de los que vamos a necesitar para el viaje, tendremos que detenernos en ciudades más pequeñas y encontrar allí lo que nos haga falta —hizo una pausa—. Todos los que vamos armados estamos escasos de munición, y ahora que hemos regresado a Europa debemos dar por hecho que cualquier hombre que contraten los sectarios utilizará armas de fuego, de modo que a partir de ahora, vamos a necesitar seriamente las nuestras.

—Además de eso —Watson asintió mientras removía el café—, a partir de ahora solo hay una ruta, una ruta directa que podamos tomar hacia los puertos del canal. Si estamos en peligro no podemos permitirnos el lujo de entretenernos aquí, pero, en cuanto nos pongamos en marcha por esa carretera, seremos más fáciles de seguir y localizar.

—Precisamente —Gareth asintió con expresión severa—, cualquiera de las dos opciones que elijamos, ya sea huir ahora, o buscar el cobijo de una ciudad tan abarrotada de gente de todas la razas como es Marsella para encontrar con calma todo lo necesario… en cuanto estemos camino del norte, la secta encontrará rápidamente nuestro rastro.

Discutieron el asunto entre todos, hasta dónde podían prever lo que iba a suceder, qué preparativos necesitaban hacer antes de abandonar Marsella que les ayudaran a evadir la subsiguiente captura y acelerar el viaje al norte. Mooktu señaló que, si bien ellos serían más fáciles de rastrear en cuanto estuvieran en la carretera, en la campiña francesa los propios sectarios resultarían mucho más visibles.

Cuando el café y los pasteles hubieron desaparecido y la discusión perdido su entusiasmo, Gareth decidió que era hora de votar. Para su alivio, la decisión fue unánime. Permanecerían en Marsella hasta que estuvieran preparados para salir disparados hacia la costa del canal.

CAPÍTULO 13

25 de noviembre de 1822
Por la noche
En una cómoda habitación de una pequeña posada en Marsella

Querido diario:

Pues ya estamos acomodados temporalmente en Marsella. Me preguntaba qué posibilidades teníamos de poder quedarnos en un sitio, uno que no se estuviera bamboleando y que nos permitiera un adecuado grado de intimidad, pues los sectarios ya han invadido nuestra calma.

Bister se llevó a Jimmy a dar un paseo. Todos estuvimos de acuerdo en que el chico necesita ejercicio y aire fresco para mejorar, pero Bister, como era de esperar, se fue a echar un vistazo por el barrio del consulado, y descubrió a numerosos sectarios. Si bien Jimmy y él escaparon sin ser detectados, Bister informó de que los sectarios estaban, al contrario que a primera hora de ese mismo día, buscando activa y específicamente. Al parecer las noticias de nuestra llegada han llegado ya a los miembros de la secta estacionados aquí.

Gareth está preocupado. Teme que, con una buena descripción, los sectarios, y en efecto sí que parece haber una buena cantidad, sean capaces de organizar una metódica búsqueda. Nuestra apartada ubicación nos protegerá durante un día o dos, pero no eternamente. Y ya resulta evidente que encontrar y alquilar los carruajes y cocheros que necesitamos, y reaprovisionarnos con los artículos que requerimos para nuestro viaje, no podrá llevarse a cabo en un solo día.

Como comprenderás, todo esto me resulta bastante frustrante. Soy irritantemente consciente de que no he sido capaz de consolidar el significativo logro que obtuve en Túnez. Conociendo a Gareth, cuanto más tiempo le dé para pensar, más probable es que levante otro muro entre nosotros, dejándome de nuevo encargada de derribarlo.

Ya he afirmado mi desagrado por la sangre y las batallas, pero, cuando se trata de estos molestos sectarios, si por un casual me encontrara con uno, y yo llevara una pistola cargada en la mano, no dudaría en apartarlo de mi camino.

Mi último mantra personal es: «Una plaga sobre cada sectario».
E.

A la mañana siguiente, vestida como cualquier joven francesa, con el abrigo colgando de los hombros, Emily caminó la reducida distancia hasta el mercado de la ciudad.

Gareth caminaba a su lado, la expresión impasible, la mirada constantemente observando. No quería confiarle a nadie más la seguridad de Emily, una irritante evolución, pero una que no estaba dispuesto a combatir.

De no permanecer a su lado, estaría distraído, incapaz de tomar decisiones con sensatez, de modo que no tenía ningún sentido luchar contra la insistente compulsión.

Dorcas los seguía con un cesto colgado del brazo, y Mullins a su lado. Recordando lo que había visto en el jabeque durante la batalla, Gareth sospechaba que allí estaba floreciendo un romance. En cualquier caso, se alegraba de la compañía de Mullins, y Bister estaba merodeando cerca de ellos, a veces por delante, a veces por detrás, en su habitual papel de explorador.

No tuvieron ninguna dificultad para encontrar el mercado, simplemente siguieron el ruido y los olores. Algunos resultaban agradables, otros menos, pero cuando llegaron a la plaza y se fundieron con la bulliciosa multitud en permanente movimiento, todos los aromas individuales se fundieron en el rico popurrí del mercado.

Aunque no necesitaban comida propiamente dicha, estuvieron de acuerdo en que una vez en camino no podían detenerse a comer, sino que deberían hacerlo en marcha. Tras inspeccionar los puestos que vendían fruta fresca, Emily compró un saco de manzanas, y una selección de otras frutas y verduras que pudieran conservarse un tiempo, y varios puñados de frutos secos con cáscara.

Mientras Dorcas guardaba los paquetes en el cesto, Emily se volvió hacia Gareth.

—¿Puedes ver dónde están los puestos que venden carne curada y queso?

Gareth levantó la cabeza y miró por encima de la multitud. Vio los puestos a lo largo de una pared distante... también vio a dos sectarios caminando por el callejón en dirección a ellos. La pareja seguía a cierta distancia, pero no estaban comprando.

Antes de pensárselo siquiera ya tenía a Emily agarrada del brazo. Se inclinó hacia ella y habló en voz baja mientras la hacía girar.

—Sectarios por delante de nosotros, daremos media vuelta y luego describiremos un círculo. Los puestos que buscas están a lo largo de la pared más lejana.

Ella lo miró a los ojos, asintió, y con calma reunió a Dorcas y a Mullins, que pasaban a su lado. Siguiendo un orden se retiraron del camino de los sectarios.

Mientras escoltaba a Emily hacia los puestos más lejanos, Gareth mantenía la mirada fija en la pareja de sectarios, y envió a Bister para que comprobara si había alguno más en el mercado.

Emily negociaba el precio de dos buenos jamones cuando Bister regresó.

—Solo esos dos —frunció el ceño—. Uno pensaría que se quitarían esos turbantes y pañuelos negros, pero no —se encogió de hombros—. Tanto mejor para nosotros, supongo.

Gareth contestó con un gruñido evasivo. Si los sectarios se quitaban su santo y seña, dado el número de extranjeros de todas partes del mundo que se encontraban en Marsella, él y los demás tendrían serios problemas. Y no por primera vez, dio gracias por la arrogancia de esos sectarios.

Pasaron otra media hora en el abarrotado mercado, en constante alerta máxima. Para cuando abandonaron la plaza, cargados con los jamones, grandes pedazos de queso seco, y frutas y verduras, y se dirigieron a través de una serie de calles estrechas de regreso a la posada, Emily se sentía agotada, emocionalmente exhausta.

Era como una cuerda de piano que hubiese sido tensada en exceso durante demasiado tiempo, lo único que quería era saltar y desmoronarse.

Encontrar alivio… liberación.

Todo muy parecido a otra clase de tensión, y la maravillosa liberación en la que, había descubierto, podía desembocar.

Miró de reojo a Gareth, que caminaba tras ella, siempre cerca. Aunque miraba al frente, alerta y concentrado, ella estaba segura de que si diera un paso en la dirección equivocada, alejándose de él, toda su atención regresaría de inmediato a ella. Cada vez que entraba en una habitación, allí estaba, mirándola inmediatamente. Cada vez que se alejaba de él, sentía su mirada en la espalda hasta que estaba fuera del alcance de su vista.

Si estaba delante de él, aunque no la estuviera mirando, Gareth sabía exactamente dónde estaba.

Saberlo la animaba y la reconfortaba. Si su destino era encontrarse toda clase de peligros, tener a su lado a un posesivo depredador no era mala idea.

Pero también había una parte negativa. Todos esos peligros constituían un enorme obstáculo en su camino. Mientras que él permaneciera centrado en el enemigo, protegiéndola a ella, las posibilidades de iniciar un interludio íntimo eran, supuso Emily, prácticamente nulas.

Para disfrutar de la intimidad, él debía tener la guardia baja. Y él jamás lo sugeriría.

Gareth le había advertido de que el peligro, y por tanto la tensión, solo iba a aumentar, por lo menos hasta que llegaran a Inglaterra, y probablemente más allá. Si iban a disfrutar de más intimidad entre el momento presente y el final de la misión de Gareth, iba a tener que ser ella quien la instigara.

Pero, ¿debería?

Emily lo miró mientras doblaban la esquina hacia la calle de su posada. No detectó un ápice de disminución en la tensión que lo mantenía preparado para la batalla, ningún alivio de su constante supervisión de los alrededores.

¿Debería distraerlo, no en ese momento, pero sí esa noche?

¿O debería concederle el que sabía era su deseo, y esperar hasta que llegaran a Inglaterra y su misión hubiera terminado antes de abordar de nuevo su relación?

Si esperaba, las normas sociales jugarían a favor de Gareth. Una vez en casa a Emily le iba a resultar difícil rechazar la proposición de Gareth, ni siquiera postergarla, si él presionaba. Y estaba bastante segura de que lo haría. Tal y como estaba la situación, su matrimonio ya no estaba en cuestión. Era más bien la naturaleza de dicho matrimonio lo que quedaba por resolver.

Emily volvió a mirarlo, y lo pilló mirándola a ella, de manera especulativa, aunque inmediatamente apartó la vista.

¿Estaría pensando, imaginando, considerando, igual que ella?

Estaba segura de que la perspectiva de otro interludio tenía que habérsele ocurrido por fuerza, pero independientemente del apremio de sus instintos, Emily apostaría su vida a que Gareth no acudiría a su cama. A no ser...

A no ser que ella le presentara una invitación que él no pudiera, no fuera lo bastante fuerte como para, rechazar.

La idea sedujo su lado más aventurero.

Entonces... ¿debería emplear, incluso aprovecharse de, la tensión, del peligro, el estrés del viaje para su causa? ¿Dificultarle a Gareth fingir que su interés por ella estaba guiado por el honor y nada más? ¿O debería, tal y como estaba segura que él haría, jugar sobre seguro?

Al llegar a la posada, Gareth abrió la puerta y la sostuvo para que ella pasara. Entrando delante de él, Emily lo miró a la cara.

Gareth miraba calle abajo.

Reprimiendo un bufido, ella entró.

26 de noviembre de 1822
A primera hora de la noche
En mi habitación en la posada de Marsella

Querido diario:

Ayer por la tarde anuncié mi intención de tomar el aire, y por supuesto Gareth me acompañó. Mi intención había sido utilizar la ocasión para abordar nuestro futuro, pero en cuanto pusimos un pie en la calle, el peligro potencial era tan denso en el aire, y la tensión de Gareth tan palpable que me afectó a mí. Por tanto, lejos de resolver nada, interrumpí nuestra excursión considerando deshonroso ponerle en un estado de nervios así, y a mí misma también, y todo para nada.

Es evidente que el enfoque directo no va a funcionar, no mientras él se sienta impelido a mirar por todas partes a la vez, en lugar de mirarme mí.

Anoche, en su honor, permanecí tumbada en mi cama y me obligué a mí misma a evaluar plenamente los pros y los contras de restablecer una conexión íntima en este momento, una que continuará a lo largo del resto de este peligroso y tenso viaje, y consiguientemente se prolongará en nuestra vida de matrimonio. Enseguida llegué a la incuestionable conclusión de que si no lo hago, es poco probable que averigüe cuáles son los verdaderos sentimientos que alberga hacia mí. Una vez en Inglaterra, él se retirará tras ese el muro de educada civilización que es la marca del caballero inglés, y yo jamás conseguiré sacarle la verdad, pues tal es el material del que está hecho, juro que es casi tan cabezota como yo, de modo que esa vía simplemente no servirá.

Si alguna vez voy a averiguar qué siente verdaderamente por mí, debo actuar y, en efecto, este viaje es mi mejor oportunidad para saberlo todo. Mi mejor arma es la proximidad, pues mientras avanzamos a la carrera hacia el norte atravesando Francia, forzosamente estaremos pegados el uno al otro y él no podrá, ni un solo instante, ignorarme.

Por tanto he decidido actuar, por mucha osadía que eso pueda exigir. Un corazón débil jamás obtiene todo lo que quiere, y yo estoy decidida a tenerlo todo, todo aquello que he soñado podría tener en cuanto encontrara a mi «él». He esperado demasiado tiempo como para hacerlo a medias: un matrimonio basado en el amor aunque sin reconocer ese amor.

Tristemente, tras haber llegado a este punto de calma decisión, me quedé dormida.

De modo que esta noche será la noche, querido diario… ¡deséame suerte!

Haga lo que haga, no aceptaré el rechazo.

E.

Esa noche, a la hora de la cena, Gareth se sentía desesperado. Y por más de un motivo, aunque se obligó a sí mismo con firmeza a centrarse en su misión, en el innegable imperativo de organizar un viaje seguro para continuar adelante.

Sabía lo que necesitaba, dos carruajes rápidos con dos cocheros que comprendieran, apreciaran, y aceptaran la probabilidad de sufrir un ataque. Se negaba a poner en peligro la vida de ningún hombre sin su conocimiento y consentimiento. Preferiría que se mostraran entusiastas al respecto.

Watson, Bister y él habían recorrido la ciudad, llamando a las principales postas, pero a la mayoría no les gustaba alquilar carruajes en esas condiciones, para todo el trayecto de la costa sur a la costa norte, y todavía no habían encontrado a nadie que se mostrara lo suficientemente interesado por el negocio como para confiarles su historia.

Sin embargo, necesitaban encontrar carruajes y dirigirse pronto hacia el norte, o correrían el riesgo de ser atrapados por los sectarios, que estaban buscándolos metódicamente. Por suerte, habían empezado por la parte alta de la ciudad. Aún tardarían unos cuantos días en llegar a su barrio.

Durante toda la cena él se había mantenido silencioso. Había sentido la mirada de Emily sobre su rostro en varias ocasiones, pero no se había encontrado con ella. Finalmente, Gareth soltó el tenedor y el cuchillo, apartó el plato, se reclinó en la silla y levantó la mirada hacia ella.

—¿Qué sucede? —preguntó ella después de contemplarlo durante unos segundos.

—No hay carruajes —Gareth explicó el problema y la creciente urgencia.

Emily miró a lo lejos antes de contestar.

—Habéis preguntado en las principales posadas, ¿qué hay de las más pequeñas?

Él frunció el ceño, pero antes de poder responder ella se acercó un poco más y posó una mano sobre la suya, que descansaba sobre la mesa. Gareth tuvo que reprimir el impulso de girar esa mano y cerrarla en torno a los delicados dedos.

—Ya veo que no —ella lo miró, apartó la mirada, y la devolvió a su rostro—. Estaba pensando, por ejemplo, en esta posada. No alquilan carruajes, bueno nada que sea más grande que una calesa, pero es un negocio familiar. Y las familias tienen primos y tíos, y otros contactos en el mismo negocio.

De nuevo Emily apartó la mirada de Gareth, quien comprendió que estaba mirando al posadero, que se encontraba en el otro extremo de la habitación.

—¿Por qué no preguntar a nuestro anfitrión? —Emily posó la mirada en los ojos de Gareth—. Llevamos aquí dos días, y se han portado muy bien con nosotros, interesándose de manera amable, sin agobiar, y Arnia y Dorcas se llevan bien con la posadera. Les ayudó a preparar una tisana para el dolor de cabeza de Jimmy —el entusiasmo bañaba la expresión de Emily—. No nos hará ningún mal preguntar.

—Vamos a tener que darles detalles de nuestra misión —Gareth la miró a los ojos mientras intentaba recordar qué era la precaución—. ¿Y si, cuando lo hagamos, les parece que es demasiado peligroso que permanezcamos aquí?

—No nos van a echar, no si se lo explicamos bien —Emily apretó los dedos de Gareth—. Vamos, intentémoslo.

Él dudó durante unos segundos más antes de apretarle también la mano a ella, soltársela a regañadientes y levantarse de la mesa.

Habían cenado relativamente tarde y los demás comensales, la mayoría parroquianos, ya se habían marchado. Únicamente permanecían tres hombres, compartiendo una jarra de vino. El posadero accedió a sentarse con Gareth y Emily en una pequeña mesa del rincón. Ante la sugerencia de Emily, llamó a su esposa para que se reuniera con ellos. La mujer acudió con la curiosidad reflejada en su mirada.

Gareth empezó por explicar que él y la mayoría del grupo eran ingleses, lo cual no resultó una sorpresa, pero, tras la derrota de Napoleón tan solo siete años atrás, era una formalidad que había que observar. Por suerte, la mayoría de los franceses, sobre todo los comerciantes, habían vuelto a tratar a los ingleses con su habitual, aunque ocasionalmente arrogante, tolerancia. No obstante, Gareth omitió mencionar su participación en esa guerra, indicando únicamente que había estado cumpliendo servicio en la India hasta recientemente, y que en esos momentos se encontraba llevando a cabo una misión que coincidía con su regreso a Inglaterra.

De manera muy escueta, Gareth describió el viaje y les habló de la existencia e intenciones de los sectarios.

Con los ojos muy abiertos, la posadera hizo preguntas sobre la secta. Emily se inclinó hacia ella y las contestó. Antes de que Gareth pudiera recuperar el control de la conversación, ella ya se había hecho cargo de todo.

Sus descripciones eran, sin duda, más coloridas, sus respuestas más directas y bastante más espectaculares que las suyas. Gareth no se sentía del todo cómodo con la táctica de

Emily, mucho menos con su franqueza, pero un vistazo a los rostros del posadero y su esposa le hizo cerrar la boca y permitir que Emily se llevara toda la atención.

Fue toda una actuación. Ella parecía saber exactamente qué decir, y cómo responder a las muchas preguntas del posadero. No era solamente lo que decía, sino cómo lo decía. Su actitud era contagiosa.

Lo único que él tenía que hacer era reclinarse en la silla, adoptar un aspecto adecuadamente serio y sombrío, y ofrecer ocasionales asentimientos y palabras que corroboraran las de Emily cada vez que se le solicitaba.

Cuando Emily llegó al punto del relato en el que debía explicar lo que pedían de ellos, el posadero y su esposa ya eran sus más devotos seguidores. Quizás el grupo fuera inglés, pero la secta era pagana, violenta, y salvaje. El posadero no tenía la menor duda de cuál era su deber.

En opinión de Gareth, la idea de Emily de que los contactos de la familia del posadero bastarían para conseguirles lo que necesitaban no tenía muchas posibilidades de ser cierta, pero resultó que Emily tenía razón. Espoleado por su historia, y entusiasmado por ser depositario de tanta confianza, el posadero convocó a sus hijos y los envió de un lado a otro.

Una hora después, numerosos tíos y primos se habían reunido en la posada y el ruido en la habitualmente vacía sala había escalado a medida que todos exclamaban y gritaban sugerencias. Gareth jamás había visto nada igual, pero, en un sorprendentemente corto tiempo, se acordó el alquiler de dos carruajes rápidos, cada uno conducido por un experimentado cochero dispuesto a ofrecer sus servicios para derrotar a esa secta forastera.

Gareth estrechó las manos de los dos veteranos de guerra que se habían presentado voluntarios para tomar las riendas y conducirlos a la costa norte a la mayor velocidad posible.

—Gracias —tras intercambiar unas palabras se pusieron de acuerdo en el pago—. Y al llegar habrá también una bonificación.

—¡Eh! —exclamó uno de los cocheros haciendo un gesto muy típico francés—. El dinero es una cosa, pero formar de nuevo parte de la acción contra un digno enemigo es el mejor incentivo.

—Desde luego —el otro hombre asintió con entusiasmo—. La vida se ha vuelto aburrida, no sé si me entiende. Un poco de emoción… eso es lo que buscamos.

Con los buenos deseos y apoyo entusiasta de la familia del posadero, su marcha se organizó para dos días después.

—Solo van a disponer del día de mañana para prepararse —gritó la posadera mientras levantaba los brazos en el aire señalándolos a todos—. Da igual, todos ayudaremos.

La reunión se convirtió en algo parecido a un asunto familiar. Gareth, imitando a Emily, permaneció algún tiempo charlando con las personas que habían acudido a la llamada del posadero, dispuestos a ofrecerles su ayuda.

Todavía se sentía algo sorprendido de que lo hubieran hecho, pero todos se mostraban sinceros en su deseo de ayudarlo a él y a su grupo contra de los sectarios, y él se mostró igualmente sincero en su agradecimiento.

Al fin, Emily deseó buenas noches a todos y se retiró. Poco después, él la imitó, subiendo las escaleras hasta su habitación. El alboroto proveniente de la planta baja se apagó cuando cerró la puerta. Se acercó a la pequeña mesilla y encendió la lámpara antes de desvestirse sin dejar de reflexionar sobre la parlanchina calidez de las personas de ahí abajo.

Había apagado la lámpara y estaba tumbado de espaldas sobre la cama, desnudo bajo las mantas, con los brazos cruzados bajo la cabeza y mirando al techo cuando vio girar el pomo de la puerta.

De inmediato se puso en alerta, pero en ese mismo instante, de algún modo, lo supo.

Y efectivamente, la puerta se abrió y Emily, vestida con un camisón blanco y un abrigo por encima se deslizó al interior girándose para cerrar la puerta sin hacer ruido antes de darse de nuevo la vuelta y mirar hacia la cama.

La habitación estaba bañada en sombras, pero ella lo vio, y se relajó.

Todavía más alerta, y claramente intrigado, Gareth la observó claramente debatirse antes de decidir acercarse al lado de la cama más alejado de la puerta.

Con los músculos imperceptiblemente tensos, esperó inmóvil y silencioso a que ella hiciera algo, dijera algo.

Emily se detuvo cuando estuvo lo suficientemente cerca como para encontrarse con su mirada.

—No digas ni una palabra —le advirtió, entornando fugazmente los ojos.

Gareth se preguntó por qué había pensado ella que discutiría sus acciones.

Dejando caer el abrigo, Emily alargó una mano hacia las mantas y se deslizó dentro de la cama. Gareth se apartó para dejarle espacio. Su mayor peso hizo que el colchón se hundiera y con un ahogado grito, ella rodó contra él.

Justo en el instante en que él bajaba los brazos y la rodeaba con ellos acercándola hacia sí. Gareth inclinó la cabeza y hundió la nariz en sus cabellos, aspirando profundamente y sintiendo la esencia de esa mujer calarle hasta el último de los huesos. Encontró su oreja con los labios y los deslizó suavemente por el exterior, sintiendo su escalofrío.

—¿Y ahora qué? —susurró él

—Y ahora... —Emily respiró hondo, levantó la cabeza, lo miró a los ojos y levantó una pequeña mano hasta su barbilla. A continuación se apoyó en un brazo y se elevó para mirarlo a los ojos—. Y ahora esto.

Emily lo besó.

Y él le devolvió el beso, tomándose un momento para saborear la dulzura que ella tan abiertamente le ofrecía. Sintiendo que ella lo deseaba, le permitió tomar el mando. De momento.

Emily se apoyó contra él, toda dulzura, cálidas curvas y

finos y largos miembros femeninos. Tumbado de espaldas debajo de ella, algo dentro de Gareth ronroneó. Cerró las manos en torno a su cintura, la levantó y la movió para colocarla completamente encima de él, acomodándola hasta que su firme vientre estuvo posado sobre su abdomen, el cielo entre sus muslos justo por encima de la cabeza de su inflamada erección, promesa y tormento, tentación y salvación. Gareth recordó vagamente que había decidido aplazar a Emily y todo aquello, dada la situación presente, mientras estuvieran de viaje, pero de repente no consiguió recordar por qué.

No recordaba ningún motivo convincente por el que debiera rechazar el paraíso que ella le ofrecía tan descaradamente. Y a fin de cuentas era ella la que había acudido a él.

Emily ya era suya, eso estaba más allá de toda duda, de manera que no había motivo alguno para no concederse ese capricho.

Por tanto lo hizo.

Vorazmente, con creciente intensidad.

Poco a poco Gareth fue consciente de que, si bien había sido ella la que había iniciado el intercambio, y había elegido la postura, no sabía muy bien cómo proceder.

De modo que le enseñó. La acomodó de rodillas a horcajadas sobre él, se irguió, se estiró, y la ayudó a quitarse el camisón.

Emily arrojó la prenda al suelo. Ya se sentía acalorada, sin aliento y jadeando, y ya se moría de ganas de que él la llenara. La mirada que dirigió a Gareth, los ojos llameantes en medio de la noche, lo decía todo.

Antes de que ella pudiera alcanzarlo y complicar más todo el asunto, Gareth respiró hondo, cerró las manos sobre la cintura de Emily, la colocó, y se abrió paso entre los sedosos e inflamados pliegues hacia su interior.

Cerrando los ojos, la expresión cargada de dicha, Emily tomó el mando y se hundió. Abajo.

Se retorció hasta el final y, maravilla entre las maravillas, lo englobó en su totalidad.

Gareth respiró entrecortadamente y cerró los ojos transportado por la lujuria mientras ella se tensaba a su alrededor experimentando.

Antes de acomodarse para cabalgar sobre él.

Para cuando él recordó lo que le habían contado de su manera experta y salvaje de cabalgar en Poona, ella ya lo había reducido a un estado de voraz urgencia casi imposible de negar.

Pero Gareth quería más.

Con los ojos cerrados con fuerza, totalmente concentrada en el punto en que ambos cuerpos se unían, Emily sintió el calor, la creciente fricción, desbordarse, inflamarse y ascender, tentadora y seductora, tensándose inexorablemente... antes de sentirlo moverse debajo de ella.

Abrió los ojos de golpe justo en el instante en que él le soltaba las caderas y cerraba ambas manos sobre sus pechos.

Y empezaba juguetear hasta que ella empezó a jadear.

Seguidamente él se irguió, se inclinó hacia delante, y tomó un tenso pezón en su boca... y chupó.

Emily apenas consiguió contener el grito, pero eso no lo detuvo a él, que disfrutó, pues no había otra palabra para describirlo. Con los labios, con la lengua, con los dientes y la maliciosa boca, Gareth acarició antes de tomar posesión.

Emily cerró los ojos y continuó su movimiento ascendente y descendente, cada vez más intenso, deseando, alcanzando, tan tensa que pensó que se iba hacer pedazos, tan ardiente que le pareció sentir las llamas lamerle el cuerpo, deslizarse bajo su piel.

Gareth abandonó un pecho, deslizó la mano hacia abajo dibujando las curvas de la cintura y la cadera en una apreciación posesiva casi lánguida. A continuación esa curiosa mano se dirigió hacia el interior, entre sus muslos, y la tocó... allí, allí donde más sensible era, allí donde de repente parecía residir todo su ser.

Con la punta de un dedo Gareth jugueteó y presionó al mismo tiempo que ella se hundía completamente y él embestía con fuerza. Emily explotó, perdido todo contacto con la realidad mientras la desgarradora dicha y el incandescente placer estallaba y la atravesaba, encendiendo cada nervio antes de fundirse en arroyos incandescentes que fluían por cada vena hasta acumularse en su palpitante seno.

Gareth la sostuvo mientras ella saboreaba el momento, como si él también lo saboreara.

A continuación se giró, llevándola con él, rodó y la sujetó bajo su cuerpo.

Con una sonrisa en los labios, ella le rodeó el cuello con los brazos y se arqueó debajo de él, echando la cabeza hacia atrás mientras emitía un gemido y él se hundía profundamente, con fuerza, dentro de ella.

Para su inmensa sorpresa él se retiró y se arrodilló.

Antes de que Emily fuese capaz de reaccionar más allá de abrir los ojos, él le agarró las rodillas y le separó las piernas.

Mirándola, en el punto más íntimo de su cuerpo. Incluso a través de las profundas sombras entre ellos, Emily se sonrojó, pero no intentó cerrar las rodillas, no intentó impedirle la visión.

Con la sangre todavía palpitando en las venas, ella esperó hasta ver qué quería él, qué iba a hacer.

Gareth agachó la cabeza y posó los labios allí, y ella estuvo a punto de gritar.

Placer... un placer diferente, más fuerte, embriagador, la atravesó. Gareth presionó más profundamente, lamiendo, y luego exploró con su lengua. Desesperada, ella susurró su nombre, pero fue incapaz de decir lo que deseaba. La lengua de Gareth describía círculos y seguía hundiéndose. Emily contuvo la respiración y le agarró la cabeza, aunque sus dedos enredados entre sus cabellos, carecían de fuerza.

La exploración, los descarados lametazos, hizo que los sentidos de Emily se dispararan.

Ella le pertenecía, lo sabía, y era evidente que él también lo sabía, por lo menos a ese nivel.

Resultaba incuestionable mientras él se deleitaba tan profundamente como lo había hecho poco antes, su ardiente boca incendiándola, su experiencia atrapando los sentidos de Emily, convirtiendo todo su cuerpo en suyo, sus nervios, su piel, su corazón, cada una de sus curvas...

Suya para zambullirse en ella, para saborearla a su antojo.

Desesperadamente atrapada, Emily susurró su nombre sin apenas aliento, en una descarada súplica, no podría soportar mucho más de ese placer.

Gracias al cielo él la oyó. Y, con un largo y último lametón, levantó la cabeza, la miró durante un instante y sin ninguna prisa se levantó sobre ella. Encajando su erección en la entrada, empujó hacia dentro lenta y despiadadamente, profundamente y seguro, imprimiendo en ella cada centímetro de su longitud antes de hundirse hasta el final, agacharse y levantarle una de las rodillas para engancharla de su cadera. Apoyado sobre los codos encima de ella, Gareth contempló su rostro a través de la oscuridad, la expresión una máscara de control de intenciones, sus rasgos encajados en la vorágine de una pasión tan intensa que ella sentía sus acaloradas alas batir contra su piel. A continuación, él se retiró, y empujó de nuevo.

Una y otra vez, cada vez con más fuerza, cada vez más profundamente, hasta que ella sollozó su nombre y, arqueándose debajo de él, agarrándole de los antebrazos, hundiendo las uñas en su piel, Emily se sintió literalmente despedazarse.

Gareth tomó sus labios con los suyos, y bebió su grito, su grito de puro placer.

Y sintió todo lo que había de masculino en su interior regocijarse.

Sintió el ser posesivo y primitivo que había en él ronronear de satisfacción hasta la médula mientras se quedaba quieto un instante y saboreaba las seductoras contracciones de la liberación de Emily, la sentía contraerse y tensarse.

Sentía la anticipación y la ciega necesidad...

Y Gareth se rindió y tomó, y llenó sus sentidos.

Y, cerrando los ojos, se perdió dentro de ella.

*27 de noviembre de 1822
A primera hora de la noche
En mi habitación en la posada de Marsella*

Querido diario:

Mis acciones de anoche, tuvieron éxito. Tampoco anticipaba yo demasiada resistencia, pero ahora tendré que esperar a ver si mordió el anzuelo lo suficiente.

El día se ha pasado con los preparativos del viaje. Gracias a los Juneau, nuestros anfitriones, todo transcurre lo mejor posible, y todo está preparado para iniciar mañana por la mañana nuestra carrera hacia Boulogne, el puerto que, según las instrucciones de Gareth, debe utilizar. Debo admitir que si bien me alegraré de llegar ahí y en efecto ver de nuevo las costas de Inglaterra, contemplo esta última etapa como una sucesión de oportunidades para animar a Gareth a que reconozca y declare su amor.

Preferentemente del duradero.

Preferentemente antes de que veamos las verdes colinas de Inglaterra.

Permanezco sobre ascuas a la espera de comprobar si mi plan de anoche ha dado el resultado deseado, el primer paso en mi campaña.

Como siempre, me siento esperanzada.

E.

Para Gareth, el día había transcurrido en una sucesión de comprobaciones y soluciones de última hora. De todos modos, mientras subía las escaleras aquella noche, estaba bastante seguro de que habían hecho todo lo posible, de que, en efecto, y gracias a los Juneau y la idea de Emily de reclutarlos, el grupo tenía más posibilidades de tener éxito en su loca carrera hacia el norte, hasta el canal, de lo que se había atrevido a esperar que fuera posible.

Al llegar al pasillo de la planta superior fue consciente de cierta tensión, familiar, casi tranquilizadora, la tensión que solía sentir la noche antes de la batalla, cuando la certeza de estar completamente preparado se enfrentaba a la inevitabilidad de tener que esperar hasta la mañana para poder entrar en acción.

Pero tenía demasiada experiencia como para permitir que algo así le inquietara. En efecto, lo recibía con agrado.

Pero también había otra tensión que se deslizaba por su interior, retorciéndose bajo la primera, una tensión totalmente diferente.

Una tensión que emanaba completamente de ella, de Emily, y su aparición la noche anterior en su habitación. Sobre todo, de su comportamiento, sus actividades, en la cama. Habría preferido que fuera de otro modo, pero no podía negarlo, no podía fingir que no sentía crecer la expectación a medida que se acercaba a su puerta.

La anticipación no estalló al cerrar la mano sobre el pomo.

Con casi media erección, el corazón latiendo con más fuerza, Gareth abrió la puerta y entró en la habitación. Su mirada fue directa a la cama.

Que estaba vacía.

En la penumbra, sus ojos volvieron a observar, solo para asegurarse, pero no se le había pasado por alto ningún atractivo cuerpo.

Ella no había acudido.

Cerró la puerta y permaneció de pie mirando fijamente la cama.

Una parte de su cerebro ya se había deslizado hacia el terreno de las recriminaciones: la noche anterior había hecho algo que a ella no le había gustado, o no había hecho algo que ella había esperado que hiciera. O…

Pero la parte más racional de su mente cortó la lista de sugerencias que no eran de ninguna utilidad. El experimentado comandante rememoró y evaluó fríamente la situación.

¿Por qué no había acudido a su habitación? Esa era la pregunta que necesitaba responder.

Le llevó cierto tiempo antes de retroceder lo suficientemente lejos como para recordar la particular deliberación con la que Emily había entrado la noche anterior en su habitación. Y luego conectarla con las expectantes miradas que le había dedicado durante todo el día, y sobre todo esa noche.

La noche anterior ella no había acudido a su habitación siguiendo un impulso, había ido con un plan. Con una parte de un plan, y ese plan ¿era…?

Gareth soltó un juramento.

Apretó los labios y se acercó a la ventana mirando hacia la calle vacía ante de sacudir la cabeza y empezar a caminar de un lado a otro.

No debería hacerlo, no debería ceder. Emily sabía que él quería casarse con ella, y eso bastaba. Si acudía a la habitación de ella… eso le diría un poco más.

Revelaría más.

Y todo sería cierto, pero su necesidad de ella era algo que Gareth prefería ocultar, sobre todo a ella.

A bordo del jabeque, no había habido ninguna posibilidad de reunirse con ella por las noches, y allí… a Gareth le había parecido más sensato mantener las distancias. Conservar su futuro, y a ella, a cierta distancia, por lo menos hasta llegar a Inglaterra, donde él dispondría de toda clase de prácticas aceptables tras las que ocultarse.

Para ocultar la profundidad de sus sentimientos por Emily.

Gareth ni siquiera sabía cómo habían surgido esos sentimientos, a qué se debían o cuándo lo habían asaltado hundiéndose hasta la médula, pero allí estaban, una evidente vulnerabilidad, por lo menos para él.

Si mantenía las distancias, podía aferrarse a la ficción de que se casaba con ella porque eran básicamente compatibles, y él la había deshonrado y seducido, y por tanto casarse con ella era el necesario desenlace, uno con el que se sentía cómodo.

No debería acudir a su habitación, no debería revelar ni siquiera ese grado de necesidad que sentía por ella.

Podría poner la excusa de la seguridad paranoica, sería más

seguro para todos ellos si él no se distraía teniéndola a su lado, mucho menos debajo de él.

Por otra parte, una parte insistente y muy firme de él, señaló rápidamente que la seguridad de Emily sería mucho mayor si pasara las noches en sus brazos, y él estaría mucho menos distraído pensando si ella estaba segura o no. Si la tenía junto a él en su cama, lo sabría de inmediato.

Y dado que a partir ese momento iban a alojarse en posadas…

Gareth hizo una mueca mientras su excusa se evaporaba.

¿Ir o no ir?

No debería. No lo haría…

Quizás si esperaba, ella se impacientaría y acudiría a él.

Media hora pasó y ella no apareció.

Gareth descubrió que la paciencia de Emily era muy superior a la suya.

Murmurando un juramento, se encaminó hacia la puerta.

La habitación de Emily estaba más alejada de las escaleras y a la vuelta de una esquina. Gareth abrió la puerta sin llamar y entró, cerrándola con mucho cuidado y dirigiéndose hacia la cama.

Emily estaba allí tumbada, completamente despierta, apoyada sobre los almohadones para verlo llegar más fácilmente. Se había tapado con las mantas hasta los pechos, pero los hombros estaban prometedoramente desnudos.

Al detenerse junto a la cama, ella lo miró a los ojos, los de ella muy abiertos, pero en absoluto inocentes. Y mientras él la observaba, los labios de Emily se curvaron ligeramente en una sonrisa gatuna.

Gareth entornó los ojos, y señaló con un dedo hacia la nariz de Emily.

—Sé qué pretendes, y no voy a jugar a tu juego.

Emily se sentía claramente lasciva mientras lo miraba a los oscuros ojos.

—Estás aquí, ¿no? —ella enarcó las cejas.

—El que yo esté aquí no significa lo que tú crees que significa.

—¿En serio? —Emily abrió más los ojos y, escapando a su control, la sonrisa se hizo más amplia—. ¿Qué significa entonces?

Él la estudió un instante antes de quitarse el abrigo.

—Ya lo discutiremos después —gruñó él.

Dejó caer el abrigo sobre una silla y empezó a desatarse el pañuelo del cuello.

Sonriendo con aún más descaro, sintiendo la anticipación desbordarse y extenderse en un cálido fulgor por todo su cuerpo, Emily se hundió más profundamente en los almohadones y esperó.

Esperó a que su amante, su futuro esposo, se uniera a ella.

Él no la defraudó.

Bastante tiempo después, desmadejada, absolutamente agotada y profundamente saciada, hundida en la cama, Emily por fin consiguió recuperar el juicio y descubrió que seguía sonriendo.

El plan había funcionado.

Más aún, había obtenido un inesperado beneficio adicional. Gareth había descubierto su plan y, bien para hacérselo pagar o para impedirle regodearse por su éxito, se había concentrado en impresionarla con un placer puro y rotundo.

Emily había descubierto que lo sucedido entre ellos la noche anterior podía, en efecto, ir más lejos. Que ella podía quedar reducida a una desesperación incoherente sin sentido, que podía jadear, gritar, convulsionar y deshacerse completamente en el éxtasis provocado enteramente por las traviesas manos de Gareth, y por los labios y la lengua aún más traviesa.

Lo que había sucedido después había hecho que se le encogieran los dedos de los pies. De hecho, todavía no podía estirarlos del todo. Pequeños temblores de placer seguían recorriendo su cuerpo, lejanos ecos de su segundo y espectacular clímax.

Emily permaneció tumbada boca abajo. Abriendo los ojos con dificultad, observó a Gareth, desmoronado, tan agotado como ella, a su lado. Le había dicho que hablarían después, pero sospechaba que sus hermanas estaban en lo cierto. Después, los caballeros no hablaban, se quedaban dormidos.

Desde luego no sería ella quien se quejara, no en esa ocasión. Cerró los ojos y permitió que la saciedad y una satisfacción aún más profunda la envolvieran. Su plan había funcionado, él había acudido a su cama, no había sido capaz de permanecer alejado. Las acciones siempre hablaban más alto que las palabras, sobre todo con los caballeros.

Y sus acciones hablaban alto y claro… de momento.

A través de las pestañas, Gareth la observó quedarse dormida, y dio gracias. Había sido un imbécil al sugerir que hablarían después, después significaba en ese momento, y en ese momento… pronunciar cualquier palabra, de cualquier clase, sobre lo sucedido, sobre ellos era excesivamente peligroso.

Nada aconsejable.

La posesividad de su interior permaneció en calma, serena, saciada en el olvido. Emily se le había entregado sin reservas y ese lado suyo se había dado un buen festín. Cerrando los ojos, él sintió la saciedad de una profundidad y un peso que jamás había conocido. Con una sensación casi pecaminosa de hundirse, Gareth se rindió. Más tarde la abrazaría, más tarde la acomodaría junto a él.

Más tarde… cuando ella no despertara para mirarlo en medio de la noche con unos ojos que veían demasiado.

Con ese último suspiro de consciencia, la mente de Gareth giró libre. Ella ya sabía más de lo que a él le gustaría, pero ya no podía echar el reloj hacia atrás. Siempre que no aceptara más, no afirmara lo que sentía por ella en voz alta y con palabras, convirtiéndolo en realidad, podría con ello.

Se sentía capaz de poder con ello. Quizás ella estuviera en lo cierto, quizás compartir la cama con ella todas las noches satisfaría lo que él empezaba a sentir era la necesidad de Emily. La necesidad de saber lo que él sentía, de tocarlo y permitirle tocarla, y por tanto averiguar…

Sabía que funcionaba más o menos así. De modo que quizás ella estuviera en lo cierto, y si él compartía su cama ella quedaría satisfecha.

Y Dios era testigo de que a él desde luego sí que le satisfacía.

28 de noviembre de 1822
Por la mañana temprano
Todavía en la cama, escribiendo a toda prisa

Querido diario:

Tengo los dedos cruzados, por lo menos metafóricamente. Los asuntos parecen progresar tal y como yo lo deseo, mi campaña para estimular a Gareth a reconocer y declarar sus sentimientos hacia mí va por buen camino, y con suerte he establecido las bases para un compromiso duradero. Después de lo de anoche, tengo esperanzas de que se sienta suficientemente motivado como para reunirse conmigo en mi cama en todas las paradas que vayamos a hacer mientras atravesamos Francia y, con suerte, más allá.

Sin duda es bastante lascivo por mi parte estar haciendo esta clase de planes, pero la necesidad obliga. Estoy empeñada en oírle declarar sus verdaderos sentimientos, y con cada día que pasa estoy más convencida que nunca de que para que podamos formar una verdadera pareja, tal y como yo siempre he visto el matrimonio, escuchar su declaración de amor es una necesidad, para los dos.

Me siento como si todo aquello con lo que he soñado debe ser un matrimonio estuviera allí en nuestro horizonte, todavía fuera de nuestro alcance, aunque si los dos estamos dispuestos a llegar hasta allí, todo, absolutamente todo, podría ser nuestro.

Dorcas acaba de subirme agua para lavarme, y debo darme prisa ya que en poco más de una hora abandonaremos Marsella.

E.

En el pequeño patio detrás de la posada la actividad era frenética. Gareth recorrió con la mirada los carruajes cargados, y observó a Mooktu y Bister entregarle pistolas, pólvora, y proyectiles a Mullins, quien lo guardó todo, junto con los rifles que había limpiado, debajo de los asientos de los conductores.

Estaban todo lo preparados que podrían estar.

A su alrededor, el patio empedrado estaba repleto de Juneau, jóvenes y viejos, llegados para despedir a sus dos parientes, y para desear a la comitiva inglesa e india, que el parlanchín clan había tomado bajo su protección, que fueran con Dios.

Gareth acudió al rescate de Emily para liberarla de un grupo de Juneau. En su gran mayoría eran mujeres que lo contemplaron con ojos brillantes y observadores. Gareth tenía pocas dudas sobre los pensamientos que debían estar pasando por sus cabezas, sobre todo cuando una anciana dama susurró en voz alta la bonita pareja que hacían.

Él pretendió no haber oído.

Emily sonreía feliz. Levantó la vista cuando él se acercó, y su sonrisa cambió. Gareth no sabría decir exactamente cómo, pero se suavizó, se volvió más personal, y rápidamente ella le hizo sitio a su lado.

Y él se puso a su lado, pero únicamente para sonreír de manera general a los demás y dirigirse a ella.

—Tenemos que irnos.

O de lo contrario se quedarían allí todo el día.

Emily oyó la frase no pronunciada y asintió. Pero, cuando la mano de Gareth rozó su espalda, ella tuvo que reprimir un delicioso escalofrío, detalle que no pasó desapercibido para las mujeres a su alrededor.

Pues todas sonrieron resplandecientes.

Y Emily les correspondió con la misma sonrisa, reconociendo para sus adentros lo bien que se sentía al ser la persona a la que Gareth, el de los anchos hombros, el hombre tan atractivo de cabellos castaños, había ido a buscar.

La mano de Gareth volvió a rozarla, empujándola sutilmente. Reprimiendo su reacción, Emily se volvió hacia la posadera y empezó a despedirse de ella.

Por todo el patio se intercambiaron exclamaciones, mejores deseos, y efusivos agradecimientos. Y entonces, con la mano todavía posada en la espalda de Emily, Gareth la empujó inexorablemente hacia los carruajes. Alargando una mano por fin hacia la puerta del primero, ella se volvió y saludó por última vez con la mano al grupo allí reunido, antes de tomar la mano que le ofrecía Gareth, sentir los dedos cálidos y fuertes cerrarse en torno a los suyos, y esa pequeña excitación de placer, de femenina posesividad, volver a recorrer su cuerpo. Respiró hondo y le permitió ayudarla a subir al lustroso carruaje.

Gareth se volvió hacia la gente arremolinada en el patio y, con una sonrisa genuina aunque ligeramente tensa, hizo una reverencia y les dio las gracias con palabras más formales. Después se volvió hacia el carruaje y subió a su interior, tiró de la escalerilla y cerró la puerta.

Bister y el otro cochero ya estaban sentados en el cajón, esperando. Dorcas estaba sentada enfrente de Emily, y Gareth reclamó para sí el asiento a su lado mientras un latigazo cortaba el aire y los caballos se ponían en marcha. El carruaje arrancó por la callejuela hacia una calle lateral.

A lo lejos se seguían oyendo vítores y despedidas, que desaparecieron a medida que las casas se cerraban a su alrededor. Gareth miró hacia atrás mientras giraban una esquina, confirmando que el segundo carruaje, el que llevaba a Arnia y Mooktu, Watson y Mullins, con Jimmy sentado en el cajón con el cochero, los seguía de cerca.

—Supongo que tendremos que atravesar la ciudad despacio.

Él miró a Emily y la descubrió mirando por la otra ventanilla.

—Sí, y puede que sea mejor mantenerse alejado de la ventanilla.

—¡Oh! —ella se apartó inmediatamente—. Los sectarios están ahí fuera, ¿verdad?

Gareth asintió. Durante el último día y medio habían podido olvidarlos. Los jóvenes Juneau habían tomado posiciones a ambos lados de la calle, vigilando en busca de sectarios. Bister y Jimmy los habían supervisado, pero durante el tiempo que habían estado bajo la protección de los Juneau, se habían sentido mucho más seguros de lo que se habían sentido en semanas.

En el caso de Gareth, desde que abandonara el Turkey Cock en Bombay, con el portarrollos en la mano.

Emily y Dorcas jugaban al veo-veo mientras los dos carruajes avanzaban a un ritmo tranquilo a través de las calles ya bulliciosas por la mañana. Gareth permitió que sus desconcertantemente habituales exclamaciones y parloteo lo envolvieran y se permitió asimismo hacer algo que hasta entonces no había hecho, pensar en los otros tres, preguntarse dónde estarían, cómo les iría.

Los cuatro habían pasado por muchas visicitudes juntos, cabalgado juntos en incontables batallas. Incluso durante los últimos años, siendo ya oficiales de mando, pasando la mayor parte del tiempo separados, su conexión no se había debilitado, esa conexión que había sido forjada en el fragor de la batalla en la península hacía mucho más de una década.

Por elección, ninguno de ellos conocía la ruta que habían tomado los otros tres para llegar a casa. Él ni siquiera sabía quién llevaba el esencial documento original que debían entregar al duque de Wolverstone para asegurar el fin del reinado de la Cobra Negra. Lo único que sabía era que no era él. La suya era una misión señuelo, el pergamino de su portarrollos idéntico al de los otros tres, pero una mera copia.

Sin embargo, la Cobra Negra y los sectarios no lo sabían. Y dado lo que había en juego, sabía que la Cobra lo iba a perseguir en cualquier caso. En eso no se había sentido defraudado. Tanto mejor.

Pero en ese último tramo antes de llegar a Inglaterra, las

órdenes del hombre que durante años solo había sido conocido como Dalziel, eran específicas. Su comitiva y él debían hacer todo lo posible por llamar la atención del enemigo y reducir sus efectivos hasta donde el destino lo permitiera.

Gareth había interpretado esas órdenes como una clara indicación de que quienquiera que llevara el documento original también atravesaría el continente camino de Inglaterra. Aquel de entre sus tres compañeros era el que más riesgo corría y su seguridad dependía en parte de él, de cómo de eficaz fuera en el desempeño de su misión.

Había partido de la India con Bister, Mooktu y Arnia, todos los cuales, incluyendo Arnia, eran capaces de cuidar de sí mismos en una batalla. Con esos tres, Gareth se había sentido libre para enfrentarse al enemigo cuándo y dónde hiciera falta.

Pero desde hacía unas semanas lo acompañaban también Emily, Dorcas, Jimmy, Mullins y Watson. Mullins era capaz de defenderse, pero los otros cuatro, por muy resueltos que fueran, no estarían seguros en una pelea. Los cuatro necesitaban protección, sobre todo Emily.

Especialmente Emily, especialmente desde que… desde que significaba tanto para él.

Mucho más de lo que él habría imaginado posible, de lo que había sabido que sería posible.

Mientras los caballos seguían avanzando, él miró distraídamente por la ventanilla hacia las calles por las que pasaban y se preguntó cómo iba a llevar a cabo sus órdenes y al mismo tiempo mantenerla a ella y a los otros, que eran importantes para ella por estar todos bajo su cuidado, a salvo.

Habían atravesado el centro de la ciudad y se dirigían hacia los suburbios del norte, ya en la carretera que les llevaría hasta Lyon y más allá, cuando fue consciente de la mirada de Emily sobre su rostro.

El parloteo femenino había cesado. Un vistazo reveló que Dorcas tenía la cabeza agachada y los ojos cerrados.

Volviéndose, se encontró con la brillante mirada de Emily.

—Me estaba preguntando —ella sonrió mientras inclinaba la cabeza—… me dijiste que eres hijo único, pero ¿tienes primos o más familia?

Puesto que iban a casarse, ella necesitaba saberlo.

—No —Gareth sacudió la cabeza—. Ya solo quedo yo. Mis padres también eran hijos únicos. Se casaron tarde y ya eran mayores cuando yo nací. Mi padre era vicario, de los que cubrían vacantes temporalmente, de modo que estábamos continuamente moviéndonos por todo el condado —él le sostuvo la mirada—. Así que no tengo familia, ningún lugar que pueda llamar realmente hogar.

—¿Dónde naciste?

—En Thames, Oxfordshire. ¿Y tú? —era justo que él también recibiera información, quería saber más de ella de lo que quería que ella supiera de él. Había muy poco que contar.

—Nací en Eldridge Hall —Emily contestó con la felicidad iluminando su cara—, la casa de mis padres está a las afueras de Thornby, Northamptonshire. Para mí es el hogar, y también para mis hermanos y hermanas. O por lo menos lo fue hasta que se casaron, ahora solo quedamos Rufus y yo, pero los demás vienen a menudo de visita.

—Si no recuerdo mal sois ocho hermanos. Supongo que tendrás un montón de primos también —lo cual, comprendió Gareth, explicaba lo a gusto que le había parecido con los Juneau, su facilidad para interactuar con ellos, algo de lo que él carecía.

Aunque hasta ese momento no había sabido que carecía de esa cualidad, no hasta que la había visto mezclarse con esa gran familia de una manera que jamás habría pensado hacer… que seguramente no habría podido hacer aunque lo hubiera deseado. Simplemente no sabía cómo, no conocía las maneras.

—Sí, formamos todo un clan, una horda de tíos, tías, y primos por ambas partes.

Gareth no necesitaba preguntar cómo se llevaba con su familia, la respuesta estaba allí, en su afectuosa sonrisa, en la luz que iluminaba su mirada.

Él nunca había compartido esa clase de conexión con nadie, ni de niño, ni después… hasta unirse a la Guardia y, desde el principio, ser destinado junto con Del, Rafe, y Logan.

—Yo no tengo hermanos —él la miró a los ojos—, pero podría decirse que tengo hermanos en armas.

—¿Te refieres a los otros tres que estaban en la cantina de oficiales? —ella lo miró a los ojos, estudiándolo.

Gareth asintió, Emily no preguntó, no presionó, pero mientras continuaban avanzando por la carretera y el norte de Marsella quedaba atrás, él le contó cómo había conocido a los otros tres, le contó detalles de sus aventuras y hazañas. Cuando ella reía, él le preguntaba por sus hermanos y hermanas, y ella le correspondía, abriéndole los ojos a un amor que jamás había conocido. Lo más cerca que había estado era la camaradería, la conexión, que había compartido con los otros tres, pero ni siquiera eso se acercaba al calor, la profundidad, y envergadura de la unión que describía Emily, que ella había experimentado en su familia.

Cuanto más le contaba ella, más ansiaba Gareth algo que jamás había conocido. Cuando se casara con ella…

La idea merodeó por su mente mientras permanecían los dos en silencio, y el carruaje continuaba su constante traqueteo.

—Es realmente como una cobra —el mayor de los tres sectarios enviados a vigilar la carretera que salía de Marsella por el norte escupió sobre el rocoso suelo—. Hoy yo no enfadaría a Tío por nada del mundo. Está de un pésimo humor después de que los del muelle volvieran ayer informando que no habían visto al mayor ni a su grupo.

Los tres hombres estaban sentados entre las rocas sobre una elevación con vistas a la carretera.

—Esos hombres tuvieron suerte —el más joven sonrió con picardía—. He oído que Tío ha perdido ya a tantos hombres que no va a disciplinar a ninguno más, necesita a todos los que tiene, por lo menos de momento.

—Entonces eso lo explica —el tercer hombre asintió—. Nunca había visto a Tío tan indulgente. Normalmente, bastaría un error para que… —deslizó un dedo por su garganta—. La secta no tolera el fracaso.

—Eso es verdad —el hombre más mayor le dio un codazo al más joven con la punta de su bota—. Más te vale recordarlo si, como parece probable, el mayor consigue tomar esta carretera hacia el norte antes de que los demás lo atrapen en la ciudad. Si eso sucede, Tío nos reunirá a la mayoría de nosotros para que nos dirijamos hacia el norte para perseguirlos, y sé que la Cobra Negra ha situado a muchos, muchos de nosotros a lo largo de esta carretera. Si el mayor elige este camino, Tío lo perseguirá, y dispondrá de numerosos hombres, y entonces el fracaso volverá a suponer la muerte.

El más joven se encogió de hombros y los otros dos intercambiaron una mirada.

El joven alzó el catalejo y enfocó hacia el primero de los dos carruajes que se dirigían al norte por la carretera.

El más mayor se echó hacia atrás y volvió a contemplar el cielo, innumerables carruajes habían pasado ya.

—¡Eh! —la excitada exclamación interrumpió su concentración. El joven saltó emocionado, antes de bajar el catalejo y ofrecérselo a los otros dos—. Son ellos, estoy seguro. Mirad a los hombres sentados con los cocheros. El primero es el ayuda de cámara del mayor, ¿verdad?

El más mayor de los tres había tomado el catalejo. Después de unos minutos, asintió. Entregó el catalejo al tercero y luego se lo devolvió al más joven.

—Tú quédate aquí hasta que pasen, luego síguelos, pero no muy de cerca. Mantente alejado de la carretera y no dejes que te vean. Nosotros — miró a su compañero— llevaremos la buena noticia a Tío. Cuando él y los demás te demos alcance, Tío te elogiará como te mereces.

Y mientras tanto, ellos dos, que llevaban horas contemplando el cielo, recibirían la gloria de la aprobación de Tío, pero el más joven de los sectarios sabía que así funcionaba el mundo, de modo que asintió.

—Los seguiré, y esperaré a que Tío y los demás se reúnan conmigo.

Sin más, los dos más mayores bajaron por las rocas hasta donde habían dejado sus monturas robadas.

CAPÍTULO 14

30 de noviembre de 1822
A media mañana
En nuestro carruaje camino de Lyon

Querido diario:

Escribo esto apresuradamente mientras Gareth ha salido del carruaje para conseguir caballos frescos. Los últimos dos días, y sobre todo las últimas dos noches, han merecido mis anteriores esfuerzos. Mi campaña ha recibido la ayuda de la pequeñez de las posadas de los pueblos en los que nos hemos detenido. Dado que yo siempre dispongo de la habitación más grande y confortable para mí misma, y Arnia y Mooktu, y Dorcas suelen conformarse con las habitaciones restantes, ha resultado innegablemente más sensato que Gareth se instale conmigo en mi cama, en lugar de dormir en los establos con el resto de los hombres.
Y entonces, por supuesto...
Con renovada perseverancia, reclamaré todos los deseos de mi corazón.
E.

Llegaron a Lyon aquella misma noche. Habían cubierto la distancia en un tiempo excelente y Gareth dio gracias al destino que les había enviado a los primos Juneau, Gustav y Pierre, como cocheros. Experimentados, y con el toque justo de beligerancia, ya habían demostrado estar a la altura de la tarea de abrirse paso a la mayor velocidad posible independientemente de los obstáculos, como el tráfico o algún carro volcado.

Habían seguido hacia delante alcanzando la primera ciudad principal sin ver ningún rastro de los sectarios.

Lo cual, estaba seguro, cambiaría muy pronto.

Con Emily sonriendo dulcemente a su lado, entró en el hotel más grande de la ciudad. La estructura era predominantemente de madera. Habría preferido piedra, pero cuanto más al norte estuvieran, más húmedo y frío sería el tiempo y los establecimientos más pequeños presentaban otros peligros, sobre todo un fácil acceso a las plantas superiores.

Un vistazo le confirmó que ese hotel les proporcionaba una razonable seguridad. Avanzó hacia el mostrador al fondo del vestíbulo, con Emily del brazo.

Había numerosas habitaciones vacías. Gareth podría haber solicitado sin ningún problema habitaciones contiguas para él y Emily, pero no lo hizo. El grupo ya era conocedor del hecho de que compartían la cama, y todos los franceses que posaban la mirada en ellos asumían de inmediato que estaban casados.

Ni Emily ni él hacían ningún intento por corregir esa noción equivocada, de modo que no parecía tener ningún sentido reservar habitaciones separadas.

Y, aunque lo hiciera, pasaría la noche en la cama de Emily.

Aparte de las incómodas preguntas de si debería reunir fuerzas para resistir la atracción hacia Emily, y aunque lo hiciera, y ella accediera a permitirle mantener las distancias, estaba el innegable hecho de que no podría dormir, desde luego no descansar, si no la tenía al alcance de la mano.

Tras organizar el alojamiento, Gareth miró a Emily. Ella captó su mirada y sonrió a modo de aprobación, como a menudo hacía, antes de volverse hacia el conserje y encargar la cena.

Emily y él cenaron cómodamente en el ornamentado comedor de la posada. En un establecimiento de esa clase se veían obligados a respetar la diferencia de clases, de manera que los otros miembros del grupo cenaban en el bar. Todos se reunieron con ellos después.

Charlaron brevemente. Gareth intercambió pareceres con los otros hombres, organizando turnos de guardia para la noche, una costumbre que habían restaurado tras abandonar la relativa seguridad de la posada de Juneau.

Poco después todos se retiraron. Tras un último vistazo alrededor del vestíbulo y las habitaciones de la recepción, comprobando que las contraventanas habían sido cerradas para la noche y los pesados candados de las puertas principales echados, Gareth siguió a Emily escaleras arriba.

El cosquilleo del instinto, la premonición del campo de batalla lo perseguía.

Miró a Mooktu, que hacía la primera guardia, sentado en la ventana al final de su pasillo.

—Mantente alerta.

El corpulento pastún asintió con gesto severo. Él también olía el peligro en el aire.

Con la esperanza de que ambos estuvieran equivocados, Gareth siguió a Emily al interior de su habitación y cerró despacio la puerta.

El ataque, un típico ataque sectario, llegó en la hora más oscura de la noche. Fue el propio Gareth, de pie junto a la ventana de su habitación, mientras Emily dormía en la enorme cama a sus espaldas, quien vio un movimiento en la calle, hacia un lado del hotel, y luego el primer destello de una llama.

Antes de que el fuego prendiera, él ya estaba abajo, golpeando la puerta del gerente, con Mooktu a su lado.

En pocos minutos el gerente había reunido a sus empleados y, abriendo las puertas delanteras, salieron corriendo con cubos para apagar las llamas.

Gareth y Mooktu, con Mullins y Bister, se quedaron atrás entre las sombras del vestíbulo a oscuras, y se ocuparon de los seis sectarios que se deslizaron a través de las puertas sin vigilar, con los cuchillos desenvainados brillando bajo la luz de la luna.

Los cuatro se enfrentaron al peligro con tranquilidad, mortalmente, despiadadamente eficaces, y todo bajo la aterrorizada mirada del conserje de noche que se había quedado tras el mostrador.

Sin embargo, más tarde, siendo aquello Lyon y no un puesto avanzado de un territorio sin civilizar, cuando llegaron las autoridades en forma de un disgustado defensor local de la ley, el conserje confirmó rápidamente que los sectarios habían entrado con los cuchillos en alto, con la intención de asesinar y que los miembros del grupo de Gareth merecían una medalla por protegerlo y a él y a los numerosos huéspedes de la posada reunidos todos en el vestíbulo.

Dado que esos huéspedes, viendo la extravagante apariencia de los sectarios, estuvieron ruidosamente de acuerdo con el conserje, el gendarme en jefe soltó un bufido y ordenó que los cuerpos fueran sacados de allí.

Gareth se detuvo junto al posadero.

—No se preocupe —murmuró sin apartar la vista de la actividad que se desarrollaba en el vestíbulo—. Nos marcharemos con las primeras luces del alba.

El posadero lo miró de reojo.

Gareth le sostuvo la mirada.

—*Bon* —el hombre asintió—. Daré órdenes a la cocina para que preparen el desayuno temprano.

—*Merci* —Gareth ocultó una sonrisa cínica y agachó la cabeza.

Pasó por entre la multitud, recibiendo el agradecimiento de algunos, para informar a su séquito de la temprana partida. Una vez hecho, buscó a Emily. Se había puesto el abrigo por encima del camisón y hablaba excitadamente con una señora francesa envuelta en un elegante echarpe con numerosos papeles retorcidos en su brillante cabellera roja. Tomando a Emily del brazo, Gareth los excusó y la guio inexorablemente hacia las escaleras.

Cuando ella lo miró con las cejas enarcadas, él le explicó:

—Nos marchamos al amanecer.

Los labios de Emily dibujaron un «oh», mientras lo seguía.

Al llegar a su dormitorio, entraron los dos. Cerrando la puerta, Gareth la miró mientras, dejando el abrigo sobre una silla, Emily se detenía junto a la cama y lo miraba.

Pasó un elocuente instante antes de que soltara el picaporte y se acercara lentamente a ella.

—Quizás sería buena idea que te quitaras ese camisón.

Oculto entre las sombras bajo los árboles del parque frente al hotel, Tío miraba cómo se llevaban en carretas los cuerpos de los seis mejores asesinos que había llevado con él.

No hubo ninguna reacción. De nada le serviría quedarse allí, rechinando los dientes. En ese país las casas eran más sólidas, no ardían fácilmente, sobre todo con tanta humedad en el aire.

Y era evidente que el mayor había estado preparado, en guardia.

La conclusión era obvia. Necesitaba un nuevo plan, un mejor enfoque.

Sus viejos huesos sufrían con el frío, pero ese era el menor de sus dolores. Aunque seguía las órdenes de la Cobra Negra, su persecución del mayor estaba movida desde hacía tiempo por emociones mucho más profundas que su búsqueda de reconocimiento.

Quería, estaba decidido a, provocarle al presuntuoso mayor el mismo dolor, la misma angustia, que ese hombre le había provocado a él. Ojo por ojo, vida por vida... pero ¿la de quién?

¿La de la mujer?

A través de las puertas abiertas de la posada había conseguido ver fugazmente a la señorita Ensworth, a quien la Cobra Negra deseaba castigar por su papel en el origen de la misión del mayor. Observándola, la había visto girarse y sonreír al mayor cuando se había reunido con ella. Un instante después, el mayor la había tomado del brazo y la había apartado de su vista.

¿Se había convertido en la mujer del mayor?

Pensó en lo mucho que le gustaría a su líder conseguir la piel de esa mujer, literalmente. Tío sonrió. Sería el regalo perfecto... para su líder y para él.

—Deberíamos irnos —Akbar apareció a su lado.

—Así es —con los ojos todavía fijos en el hotel, Tío asintió—. Tengo mucho en lo que pensar.

1 de diciembre el de 1822
Por la noche temprano
En una habitación de una de una posada en un pequeño pueblo

Querido diario:

Tras las emociones de la noche, y sus inesperadas, aunque bastante agradables, consecuencias, nos arrastramos fuera de la cama al amanecer, y pronto estuvimos en marcha. Siguiendo las instrucciones de Gareth, los Juneau nos llevaron a un ritmo endemoniado, alejándonos de Lyon y convirtiéndonos en un objetivo difícil de atacar por el camino.

Tal y como estaba previsto, no vamos a realizar paradas prolongadas ni predecibles. Emplearemos los suministros que llevamos para las comidas y tentempiés. Con todo, lo llevamos bastante bien, pero... ¿por qué esos malditos sectarios no pueden largarse sin más?

La evidente tensión en los hombres, preparados para la batalla, que en cierto modo había desaparecido, ahora ha regresado por completo. En el caso de Gareth, yo diría que con mayor fuerza. ¿Quién habría podido pensar que un enemigo, con base en la India, tendría los brazos tan largos? En cualquier caso, y como ya debería resultar obvio que las tropas de la secta no van a tener éxito, uno pensaría que desistirían y se largarían de aquí.

Por desgracia, dudo que ninguno de nosotros creamos en esa posibilidad, lo cual solo aumenta más la ya creciente tensión. Por lo menos, y hasta ahora, las condiciones no se han deteriorado hasta el punto de que Gareth se sienta obligado a abandonar mi cama.

En efecto, si acaso, noto todo lo contrario, lo cual me parece estupendo.

Pensándolo bien, siempre que ellos mantengan la distancia y no hagan daño a nadie, creo que podré soportar la continua presencia de los sectarios.

E.

Al día siguiente entraron en Dijon. El sol desaparecía por el horizonte detrás de los elegantes tejados de tejas mientras ellos avanzaban por las calles adoquinadas adentrándose en la ciudad.

De nuevo buscaron refugio en el mejor hotel. Con los cinco sentidos en constante alerta, cenaron y luego organizaron las guardias antes de retirarse a dormir.

Desde que se habían marchado de Lyon, hacía dos días, no había sucedido nada. Todos ellos tenían la sensación de estar continuamente mirando por encima de sus hombros.

Mientras cerraba la puerta del gran dormitorio que Emily y él compartirían, Gareth sospechaba que ningún miembro de su grupo dejaba de sentir, por lo menos en su mente, a la Cobra Negra agazapada, preparándose para atacar de nuevo.

En el exterior de un granero en los bosques que rodeaban Dijon, Tío se calentaba las manos subrepticiamente delante de una hoguera. No era dado a demostrar debilidad, pero el frío de las noches en aquella parte del mundo le llegaba hasta los huesos.

Lo acompañaban alrededor del fuego el resto de los miembros del grupo que se había llevado desde Marsella, más de quince, más que suficientes, que se removían nerviosos y le lanzaban miradas inquietas.

Por fin, Akbar levantó la mirada e hizo la pregunta que todos tenían en mente:

—¿Cuándo atacamos? Si nos lanzamos y los tomamos en la carretera…

—No —Tío no alzó la voz, hablaba bajito para que los demás tuvieran que escuchar atentamente para oír su sabiduría—. El destino nos ha enseñado que ese no es el camino. ¿Acaso no lo hemos intentado una y otra vez y terminado derrotados? No, necesitamos un nuevo plan, una táctica mejor —hizo una pausa para asegurarse de que todos aceptaban su dictado. Cuando nadie protestó, ni siquiera Akbar, continuó—, están siempre en guardia, de manera que lo emplearemos a nuestro favor. Los agotaremos con su propia anticipación. Les haremos esperar, y esperar, y esperar… y luego, cuando ya estén derrengados de tanto esperar y cierren agotados los ojos, ¡entonces atacaremos!

Se golpeó en la palma de la mano con el puño de la otra y empezó a caminar de un lado a otro observando los rostros de los demás.

—Debemos vigilar, ellos deben sentir que estamos allí, vigilando cada uno de sus movimientos. Los observaremos, pero no los tocaremos, y así se agotarán preguntándose cómo y cuándo vamos a atacar. Permitiremos que su propio miedo aumente y los devore.

Satisfecho con todo lo que veía a su alrededor, el sectario se detuvo, asintió sabiamente y anunció su decisión final.

—Los seguiremos continuamente, y elegiremos el momento.

6 de diciembre de 1822
Por la noche
En una nueva habitación en la posada de un pequeño pueblo

Querido diario:

Mañana llegaremos a Amiens. Con cada kilómetro que avanzamos hacia el norte, el tiempo se vuelve cada vez más invernal, con los cielos grises encapotados y el viento helado. Hemos tenido que revolver más profundamente entre nuestro equipaje, y ahora llevo vestidos que no me había puesto desde que abandoné Inglaterra.

Mi campaña continúa y, si bien Gareth todavía no ha declarado su eterno y duradero amor, me hace muy feliz informar de la existencia de un mayor grado de unión entre nosotros, movido sin duda por nuestras noches compartidas, pero también por las emociones que generan las más recientes tácticas de ese demonio.

Hemos estado vigilantes, por supuesto, pero aparte de divisar a algún que otro sectario a lo lejos, no hemos tenido ningún contacto, no hasta que abandonamos Saint Dizier. Esa escaramuza, tan descaradamente floja por su parte, no ha hecho más que afianzar nuestras sospechas de que la relativa tranquilidad que estamos experimentando se debe a que ese demonio está distraído planificando algo mucho peor.

Algo que nos espera más adelante, algo que se encuentra entre nosotros e Inglaterra.

Lejos de tranquilizarnos, nuestro excesivamente fácil éxito a las afueras de Saint Dizier, solo ha conseguido ponernos más nerviosos, aumentando la unión entre nosotros y haciendo que nos sintamos más decididos que nunca a derrotar a esos villanos y alcanzar las costas de Inglaterra.

Ver Inglaterra es una meta a la que ahora todos nos aferramos.

En cuanto a mi otra meta, ojalá tuviera aquí a mis hermanas para consultarles cómo, exactamente, se le arranca una declaración a un hombre tan reticente.

E.

Llegaron a Amiens al día siguiente cuando la luz empezaba a desaparecer del cielo. Hacía frío, cada vez más. Gareth regresó, tras reservar las habitaciones, para supervisar la descarga del equipaje. Todo el mundo echó una mano, cualquier cosa para alejarse del gélido viento. Tras pasar varios años en la India, incluso su sangre le parecía demasiado fina.

En cuanto todo el equipaje estuvo en el interior de la posada, los primos Juneau llevaron los caballos hacia la cuadra, y Gareth siguió a los demás al calor del interior.

Más tarde, Emily y él cenaron juntos. Gareth se había acostumbrado a esos momentos de quietud a solas con ella, momentos durante los cuales podía manifestar sus pensamientos y ella compartir los suyos.

Mientras se servía una espesa crema sobre el pudín, murmuró:

—Empiezo a pensar que nos están conduciendo como a un rebaño.

Ella abrió los ojos y lo miró mientras tomaba una porción de su bizcocho y soltaba la cuchara.

—Eso no suena nada bien. ¿Conducidos como un rebaño hacia qué? ¿Crees que están planeando una emboscada?

—No entiendo cómo iban a hacer tal cosa —tras reflexionar unos segundos, Gareth sacudió la cabeza—. En eso radica la estrategia de la ruta de Wolverstone. Podríamos dirigirnos ahora mismo hacia cualquiera de los puertos del canal. Incluso después de llegar mañana a Abbeville, sigue habiendo cinco puertos mayores en distintas direcciones hacia los que podríamos dirigirnos.

—¿De modo que no van a poder preparar una emboscada porque no saben qué carretera vamos a elegir hasta que estemos en ella?

—Exactamente —él asintió.

Terminado el postre, Emily dejó la cuchara y observó atentamente a Gareth.

Entonces, ¿por qué dices que nos conducen como a un rebaño? ¿En qué estás pensando?

Gareth le dedicó una fugaz sonrisa, que se esfumó rápidamente, dejando un rastro de amargura.

—Esa pequeña escaramuza a las afueras de Saint Dizier no fue más que una pantomima, solo para recordarnos que siguen allí, observándonos constantemente. Sospecho que pretenden agotarnos, derrengarnos con la espera. Es una vieja táctica.

Después de unos segundos y viendo que no añadía nada más, ella lo animó a continuar mientras apoyaba la barbilla en una mano.

—Pero eso no es lo que te preocupa.

—El plan de Wolverstone —él la miró a los ojos— conseguirá mantener a raya a las fuerzas sectarias, y llegar a Boulogne no debería ser demasiado difícil. Pero el tiempo está empeorando. No soy ningún experto en cruzar el canal, pero he hablado con Watson. Al parecer, si el viento empeora, y las previsiones son de que así será, los puertos pueden permanecer cerrados durante días.

—De manera que entrar en Boulogne podría ser sencillo, pero salir…

—Podríamos quedar retenidos allí durante días.

«Días durante los que la Cobra Negra podría atacarlos, una y otra vez, con todas sus fuerzas».

Gareth no pronunció las palabras en voz alta, y tampoco necesitó hacerlo. Leyó la comprensión en los ojos de Emily.

Unos ojos en los que se había acostumbrado a ahogarse cada noche cuando ella lo recibía en sus brazos, en su cuerpo. Unos ojos que le encantaba observar cada mañana cuando ella despertaba a la suave luz del amanecer y él se deslizaba en su interior.

Esos ojos que veía fijos en él cada vez que entraba en una habitación en la que ya estaba ella.

Y en esos momentos, esos mismos ojos estudiaban su rostro. Su expresión era lúgubre y sombría, pero Gareth era incapaz de encontrar la manera de reír o aligerar su humor.

Esos ojos, y ella, se habían vuelto inmensamente, casi increíblemente, importantes para él. Gareth no entendía cómo había sucedido tal cosa, solo que había sucedido.

No podía perderla. Su futuro, algo sobre lo que no había tenido la menor idea mientras se apoyaba en la barandilla en el puerto de Adén, se mostraba claramente en su mente en esos momentos. Y ella estaba en el centro de ese futuro. Sin ella…

De algún modo, ella lo supo. Supo que significaba mucho más para él que una dama con la que el honor le obligaba a casarse.

Pero Emily no lo había presionado, no había intentado arrancarle una declaración, como podría haber hecho otra dama. Ella se había limitado a estar allí, a ser ella misma… Y a dejarle enamorarse de ella. No. Le había dejado enamorarse aún más de ella.

Gareth la miró a los ojos y la descubrió observando, esperando, y supo el qué, pero con infinita paciencia, infinita comprensión y compasión.

Alargó una mano con la palma hacia arriba y esperó a que ella colocara sus dedos encima. Cerró la mano sintiendo esos delicados dedos en su puño.

—Si mi teoría es correcta, estaremos más o menos a salvo hasta que lleguemos a Boulogne.

Emily curvó los labios en un gesto de comprensión. Y a Gareth no le hizo falta más para levantarse, tirar de ella y juntos acudir en busca de los demás para organizar los turnos de vigilancia nocturna antes de retirarse a su habitación, a su cama, y al inexpresable consuelo de sus brazos.

En una cabaña de leñador desierta al norte de Amiens, Tío caminaba de un lado a otro del sucio suelo.

—No cabe ninguna duda —miró a su alrededor, a su tropa reunida, mostrándoles su confianza—. Da igual hacia qué puerto huyan, en cuanto lleguen, quedarán atrapados —agitó en el aire la carta que acababa de recibir—. Nuestros hermanos ya reunidos en la costa han confirmado que se acerca una gran tormenta. Dejemos que nuestras presas corran como ratones hacia la costa, en cuanto lleguen allí, no podrán seguir avanzando, no podrán cruzar el canal como necesitan hacer —sus ojos brillaron con malevolente anticipación—. Tendrán que detenerse. Y esperar.

Se enfrentó a todos ellos y levantó los brazos.

—Los dioses del tiempo, hijos míos, han dispuesto para nosotros la oportunidad perfecta para capturar y torturar al mayor y su dama, ¡para delicia y gloria de la Cobra Negra!

Con las miradas brillantes, los puños en alto, los hombres repitieron sus palabras.

—¡Para delicia y gloria de la Cobra Negra!

—Esta vez lo planificaremos, y esta vez triunfaremos —Tío sentía el poder fluir en su interior, sentía que los tenía a todos, incluso al desconfiado Akbar, comiendo de la palma de su mano—. Esperaremos, y vigilaremos, pero en cuanto sepamos hacia qué ciudad se dirige nuestra presa, nos dirigiremos hacia allí también. Y en esta ocasión nos prepararemos. El destino por fin ha decidido en nuestro favor. Tened fe, hijos míos, pues, gracias al destino, al fin tenemos tiempo.

8 de diciembre el de 1822
Por la mañana temprano
En nuestra habitación en Amiens

Querido diario:

Estoy acurrucada bajo las mantas esperando a Dorcas. Fuera todavía está oscuro, peor aún, cae aguanieve. Gareth ya se ha vestido y ha bajado. Hoy haremos la penúltima etapa de nuestra loca huida hacia la costa... hacia Abbeville. A partir de ahí, un día más de huida nos encontrará en Boulogne, y el canal. Aunque la expectación de casi haber llegado allí es intensa, no olvido la advertencia de Gareth y me estoy preparando para la frustración de tener que esperar varios días hasta poder cruzar.

Mientras que comparta mi cama cada noche, me abrace protector mientras duermo, y me permita hacer lo mismo por él, me enfrentaré a todos los obstáculos con el estoicismo propio de una dama inglesa.
E.

Abandonaron Amiens entre ráfagas de nieve. La tensión ya era elevada, pero Gareth sentía que aumentaba con cada kilómetro que avanzaban.

Aun así, tal y como había predicho Gareth, no sucedió nada durante toda la jornada. Los cocheros Juneau, siguieron realizando su tarea con habilidad sobresaliente, espoleando a sus caballos. Los pálidos campos invernales se extendían infinitamente bajo un cielo gris a su paso.

A pesar de la relativa velocidad, no llegaron a Abbeville hasta la noche. Su rutina estaba bien establecida. En menos de media hora, todos estuvieron en el interior, abrigados. Mientras los demás se sentaron a cenar en el bar del hotel, Emily y él cenaron en el reservado esplendor del gran comedor.

Fuera, el viento aullaba, y el granizo golpeaba contra los cristales.

Todos se retiraron pronto a sus camas. Gareth, como siempre solía hacer, se reservó la guardia de madrugada, entre las dos y las cuatro. De ese modo, podía dormirse con Emily en sus brazos y despertar también con ella a su lado.

Emily ya estaba acurrucada bajo las gruesas mantas cuando él llegó a la habitación, una habitación bastante grande al final de un pasillo. El fuego que había ardido con fuerza había disminuido durante la noche. Con todas las cortinas echadas, la habitación daba una impresión acogedora.

Pero no estaba caliente.

Gareth se desvistió rápidamente y se reunió con ella bajo las mantas, dejando la vela encendida sobre la mesilla de noche.

Cuando las frías sábanas rozaron su piel, Gareth se estremeció. Pero rápidamente se relajó cuando Emily se retorció y se acomodó, caliente, suave, descaradamente femenina, contra él. Atrayéndola hacia sí, se volvió hacia ella.

—No recuerdo que en Inglaterra hiciera tanto frío.

—No es frecuente —ella le rodeó los hombros con los brazos y hundió las manos en sus cabellos, encajando su cuerpo contra él, sus curvas acunando sus huesos más sólidos y estructura más firme—. Pero, después de haber vivido en India, esto sin duda supone una conmoción para tu organismo.

Un organismo que se estaba caldeando bastante bien.

Gareth la miró a los ojos. Durante un prolongado instante se sumergió en la seguridad que vio en esos ojos color avellana musgoso, en la tranquila confianza, la calma, la anticipación relajada con la que ella lo miraba.

Los labios de Emily estaban ligeramente, suavemente, curvados.

Lentamente Gareth agachó la cabeza y cubrió esos labios con los suyos.

Las llamas crecieron de inmediato, firmes y seguras. Con la mayor experiencia, había menos urgencia, menos desesperación inmediata, más tiempo para saborear cada instante, para seguirle en cada paso del camino hacia la conclusión.

Sabiendo que iban a alcanzarla, sabiendo que la pasión, la satisfacción y la saciedad última sería suya, que el éxtasis estaba asegurado fuera cual fuera el camino que eligieran para alcanzarlo.

Por largo, tortuoso y prolongado que fuera ese camino.

En esa ocasión, tomaron un camino más largo. Él mantuvo el ritmo lento, deliberado, fijado.

Concentrado.

Emily se rindió al insistente ritmo, un ritmo medido que impulsaba cada caricia, maravillada mientras entre las pestañas veía el rostro de Gareth rendir culto a sus pechos. Él levantó la vista, la miró brevemente a los ojos y, moviéndose tan lentamente que ella sentía tensarse los nervios, rígido de anticipación, volvió a bajar la cabeza y tomó posesión.

Profundamente, con una devoción al detalle que la volvió loca, que disparó sus sentidos.

Cada pequeño roce la quemaba como un tizón. Los dedos, la boca, los labios, los dientes y la lengua de Gareth actuaban todos en concierto, jugando, orquestando, hasta que el cuerpo de Emily empezó a cantar, hasta que la pasión y el deseo se elevaron en una dulce sinfonía que la sostuvo sobre la marea.

Y la arrastró hacia el ardiente momento, inundando sus venas, empapando su piel.

Emily estaba tan ansiosa que dolía, llena de feroz deseo, cuando él al fin le separó las piernas y se acomodó entre ellas para llenarla.

Echando la cabeza atrás, ella contuvo el aliento antes de suspirar. Se movió hacia él con todo su cuerpo, con sus brazos, sus piernas, todo su ser. Se movió hacia él y lo envolvió en su recibimiento.

Y lo sostuvo allí mientras, la cabeza agachada, la respiración entrecortada que era música para los oídos de Emily, Gareth se movía sobre ella, dentro de ella, los largos planos de su espalda contrayéndose poderosamente mientras embestía repetidamente, dándoles a ambos lo que deseaban.

Lo que necesitaban.

Incluso mientras su cuerpo buscaba la liberación, buscaba darle placer a ella y reclamar el precio final, una parte de la mente de Gareth observaba y se preguntaba, maravillada, en una silenciosa forma de sorpresa.

Las cosas habían cambiado después de abandonar Marsella, desde que, por insistencia de Emily, habían empezado a compartir la cama cada noche.

Cada noche, el placer, la seguridad, la sorpresa, crecía. Se intensificaba. Se volvía perceptiblemente más fuerte, infinitamente más adictiva.

Ese sencillo acto que hasta entonces siempre había parecido tan claro, tan momentáneo y tan inmutable, de repente se había convertido en mucho más. Aquello... resultaba embriagador, mareante. Mientras él se hundía más profundamente dentro del ardiente cuerpo de Emily y la sentía atraparlo, cerrarse y sujetarlo, sentía sus brazos rodearlo con fuerza, sus piernas sujetando sus costados, su cuerpo acunando el suyo… tuvo la sensación de que ella estaba alimentando una parte de su alma que ni siquiera sabía que existía, mucho menos sabía lo hambrienta que estaba.

Pero lo cierto era que Gareth estaba hambriento de esas cosas, no solo del placer físico y las postrimerías del éxtasis, sino de la conexión, de la unión, de la bendita liberación de tener a alguien tan cerca, de tener a alguien… que fuera suya.

Gareth perdió el control. Mientras ambos, él y ella, giraban fuera de control, mientras las exigencias de sus cuerpos arrollaban sus mentes y tomaban el mando de sus sentidos, él levantó la cabeza, encontró sus labios y la besó, la reclamó, la honró, le agradeció.

Y se dejó ir.

Se entregó a ella y la tomó a cambio.

Y ya no supo dónde terminaba uno y empezaba el otro.

La tormenta los alcanzó, los sacudió, hizo saltar su sentido común por los aires, los dejó inanes, flotando en el mar la pasión.

Los dejó fundidos, fusionados, unidos por el corazón.

Soldados por el alma.

Ya nunca más solos. Ya nunca más separados.

La idea circulaba en la mente de Gareth mientras poco a poco regresaba a tierra, a la calidez de la cama, al cielo de los brazos de Emily.

Los sueños se hacían realidad.

Pues eso era ella para él, y él jamás la dejaría marchar.

Abandonaron Abbeville antes del amanecer, el frío era intenso y el suelo estaba cubierto de escarcha. Sus respiraciones surgían en visibles volutas mientras se apresuraban hacia el patio de las cuadras, corriendo en un caos organizado entre las titilantes sombras de las luces de la posada.

Antes de que el horizonte empezara a iluminarse, ya estaban en camino. Se dirigieron al norte a gran velocidad, alertas, en guardia, aunque Gareth estaba seguro de que no encontrarían ninguna resistencia.

Y efectivamente, llegaron a Boulogne-sur-Mer sin sufrir ningún incidente ni retraso. Gracias a su temprana partida, era media tarde cuando avanzaban sobre las calles de la bulliciosa ciudad. En esa ocasión, sin embargo, no se detuvieron en el centro.

Al pasar frente al ayuntamiento y dirigirse colina abajo, Emily miró a Gareth con expresión inquisitiva.

—Necesitamos una posada cerca de los muelles —él se inclinó hacia delante y miró por la ventanilla—. Los Juneau dicen que conocen esa zona.

Cuanto más avanzaban, más tráfico encontraban. El ritmo de los carruajes quedó reducido a un lento paso mientras recorrían las calles alrededor de la plaza del mercado, y luego seguían por otra calle más amplia que les condujo a otra plaza. Los primos Juneau detuvieran los carruajes a un lado.

En cuanto abrió la puerta del coche y pisó la calle empedrada, la vista, los sonidos, y los olores del mar asaltaron los sentidos de Gareth. Hasta entonces no habían encontrado demasiado viento, pero allí soplaba con fuerza, salado y punzante, húmedo y cargado de bruma marina, que le golpeaba la cara y tironeaba de sus cabellos.

—Eso de ahí es el canal, ¿verdad? —Emily se asomó a la puerta del carruaje y miró hacia fuera.

Gareth asintió. Más allá de los muelles y la dársena del puerto que Napoleón había excavado preparándose para invadir Inglaterra, invasión que nunca se había producido, más allá de los brazos protectores de los rompeolas y los faros, había una extensa masa de agua con olas agitadas de un color verde grisáceo bilioso bajo el cielo plomizo.

Unas cuantas valientes gaviotas maniobraban bajo las nubes de color pizarra, moviéndose rápidamente contra el viento. Detrás de ellas se veía la más densa y oscura masa de la tormenta que se avecinaba.

Esa amenazadora masa le confirmó a Gareth sus peores temores. Quedarían atrapados allí durante días. Contemplando la olla a presión en que se había convertido el canal, confirmó que no había un solo barco que se hubiera aventurado a zarpar.

Un vistazo al rostro de Emily, que bajaba del carruaje, le indicó que no hacía falta explicarle la situación.

Gareth se volvió hacia Gustav Juneau, que se bajó del cajón para unirse a ellos.

—Conocemos una posada por aquí —Gustav señaló con el látigo hacia una estrecha calle que se alejaba de la plaza—. Está cerca de los muelles y los posaderos nos conocen —miró a Gareth—. Pero será mejor que vengan a verlo.

Gareth llamó a Watson y, con Emily del brazo, dejó a los demás con Pierre Juneau vigilando los carruajes y se adentró junto a Gustav más profundamente en el barrio de los muelles.

La posada a la que les condujo Gustav demostró ser perfecta para sus necesidades, entre otras cosas porque todas las habitaciones estaban vacías. Gareth negoció inmediatamente el alquiler de toda la planta superior. Además, la posada estaba cerca de los muelles, con salida directa al muelle principal y, dada su situación, la sala común estaba siempre llena de marineros.

El dueño y su esposa, los Perrot, se mostraron encantados de acomodarlos.

—¡Menudo tiempo! —*Monsieur* Perrot gesticuló llamativamente—. Esto es muy malo para el negocio.

—Cierto —observó Gareth—, pero antes de recibirnos hay algo que deberían saber.

Ante su insistencia, los Perrot se sentaron con Emily, Gustav y él a una mesa en el rincón de la sala común. Tal y como había hecho en Marsella, Gareth inició el relato. Y tal y como había sucedido en Marsella, Emily, en esa ocasión ayudada por Gustav, se hizo cargo rápidamente.

Los Perrot se mostraron comprensiblemente horrorizados, pero Emily se ganó su simpatía, mientras Gustav agitaba su

fervor nacionalista hasta que Perrot golpeó la mesa con la mano y declaró:
—Deben alojarse aquí. Les ayudaremos con esto, y los demás —hizo un gesto hacia la abarrotada sala— estarán encantados de ayudar a frustrar las intenciones de este villano.

Madame Perrot asintió y su mirada se iluminó con una luz marcial.

—Ese y sus paganos no podrán prender fuego a esta posada, está construida en sólida piedra.

Otra de sus muchas ventajas. A pesar de su creciente preocupación, Gareth disfrutó de un momento de alivio. No podría haber deseado un mejor alojamiento, sobre todo dado que, al parecer, iban a tener que pasar unos cuantos días allí.

Emily y *Madame* Perrot subieron a la planta superior para inspeccionar las habitaciones. Gustav, tras intercambiar unas palabras con Perrot, se dirigió hacia los establos. Gareth y Perrot llegaron a un acuerdo sobre la tarifa. Gareth le pagó la mitad en ese momento, quedando pendiente la otra mitad para la mañana de su partida. En cuanto a la fecha de esa partida…

—¿Tres días? —interpelado al respecto, Perrot frunció los labios y sacudió la cabeza—. Pueden ser más. Si baja al muelle más tarde, le diré a quién puede preguntar.

—Gracias —contestó Gareth inclinando la cabeza y controlando su frustración. Levantó la vista hacia el otro lado de la sala común y vio a Emily bajando las escaleras—. Iremos a buscar al resto del grupo.

Emplearon el resto de la tarde en instalarse. Siguiendo la sugerencia de Gareth y la insistencia de Emily, Pierre y Gustav permanecerían con ellos esa noche, y luego iniciarían su largo viaje de regreso a casa por la mañana.

Tras consultar con Perrot, al parecer un conocido de un conocido de los Juneau, después de la comida, Pierre y Gustav se dirigieron a los almacenes en busca de cualquier comerciante que tuviera interés en enviar provisiones al sur.

Poco después, tras haber recibido detalladas instrucciones, Gareth se marchó con Mooktu, Bister y Jimmy para consultar con el hombre del tiempo local, un viejo marinero en quienes todos confiaban por su capacidad para interpretar el cielo, los vientos, y las olas.

Cuando llegaron al muelle principal, Jimmy abrió enormemente los ojos.

—No creo haber visto jamás tantos barcos pesqueros, no todos a la vez. Ni siquiera en Marsella.

—Tengo entendido que este es el puerto pesquero más grande de toda Francia —comentó Gareth.

Mooktu asintió hacia la elegantemente esculpida dársena en la que se bamboleaba la flota, todo lo protegida que podía estar del rugiente viento.

—Eso está bien pensado... un puerto seguro.

—Así es —a Gareth le gustaría decir lo mismo para su grupo también.

Encontraron al viejo marinero.

Y lo que les dijo fue desalentador.

—¡Cuatro días! —exclamó Bister, que caminaba junto a Gareth de regreso a la posada.

No había nada que decir. El anciano, prácticamente sordo aunque su vista era tan aguda como siempre, había afirmado categóricamente que el tiempo iba a empeorar antes de mejorar, que aunque lo peor se habría pasado al día siguiente, el viento seguiría soplando en la dirección equivocada durante los próximos tres días.

El cuarto día, el tiempo sería mucho mejor, y podrían, les había asegurado el viejo marinero, zarpar... Pero no antes.

Mientras se acercaban a la posada, Mooktu la observó detenidamente.

—Por lo menos podremos esperar detrás de unos muros bien sólidos.

A ese respecto tampoco había nada que decir. Todos entendieron que durante los tres próximos días quedarían básicamente atrapados. Detenidos en un lugar. Los sectarios pronto sabrían dónde se alojaban. Y entonces… sin duda el poder de la Cobra Negra se desataría contra ellos.

Aquella noche, antes de sentarse para cenar, una cena servida temprana para que los Perrot y sus hijos e hijas pudieran ocuparse del turno de noche, Gareth y Emily volvieron a hablar con sus hospedadores, insistiendo en la probabilidad de un ataque.

—No existe la menor posibilidad —les advirtió Gareth—, de que nos dejen tranquilos. Puede que no sea esta noche, puede que no sea mañana, pero sin duda se avecina un gran ataque.

Empezaba a entender por qué los franceses y los ingleses habían dedicado tantos siglos a guerrear entre ellos. Los franceses, al parecer, eran unos enamorados de una buena batalla, es decir una batalla en la que pudieran participar en nombre de la justicia, como cualquier inglés.

Los Perrot se mostraron decididamente ansiosos por hacer frente a ese desafío.

—Esta misma noche hablaré con nuestros amigos —declaró Perrot—. Ellos también están atrapados por culpa del tiempo, y estarán encantados de poder participar en algo de acción.

Gareth no estaba muy seguro de que esa ayuda fuera a resultar a su favor, pero inclinó la cabeza en un gesto de agradecimiento.

—Estaremos encantados de recibir cualquier asistencia que nos puedan ofrecer sus parroquianos.

Se corrió la voz, lentamente al principio y luego con creciente ímpetu. Todo aquel que entró a la posada de Perrot aquella noche fue regalado con la historia. La versión que oyó Gareth cuando se acercó al bar para rellenar las jarras de cerveza era mucho más adornada, espectacular, incluso apasionada, pero esencialmente no era más que la verdad comunicada en un correcto e histriónico francés.

Cuando regresó a la mesa de la esquina encontró a Emily sentada de lado, charlando animadamente con dos mujeres más mayores.

Watson se había instalado un poco más al fondo y había sido captado por un grupo de marineros de piel oscura que, sospechaba Gareth, lo estarían interrogando sobre el color de piel del enemigo.

Gareth dejó las jarras llenas delante de Mooktu y Mullins, y estaba a punto de sentarse cuando Jimmy apareció a su lado.

—Si me disculpa, mayor Hamilton, hay unos hombres allí que querrían hablar con usted.

Gareth levantó la cabeza y miró en la dirección que le señalaba Jimmy, y allí vio a un grupo de cuatro hombres, claramente marineros, sentados a una mesa al fondo de la sala. Uno de ellos, por su gorra un capitán, captó su mirada y alzó su jarra a modo de saludo.

—¿Dónde está Bister? —preguntó Gareth volviéndose hacia Jimmy.

Jimmy asintió hacia el otro lado de la habitación.

—Está allí junto a la puerta. Esa gente con la que está habla inglés lo suficientemente bien como para entenderse.

Gareth asintió

—¿Por qué no vas a ayudarlo?.

Jimmy se marchó encantado. Tomando su jarra y, tras murmurar algo a Mooktu y Mullins, Gareth se dirigió hacia la mesa del fondo.

Más tarde se alegró de haberlo hecho. Los cuatro hombres del grupo eran capitanes, y todos ofrecieron a los miembros de su tripulación de los que podían prescindir para defender la posada contra los paganos. Y sobre todo, uno de ellos, el capitán que lo había saludado, comandaba uno de los más grandes barcos arrastreros.

—En cuanto mejore el tiempo, si quieren, les puedo llevar hasta Dover. Mi cuñado tiene barriles de vino que entregar allí, Así que de todos modos tengo que ir. Mi barco es lo bastante grande como para acomodar a su grupo, son nueve, ¿verdad?

—Debo advertirle que —Gareth asintió—, aunque la secta tiene poca experiencia de luchar en el mar, es posible que intenten atacar cualquier barco en el que estemos a bordo.

—¡Bah! —el capitán hizo un gesto que indicaba lo que pensaba de las posibilidades que tenía la secta.

—Podrían —insistió Gareth— contratar mercenarios, otros franceses que sean más competentes sobre las olas, para atacar su navío.

—Ningún francés —el capitán sonrió— se atrevería a atacar a Jeanne-Claude Lavalle en varias millas a la redonda.

Gareth miró a los demás. Todos sonreían. Uno de ellos rodeó los hombros de Lavalle con un brazo.

—Por desgracia tiene razón —intervino el otro capitán—. Todo el que esté en la marina conoce su nombre. Lavalle es un viejo lobo de mar —el hombre miró a Lavalle con afecto—, ninguno de nosotros se atreve a desafiarlo, ni siquiera ahora que luce canas.

Lavalle soltó un bufido, aunque sonrió.

Y Gareth no pudo evitar hacer lo mismo.

Para cuando subieron las escaleras, mucho más tarde de lo habitual, Gareth era presa de sentimientos contradictorios. Una cierta melosidad inducida por la camaradería tan rápidamente ofrecida y la cerveza de los Perrot chocaba contra la elevada tensión, la tensa sensación de estar en alerta que, a pesar de la noche tan agradable, no había disminuido lo más mínimo.

Aunque los fornidos hijos de los Perrot se habían ofrecido a montar guardia durante la noche, Gareth los había rechazado amablemente, señalando que los hombres de su grupo estaban más acostumbrados a reconocer a cualquier sectario y que habían sido entrenados para saber cómo reaccionar. De modo que, como de costumbre, Mooktu ya montaba guardia en el pasillo de la planta superior, sentado al principio de las escaleras desde donde podía ver toda la sala común, hasta la puerta de la calle. Gareth intercambió una sonrisa y un asentimiento con él al pasar a su lado. Mooktu sería relevado por Bister, quien a su vez sería relevado por Gareth, y Mullins llevaría a cabo la guardia desde primera hora de la mañana. Mientras tanto, Watson se alojaba en una pequeña habitación junto a la escalera trasera, siendo que gozaba de un sueño muy ligero.

Ver a Mooktu volvió a centrar a Gareth en el desafío al que se enfrentaría al día siguiente. Entró en el dormitorio principal y distraídamente cerró la puerta, barajando mentalmente las opciones que tenía para manejar a ese ejército tan variopinto que había conseguido reunir gracias a la velada de aquella noche.

—¿Qué sucede?

La pregunta le hizo regresar bruscamente al presente. A Emily, apoyada sobre un brazo, un dulce hombro girado y mostrándose desnudo por encima de las mantas, la expresión una mezcla de interés y exigencia.

Incluso mientras se acercaba a la cama, la mirada atrapada por los dibujos que hacía la luz de las velas sobre la perfecta piel del hombro expuesto, Gareth comprendió que ella esperaba una contestación, que esperaba que compartiera lo que fuera con él. Que la incluyera y, llegado el caso, prestara atención a cualquier opinión que ella pudiera ofrecer.

Para un hombre como él, que había dirigido tropas durante una década, hablar de asuntos como esos con una mujer, mucho menos buscar su opinión…

Se detuvo junto a la cama, sonrió, se inclinó, y la besó.

Prolongadamente, profundamente, lentamente.

Al fin se apartó, y se sentó en el borde de la cama para quitarse las botas.

Y se lo contó todo.

Apoyada contra las almohadas, ella escuchó con su habitual concentración. A Gareth le resultaba casi embriagador darse cuenta de que, cada vez que hablaba con ella, aunque fuera de algún asunto mundano, podía estar seguro de tener su completa atención, de generar esa completa atención.

Jamás había buscado la atención de ninguna otra mujer, pero disfrutaba con la de Emily.

La dejó reflexionando sobre su problema para el día siguiente, qué hacer con esos marineros, jóvenes y viejos, que habían decidido merodear por la posada con la esperanza de encontrarse con algún sectario, pagano, que por casualidad apareciera por allí.

—Van a entorpecer a los Perrot —poniéndose de pie, Gareth se quitó el abrigo—, y aunque me alegra poder suministrarles cerveza, no nos servirán de nada si están borrachos.

—Son todos marineros, ¿verdad? —preguntó Emily con el ceño fruncido. Cuando, despojado de la camisa, él asintió, ella respiró hondo, levantó la mirada hasta su rostro lo miró unos segundos y parpadeó—. No estarán acostumbrados a la instrucción ni a disparar mosquetones, ni… a ninguna de esas cosas en las que vuestros sargentos de tropa normalmente instruirían a vuestros hombres.

Gareth la miró con las cejas enarcadas mientras sus manos se detenían en la cinturilla del pantalón.

—También cuentas con Mooktu, y Bister, y Mullins, ellos podrían ayudarte… Las palabras de Emily se perdieron cuando él arrojó los pantalones sobre una silla y levantó las mantas.

Emily se apartó, tragó nerviosamente y suspiró mientras alargaba una mano hacia él.

—Pero eso puede esperar hasta mañana.

Esa noche sería suyo.

Gareth se acercó a ella, deslizándose entre sus brazos mientras algo dentro de ella se regocijaba.

Los labios de Gareth encontraron los suyos y ella lo besó, y permitió que todas las preocupaciones del día desaparecieran, las dejó marchar.

Permitió que el presente la tomara, se entregó a la tranquilidad y el consuelo, la calidez y la fuerza de ese hombre que la abrazaba, que la acariciaba, y al que ella devolvía el mismo placer.

Las manos se deslizaban, los dedos exploraban, las palmas de las manos daban forma.

La excitación despertó. La necesidad floreció, creció.

El fuego que había prendido, las llamas que saltaron, y luego rugieron, eran familiares y bienvenidas.

Emily abrió los brazos y abrazó el fuego, lo abrazó a él, lo tomó en su interior, le permitió llenarla, y a su corazón, permitió que el ritmo escalara y la pasión lo impregnara a él, y a ella, y los arrastrara a ambos.

Hasta que el deseo la agarrotó, y ella se agarró mientras él la sujetaba y embestía una y otra vez hasta que ambos se estremecieron y ella gritó su nombre.

El éxtasis les arrolló como una ola, y los empujó a esa lejana orilla donde se extendía la dicha, dorada e incandescente, a través de ellos, sobre ellos, envolviéndolos.

No importaban los desafíos, daba igual lo que estuviera por llegar, eso que tenían… eso ya era suyo.

La saciedad la arrastró hacia abajo y ella se hundió en el sopor, en paz en el aquí y ahora.

Sin importar el peligro, sin importar el riesgo, él sería suyo, y ella sería suya para siempre.

CAPÍTULO 15

10 de diciembre el de 1822
Por la mañana
En nuestra habitación de la posada de Perrot, en Boulogne

Querido diario:

He llegado a dos conclusiones. Una, que me he enamorado profunda e irrevocablemente de Gareth Hamilton y, a pesar de las recomendaciones de mis hermanas, encuentro la experiencia claramente desconcertante. Toda esa charla sobre los sectarios organizando un serio y sostenido, y por sus implicaciones potencialmente letal, ataque resulta tremendamente agotadora para los nervios. Apenas soy capaz de soportar la idea de que Gareth resulte herido, mucho menos de que le sucediera algo parecido a lo de MacFarlane.
   Preferiría que me mataran a mí antes que a él.
   Preferiría que me capturaran a mí antes que a él y, dado lo que sé de las prácticas de la secta, la muerte es preferible a la captura.
   Jamás he sentido una preocupación tan devoradora, tan grande, por otra persona, como ahora siento por él. Me he propuesto ocultarlo, y seguiré haciéndolo, pues a ningún caballero le gusta una damisela temerosa que se aferre a él, pero la lucha resulta más difícil cada día.
   No tenía ni idea de que el amor fuera así. Siempre me he enorgullecido de ser práctica y pragmática y, si bien externamente espero permanecer así, por dentro... cómo he caído.

Lo cual me lleva a mi segunda conclusión. Gareth debe amarme. ¿Por qué estoy tan segura?, porque reconozco la angustia en su mirada cada vez que me expongo a algún peligro potencial, la misma angustia que siento yo cuando él está en una situación similar. Es lo mismo, movido por la misma emoción. Nada podría estar más claro.

Él debe amarme, pero no está dispuesto a afirmarlo, ni siquiera a mí, ni siquiera en la intimidad. Dada la clase de hombre que es, un guerrero hasta la médula, quizás entienda su postura, pero simplemente no me sirve.

Ante mis conclusiones, antes de seguir adelante hacia el altar, estoy decidida a oírle pronunciar la palabra «amor».

E.

A la mañana siguiente, en medio de la llovizna que había reemplazado al aguanieve de la noche, se reunieron en el patio de las cuadras para despedir a Gustav y Pierre Juneau.

A pesar del tiempo relativamente corto de su asociación, los abrazos y despedidas fueron afectuosos y sentidos. Las recomendaciones de tener cuidado, profundamente sinceras.

Gareth les entregó una bolsa con el resto del dinero, junto con una considerable propina, mientras le daba a Pierre una palmada en el hombro.

—No nos habría ido tan bien sin vosotros.

—Así es —Emily sonrió resplandeciente a Gustav—. Todavía seguiríamos de camino si nos hubiese traído cualquier otra persona. Estamos profundamente en deuda con vosotros.

Los dos Juneau se despidieron con exclamaciones, estrecharon manos, y se subieron a sus carruajes.

Junto al primer carruaje, repentinamente serio, Gareth levantó la mirada hacia Gustav.

—Tened cuidado, por lo menos hasta que estéis en el sur. Dudo que haya muchos sectarios todavía por la carretera, pero hasta que estéis que fuera de esta zona, tened cuidado, el que ya no estemos con vosotros no importa, la secta es conocida por su rencor.

Gustav se dio un golpecito en la gorra de cochero. Volvió la vista hacia Pierre, que asintió indicando que lo había oído, y luego volvió a mirar a Gareth.

—Lo tendremos en cuenta... mientras tanto, cuídense —su mirada abarcó a los demás miembros del grupo, que se habían colocado detrás de Gareth—. Todos, que les vaya bien, y cuando lleguen a Inglaterra, asegúrense de librarnos de todos esos *vipères*.

Tras asegurarles que así sería, Gustav chasqueó las riendas y los dos carruajes salieron lentamente del patio.

Emily suspiró, y deslizó su brazo por el de Gareth para que la condujera de regreso al interior de la posada.

—Voy a echarlos de menos, pero dejarlos ir es una señal. Hemos llegado al final de nuestro viaje por tierras extranjeras... en cuanto crucemos el canal, estaremos en casa.

A Gareth le hubiera gustado dejar que ella continuara creyendo que estaban cerca de encontrarse a salvo y libres, pero...

—Habrá sectarios esperándonos en Dover.

—Pero sin duda no puede haber tantos como aquí —ella frunció el ceño.

—No sé cuántos habrá, pero estarán allí. Ferrar es la Cobra Negra. Inglaterra es nuestro hogar, pero también es el suyo.

—Entonces, ¿vamos a tener que seguir en alerta incluso después de haber llegado a Dover?

Él asintió.

Emily soltó un juramento apenas audible.

En una granja desierta al este de Boulogne, Tío supervisaba a sus tropas reunidas. En cuanto se había hecho evidente que el mayor iba a detenerse en Boulogne, había enviado jinetes para convocar a todos los sectarios situados a lo largo de la costa a ese lado de la ciudad de Calais.

Según su información, había cuatro correos dirigiéndose a Inglaterra, pero únicamente el mayor había ido por ese camino. Las noticias que le habían llegado situaban a uno de los otros tres mucho más al este, y los otros dos habían estado viajando por mar bordeando El Cabo y todavía no habían desembarcado.

Tenía órdenes de capturar al mayor y, por encima de todo, recuperar el portarrollos que transportaba. No habían tenido ninguna oportunidad de registrar el equipaje del grupo, pero, de todos modos, Tío quería al mayor. Ninguna otra cosa le serviría, ninguna otra cosa vengaría a su hijo.

—Tal y como pronostiqué —Tío sonrió benevolentemente a sus herramientas, sus armas—, nuestros pichones están atrapados, sus alas cortadas por la tormenta. Se han refugiado en la ciudad y se esconden, esperando a que los saquemos de allí —caminó lentamente por delante de sus hombres, mirándolos a los ojos, permitiéndoles asimilar la brillantez de su plan—. Mientras el viento siga soplando fuerte es imposible cruzar el mar. No pueden hacer nada, no tienen ninguna posibilidad de escapar de nosotros. Ahora debemos centrarnos en ocuparnos de estos advenedizos tal y como decretaría nuestro líder… ¡como exige la gloria de la Cobra Negra!

Se oyó una entusiasta ovación, pero ante un gesto de la mano de Tío, se interrumpió.

Antes de poder continuar, Akbar, que hasta entonces permanecía entre las sombras a un lado, dio un paso al frente.

—¿Qué pasa con los cocheros? Ayudaron a que nuestros pichones escaparan de nosotros, sus familias acogieron a nuestros enemigos —un rugido surgió de entre los hombres reunidos. Akbar mantuvo la mirada fija en el rostro de Tío—. Deberíamos enseñar a sus cocheros la venganza de la Cobra, y hacerles pagar el precio.

Se produjeron asentimientos y murmullos mientras los hombres se volvían ansiosos hacia Tío, claramente anticipando el momento en que él diera la orden.

Tío sonrió con benevolencia. Magnánimamente, despreció a los cocheros con un gesto de la mano.

—Tenemos cosas mejores, más importantes, que hacer que ocuparnos de unos cocheros de bajo rango que no tienen ya ninguna utilidad. La Cobra Negra exige un servicio de la mayor calidad, y es importante no desviarse del camino en la búsqueda de la gloria personal —Tío se volvió sonriente hacia Akbar, animando a su ambicioso segundo al mando a reflexionar sobre sus palabras.

Como era de esperar, sus palabras habían hecho que la atención de los hombres volviera a centrarse en él. Alzó una mano en un gesto de bendición antes de darles sus órdenes.

—Debéis dividiros y peinar el terreno alrededor de la ciudad. Hay que buscar el lugar perfecto para retener y disciplinar al mayor y la mujer.

Para sorpresa de Gareth, el resto del día pasó rápidamente. Con cada hora, sus noticias llegaban más lejos y cada vez había más parroquianos, sobre todo hombres, que encontraban algún motivo para dejarse caer por la posada de Perrot. Algunos llegaban para informar de que habían visto sectarios merodeando por la ciudad y por los muelles durante la semana anterior, pero, según todas las informaciones, los paganos se habían esfumado.

Dos gendarmes llegaron ansiosos por escuchar el relato, narrado con gusto por uno de los hijos de Perrot. Los gendarmes asintieron, les desearon suerte, y se marcharon. Los sectarios paganos y los ingleses, dedujo Gareth, estaban fuera de su competencia.

A lo largo de toda la mañana, jóvenes musculosos acudieron a la posada para ofrecer sus servicios para repeler a las hordas paganas. Dado que Gareth disponía de bastante dinero para comprar cerveza y Bister, Mooktu, Mullins y él tenían muchos relatos que contar, resultaba muy sencillo mantener el interés de sus nuevos reclutas.

Unos cuantos llevaron con ellos mosquetones oxidados. Tras un rápido examen, sabiendo que la secta jamás recurriría a las armas de fuego y que, al reclutar ellos a la gente de allí, había pocas o ninguna posibilidad de que la secta pudiera en esa ocasión contratar a esos lugareños para luchar contra ellos, Gareth decidió que no merecía la pena utilizar armas de fuego.

Nada más terminar de comer, cuando el grupo de la sala común había crecido en músculos, Gareth se levantó y golpeó una jarra vacía sobre la barra. Cuando tuvo la atención de todos, comenzó a hablar con una voz que llegaba a todos los rincones de la sala.

—Todo aquel que quiera luchar contra los paganos que se reúna en el patio lateral ahora mismo. El entrenamiento con armas empezará dentro de cinco minutos.

Mientras el grupo de hombres desfilaba ansioso hacia el patio, Gareth reunió a Mooktu, Bister y Mullins.

—Cuchillos, de todas clases, pero enseñadles solo los movimientos más básicos. En cuanto veamos de qué material están hechos, los separaremos en grupos.

Los otros, todos antiguos militares, asintieron y lo siguieron hasta el patio.

Pusieron a prueba a sus reclutas, para diversión de la multitud que se había reunido para verlos. Rápidamente, la actividad se había convertido en un evento, con intérpretes y un agradecido público, en su mayoría femenino. Al principio los murmullos, risitas, y miradas de reojo irritaron a Gareth, pero tras pasar frente a un grupo de chicas, oyó:

—Tengo que volver a casa y contarle esto a Hilda.

Después de eso, observó más detenidamente a la multitud y vio que las chicas cambiaban continuamente. No podían permanecer mucho rato allí porque debían estar en sus casas, pero cuando llegaban allí, hablaban.

Gareth no podía pedir una manera mejor de hacer correr la voz sobre los sectarios. En cuanto comprendió eso, se olvidó del público y se concentró en instruir a sus inexpertos, aunque entusiastas, reclutas.

El día terminó con una granizada, pero ningún sectario por ninguna parte. Sentado con los demás en la sala común, mientras terminaban de cenar y Bister, Jimmy y Mullins entretenían a los comensales con relatos sobre los nuevos reclutas y sus diversas habilidades, Gareth dejó que la conversación fluyera sobre él mientras mentalmente repasaba de nuevo sus preparativos.

El portarrollos, el objeto que más deseaban los sectarios, estaba tan a salvo como podía estar. En las primeras etapas del viaje, Arnia lo había llevado encima, pero en Alejandría, en cuanto le había tomado la medida a Watson, había hablado con él. Watson era equilibrado, leal y cumplidor, con una profunda inclinación hacia la integridad. También era el de mayor edad del grupo, el que menos probabilidades tenía de lanzarse a cometer algún acto de heroicidad física. Desde Alejandría, Watson era quien había llevado el portarrollos, aunque exactamente dónde ni siquiera él lo sabía.

Si algo malo le sucediera al grupo, Watson reuniría a los supervivientes y se dirigiría a Inglaterra. Tenía dinero y cartas de recomendación, y también instrucciones de Gareth, y llevaba el portarrollos. Pasara lo que pasara, el portarrollos llegaría a Inglaterra.

Gareth también le había dado dinero y cartas de recomendación a Arnia. Si la secta conseguía romper el grupo, ella llevaría a Dorcas a Inglaterra. Juntas, las mujeres se las apañarían, y la secta ignoraría a dos mujeres de casta inferior.

El resto eran objetivos potenciales. La secta iría tras él y Emily, y luego, al no encontrar el portarrollos, perseguirían a Mooktu, Bister y Mullins. Incluso podrían llegar a considerar a Jimmy.

Estaba intentando pensar como un comandante de la secta, cuando sintió la mano de Emily cerrarse en torno su muñeca y tirar de él, devolviéndolo al presente. Elevando la mirada, se encontró con la de ella.

Emily estudió su rostro, su propia expresión seria.

—Ellos también están elaborando planes y estrategias, ¿verdad? —preguntó ella tras intentar buscar la respuesta en los ojos de Gareth—. ¿Estarán reuniendo a sus fuerzas y organizándose?

Los demás, que habían oído la pregunta, permanecieron silenciosos y expectantes ante la posible respuesta. Gareth miró alrededor de la mesa antes de devolver la mirada a Emily y asentir.

—Aunque Ferrar no está aquí, al menos creo que es muy poco probable que esté, tienen a algún comandante al mando.

Gareth los miró a todos antes de descansar la mirada en Bister y en Jimmy.

—Sea lo que sea lo que venga, no debemos pensar que vamos a enfrentarnos a un grupo poco disciplinado. Su comandante sin duda habrá traído con él asesinos y algunos de los guardias mejor entrenados que tenga.

A continuación deslizó la mirada hacia Mooktu y Mullins.

—En cuanto a su número, Ferrar sin duda sabrá que la manera más sencilla de bloquear nuestro acceso a Inglaterra será controlando los puertos del canal. Ya hemos tenido noticias de que hay vigilantes apostados aquí, y Ferrar habrá enviado contingentes de sectarios a cada puerto.

—Y ahora que saben que estamos aquí, convocarán a todos los demás para que se reúnan con el grupo que hay aquí —dedujo Mullins.

—Desconozco la ruta de los otros tres correos — admitió Gareth después de unos segundos—, pero, a no ser que alguno de los otros esté cerca, y no lo creo probable, entonces sí, imagino que, cuando empiece la pelea, nos estaremos enfrentando a un buen número, y no solo a diez o veinte.

Dorcas se estremeció y cerró el echarpe con el que se cubría.

Gareth aprovechó el momento para reconducir sus palabras antes de continuar.

—No debemos olvidar mis órdenes —en deferencia a todo lo que habían vivido juntos, los incluyó a todos—. Se supone que debo hacer todo lo que pueda por atraer y eliminar a todos los sectarios posibles, especialmente aquí y, si bien no tengo suficiente información para conocer los motivos, podemos estar seguros de que las órdenes de Wolverstone están bien fundadas.

Miró a Bister a los ojos.

—Y por eso nuestros variopintos reclutas son un regalo del cielo. Tenemos que hacer todo lo posible para ponerlos en una forma razonablemente buena, prepararlos para derrotar a los sectarios.

—Se me ocurre una idea —intervino Mooktu—. Los sectarios solo pelean con cuchillos, de cerca, cuerpo a cuerpo. Pero muchos de nuestros reclutas son marineros y granjeros, y muchos poseen habilidades para lanzar a gran distancia.

—Cosas como palos, horcas y demás —Mullins asintió—, y también tirachinas —miró a Gareth—. Quizás deberíamos animarlos a utilizar esos objetos.

—Por lo que he visto, no hay muchos que tengan experiencia con espadas —Gareth asintió después de reflexionar—. Mañana veremos qué habilidades poseen y trabajaremos con ellas.

De nuevo miró alrededor de la mesa.

—De una cosa podemos estar totalmente seguros, la Cobra Negra habrá dado órdenes de que se nos detenga. Aquí, en Boulogne. De modo que la secta vendrá a por nosotros, y vendrá con todas sus fuerzas. Para los sectarios y su comandante esta será su última batalla.

Embutido en su abrigo, Tío se volvió lentamente, supervisando la amplia estancia a la luz de las antorchas que dos de sus seguidores sostenían en alto.

—Esto servirá —declaró con una sonrisa.

Tío miró al joven sectario que había llegado corriendo para informarle del hallazgo de la mansión en ruinas, no muy lejos de la ciudad, oculta entre la maleza de un jardín, y levantó una mano en señal de bendición.

—Has trabajado bien, hijo mío.

Miró con expresión inquisitiva mientras otros sectarios entraban en la sala.

—La hemos registrado, Excelencia —uno de ellos hizo

una reverencia—, pero no hay nadie aquí. Está abandonada.

—¿Y es lo bastante grande y sólida para convertirse en nuestro cuartel general?

—Parece lo bastante adecuada, Tío.

—Excelente. Preparadlo todo para trasladar nuestro equipaje aquí, y convocad a todos nuestros luchadores. A partir de ahora este será nuestro cuartel general.

Los hombres hicieron una reverencia.

Unas rápidas pisadas en el pasillo hicieron que todos se volvieran hacia la puerta.

Akbar apareció, hizo una pausa, observó la ornamentada sala, un pequeño salón, según tenía entendido Tío que se llamaba, y entró. Se quitó los guantes, miró a Tío a los ojos, e hizo una breve reverencia.

—Los hombres que vigilan la posada informan de que el mayor ha empezado a instruir a los lugareños en el patio.

—¿Son soldados, una milicia? —Tío frunció el ceño.

—No. Son marineros, granjeros, jóvenes en su mayoría, solo unos pocos más mayores.

—Hombres de orden inferior —la expresión de Tío se volvió despreciativa mientras agitaba una mano en el aire—. No suponen ninguna amenaza para nosotros. No está en la naturaleza de los campesinos alzarse en armas contra sus superiores.

—Pero…

—Sin duda, el mayor tiene intención de confundirnos, de fingir que posee un gran número de luchadores. Pero no los tiene —miró a Akbar a los ojos y continuó con calma—. No conseguirá distraernos del camino que estamos destinados a seguir. El que la Cobra Negra nos ha ordenado que sigamos.

A Akbar no le quedó más remedio que tragarse sus protestas. Inclinó la cabeza con rigidez y se apartó.

—Reunid todo lo necesario para convertir este lugar en un cuartel general aceptable —Tío se volvió hacia los demás—. También quiero que me traigáis todo el material que

voy a necesitar para castigar adecuadamente a la mujer del mayor y, después, al propio mayor —una perezosa sonrisa de vengativa anticipación se extendió por el rostro de Tío—. ¿Sabéis lo que necesito?
—Sí, Tío —contestó el sectario al mando mientras todos los demás asentían—. Traeremos todas las herramientas necesarias.
—Bien —con la sonrisa todavía en el rostro, Tío se dio media vuelta.
Akbar permaneció unos instantes expectante, antes de hacer una rápida reverencia hacia la espalda de Tío, darse media vuelta y abandonar la habitación.
Ya en el pasillo, encontró a su segundo esperando. El hombre lo alcanzó mientras se alejaba por el pasillo.
—¿Y bien? ¿Qué ha dicho? ¿Debemos desanimar a esos lugareños de unirse al mayor?
—No —contestó Akbar con expresión pétrea—. Los viejos y sus delirios —añadió después de unos segundos—, hará que nos maten a todos.

La noche transcurrió sin ningún incidente, y el día siguiente continuó en calma.
Demasiado en calma para el gusto de Gareth.
La lluvia y el granizo habían cesado, pero el viento seguía soplando con fuerza. Por suerte, el patio de la posada estaba protegido por los edificios que lo rodeaban. A lo largo de la mañana y hasta bien entrada la tarde, Mooktu, Mullins, Bister y él trabajaron con los voluntarios, instruyéndolos en el manejo de las armas y las técnicas, y también en los niveles básicos de mando.
A última hora de la tarde, sin embargo, muchos empezaban a preguntar cuándo se produciría la batalla. Dado que no había ninguna respuesta definitiva, cada vez resultaba más difícil mantener la atención de las tropas.
Por la noche, al entrar en la sala común, Gareth oyó mu-

chos comentarios sobre «las locas ideas de los ingleses», y no le cupo la menor duda de que la excitación generada por la promesa de la batalla contra los «paganos», empezaba a disolverse.

Se sentó junto a Emily a la mesa habitual y miró a los ojos a sus compañeros instructores.

—Quienquiera que dirija la secta en esta ocasión utiliza el cerebro. No hemos avistado a ningún sectario desde nuestra llegada. Los lugareños empiezan a creer que en realidad no existen, que se han marchado, o que desde un principio no han sido más que producto de nuestra imaginación.

—Apuesto a que mañana volverán la mitad de los que han estado hoy —Mullins asintió con amargura.

—No podemos hacer gran cosa hasta que caiga el hacha sobre nosotros —Bister hizo una mueca—, ¿verdad?

—Lo único que podemos hacer es esperar que, cuando se produzca el ataque, contemos con un número razonable de personas para controlar la primera oleada —Gareth sacudió la cabeza—, para darles tiempo a los dubitativos a venir corriendo en nuestra ayuda.

Watson sugirió que se hicieran con una campana o algo similar que pudieran utilizar para llamar a las tropas.

Mientras los otros hablaban sobre el tema, Gareth se acercó a Emily. Posó una mano sobre una de las suyas y buscó su mirada.

—No olvides que desde el principio, desde Adén, la secta te tiene en su punto de mira. Deben saber cuál ha sido tu papel en hacernos llegar la carta, tú eres tan objetivo de ellos como yo.

—Pero yo no llevo el portarrollos —Emily enarcó las cejas—. Si esta es su última oportunidad para evitar que llegue a Inglaterra, deberían centrarse en eso, no... —agitó una mano en el aire—, no en temas secundarios.

—Ellos no te ven como un tema secundario —él le sostuvo la mirada—. Hacerse con rehenes es su táctica habitual —dudó un instante antes de continuar—, y sospecho que ya saben que yo haría cualquier cosa por salvarte.

Emily giró la mano y tomó la de Gareth. Buscó su mirada y agachó la cabeza.

—Tendré cuidado.

Ambos se volvieron hacia Dorcas, que estaba señalando que sin duda debía haber una iglesia cerca de allí con una gran campaña.

Mientras Dorcas y Arnia se ofrecían para encontrar al cura y reclutarlo tanto a él como a su campana, Gareth intentó relajarse, intentó olvidar la certeza de lo mucho que Emily significaba para él, la insidiosa realidad de lo vulnerable que era en lo concerniente a ella.

Tener miedo por él mismo era algo con lo que había aprendido a vivir. Tener miedo por ella... Era totalmente diferente.

En la cocina de la mansión abandonada, donde las tropas se habían reunido para cenar, Tío se levantó a la cabecera de la mesa principal. Esperó a que todas las cabezas se hubieran vuelto hacia él, a que se hubiese hecho el silencio. Entonces elevó los brazos y sonrió.

—Hijos míos, el momento ha llegado. Mañana será nuestro día.

La excitación brillaba en todos los rostros. La anticipación había alcanzado cotas enfervorecidas. Tío casi podía saborearla.

—Mañana triunfaremos, actuaremos con decisión para atraer al mayor y a su gente a nuestra red. Los traeremos aquí, a este lugar, a esta trampa —miró a Akbar, sentado a su izquierda—. Tú, Akbar, te llevarás a otros cinco hombres para vigilar el camino que conduce hasta aquí, cerca de la ciudad. Cuando el mayor y sus seguidores pasen, nos avisarás a los que estemos aquí.

Akbar, por supuesto, entendió que estaba siendo deliberadamente apartado de la acción, de cualquier posibilidad de gloria. Sostuvo la mirada de Tío, y Tío pudo ver en sus oscuros ojos la lucha que se desarrollaba en su interior entre el impulso de protestar y el conocimiento de que era una prueba de su obediencia. Al final ganó la cautela. Impasiblemente, Akbar agachó la cabeza.

—Como tú digas, Tío.

—Escuchadme bien —Tío sonrió y se volvió hacia el resto de su tropa—, y os explicaré cómo vamos a capturar a nuestros pichones.

12 de diciembre de 1822
Por la mañana
En mi habitación en la posada de Perrot

Querido diario:

No sé cómo es posible que el silencio y la calma, y el hecho de que no suceda nada, puedan resultar tan amenazadores. Pero así es. Sobre nosotros, la sensación de que va a suceder un gran desastre flota a punto de caer sobre nuestras cabezas.

Si los lugareños están en lo cierto, nos queda únicamente este último día de espera. El capitán que accedió a llevarnos hasta Dover habló con Gareth anoche, y confirmó que espera poder zarpar mañana. De ser así, nos marcharemos y, aunque pueda haber sectarios esperándonos en Inglaterra, el simple hecho de estar en casa nos animará a todos.

Mientras tanto, pasaré el día como los dos anteriores, buscando el modo de apoyar a Gareth en sus esfuerzos. Aunque existe la creencia de que no necesitamos a nuestro variopinto ejército, disponer de todas las posibles defensas, por si acaso, es indudablemente una buena idea. La decisión correcta para un comandante experimentado, y Gareth, si acaso, es precisamente eso. Aunque lo único que yo haga sea proporcionar ánimos, al menos es una contribución.

No recuerdo haberme sentido nunca tan personalmente implicada en la meta de otra persona como me siento con la misión de Gareth. Es como si su meta fuese ahora la mía, como si mi amor por él exi-

giera que abrace cada aspecto de su vida, incluso esta. Mientras que llevar la carta de MacFarlane a Bombay me despertó cierto interés en que se hiciera justicia, mi empeño en ver el portarrollos entregado a las manos correctas en Inglaterra está movido ahora predominantemente por la necesidad de ayudar al éxito de Gareth, más que en aplacar mis propios sentimientos.

El amor, estoy descubriendo, tiene amplias repercusiones.

Gareth, dado que me ama, está preocupado por mi seguridad, pero su preocupación no es nada comparada con la preocupación que siento yo por él. Sé qué clase de hombre, qué clase de soldado, es. Igual que MacFarlane, guiará a sus tropas a la batalla, en cabeza, aunque no sea más que un variopinto montón de marineros y granjeros armados con horcas y rastrillos.

Si se produjera un ataque aquí en Boulogne, Gareth le hará frente cara a cara.

El amor, estoy descubriendo, puede generar miedo. Tengo mucho más motivo para tener miedo por él del que él tiene para tener miedo por mí.

E.

El día empezó tranquilo, pero Gareth no podía quitarse de encima una sensación de inminente desastre.

Se mostró menos que impresionado cuando la predicción de Mullins acerca del tamaño de la tropa que aparecería demostró ser correcta. Únicamente una docena, sin nada mejor que hacer, hizo su entrada en la sala común, y por sus expresiones relajadas era evidente que estaban allí para entretenerse más que con ninguna expectativa de entrar en acción.

Dado que el cielo había aclarado, Bister y Mooktu se llevaron a la mayor parte del grupo, doce jóvenes muchachos, además de a Jimmy, hacia un gran patio al lado de la posada y probaron sus defensas al ser atacados con cuchillos largos. Cada muchacho iba armado con una horca, una pala, o una estaca. Mientras tanto, Gareth entrenaba a los dos que tenían cierta habilidad con la espada.

Tras ponerlos a pelear, se dedicó a observarlos, haciendo

comentarios y correcciones, interviniendo de vez en cuando para demostrarles cómo llevar a cabo un movimiento o un golpe.

Estaba observando con ojo crítico cuando Emily apareció a su lado.

—Hoy no son muchos —observó ella echando un vistazo por el patio—. Sus miradas se fundieron brevemente—. Quizás no suceda nada. Quizás han decidido esperarnos en Dover.

—Es posible —él hizo una mueca—. Pero poco probable. ¿Han regresado Dorcas y Arnia?

—Sí. Han dicho que el cura se mostró encantado de hacer sonar la campana si hubiera necesidad de ello. Al parecer, esa es la señal que se utiliza cuando se produce alguna emergencia en esta parte de la ciudad.

Gareth asintió vagamente antes de dar un paso al frente para corregir un movimiento equivocado.

—Te dejaré con el entrenamiento —murmuró Emily cuando él regreso a su lado.

Sin apartar la mirada de los futuros espadachines, Gareth asintió.

Emily se apartó sonriente. Durante un instante permaneció observando al grupo con el que estaban trabajando Mooktu y Bister, y luego dedicó unos minutos más a estudiar a los mirones, la mayoría ancianos y jovencitas, que ocupaban la acera a lo largo del lateral del patio que daba a la calle. Eran muchos menos que el primer día, pero era evidente que todos sabían que el grupo seguía en la posada.

En lugar de abrirse paso entre la línea de ancianos para llegar a la puerta principal, Emily se volvió y se dirigió por un lateral de la posada hacia la puerta trasera, que daba a la sala común. Situada en la esquina, se abría al patio trasero donde estaban los establos.

El suelo empedrado estaba en mal estado, y ella tenía que vigilar por dónde pisaba. Emily volvió la esquina con cuidado, preguntándose distraídamente qué tiempo haría en Inglaterra, y casi tropezó con un hombre.

—¡Oh! —exclamó mientras levantaba la vista...

Y contenía la respiración dando un respingo, ya que no fueron uno, sino dos hombres quienes la agarraron con fuerza de los brazos, uno a cada lado.

El hombre a su izquierda, de pelo negro, ojos oscuros y piel marrón, se pegó a ella con lascivia y colocó la punta de un cuchillo en su costado.

—No hagas ni un ruido.

Emily no se movió, ni siquiera parpadeó. Sentía la fría navaja, que se había deslizado a través del vestido con un ligero movimiento. La menor presión haría que se hundiera en su costado.

Aparentemente convencido de que ella había entendido el peligro en que se encontraba, el hombre, indudablemente un sectario a pesar de que no llevara turbante ni pañuelo de seda negro, sino un abrigo con capucha indistinguible de tantas otras, miró hacia el otro lado del patio del establo hacia donde un tercer sectario, vestido de manera similar, esperaba.

El tercer hombre asintió y el hombre a su izquierda la empujó hacia delante.

—Camina despacio. No hagas ningún ruido y te dejaremos vivir. Reza para que ninguno de tus amigos se dé cuenta, porque, si lo hacen, vamos a tener que matarlos.

Emily no tenía elección. Aunque se desmayara, ellos simplemente la arrastrarían. Pero, en cuanto llegara a la calle, alguien los vería, alguien se daría cuenta...

Sus esperanzas murieron al girar la esquina de la posada cuando vio un coche pequeño esperando. La medio izaron, medio empujaron, sobre la caja delantera. El hombre del cuchillo la siguió sentándose a su lado. El tercer hombre tomó las riendas y se sentó o al otro lado, mientras que el otro hombre se sentaba detrás.

Apretada entre los dos sectarios, el horrorosamente afilado cuchillo todavía amenazadoramente pegado a su costado, ella tuvo que quedarse sentada en silencio y permitir que la condujeran fuera de la callejuela, hasta la plaza, y más allá.

Gareth estaba pensando en hacer una pausa para comer cuando Dorcas apareció en el patio lateral. Miró a su alrededor con el ceño fruncido.

Cuando sus miradas se encontraron, Gareth enarcó las cejas.

—¿Ha visto a la señorita Emily? —preguntó la mujer acercándose a él.

—Hace un rato que no. Estuvo aquí hará una hora, pero volvió adentro.

—No la encontramos —Dorcas sacudió la cabeza y miró calle abajo—. Nadie la ha visto desde... bueno, seguramente desde que habló con usted.

Un escalofrío recorrió sus venas, pero Gareth se dijo a sí mismo que no debía precipitarse sacando conclusiones.

—Si no está en su habitación... ¿Hay algún otro sitio al que pueda haber ido para matar el rato?

—No se me ocurre ninguno. Y... bueno, no quiero alarmar innecesariamente a nadie —Dorcas lo miró a los ojos—. Hace días que no se ve ningún sectario, nadie ha entrado en la sala común diciendo lo contrario.

—Tampoco hemos visto ni oído de nadie que estuviera merodeando por los alrededores.

—Por tanto no hay motivo para suponer que pueda haberle sucedido algo malo —Dorcas miró por el patio antes de respirar hondo y continuar—, pero irse a alguna parte sin informarle, o a mí, sobre todo ahora que estamos todos tan nerviosos... eso no es propio de la señorita Emily. Aun así, quizás...

—No —Gareth la contempló con gesto sombrío mientras sus miradas volvían a encontrarse—. Tienes razón. Ella jamás se marcharía por decisión propia. Y eso significa... —él interrumpió la línea de sus pensamientos—, la buscaremos.

Encuentra a todo el que puedas y haced una concienzuda búsqueda en la planta de arriba. Les diré a Bister y a nuestros reclutas que echen un vistazo por fuera, mientras Mooktu y yo hablamos con los Perrot y buscamos por la planta baja. Nos encontraremos en la sala común cuando hayamos terminado.

Dorcas asintió con los ojos muy abiertos y corrió de regreso a la posada.

Con expresión sombría, Gareth se volvió hacia los hombres en el patio.

El registro no llevó mucho tiempo. Diez minutos después, Gareth entró en la sala común y encontró allí a Dorcas, la habitualmente estoica doncella, retorciéndose las manos, y a una preocupada Arnia de pie a su lado.

—No está arriba —anunció Arnia.

Gareth se volvió al oír entrar a Perrot, que había bajado al sótano mientras sus hijos echaban un vistazo por los establos y los edificios aledaños.

—No hay ninguna señal de ella —el tabernero extendió las manos con las palmas hacia arriba.

—Todos nuestros carruajes y caballos están en su sitio —añadió uno de sus hijos.

Mooktu regresó de la cocina y la despensa. Con gesto sombrío, sacudió la cabeza.

Watson y Mullins se levantaron de la mesa a la que habían estado esperando.

La puerta delantera se abrió de golpe y Bister entró a la carrera, con Jimmy pisándole los talones.

—Se la han llevado tres hombres en un carro. Se dirigían hacia el sur.

—¿Quién los ha visto, y cuándo? —Gareth se acercó a ellos.

—Dos viejos que hay ahí fuera —contestó Bister casi sin aliento—. Hará una hora. Y sí, están seguros... Se fijaron porque les resultó extraño que con este frío no llevara puesto más que un echarpe sobre el vestido… ningún abrigo… mientras que los tres hombres del carro estaban bien abrigados. Llevaban abrigos con las capuchas puestas, por eso no pudieron ver sus rostros —Bister miró a Dorcas—. Dijeron que llevaba un vestido rosa y un echarpe morado. Y los cabellos castaños recogidos encima de la cabeza.

—El vestido es de color lavanda —aclaró Dorcas muy pálida.

—Lo que ellos dijeron… rosa —Bister asintió y miró a Gareth—. Era ella.

—¿Algún progreso hacia el sur? —preguntó Gareth con los labios apretados mientras asentía.

—Bister y yo llegamos al final de la calle —intervino Jimmy—. Había unos muchachos en la esquina, merodeando por ahí, que se acordaban de la carretera que tomó el carro y nos la mostraron. No es una carretera principal, al parecer se dirige hacia el sur en parte a lo largo de la costa.

Un murmullo enfurecido había ido creciendo entre los parroquianos. El susto había dado paso rápidamente a la ira.

—Es la carretera Virgejoie.

Gareth se volvió hacia Perrot.

—Es la carretera que conduce a una de las casas de las viejas familias de la aristocracia —le aclaró el posadero—, un *château*.

—¿Quién vive allí ahora?

—Nadie —Perrot extendió de nuevo las manos—. Lleva desierta desde que la familia huyó durante el Terror.

—¿En qué condiciones está ese *château*? ¿Está habitable?

Varios de los parroquianos hicieron gestos e inclinaron la cabeza.

—Los edificios exteriores y las cuadras están abandonados —contestó al fin uno de ellos—, pero la casa principal todavía conserva los muros, las contraventanas y las puertas, y casi todo el tejado.

—También hay chimeneas —añadió otro de los hombres—. Incluso con este frío se podrían cobijar allí. Los gitanos lo hacen a veces.

Gareth intercambió una mirada con Mooktu mientras las exclamaciones y los murmullos volvieron a crecer.

—Allí estarán.

—Se la han llevado para obligarlo a ir a buscarla. Esperarán hasta que lo haga —Mooktu asintió.

Por esperar, Mooktu se refería a «antes de hacer algo drástico». La secta era bien conocida por obligar a los hombres a mirar mientras torturaban a sus seres queridos. Con el corazón pesado como el plomo, Gareth asintió e intentó apartar a un lado sus reacciones, sus emociones, lo suficiente como para poder pensar.

Si no pensaba, la perdería.

Y no iba a perderla.

—Debe permitirnos ayudar —Perrot le agarró de la manga. El posadero gesticuló hacia el grupo que llenaba la sala común a medida que a los parroquianos que habían ido a comer se les unía un flujo constante de otras personas, alertadas a su vez por otras, que habían empezado a hacer correr la noticia—. Esta secta… nos ha tomado por idiotas. Han atacado y secuestrado a la dama estando aquí, bajo mi techo, y nosotros mientras pensando que estaban a salvo —Perrot sacó pecho como un viejo gallo—. Debe permitirnos lavar esta mancha en nuestro honor ayudándoles a recuperarla.

Muchos parroquianos, jóvenes y viejos, vitorearon y aplaudieron en apoyo a Perrot.

Gareth miró a Mooktu, Bister y Mullins, esperando de pie a un lado, dispuestos a entrar en acción, y luego alzó la mano para pedir silencio a la multitud.

—Todo el que quiera ayudar… —comenzó tras conseguir ese silencio—. Estaremos encantados de aceptar vuestra ayuda. Pero —alzó la voz sobre los crecientes vítores, exigiendo de nuevo silencio—, no podemos hacer nada que ponga en peligro la vida de la señorita Ensworth. De modo que —hizo una pausa y sintió la familiar pátina del mando acomodarse sobre sus hombros. Una aguda y amenazadora urgencia. Su mente trabajaba a toda prisa—. Os diré lo que vamos a hacer —pues pasados unos segundos, lo supo.

Envió a Bister, Mooktu y Mullins a vigilar el perímetro de la zona ocupada por los sectarios.

—Tendrán apostados a varios, más de uno o dos, a lo largo de la carretera hacia la finca, lo bastante cerca de la ciudad como para disponer de tiempo para regresar corriendo y advertir a los que están en el *château* de nuestra llegada. Tomad posiciones entre ellos y el *château,* o lo más cerca posible de la mansión, sin ser vistos desde el edificio, y detened a cualquier mensajero, cualquier aviso, que intente llegar. Nos encontraremos allí en cuanto hayamos reunido a nuestras fuerzas.

Los tres hombres asintieron y se pusieron en marcha.

Dorcas y Arnia los siguieron, enviadas por Gareth a comunicarle al cura la noticia y conseguir que hiciera repicar la campana de la iglesia.

—Tú tienes que quedarte aquí… —Gareth miró a Watson a los ojos—. Ya sabes lo que tienes que hacer.

—Lo sé —Watson asintió—. Lo haré.

Volviéndose de nuevo hacia la ruidosa congregación a la que se habían añadido más parroquianos, así como un creciente número de marineros y otras personas que días antes habían formado parte de su improvisada milicia, Gareth señaló hacia la puerta.

—Salgamos fuera. Formaremos y os diré exactamente qué debemos hacer.

«Debemos hacer». «Exactamente». Gareth necesitaba a esos hombres, pero, si no los controlaba, ni Emily ni él volverían a ver Inglaterra.

CAPÍTULO 16

Atada firmemente a una silla que, en tiempos, debió ser elegante, en medio de un polvoriento salón medio derruido, Emily miraba con los ojos muy abiertos al anciano indio ante el que sus captores la habían llevado. Vestido con ropa tradicional india compuesta por unos pantalones y una túnica de color pardo, con un colorido chaleco tejido, gorro, y un echarpe en deferencia al frío que hacía, parecía casi afable, hasta que una mirada a sus ojos revelaba el brillo fanático en sus oscuras profundidades.

Emily no podría asegurar que ese hombre estuviese enteramente en su sano juicio.

Sin embargo, sobre lo que no había ninguna duda era que estaba al mando. Los otros tres hombres que la habían llevado hasta allí, sin que el cuchillo dejara de pincharla durante todo el camino, habían hecho reverencias y se habían arrastrado ante él, aparentemente felices de recibir tan solo una palabra a modo se recompensa.

El anciano, todos lo llamaban Tío, era el comandante que Gareth sospechaba existía, el encargado de detener la misión de Gareth.

Mientras era conducida a través del *château*, Emily había visto a muchos sectarios, dispuestos, ansiosos por entrar en batalla, algunos afilando sus cuchillos. La habían contemplado a su paso, pero sus oscuras miradas se habían apartado... Ya estaban pensando en otras cosas. En matar. En matar a Gareth y a los demás, pues ella sabía que tanto él como los demás, irían a buscarla.

Ese, al parecer, era el plan del anciano.

Lo que le horrorizó, la paralizó de terror, fue pensar en qué idea tendría para llenar el tiempo de espera.

De espaldas a ella, el hombre estaba ordenando una colección de objetos, objetos normales y corrientes de la cocina, la herrería, y el establo, cuya visión no provocaba ninguna alarma, no hasta que los vio calentándose en un lecho de carbón al rojo vivo sobre un brasero dispuesto frente a la chimenea.

Por si eso no fuera bastante malo, a un lado de una, en sus tiempos, extraordinaria mesa de juego se desplegaba una colección de cuchillos. Pero no eran cuchillos normales y corrientes. Muchos de esos cuchillos los había visto ocasionalmente Emily en los muelles, en la pescadería o en la carnicería. Cuchillos para filetear. Cuchillos para desollar.

La sangre se heló en las venas de Emily. Solo con mirar los cuchillos sintió náuseas.

No sabía qué hacer. Con los pies atados y los brazos amarrados por los codos y las muñecas a los brazos de la silla, con viejos cordeles de cortina, era imposible moverse, pero no iba a limitarse a quedarse allí sentada para ser quemada y troceada.

Su mente requirió un gran esfuerzo para empezar a funcionar, para pensar en cómo distraer a ese hombre, Tío, de su abominable entretenimiento, al menos para darle tiempo a Gareth de llegar.

Era incapaz de pensar más allá. No le hacía falta. En cuanto Gareth la encontrara, nada los detendría. Juntos vencerían.

Pero ¿qué podía hacer para ganar tiempo?

¿Existía algún modo de ayudarle a encontrarla para que llegara antes?

Recordó la visión del *château* que había tenido desde el camino de entrada. La mayoría de las ventanas estaban cerradas, salvo las de ese salón. Por culpa del humo de la hoguera y el brasero, habían abierto las contraventanas y las ventanas de par en par. Como las demás ventanas de la fachada delantera de la planta baja, esas ventanas se abrían a una terraza pavimentada que rodeaba la mansión.

Hablar le pareció su mejor opción.

—Disculpe, señor —Emily se aclaró la garganta.

Él miró a su alrededor, paralizado, como si le sorprendiera que ella supiera hablar.

—¿Le importaría explicarme qué está pasando? —con expresión inocente, ella enarcó las cejas.

—Yo... —el hombre frunció el ceño y se irguió con un par de tenacillas ardientes en una mano mientras se llevaba el otro puño, cerrado, al pecho—, soy representante de la gran y poderosa Cobra Negra. Estás aquí por orden de mi amo, y pronto sufrirás la más dolorosa de las muertes, ¡para mayor gloria de la Cobra Negra!

Emily se esforzó por ignorar las imágenes que las palabras de ese hombre habían dibujado en su mente, por ignorar las tenazas calientes que sostenía en una mano. Se obligó a fruncir el ceño con expresión confusa.

—Tendrá que disculparme si parezco un poco obtusa, pero... nunca he conocido a esa Cobra Negra. ¿Por qué mi muerte iba significar algo para él?

—Pero... —Tío parpadeó perplejo antes de erguirse de nuevo—. Fuiste pieza clave en la entrega de la carta, que un tal capitán MacFarlane robó, al coronel Delborough en Bombay.

—¿Esa carta? —ella abrió los ojos de par en par—. ¿Era importante? No tenía ni idea. Pensé que sería un mensaje personal del capitán a su comandante en jefe —hizo todo lo posible por parecer intrigada—. ¿Qué hay en esa carta?

—No lo sé —contestó Tío tras titubear.

—¿Está diciendo que va a matarme, y seguramente a muchos otros, y ni siquiera sabe por qué? —el ceño se hizo más profundo.

—Son órdenes de mi amo —los oscuros ojos se iluminaron mientras Tío contestaba en tono ofendido.

—De modo que él da las órdenes y usted obedece, ¿aunque no tiene ni idea de por qué?

—Así funciona la secta —él la miró con arrogancia—. Así funcionan todas las sectas.

A Emily no le supuso ningún esfuerzo aparentar no sentirse impresionada.

—De todos modos, no entiendo cómo matarme a mí puede ayudar de algún modo a su amo. Yo no sé nada sobre esa carta y, desde luego, no la tengo, se la entregué al coronel Delborough hace meses.

—Puede que tú no la tengas… ¡pero el mayor Hamilton puede que sí!

—¿Gareth? ¿Está seguro? —ella fingió no estar convencida—. No me ha mencionado nada al respecto.

—La tiene, o tiene una copia. Por eso he sido enviado.

—¿Para encontrar la copia?

—Sí.

—¿Entonces era usted el que nos ha perseguido todo este tiempo, en Adén y en el mar Rojo?

Cuando el anciano contestó, Emily supo que había ganado unos minutos y que estaría segura el tiempo que le llevaría relatar el viaje y las muchas acciones de la secta. Como tantos otros hombres, Tío era lo bastante vanidoso como para querer reclamar cualquiera y todas las victorias que pudiera. Ella tuvo mucho cuidado en mantener la actitud adecuadamente inocente, animándolo a impresionarla con relatos de su valor y poderío.

Tío hablaba en tono cantarín, declamando y haciendo grandiosas manifestaciones.

Ella le hacía preguntas en voz tan alta como podía.

Y durante todo el tiempo aguzaba el oído, esforzándose por oír cualquier actividad en el exterior.

Cualquier indicación de que el rescate había llegado.

Mientras para sus adentros rezaba.

Si los sectarios del *château* veían aparecer el improvisado ejército por el camino que conducía a la mansión, lo primero que harían sería cortarle el cuello a Emily.

Gareth lo sabía con total certeza. Y por tanto se mostró inflexible en imponer su más absoluta autoridad sobre ese variopinto ejército.

Había elegido a aquellos que conocían los terrenos de *château*, y los había mantenido cerca de él, a la cabeza de las filas mientras avanzaban a buen paso fuera de la ciudad. Al llegar al comienzo del camino de entrada al *château*, había detenido la comitiva y recordado a cada uno de ellos la necesidad de mantener el más absoluto silencio a partir de ese momento.

Con un remarcable sigilo, avanzaron por el camino. Los que estaban familiarizados con el lugar le indicaron a Gareth hasta dónde podían llegar sin ser vistos desde la ventana de la mansión, o desde el tejado.

Sentado sobre un una roca plana al borde del camino, Mullins esperaba en ese punto exacto. Al verlos llegar se levantó y saludó a Gareth.

—Atrapamos a dos de esos canallas corriendo de regreso para avisar a sus amigos.

Mullins silbó, imitando la llamada de un ave. Un segundo después, apareció Bister por un lado y luego Mooktu de entre los arbustos en el lado contrario del camino.

Gareth asintió. Empezaba la parte más delicada de su plan. Había dedicado el trayecto hasta el *château* a sopesar sus opciones, evaluando si alguna encajaba mejor en la situación que otra, pero... Miró a los cinco «tenientes», que había nombrado, cada uno de los cuales lideraba un grupo de hombres.

—Esto es lo que vamos a hacer —a cada uno de los cinco grupos les asignó una posición, dos grupos rodearían el *château* y atacarían desde la parte trasera, otros dos cubrirían los flancos y el frente, y el último grupo se repartiría para bloquear cualquier ataque de algún sectario que pudiera estar todavía cerca de la ciudad y decidiera caer sobre ellos por la espalda—. Pero, antes de que nadie haga siquiera el menor ruido, mis hombres y yo entraremos, encontraremos y rescataremos a la señorita Ensworth.

—Hay unas cuantas ventanas en la parte delantera que no están cerradas —informó Bister—. Por lo demás, toda la actividad se desarrolla en la parte de atrás.

Gareth asintió y devolvió su atención a los hombres allí reunidos.

—Tres de nosotros entraremos y liberaremos a la señorita Ensworth —conociendo las costumbres de la secta, estaba seguro de que seguiría viva. Y rezó para que también estuviese ilesa—. En cuanto la tengamos a salvo, Bister dará la señal a Mullins, que estará esperando aquí —Gareth señaló con la cabeza al veterano soldado—. Mullins entonces dará la señal para atacar. En cuanto oigáis esa señal, ya podéis atacar el lugar. No hay ninguna necesidad de que os controléis, os aseguro que ellos no lo harán. Lucharán a muerte porque esa es su manera de luchar. No esperéis que peleen siguiendo nuestras reglas, ellos tienen sus propias reglas, y reverencian la muerte.

Gareth recorrió los ansiosos rostros con la mirada, y leyó la determinación y resolución en cada uno de ellos.

—Buena suerte —asintió.

Muchos murmuraron las mismas palabras mientras él se volvía hacia el *château*. Miró a Mooktu, y el robusto pastún asintió y se colocó a su lado.

—¿Estamos preparados? —Bister cambiaba el peso de un pie al otro.

—Adelante —Gareth asintió y agitó una mano en el aire.

Bister se volvió y avanzó deslizándose entre las sombras bajo los viejos árboles, guiándolos sobre la pequeña colina que ocultaba del *château* la hondonada donde el ejército se había agrupado.

El edificio era la típica estructura rectangular en piedra. En lo que había sido un amplio parterre, crecían la maleza y las malas hierbas. Bister los condujo hacia la esquina izquierda del edificio. Una terraza elevada y pavimentada rodeaba toda la fachada del edificio. Con las ventanas en su mayor parte cerradas, podrían acercarse y trepar a la terraza con poco riesgo de ser descubiertos.

Una vez en la terraza, Gareth posó una mano sobre el hombro de Bister y se acercó a él.

—¿No hay guardias? —susurró.

—Al parecer confían en los vigilantes —Bister sacudió la cabeza—. Encontramos a seis en el camino, pero únicamente dos regresaron.

Gareth asintió mientras estudiaba la terraza abierta, escuchando... Un leve murmullo de voces llegó hasta él. Alguien estaba en la sala de las ventanas abiertas. El ligero olor a humo le hizo cosquillas en la nariz.

Sacó la pistola cargada del cinturón y la amartilló, antes de, con el arma preparada en una mano, caminar silencioso paso a paso a lo largo del muro del *château* hacia esas ventanas abiertas.

Sobre la terraza había algunos escombros, pero él tuvo mucho cuidado en evitar pisarlos. No necesitó comprobar si Mooktu y Bister hacían lo mismo, ni siquiera si lo seguían. Habían luchado juntos durante tanto tiempo que, en situaciones como esa, actuaban como si fueran uno.

Se detuvo a medio metro de la ventana ligeramente abierta, más precisamente una puerta acristalada, por la que dio gracias, y volvió a prestar atención a sus oídos. Entrar en ese salón sería fácil, pero necesitaba saber si Emily estaba allí, y cuántos hombres había con ella.

La voz de un hombre mayor llegó hasta sus oídos, la cadencia claramente india.

—De modo que sabíamos que el mayor y su grupo quedarían atrapados en la costa... Y así pues, aquí estás.

A sus últimas palabras le siguió una pausa llena de creciente malevolencia. A Gareth se le erizó el vello de la nuca. ¿Ese hombre desconocido estaría hablándole a Emily?

La voz volvió a hablar, en un empalagoso canturreo.

—Y pronto, muy pronto, el mayor llegará, y entonces tú descubrirás por qué estás aquí.

—¿Tiene pensado utilizarme, torturarme, para obligarle a entregarle la carta?

Emily hablaba con voz alta y clara.

—Pues sí, querida dama. ¿No crees que vaya a funcionar?

Gareth les hizo una seña a Mooktu y a Bister antes de, pistola en mano, colocarse frente a la puerta acristalada darle una patada y entrar al salón.

A primera vista, Emily parecía ilesa y estaba atada a una silla. Un hombre mayor de barba negra, el comandante de la secta que Gareth había visto en Adén, estaba de pie, estupefacto, junto a un brasero delante de la chimenea.

Gareth recorrió la habitación, sujetando la pistola con firmeza mientras buscaba algún guardia, pero no encontró ninguno. Se detuvo entre Emily y el anciano y bajó la pistola. Detrás de él, Bister y Mooktu estaban cortando las cuerdas que ataban a Emily.

Boquiabierto, el hombre miraba de Gareth a la ventana.

—¿Dónde están mis hombres?

Emily se levantó bruscamente mientras se masajeaba las muñecas y golpeaba los pies contra el suelo para soltar las cuerdas. El hombre mayor los miró, miró a Gareth. Y de repente lo comprendió todo.

Pero lo que hizo no fue algo que se hubieran esperado ninguno de los demás… chilló. Pero no fue un grito sino un sonido de pura rabia un sonido que atravesó las paredes y resonó por los pasillos.

Gareth levantó el arma y disparó.

Pero el hombre ya se había lanzado hacia las armas sobre el brasero. El disparo lo alcanzó en el hombro y le hizo girar. Se tambaleó de espaldas y cayó sentado delante de la chimenea.

En el preciso instante en que la puerta se abría de golpe y seis sectarios entraban en tromba.

Gareth soltó un juramento y desenvainó la espada. Mooktu ya tenía su cimitarra preparada. Detrás de ellos, Bister saltó hacia la ventana y, llevándose las manos a la boca, soltó un agudo silbido antes de agacharse para evitar ser alcanzado por un sectario y correr de regreso junto a Gareth, desenvainando su propia espada mientras se giraba para enfrentarse al enemigo.

Atrapada detrás de los tres hombres, Emily rechinó los dientes. Más sangre y cuchillos y condenados sectarios. Estaban más o menos en el centro del salón. Ella sentía a sus hombres intentando recular, obligados a recular, para evitar que ningún sectario consiguiera colocarse detrás de ellos. Emily agarró la silla a la que había estado atada, la empujó a un lado, vio a un sectario intentando rodear a Bister y alzó la silla lanzándola contra él y tumbándolo del golpe.

Bister se giró para cubrir ese ángulo mientras Gareth y Mooktu daban un paso atrás.

Emily no conseguía ver gran cosa más allá de sus anchos hombros, pero no era la primera vez que había luchado contra los sectarios con esos tres hombres… y la manera de luchar de esos era diferente.

Los sectarios que estaban allí eran más fuertes, estaban mejor entrenados. Ella recordaba haberle oído decir a Gareth que el líder sin duda llevaría con él a algunos de los asesinos más temidos de la secta. Mooktu y Gareth se giraron y ella consiguió ver entre ellos, y comprendió que la cosa era mucho peor. Más sectarios entraban por la puerta.

Miró desesperadamente a su alrededor, buscando algún arma. Pero no había nada. Nada…

Salvo por una vieja y mohosa cortina.

En dos pasos estuvo allí. Las ventanas eran altas. Emily agarró la cortina con ambas manos y tiró con fuerza. La tela se rasgó de su anclaje y cayó cubriéndola de polvo y moho, de seda deshecha, pero el forro de algodón, aunque fino, estaba intacto.

Lo bastante intacto. Ella extendió la cortina y, con los brazos estirados a los lados, reunió rápidamente la tela con ambas manos y corrió detrás de Gareth mientras rezaba…

Se detuvo justo detrás de él.

—Gareth… ¡agáchate!

Esperó únicamente hasta que lo vio empezar a moverse y, con todas sus fuerzas, arrojó la cortina hacia arriba y hacia fuera de su círculo.

Mooktu se apartó para que la tela pasara volando junto a él. La cortina cayó sobre los tres asesinos que estaban frente a Gareth y Mooktu, atrapando sus espadas, envolviéndolos en sus pliegues.

Tres segundos después había tres sectarios menos. Cuatro más entraron en el salón, pero tropezaron con la maraña de cuerpos.

Detrás de esos cuatro, otro sectario dio un salto en el aire y arrojó una daga contra Emily. Ella gritó y se agachó, no sin antes sentir la cuchilla atravesar su manga y rozarle el antebrazo, aunque solo superficialmente.

—¡Estoy bien, estoy bien!

Gareth contuvo el impulso de volverse hacia ella. Rechinó los dientes y se volvió con renovada ferocidad hacia el sectario que tenía enfrente.

Jamás en su vida había peleado con tal desenfrenada temeridad. Jamás se había visto tan controlado por el miedo y la rabia.

Blandió la espada, peleó, y soltó juramentos para sus adentros. Bister había arriesgado su vida para dar la señal. ¿Dónde demonios estaban sus tropas?

Casi mientras lo pensaba, notó el cambio, el movimiento en la marea. Los sectarios que estaban al fondo se echaron hacia atrás, escucharon, y corrieron hacia la puerta.

Asaltado por una sombría determinación, con Mooktu junto a él y Bister a su izquierda, Gareth redobló sus esfuerzos, defendiéndose de los asesinos.

Mooktu y él hicieron caer simultáneamente a los dos que tenían enfrente, y al levantar la vista se dieron cuenta de que los demás estaban junto la puerta, saliendo a la carrera. El último de la fila era el anciano, que se movía con sorprendente agilidad.

En la entrada se volvió, los rasgos retorcidos, los oscuros ojos llameantes.

El hombre levantó una mano y lanzó un cuchillo. No a Gareth, sino por detrás de él.

Gareth saltó hacia atrás y hacia un lado, contactando con Emily y llevándosela al suelo.

Sintió el impacto del cuchillo. Pasó un segundo de absoluto horror y desesperación antes de que el dolor floreciera y Gareth comprendiera que la hoja se había clavado en su propio hombro, no en ella.

—Gracias a Dios — jadeó. Agachando la cabeza, casi lloró de alivio.

Emily se estaba retorciendo, exclamando, empujándolo.

Lentamente, él se quitó de encima y se sentó.

—¡Dios mío! ¡Ese bastardo te ha alcanzado! —Emily parecía capaz de descuartizar al anciano, miembro a miembro. Miró a Mooktu y Bister—. ¿A qué esperáis? ¡Id tras él!

Mooktu y Bister se mostraron encantados de echar a correr tras los asesinos.

—¡No! —la firmeza de la orden de Gareth les hizo detenerse a medio camino hacia la puerta. Mientras sujetaba el brazo izquierdo pegado contra su cuerpo, se apoyó sobre el derecho—. No sabemos si hay alguno más merodeando por aquí. Tenemos que quedarnos aquí y dejar que los demás terminen el trabajo. Tenemos que dejarles hacer lo que han venido a hacer, para lo que se han entrenado. Lo que necesiten hacer para salvar el honor de su ciudad —hizo una pausa para respirar ante el intenso dolor, y consiguió mantener la voz calma—. Esperaremos a que hayan terminado.

Mooktu y Bister comprendieron. Se volvieron y regresaron junto a Gareth y Emily.

Emily lo miró furioso antes de, con los labios apretados, levantar la vista hacia Mooktu.

—En ese caso, podéis ayudarme a sacarle esto.

Para cuando los sonidos de la batalla por fin cesaron, Gareth estaba sentado en una inestable silla que Bister había encontrado en otra sala, la herida de su antebrazo firmemente vendada. Mooktu había arrancado la daga, un cuchillo largo de filo ondulado que, por suerte, no había atravesado nada vital. El brazo de Gareth todavía funcionaba.

Antes de permitir que lo atendieran a él, había insistido en que le echaran un vistazo a la herida de Emily. Ella se había movido impaciente mientras le desgarraba la manga, pero la piel debajo de la ropa solo tenía arañazos.

Sin embargo, la herida de él sí que había sangrado. Emily había soltado un juramento y, utilizando tiras de sus enaguas, lo había vendado con fuerza.

—Hay que limpiar esto lo antes posible —de pie junto a la silla, ella lo había mirado con gesto enfadado—. Ya que no estamos haciendo nada aquí, ¿podemos marcharnos?

Él había levantado la vista hacia ella, sonreído, le había tomado la mano y la había besado.

—Gracias. Pero todavía no.

Emily había soltado un bufido, pero no había apartado su mano.

Todavía seguían en la misma postura, ella de pie a su lado, su mano enlazada con la suya, cuando la puerta se abrió de golpe y Mullins entró. La sonrisa de su rostro les explicó todo lo que necesitaban saber, pero, tras hacer un saludo militar, emitió un informe mientras los demás: los Perrot, padre e hijos, diversos marineros, granjeros, y la mayor parte del variopinto grupo, abarrotaba la sala detrás de él.

Muchos sufrían heridas, algunos de cierta gravedad, pero todos parecían absolutamente encantados. Victoriosos.

El resumen del informe de Mullins fue que, tal y como había esperado, la mayoría de los sectarios habían luchado hasta la muerte. Solo quedaban tres supervivientes, dos jóvenes que ocupaban claramente un rango muy inferior en el organigrama de la secta, y el anciano.

—Lo llamaban Tío —les informó Emily—. Era su líder.

—¿Lo traemos aquí? —preguntó Perrot.

—No —contestó Gareth después de pensárselo unos segundos y ponerse en pie—. Mejor los interrogamos en la ciudad.

Ante su sugerencia, Perrot y los demás mayores organizaron el enterramiento de los muertos, y una escolta para los tres prisioneros hasta la ciudad. Una vez hecho, y con los que presentaban las heridas más graves ya rumbo a la ciudad, el resto de ellos echaron a andar por el camino hacia la carretera.

Con Emily a su lado, tomándolo del brazo, su mano debajo de la de él sobre la camisa, sus dedos agarrándolo con fuerza, Gareth descubrió que, por mucho de lo intentara, no podía dejar de sonreír.

A su alrededor, los excitados relatos de la derrota y eliminación de los sectarios, los actos heroicos, circulaban entre los hombres, pero en ese momento Gareth solo tenía una cosa en su mente.

Ella estaba con él. Viva, bien e ilesa.

Y él seguía vivo para disfrutarlo.

Para él, en ese momento, nada más importaba.

Sin dejar de sonreír, caminó a su lado hacia la carretera.

La luz se desvanecía y la noche empezaba a caer cuando, de regreso a la posada, con el brazo de Gareth lavado y vuelto a vendar, tras dar todas las explicaciones y oír todas las exclamaciones, una corte formada por las personas interesadas abarrotaron la sala común de la posada para oírle interrogar a los prisioneros.

Tal y como Gareth había esperado, los dos más jóvenes eran poco más que muchachos aterrorizados. No sabían nada, no tenían nada que decir. Ante la sugerencia de Perrot, fueron escoltados y entregados a los gendarmes acusados de atacar a varios lugareños.

El dirigente de la secta, Tío, fue otra cosa. Gareth decidió hacerse un lado y permitir que fuera Mooktu quien lo interrogara.

Derrotado, con la herida del hombro mal vendada, Tío se mostraba acobardado, confuso, y claramente incapaz de creer que él y sus hombres no hubieran triunfado, pero toda la malevolencia seguía allí, algo que sorprendió a las personas allí reunidas mientras oían la pura maldad que destilaba cada una de sus respuestas.

Mooktu le dejó que describiera su misión, y todo lo que había hecho desde que había empezado a seguir al grupo de Gareth. Tío estuvo más que dispuesto a relatar lo que él contemplaba como su astucia, pero no reveló nada que ellos no supieran ya, o no hubiesen supuesto. Con cada palabra que salía de su boca, Tío apretaba más el nudo. No parecía entender que sus oyentes no compartían su opinión sobre su propia grandeza, mucho menos su convicción de tener derecho a hacer lo que eligiera hacer en nombre de la Cobra Negra.

A menudo, el grupo allí reunido se movía inquieto mientras intercambiaban miradas.

Convencido de que Tío no tenía ninguna información de valor para ellos, Gareth se dispuso a pensar en qué hacer con ese hombre.

Cuando Mooktu terminó el interrogatorio, Gareth se volvió hacia los allí presentes.

—¿Ha atacado este hombre a alguno de los aquí presentes?

Tal y como se esperaba, la respuesta fue negativa.

Gareth se volvió hacia Perrot.

—Tío me atacó a mí, y ordenó el secuestro de la señorita Ensworth, y amenazó su vida y, tal y como habéis oído, ha ordenado cosas mucho peores mientras nos estaba persiguiendo. Sin embargo, con suerte, mi grupo cruzará el canal mañana —miró inquisitivamente al capitán Lavalle, que días antes les había ofrecido llevarlos con él.

—El viento ha cambiado —Lavalle asintió—. Mañana podremos zarpar.

—De manera que no podemos entregar a este hombre a los gendarmes —Gareth se volvió hacia Perrot—, pues no habrá nadie aquí para presentar cargos contra él.

Un murmullo recorrió la sala. Antes de que floreciera la insatisfacción, Gareth prosiguió:

—Sin embargo, en cuanto zarpemos rumbo a Inglaterra

—miró a Tío—, su misión habrá fracasado. Y su amo y la secta tienen un largo historial de castigar el fracaso con la muerte.

Gareth no necesitó pedir la confirmación de Tío, pues un creciente terror se dibujó en su rostro, a la vista de todos.

—Sugiero —continuó Gareth— que el mejor modo de tratar con este diablo es mantenerlo aquí, en el sótano de la posada, hasta mañana. Después, cuando mi grupo haya zarpado sano y salvo, camino de Inglaterra, lo podéis soltar, y sacarlo de la ciudad —Gareth miró a la gente allí reunida—. Todavía hay sectarios merodeando por la campiña, lo encontrarán, y le aplicarán el mismo castigo que él habría aplicado a cualquier otro de su grupo que hubiese fracasado.

Gareth miró de nuevo a Tío.

—No hay necesidad de que nosotros, ninguno de nosotros, se ensucie las manos ocupándose de esta clase de hombre.

Los murmullos crecieron en intensidad, algunos pidiendo sangre, pero había suficientes mentes sensatas entre todos para asegurar que se aceptara la sugerencia de Gareth. Comprendiendo lo que estaban planeando para él, lo que le sucedería… Tío pareció encogerse ante sus ojos.

—Lo haremos exactamente así —declaró Perrot, tras consultar con sus vecinos, volverse hacia ellos y golpear la mesa.

Tío se acobardó.

Gareth se fijó en ello. Asintió hacia Perrot, se irguió, y estaba a punto de ponerse en pie cuando, rápido como una serpiente, Tío alargó una mano y agarró a Gareth de la muñeca.

Gareth se quedó helado.

—Por favor… —gimoteó Tío.

Sentada al lado de Gareth, Emily agarró un plato de madera y lo estampó contra la muñeca de Tío.

El hombre retiró la mano y se la llevó al pecho, le dedicó a Emily una mirada más asustada y espantada que temible, pero se volvió hacia Gareth mientras este se ponía en pie y tiraba de Emily.

—¡No! Por favor… —Tío extendió la otra mano en un gesto suplicante—. No lo entiendes. Entrégame a la Cobra, es

lo menos que me merezco, pero, por favor… Dime, ¿dónde está mi hijo? ¿Dónde está su cuerpo?
—¿Tu hijo? —Gareth frunció el ceño.
—Dirigía el grupo que os atacó con los bereberes en el desierto.
—¿Alguna idea? —Gareth miró a Mooktu, Bister y los demás.
—¿Era él el líder de ese grupo… de los sectarios que estaban con el otro grupo de bereberes? —Mullins se dirigió a Tío.
—Por favor, decidme —Tío asintió—, ¿Dónde descansa su cuerpo?
—Solo Dios lo sabe —Mullins soltó un bufido y miró a Gareth—. Creo que se lo llevaron con los demás.
—¿Llevado? —Tío miró del uno al otro—. ¿Está vivo?
—¿Lo enviaste tú a dirigir ese ataque? —Gareth vio la esperanza reflejada en los ojos del hombre.
—Era su oportunidad de alcanzar la gloria, así funciona la secta.
—En ese caso, tú y tu secta habéis condenado a tu hijo a la esclavitud. Había prometido a los bereberes que podrían vendernos, pero los bereberes se lo llevaron a él y a sus hombres en nuestro lugar.
—Mi hijo… ¿un esclavo? —el rostro de Tío palideció. Para él aquello era inimaginable—. No —lentamente, Tío sacudió la cabeza—. No, no. ¡No!
Se abrazó a sí mismo por la cintura y empezó a mecerse, susurrando lamentos.
—Lo llevaremos abajo y lo encerraremos —anunció Perrot, poniéndose en pie con los demás.
—La marea nos será favorable mañana por la mañana a las diez —intervino Lavalle.
—Esto aún no ha terminado —Gareth suspiró y miró a Emily a su lado. Después miró a Tío, que era conducido al sótano por los robustos hijos de Perrot—. Todavía hay sectarios por ahí fuera. Él lo sabe —volviéndose, enarcó una ceja hacia

Bister, quien asintió sombríamente—. Nosotros también sabemos que están ahí. No atrapamos a todos los que montaban guardia a lo largo de la carretera —Gareth buscó la mirada del capitán—. Vamos a tener que hacer algunos planes para asegurar que lleguemos sanos y salvos a bordo.

—Nos han proporcionado tanta diversión en estos tiempos de aburrimiento —el capitán sonrió y le dio una palmada en la espalda—. Vamos, siéntese, y beberemos a su salud, a la salud de todos. Y luego haremos nuestros planes.

Horas después, ablandado por el buen coñac y el dulce sabor del triunfo, si bien temporal, Gareth siguió a Emily escaleras arriba hasta la habitación.

Tras organizar los planes para el día siguiente, los demás hacía tiempo que se habían retirado. La sala común estaba prácticamente vacía y todos los relatos ya habían sido contados.

Al día siguiente abandonarían ese lugar. La parte desconocida, más impredecible, sin duda más peligrosa, del viaje había quedado atrás, y seguían vivos. Al día siguiente empezarían una nueva etapa, con suerte con menos peligros.

Esa noche, sin embargo, era para…

La gratitud. El regocijo.

Emily lo oyó cerrar la puerta dejando el mundo fuera. Se detuvo junto a la cama y esperó a que se acercara, girando directamente en sus brazos.

Él sonrió. Sus manos la sujetaron por la cintura y se inclinó para besarla…

—No, espera —Emily posó sus dedos sobre los labios de Gareth—. Hay algo que necesito decirte.

Gareth estudió su mirada y enarcó las cejas.

—Gracias por rescatarme —con las palmas de las manos apoyadas en su torso, ella le sostuvo la mirada.

Los labios de Gareth se curvaron.

—Sin embargo —continuó ella con creciente severidad—, si bien en gran medida aprecio sinceramente que me hayas salvado, la próxima vez, ¿crees que podrías conseguirlo sin resultar tú mismo herido?

Emily cerró los dedos sobre la solapa de la camisa de Gareth y se puso de puntillas.

—No me gusta que resultes herido. Cuando resultas herido, me duele más que si me hiriesen a mí, aunque de una manera diferente. Cuando resultas herido, yo entro en pánico, y yo no soy de las que entra en pánico. Soy una mujer inglesa indómita y he viajado por todo el mundo, pero no soporto verte herido —casi pegada a él, ella lo miró a los ojos, primero a uno, y luego al otro—. Te amo, ¿lo entiendes? —afirmó ella categóricamente—. Te amo, de modo que no debes resultar herido. Nunca más.

Emily le sostuvo la mirada durante un instante más antes de deslizar las manos sobre sus hombros, rodearle el cuello con los brazos, erguirse todo lo que podía y posar sus labios sobre los de él.

—Pero gracias.

Ella volvió a besarlo.

—Gracias.

Otro beso.

—Gracias —Emily susurró el último agradecimiento sobre los labios de Gareth.

Los labios se fundieron en un beso que no se interrumpió, se prolongó y profundizó a medida que él tomaba el mando, se hacía cargo, tomaba la boca que Emily le ofrecía.

Se rendía.

—Ni se te ocurra reírte —murmuró ella cuando él interrumpió el beso y deslizó los labios sobre su garganta.

—No me estoy riendo —susurró Gareth acariciándole la sensible piel con su aliento allí donde el hombro se unía al cuello—. Me siento… intimidado.

Emily soltó una carcajada, un breve estallido de incredulidad que terminó en un siseo cuando las manos de Gareth se cerraron en torno a sus pechos. Después de eso, la conversa-

ción ya no formó parte de la agenda de ninguno de los dos.
Solo había una cosa.
Una necesidad, un deseo.
Una pasión.
Un abrumador anhelo.
Gareth se había esperado todo eso, la vieja necesidad de coronar la victoria sobre la muerte con una celebración de la vida, del pináculo de vivir.
Amando.
Amándola a ella, y que ella lo amara a él. La conciencia revistió cada una de sus caricias, convirtió cada una de las caricias que ella le regalaba en una preciosa delicia.
Las ropas cayeron al suelo. Se alzaron murmullos incoherentes que descendieron mientras se desnudaban, descubrían, y deleitaban. Mientras caían sobre la cama y la piel se encontraba con la piel, y la pasión se alzaba y el deseo estallaba, arqueándose y arrastrándolos con ella.
Al familiar torbellino de sensaciones, a la felicidad hambrienta y avariciosa.
A la delicia, el placer, la entrega.
Esa noche se amaron.
Se amaron como no se habían amado nunca, a un nivel más profundo, más concertado, más sintonizado, un nivel en el que compartieron más, un intercambio más vibrante, más vívido, y en el que cada instante resonaba con un significado más poderoso.
Vivos, maravillosamente vivos, se enzarzaron desnudos, tomando, dando, deseando, anhelando, jadeando, y rindiéndose.
Ella lo tomó en su interior y cabalgó sobre él, salvaje y abandonada, su nacarada piel besada por la luz plateada de la luna, sus pechos plenos y erguidos mientras ella se alzaba y descendía, la concentración grabada en sus rasgos mientras le daba placer, le daba placer.
Lo amaba, lo amaba...
Soltando un gemido, él se incorporó y la giró, rodó con ella, hundiéndose de nuevo en su cálida acogida mientras los

brazos de Emily se cerraban en torno a él, y él le devolvía el placer.

La ternura.

El amor.

Hasta que sus cuerpos estuvieron repletos, llenos y alzándose, hasta que la pasión se desgastó y el deseo los arrasó, hasta que su sangre palpitó, y sus sentidos implosionaron y el éxtasis los inundó, los asaltó, los tomó, los hizo estallar.

Los sacudió.

Los ató con cintas de seda y, lentamente, los hizo descender de nuevo a la tierra, de nuevo a las revueltas sábanas y el paraíso de su abrazo.

Permanecieron allí tumbados, enredados, incapaces de moverse, sin querer apartarse, ni siquiera un milímetro. Los corazones palpitaban con fuerza, la piel húmeda, la respiración entrecortada, se aferraron el uno al otro y silenciosamente, delicadamente, se abrazaron.

El momento era demasiado precioso, demasiado nuevo, demasiado revelador como para que se arriesgaran a moverse y hacer que terminara.

Pero el tiempo pasaba y la noche se cerró a su alrededor. Los músculos se relajaron y la saciedad se deslizó sobre ellos y los calmó, los tranquilizó. Al final Emily suspiró, y él alargó una mano hacia las mantas para taparlos a ambos, sujetándola contra su costado... donde ella dormía, donde ella pertenecía.

Donde él la necesitaría a partir de entonces y para siempre.

Con un brazo doblado bajo su cabeza, Gareth contempló el techo, mientras la abrazaba con el otro. Después de un momento de cómodo silencio, se aventuró a hablar.

—Entonces... ¿eso significa que sí, que te casarás conmigo?

Él sintió curvarse los labios de Emily contra su pecho.

—Quizás. Mi respuesta sigue siendo «quizás».

Gareth no quería preguntar, pero...

—¿Por qué quizás?

—Porque... quiero algo más.

Gareth no preguntó qué más quería… lo sabía. «Te amo».
Él no le había dicho esas mismas palabras, ni siquiera parecidas. La respuesta que le había dado era sincera, se sentía intimidado, maravillado por la confianza de Emily al pronunciarlas, por el infinito poder que poseían esas dos pequeñas palabras. Había oído que las mujeres eran así, fuertes para esas cosas, confiadas en sus sentimientos.

Los hombres, sobre todo los hombres como él…

Incluso en ese momento tuvo que reprimir un escalofrío al pensar en la posibilidad de que esas palabras salieran de sus labios. Ya era bastante malo que supiera que existían. Que su ser interior, su corazón, al parecer su alma, ya hubiera aceptado esa realidad.

Aun así lo único que necesitaba para acobardarse y no decir esas palabras era recordar cómo se había sentido ese mismo día unas horas antes. Cuando se había enterado de que se la habían llevado, se había sentido… destrozado. Como si alguien hubiera hundido la mano en su pecho y le hubiera arrancado el corazón… literalmente. Se había sentido vacío, hueco, como si hubiese perdido algo tan esencial que jamás volvería a conocer la calidez ni la felicidad.

La sensación había sido profunda, absoluta, inquebrantable.

Si había algo que pudiera hacerle desconfiar del amor, de admitirlo en voz alta, era eso. Apenas había sido capaz de funcionar como necesitaba, de tomar el mando, de hacer lo que tenía que hacer para recuperarla.

Había sido soldado durante toda su vida adulta. Nunca antes se había sentido vulnerable, pero ese día, en lugar de la habitual invencibilidad esencial a todo hombre al mando, esa sensación de estar protegido por una armadura impenetrable aunque supiera que no era verdad, se había sentido… como si alguien hubiese excavado un agujero en esa armadura directamente sobre su corazón.

Y esa sensación vulnerable no lo había abandonado, no hasta que la había tomado en sus brazos, no hasta estar seguro de que había pasado todo peligro para ella.

Incluso entonces...

Emily se había quedado dormida y él escuchaba el ritmo de su respiración, maravillado por lo tranquilizador que le resultaba. Por lo tranquilizador que era el sonido, por cómo lo reconocía, lo conocía, a un nivel que no podía explicar.

Estaba a punto de dormirse él mismo cuando la verdad surgió en su mente.

Ese día, ella había ocupado el primer lugar, y el más importante, en sus pensamientos. No había pensado en el portarrollos ni en su seguridad. En realidad prácticamente no había pensado en su misión propiamente dicha.

Durante días, semanas, ella había sido su principal pensamiento. Ella, su seguridad y, sobre todo, su felicidad.

Él era un hombre de principios, vivía por ese código, y siempre lo había hecho.

Y sin embargo había puesto a Emily por encima de su deber, por encima de sus compañeros, de su país, de su rey. Y siempre lo haría.

Y eso, pensó, mientras el sueño lo vencía, lo decía todo.

—Tenemos que atacar mañana, no tendremos otra oportunidad —Akbar estaba sentado en medio de las ruinas de la cocina de la vieja mansión. Primero miró a su segundo al mando, y luego a los otros dos sectarios que habían estado vigilando la carretera y habían escapado con ellos.

—¿Qué pasa con Tío? —preguntó uno de los dos hombres—. ¿No deberíamos liberarlo?

—Fue Tío el que nos condujo a esta terrible derrota —Akbar extendió los brazos—. ¿Cuántos compañeros hemos perdido, ha perdido, en esta campaña?

Después de unos segundos, bajó los brazos antes de continuar.

—No debemos olvidar que la Cobra Negra exige absoluta obediencia, y nuestras órdenes no incluyen rescatar a Tío. No se merece otra cosa que el castigo de nuestro amo, pero eso no nos corresponde a nosotros hacerlo, mañana no, no mientras el mayor sigue a este lado del mar, a punto de embarcar en su barco.

—Nuestras órdenes son claras —su segundo al mando asintió—. Siempre lo han sido.

—Debemos detener al mayor y recuperar el portarrollos —Akbar asintió—, cueste lo que cueste.

—Tienes razón —los otros dos asintieron—. ¿Cómo lo vamos a hacer?

Hablaron y hablaron hasta que la verdad se hizo evidente.

—No podemos hacer las dos cosas —sentenció su segundo—. Podemos detener al mayor, o conseguir el portarrollos, pero siendo solo cuatro… no podemos hacer las dos cosas.

Akbar odiaba tener que elegir, pero asintió.

—Si matamos al mayor y a esa mujer, la Cobra Negra quedará complacida, y los que estén esperando en Inglaterra tendrán una mejor oportunidad de recuperar el portarrollos.

CAPÍTULO 17

13 de diciembre de 1822
Por la mañana
En nuestra habitación de la posada de Perrot

Querido diario:

Estoy casi ahí. Casi puedo saborear la victoria final, la felicidad que sentiré cuando Gareth al fin, por fin, me diga que me ama. Con palabras. En voz alta.
  Anoche me dijo la verdad, no con palabras, sino con acciones. Acciones que hablan demasiado alto para mí como para interpretar equivocadamente su mensaje.
  De manera que sí, ya es mi «él», para la eternidad, y sí, nos casaremos. Mientras él reflexiona sobre cómo darme ese «más» que le he pedido antes de acceder a lo inevitable yo me pregunto cómo será nuestra unión, cómo funcionará. No en cuanto a lo específico, sino en términos generales. ¿Qué clase de matrimonio quiero? ¿Qué clase será la adecuada para nosotros?
  Cuatro meses atrás yo ni siquiera sabía que podrían formularse esas preguntas.
  Toda esta nueva vida que se despliega ante mí es verdaderamente excitante.
  E.

Los habitantes del barrio de los muelles convirtieron su partida en un evento. Se había extendido la voz y a las nueve y media de esa mañana, hora a la que la comitiva de Gareth tenía previsto abandonar la posada para embarcar, las estrechas calles estaban bordeadas de personas deseándoles todo lo mejor, sonrientes, aplaudiendo y vitoreándoles.

El gran número de lugareños aseguraba que ningún sectario pudiera acercarse a ellos.

Gareth envió el equipaje por delante y a continuación a los demás en grupos de dos y tres. El camino era recto bajando la calle frente a la posada, que daba al muelle principal, y luego tendrían que girar a la izquierda brevemente y salir hacia uno de los muelles menores. El barco del capitán Lavalle estaba fondeado a medio camino.

El cielo estaba gris, pero no había amenaza de aguanieve, nieve, lluvia, ni fuertes vientos. Las calles estaban húmedas o casi secas, y la brisa soplaba hacia el mar.

Al fin, después de muchos besos en las mejillas, palmadas en las espaldas y estrechamientos de manos, Emily y él se despidieron de los Perrot y abandonaron la posada.

Sonrientes, asintiendo a las personas que reconocían de entre la multitud, caminaron ágilmente calle abajo hacia el muelle y luego al embarcadero.

Estaban a poco más de treinta metros del barco de Lavalle cuando, tras detenerse para despedir a un grupo de marineros, y cuando acababan de echar a andar, Gareth oyó un característico silbido.

Agarró a Emily, la empujó hacia atrás y la tiró al suelo cubriendo su cuerpo con el suyo, pero no antes de que la primera flecha le rozara a ella el antebrazo. La siguiente flecha cayó en el embarcadero a su lado.

Dos flechas más encontraron su diana en la espalda de Gareth, pero sin la suficiente fuerza como para hacer algo más que rasgar la piel.

A lo largo de todo el embarcadero estalló el pandemonio. Más flechas llovían sobre ellos, una cortando el brazo de Gareth. Pero los arqueros no habían calculado bien su ángulo y, si bien la fuerza con que lanzaban las flechas era suficiente para provocar heridas, solo por pura suerte podrían conseguir matar. Al darse cuenta, algunos marineros se pertrecharon de tapaderas y otros escudos improvisados y formaron un muro protector alrededor de Gareth, Emily y el barco. Otros marineros subieron a los dos barcos desde cuya cubierta inferior disparaban los arqueros.

Tirando de Emily para ponerla en pie, Gareth la empujó hacia la pasarela y la hizo subir. Al alcanzar la cubierta, miró a su alrededor y vio un arquero de la secta lanzarse de una de las cubiertas inferiores hasta el muelle, mientras que el otro ya había sido sometido y estaba siendo zarandeado.

El capitán Lavalle se acercó corriendo. La pasarela ya había sido recogida.

—Nos vamos. Supongo que se alegrará de perder de vista a esos atacantes...

Hasta ellos llegó el entrechocar del acero. Lavalle se dio la vuelta bruscamente y Gareth vio a dos sectarios en la proa, empapados, arremetiendo salvajemente con espadas contra los marineros armados únicamente con cuchillos.

Empujó a Emily hacia Arnia y Mooktu.

—Ocupaos de su herida.

Soltando un juramento, Lavalle corrió hacia la acción. Desenvainando su espada, Gareth lo siguió, sombríamente encantado de poder desahogarse de todas las emociones que se agolpaban en su interior, provocadas por la herida de Emily, sobre todo porque hubiera sucedido estando él a su lado.

Había sido incapaz de protegerla más de lo que había hecho, pero en esos momentos no estaba indefenso y uno de los sectarios pagó el precio. Lavalle se encargó del otro.

Una vez cumplido con el deber, los sentimientos violentos aplacados, Gareth se hizo a un lado y los marineros se hicieron cargo de todo. En cuanto el barco saliera del muelle los cuerpos serían arrojados por la borda.

Gareth se volvió... tropezando con Emily. Ella lo miró a los ojos, el ceño fruncido y los labios apretados. Lo agarró de la manga del brazo que no estaba herido y tironeó de él.

—Vamos, déjame curarte esas heridas.

—¿Y qué hay de tu brazo? —Gareth frunció el ceño. Era evidente que ella no había hecho caso a su herida, pero veía una fina línea de sangre en el borde de su manga desgarrada.

—No es más que un arañazo —Emily encajó la mandíbula con expresión de inquietud y tiró más fuerte de él—. Vamos. No discutas.

—Lo mío tampoco es más que un arañazo —contestó Gareth, aunque le permitió arrastrarlo con ella.

—Lo mío es un arañazo de verdad, apenas ha sangrado.

—Eso es peor que lo mío —él se detuvo—. Tú...

—¡Tienes dos flechas clavadas en el hombro! —ella se volvió y, poniéndose de puntillas, le gritó a la cara—. No me hables de arañazos, se suponía que no ibas a volver a resultar herido, ¿recuerdas?

Gareth se había olvidado de las flechas. Se llevó una mano al hombro y las encontró, arrancándolas del grueso abrigo antes de mostrárselas a Emily—. Mira, apenas hay sangre. Apenas rasgaron la piel.

—Puede —ella soltó un bufido tras estudiar detenidamente las flechas—. De todos modos, vas a bajar ahora mismo y vas a permitirme curarte las heridas.

Gareth la miró a los ojos, registró el tono de su voz, determinado y a punto de convertirse en un histérico grito, y asintió. Cuando ella se volvió para conducirlo abajo, él la siguió dócilmente hasta la escalerilla de popa.

Media hora después, Gareth estaba despachando con Lavalle cuando, al ver a Emily de pie en la popa observando desaparecer Boulogne bajo el horizonte, se unió a ella.

Emily no dijo nada, no lo miró, se limitó a levantar el rostro contra la brisa y suspirar.

—Eran muy agradables, los Perrot, y los demás, aunque fueran franceses.

—Cierto —Gareth sonrió, pero la sonrisa se le borró después de unos segundos—. Sin embargo —murmuró—, dudo que vaya a tener ganas de regresar allí, por lo menos en un futuro inmediato.

—Ya...

—Ya estoy harto de viajar —anunció él con calma después de una pausa y mientras la miraba—. ¿Y tú qué?

Emily giró la cabeza y lo miró a los ojos antes de sonreír.

—Yo también —miró hacia el agua—. Ya he tenido bastantes aventuras, bastantes peligros. Sobre todo ahora que he encontrado lo que estaba buscando.

Los dos reflexionaron sobre lo mismo. Sobre hacia dónde les iba a conducir.

El mar se agitó y él se colocó detrás de Emily, rodeándola con sus brazos, protegiéndola de la fuerte brisa mientras observaban desaparecer Boulogne y su pasado con él, alejándose del barco, y conscientemente permitieron a sus mentes mirar hacia el futuro. Hacia las vidas que iban a vivir, y el futuro que iban a compartir.

13 de diciembre de 1822
Por la tarde
A bordo del barco de Lavalle flotando en el canal

Querido diario:

Él todavía no ha dicho que me ama, pero sería de idiotas dudarlo. Aún más que sus acciones, sus motivaciones, sus razones, sus reacciones, todo lo cual ha permanecido inalterado desde hace semanas, hablan de sus verdaderos sentimientos.

Ya no puedo dudar de él a ese respecto, de modo que mi pregunta ahora es cuánto más, qué más, debo buscar en él para que nuestro matrimonio se sostenga desde el principio sobre la mejor base posible.

Una vez más, echo de menos el consejo de mis hermanas.
En cualquier caso, perseveraré.
E.

La luz desaparecía cuando las blancas colinas de Dover surgieron del mar para saludarlos. Con Emily a su lado, Gareth contemplaba, de pie en la proa, la blanca línea extenderse y acercarse. El resto del grupo estaba bajo cubierta, compartiendo historias de casa y esperanzas de futuro.

Para él… ese futuro aún no había llegado.

Gracias a Dios, Emily lo entendió. Deslizando su brazo en el suyo, se inclinó contra su hombro.

—Ya queda poco para empezar a esquivar sectarios de nuevo, ¿verdad?

Gareth asintió.

—Esta es la primera vez que veo Inglaterra en siete años y… —esperó a que ella dijera algo, pero al ver que no, respiró hondo y continuó—. No puedo evitar pensar en la suerte que tengo, a pesar de los sectarios. MacFarlane no volverá a ver su hogar, y yo no sé dónde estarán los otros, si también ellos conseguirán llegar a casa.

—Ya sabes cómo son esos amigos tuyos —Emily le tomó la mano y la apretó con fuerza—. Los conocí en la cantina, ¿recuerdas? Tienen la misma decisión que tú. Lucharán, y vencerán. Siempre lo han hecho, ¿no?

Con labios temblorosos, él inclinó la cabeza.

Sin apartar la mirada de la lejana tierra, se obligó a pensar en el futuro inmediato.

—La Cobra Negra sabrá que estamos aquí poco después de que desembarquemos. Y, en cuanto lo sepa, vendrá a por nosotros con una fuerza mayor y más mortífera. Hará cualquier cosa que pueda para detenernos, para evitar que la carta que llevo llegue a manos de Wolverstone —hizo una pausa—, e incluso después de eso ninguno de los de nuestro grupo estará a salvo. No hasta que la Cobra Negra sea atrapada.

—Venceremos —ella le apretó la mano con más fuerza—. Saldremos de esta, y después…

«Quizás». Gareth encajó la mandíbula.

—Cuando todo esto haya terminado, hablaremos sobre… después.

Sobre su matrimonio. A Gareth no le cabía la menor duda de que estaba dispuesto a hacer lo que hiciera falta para asegurarse de que ella aceptara. Para asegurarse de que ella fuera suya, su amante, su esposa, y más.

Regresar a casa con ella a su lado era a la vez una alegría y una carga. Haberla encontrado, la única mujer con la que se sentía capaz de casarse, que ella estuviera con él, y que de una manera u otra permaneciera con él, era todo lo que podría haber soñado en forma de feliz regreso al hogar. Pero el peligro potencial al que ella se enfrentaría en cuanto pusiera un pie en tierra inglesa a su lado, mitigaba esa alegría, colocaba un enorme peso sobre sus hombros y otro más sobre su corazón.

Devolviéndole el apretón de manos, girando la suya para cerrarse en torno a la de Emily, Gareth se juró silenciosamente que, a pesar de la amenaza, la mantendría a salvo. Si deseaba un futuro, tendría que hacerlo, pues sin ella no quería ningún futuro.

Descendieron por la pasarela hasta los muelles bajo una gris llovizna y la noche cerrándose rápidamente sobre ellos. Envolviéndose en gruesos abrigos y túnicas, siguieron al equipaje, cargado sobre una pequeña carreta, fuera de los muelles y hacia la ciudad.

—Sectario en la esquina más lejana a la izquierda —Bister apareció junto a Gareth—. Nos ha visto.

Gareth miró a través del velo de humedad y vio un espantado rostro oscuro mirando en su dirección.

—No esperaban que consiguiéramos atravesar el bloqueo, y eso significa que no habrá un gran recibimiento para nosotros a la vuelta de la esquina.

—Mejor así —Bister se estremeció teatralmente—. Hay que salir de esta humedad antes de que el frío se nos meta en los huesos.

Todos habían olvidado la humedad de Inglaterra.

Wolverstone les había ordenado que se alojaran en la posada de Waterman en la calle Castle. Llegaron allí sin sufrir ningún contratiempo. Dando su nombre en recepción, Gareth descubrió que las habitaciones ya habían sido reservadas, toda la primera planta de una de las alas de la posada.

—Todo ha sido organizado por un caballero que está esperando en el bar, señor —el posadero asintió hacia una puerta a la derecha—. Él o sus amigos han venido cada día desde hace una semana. ¿Quiere que vaya a buscarlo, o…?

—No será necesario —Gareth se volvió hacia Emily, que estaba su lado—. Los guardias de Wolverstone, supongo.

Tras reunirse la comitiva, se repartieron las habitaciones. Mientras los demás subían por las escaleras supervisando a los mozos que llevaban los baúles y bolsos, Gareth enarcó una ceja hacia Emily.

—¿Quieres subir para cambiarte, o —señaló con la cabeza hacia el bar—, vamos a ver?

A modo de respuesta, ella se volvió hacia el bar. Juntos cruzaron las puertas abiertas.

Una buena cantidad de gente se repartía en pequeñas mesas y reservados, parejas y amigos compartiendo una copa al final de un día de invierno. Un animado fuego ardía en la chimenea. Deteniéndose en el umbral, Gareth recorrió con la mirada a todos los presentes y se detuvo en un hombre de cabello castaño sentado en un reservado junto a la pared lateral, intentando leer un periódico bajo la escasa luz de una lámpara que colgaba de la pared.

Mientras Gareth miraba, el hombre levantó la vista hacia ellos, una mirada vaga que inmediatamente se centró en ellos.

Gareth curvó los labios y condujo a Emily hacia el reservado.

Mientras se acercaban, el hombre se puso en pie estirándose lentamente hasta desplegar una estatura de más de uno ochenta. Las cejas marrones permanecieron inmóviles sobre unos astutos ojos color avellana.

—Mayor Hamilton.

Fue una afirmación hecha con la misma seguridad que Gareth había sentido al acercarse a él. Los semejantes se reconocían. Ese hombre había pertenecido a la Guardia Real también, y en ese bar no había ninguna otra persona que hubiera podido ser uno de los antiguos operativos de Dalziel.

—Gareth —Gareth sonrió y extendió una mano—. Wolverstone no comunicó ningún nombre.

—Nunca lo hace —el guardia estrechó la mano de Gareth. Tenía un una sonrisa fácil que compartió a partes iguales con Gareth y Emily—. Soy Jack Warnefleet, y estoy aquí para asegurarme de que permanezcáis sanos y salvos durante el resto de vuestro viaje.

Gareth le presentó a Emily y Jack le estrechó la mano antes de señalar hacia el reservado. Mientras se acomodaban hizo un par de preguntas y se dirigió al bar a buscar las bebidas, ponche para Emily y cerveza para Gareth y él mismo.

Cuando regresó con los vasos, Gareth tomó un sorbo y sonrió. Se volvió hacia Emily y luego miró hacia el otro lado de la mesa.

—Hablando del resto de nuestro viaje…

—Desde luego, pero, primero, ¿está todo a vuestro gusto aquí? ¿Cuántos sois?

Gareth contestó a sus preguntas.

—Hemos reservado habitaciones suficientes —Jack asintió—. Antes de hablar sobre el futuro, contadme cómo os ha ido —la mirada de Jack incluyó a Emily.

Y Gareth recordó que nadie sabía que ella lo acompañaba.

—No estoy seguro de cuánto sabes del comienzo de esta aventura, pero la señorita Ensworth fue fundamental para hacernos llegar la carta vital de MacFarlane desde Bombay.

—Me explicaron que lo había hecho una dama —Jack miró a Emily con creciente respeto, y le dedicó una sonrisa encantadora—. El placer de conocerla, señorita Ensworth, es todavía mayor.

—Da la casualidad de que Emily partió de Bombay al mismo tiempo que yo, y nuestros caminos se cruzaron en Adén, lo cual ha resultado ser una suerte, pues los sectarios también la estaban siguiendo a ella. A partir ese momento…

—Gareth resumió al máximo el relato del viaje, incluyendo únicamente la información operativa.

Jack escuchaba con expresión satisfecha mientras asimilaba los detalles de sus últimos altercados en Boulogne.

—Como de costumbre, no sé qué estará planeando Royce, Wolverstone, pero sospecho que considerará el número de sectarios que habéis conseguido hacer salir a la luz y eliminar como una victoria. Eres uno de los señuelos, de modo que atraer al enemigo y reducir su número era precisamente lo que se suponía que debías hacer.

—¿Has sabido algo de los demás correos? —preguntó Gareth

—Delborough ya está aquí, llegó hace dos días a través de Southampton. Supongo que su plan pasará por atravesar Londres y luego se dirigirá hacia Cambridge, a Somersham Place. Todavía no he sabido nada de los otros dos.

—¿Y cuál será nuestra ruta a partir de ahora?

—Vuestra primera parada será Mallingham Manor —Jack sonrió—, la finca de la familia de Trentham, vuestro otro guardia. Está en Surrey, no muy lejos de aquí. En cuanto estéis allí a salvo, deberemos esperar más órdenes —se irguió—. Es tarde, y supongo que os apetecerá cenar y descansar. Como habréis visto, hay sectarios en la ciudad, no muchos, pero necesitamos que le comuniquen a su amo que estáis aquí. Si tenéis suficientes hombres para montar guardia durante la noche…

—Estamos acostumbrados —Gareth asintió.

—Bien. En ese caso, comunicaré la noticia de vuestra llegada a Mallingham Manor, y enviaremos un mensaje urgentemente a Royce. Mañana por la mañana, Trentham y yo nos reuniremos con vosotros para desayunar aquí y haremos planes —miró a Emily y de nuevo a Gareth—. ¿Crees que estaréis preparados para continuar?

—Lo estaremos —Gareth asintió con decisión y vio por el rabillo del ojo a Emily hacer lo mismo.

—Excelente —Jack se levantó y ellos lo imitaron. Volvieron a estrecharse las manos y él se despidió—. Hasta mañana.

Abandonó el bar por la puerta que daba a la calle. Tomando a Emily del brazo, Gareth se dirigió a su dormitorio.

Tío caminaba por una carretera que ni siquiera sabía hacia dónde conducía. Se había hecho de noche y necesitaba encontrar alguna clase de cobijo para pasar la gélida noche.

Los ciudadanos de Boulogne lo habían echado de la ciudad. Todavía le sorprendía que se hubieran atrevido a poner las manos encima de su augusta persona. Había ido al *château* esperando encontrar hombres, armas, y el dinero escondido allí. Pero el *château* había sido abandonado. Alguien había encontrado el dinero y se lo había llevado.

Mecánicamente se había dirigido hacia el sur. Se negaba a pensar en su hijo. El mayor había mentido, tenía que haber mentido. Sus carceleros le habían dicho que algunos sectarios habían atacado al grupo del mayor en los muelles, pero de nuevo habían sido derrotados. Los atacantes habían muerto. ¿No quedaba nadie?

Mientras lo pensaba, una sombra se apartó de los árboles justo enfrente de él. Tío echó mano al cuchillo, pero ya no llevaba cuchillo. Al reconocer al hombre bajo la túnica, a Tío se le iluminó la mirada.

—¡Akbar!

Tío obligó a sus piernas a avanzar más deprisa mientras ya estaba haciendo planes.

—¿Cuántos más nos quedan?

Akbar no se movió, no contestó, no hasta que Tío se detuvo delante de él y lo miró a la cara.

—No queda nadie más —contestó.

—¿Se han ido todos? —Tío no daba crédito a un fracaso de tal calibre. Mirando al frente, entornó los ojos—. Tenemos que cruzar el canal y reunirnos con…

—No.

—¿Qué quieres decir con «no»? —Tío parpadeó y observó atentamente el rostro de Akbar.

—Quiero decir… —los ojos de Akbar, fríos e inexpresivos, le sostuvieron la mirada.

Tío sintió el acero atravesar su piel, su carne, deslizarse entre sus costillas…

—Te he estado esperando, viejo, solo para poder decirte que esta —los labios de Akbar se curvaron cruelmente mientras hundía el cuchillo hasta la empuñadura— es la última acción que realizaré en el nombre de la Cobra Negra.

Akbar arrancó el cuchillo del cuerpo de Tío y lo observó caer al suelo.

—Por la gloria y honor de la Cobra Negra.

Para Gareth y Emily la velada transcurrió entre miles de reajustes, pequeños puntos de reconocimiento, de relajación, mientras volvían de nuevo a las normas inglesas. La costumbre les obligó de nuevo a cenar separados de los demás, en un salón privado. Reencontrarse con la comida inglesa fue otro ajuste que encontraron divertido.

Más tarde, con el horario decidido y todo el mundo aliviado de encontrarse de nuevo en una sociedad en la que se sentían como en casa, se retiraron.

Y mucho más tarde, al amanecer, Gareth se bajó de la cama, se vistió en silencio, y acudió a su turno de guardia.

Había pasado media hora y él estaba sentado en el descansillo, los pies sobre las escaleras, las sombras cerradas a su alrededor, cuando un sonido le hizo mirar hacia el pasillo. Emily acababa de cerrar la puerta del dormitorio y se acercaba a él, el abrigo sobre el camisón, los pies calzados con las zapatillas.

Sin decir una palabra, se sentó en el primer escalón, a su lado, y se acurrucó contra él. Gareth la rodeó con un brazo y la atrajo hacia sí y ella apoyó la cabeza contra él. Y así permanecieron los dos.

La noche era silenciosa a su alrededor y no había ninguna sensación de peligro.

—Fui a la India en busca de un caballero distinto —habló ella en voz baja, las palabras apenas un susurro, la mirada fija en la oscuridad del vestíbulo de la planta inferior—. Tengo veinticuatro años. Como se espera de las jóvenes damas de mi clase social, he estado buscando un marido durante años, pero nunca había encontrado un solo hombre capaz de llamar mi atención, un hombre en quien siguiera pensando después de haberlo perdido de vista.

Gareth no se movió, no la interrumpió.

—Me consideraban quisquillosa, y con razón. Pero mi familia lo entendía, y por eso cuando mi tío fue enviado a la India, mis padres sugirieron que fuera a visitarlo, para que pudiera conocer hombres de todas clases. Quizás una clase de caballero que no hubiese conocido jamás —Emily señaló hacia la habitación con la cabeza—. Estaba ahí pensando, recordando, cuál era mi visión mientras viajaba hacia Bombay. Cuál consideraba mi meta, qué estaba buscando. Lo tenía todo muy claro en mi mente, buscaba a un caballero con quien pudiera compartir una vida. No mi vida, ni su vida, sino una vida que sería nuestra, que nosotros, juntos, crearíamos para los dos.

Emily hizo una pausa antes de continuar.

—Cuando lo recordé hace un rato, comprendí que nada ha cambiado. Esa sigue siendo mi meta —giró la cabeza y miró a Gareth a los ojos—. Eso es lo que quiero contigo.

La oscuridad hacía imposible interpretar su mirada, aun así Gareth se la sostuvo. Y sintió, en su interior, las palabras acumulándose, esperando ser pronunciadas, una respuesta que jamás había pensado tener, que surgió sin más.

—Mi hogar... bueno, yo no tengo un hogar, ningún lugar que pueda reclamar. Mi familia no era como la tuya, no guardo buenos recuerdos, ninguna experiencia de haber tenido hermanos y hermanas, todo eso que viene con una gran familia. Yo estaba solo. Hasta hace muy poco, hasta tenerte a ti, siempre he estado solo. Cuando me retiré del Ejército y volví a pensar en Inglaterra, no fui capaz de ver más allá del final de mi misión. No veía ningún futuro, en mi mente allí donde debería haber estado la imagen de mi futuro, solo había un espacio en blanco. Ninguna estructura, ninguna idea, ni siquiera el boceto de un concepto. Hasta hace muy poco, hasta tenerte a ti, mi futuro era como una pizarra en blanco.

«¿Y ya no?».

La mirada de Emily no se había movido, seguía fija en él. No pronunció las palabras, pero ambos las oyeron.

—¿Dónde te gustaría vivir? —preguntó él, respirando hondo y lanzándose—. ¿Cerca de tu familia, o en la ciudad? —antes de que ella pudiera preguntar, él le dio la respuesta—, a mí me da igual dónde viva —«siempre que sea contigo».

Emily asintió lentamente, como si hubiese oído las palabras que él no había pronunciado.

—Cerca de la casa de mis padres, pero no demasiado cerca. En alguna comarca de los alrededores, lo bastante cerca como para poder ir de visita fácilmente.

—¿En una ciudad o en un pueblo? —él asintió.

—En un pueblo —los labios de Emily se curvaron—. Pero espero que tenga cerca una ciudad con una plaza del mercado.

—¿Casa señorial o mansión?

—¿Puedo elegir?

—Puedes elegir cualquier cosa —él le sostuvo la mirada y Emily se sintió atrapada por sus oscuros ojos—. Puedes elegirlo todo. Lo que tu corazón te pida. Este es nuestro futuro, nosotros elegimos, y dado que mi pizarra está en blanco...

Emily había dejado de respirar y tuvo que obligarse a llenar los pulmones de aire.

—Pues entonces una casa señorial, con esa clase de jardines laberínticos y ondulantes por los que les encanta correr a los niños.

—¿Niños?

—Un montón —ella asintió.

Gareth se quedó inmóvil. Durante una larga pausa se limitó a mirarla a través de la oscuridad, y luego asintió.

—De acuerdo.

Gareth no añadió nada más, no preguntó nada más, se limitó a abrazarla y apoyar la barbilla sobre su cabeza.

Permanecieron sentados en silencio durante un rato, escuchando dormir a la posada a su alrededor.

—Eso ya es un comienzo —murmuró Gareth—. Has empezado a dibujar en mi pizarra en blanco. Cuando lleguemos al final de esto...

—Cuando lleguemos al final de esto —ella se giró sin soltarse del abrazo y lo miró a la cara—, terminaremos el dibujo juntos.

Emily rozó los labios de Gareth con los suyos antes de volver a acurrucarse en el abrazo.

Y permaneció a su lado durante el turno de guardia.

14 de diciembre de 1822
Por la mañana
En nuestra habitación de la posada Waterman, Dover

Querido diario:

Si Gareth me hubiera pedido anoche que me casara con él, habría aceptado sin dudar. Es evidente que su visión de futuro es la mía, literalmente. ¿Qué más podría pedir una mujer?

Sé que me ama, me lo ha demostrado más veces de las que puedo contar, y sigue haciéndolo, y si bien a mí me gustaría oír las palabras, una declaración que surgiera de su corazón, Ya no estoy tan segura de que importe. Por lo menos, no tanto como importaba antes.

Cuando pienso en lo que, para mí, es más esencial en un matrimonio, saber que soy suya, y él es mío, encabeza cualquier lista.

Y eso, Querido diario: ya lo sé, desde el fondo de mi alma. Suceda lo que suceda en los días por venir, Gareth Hamilton, mi «él», no se me escapará de entre los dedos.

E.

—Royce quiere que atraigamos y eliminemos a todos los sectarios que sea posible, pero sobre todo en una zona concreta —sentados a la mesa del desayuno, Tristan Wemyss, conde de Trentham, miró a Gareth a los ojos—. Concretamente, en el tramo entre Chelmsford y su residencia en el Elveden, al norte de Bury St. Edmonds.

—De modo que —Gareth asintió— debemos comportarnos como la liebre para el zorro, en este caso, la secta.

—Y —Jack levantó un dedo— seguramente la propia Cobra Negra. Ferrar conoce la zona, su padre tiene una casa en Norfolk.

Tal y como había prometido, Jack había regresado esa mañana, seguido de Tristan. Después de hacer las presentaciones, se habían sentado ante un variado y abundante desayuno. Los hombres consiguieron que el cocinero de la posada se sintiera orgulloso.

Emily miró de Jack a Tristan y a Gareth, y sacudió la cabeza para sus adentros. Aparte de las evidentes similitudes físicas, consecuencia de haber sido todos antiguos Guardias Reales, los tres compartían una actitud claramente resistente hacia la secta, como si se murieran de ganas de encontrarse con ellos.

—Por desgracia —continuó Tristan—, Royce no quiere que subamos al norte todavía. Mientras tanto, quiere que te hagamos desaparecer, volverte invisible para la secta.

—¿Cómo? —Gareth enarcó las cejas.

—Vamos a trasladarte, a ti y a todo tu grupo, a Mallingham Manor—. Jack sonrió con astucia—. Sin que la secta os siga hasta allí.

—Si bien no están siempre bien entrenados para pelear

—Gareth hizo una mueca—, son inquietantemente buenos rastreando y localizando.

Tristan sonrió en un gesto muy parecido al de Jack, e inclinó la cabeza hacia su amigo.

—Nosotros también. Y, cuando localizamos, eliminamos.

—Entiendo —Gareth enarcó las cejas y se metió en la boca el último pedazo de pan empapado en salsa, masticó, tragó y asintió—. De acuerdo. ¿Y cuándo vamos a hacer eso?

14 de diciembre de 1822
Por la noche temprano
En nuestra habitación de la posada en Dover

Querido diario:

Debo vestirme para la cena, por primera vez desde hace una eternidad, pero aprovecho estos momentos para anotar los principales puntos personales que surgen de nuestro plan para trasladarnos a Mallingham Manor.

Primero, y sobre todo, es evidente que ya no estamos solos en esta batalla contra ese diablo y sus fuerzas. Tanto Trentham como Warnefleet son innegablemente hombres muy capaces, muy parecidos a Gareth. La suma de dos guerreros como ellos a nuestro grupo nos convierte, en mi opinión, en prácticamente invencibles. Lo cual supone un enorme alivio.

Todavía más alentador es el hecho que he sabido por Trentham de que en su casa hay damas, no solo su esposa y la esposa de Jack, sino también muchas otras, sus tías abuelas, varias primas y más familiares a su cargo. Por lo que he podido deducir, por primera vez desde abandonar a la tía Selma en Poona, voy a disfrutar de la compañía de damas de mi clase con quienes conversar y de quienes obtener más información acerca de lo que supone vivir y estar casada con hombres de la clase de Gareth. Será una ventaja que me encantará aprovechar. Nunca hay que cerrar los oídos al consejo experto.

Además, soy consciente de que mi ánimo está subiendo, de tener una mayor certeza de que la misión de Gareth, complicada al ejercer de señuelo, terminará con éxito suficiente como para satisfacerle, lo cual le permitirá, en cuanto haya terminado, darle la espalda a su pasado reciente y centrarse con todo su corazón en darle forma a nuestro futuro conjunto. Sé que sus sentimientos hacia la muerte de MacFarlane son profundos, y para poder descansar al respecto es imprescindible el éxito de su misión, para dejar atrás esa última parte de su pasado.

Acabo de soltar otro suspiro de alivio y felicidad. Tras llevar más días de los que soy capaz de contar en un estado de nervios y tensión continua, contemplo con esperanza el día de mañana. Es increíble poder sentir únicamente ilusión e interés.

Mi única objeción en todo esto es la incómoda nebulosa de que, de algún modo, Gareth todavía no está seguro. No en cuanto a mí, ni en cuanto a nuestro futuro, sino respecto a algo entre nosotros. No sé exactamente qué será, pero conseguiré averiguarlo.

¡Pero ahora debo darme prisa y vestirme!
E.

El traslado a Mallingham Manor se llevó a cabo en tres etapas a lo largo de una mañana gris y triste, fría, aunque no lluviosa. A las diez de la mañana, Mullins, Dorcas, y Watson salieron en la calesa de la posada como si se dirigieran a visitar alguna casa de la campiña hacia el oeste. Veinte minutos después, Mooktu, Arnia, y Jimmy salieron en un carro cargado con todo el equipaje y se dirigieron hacia el norte. Media hora después, Gareth, Emily y Bister partieron en otra calesa y tomaron la carretera hacia Londres.

Los sectarios que había en Dover, que ya estaban apresurándose para reorganizarse ante su inesperada llegada, tuvieron que volver a apresurarse, pero dos sectarios consiguieron seguir la primera calesa, otro la carreta, y otro se convirtió en la sombra de la calesa que conducía Gareth.

Tristan y Jack vigilaron, tomaron nota, y actuaron. Los que manejaban las riendas, Mullins, Mooktu, y Gareth tenían instrucciones de no ir demasiado deprisa, pero de dirigirse finalmente al norte y al oeste hacia Surrey. En última instancia, tras detenerse para comer a medio camino, todos subirían por cierta colina no muy lejos de la casa solariega.

Montados en buenos caballos, Tristan y Jack eliminaron a los sectarios, y luego corrieron campo a través hasta esa colina. A media tarde, cuando Mullins hizo subir su calesa por la larga y abierta pendiente, Jack y Tristan ya estaban en posición, observando desde la cima desde la que veían extenderse ante ellos todo el campo que los rodeaba.

Cuando una hora después Gareth por fin detuvo la calesa en la cima de la colina, Tristan y Jack salieron de entre los árboles montados a caballo, la satisfacción dibujada en sus rostros.

—Seguid adelante y tomad el primer desvío a la derecha —Tristan señaló hacia una serie de viejos y monumentales árboles que se dibujaban contra el horizonte—. La casa está ahí metida, no se ve desde ninguna parte, de modo que en cuanto os adentréis entre los árboles, será imposible veros. Los demás van por delante. Jack y yo esperaremos aquí, para asegurarnos, y luego os seguiremos.

—¿Cuántos? —Gareth asintió y miró a Jack a los ojos.

—Yo eliminé a dos —Jack se volvió hacia Tristan—. Él se deshizo de dos más. Suficiente para aplacar nuestro apetito, pero no creo que haya más, de modo que os seguiremos de cerca.

Gareth asintió, sacudió las riendas y la calesa echó a andar.

Fiel a las palabras de Jack, acababan de llegar al patio del establo detrás de la casa, y apenas se habían bajado en medio de un circo de lacayos, mozos de cuadra y un grupo de damas, la mayoría de avanzada edad, aunque dos no lo eran tanto, todos hablando y soltando exclamaciones, cuando Tristan y Jack hicieron acto de presencia.

Mientras desmontaban y entregaban sus caballos a los mozos de cuadra, una de las damas más jóvenes, una matrona con gesto de confianza y cabellos oscuros se acercó a Gareth y a Emily.

—Bienvenidos, soy Leonora, la esposa de Tristan —sonriendo encantada, estrechó la mano de Gareth y luego apretó los dedos de Emily—. Nos alegra mucho veros, sobre todo porque esos dos —señaló con la cabeza a Jack y a Tristan— llevan una semana con el alma en vilo, esperando vuestra llegada.

—Así es —la segunda matrona, una dama de mayor estatura aspecto regio y cabellos caoba oscuro, y unas maneras descaradamente autoritarias, se unió a ellos y les ofreció su mano—. Soy Clarice, la esposa de Jack. Tengo entendido que habéis vivido unas increíbles aventuras, debéis entrar y contárnoslo todo.

Las palabras resultaron proféticas. Antes de que Emily pudiera hacer poco más que presentarse y apretar los dedos de las demás, Gareth y ella fueron arrastrados en una marea de damas más mayores, conducidas por las tías abuelas de Tristan, lady Hermione Wemyss y lady Hortense Wemyss, hacia el interior de la casa y depositados en un extenso salón familiar que era evidentemente el dominio de las ancianas.

—Me temo —Leonora acercó la cabeza a la de Emily mientras se sentaban una al lado de la otra en uno de los muchos divanes— que lo mejor, desde luego lo más cómodo, es complacerlas. Sus intenciones son buenas, pero, si alguna de sus preguntas te molesta, no tienes más que mirarme a mí o a Clarice, y nosotras te rescataremos —desvió la mirada hacia Gareth y sonrió—. Usted también, mayor, siéntase libre de acudir a nosotras en busca de ayuda.

—Por favor —Gareth la miró a los ojos e hizo una inclinación de cabeza—, llámame Gareth.

En cuanto todas las damas se acomodaron, él se sentó en el sillón al lado del diván. Emily miró a su alrededor.

—¿Y Jack y Tristan?

—Han huido —Clarice sonrió desde el sillón de enfrente.

—No los necesitamos —lady Hortense agitó la mano en el aire despectivamente refiriéndose a su sobrino nieto y a su amigo. Sus ojos, viejos aunque brillantes, estaban fijos en

Emily y en Gareth——. Es de vosotros dos de quienes queremos oírlo todo, y somos demasiado viejas para perder el tiempo mostrando delicadezas. De modo que, para empezar, ¿qué hacíais en la India?

Las ancianas eran tenaces, decididas y espantosamente directas, pero no cabía ninguna duda de su sincero interés, de su agudeza. En total eran catorce, y entre ellas había una Ethelreda, una Millie, y una Flora. Todas tenían preguntas que hacer y con tantas mentes centradas en la misma tarea, cada uno de los detalles les fue arrancado, y examinado, y comentado.

Todo lo cual debería haberlos puesto nerviosos, a la defensiva, pero sin embargo, la amabilidad y comprensión que exudaban las ancianas hizo que el interrogatorio fuera más como una confesión con absolución.

Casi un exorcismo.

Emily se descubrió respondiendo a sus preguntas con creciente libertad. Sospechaba que Gareth, también, estaba revelando más de lo que había esperado, seguramente más de lo que le gustaría revelar en respuesta a sus insistentes ánimos. Desde luego, cuando media hora después aparecieron Jack y Tristan, aprovechando la distracción del carrito del té para esconderse, Gareth aprovechó la oportunidad para escapar.

Clarice miró a Emily a los ojos y enarcó una ceja.

Emily sonrió, y sacudió la cabeza casi imperceptiblemente. Aceptando una taza de verdadero té inglés y un plato con auténticos *scones*, mermelada de ciruela, y crema fresca, se relajó sobre el diván y se volvió hacia Ethelreda para contestar a su siguiente pregunta.

El día terminó al otro lado de las ventanas del salón. Las cortinas fueron cerradas, el fuego avivado y, al final, las preguntas murieron.

——Bueno ——declaró Hermione——, tú y tu mayor desde luego habéis vivido en la dicha y en la adversidad. Así pues, ¿cuándo sonarán campanas de boda?

——¡Tía! ——Leonora intentó acallar con un gesto airado a su escandalosa pariente política.

Que no le hizo el menor caso.

—Resulta evidente hacia dónde se encaminan y, ¿lo veis? —señaló a Emily—. No lo está negando, ¿verdad? —Hermione se acercó un poco más y la miró con atención—. Es más, ni siquiera se ha sonrojado.

Emily se dio cuenta de que era verdad, de hecho, lo único que estaba haciendo era sonreír. Se volvió hacia Leonora.

—No pasa nada —volvió la vista hacia Hermione y las otras damas, todas esperando ansiosamente—. Todavía no hemos fijado una fecha. Seguimos discutiendo los pequeños detalles como, supongo, hace todo el mundo.

—¡Desde luego! —Hortense asintió en un gesto de aprobación—. Poneos de acuerdo en lo básico antes de permitirle tomarte la mano.

Un fuerte golpe de gong retumbó por toda la casa.

—Hora de vestirse para la cena —anunció Leonora.

Las ancianas se irguieron, recolocando sus echarpes y pañuelos y, agarrando el pomo de sus bastones, se levantaron de sus asientos.

Leonora se levantó junto a Emily.

—Justo a tiempo —murmuró—, o de lo contrario empezarían a darte consejos sobre cómo manejarte en la noche de bodas.

—Siento cierta curiosidad sobre qué podrían decir —Clarice rio mientras se unía a ellas.

Emily sentía la misma curiosidad.

Las tres siguieron a las ancianas escaleras arriba, ayudándolas a caminar cuando hacía falta. Al llegar a la primera planta, y después de que las ancianas se hubieran dirigido a sus habitaciones, con Clarice siguiéndolas a cierta distancia para vigilarlas, Leonora condujo a Emily a una encantadora habitación con vistas al parque a un lado de la casa solariega. Dorcas ya estaba allí, preparando uno de los pocos vestidos de noche que tenía Emily y, qué delicia, un baño aguardaba junto a la chimenea, el vapor saliendo por los lados.

—Tómate tu tiempo —Leonora interpretó la expresión

cautivada de Emily y rio—, no empezaremos a cenar sin ti —miró a Emily a los ojos—. Y si necesitas algo, cualquier cosa, por favor pídelo.

Emily captó el sutil mensaje, vio la confirmación reflejada en los azules ojos de Leonora, la sinceridad y universalidad de sus palabras, y sintió una conexión que jamás había sentido con nadie salvo con sus hermanas.

—Gracias —sonrió y afirmó con idéntica sinceridad—, lo haré.

Leonora sonrió resplandeciente mientras apretaba la mano de Emily.

—Bien. Ahora te dejaré tranquila.

La cena con las catorce ancianas damas y las otras dos parejas resultó ser un evento cálido y relajante. Emily sentía evaporarse la tensión, tan consistente y persistente durante las últimas semanas hasta que había llegado a olvidarse de ella.

A pesar de estar menos acostumbrado a discusiones tan entusiastas, por no decir obscenas, dominadas por mujeres, o a la calidez y el evidente apoyo que fluía tan libremente por la habitación, Gareth, también se descubrió bajando la guardia, y tuvo que recordarse a sí mismo que los sectarios seguían en el país, que debían asumir que sus perseguidores todavía podrían encontrarlos.

Cuando comprendió que las damas no tenían intención de dejar a los tres caballeros solos para que disfrutaran de un licor y que, sin embargo, los acompañaron en la bebida, aprovechó un breve instante para mencionarle a Tristan la necesidad de establecer guardias durante la noche.

—No necesitas preocuparte por eso —lady Hermione, sentada entre ambos, lo había oído—, ni tú ni tu gente. Estaremos encantadas de montar guardia.

Antes de que Gareth pudiera pestañear, las otras damas ya se habían sumado a la causa. Segundos más tarde estaban repartiéndose las horas de la noche.

—No te preocupes —Tristan sonrió al ver la expresión estupefacta de Gareth—, lo harán, y pobre de cualquier sectario que intente entrar.

Lady Hortense, sentada frente a Gareth, percibió claramente sus reticencias.

—Trentham tiene razón, de todos modos no dormimos mucho, no a nuestra edad, y tendremos el apoyo de Henrietta y Clitheroe y, si hace falta, daremos la voz de alarma.

Gareth desvió la mirada hacia Clitheroe, el anciano mayordomo.

El hombre hizo una reverencia en dirección a lady Hortense.

—Como diga, milady.

—Henrietta —habló Jack desde el otro lado de la mesa—, es el perro lobo de Leonora. Ya se la han presentado a vuestro grupo, pero vosotros todavía no la conocéis.

—Es la que hace la ronda de la casa por las noches —aclaró Leonora—, es muy protectora.

—Sin ánimo de exagerar —intervino Tristan—, destrozará a cualquiera que intente entrar.

Más tarde, cuando el grupo se había retirado al salón, Henrietta fue llamada y presentada a Gareth y a Emily. Llegados a ese punto, Gareth ya no tuvo ninguna objeción a los planes de las ancianas, pues al sentarse, la desarrapada cabeza de Henrietta y su impresionante mandíbula, quedaban a la misma altura que su cabeza.

Después, cuando subió las escaleras con Tristan y Jack, tras asegurarse de que la planta baja estuviera segura y que Ethelreda, Edith y Flora se ocupaban del primer turno de vigilancia, felizmente instaladas junto al fuego del vestíbulo central, con Henrietta tumbada a sus pies, Gareth admitió:

—Hacía tanto que no nos sentía a salvo... lleva un poco acostumbrarse.

—A mí me llevó un año antes de dejar de controlar a todos en cada habitación a la que entraba —Jack soltó un bufido—. Ese es el legado de haber sido espía.

—Por lo menos un año —Tristan asintió—. Una parte de ti cree que todavía tienes que mantenerte vigilante. Lleva tiempo conseguir que desaparezca esa sensación.

—Sobre todo habiendo damas alrededor —Jack sonrió. Saludó a modo de despedida y se dirigió hacia uno de los pasillos.

Gareth se despidió de Tristan con una sonrisa y cruzó la galería hasta su habitación. La habitación de Emily era la siguiente y, por suerte, había una puerta que las conectaba.

Diez minutos después, vestido únicamente con su bata, accionó el picaporte y descubrió que la puerta no estaba cerrada. Entró en la habitación y encontró a Emily en la cama, aunque no dormida. Había dejado las cortinas abiertas y la estancia estaba moteada de sombras y rayos de luna que bailaban al son del viento que agitaba las ramas desnudas de los árboles.

Soltando la bata, se deslizó bajo las mantas oyendo la risita nerviosa que Emily intentaba reprimir cuando, como de costumbre, el colchón se hundía y ella rodaba contra él. Gareth la agarró, la atrajo hacia sí y la acomodó entre sus brazos.

—¿En qué estabas pensando? —«aquí tumbada en la oscuridad».

—En esta casa, sus habitantes, y las ancianas —ella apoyó la cabeza sobre el hombro de Gareth—. Es tan inglés, y tan cómodo. Ahora que vuelvo a estar en casa, es como si tuviera que volver a aprender, recordar, qué es lo que más me gusta, qué es lo que más valoro de las cosas en esta tierra.

—¿Y?

Había la suficiente cautela en la pregunta para hacer que Emily se apoyara sobre un codo y lo mirara la cara.

—Estaba pensando en las casas y en los habitantes de las casas, y en las mezclas de personas. Las familias y la atmósfera y la calidez del hogar.

—Entiendo —entre la penumbra él intentó estudiar sus ojos—. Entonces, ¿no estabas repasando qué es lo que te gusta de los caballeros?

—No —Emily sonrió—. Aunque... —acercando sus labios hasta que casi rozaron los de él, murmuró—, puede que deba revisar todas esas cosas que me gustan de ti, solo para asegurarme de que, ahora que estamos aquí, siguen estando a la altura.

El pecho de Gareth tembló bajo el cuerpo de Emily con la carcajada. Sin dejar de sonreír, ella lo besó.

Y él se dispuso a ofrecer un recopilatorio y concienzudo inventario, uno que satisfizo plenamente a Emily, y a él también.

En el salón privado de una pequeña posada a unos tres kilómetros de allí, Roderick Ferrar dejó de soltar juramentos y se llenó la boca del brandy francés que el posadero le había conseguido. Después de tragar, contempló el líquido ambarino que quedaba en su copa.

—Esta es la única buena noticia que hemos tenido hoy.

Roderick se dejó caer en uno de los dos sillones junto a la mesa redonda en el centro de la habitación.

Recostado en el otro sillón, Daniel Thurgood se encogió de hombros.

—Podría haber sido peor. Podríamos no saber la localización exacta de Hamilton, pero sabemos que está escondido en esta zona, y, tal y como señaló Alex, es probable que los correos se dirijan a alguna parte de Norfolk. Nuestros vigilantes en las carreteras entre aquí y allí avistarán a Hamilton y a su grupo en cuanto se muevan. Tenemos hombres más que suficientes para dejar allí un grupo lo bastante grande como para seguirlos en cuanto crucen el Támesis.

Daniel observó a Roderick fruncir el ceño hacia su copa, y esperó.

Los tres, Roderick, Alex y él, todos vástagos de la casa nobiliaria de Shrewton, todos hijos del actual conde, se habían encontrado hacía años. Su paternidad compartida les había llevado a buscar, valorar, codiciar las mismas cosas... básicamente dinero y poder. Poder por encima de otras cosas, poder que pudieran ejercer con toda la crueldad que quisieran, siguiendo los dictados de sus caprichos.

Cuando Roderick había aceptado un puesto en Bombay, Daniel y Alex lo habían seguido hasta allí, y los tres habían encontrado muy de su agrado las oportunidades que presentaba ese subcontinente.

Habían creado la secta de la Cobra Negra, y habían vivido en un lujoso y vicioso esplendor.

Hasta que una carta escrita en nombre de la Cobra Negra, firmada con su marca distintiva y, por una desgraciada circunstancia, sellada por Roderick con el sello de anillo familiar que llevaba permanentemente en su meñique, había caído en manos de un grupo de oficiales enviados para identificar y sacar a la luz a la Cobra Negra.

Esos cuatro oficiales y sus amigos sabían ya que Roderick era la Cobra Negra. Lo que no sabían, lo que nadie ajeno al círculo interno de la secta sabía, era que Roderick no era más que uno de los tres. Pero para preservar el poder que la Cobra Negra había acumulado, Daniel y Alex necesitaban a Roderick.

Desgraciadamente se habían enterado de la existencia de la carta, y la amenaza que podría suponer, demasiado tarde como para detener a los cuatro oficiales que abandonaron Bombay en dirección a Inglaterra. Para poder acusar con éxito a Roderick, el hijo preferido del conde de Shrewton, un astuto político aristócrata, e indispensable aliado del mismísimo príncipe regente, solo les serviría la carta original con el sello delator.

Uno de los cuatro oficiales portaba la amenaza. Los otros tres eran señuelos. Pero quién era quién, y quién en Inglaterra había aceptado el desafío de recibir la carta y llevarla ante la corte y los jueces, la Cobra Negra lo desconocía.

De modo que habían dispuesto que sectarios y asesinos siguieran el rastro de los cuatro oficiales, haciéndolos llegar hasta Inglaterra y ensamblando una formidable fuerza de fanáticos seguidores. El destino les había sonreído, los vientos habían soplado a su favor y habían conseguido adelantarse a los cuatro oficiales, de modo que ellos y sus fuerzas aguardaban para eliminar a cada uno de ellos, uno tras otro, a medida que llegaran a Inglaterra, y hasta que la amenaza de quedar al descubierto dejara de existir.

El coronel Derek Delborough, jefe de los cuatro oficiales, había llegado a Southampton hacía cuatro días. Un inmediato intento de asesinato había, por mala suerte, resultado fallido, y el coronel había conseguido llegar a Londres. Sin embargo, no había pasado la carta a nadie y seguía teniéndola en su poder, ya fuera la copia o el original. Habían conseguido introducir a un ladrón dentro del séquito del coronel y la carta, por las buenas o por las malas, pronto sería suya.

A falta de hacerse con la carta del coronel, Daniel y Roderick habían cabalgado hasta Dover en cuanto habían recibido la noticia de que Hamilton había desembarcado. El plan original había sido evitar que Hamilton cruzara el canal, pero era evidente que el encargado de su persecución había fracasado.

Pero cuando Daniel y Roderick habían llegado a Dover, el grupo de Hamilton se había separado y todos se habían marchado. El sectario jefe apostado en Dover había enviado rastreadores detrás de cada uno de los tres grupos, pero los cuatro rastreadores habían desaparecido. Por suerte, un indio con pañuelo negro en la cabeza resultaba bastante evidente en una carretera de campo de Inglaterra. No les había sido difícil encontrar a los rastreadores, pero los tres rastros habían terminado misteriosamente no muy lejos de la posada en la que Roderick y él se alojaban en ese momento.

Roderick giraba la copa en la mano, sin dejar de observar atentamente el brandy.

—Si nos quedamos sentados y esperamos a que Hamilton aparezca, podríamos estar aquí durante días. Puede que sea eso lo que ellos quieren, que nos centremos en él, y no nos enteremos de la llegada de los otros dos.

—Es muy probable —Daniel apuró su copa—. Tenemos hombres suficientes aquí, estacionados a lo largo de las carreteras, para asegurarnos de que nos enteraremos en cuanto Hamilton salga de su escondite y se dirija al norte, o a cualquier otro lado. Si nos vamos ahora, podremos cabalgar durante la noche y reunirnos con Alex. Entérate de si Creighton nos ha encontrado una nueva base en Bury.

Aquella mañana, por medio de Larkins, el ayuda de cámara de Roderick, y también su mano derecha, había sabido que Delborough se dirigía hacia Cambridgeshire, cerca de las casas de Norfolk donde muchos de los más adinerados y poderosos pasaban la Navidad. Alex, el estratega más agudo de los tres, había decidido que deberían trasladar la base desde Shrewton House, en Londres, a alguna parte mejor situada para interceptar a los correos.

Creighton, el hombre de Daniel, había sugerido buscar un lugar en Bury St. Edmunds. Alex se había mostrado de acuerdo y mientras Roderick y Daniel cabalgaban hacia el sur para ocuparse de Hamilton, Creighton se había ido a Bury y Alex se había quedado en Londres para organizar su traslado.

—Yo también necesito hablar con Larkins —Roderick apuró su copa—, quiero estar allí cuando su pequeño ladrón entregue la carta de Delborough —Roderick miró a Daniel a los ojos—. Dado que aún no hemos oído nada de los otros dos, la acción está con Delborough.

Daniel se puso en pie y se acercó a la ventana. Abriendo la cortina miró hacia el exterior.

—Se avecina una nevada. Si nos quedamos aquí, puede que mañana no podamos marcharnos, y los mensajeros de Alex podrían no llegar hasta nosotros.

—Hora de irse —Roderick arrastró la silla y se levantó.

Dejando caer la cortina, Daniel asintió.

—Hamilton no se arriesgará a viajar en medio de una tormenta de nieve. Eso nos dará tiempo para ir al norte, ocuparnos primero de Delborough y luego situarnos en posición para cuando Hamilton se dirija al norte. Que venga a nosotros, a un campo en el que dispondremos de más hombres para enfrentarnos a él. Eso nos colocará en una situación ideal para ocuparnos también de Monteith y Carstairs cuando lleguen —miró a Roderick a los ojos y asintió—. Vámonos.

Cinco minutos después, ya estaban en la carretera, cabalgando velozmente hacia Londres.

CAPÍTULO 18

Dieciséis de diciembre de 1822
Por la mañana
En mi dormitorio en Mallingham Manor

Querido diario:

El destino ha sonreído. Hoy parece ser un día perfecto para examinar los pormenores de lo que muy bien podría ser la clase perfecta de matrimonio para Gareth y para mí.

Me llevó apenas unos minutos de conversación con Leonora y Clarice para comprender que ellas tienen una visión de la vida, y de los caballeros, similar a la mía. Y por lo que vi anoche, sus matrimonios, por lo menos superficialmente, parecen contener todos los elementos, y ofrecer todos los consuelos, que yo desearía para el mío. En consecuencia, tengo pensado dedicar el día de hoy a aprender todo lo que pueda de ellas.

Muy oportunamente para mi objetivo, ha nevado copiosamente. No podríamos continuar el viaje aunque ese hubiese sido nuestro plan, y todos pasaremos el día dentro de casa.

En mi caso, investigando sutilmente.
E.

A última hora de la tarde, cuando Leonora, Clarice, y ella entraron en el pequeño salón y, riendo a carcajadas, se dejaron caer sobre los sofás, Emily había averiguado todo lo que quería y más.

—Vuestros hijos son encantadores —levantando la cabeza, ella miró resplandeciente a Clarice y a Leonora—. Incluso los más pequeños son perfectos.

—No seremos nosotras quienes digamos lo contrario —Leonora sonrió afectuosamente—, pero, por supuesto, no somos imparciales. Aun así, me alegro de que se comportaran bien.

—Todo lo que necesitas para encandilarlos es hablarles de los monos —Clarice agitó una mano perezosamente en el aire—. Caleb y Robert ya están pensando en cómo convencer a Jack para que les permita tener uno —frunció el ceño—. Debo acordarme de mencionarle a mi media naranja que yo no siento ningún deseo de tener un mono en casa.

—¡Desde luego que no! —Leonora se mostró de acuerdo—. Pero, claro, yo ya tengo tres —desvió la mirada hacia Emily—. ¿Habéis hablado Gareth y tú de hijos, de cuántos os gustaría tener?

—Yo le dije que un montón —Emily asintió—, vengo de una familia grande —frunció el ceño—. Sin embargo, Gareth no. Él fue hijo único.

—Eso no quiere decir nada —le aseguró Leonora—. Tristan también fue hijo único, pero su postura es que deberíamos tener todos los que pueda ser, creo que para llenar el vacío que dejarán las ancianas cuando ya no estén con nosotros. Se sentiría perdido si alguna de sus casas estuviera silenciosa y tranquila.

—Yo tengo tres hermanos —Clarice asentía—, y me pregunté cómo se las apañaría Jack con el inhabitual ruido, pero parece gustarle, aparentemente. Siempre que sean sus hijos los que hagan ese ruido, es como música para sus oídos.

Las tres rieron y siguieron hablando de unas cosas y otras, compartiendo experiencias, haciéndole preguntas a Emily sobre su relación con Gareth, y preguntándole qué esperaba del matrimonio. Era exactamente la clase de discusión femenina que ella había deseado y querido. Para cuando sonó el primer gong y las tres subieron las escaleras, separándose para ir cada una a su habitación para vestirse para la cena, Emily tenía una idea mucho más concreta de la dinámica de la vida de casada, sobre todo de la clase de vida de casada que ella deseaba. Con la ayuda de las otras dos, había definido cómo sería su santo grial, los elementos esenciales que, si estaban presentes entre Gareth y ella, garantizarían la clase de futuro que ella quería tener.

Los caballeros, como las horas pasadas con Leonora y Clarice le habían confirmado, no podían lograr ese brillante objetivo solos, sin ayuda. Necesitaban ayuda en cuestiones emocionales, consejos, y ella iba a tener que dirigir y animar y empujar, pero estaba segura de que Gareth, en efecto, iba a querer la misma clase de matrimonio que ella había decidido tener.

Al entrar en la habitación, encontró a Dorcas preparando su otro vestido de noche. Mientras se vestía, charlaron de cuestiones domésticas. Cuando Emily se sentó en la banqueta del tocador para que Dorcas le cepillara el pelo y se lo recogiera en un moño alto, se produjo un silencio, y la mente de Emily regresó a su principal preocupación.

Quizás fuera eso sobre lo que Gareth parecía seguir indeciso, el estilo concreto de matrimonio que ella quería. Sobre todo un hombre como él, un guerrero que había pasado tantos años apartado de la vida social, era normal que se sintiera así. Dado su pasado, sin duda tenía mucha menos experiencia en matrimonios, de cualquier clase, que ella.

Iban a tener que sentarse y hablar, pero ¿cuándo?

Quizás aún dispusieran de otro día más allí, en relativa seguridad, pero su misión seguía pendiendo sobre su cabeza, y la de ella también. Emily tenía un interés personal en vengar la muerte del pobre MacFarlane. En cuanto se pusieran de nuevo en marcha... lo último que querría sería distraer a Gareth, o a ella misma, con pensamientos de algo tan profundamente absorbente como el matrimonio.

Ese tema se merecía, en realidad exigía, su completa y absoluta atención.

De modo que… aún no era el momento. Aprovecharía el tiempo para definir mejor sus ideas y visiones, y encontrar la mejor manera de describir con palabras todo aquello que deseaba. Todo lo que pensaba que podrían tener.

—Ya está —Dorcas le dio un golpecito al moño y se apartó—. Estaba perfecta —se encontró con la mirada de Emily en el espejo—. Pero le advierto: si nos quedamos aquí mucho más tiempo, se va a quedar sin vestidos de noche.

Más tarde aquella noche, mientras se metía en la cama, Emily se imaginó la reacción que provocaría si apareciera vestida con la versión de traje de noche de la begum de Túnez.

La idea la hizo sonreír, seguía sin poder creerse que hubiera tenido el valor de ponerse ese escandaloso vestido.

Cuando Gareth se reunió con ella, la encontró con gesto pensativo.

—Un penique por tus pensamientos —dijo mientras se metía en la cama junto a ella.

Emily rodó en sus brazos, una acción que le encantaba hacer cada noche, sobre todo porque él la agarraba y la acomodaba contra su cuerpo como si perteneciera allí.

—Estaba pensando… si bien durante nuestros viajes hice cosas que jamás me imaginé que haría, que jamás tendría el valor de hacer aquí, en Inglaterra —retorciéndose para apoyar un codo sobre el pecho de Gareth y erguirse, ella lo contempló a través de las sombras—. Ahora que estoy en casa, ¿habré perdido mi valor?

—No, jamás —él sonrió lentamente con infinita calidez—. Tu valor forma parte de ti, no puedes perderlo. Y ajustarte a la realidad social, saber y comprender qué puedes y qué no puedes hacer sin arriesgarte al ostracismo, eso es una fortaleza, no una debilidad.

—No se me había ocurrido pensar en ello así —Emily le devolvió la sonrisa.

Gareth la miró a los ojos, demasiado hundidos en las sombras de la noche para poder interpretar su expresión. Esa actitud pensativa era nueva para él, y por ello le intrigaba aún más, pues era otro aspecto más del misterio que suponía esa mujer para él. Era como un diamante de múltiples facetas, infinitamente atrayente. Cada día aprendía algo nuevo sobre ella… y sobre sí mismo.

Como la clase de matrimonio que él deseaba, y los desafíos, tribulaciones y dificultades inherentes en conseguirlo. Todavía no estaba seguro de poder manejarlo, mucho menos que fuera la clase de matrimonio, ese «más», que ella quería.

Sin embargo, pensaba que le gustaría… un matrimonio como el de Jack y Clarice, como el de Tristan y Leonora. No tenía una verdadera idea de la moderna institución, pero lo que había visto de sus relaciones… le gustaba a él también. No creía que fuera a ser fácil, pero los beneficios serían enormes.

Más aún, se veía a sí mismo en una relación así con Emily, pero no sabía, sinceramente no tenía ninguna idea, de cómo hacerlo realidad, en qué se basaba una unión como esa. Qué acuerdos eran necesarios para sustentarla.

—Yo… —¿Qué? ¿Qué podía decir? ¿Quiero lo que tienen Jack y Clarice?

Ellos no eran Jack y Clarice.

Y Gareth no estaba seguro de que ella lo amara lo suficiente. Parecía estar yendo demasiado deprisa, tropezándose consigo mismo en su apresuramiento por asegurársela, por descubrir ese «más», con el que podría atraerla en lugar de esas dos pequeñas palabras, pero debía ir poco a poco, con seguridad, paso a paso.

Deslizó su mano entre los sedosos cabellos de Emily y la empujó sobre la cama.

—¿Qué ibas a decir? —preguntó ella, apoyando las manos sobre el torso de Gareth.

—Después —él sacudió la cabeza. En cuanto lo hubiera decidido, en cuanto hubiera encontrado las palabras.

Emily abrió la boca, pero, antes de poder insistir, él la besó.

La abrazó y la condujo hacia la pasión, hacia el fuego que prendía tan rápidamente, hacia el latente torbellino de sus deseos.

Allí, en ese plano, todo estaba claro, todo le resultaba comprensible. Allí sabía cómo hacerla estremecerse, cómo hacerla gemir... sabía lo que le gustaba.

Lo que ella quería.

Y se propuso darle eso, y más. Se concentró en la tarea de demostrarle lo que todavía era incapaz de decir con palabras.

Con una mano sobre su cabeza, sujetándola encima de él, se tomó su tiempo para saborear su boca, reclamando lánguidamente las dulces oquedades, la suculenta suavidad que ella tan dispuesta le ofrecía. Acarició su lengua con la suya y sintió derretirse sus huesos, sintió crecer el deseo.

Se tomó su tiempo. Deslizó sus manos sobre los hombros de Emily, por los suaves y femeninos planos de su espalda cubiertos por el fino camisón que esculpía su cuerpo tumbado sobre el suyo. Sus pechos, su cintura, sus caderas, sus firmes muslos, su redondeado trasero, reaprendiendo sus curvas, sus valles y contornos, reclamándolos también, haciéndolos suyos.

En el primero de muchos pasos.

Ella se volvió inquieta, silenciosamente exigente. Él rodó llevándola con él y acomodándola bajo su cuerpo sobre la cama. Los labios de Gareth sujetaron los suyos, sujetaron su sorpresa, y él la alimentó con sus labios y lengua mientras le desabrochaba los botones.

Hasta que pudo abrir el cuerpo del camisón lo bastante como para dejar expuestos los pechos desnudos. Lo bastante como para poder cerrar sus manos sobre los firmes pezones y acariciar. Poseyó. Amasó hasta que ella arqueó la espalda, hasta que gimió bajo sus labios y se rindió.

En el primero de muchos momentos como ese.

Gareth interrumpió el beso y observó a través de las sombras los montículos que llenaban sus manos, luego inclinó la cabeza y colocó su boca sobre los tensos pezones, y se deleitó.

Emily cerró los puños en sus cabellos, agarrándolos mientras su cuerpo se arqueaba, mientras, sin aliento, aceptaba y pedía más.

Suplicaba, su cuerpo elevándose sutilmente bajo el de Gareth, primitivamente tentador, espoleándolo para que continuara.

Aun así, él se tomó su tiempo, lamiendo concienzudamente los inflamados pechos antes de desembarazarla del camisón muy lentamente, reclamando cada milímetro de piel que quedaba expuesto para acariciarlo, para saborearlo.

Por derecho propio.

Marcándola milímetro a milímetro, nervio a nervio.

Prendiendo fuego bajo su piel hasta que ella ardió.

Emily se retorció debajo de él y disfrutó, incluso mientras su cordura giraba alocada y sus sentidos se tambaleaban, y las sensaciones se estrellaban contra ella en crecientes oleadas. La noche anterior, ella había llevado la iniciativa, exigiendo. Pero esa noche, era él quien sujetaba las riendas, y las manejaba.

La condujo, con consistencia e insistencia, escalando hacia el familiar pico a través de un camino tortuoso y nuevo, mientras ella tomaba, sopesaba, adoraba.

Bajo las manos de Gareth, ella se sentía preciosa. Cada trazo de sus dedos sobre su piel le gritaba una primitiva posesividad, mientras que cada roce de sus labios, cada sutil caricia, estaba cargada de reverencia.

Emily se sentía como una diosa mientras él la desnudaba, mientras él la tumbaba, le separaba los muslos, inclinaba la cabeza y la besaba allí… utilizando sus labios, lengua, dientes y su ardiente y exigente boca para volverla loca. Para, con calma y seguridad, llevarla mucho más arriba, hasta que ella le agarró los cabellos, arqueando el cuerpo mientras un silencioso grito surgía de su garganta y un clímax que era un cataclismo estallaba en su interior.

Gareth la lamió, comió, continuó saboreándola hasta que ella se dejó caer sobre la cama.

Y sus rugosas palmas se deslizaron sobre la febril piel, un reclamo primitivo y una promesa de más, mientras en la noche se erguía sobre ella, separaba aún más sus muslos y su gruesa erección encontraba la entrada empujándose en su interior.

Lentamente, profundamente, completamente.

La sensación de tenerlo dentro, sólido y duro, terciopelo ardiente sobre acero, estirándola, inundó la mente de Emily. Ella no supo nada más allá del hecho de que Gareth la llenaba, que expulsaba el ardiente y doloroso vacío en su interior, que la completaba y satisfacía, y era suyo como ella era suya.

Gareth se retiró y volvió a hundirse en su interior, aún más profundamente, más exigente.

Las manos deslizándose a ciegas, abiertas sobre su torso y alrededor de su pecho, los brazos cerrándose en torno a él, Emily lo abrazó, se unió a su ritmo, al latido, uniéndose a él y acompasándolo en una compulsiva danza, aferrándose a él mientras se elevaban girando en círculos.

Y lo adoró con todo su cuerpo, tanto como él la adoraba a ella. Echó la cabeza atrás, encontró sus labios, y lo besó.

Lo llevó a un duelo tan ardiente como la comunión de sus tensos cuerpos. Los nervios a flor de piel por la indescriptible fricción de los velludos y tensos músculos, acalorados y duros, moviéndose constantemente, repetitivamente, sobre su sedosa piel, erosionando los extremadamente sensibles pezones de sus pechos, por las rítmicas embestidas de su cuerpo dentro del suyo, por el modo en que la agitaba, por los ecos que encontraban su expresión a través de la flagrante unión de sus bocas, ella se unió a él y ascendió, hundiendo las uñas, tanteando mientras alcanzaban la cima y sus nervios se partían, se desataban.

Él embistió una última vez, con fuerza, profundamente, y ella se deshizo en pedazos.

Y cayó, se precipitó desde la cima, fracturada y rota.

Se desintegró mientras el éxtasis lo inundaba todo, la reclamaba, la llenaba, la mantenía a flote.

Llegó la felicidad, envolviéndolo todo inexorablemente mientras, por encima del latido de su corazón, oyó el entrecortado gruñido de Gareth, que se volvía rígido en sus brazos, manteniéndose profundamente hundido en ella mientras su semilla inundaba su seno.

Hasta el final, cuando músculo tras músculo alcanzaron lo inevitable y él se derrumbaba, aplastándola bajo su peso.

Una sonrisa curvó los labios de Emily mientras abrazaba a Gareth con fuerza, mientras la satisfacción surgía para reclamarlos a ambos.

17 de diciembre de 1822
A primera hora de la noche
En mi dormitorio en Mallingham Manor

Querido diario:

Dispongo de un poco de tiempo antes de vestirme para la cena. Hoy ha sido un día para la consolidación y la espera. Como de costumbre, Gareth ya se había marchado cuando yo desperté esta mañana, continuando con su reciente costumbre de agotarme antes de deslizarse fuera del dormitorio al amanecer. Sin embargo, los sucesos de la noche confirmaron mis pensamientos, la conexión entre nosotros es tan profunda que ni él ni yo podemos resistirnos a ella. En efecto, cuando nos unimos, crece la fascinación y la devoción mutua. Juntos, aceptamos, abrazamos, idolatramos. En ese aspecto, por lo menos, nuestro camino hacia adelante está claro.

Esta mañana no he escrito nada ya que, en cuanto al aspecto más amplio de nuestro matrimonio, yo seguía formulando mis pensamientos. Y con la nieve, aunque ya derritiéndose, confinándonos todavía en esta casa, en este lugar de relativa seguridad donde el peligro y sus distracciones se mantienen a raya, he podido en efecto hacer progresos... por fin.

Hablando con las ancianas damas, que son un verdadero encanto, y observando más de cerca a Leonora y Tristan, y a Jack y Clarice, he definido y confirmado cuáles son los elementos principales necesarios para sustentar con éxito un matrimonio entre Gareth y yo.

Confianza. Compañerismo. La apreciación y aceptación de las fortalezas del otro, y la voluntad de permitir sus debilidades. Un intercambio libremente dado y aceptado en todas las áreas de nuestras vidas, permitiéndole al otro compartir las cargas, ayudar a hacer frente a los desafíos, y compartir plenamente los triunfos.

Esos son los elementos que necesito explicarle a Gareth para hacerle ver y comprender lo esenciales que son, y lo maravilloso que será nuestro matrimonio, nuestro futuro, si podemos trabajar juntos para lograrlo.

No pienso que vaya a ser sencillo ni fácil, pero nada que merezca la pena lo es alguna vez.

De modo que, Querido diario: ya tengo las ideas claras y estoy decidida, y esperando una única cosa: el final de la misión de Gareth, el final de la Cobra Negra. En mi opinión, ya está tardando.

Mi resolución y lucidez han dado nacimiento a una cierta ansiedad. Tengo la sensación de estar en el umbral, no solo de una gran felicidad, sino de un emocionante viaje que llenará el resto de mi vida, pero no podré dar el primer paso hasta que esa condenada Cobra Negra sea atrapada y eliminada.

Esperamos tener noticias de Wolverstone pronto.
Rezo para que sea así.
E.

A última hora de aquella noche llegó un mensajero de Wolverstone.

El jinete, abrigado con un gabán, entregó el sobre a Tristan en el vestíbulo principal.

—Habría llegado antes, milord, pero todavía resulta difícil avanzar a través de Suffolk. No obstante, se me pidió que le dijera que, conforme a estas órdenes —asintió hacia el sobre—, no deberían tener ningún problema en seguir viaje, viendo que irán en carruajes y que no hay previstas más nevadas.

—Gracias —Tristan dejó al hombre en manos de Clitheroe antes de seguir a los demás de regreso al salón, donde habían estado reunidos charlando junto al rugiente fuego.

Retomaron sus asientos y esperaron expectantes mientras Tristan abría el sobre. Frunciendo el ceño, sacó dos hojas dobladas y entregó una a Leonora.

—De Minerva —miró a Gareth y a Emily—. La duquesa de Royce —aclaró.

Abriendo la segunda misiva, Tristan recorrió las líneas con la mirada antes de levantar la vista con una sonrisa de anticipación.

—Mañana debemos viajar hasta Chelmsford vía Gravesend, intentando atraer al mayor número de sectarios por el camino, sobre todo al norte del Támesis. Tras pasar la noche en Castle Arms en Chelmsford, deberemos dirigirnos hacia Sudbury, detenernos para comer en una posada y luego continuar por Bury St. Edmunds hasta Elveden —le ofreció la carta a Gareth—. Delborough debería estar en Elveden para recibirnos.

—Esas son noticias excelentes —Gareth tomó la carta y repasó las instrucciones antes de mirar a Jack y a Tristan—. ¿Y bien? ¿Cómo vamos a organizar el viaje?

Discutieron las diferentes opciones. Las damas contribuyeron tanto como los caballeros, pues la carta de Leonora contenía una invitación de Minerva para que Leonora y Clarice visitaran Elveden con sus familias. Jack y Tristan intercambiaron una mirada, pero no discutieron, sin duda juzgando Elveden un lugar lo suficientemente seguro, sobre todo dado que pronto estarían ellos allí.

Al final se decidió que Leonora y Clarice viajarían con sus hijos en sus propios carruajes, con su habitual séquito de cocheros, lacayos y guardias, llevándose con ellas a Dorcas, Arnia, Watson y Jimmy. Irían vía Londres directamente por la carretera Great North y luego atravesarían por Cambridge y Newmarket hasta Elveden.

Gareth y Emily irían en otro carruaje, conducido por Mullins y con Bister y Mooktu como guardias. Irían por la ruta estipulada por Wolverstone, seguidos de cerca por Jack y Tristan a caballo.

—Mejor así para eliminar a cualquier sectario que encontremos — señaló Jack.

Los dos carruajes familiares emprenderían viaje tres horas después que Gareth y Emily, pero dado que emplearían las carreteras principales, era probable que llegaran a Elveden primero.

Leonora consultó la hora y se levantó tras mirar a Clarice y a Emily.

—Es tarde, y tenemos que partir lo antes posible —miró a los hombres—. Os dejaremos tranquilos para que organicéis los carruajes, los cocheros y los caballos mientras nosotras organizamos al personal.

Los hombres asintieron y retomaron su planificación.

Emily se levantó con Clarice y siguió a Leonora hacia el vestíbulo donde Leonora llamó a Clitheroe.

A Emily se le encomendó la tarea más sencilla. Explicó a Watson lo que se había decidido, consciente de que podía confiar en él para transmitírselo a los demás y que todos estuviesen preparados a la hora señalada por la mañana temprano. Dejando a Leonora sumida en una profunda discusión con su ama de llaves, y a Clarice dándole instrucciones a la niñera principal, Emily subió las escaleras y se dirigió a su habitación.

Cuando llegó, la excitación la desbordaba. Entrando en la habitación se descubrió a sí misma sonriendo.

Solo faltaba ese último empujón desde Mallingham Manor hasta Elveden, y el viaje habría terminado. Dos días más, y Gareth y ella podrían dedicar toda su atención a su futuro en común, su matrimonio, para planificar ambas cosas.

Llevaba puesto el camisón, pero, demasiado nerviosa para sentarse, mucho menos tumbarse, caminaba frente a la chimenea de un lado a otro, cubriéndose los hombros con un echarpe, soñando despierta, cuando la puerta se abrió y entró Gareth. Emily se detuvo, con la ansiedad dibujada en su rostro.

Gareth cerró la puerta y la miró a los ojos, leyó su expresión y sonrió. Pero a medida que se acercaba a ella, el gesto se volvió más serio. Deteniéndose delante de ella, la miró a los ojos.

—Dos días más —él titubeó y, para sorpresa de Emily, le tomó las manos entre las suyas.

Gareth estudió su rostro mientras ella permanecía en silencio. Preguntándose.

—No iba a decir nada, no hasta que todo esto hubiese terminado —comenzó Gareth tras respirar con sorprendente tensión—. Pero… no puedo permitir que continuemos los próximos dos días sin decir por lo menos esto. Ahí abajo hemos hecho planes, todos claros y directos, hacemos esto, vamos por este camino, y llegamos a Elveden, y todo habrá terminado —él le sostuvo la mirada—. Pero no va a ser tan fácil. Sabemos que la Cobra Negra situará a sus hombres entre nosotros y Elveden, que tendrá allí a sus mejores tropas, su élite, esperando para interceptarnos. Estará, debería estar, desesperado por hacerse con el portarrollos. Contamos con ello, con que esté lo suficientemente desesperado como para comprometer a sus fuerzas y que nosotros podamos reducirlas y que, en algún momento, cometa un error que lo delate todavía más definitivamente como la Cobra Negra de lo que ya lo delata esa carta que uno de nosotros está transportando.

Gareth volvió a respirar hondo antes de continuar.

—Y todo eso va a entrañar acción y un verdadero peligro. Una verdadera amenaza de muerte sobrevolando nuestro aparentemente sencillo camino.

Gareth hizo una nueva pausa y, sin apartar la mirada de la de Emily, buscó las palabras adecuadas, las palabras que debía pronunciar.

—Todavía no te he pedido que te cases conmigo —le apretó las manos con más fuerza y sintiendo los delicados huesos bajo sus dedos mucho más fuertes, aflojó la presión—. No adecuadamente. Quiero… tengo la intención de hacerlo, pero podrían matarme, o podría quedar malherido y, de ser ese el caso, no me gustaría que estuvieras atada a mí —cuando Emily frunció el ceño y abrió la boca, él continuó antes de permitirle hablar—. No querría que te quedaras a mi lado si yo no tuviera una vida que ofrecerte. Pero...

Esa era la parte difícil, y por lo menos Emily había permanecido en silencio y escuchaba tan atentamente como él podría pedirle que hiciera. Sin apartar la mirada de sus ojos, sacó fuerza y tranquilidad de esos ojos verde musgo.

—Quiero casarme contigo, y quiero un matrimonio como el de Jack y Clarice, como el de Tristan y Leonora. No sé si será posible, si seré capaz de hacer lo necesario para tener esa clase de matrimonio, pero creo que sí podré, y quiero intentarlo. Contigo. Porque quiero que tengamos eso, aunque no sea capaz de describir exactamente qué es «eso».

A medida que la comprensión brillaba en la mirada de Emily, su expresión se transformó en una de deslumbrante felicidad. Y el grueso nudo de los nervios se aflojó en el pecho de Gareth.

Ella se acercó un poco más a él. Soltando una mano, posó la palma sobre la barbilla de Gareth.

—Yo sí puedo describirlo. He pasado los últimos días sin pensar en otra cosa, observando y estudiando para aprender qué es lo que hace que matrimonios como el de Jack y Clarice, el de Tristan y Leonora, sean como son, qué hacer para que funcionen. Sé lo que necesitamos hacer, sé que debemos confiar el uno en el otro, valorar el uno al otro, y compartir todo en nuestras vidas y sí, yo también quiero eso.

Ella sonrió y, en ese resplandeciente instante, él pudo ver el corazón reflejado en su mirada.

—No hay nada que desee más en la vida que tener un matrimonio como ese, contigo.

El corazón de Gareth realizó una voltereta, pero levantó la mano y cubrió los labios de Emily con un dedo.

—No digas nada más.

Emily abrió los ojos desorbitadamente, inclinó la cabeza y formuló la pregunta a través de su mirada.

—Es una vieja… supongo que podría llamarse superstición. Una superstición de soldado, pero no carente de cierta lógica. Al dirigirte a la batalla, cualquier batalla, intentas asegurarte de que tú, personalmente, tengas lo menos posible que perder. Entrar en combate sabiendo que tienes algo que vale más que la vida misma es tentar al destino. Más aún, es peligroso, porque atacar inevitablemente choca con el instinto defensivo, y quedarías atrapado, destrozado, en el peor momento posible. Enfrentarte a un enemigo sabiendo que tienes algo enorme, de un valor inmenso, que perder te genera una debilidad que el enemigo no tiene. Es una distracción, una desventaja.

Gareth hizo una pausa antes de continuar.

—Y por eso quiero que sepas lo que quiero tener contigo, pero no quiero que hablemos de ello, no quiero que hagamos ninguna declaración ni tomemos ninguna decisión ahora —él buscó su mirada—. ¿Lo entiendes?

La sonrisa de Emily se hizo más segura. Ella se pegó a él, amoldando su cuerpo al suyo. Las manos de Gareth se deslizaron alrededor de ella, sus brazos instintivamente abrazándola. Ella levantó la otra mano para unirse a la primera, enmarcando así su rostro.

—Lo entiendo, nada de declaraciones, nada de detalles, nada de decretos mutuos. Pero debes entender algo tú también, que ya casi hemos llegado. Las palabras son necesarias, pero las acciones hablan más alto, y nuestras acciones llevan declarando nuestra verdad desde hace semanas, aunque no les hayamos prestado atención. Lo que necesitamos para tener el matrimonio que los dos queremos, un matrimonio lleno de confianza, estima, de compartir cada aspecto de nuestra vida, un compañerismo a todos los niveles, lo hemos estado construyendo y vamos muy adelantados en el camino de lograrlo y, si seguimos concediéndonos todas esas cosas, al final lo conseguiremos. Llegaremos al final que ambos deseamos. Debemos tener fe en nosotros, en lo que somos y en lo que podemos ser juntos. Y si lo hacemos, nada, ni siquiera la Cobra Negra, podrá negárnoslo.

Emily sonrió en los ojos de Gareth, su confianza, su fe, su alegría sin trabas mostrándose abiertamente.
—Juntos somos más fuertes. Juntos lo aguantaremos, sea lo que sea que llegue en los próximos dos días, y después...
—Después hablaremos de nuestro futuro. De todo lo que queremos que sea nuestro futuro.
—De cómo queremos darle forma —la ilusión de Emily giraba como un torbellino fuera de control—, y de qué contendrá.
—Cómo queremos que sea ese «nosotros» —Gareth inclinó la cabeza.
Los labios de Emily describían una amplia curva cuando él los cubrió con los suyos. Ella le devolvió el beso con desbordante pasión, con euforia y abandono. Su felicidad, su desbordante felicidad, era tan profunda, tan fuerte, que no era capaz de contenerla, que tenía que permitir que se expresara.
Tenía que recompensarlo. Ese hombre, su hombre, su único y verdadero «él», estaba tan poco ciego como ella. Gracias al cielo. De haber tenido que empujar, animar, y trabajar para hacerle ver que eso sería lo mejor... estaría preparada para hacerlo, pero se alegraba de corazón que hubiera tenido el valor de enfrentarse a la verdad.
Eso eran ellos. Lo que necesitaba ser su matrimonio para ambos. Interrumpiendo el beso con una carcajada, ella lo empujó hacia la cama mientras le ayudaba a desembarazarse del abrigo y el chaleco, y él hacía lo propio con su pañuelo de cuello. Cuando las piernas de Gareth tocaron el colchón, se detuvo. Ansiosa, ella le desabrochó la camisa, y la abrió. Saboreó con las manos y los ojos mientras él murmuraba y se desabrochaba los puños sin soltarse del abrazo.
Emily deslizó las manos hacia abajo con las palmas contra la cálida y resiliente piel, deslizándose sobre los músculos que se tensaban bajo su contacto, hasta la cinturilla de los pantalones. Dos rápidas maniobras soltaron los botones. Pero antes de que pudiera abrir el pantalón e introducir la mano en su interior, él soltó una carcajada casi sin aliento.

—Primero los zapatos.

La voz sonaba tensa.

Con la mirada oscura de deseo, él se apartó a un lado y se quitó los zapatos, antes de volver a ella. Emily arrojó el echarpe a un lado mientras se lanzaba en sus brazos, buscando su calor, regocijándose mientras la envolvía.

Ella levantó el rostro y le ofreció su boca sin pronunciar palabra. Gareth inclinó la cabeza y tomó, reclamó, llenó. Y ella respondió, permitiendo que las familiares sensaciones, el desbordante deseo, el creciente sabor de la pasión, la creciente urgencia y hambrienta necesidad, les fascinara y absorbiera.

Y todo eso sin dejar de trazar planes.

No era la primera vez que Gareth le permitía explorar, pero el placer que había experimentado cuando él le había rendido culto con su boca la hizo preguntarse si no sería el momento de hacer lo mismo con él. De darle placer.

Se le ocurrió que podría funcionar, pero solo había una manera de saberlo con seguridad. Sin interrumpir el crecientemente acalorado intercambio, Emily deslizó las manos hacia abajo rodeándolo, y deslizó los pantalones por las piernas de Gareth hasta el suelo.

Gareth estaba ocupado con los botones que cerraban el camisón de Emily. La única razón por la que ella se lo había abrochado era para disfrutar del pequeño placer de obligarle a desabrochárselo, de sentir el hambre en sus manos alimentar el suyo propio, empujando el deseo de ambos un poco más arriba.

Mientras él estaba ocupado, ella introdujo las manos entre ambos cuerpos, encontró la rígida erección, cerró osadamente su mano alrededor y acarició. Sintió el repentino respingo en la respiración de Gareth, la momentánea desviación de su atención.

Pero al poco rato él regresó con renovado interés a los botones, con renovada urgencia.

Con aún más hambre.

Gareth apartó las dos mitades del camisón dejando los pechos desnudos expuestos, pero en lugar de inclinar la cabeza para darse un festín, deslizó un brazo alrededor de los muslos de Emily y la levantó del suelo.

Ella parpadeó y, antes de darse cuenta, estaba tumbada de espaldas en mitad de la cama, con él inclinado sobre ella, la ardiente mirada fija en sus pechos, sujetándole las piernas con un pesado muslo.

Una de las manos de Gareth se cerró en torno a uno de los pechos, y tomó posesión de él. Emily cerró los ojos y gimió de puro placer mientras él acariciaba la inflamada piel, torturaba el tenso botón...

En menos de un minuto, perdería toda posibilidad de tomar el mando.

Emily tenía las manos sobre los hombros de Gareth, y las deslizó hacia abajo sobre el torso, y empujó.

—Después —murmuró él.

Por el tono de su voz, ella sabía que se refería a mucho después.

—No, ahora —ella volvió a empujar—. Gírate.

Gareth emitió un sonido gutural de frustración, pero obedeció, rodando sobre su espalda y llevándola con él hasta terminar con ella encima.

—Bien.

Sus miradas se fundieron, pero antes de que él pudiera utilizar sus manos, que seguían sobre sus pechos, y volver a distraerla, Emily se deslizó hacia abajo y lo besó, vorazmente, ávidamente, ansiosamente. Vertió cada gramo de acalorada pasión que fue capaz de reunir en ese codicioso beso... y consiguió atraer la atención de Gareth, consiguió atrapar su consciencia y mantenerla allí, profundamente, en el beso. Consiguió deslizar una mano por su torso, el costado, y cerrarla posesivamente en torno a la erección.

Gareth se detuvo, y ella interrumpió el beso.

—Espera —murmuró ella mientras se deslizaba hacia abajo en la cama y sus dedos acariciaban, prometían.

Sin dejar de jugar con su mano, Emily agachó la cabeza

y depositó unos ardientes y húmedos besos por el cuello de Gareth. Después buscó la mata de rizado vello y encontró el disco plano de su pezón, lo besó, lo lamió y lo mordisqueó.

Gareth se retorció debajo de ella. Levantó una mano y la hundió entre los cabellos de Emily hasta alcanzar la nuca y agarrarle delicadamente la cabeza.

Su respiración se aceleró cuando ella se deslizó aún más abajo, dibujando con abandono un rastro de besos en su camino, los dedos de una mano trazando ligeramente ese camino mientras que la otra mano permanecía totalmente dedicada a darle placer al turgente miembro.

Cuando se deslizó aún más hacia abajo y sus besos alcanzaron el ombligo, Gareth contuvo la respiración, incapaz de volverla a soltar. No podía respirar.

Por culpa del deseo. Por culpa de la esperanza.

La anticipación le clavó profundamente sus garras y lo mantuvo inmóvil, indefenso e inmóvil para ella.

La expectación era como una marea ascendente en su interior, urgente y voraz.

Necesitada.

Había pasado mucho tiempo desde que una mujer lo había complacido como lo estaba haciendo ella, como le estaba prometiendo que haría. Pero lo que lo mantenía esclavo, suyo para hacerle lo que quisiera, para siempre y hasta cuando ella decidiera, era el sencillo hecho de que se trataba de ella, de Emily, la mujer a la que deseaba como esposa. Era ella la que estaba decidida a darle placer.

La sorpresa y mucho más lo mantenía atrapado, cautivo, mientras ella seguía descendiendo deslizándose hacia abajo y sus labios por fin... ¡por fin! rozaron su dolorida erección.

Instintivamente, la mano de Gareth se cerró con más fuerza sobre la cabeza de Emily, los dedos agarrando los sedosos cabellos mientras se esforzaba por permanecer quieto, por evitar que sus caderas bascularan hacia arriba con voraz entusiasmo.

Con la cabeza echada hacia atrás, la mirada fija, sin ver,

en el techo, se preguntó qué iba a hacer Emily, pidiéndoselo en silencio, esperando, rezando... hasta que sintió la húmeda caricia de la lengua deslizarse lentamente, hacia arriba desde la base de su miembro hasta el sensible extremo.

Los ojos de Gareth se cerraron mientras encajaba la mandíbula, pero, cuando con la punta de la lengua ella dibujó el insoportablemente sensible borde, los pulmones se le colapsaron.

La respiración de Emily, suave y seductora, empapó la húmeda piel, cada nervio, cada partícula de consciencia que él poseía estaba centrada en ella, en lo que iba a hacer a continuación.

La sensación de los suaves labios y deliciosa boca deslizándose sobre él, tomándolo, introduciéndolo profundamente en ese húmedo calor, le arrancó un gemido desde el interior.

Emily no necesitó más estímulo. Se concentró en la tarea con devoción, con el abandono que caracterizaba todo lo que ella hacía. Quizás fuera novata, pero en poco tiempo esa mujer lo había reducido a un estado de clamorosa necesidad. Gareth tenía las dos manos hundidas en los cabellos de Emily, la respiración cada vez más entrecortada, el corazón acelerado, la sangre bombeando con fuerza, y se aferró a la cordura, a algún simulacro de control, mientras ella lo atravesaba con ola tras ola de placer.

Mientras ella aniquilaba su control y lo despojaba de todo fingimiento, dejando únicamente la salvaje necesidad y la pasión primaria arder a través de él.

Emily notó el cambio, la escalada de la tensión, de la fuerza movida por la pasión que imprimía el musculoso cuerpo sobre el que estaba tumbada.

Y se deleitó. Aquello era mucho mejor de lo que se había imaginado. Nunca había pensado que darle placer le produciría tanta alegría.

Le produciría tanta satisfacción, un triunfo muy femenino al saber que era ella la que le había hecho eso, que era ella la que tenía el poder de volverle loco.

Y aún más loco. Gareth volvió a gemir mientras experimentando, ejercitando su recién descubierto poder, ella rodeaba el miembro con su lengua y lentamente acariciaba hacia arriba antes de tomarlo de nuevo en su boca y disponerse a chupar, algo que él parecía disfrutar especialmente.

¿Hasta dónde podía tomarlo? Emily se dedicó en cuerpo y alma a descubrirlo.

Hasta que él declaró con voz gutural:

—¡Basta!

Gareth metió un dedo entre los labios de Emily y se salió de su boca antes de agarrarla por los hombros, levantarla y elevarse en un suave movimiento. Ella esperaba que la tumbara de espaldas y se colocara sobre ella. Sin embargo, la colocó sobre sus rodillas y, arrodillándose él también, agarró el camisón y se lo quitó por la cabeza.

Emily ayudó sacando los brazos de las largas mangas. Los cabellos le cubrieron el rostro y se los echó hacia atrás para poder ver.

La cama sufrió una sacudida a su alrededor. Emily estuvo a punto de caer, pero un fuerte brazo le rodeó la cintura y la sujetó. Vio el camisón flotar hasta el suelo más allá de la cama… y nada más. De repente comprendió que él estaba arrodillado detrás de ella.

Gareth la sujetaba con firmeza por la cintura mientras se acercaba cada vez más hasta que, levantando la cabeza y enderezando la espalda, ella sintió su calor como una llama desde los hombros y por toda la espalda hasta la parte trasera de los muslos.

—Te permito que seas mi hurí cualquier día, cualquier noche —Gareth inclinó la cabeza y le susurró al oído.

Sus palabras encerraban una promesa que le provocaron a Emily un escalofrío de expectación por la columna. Su cálido aliento recorrió un lado de su cuello. Al aliento le siguieron los labios y Emily cerró los ojos sintiendo elevarse el familiar calor.

Sintió el insistente empuje de la erección, ardiente como

una tea, contra su trasero mientras él se apretaba contra ella. Con una firme mano sujetándole la cadera, el otro brazo que le rodeaba la cintura se deslizó hasta su vientre. A continuación, levantó la cabeza para poder murmurarle junto al oído:

—Y como todo buen amo, voy a disfrutar de mi esclava.

Emily se quedó sin respiración. Una de sus manos estaba apoyada en el brazo con el que Gareth la rodeaba y se sujetó con más fuerza hundiendo las uñas en ese brazo mientras él la mantenía contra su cuerpo y deslizaba la mano desde el vientre hacia abajo buscando con los dedos.

Encontrando. Acariciando. Palpando.

Empujando y poseyendo.

Hasta que ella arqueó la espalda contra él, jadeando y sollozando, deseando mucho más.

Sujetándole las caderas contra las suyas, Gareth le empujó los hombros hasta obligarla a apoyarse en los brazos.

Y se deslizó dentro de ella desde atrás.

Emily abrió los ojos desmesuradamente, sin ver, los sentidos atrapados, completamente centrada en el punto por el que estaban unidos, en la sensación de plenitud mientras el miembro de Gareth estiraba su envoltura, mientras embestía y la llenaba hasta el final.

Ella oyó un jadeo entrecortado, seguido de un pequeño gemido mientras él se retiraba lentamente. Pero rápidamente volvió a embestir y ella estuvo a punto de sollozar.

La fricción era aguda, las sensaciones que provocaba Gareth llenándola, tomándola, reclamando y poseyéndola, mucho más reales desde un punto de vista primitivo y apasionado...

La realidad de Emily se desvaneció en un horno de calor primario, sus sentidos sometidos por la sobrecogedora necesidad de emparejarse, por el palpitar en su sangre, que la empujaba... y a él también.

Gareth basculaba las caderas sin parar, con firmeza. Inclinándose hacia delante se llenó las manos con sus pechos. Amasó, encontró los tensos pezones y apretó.

Emily apoyó la cabeza junto a la de él. Estaba muy cerca, casi había llegado.

Gareth sintió su propia liberación elevarse inexorablemente. Deslizó una mano hacia abajo y encontró el palpitante botón carnoso entre los muslos de Emily, y lo acarició, lo apretó.

Con un grito apenas sofocado, Emily se rompió, su cuerpo fuego incandescente en brazos de Gareth, su envoltura cerrándose ardiente en torno a él, su seno un atrayente horno... Y con un prolongado gemido él se hundió más profundamente y se dejó ir. Permitió que la liberación lo tomara, lo inundara, basculando las caderas con fuerza contra el trasero de Emily mientras vertía su semilla profundamente en su interior.

Emily se dejó caer, llevándolo con ella. Gareth quedó tumbado encima de ella, incapaz de moverse, el corazón martilleando y su mente absolutamente en blanco, los sentidos ronroneando.

Su ser más primitivo se desplomó, saciado hasta los dedos de los pies, satisfecho más allá de lo imaginable.

Con un supremo esfuerzo, se soltó de Emily y rodó a un lado junto a ella. Ella volvió la cabeza hacia él, los ojos verde musgo brillando bajo las pestañas.

—Creo que me gusta ser tu hurí —sentenció con una sonrisa.

CAPÍTULO 19

19 de diciembre de 1822
Por la mañana muy, muy temprano
En mi dormitorio en Mallingham Manor

Querido diario:

Estoy acurrucada bajo las mantas escribiendo a toda velocidad antes de que llegue Dorcas con el agua para lavarme. Gareth acaba de marcharse... menuda noche, y menuda mañana, hemos disfrutado. Pero la noticia esencial que debo comunicar es que estamos de acuerdo, ¡total y absolutamente! sobre nuestra vida futura.
 Él también ha visto las posibilidades, y quiere esa clase de matrimonio tanto como yo.
 Todas mis esperanzas se han hecho realidad, todos mis sueños se alzan a mi alrededor, a punto de hacerse realidad. Debo reconocer que él todavía no me ha dicho con palabras que me ama, no en voz alta, pero después de todo lo que he aprendido de las mujeres bereberes, y de Clarice y Leonora, sobre cómo interpretar las acciones de los hombres como él, la verdad no podría estar más clara.
 Sabemos lo que debemos hacer, cómo necesitamos proceder para asegurarnos todo lo que queremos que sea nuestra vida de pareja.
 Lo único que se interpone en nuestro camino es esa condenada

Cobra Negra, pero después de mañana... después de eso, seremos libres para perseguir nuestros sueños compartidos.
Me siento ansiosa más allá de lo soportable.
E.

Partieron con las primeras luces del día, mientras el cielo negro se volvía de un pálido tono gris y el gélido viento del este lanzaba la nieve desde los ventisqueros que bordeaban las carreteras.

Dentro del carruaje, acurrucada bajo las mantas de viaje y con dos ladrillos calientes debajo de las botas, Emily observaba pasar el paisaje invernal, buscando algún posible sectario. Gareth, sentado a su lado, su mano tomando la de ella, miraba por la otra ventanilla. Todos estaban nerviosos, preparados para repeler cualquier ataque, pero por otro lado confiados en que, si bien podrían estarles siguiendo, era poco probable que los sectarios les atacaran antes de cruzar el Támesis.

—Aparte de todo lo demás —había señalado Tristan mientras se preparaban para partir—, los bosques al norte del río proporcionan lugares para ocultarse ideales para una emboscada.

Jack y él los seguían a caballo, en alguna parte del paisaje helado.

Llevaban horas viajando y, según las señales de la carretera, se acercaban a Gravesend, cuando Emily se inclinó hacia la ventanilla y miró hacia fuera.

—No veo ni a Jack ni a Tristan.

—Y no los verás. Sospecho que son unos viejos zorros en esta clase de cosas. Quieren descubrir a cualquier sectario que pueda estar siguiéndonos, pero sin ser vistos ellos. Puede que los veas fugazmente cuando nos adelanten en Gravesend.

Tal y como habían acordado, se detuvieron en el Lord Nelson, una gran posada con cocheras, y se dirigieron al interior para tomar un refrigerio. Desperdiciaron una tensa media hora sobre una taza de té con bollitos, dándoles tiempo a

Tristan y a Jack para adelantarse hacia el malecón del norte de la ciudad.

Tras regresar al carruaje, llegaron al malecón, pero no vieron ni a Jack ni a Tristan por ninguna parte. Sin embargo, los aguardaba un barquero con su ferry, preparado para cruzarlos hasta Tilbury, en la orilla norte. Les confirmó que el caballero que lo había contratado y su compañero ya habían cruzado en otra balsa.

Tardaron poco en cruzar, pero era un trayecto complicado y la balsa se tambaleaba peligrosamente, aunque el barquero y su tripulación sabían manejarse en las agitadas aguas del río. Alcanzaron el malecón de Tilbury, no muy lejos de la ornamentada compuerta de Tilbury Fort, sin sufrir ningún incidente.

Con el carruaje de nuevo en tierra firme, Gareth ayudó a Emily a subir al interior y, cerrando la puerta, acudió en ayuda de Mooktu, que intentaba tranquilizar a los inquietos caballos. Mullins ya estaba en el cajón, comprobando las armas guardadas bajo el asiento, mientras sujetaba las riendas.

Bister se había adelantado y regresó mientras Mooktu se sentaba al lado de Mullins. Gareth se detuvo junto a la puerta del carruaje.

Tras ofrecerle un saludo militar, Bister pasó junto a él y, agarrándose a la parte trasera del carruaje, saltó ágilmente al techo.

—He visto a tres, puede que haya más. Están vigilando desde un promontorio fuera de la ciudad, y hay mucho bosque a sus espaldas.

Gareth enarcó las cejas y abrió la puerta del carruaje, entrando en su interior.

Ante las noticias, remolonearon durante la comida en la posada principal de Tilbury, dándoles a Tristan y a Jack tiempo suficiente para saciar sus apetitos y, de nuevo a caballo, colocarse en posición detrás de los sectarios.

Después de que pasara una hora más, Gareth, tamborileando sobre el portarrollos que le había pedido a Watson aquella mañana, y que llevaba en el bolsillo de su abrigo, siguió a Emily de regreso al carruaje y partieron.

Ese era el tramo en el que pensaba podrían sufrir un ataque. La carretera serpenteaba a través de pantanos al norte de Tilbury antes de ascender hacia tierras más altas.

—Ese era un lugar perfecto para una emboscada —Gareth soltó un bufido cuando la carretera empezó a nivelarse—, justo al coronar la cresta.

—Puede que no quieran ser vistos por otros —Emily señaló hacia un carruaje que circulaba en sentido contrario.

—Cierto. Cuanto más al norte vayamos, más frecuentes serán los tramos de carretera desiertos. Quizás por eso todavía no nos han atacado.

Sin embargo, mientras avanzaban tranquilamente durante la tarde, a menudo por tramos donde el bosque se cerraba a ambos lados de la carretera y los demás vehículos disminuían en número y estaban más espaciados, siguieron sin sufrir ningún ataque. En un momento dado, Bister, sentado en el techo entre el equipaje, se asomó por un lado del carruaje para informar de que, aunque sin duda estaban siendo seguidos, no había visto ningún indicio de los sectarios posicionándose para rodearlos ni siquiera para adelantarlos hasta una posición desde donde pudieran tenderles una emboscada.

—Eso tiene que significar algo —Gareth frunció el ceño.

—Quizás cuando Jack y Tristan se reúnan con nosotros, podrán contarnos algo más —Emily se inclinó hacia delante mirando hacia el frente, hacia unos tejados que se veían al otro lado de un campo abierto—. Creo que eso es Chelmsford.

Y lo era. Traquetearon por la ciudad, subiendo por High Street y pasaron frente a la gran iglesia hasta la posada en la que Wolverstone les había indicado que debían pasar la noche. De nuevo, los esperaban. Por el revuelo de actividad que los envolvió en cuanto Gareth se presentó, era bastante probable que el propio Wolverstone hubiese hecho las reservas.

En cuanto vieron las habitaciones que les habían sido asignadas, un conjunto de cuatro habitaciones en la primera planta, todas las de ese ala, con vistas tanto a la parte delantera como a la trasera de la posada, Gareth estuvo aún más seguro de la intervención del propio duque. Antes de que se hiciera de noche, Mooktu, Bister y él se dieron una vuelta por el exterior, fijándose en los posibles lugares para esconderse, comprobando ventanas y puertas a través de las que los atacantes podrían acceder al interior.

La posada estaba construida en piedra, con un sólido tejado de pizarra, y era impresionantemente segura, otra tranquilidad añadida. Aunque Gareth se moría de ganas de enfrentarse a los sectarios y reducir su número, cumpliendo con esa parte de su misión como señuelo, era incapaz de olvidar que llevaba a Emily con él. Con misión o sin ella, no iba a ponerla voluntariamente en peligro.

Tras instalarse en la habitación que compartiría con Gareth, Emily bajó al piso inferior y encontró a Mullins esperando en el salón privado reservado para su grupo. Gareth apareció antes de que ella pudiera preguntar dónde estaba. Inmediatamente les sirvieron una bandeja con el té y, cuando Mooktu y Bister se reunieron con ellos, se acomodaron para esperar a Jack y a Tristan.

Ya era noche cerrada, casi la hora de la cena, cuando la puerta se abrió y Jack entró. Saludó con una sonrisa más bien cansada y asintió cuando Gareth le mostró la botella de vino que acababa de abrir.

Mientras Gareth le servía una copa, Jack acercó una silla a la mesa, se dejó caer en ella, y soltó un gruñido.

—Hacía años que no pasaba un día entero sentado a lomos de un caballo.

—No son solo las horas montados —observó Tristan mientras entraba soplándose las manos—, es este condenado viento.

Él también aceptó una copa de vino. Gareth esperó a que ambos estuvieran sentados y se hubieran tomado un vivificante trago antes de preguntar:

—¿Dónde demonios están los sectarios?

—Ahí fuera —contestó Jack señalando hacia el sur—. Y sí, están ahí sin ninguna duda, y en un número sorprendentemente elevado.

—Empezando por el principio —intervino Tristan—, uno de ellos empezó a seguir al carruaje no muy lejos de Mallingham, luego dos más se unieron a él en cuanto alcanzasteis las carreteras principales. Esos tres os siguieron todo el camino hasta Gravesend, y entonces uno de ellos se adelantó, cruzando hasta Tilbury. No regresó. No creemos que los otros dos cruzaran el Támesis, más bien pensamos que se dieron la vuelta después de que subierais al ferry.

—Seguramente habrán regresado para seguir vigilando las costas —Gareth asintió.

—Encontramos al sectario que había cruzado el río con un grupo de otros ocho más —Jack inclinó la cabeza—, a los que sin duda les había llevado la noticia. Llegamos justo a tiempo para ver a ese grupo enviar a otro mensajero hacia el norte. Un lugar a tener en cuenta dado que Wolverstone está hacia el norte, y nuestra ruta nos lleva hacia el norte. Si la Cobra Negra también se encuentra en esa dirección…

—Da la sensación de que los que nos seguían no querían interceptarnos —observó Gareth—. Dejaron pasar un buen número de excelentes oportunidades para tendernos una emboscada.

—Son ocho —Tristan asintió—, nueve si el mensajero regresa. El carruaje lleva tres hombres fuera, uno dentro. Cualquiera pensaría que las probabilidades de éxito les resultarían atractivas.

—Deben tener órdenes de seguirnos y comunicar nuestra situación más adelante, pero no de atacar, es decir todavía no —Jack sonrió astutamente—. Esto se está poniendo interesante.

—¿Interesante cómo? —Emily frunció el ceño.

—Al parecer de nuevo nos están guiando como a un rebaño —le aclaró Gareth—. Mientras sigamos hacia adelante, los que van por detrás se quedarán a cierta distancia y simplemente nos seguirán, porque más adelante hay una fuerza más grande y con más probabilidades de capturarnos.

—Al parecer la Cobra Negra no va a correr ningún riesgo —intervino Jack—. Seguramente estará preparando una trampa para el carruaje en algún punto de la carretera mañana, una trampa de la que no vais a poder escapar. Por lo menos eso es lo que él cree.

—Así es —los ojos de Tristan brillaban—. ¿Alguien quiere apostar a que es exactamente eso lo que Royce tiene pensado que suceda según su plan? La noticia de que la Cobra Negra está agazapada entre nosotros y él, en Essex o Suffolk, le va a hacer muy feliz.

—No hay apuesta —Jack agitó la copa en la mano—. Eso es exactamente lo que él sin duda habrá dispuesto conseguir —miró a Gareth a los ojos—. Tú y los tuyos habéis acertado extraordinariamente bien al elegir a Wolverstone como vuestro ángel guardián.

—Desde luego es muy insistente en los detalles —Gareth señaló sus observaciones de anteriores encuentros—. En un sentido defensivo, este lugar es ideal.

Un golpe de nudillos en la puerta anunció la llegada del posadero con la cena. Mooktu, Bister y Mullins salieron al bar a tomar la suya.

En cuanto los presentes en el salón hubieron terminado de comer y el posadero recogido la mesa, Gareth salió e invitó a los otros tres a que regresaran.

Acababan de acomodarse cuando el posadero se asomó al salón.

—Un mensaje para lord Warnefleet.

Jack hizo un gesto con la mano y el posadero se hizo a un lado para permitir la entrada en el salón de un lacayo de mediana edad. El hombre hizo una reverencia y sacó de su bolsillo una misiva sellada que ofreció a Jack. Este rompió el sello, abrió la hoja y la leyó.

—Tengo órdenes de interesarme por la situación de los

señores aquí presentes —informó el lacayo tras aclararse la garganta.

Tristan respondió en unas cuantas frases breves que resumían sus observaciones y su creencia de que estaban siendo conducidos hacia una emboscada más adelante.

El lacayo repitió los puntos más importantes. Tristan asintió en gesto de aprobación.

Jack le entregó a Gareth la misiva de Wolverstone antes de devolver su atención al lacayo.

—También puedes informar que haremos lo que solicita tu señor, y haremos una copia de la carta en cuestión.

—Si no necesitan nada más los señores —el lacayo hizo una reverencia—. Me pondré en camino.

Tristan lo despidió y, dándose la vuelta, el lacayo se marchó.

Emily había leído la carta del duque por encima del hombro de Gareth.

—Iré a buscar papel y tinta, y haré una copia limpia —se levantó y miró a Jack—. ¿Para qué la quiere?

—Detalles —contestó Jack—. Dado que Delborough ha sacrificado su copia para obtener algo a cambio, nosotros podríamos decidir sacrificar la nuestra del mismo modo, lo cual dejaría a Royce sin nada que estudiar. Él querrá confirmar que no hay ninguna otra clave oculta entre las líneas. Incluso un código, esa clase de cosas que se le ocurrirían, y él es el mejor de todos para encontrarlo.

—Cosa que no puede hacer —Tristan aceptó la misiva del duque que le entregó Gareth—, a no ser que tenga la carta, o por lo menos una buena copia, delante de él.

Comprendiendo, Emily asintió y salió del salón.

—Me alegra que Delborough consiguiera llegar y que esté sano y salvo, que Monteith también esté en Inglaterra… —Gareth se interrumpió.

—¿Quién es el cuarto? —preguntó Jack.

—Carstairs —Gareth miró a Jack—. El capitán Rafe Carstairs, conocido también como Temerario.

—Si es el último en llegar a casa... —Tristan enarcó las cejas.

Si Rafe era el último en llegar a Inglaterra, casi seguro que era él el portador de la carta original. Todos lo pensaron, pero ninguno lo dijo en voz alta. Gareth se limitó a asentir.

—¿Qué hay de las guardias? Debemos permanecer vigilantes.

Emily regresó con un escritorio portátil para damas que llevaba una ornamentada tapa de nácar. Lo dejó sobre la mesa, lo abrió y acercó la lámpara.

—¿La carta?

Gareth sacó el portarrollos del interior de su abrigo y bajo las fascinadas miradas de todos los presentes, accionó el complicado mecanismo de cierre. Abrió el portarrollos y sacó la hoja que contenía, entregándosela a Emily.

Ella alisó la hoja, se sentó, mojó la pluma en la tinta y empezó a transcribir.

—¿Puedo verlo? —Jack asintió hacia el portarrollos.

Gareth se lo entregó con una sonrisa.

Mientras los demás se entretenían en abrir y cerrar el portarrollos, y Tristan y Jack hacían preguntas sobre esos artilugios orientales, Emily mantenía la cabeza agachada y la mente puesta en su tarea.

Era su oportunidad de contribuir con algo a la misión de Gareth, para hacer algo, por poco que fuera, que pudiera asistir materialmente en la defenestración de la Cobra Negra. La inminente felicidad de Gareth y suya hacía que su tristeza por la muerte de MacFarlane fuera aún más aguda, pues era capaz de apreciar mejor todo lo que le había sido arrebatado por culpa de la Cobra Negra.

Cualquier cosa que pudiera hacer para llevar a ese demonio ante la justicia, lo haría.

Para cuando hubo duplicado la marca de la Cobra Negra lo mejor que supo, y secado la copia que había hecho, los hombres ya habían decidido los turnos de vigilancia. Emily le devolvió la copia a Gareth y él la enrolló, la volvió a meter en el portarrollos, que cerró y se guardó en el interior del abrigo. Tras haber averiguado dónde lo escondía, ella percibió el bulto, aunque no era demasiado obvio. Y su presencia era aún menos obvia cuando lo llevaba en el bolsillo del abrigo.

Tras acordar la hora a la que emprenderían el camino a la mañana siguiente, todos se levantaron para retirarse. Mullins era el encargado de la primera guardia y se quedó sentado en una silla al final del pasillo mirando hacia las escaleras.

La primera alarma se produjo a medianoche. Bister golpeó de repente la puerta con los nudillos y Gareth fue el primero en llegar mientras Emily se ponía el abrigo sobre el camisón y corría tras él.

—Alguien está intentando entrar en el salón de abajo. Bister y yo vamos a bajar... Tú espera aquí.

—Ni lo sueñes —ella agarró con fuerza el pomo de la puerta—. Vosotros dos adelantaos, yo os seguiré.

Gareth titubeó, pero lo cierto era que prefería que no estuviera demasiado lejos de él. La secta podría organizar un ataque en dos flancos, uno abajo y otro arriba.

—Pero mantente a un lado —secamente, él asintió.

Y fingió no verla poner los ojos en blanco.

Jack, Tristan, Mullins y Mooktu ya estaban en el pasillo. Jack se llevó un dedo a los labios y luego indicó con mímica que Tristan y él bajarían por las escaleras de atrás y rodearían la posada por el exterior. Mooktu y Mullins permanecerían junto a los dormitorios por si acaso hubiese una inesperada incursión en esa zona.

Gareth asintió y se separaron en silencio.

Bister siguió a Gareth escaleras abajo. Emily siguió a Bister de cerca, pegados a la pared para que los escalones no crujieran. A medio camino, Bister encontró su mano en la oscuridad y le colocó el mango de un cuchillo en la palma. Emily lo agarró y asintió a modo de agradecimiento cuando él se volvió a mirar.

Agarró el cuchillo con fuerza, sintiéndose ligeramente menos vulnerable, aunque su principal preocupación era Gareth, que se deslizaba entre la oscuridad de la planta baja de la posada hacia la puerta del salón. Bister y ella obedecieron a la señal de Gareth y se quedaron atrás. Él abrió la puerta ligeramente, escuchó, y lentamente la abrió del todo.

Y desapareció en la negrura.

Bister la ganó por poco llegando primero a la puerta. Ella lo siguió al interior y entre la penumbra vio a Gareth, una corpulenta y densa sombra, esperando, aparentemente escuchando junto a la ventana.

Las robustas contraventanas de madera estaban cerradas y aseguradas desde el interior. La ventana también estaba cerrada, y parecía casi inconcebible que los sectarios pudieran siquiera atravesar las contraventanas.

Acercándose a la ventana, agudizando el oído, ella oyó susurros, la cadencia identificando a los hablantes como indios.

De repente los susurros se elevaron... y se detuvieron de golpe.

—¡Maldita sea! —Gareth alargó una mano hacia el pestillo de la ventana la abrió, abrió las contraventanas y las empujó de par en par.

Bajo la pálida luz de la luna, al otro lado del patio de la posada, vieron dos rostros espantados vueltos hacia ellos, aunque rápidamente los sectarios echaron a correr y huyeron.

Segundos más tarde, Jack y Tristan aparecieron frente a la ventana mirando hacia los árboles entre los cuales habían desaparecido los sectarios.

—¿Qué ha pasado? —preguntó Tristan.

—Desistieron —contestó Gareth con la indignación claramente reflejada su voz.

Los otros gruñeron. Manos sobre las caderas, miraron hacia el bosque antes de sacudir la cabeza, agitar las manos en el aire, y regresar al interior de la posada.

Gareth alargó los brazos, cerró las contraventanas, las aseguró y luego cerró la ventana. Bister recuperó el cuchillo antes de que Gareth se volviera hacia ellos y agitara una mano en el aire indicando a Emily y a Bister que volvieran a subir.

Regresaron a sus camas mucho menos silenciosamente de lo que habían salido.

Emily despertó unas horas después. Al principio no estuvo segura de qué la había arrancado de sus sueños. Permaneció tumbada en silencio… y bruscamente se sentó de golpe.

El movimiento despertó a Gareth.

—¿Qué pasa? —él la miró.

—Humo… —Emily respiró hondo y soltó el aire de golpe—, estoy segura.

Gareth ya había saltado de la cama.

Poniéndose el abrigo, Emily se reunió con él junto a la puerta, pero frunció el ceño y se volvió.

—Por aquí no se nota tanto.

El lado de la cama que ocupaba Emily estaba más cerca de la ventana.

Gareth había salido al pasillo. Mooktu estaba vigilando, sentado cerca de las escaleras para oír mejor cualquier sonido que pudiera provenir de la planta baja. Pero ni él ni Gareth olían a humo ni en el pasillo ni en las escaleras.

El tejado de la posada era de pizarra, allí no había peligro. Perplejo, Gareth regresó a la habitación… y encontró a Emily junto a la ventana, abriendo el pestillo.

En un instante estuvo a su lado, agarrándola de los hombros y apartándola del cristal.

—¡Ten cuidado! —tu camisón es blanco… Podrán verte.

—Sí, pero…

—Lo sé —el olor a humo era más evidente cerca de la ventana—. Déjame a mí.

Soltando a Emily, Gareth se abrochó el cuello del abrigo y se acercó a la ventana soltando el pestillo para abrirla.

Un soplo de viento llevó el olor acre del humo de leña al interior de la habitación.

Él abrió la ventana de par en par y, utilizando el cristal a modo de escudo, miró hacia abajo a lo largo de la posada. Se veía el humo que surgía de alguna parte de la parte trasera del edificio. Siguiendo el rastro a través de la penumbra vio tres figuras contemplando fijamente una hoguera de madera apilada contra el muro de la posada.

Habían intentado prender fuego a la madera, habían intentado dirigir las llamas hacia las contraventanas de madera, pero era diciembre en Inglaterra, y la madera estaba húmeda. Habían conseguido prender una pequeña llama en la base del montón de leña. Uno de los tres se agachó y sopló… en el preciso instante en que empezaba a llover con fuerza, una tromba de agua que empapó a los hombres y ahogó el incipiente fuego, generando todavía más humo.

Tosiendo y agitando las manos, los tres hombres se apartaron de la hoguera. Murmuraron algo entre ellos y se dieron la vuelta para desaparecer entre los árboles.

Desde el piso de arriba, Gareth los vio marchar.

—¿Qué está pasando? —preguntó Emily en un susurro.

La lluvia se intensificó y Gareth contempló el empapado montón de madera antes de cerrar la ventana.

—Se han ido —se dio la vuelta encontrándose cara a cara con Emily y Mooktu—. Han intentado incendiar la posada, pero no lo han hecho con demasiado entusiasmo.

—¡Consigue esas condenadas cartas… todas las copias, hasta la última! —una gélida ira vibraba en la voz de Alex.

En el salón de la casa que habían alquilado en Bury St. Edmunds, Daniel miraba a Roderick, esperando su respuesta.

Alex y él acababan de recibir una desagradable sorpresa. Al parecer, la carta que Roderick les había pedido que interceptaran allí contenía una amenaza mucho más grande de lo que ninguno de ellos había supuesto. Roderick, el muy idiota, había incluido descuidadamente los verdaderos nombres de Daniel y de Alex. Si bien nadie más que leyese la carta reconocería la conexión, si esa carta, incluso una copia, acabara en manos del conde de Shrewton, su padre sin duda reconocería a sus bastardos. Roderick era su hijo legítimo y el favorito. Tal y como había señalado Alex poco antes, si la cosa se ponía fea para la Cobra Negra, el conde no dudaría ni un instante en ofrecer a sus bastardos en sacrificio para salvar a Roderick… No podía estar más seguro de ello.

Sin embargo, Roderick no podía ejercer como la Cobra Negra sin Daniel y Alex. Y lo sabía.

Con los ojos entrecerrados hasta dejar una fina línea de color azul hielo, el rostro pétreo, Roderick asintió secamente.

—De acuerdo, lo haré.

—¿Cómo? —con los ojos de un color azul hielo todavía más invernal e inmisericorde, Alex se detuvo frente a la chimenea—. Cuéntanos cómo vas a hacerlo, hermano mío.

Roderick contempló la copia de la carta que había transportado Delborough, y que le había obligado a matar a su propio hombre, Larkins, para asegurársela.

—Hamilton está en Chelmsford. He enviado ocho hombres para seguirlo y hostigar a su grupo, mantenerlos a la vista. Mañana, enviaré una fuerza de nuestra élite y me reuniré con esos ocho. Somos abrumadoramente más numerosos, ellos solo tienen cuatro hombres, contando con Hamilton, y él debe proteger a esa mujer también. Lo detendremos, lo atraparemos a él y a la mujer, y los traeremos aquí

Roderick le dedicó una mirada cargada de veneno a Alex.

—Tendré que confiarlos a vuestros delicados cuidados… Acabo de recibir la noticia de que Monteith ya está en el país. Y él, también, se dirige hacia aquí, pero desde Bath, con dos guardias, al igual que Delborough, y seguido por un capitán pirata. Tendré que dirigirme al oeste para mantenerlo alejado de Cambridgeshire.

—Esto está degenerando rápidamente hacia el peor escenario posible —observó Daniel—. Los cuatro correos están llegando a Inglaterra por puertos muy distantes entre ellos. Nuestros vigilantes en la costa apenas abarcan la distancia.

Aunque ya hemos perdido hombres, es verdad que tenemos más, pero si supiésemos adónde enviarlos con el tiempo suficiente…

—Menos mal —observó Alex en un tono cargado de superioridad—, que nuestros pichones se dirigen hacia el mismo gallinero y que quienquiera que sea la persona a la que rinden cuentas debe estar por aquí cerca —Alex le dedicó una mirada asesina a Roderick—. Por eso sugerí que nos trasladásemos aquí, yo guardaré el fuerte, la muralla interior, aquí, con M'wallah y mi guardia, pero vosotros dos vais a tener que tomar el mando en el campo.

Alex desvió la mirada hasta Daniel. Silenciosamente, casi imperceptiblemente, su hermano asintió. Ni él ni Alex se fiaban de Roderick más de lo que se fiaban de su padre.

Ignorante del intercambio de miradas, Roderick asintió secamente.

—Atraparé a Hamilton mañana. Ya tenemos una fuerza acuartelada al otro lado de Cambridge, lo bastante grande como para ocuparse de Monteith —Roderick miró a Daniel—. Podrías…

—No. Deja a Monteith de momento —contestó Alex—. No está lo bastante cerca como para exigir una acción inmediata, podemos esperar a tener más información sobre su posición antes de hacer planes. Como bien has dicho, ya tenemos hombres apostados en la zona. ¿Sabemos algo de Carstairs?

—No desde que abandonó Budapest —Roderick se pasó una mano por los cabellos—. Sigue en alguna parte del continente, y todavía no ha alcanzado la costa.

—Que sepamos —contestó secamente Alex.

—En ese caso —Daniel descruzó las largas piernas y se puso en pie—, yo ayudaré con Hamilton.

Roderick inclinó la cabeza aceptando las palabras de Daniel como un ofrecimiento de ayuda.

—Nos marcharemos al amanecer y cabalgaremos hacia Chelmsford. Un mensajero se dirigirá al norte para reunirse con nosotros y confirmar la ruta. Con suerte, vendrán hacia nosotros, por la carretera que atraviesa Sudbury. En cuanto localicemos el carruaje y reunamos a nuestros ocho hombres que lo están siguiendo, podremos elegir el punto de ataque.

Roderick miró a Alex antes de continuar.

—Dado que los que nos acompañarán mañana forman parte de la élite, no hay manera de fracasar en el intento de atrapar a Hamilton, conseguir a la señorita Ensworth y la carta.

Los rasgos de Alex se habían relajado a su habitual y elegante y serenidad.

—Eso suena excelente —Alex miró a Roderick a los ojos y sonrió fugazmente—. Ya tengo ganas de celebrar tu éxito.

20 de diciembre de 1822
Todavía de noche
En nuestra habitación de la posada de Chelmsford

Querido diario:

Ya está, nuestro último día de viaje. Y nunca me he sentido tan desgarrada en mi vida. Deseo tanto llegar a Elveden con Gareth y los demás, todos sanos y salvos. Si tan solo pudiésemos estar allí ya... Pero eso significaría que nos perderíamos lo que será nuestro último día y, seguramente, mejor oportunidad para enfrentarnos al enemigo y reducir el número de sectarios, sobre todo en esta zona, aparentemente el eje del plan de Wolverstone.

Dado que es evidente que Tristan y Jack, e incluso Gareth, tienen en gran estima a Wolverstone, debo pensar que su plan es lógico y merece la pena. Y que si los tres opinan que es importante y trascendental para ellos atraer y eliminar sectarios, entonces debe serlo de verdad.

Debo pensar, y en mi corazón así es, que golpear hoy a la secta merecerá el riesgo que entraña.

Sea cual sea el desenlace, como la inglesa indomable que soy, y

que ha viajado por todo el mundo y sobrevivido a innumerables ataques en las últimas semanas, tengo intención de desempeñar mi parte. Casi espero que suceda algo para que pueda hacerlo, para que pueda realizar una verdadera contribución para vengar al pobre MacFarlane.
Su rostro sigue conmigo. Su valentía siempre me acompañará.
No tengo absolutamente ninguna intención de permitir que Gareth muera a manos de la Cobra Negra.
E.*

Mientras desayunaban a la luz de las lámparas, Gareth relató a los demás el intento de incendio a la posada.

—Es práctica habitual entre los sectarios, pero aquí no tiene ningún sentido.

Después, mientras Mooktu, Mullins y Bister preparaban el carruaje, Gareth mostró a Jack y a Tristan las evidencias del intento fallido. Encontraron tres puntos diferentes donde había prendido el fuego.

—Menudos tipejos testarudos, ¿eh? —Tristan esparció las cenizas de uno de los fuegos con su bota—. Aunque quizás lograron lo que pretendían.

—Eso también se me ocurrió a mí —Gareth gruñó—. A nadie se le puede haber ocurrido que el fuego pudiera prender el tiempo suficiente aquí como para causar un daño verdadero. Solo querían seguir acosándonos.

—¿A alguien le apetece apostar si habrá acción hoy? —preguntó Jack con la mirada puesta en los troncos calcinados.

—Nada de apuestas —respondió Tristan—. A juzgar por esto, hoy es el día.

Un grito de llamada les devolvió a todos al patio principal. En honor a los sectarios que, estaban seguros, les estarían vigilando, Jack y Tristan estrecharon la mano de Gareth, montaron en sus caballos y, con alegres saludos con la mano desaparecieron hacia el sur a través de la ciudad, como si se separasen del resto.

En realidad lo que iban a hacer era dar un rodeo y continuar el camino detrás de la banda de sectarios que seguirían al carruaje, tal y como habían hecho el día anterior.

Emily ya estaba sentada en el carruaje, acurrucada bajo un montón de mantas. Gareth, cuya respiración se tornaba en una nube al contacto con el gélido aire, miró a Bister sentado en el techo, y a Mooktu y Mullins en la caja.

—Estad preparados. En algún punto del camino de hoy, van a atacar.

Las expresiones de los tres rostros que se giraron hacia él eran fiel reflejo de sus propios sentimientos. «¡Por fin!».

Gareth subió al carruaje, cerró la portezuela, y arrancaron.

Salieron de la ciudad tranquilamente dirigiéndose hacia el norte por la carretera de Sudbury y Bury St. Edmunds. En cuanto dejaron atrás las últimas cabañas, Mullins sacudió las riendas y los caballos alargaron el paso.

Tomando a Emily de la mano, Gareth observaba pasar a toda velocidad los campos teñidos de color marrón invernal... mientras esperaba.

Seguía esperando, todos seguían esperando, cuando el carruaje entró en el pueblo de Sudbury. La táctica era evidente, habitual entre los altos mandos de la secta: hacer esperar al objetivo más y más y más, hasta que, inevitablemente, se relajaba, y entonces saltaban sobre él. ¿Cuándo? Esa era la pregunta que ocupaba las mentes de todos.

Tras cruzar un puente sobre el río Stour, Mullins dirigió el carruaje a la plaza del mercado, se detuvo para pedir indicaciones, y se dirigió por un corto camino que les condujo al patio del Anchor Inn.

Saltando al suelo empedrado, Gareth echó un vistazo a la antigua posada a la que les había dirigido Wolverstone, y sintió un golpe de expectación. La posada era tan vieja que era un batiburrillo, un conjunto de adiciones hechas a lo largo de siglos, con un ala allí y otra allá, y entradas por todas partes, perfecta para que alguien se colara sin ser descubierto.

Dejando a Mooktu, Bister y Mullins vigilando el carruaje y organizando la adquisición de caballos frescos, empujó a Emily por la puerta principal.

El posadero apareció delante de ellos.

—¿Mayor Hamilton? —cuando Gareth asintió, el rostro del hombre se iluminó—. Por favor, por aquí. Los están esperando.

Tanto él como Emily siguieron ansiosamente al hombre por un estrecho pasillo. El posadero se detuvo, llamó a una puerta de madera, que por su robustez debía datar de la época isabelina, la abrió y, con una reverencia, les hizo pasar.

Emily entró primero, preguntándose quiénes estarían esperando. La respuesta hizo que sus ojos se abrieran desorbitadamente.

La estancia estaba llena de robustos caballeros, y no era precisamente un salón pequeño, sino una de las principales salas de reuniones de la posada. Un rápido cálculo mental le indicó que habría unas diez personas. Estaba rodeada de diez hombres, por su aspecto, todos antiguos guardias reales, pero fue el hombre en el centro del grupo, al que de algún modo se encontró mirando de frente, el que captó y mantuvo su atención.

Tenía los cabellos oscuros, pero en eso no difería de muchos de los otros. No era en absoluto el más alto del grupo, pero sí el que tenía aspecto más poderoso.

Emily lo supo sin lugar a dudas.

Su rostro era austero, los rasgos afilados, pero sus labios se curvaron cuando ella instintivamente hizo una reverencia.

—Wolverstone, señorita Ensworth, es un placer conocerla —el hombre le tomó una mano y se inclinó sobre ella—. Tengo entendido que jugó un papel clave en llevar la carta de la Cobra Negra a Delborough...

Emily desvió la mirada hacia el hombre que estaba junto al gran Wolverstone, y sonrió resplandeciente.

—Coronel Delborough... es un placer volver a verlo.

—Lo mismo digo, señorita Ensworth —Delborough hizo

una reverencia. Al erguirse, miró más allá de Emily y su rostro se iluminó—. ¡Gareth!

Emily se hizo a un lado, encantada de ver a Gareth estrechar la mano de Delborough antes de compartir un sentido abrazo.

—¿Logan y Rafe? —fue la pregunta de Gareth al apartarse de su amigo.

—Logan llegó por Plymouth y se dirige hacia aquí. Debería llegar mañana. Rafe... —Delborough hizo una mueca—. No hemos sabido nada de él, pero ya conoces a Rafe. Es capaz de aparecer ante la puerta de Wolverstone sin anunciarse, sonriendo a modo de disculpas por haberse saltado sin querer las paradas que se suponía debía hacer.

—Mientras lo consiga —Gareth estrechó la mano de Wolverstone—. Es un honor conocerlo, Excelencia.

Wolverstone le estrechó la mano y sonrió.

—Por favor, aquí entre nosotros, soy solo Royce. Además... —enarcó una oscura ceja hacia el hombre a su derecha—, yo no soy la única «excelencia», aquí.

—¡Devil! —Gareth estrechó la mano del hombre, le palmeó la espalda, y luego se acordó de presentárselo a Emily—. Devil Cynster, duque de St. Yves.

Emily se encontró inmersa en una ronda de presentaciones, mientras Gareth se reencontraba feliz con todo un clan de Cynster y un conde llamado Gyles. Delborough les presentó a los únicos dos hombres que Gareth no conocía, y que resultaron ser antiguos compañeros de Jack y Tristan, todos antiguos operativos de Dalziel... el otro nombre por el que era conocido Royce.

Para cuando la puerta se abrió y entró el posadero con un pequeño séquito de asistentes cargados con bandejas, a Emily le daba vueltas la cabeza. Detrás de ellos aparecieron Jack y Tristan, haciéndose acreedores de un caluroso recibimiento.

El posadero y su equipo se retiró y el grupo, compuesto ya por catorce personas, se instaló alrededor de la mesa, Royce presidiendo, St. Yves al otro extremo. Royce sentó a Emily a su derecha y, para su alivio, Gareth se sentó a su lado. Había oído lo suficiente de Jack, Tristan y Gareth para esperar sentirse impresionada por Wolverstone, pero la realidad superó significativamente lo que se había imaginado.

Todos se pasaron las fuentes y Emily se encontró presionada para que probara una cosa y otra, y al fin toda la atención se centró en los respectivos platos. Durante dos minutos se hizo el silencio, hasta que Gareth levantó la vista hacia Delborough, sentado frente a él.

—Hemos oído que sacrificaste tu carta... ¿Qué sucedió?

Delborough asintió y se hizo cargo de la conversación, relatando cómo la confusión creada al juntar a su grupo con el de una dama a la que, sin saberlo, debía escoltar hacia el norte, había permitido a la Cobra Negra introducir a un ladrón, un joven y muy coaccionado muchacho indio, en su grupo combinado. Mientras que él, la dama y los guardias habían derrotado a las fuerzas de la Cobra y se habían abierto paso hasta su destino, la casa de campo de St. Yves, el muchacho, Sangay, había robado el portarrollos. Pero había quedado atrapado en casa de St. Yves por culpa de una reciente y copiosa nevada.

—Por la nieve sabíamos que nadie había entrado ni abandonado la casa, de manera que la registramos y al final lo encontramos. En cuanto le convencimos de que podríamos mantenerlo a él y a su madre a salvo, nos ayudó a tenderle una trampa a la Cobra Negra —Delborough soltó un bufido—. Ni más ni menos que en la catedral Ely.

Delborough continuó con la descripción de cómo habían caído en la trampa, pero la Cobra Negra, Ferrar, al parecer había atacado y matado a su propio hombre para escapar sin ser visto, llevándose el portarrollos.

—Sin embargo, el portarrollos solo contenía una copia señuelo —Wolverstone miró a Gareth—. Y por eso estamos aquí, porque él ya lo habrá averiguado, y tras haber robado el portarrollos de Delborough, con éxito, intentará también conseguir el tuyo. De eso estamos absolutamente seguros.

Wolverstone deslizó la mirada alrededor de la mesa.

—Y eso es exactamente lo que queremos que haga, porque necesitamos reducir las fuerzas de la secta, sobre todo en esta zona. Mi plan está diseñado para que Ferrar vaya corriendo de un lado a otro por estos condados perdiendo hombres a su paso. Delborough se encargó de catorce. Espero que hoy podamos eliminar a un número similar, y Monteith y los que van con él a otros tantos mañana.

—¿Entonces Rafe...?

Royce se limitó a sonreír.

—No te hace falta saber lo que no te hace falta saber —Jack miró a Gareth a los ojos—. Así es como funciona.

—Efectivamente —Royce apartó su plato vacío—. Veamos qué podemos conseguir hoy —miró inquisitivamente a Tristan y a Jack—. ¿Cuál es nuestra situación?

—Están aquí, y en gran número —Jack se irguió en la silla—. Hemos estado siguiendo a un grupo de ocho que han seguido al carruaje desde Tilbury. Hoy se les ha unido una fuerza más grande, otros diez, justo al norte de Braintree. Por cierto, que ese grupo venía del norte. Y especialmente interesante para todos nosotros es que dos de los diez no son indios, sino ingleses. No conozco a Ferrar, de modo que no puedo estar seguro, pero supongo que uno de ellos es él. El otro es de constitución similar, aunque cabellos más oscuros.

—Son amigos, no simples conocidos —intervino Tristan—. Y el otro no es ningún sirviente, sino un igual. Se notaba por la manera de interactuar.

—Eso sí que es una noticia —Royce enarcó las cejas—. De modo que tenemos otro potencial... digamos un teniente. Y es inglés. Si se nos presenta la oportunidad, necesitamos capturarlo —miró a Tristan y a Jack—. De manera que en Braintree ya eran dieciocho contra un carruaje con cuatro hombres. ¿Qué sucedió? ¿A cuánto está Braintree? ¿A poco más de diecinueve kilómetros de aquí?

—Más o menos —contestó Jack—. Yo no estaba lo bastante cerca como para oír las conversaciones, pero apuesto a que el de cabellos oscuros quería atacar, pero Ferrar se negó e hizo que todo el grupo siguiera al carruaje, más o menos flanqueándolo todo el camino hasta Sudbury.

—En cuanto el carruaje cruzó el puente hasta Sudbury, se apartaron y rodearon la ciudad —Tristan señaló con la cabeza hacia el norte—. Los dejamos esperando sobre un promontorio desde el que pueden observar las carreteras de Bury y Lavenham.

—Por el destino de Delborough, han supuesto que el carruaje se dirige al norte —Royce asintió—, pero no saben exactamente adónde. De modo que se han colocado en una posición desde la que podrán alcanzar el carruaje cuando se marche de aquí —de nuevo miró alrededor de la mesa—. ¿Alguna idea de cuándo van a atacar?

Todas las miradas se volvieron hacia Demon Cynster.

—Mi apuesta es que Ferrar, valiéndose de su familiaridad con esta zona, sabe que el trecho de Sudbury a Bury, o de Sudbury a Lavenham, es el mejor para organizar un ataque.

—¿Alguien ha traído un mapa? —preguntó Royce.

Vane Cynster lo había llevado. Lo sacó del bolsillo y desplegó el enorme mapa que mostraba la mayoría de los condados del este. Varias manos ayudaron a alisarlo sobre la mesa y a sujetarlo frente a Royce y Gareth.

—Aquí está Sudbury —Demon se inclinó hacia delante para poder señalar—. Aquí —señaló una posición un poco al norte—, es donde espera Ferrar.

—Si fueras él —Royce estudió el mapa—, ¿dónde elegirías atacar el carruaje?

Sin dudar ni un segundo, Demon puso un dedo sobre el mapa.

—Aquí... nada más pasar el sendero que conduce a Glemsford y Clarice. También hay un camino rural que conduce hasta Bury, un poco más allá de ese sendero. En cuanto a posiciones, ese lugar es prácticamente perfecto.

—No olvidéis que Ferrar y la secta basan su efectividad en las abrumadoras fuerzas —Del miró a Demon—. ¿Podrá atacar desde ahí con todos sus hombres?

—Hay muchos árboles apartados de la carretera que proporcionan un buen lugar para ocultarse —Demon asintió—, pero justo ahí, los habituales setos desaparecen y la carretera se ensancha, con profundas zanjas, abiertas y con visibilidad, excelentes para abordar un coche detenido. Lo único que necesita hacer es enviar hombres a la carretera para detener el coche, que quedará atrapado a su merced.

—Entonces dejaremos que haga eso, que envíe sus fuerzas contra el coche, y caeremos sobre ellos desde atrás eliminándolos —Devil Cynster sonrió—. Fácil.

En el salón se elevaron sonidos de ansioso reconocimiento.

—Sí, pero ¿eso es lo mejor que podemos hacer? —murmuró Royce.

Toda la charla cesó.

—¿Qué tienes ahora en esa retorcida mente? —Devil levantó la vista hacia él.

Se oyeron risas, incluyendo la de Royce, pero inmediatamente se puso serio.

—La verdad, como la mayoría habéis supuesto, es que todo este plan está diseñado no solo para conseguir la copia original de la carta de la Cobra Negra, sino, a ser posible, para encontrar más pruebas, más directas y condenatorias, de la culpabilidad de Ferrar. Con suerte, me gustaría atraparlo con el portarrollos en la mano, que más de uno de nosotros lo viera para que hubiese varios testigos. Si tengo que acusarlo con la única prueba de la carta, lo haré, pero preferiría tener algo más, algo menos fácil de destruir, como prueba.

Durante varios minutos todos se dedicaron a reflexionar, antes de que Del agitara una mano hacia el mapa.

—¿Crees que existe alguna posibilidad de poder arrancar esa prueba de la situación de hoy?

—Creo que es posible —Royce consultó el mapa y asintió lentamente—, solo necesitamos que se nos ocurra el modo —miró a Gareth—. ¿Dónde está tu portarrollos?

Gareth hundió la mano en el bolsillo del abrigo, que había

colgado del respaldo de la silla, y sacó el portarrollos. Lo colocó sobre el mapa, justo al sur de Sudbury.
—De acuerdo —Royce volvió a asentir—. De modo que tenemos a Ferrar aquí... eso es lo primero que necesitamos. Tenemos el portarrollos... lo que queremos que acabe en sus manos. Si seguimos adelante y caemos en el ataque que ha planeado, Ferrar no se mostrará, permanecerá apartado observando la acción. Cuando derrotemos a sus fuerzas, se dará media vuelta y se marchará. Aunque lo viésemos enviando a los sectarios a atacar el carruaje... —Royce sacudió la cabeza—. Es demasiado fácil explicarlo. Negará toda conexión con la secta y, sin la carta, incluso con la carta, es posible que la opinión de él, o más probablemente la de su padre, prevalezca, y quede libre. De modo que hacer lo obvio, seguir adelante alegremente y dejar que nos ataquen, nos permitirá reducir el número de sectarios, pero no ganar el premio gordo.
—¿Y la alternativa es...? —lo animó Devil a continuar cuando Royce se quedó callado.
—Tenemos que conseguir el portarrollos acabe en las manos de Ferrar —Royce frunció el ceño—. Si de algún modo conseguimos convencer a los sectarios para que se lo lleven sin que resulte sospechoso, ni para ellos ni para Ferrar, ellos se lo llevarán de vuelta, y él lo tomará en sus manos —contempló el portarrollos—. Pero ¿cómo vamos a entregarle inocentemente esta maldita cosa después de que Hamilton y sus hombres se han esforzado tanto por traerla hasta aquí?
Esa era indiscutiblemente la pregunta.
Los hombres se inclinaron hacia delante, hicieron sugerencias, expresaron opiniones, evaluaron opciones.
Después de un momento, Emily echó la silla hacia atrás, apartándose de la discusión. Tenía una idea, pero necesitaba un poco de calma para repensarla, para oír sus propios pensamientos.
En cuanto se movió, Gareth la miró, sonrió vagamente y le sujetó la silla.
Ella le dio las gracias y se retiró hasta el asiento de la ven-

tana al otro lado de la habitación. Sentada allí, contempló las vistas y metódicamente repasó su idea.

Los hombres habían llegado al punto de considerar las diversas maneras de perder «accidentalmente», el portarrollos, cuando se levantó y regresó a la mesa.

—Perderlo «accidentalmente», no funcionará —el Cynster llamado Gabriel sacudió la cabeza—. En cuanto intentes eso, ellos sabrán que es un señuelo, y por tanto que no vale nada, de lo contrario jamás lo perderíais, no después de todo este tiempo. Por tanto, sabrán que es un cebo. Y un cebo es una trampa, de modo que lo más probable es que se den media vuelta y se marchen de allí todos juntos, y entonces perderemos incluso la oportunidad de reducir su número.

—Si no podemos hacer que la pérdida resulte creíble... —Royce hizo una mueca.

—Yo podría hacerlo —Emily se detuvo detrás de la silla que había ocupado.

Todos los hombres la miraron.

—¿Hacer el qué? —preguntó Gareth.

—Podría dejar el portarrollos en un seto para que los sectarios lo tomaran, de un modo que pareciera inofensivo y sin despertar sospechas —ella miró a Gareth, luego al Jack y a Tristan, y de nuevo a Gareth—. Lo haría como si tú, y Jack y Tristan también, si es que los conocen, no supierais que lo he dejado allí.

—¿Cómo? —preguntó Royce.

Emily respiró hondo, alargó una mano y tomó el portarrollos. Todavía de pie, tamborileó ligeramente con el portarrollos en su mano, y los convenció, los llevó por su plan.

Por supuesto, a ninguno de ellos les gustó, pero... todos tuvieron que admitir que era tan inesperado que podría funcionar.

—Y todos estaréis por lo menos a una distancia de rescate —señaló ella con ejemplar paciencia—. Aunque no es probable que algo salga mal. No hay ningún motivo para pensar que yo corra un verdadero peligro.

Muchos de los presentes parecían tener ganas de soltar un gruñido, pero Royce miró el mapa y habló:

—Suponiendo que lo hagamos, ¿dónde exactamente orquestaríamos esta charada?

—Necesitaremos setos —contestó Demon—, y eso significa que tendría que ser antes del punto donde el ataque será más probable, afortunadamente.

Gareth se levantó de la silla y agarró la manga de Emily. Cuando ella enarcó las cejas, él la tomó del codo y la condujo hacia el asiento de ventana.

—No puedes hacerlo —Gareth mantuvo la voz baja, pero incluso él oía la tensión—. Es demasiado peligroso.

—Sí —Emily inclinó la cabeza, lo miró durante unos segundos, y continuó—, existe un elemento de peligro implicado, pero solo porque no podemos predecirlo todo. En su conjunto... es nuestra mejor opción para seguir adelante, y tú lo sabes.

—Puede que lo sepa, pero esa no es la cuestión —él se removió inquieto—. Sabes lo que hemos hablado, nuestro futuro. Sabes lo mucho que significas para mí...

Emily lo interrumpió colocando una mano sobre su brazo, aunque las palabras le habían sonado a música en sus oídos.

—Ya sé lo que hemos hablado. Confianza. Compañerismo. Compartirlo todo —esperó hasta que él la miró a los ojos, le sostuvo la mirada y la mantuvo fija—. Tengo que hacerlo, Gareth, por mí misma, y para ayudarte a ti y a los demás, y tienes que dejarme hacerlo. Esta vez tendrás que apoyar, no llevar el mando. Tienes que apoyarme para que yo pueda hacer lo que solo yo puedo hacer.

Gareth encajó la mandíbula y le sostuvo la mirada.

—Te lo dije... nuestra vida juntos ha empezado ya. Ya hemos empezado una vida de compañerismo y, en esto, tienes que honrarla —ella lo agarró del brazo, y no le sorprendió sentir los músculos de acero bajo la tela—. El honor es el principio que guía tu vida, y hoy, en esto, el honor te dicta que debes dejarme correr ese riesgo calculado.

—No me gusta que me obliguen a… someterme a una especie de prueba.

—A mí tampoco —Emily inclinó la cabeza—. Esta situación no la he elegido yo, pero la Cobra Negra y sus maquinaciones nos han llevado a todo esto. A todos nuestros viajes, todos los ataques, todas las peleas y las huidas… Todo eso no significará nada si no llegamos hasta el final, si no extraemos todo lo que podemos de esta última mano que nos ha tocado.

Los ojos de Gareth buscaron los de ella, y ella sintió flaquear su resistencia.

Permitiendo que sus labios se curvaran afectuosamente, ella se acercó un poco más.

—Eres lo bastante fuerte para hacerlo —murmuró Emily sin apartar la mirada de la suya—, y yo también… Y jamás nos perdonaremos si no lo intentamos.

Gareth le sostuvo la mirada durante un instante más antes de suspirar.

—De acuerdo —asintió con los labios apretados.

Regresaron a la mesa y descubrieron que el punto elegido se situaba un poco más allá del desvío hacia Glemsford y Clare, justo antes de la recta que Demon había señalado como perfecta para un ataque.

—Es probable —explicó Demon— que estén esperando en un grupo de árboles que hay justo aquí, y podrán verte claramente.

Emily contempló el mapa y luego desvió la mirada hacia la repisa de la chimenea. A continuación contempló todos los rostros alrededor de la mesa.

—El tiempo pasa, caballeros… ¿Nos ponemos en marcha?

CAPÍTULO 20

Avanzaban en silencio. Al oír el plan, Bister y Mooktu habían mirado fijamente a Gareth, como si hubiera perdido la cabeza, pero Mullins, que conocía mejor a Emily, había asentido.

—Merece la pena intentarlo —había dicho antes de trepar a su asiento.

A Emily le hubiera gustado que los demás tuvieran más fe en sus histriónicas habilidades, pero mientras el carruaje avanzaba tranquilamente hacia el norte, hacia Bury St. Edmunds, apartó esos sentimientos con firmeza de su mente y se concentró en lo que debía hacer.

En la impresión que debía producir, no con palabras, sino con acciones.

Si salía bien, la suya sería una contribución fundamental para el éxito de la misión de Gareth. Sería clave en llevar a ese demonio ante la justicia. Y sobre todo por MacFarlane, estaba decidida a hacerlo lo mejor posible. A darlo todo.

Vio la señal que indicaba el desvío hacia Glemsford un poco más hacia delante.

—Ya casi estamos. Para el coche.

Gareth se estiró mientras el camino aparecía a su izquierda y golpeó el techo del carruaje. Los caballos ralentizaron el paso inmediatamente.

Cuando el coche se detuvo, ella miró hacia fuera y bendijo

mentalmente a Demon Cynster… pues la carretera estaba bordeada de espesos y espinosos setos, en esos momentos marrones y sin hojas, pero todavía lo bastante densos como para servir a su propósito. Y unos pocos pasos más atrás había unos peldaños sobre una cerca.

Miró a Gareth y le apretó la mano, sintiendo sus dedos devolverle la presión, antes de soltarla a regañadientes.

—Deséame suerte.

—Tan solo vuelve pronto —la mirada de Gareth se oscureció—, y libérame de mi miseria.

Emily tuvo que esforzarse por eliminar la sonrisa del rostro mientras abría la puerta del carruaje y saltaba, y luego trepaba por la carretera. Sujetaba con fuerza el manguito en el que encajaba perfectamente el portarrollos, gracias a Dios era invierno, y retrocedía los escasos pasos por la carretera hasta los peldaños. Al acercarse se volvió, miró, e hizo un imperioso gesto de «daos la vuelta», dirigido hacia Mooktu y Bister, quienes se habían vuelto para mirarla.

En cuanto obedecieron a regañadientes, frunciendo el ceño, apretando los labios, ella se acercó a los peldaños y saltó por encima, como si pretendiera responder a la llamada de la naturaleza.

Pero cuando sus pies golpearon el suelo al otro lado, y estuvo fuera de la vista del carruaje, permitió que su gesto cambiara. Desaparecida toda confianza, se mordió el labio y miró furtivamente a su alrededor. A continuación respiró hondo y se deslizó un trecho a lo largo del seto, alejándose más del carruaje.

Luego se detuvo, levantó la cabeza y permitió que sus hombros volvieran a caer, comenzando a pasear de un lado a otro mientras gesticulaba con una mano… claramente discutiendo consigo misma. Desesperadamente, como si estuviera a punto de enloquecer y nada segura de cuál de entre las dos malas opciones elegir.

De nuevo se detuvo. Cerró los ojos, respiró hondo y sacó el portarrollos del manguito y, sin siquiera mirarlo, lo sostuvo por encima de la cabeza y lo agitó ligeramente, para que cualquiera que estuviera observando pudiera verlo, y lo arrojó al interior del seto.

Agarrándose las faldas, corrió de regreso al escalón. Trepó al otro lado, recuperó su imperiosa y altiva pose, y caminó de regreso al carruaje.

Dentro del carruaje, Gareth esperaba, la mano cerrada con fuerza sobre la manilla de la portezuela, tenso y preparado para saltar, contando los minutos... esperando oír su grito. Su mente había elaborado toda clase de horribles escenarios. Los sectarios tenían flechas y le habían disparado. Unos cuantos habían aparecido cabalgando agitando los sables en el aire... Decidió borrar la imagen resultante y soltó un juramento. Pero, tratándose de la Cobra Negra, cualquier cosa era posible.

Gareth temblaba literalmente por el esfuerzo por permanecer quieto, por no abrir la portezuela y salir corriendo para ver dónde estaba ella, cuando oyó sus pisadas de regreso.

El alivio que lo inundó estuvo a punto de hacerle caer de rodillas.

Sintió la manecilla girar, seguido de un tirón. Soltando la manecilla, Gareth se echó atrás en el asiento.

La puerta se abrió de golpe y allí estaba ella, mirándolo fijamente, la interrogación reflejándose en su mirada. Gareth no sabía qué tendría dibujado en su cara, pero consiguió levantar una mano y hacerle un gesto para que subiera.

Emily subió al escalón del carruaje y se inclinó hacia atrás un instante.

—¡Adelante! —gritó antes de meterse en el coche, cerrar la puerta de golpe y dejarse caer en el asiento frente al de Gareth.

La sonrisa dibujada en su cara era absolutamente radiante.

El carruaje dio una sacudida antes de reanudar la marcha incrementando la velocidad.

—¿Todo bien? —él se aclaró la garganta.

—Creo que acabo de realizar la actuación de mi vida —ella se irguió y lo miró resplandeciente.

Gareth la devoró con la mirada, pero se obligó a esperar a que el carruaje girara en la siguiente curva, y pasara el largo trecho considerado perfecto para un ataque, sin ver a ningún sectario. Entonces se inclinó hacia delante, la agarró de la cintura, la levantó en sus brazos, la sentó sobre su regazo y la besó hasta dejarla sin aliento.

Sobre una colina al suroeste de la nueva ubicación del portarrollos, Royce, Del, Devil y los demás, salvo y Jack y Tristan, que seguían ejerciendo su función de guardias avanzando detrás del carruaje al otro lado de la carretera, esperaban y vigilaban.

Con los catalejos enfocados en el punto elegido, habían presenciado la actuación de Emily con crítico desapego.

Cuando la portezuela del carruaje se había cerrado detrás de ella y el coche había arrancado, pasando a través del campo delante del punto más probable para un ataque, y perdiéndose de vista sin sufrir ningún percance, Royce bajó su catalejo.

—Si no supiera la verdad, pensaría que esa mujer había perdido completamente la cabeza y se había deshecho de lo que ella considera la causa de todos sus problemas.

—La Cobra Negra tiene predilección por corromper a las personas, tanto hombres como mujeres, por utilizar el miedo para aterrorizar hasta que la persona elegida haga lo que él desea, de modo que el plan de Emily tiene más probabilidades de lo esperado de tener éxito —Del mantuvo su catalejo enfocado en el portarrollos en el seto—. Ferrar está acostumbrado a que la gente le proporcione lo que él quiere.

—Ahí van Jack y Tristan —Lucifer Cynster señaló un punto en el que los dos guardias fueron fugazmente visibles al pasar sobre una colina, dirigiéndose hacia el norte detrás del carruaje.

—Dondequiera que esté, Ferrar seguramente los habrá visto —observó Devil.

—Así es —Royce volvió al a levantar el catalejo y lo dirigió hacia el segmento relevante de seto—. De modo que, por lo que sabemos, el portarrollos está allí tranquilamente esperando a que él envíe a alguien a recogerlo. Aunque solo esté seguro a medias, no creo que sea capaz de dejarlo. Necesitan tenerlo, saber si es una copia o el original, sin duda para un hombre de su calaña es demasiado importante para resistirse.

—A ese hombre no le han negado nada en su vida —Del soltó un bufido—. No podrá resistirse. Lo único que tenemos que hacer es esperar.

En una espesura de árboles sobre una cresta que miraba hacia la recta de la carretera que Roderick había decretado como el lugar perfecto para atacar el carruaje, Roderick y Daniel permanecían con los catalejos pegados a sus ojos, contemplando fijamente el portarrollos encajado en el seto.

El grueso de sectarios a sus espaldas, montados en sus caballos, esperaban ansiosos la orden de atacar y cada vez se mostraban más inquietos. Los arneses tintineaban, los caballos golpeaban el suelo con los cascos. Al final, el líder, en un gesto de gran osadía, se atrevió a preguntar:

—Sahib... ¿el carruaje?

—Dejadlo de momento —Roderick no apartó la mirada del seto—. Todavía queda mucha carretera entre este lugar y Bury —añadió distraídamente—. ¿Tú qué opinas? —murmuró hacia Daniel.

—Por supuesto es una trampa —Daniel soltó un bufido y bajó el catalejo—. Esa condenada mujer cabalgó como el diablo para llevar la carta desde Poona y entregársela a Delborough. Y luego se unió a Hamilton, sin duda con intención de vengar a MacFarlane. ¿Por qué iba de repente a rendirse, entregando la carta, ahora?

—Porque ha llegado al final de la cuerda —el tono de voz de Roderick reflejaba la más absoluta sensatez—. Lo hemos visto a menudo. Atacamos y atacamos, y mantenemos los ataques y seguimos atacando, y al final es demasiado. Están casi al final de su viaje, a punto de alcanzar la seguridad. Y fue ella la que lo dejó atrás. De haber sido Hamilton o alguno de sus hombres, me sentiría mucho menos inclinado a creérmelo, y esos dos guardias también han pasado —Roderick bajó el catalejo y sonrió a Daniel—. De modo que, si es una trampa, ¿quién queda para hacerla saltar?

—¿Y qué hay de esos otros que atraparon a Larkins en la catedral? —Daniel no estaba convencido.

—Venían de cerca de Cambridge —Roderick señaló hacia el noroeste—. De haber venido hacia aquí los habríamos visto.

Daniel no estaba tan seguro, pero a medida que pasaban los minutos y el portarrollos seguía allí, bajo la pálida luz de la tarde invernal, supo que dejarlo no era una opción.

—¿Qué propones?

—Envío a uno de los hombres a recogerlo mientras los demás vigilamos desde aquí arriba. Si no hay ninguna señal de que sea una trampa, me traerá el portarrollos de vuelta, sacaré lo que contenga y cabalgaré hacia Bury —Roderick miró a Daniel—. Por el sendero, no la carretera. Si están esperando más adelante a que yo aparezca, con la carta en la mano, van a sufrir una decepción.

Ese era el mayor temor de Daniel. Roderick parecía haber cubierto bien todos los puntos débiles, pero... a Daniel aún le hormigueaban los pulgares.

—De acuerdo —plegando ruidosamente el catalejo, Daniel se acercó a su caballo, y lo guardó en la alforja—. Me adelantaré y le comunicaré a Alex tu inesperado éxito... cómo has recuperado la carta sin perder más hombres.

—Así es —Roderick ronroneó—. Alex debería sentirse impresionado.

Daniel saltó a lomos de su caballo y recogió las riendas.

—Por cierto —Roderick le sostuvo la mirada—, cuando hables con Alex, podrías mencionar que me gustaría un recibimiento apropiado. Dije que solucionaría esto, y lo estoy haciendo. Alex, y por desgracia a veces tú también, Daniel, haríais mejor en recordar quién de entre nosotros es el hijo legítimo de Shrewton.

Daniel contempló los fríos ojos de Roderick. Su hermanastro estaba claramente al tanto de la opinión que Alex y él tenían de él, en contra de lo que habían supuesto. En efecto era un asunto a tratar, pues si Roderick tenía éxito y recuperaba las cuatro cartas, iba a ser el gallo del gallinero, el rey en el reino de la Cobra Negra. Y eso no auguraba nada bueno... para Roderick.

Pero por el momento, Daniel se limitó a asentir sin que su expresión revelara esos complejos pensamientos.

—Alex y yo te estaremos esperando en Bury —a punto de espolear al caballo, se detuvo para añadir—, no olvides entrar por la parte de atrás.

—No te preocupes —Roderick agitó una mano en el aire para despedirlo mientras su atención regresaba al portarrollos del seto—. Llegaré a través de las ruinas.

Daniel lo miró fijamente durante un segundo, sintiendo de nuevo el cambio en la dinámica que había sucedido desde que los tres habían pisado suelo inglés. A continuación, hizo girar al caballo y se encaminó hacia un pequeño sendero que se dirigía al norte hasta Bury.

El sectario surgió de entre un grupo de árboles al norte, desde la posición que Demon había sugerido como ideal para lanzar un ataque contra el carruaje a lo largo de la suave recta de la carretera.

Sin prisa y oteando los vacíos campos y los bosquecillos más cercanos, el sectario cabalgó hasta donde el portarrollos estaba encajado, se inclinó sin bajarse del caballo y lo recuperó.

Se lo guardó en el abrigo que llevaba, y se irguió para mirar a su alrededor.

—Han cambiado los turbantes por sombreros —murmuró Del.

—Pero siguen llevando los pañuelos de seda negros —Gabriel estudiaba atentamente al hombre—. También llevan unas cuantas armas, y parecen en buena forma.

—Mientras que la mayor parte de los sectarios con los que nos hemos tropezado son soldados de base, que no están bien entrenados con las armas, los hombres que lleva Ferrar serán los más próximos a él, su élite. Son la caballería bien entrenada, hábiles con los sables, pero luchan como nosotros… con ellos no habrá sorpresas. Los asesinos son otra cosa, ellos lucharán con cuchillos y espadas más cortas. Si te encuentras frente a uno de ellos, espera lo inesperado. Luchan para ganar a cualquier precio.

—Hay más jinetes entre los árboles de los que ha salido este —informó Demon—. No estoy seguro de exactamente cuántos, pero sí parece un buen número.

—Buscamos a dieciocho —le recordó Royce—. ¿Podría haber tantos ocultos allí?

—Fácilmente —Demon asintió.

Gervase regresó de repente. Se había dirigido colina abajo para conseguir otra perspectiva.

—Uno de los caballeros acaba de marcharse, cabalgando a galope tendido por el sendero de allí.

Señaló hacia el oeste de la presunta posición de Ferrar.

—Ese camino lleva a Bury —observó Royce.

—Allá vamos —anunció Devil mientras todos observaban, compartiendo los seis catalejos que llevaban, al sectario llevar el portarrollos de regreso a campo abierto y hasta el grupo de árboles, hasta su amo.

—Desde aquí puedo ver a Ferrar —dijo Lucifer. Los demás se giraron y enfocaron en su dirección.

Justo a tiempo para ver a Ferrar recibir el portarrollos de su hombre. Inmediatamente lo abrió. Los que observaban a través de los catalejos relataron puntualmente lo que veían.

—Ha sacado la carta, la ha desdoblado —Royce sonrió—. Es un señuelo, de modo que en cuanto se dé cuenta...

Royce se interrumpió y los que no disponían de catalejo se movieron inquietos.

—¿Qué está sucediendo? —preguntó Gabriel Cynster.

—Está sonriendo. Encantado —Devil pasó el catalejo a Gabriel, y miró a Royce—. Si es un señuelo, ¿por qué está tan contento de tenerlo?

Royce frunció el ceño y bajó el catalejo antes de pasárselo a Gervase.

—Si su intención es recuperar las copias además del original, eso sugiere que esa carta contiene algo más que supone una amenaza para él, algo que se nos ha pasado por alto. Menos mal que Hamilton hizo otra copia.

—Tiene que ser eso —Del pasó el catalejo—. Mirad su cara.

—Desde luego hay algo que se nos ha pasado por alto aquí —Royce entornó los ojos—. Algo más está pasando.

—Se marcha —anunció Gabriel—. Ha arrojado el portarrollos a un lado y se ha guardado la carta en el bolsillo. Ahora se dirige por ese sendero hacia Bury —un segundo después continuó informando—. Solo se ha llevado con él a ocho sectarios, los demás se dirigen hacia el sur.

—Seguramente regresan hacia la ribera norte del Támesis —sugirió Del.

Observaron a los otros sectarios, muy tranquilos, pasar frente a su posición.

—Dejadlos marchar —Royce miró hacia el norte, a los ocho guardias de élite y asesinos que cabalgaban tras Ferrar—. Tenemos que reducir sus efectivos en esta zona, no más al sur.

Devil miró a sus primos y a Gyles

—Hay seis Cynster, un Rawlings... eso hacen siete. Estamos dispuestos.

—¿Hace falta tomar prisioneros? —preguntó Lucifer.

—No, no serviría de nada —Royce titubeó antes de continuar—. Tengo autoridad sobre los magistrados de esta zona, de modo que os encargo la misión a vosotros siete, antiguos guardias reales y pares, la tarea de eliminar a esos ocho sectarios. Sabemos que han cometido atrocidades en la India y, si tuviéramos tiempo de sobra, los atraparíamos, los juzgaríamos y los colgaríamos, pero eso costaría tiempo y dinero a nuestro país. Estos hombres ya le han costado suficiente a Inglaterra, eliminarlos discretamente parece nuestra mejor opción.

—Nos has retorcido los brazos —Devil sonrió.

—Una cosa —todos regresaron a sus caballos, pero las palabras de Royce los detuvieron. Miró a Devil a los ojos—. Delborough, Gervase, Tony y yo seguiremos a Ferrar hasta Bury y más allá, con suerte hasta su guarida. Nos encontraremos todos en Elveden para compartir lo que hayamos descubierto. Sin embargo... —miró hacia los ochos sectarios que cabalgaban sin prisa hacia Bury—. Ferrar se ha adelantado. Daremos un rodeo y lo alcanzaremos, pero, dada la distancia entre él y sus hombres, quiero que los eliminéis sin alertarlo.

Devil miró a los sectarios que se dirigían hacia el norte. Todavía se veía a Ferrar cabalgando alegremente por delante.

—Cómo te gusta ponernos las cosas difíciles.

—Lo que os pido no debería quedar fuera de vuestras capacidades —Royce miró a Demon—. Conocéis bien esta zona, ellos no, o de lo contrario no cabalgarían tan lejos de Ferrar, no si son sus guardias.

—¿El recodo antes del molino? —preguntó Demon mirando a Devil.

—Eso mismo estaba pensando yo —Devil asintió.

Menos de un minuto después, estaban todos a caballo dirigiéndose colina abajo para dar un rodeo hacia el oeste, para continuar y hacerse con la banda de sectarios, y separar a Ferrar de sus guardias.

Jack y Tristan alcanzaron el carruaje poco antes de llegar a Bury St. Edmunds.

—No se ve a un solo sectario —informó Jack—. Deben haber mordido el anzuelo, lo cual significa que deberían estar llegando por la carretera detrás de nosotros.

—No sé vosotros —Tristan incluyó en su mirada a Mullins, Mooktu y Bister—, pero, después de todo esto, me gustaría estar presente en el final.

—A mí también —contestó Jack—. De modo que votamos por detenernos en una posada en Bury, sacar el carruaje de la carretera, y observar a Ferrar y a sus lacayos pasar. Después podemos unirnos a los demás siguiéndoles el rastro.

Nadie discutió. Encontraron la posada perfecta en la calle Westgate, y alquilaron el salón delantero, desde el que se veía la carretera por la que ellos habían llegado, y también hasta cierta distancia a izquierda y derecha. Fuera cual fuera la ruta que hubiera tomado Ferrar, era probable que pasara por donde estaban ellos. Así pues, se acomodaron para esperar.

Quince minutos después, Ferrar, solo, apareció montando con gesto desenfadado por la calle Westgate, sonriendo mientras se abría paso entre el tráfico de la tarde. Pasó frente a la ventana de la posada de derecha a izquierda. Emily agarró a Gareth de la manga.

—No ha venido por el mismo camino que nosotros.

Jack y Tristan se agolparon junto a la ventana mirando la espalda de Ferrar.

—Debe haber tomado el sendero menor hasta Bury —Tristan miró hacia el otro lado, en la dirección desde la que Ferrar había llegado—. ¿Dónde están los demás?

Durante un eterno minuto, miraron de un lado a otro, a la espalda de Ferrar, y en la dirección contraria, esperando ver a sus compañeros que deberían estar siguiendo el rastro.

—¡Maldita sea! —exclamó Jack—. Debe haberlos perdido.

Tristan y él salieron a la carrera por la puerta. Gareth corrió tras ellos. Y Emily detrás de Gareth. Los caballos de Tristan y Jack seguían ensillados. Saltaron a los lomos y salieron del patio de la posada.

Gareth empleó su autoridad para requisar un caballo de tiro. No tenía silla, pero sí las largas riendas. Agarrándose a la crin del caballo montó de un salto.

—¡Gareth!

Gareth miró a Emily a los ojos.

—¡No puedes dejarme aquí!

Sí que podía. Pero... Gareth rechinó los dientes, le hizo un gesto para que se acercara, la agarró con fuerza y la levantó hasta sentarla a lomos del caballo delante de él.

—Agárrate fuerte. Pero si hace falta cabalgar voy a tener que bajarte.

—De eso nada —Emily se agarró con fuerza a las crines del caballo—, puedo asegurarte de buena tinta que soy una amazona condenadamente buena.

Resignado, Gareth condujo al caballo, un robusto animal, a través del tráfico que abarrotaba la calle Westgate. Bury era un lugar de mercado y, por lo que habían visto, era día de mercado. Lo cual les servía de ayuda, pues las multitudes en la calle obligaban a Ferrar a mantener un ritmo lento, y podían ocultarse mientras lo seguían.

—No parece sospechar lo más mínimo —observó Gareth—. No ha mirado a su alrededor ni una sola vez.

—Exceso de confianza —afirmó Emily y él no pudo por menos que mostrarse de acuerdo.

Gareth rodeó un carruaje, pero solo para encontrarse con un enorme caballo gris pegado a él.

Incluso antes de que su mirada hubiese alcanzado el rostro del jinete, oyó la voz de Wolverstone:

—Debería haberlo sabido —su mirada se posó en Emily.

Gareth le dedicó una mirada que lo decía todo: «sí, deberías».

—Pensábamos que los habíais perdido —Emily lo ignoró y se retorció sobre el caballo para mirar hacia atrás—. ¿Dónde están los demás?

Wolverstone la contempló durante unos segundos antes de decidir ignorar su primera afirmación.

—Delborough, Gervase y Tony están detrás de mí. Los Cynster y Chillingworth se quedaron atrás para atrapar a los sectarios. Por desgracia solo había ocho con los que jugar.

Emily lo miró a los ojos y tuvo la impresión de que estaba muy cerca de cruzar alguna línea. Miró hacia delante y asintió.

—Jack y Tristan están más cerca. ¿Tienes idea de adónde va?

—No —mientras Royce contestaba, Ferrar entró en un establo público. Royce hizo girar al caballo, cruzándolo por delante del de Gareth y Emily, y los condujo hacia la acera—. Esperaremos aquí hasta ver qué hace.

Más adelante, Jack y Tristan también se habían detenido junto a la acera contraria, y charlaban como si fueran vecinos.

—Si Ferrar sale, procurad mantener las cabezas agachadas —Royce miró a Emily y luego a Gareth—, no queremos que os reconozca. Aunque debo admitir que hasta ahora se ha mostrado extraordinariamente descuidado.

Emily estaba demasiado nerviosa para siquiera fingir charlar. De repente Ferrar salió del establo y cruzó la calle. Pasó a escasos metros de Tristan y Jack. Los dos se giraron para evitar que pudiera ver sus rostros, pero él ni siquiera miró en su dirección.

Mirando a Royce, Emily se dio cuenta de que tenía la cabeza levantada y que con una sola mirada estaba reuniendo a sus hombres.

Ferrar continuó caminando, totalmente ignorante, apartándose del centro de la ciudad antes de, sin interrumpir la zancada, atravesar una ancha puerta abierta en un muro de piedra que bordeaba el otro lado de la calle.

—Por ahí se va a las ruinas de la abadía —Royce frunció el ceño.

En cuanto Ferrar atravesó la puerta y desapareció de su vista, todos corrieron al otro lado de la calle, alcanzando a Tristan, que esperaba en la puerta. Jack ya había entrado.

Delborough, Gervase y Tony se reunieron con ellos junto a Tristan.

Al poco rato reapareció Jack con expresión ligeramente sorprendida.

—Está... paseando. Paseando sin rumbo, como si no tuviera ni una sola preocupación en el mundo... como si hubiera salido a pasear entre las ruinas al igual, por cierto, que unas cuantas personas más —volvió a mirar hacia la puerta—. No tenía ni idea de que las ruinas vistas bajo la luz invernal estuvieran tan de moda.

—Deberías leer la *Gaceta femenina* —Emily frunció el ceño.

Todos a una, se volvieron hacia ella.

—¿Llega pronto para una reunión? —preguntó Royce—. O... ¿le gusta estudiar las ruinas?

—Dejó al caballo en un establo, su guarida debe estar cerca —señaló Delborough—, a una distancia a la que se pueda llegar caminando.

—Lo cual abarca toda la ciudad —Royce cruzó la puerta y echó un rápido vistazo a la zona antes de volver a salir—. Os diré cómo vamos a ocuparnos de esto.

Ordenó a Emily y a Gareth que entraran por la puerta y luego continuaran caminando a lo largo del muro de piedra hasta donde pudieran observar el promontorio de hierba que se extendía por la parte trasera de los edificios construidos en el lado este de las ruinas, casas que ocupaban los arcos de la vieja abadía, además de la catedral de la ciudad construida a partir de la puerta principal de la abadía.

—Deberíais poder mantener la distancia, pero aun así estad atentos por si entra en alguna de esas casas, o incluso en la catedral. Desde allí puede llegar a cualquier otra parte de la ciudad —Royce miró a los demás con expresión depredadora—. Puede que haya visto todos vuestros rostros, pero el mío no. Yo lo seguiré directamente, o tan directamente como pueda sin alertarlo, mientras vosotros cinco os mantenéis a los costados— . Si se va a reunir con alguien, quiero saber con quién.

Todos asintieron y se pusieron en marcha, desapareciendo

rápidamente en el interior entre los enormes bloques de piedra derruida que proporcionaban una buena visión de toda la extensión, y buscaron atentamente entre las sombras el menor rastro de Ferrar.

—¡Ese condenado idiota! —desde lo alto de la torre Norman de la catedral, la torre que había albergado la puerta principal de la abadía y que en esos momentos proporcionaba una vista incomparable de las ruinas a sus pies, Alex miraba fijamente a Roderick... y a los hombres que se estaban desplegando inquietantemente detrás de él—. ¡Fíjate a cuántos ha conseguido juntar!

—Y ni siquiera parece saber que están ahí —Daniel miraba incrédulo.

Horrorizados, los siguieron observando desde arriba, mientras Roderick apoyaba la espalda contra una enorme piedra, hundía la mano en el abrigo, y sacaba una hoja blanca de papel enrollado.

—La tiene... copia u original, eso da igual —con una última mirada asesina sobre el parapeto, Alex se dio media vuelta y se dirigió hacia las escaleras—. ¡Vamos!

Mientras bajaban lo más deprisa que podían por las escaleras de piedra oscura, Alex reflexionaba furiosamente.

Cuando llegaron abajo y salieron al vestíbulo de la catedral, Alex agarró a Daniel del brazo. Tras una rápida mirada a su alrededor para asegurarse de que nadie los había visto, y con la cabeza agachada, lo guio rápidamente fuera de la catedral y a lo largo del estrecho pasadizo a un lado antes de acercarse a su hermano y sisear:

—Roderick está perdido. No podemos hacer nada por salvarlo. Tiene la carta, y los que lo siguen lo saben. ¿Has visto a los hombres que lo persiguen? ¿Has visto cómo se mueven... has visto sus rostros?

Cuando Daniel lo miró con expresión perpleja, Alex lo sacudió del brazo.

—Rostros aristocráticos, los rostros de hombres poderosos, de la alta sociedad, hombres que serán escuchados.

Salieron al paseo en la parte trasera de la catedral y rápidamente entraron en las ruinas. La mirada de Alex recorrió las sombras, las piedras caídas.

—Van a atrapar a Roderick —susurró en voz aún más baja— , y esta vez no va a poder convencer a nadie para salvarse, ni siquiera nuestro padre será capaz de explicar por qué lleva esa carta en su mano. En cualquier momento, lo tendrán en su poder —deteniéndose, Alex miró a Daniel a los oscuros ojos—. Nadie conoce nuestra implicación. Podemos marcharnos sin más. Pero Roderick no puede. Esta vez no.

Alex hizo una pausa antes de continuar en un tono más frío que el gélido viento invernal.

—¿Crees que, cuando lo hayan atrapado, dejará que tú y yo quedemos impunes?

Daniel apretó los labios y sacudió la cabeza.

—Yo tampoco. Y no estoy dispuesto a permitir que la insufrible convicción que tiene Roderick de su propia superioridad borre todo lo que hemos creado con la Cobra Negra —volviéndose, Alex condujo a su hermano hacia el interior de las ruinas—. Vamos. Tenemos una posibilidad, y solo una, para escapar.

A Daniel se le ocurrió preguntar cómo, pero Alex siempre había pensado más deprisa que él. Mucho más deprisa que Roderick. Y allí estaba Roderick, justo enfrente de ellos. Seguía paseando con la carta, la misiva esencial, en una mano, tamborileando con ella contra la otra mano. Al verlos, agitó la carta en el aire.

Alex se detuvo en el centro de la arcada, tres pasos por encima del suelo roto que Roderick estaba atravesando. Daniel se detuvo un paso detrás de él.

Roderick sonrió, la sonrisa reflejando una arrogante superioridad, y se acercó.

—Hombre de poca fe —saludó al llegar a su altura—. No tienes ni idea de lo fácil que ha sido.

Subió las escaleras con la mirada hacia el suelo.

Alex se adelantó cuando Roderick llegó al último escalón y miró hacia arriba.

Justo en el instante en que las campanas llamaban a los fieles a vísperas.

Justo en el instante en que, ayudado por el impulso de Roderick, Alex hundía una daga entre las costillas de su hermano, directa a su corazón.

Daniel contuvo el aliento ante la expresión de absoluta y sorprendida incredulidad que inundó el rostro de Roderick.

—¡Idiota! —Alex se apoyó contra Roderick y hundió más el cuchillo, retorciéndolo—. Los llevabas pegados a los talones y ni siquiera te diste cuenta.

La muerte empezó a borrar toda expresión del rostro de Roderick.

Alex dio un paso atrás, arrebató la carta de manos de Ferrar, dejó el cuchillo donde estaba y titubeó antes de inclinarse para susurrar maliciosamente:

—Has sido el conejo que ha conducido a los galgos directamente a nosotros… Esta vez no habrá escapatoria para ti.

Dándose media vuelta, Alex soltó el aire, agarró a Daniel por la manga y lo acercó a él.

—Caminamos lentamente, tranquilamente —murmuró con la cabeza pegada a la de su hermano—. No somos más que otro par de fieles dirigiéndonos hacia la catedral para el servicio vespertino.

Daniel miró hacia atrás, a Roderick, los ojos de color azul hielo muy abiertos, derrumbarse en el suelo.

Los ojos de Roderick se empañaron… y el hijo favorito del conde de Shrewton dejó de ser.

Las campanas de la catedral repicaban y la luz se desvanecía rápidamente. Emily tiró de la manga de Gareth.

—Vamos, necesitamos acercarnos más o podría escapársenos en la penumbra.

Gareth se rindió y caminó junto a ella a lo largo del paseo detrás de los edificios, buscando entre las ruinas, lo poco que podían ver en la cada vez más débil luz.

—¿Qué es eso? —Emily se detuvo bruscamente.

Él le siguió la mirada diagonalmente hacia las ruinas, y vio… algo oscuro tirado sobre los escalones de piedra.

—Es un cuerpo.

Corrieron por el paseo, pero antes de alcanzar el lugar, Royce se materializó de repente. Saltó por encima del cuerpo tirado, pasó a través de la arcada y se agachó.

Delborough, Tristan, Jack, Gervase y Tony llegaron a la arcada al mismo tiempo que ellos. Royce miró hacia arriba, el rostro indescifrable.

—Esto acaba de suceder, ¿alguno ha visto huir a alguien?

Todos negaron con la cabeza.

—¡Buscad! —Royce apretó los labios mientras se erguía.

Y buscaron, hasta que ya no quedó más luz, pero no encontraron nada. Regresaron junto al cuerpo, todos preguntándose, reflexionando.

Con las manos sobre las caderas, Royce estaba de pie contemplando el cuerpo, apenas visible ya. Levantó la vista hacia Delborough.

—Esa daga… parece de la misma clase que la empleada contra Larkins.

Del se agachó e inspeccionó el mango de marfil antes de asentir mientras se volvía a levantar.

—Es de la clase que utilizan los asesinos de la secta.

—¿La carta? —preguntó Jack.

—No está —Royce miró a su alrededor, al círculo de rostros—. ¿Nadie que sea siquiera vagamente sospechoso?

Todos sacudieron la cabeza.

—Había parejas marchándose y numerosos fieles dirigiéndose hacia el servicio vespertino —explicó Tristan—, pero ninguno parecía tener prisa, ni corría, ni parecía querer huir. Nadie miraba a su alrededor.

Royce hizo una mueca mientras todos contemplaban el cuerpo de Roderick Ferrar.

—Así pues —sentenció Royce secamente—, tenemos al hombre que estamos seguros era la Cobra Negra, pero ha sido eliminado. Y eso nos deja dos grandes preguntas: ¿Quién lo ha matado? ¿Y por qué?

CAPÍTULO 21

20 de diciembre de 1822
Última hora de la tarde
En mi habitación en Elveden Grange

Querido diario:

He subido para quitarme el polvo del viaje antes de reunirme con los demás abajo. ¡Menudo día! Estamos al final de nuestra aventura, la misión de Gareth se ha completado, pero Ferrar ha aparecido muerto y nadie tiene muy claro qué significa eso.

Aún más emocionante fue el que las exigencias del día pusieron a prueba el compromiso de Gareth hacia nuestro compañerismo… ¡y mi querido hombre lo superó con honores! Me perdió de vista, me permitió adentrarme en un potencial peligro para hacer lo que solo yo podía hacer, dejando el portarrollos para que Ferrar lo encontrara, aunque, como más tarde me dejó claro de un modo muy enfático, el momento le había costado un gran precio. Aun así, en la posada no me dejó atrás tampoco, sino que me permitió permanecer junto a él mientras seguíamos a Ferrar.

Después de lo de hoy, ya es imposible dudar de la fuerza de su compromiso con nuestro futuro, ¡un futuro que me muero de ganas por iniciar! Siento el corazón burbujeante, de tan llena como estoy de efervescente felicidad.

Pero primero tenemos que enfrentarnos a la inesperada conclusión

de la misión de Gareth, y debo correr abajo para cumplir con mi parte.
    E.

—Nos quedan las preguntas de quién mató a Ferrar, y por qué.
    De pie frente a la chimenea del enorme salón de Elveden Grange, Royce levantó la vista cuando Emily regresó. Acababa de concluir el relato de los sucesos del día en beneficio de las damas allí reunidas: Deliah Duncannon, que había llegado con Delborough, Alicia, la esposa de Tony, Madeline, la esposa de Gervase, Leonora y Clarice, Kit, la esposa de Jack Hendon, Letitia, la marquesa de Christian Allardyce, y su propia duquesa, Minerva, que, según había descubierto él, había invitado a todas las familias de sus antiguos compañeros para reunirse con su familia allí en Navidad.
    Al mirarla, atónito, ella había sonreído y le había dado un golpecito en el pecho.
    —Tu agenda se acerca demasiado a la Navidad... Los hombres no estarían seguros de poder regresar a casa a tiempo, y todos tenéis niños.
    Royce sabía muy bien que era mejor no discutir. Existían las batallas que podía ganar, y las que no. Las últimas, había aprendido, estaban en la naturaleza de la vida de casado.
    Sus antiguos compañeros, que ya estaban allí sentados en la habitación, sin duda habían aprendido la misma lección. Christian y Jack Hendon estaban allí, preparados para ejercer el papel que les había sido asignado para dentro de unos pocos días. Los Cynster y Chillingworth se habían reunido con ellos, totalmente encantados. Habían completado su misión y, a pesar de unos cuantos cortes y heridas, ninguno estaba gravemente herido.
    —Tengo entendido —continuó Royce mientras Emily se acomodaba en un extremo del diván junto a la silla que ocu-

paba Gareth— que vamos a tener que revisar nuestra evaluación sobre quién es la Cobra Negra.

—O bien la Cobra Negra no es Ferrar, o Ferrar formaba parte de un todo más grande —Delborough asintió.

—Estoy de acuerdo —Gareth frunció el ceño—. Si la Cobra Negra no es Ferrar, entonces presumiblemente él lo mató, o hizo que lo mataran, y eso significa que la Cobra Negra sigue aquí, en Inglaterra.

—Aquí en Suffolk, o cerca —puntualizó Tony.

Después de unos segundos, Delborough sacudió la cabeza.

—Ferrar tenía que ocupar un puesto muy elevado en la organización de la secta. Era esencial para el éxito de la secta a través de su puesto en la oficina del gobernador y, dada su naturaleza, no lo veo aceptando un puesto de subordinado sabiendo que era el eje sobre el que pivotaba la suerte de la secta —Delborough miró a Royce a los ojos—. Vimos a Ferrar dar órdenes, y los guardias de élite, incluyendo los asesinos, obedecieron. En mi opinión, todo lo que sabemos implica que la Cobra Negra es un grupo, dos, tres, o más, eso no podemos saberlo, pero Ferrar era uno de ellos. Y presumiblemente, el otro inglés que vimos sería otro.

—Y ese otro inglés —Royce asintió—, que parecía ser el igual de Ferrar, podría ser el que mató a Ferrar, o lo hizo matar.

Royce miró a Gyles a los ojos antes de asentir y desviar la mirada hacia la ventana y la oscuridad al otro lado.

—Casi es de noche, pero creo que ya es hora de que le hagamos una visita al conde de Shrewton. Si nos marchamos ahora, estaremos en Wymondham antes de que se siente a cenar.

Habían llevado el cuerpo de Ferrar hasta Elveden en un carretón, preparados para entregárselo a su padre en Shrewton Hall.

—¿Y Larkins? —preguntó Devil—. ¿Lo mató Ferrar, o fue otra persona?

—Por lo que me has contado —contestó Royce—. Lo

más probable es que fuera Ferrar... alguien en quien Larkins confiaba ciegamente, muy improbable que fuera simplemente uno de sus amigos. Sin embargo, ahora que Ferrar está muerto, eso ya no viene al caso, pero llevaremos el cuerpo de Larkins con el de Ferrar... podría ayudar a convencer al conde de que necesita hacer todo lo que pueda para ayudarnos.

Un buen número de los presentes se ofrecieron voluntarios para acudir a convencer al conde, pero Royce mantuvo el grupo reducido a cuatro: Christian, el otro par de mayor rango, y Delborough y Gareth, ambos pudiendo ejercer con autoridad de testigos de los hechos de Ferrar, y de la Cobra Negra, en la India.

Cuando Devil intentó insistir en que él también debería ir, Minerva entornó los ojos hacia él.

—Vosotros —agitó un autoritario dedo señalando a todos los Cynster y a Gyles Chillingworth— regresaréis de inmediato a Somersham Place. Puede que ninguno haya resultado seriamente incapacitado, pero veo cortes, ¡por el amor de Dios! veo sangre, y vuestras esposas jamás me perdonarían si no os enviara de regreso para que os atendieran. Ya.

Siete robustos hombres se limitaron a contemplarla. Minerva ni se movió, ni parpadeó.

Tampoco las damas reunidas en torno a ella quienes, a medida que el silencio se prolongaba, posaban sus miradas sobre los recalcitrantes hombres... hasta que se vinieron abajo.

—De acuerdo —Devil agachó la cabeza tras dedicarle una última y sombría mirada. Después miró a Royce, quien había permanecido con la mirada fija en el techo—. Nos vemos mañana, sin duda alguna.

—Esta noche os enviaré un mensaje, en cuanto hayamos averiguado lo que hayamos podido de Shrewton y, espero, tenido noticias del grupo de Monteith. Deberían llegar a Bedford esta noche.

Devil levantó una mano en el aire a modo de despedida, y condujo a los demás fuera de la habitación.

Royce los siguió con Delborough, Gareth y Christian, en dirección a Shrewton Hall.

Los demás miembros del Bastion Club y Jack Hendon intercambiaron miradas, se excusaron, y se retiraron a la sala de billar, sin duda para hablar sobre lo que había sucedido ese día, mientras golpeaban bolas sobre la mesa.

Minerva y las otras damas observaron a los hombres retirarse, con gestos de aprobación. En cuanto la puerta se cerró detrás del último par de anchos hombros, todas a una se volvieron hacia Emily.

—Nos encantaría oír el relato de tus viajes —anunció Minerva.

—Cuéntanoslo todo —Letitia se dejó caer en el sillón que había dejado vacío Gareth—. Empieza por el principio... ¿Cuándo fuiste a la India? Y, sobre todo, ¿por qué?

Emily contempló rostros ansiosos y ojos interesados, y no vio ninguna razón para no complacerlas.

En una fría sala de piedra junto a la lavandería de Shrewton Hall, cerca de Wymondham, el conde de Shrewton contemplaba el cuerpo de su hijo favorito.

El cuerpo de Roderick Ferrar estaba tumbado de espaldas sobre uno de los bancos de la habitación. Los sirvientes del conde habían dejado el cuerpo de Larkins sobre otro banco cercano, pero el conde no había dado ninguna muestra de darse cuenta siquiera de su presencia. Desde el instante en que habían conducido a Royce, Christian, Delborough, Gareth, y el hijo mayor del conde, el vizconde Kilworth, a la estancia, la atención del conde había estado fija en los restos de su hijo.

La impresión se reflejaba claramente en la cara del hombre.

Kilworth también estaba visiblemente conmovido.

—Ni siquiera sabíamos que estaba en el país.

—¿Quién hizo esto? —el conde se volvió hacia Royce—. ¿Quién ha matado a mi hijo?

—Un amigo suyo conocido como la Cobra Negra —Royce explicó resumidamente el interés que tenían ellos en la secta de la Cobra Negra y sus líderes—. Estábamos siguiendo a su hijo porque había conseguido, y transportaba, una copia de una carta de la Cobra Negra que quería tener de vuelta. El original de esa carta está firmado con el sello distintivo de la Cobra Negra y sellado con vuestro sello de familia —Royce señaló el sello de anillo en el dedo de Ferrar.

Cabizbajo, de modo que no se le veían los ojos, el conde no dijo nada.

Royce se volvió hacia el otro cuerpo.

—El día antes, Larkins... el ayuda de cámara de su hijo, robó otra copia de la misma carta y él, también, resultó muerto.

—Quiero saber quién mató a mi hijo —el conde hizo un gesto de desprecio.

—Los mataron con dagas idénticas —explicó Royce—, de una clase utilizada por los asesinos de la secta de la Cobra Negra. La Cobra Negra mató a su hijo, u ordenó que lo mataran. De modo que tenemos un objetivo común y es el de averiguar quién es la Cobra Negra.

Royce hizo una pausa antes de, incluyendo a Kilworth con la mirada, preguntar:

—¿Sabe quién es la Cobra Negra?

—Por supuesto que no —el conde soltó un bufido—, no siento el menor interés por ningún charlatán extranjero.

—Eso no es precisamente lo que define a la secta de la Cobra Negra... Su único interés es conseguir dinero y poder, y están más que dispuestos a emplear el terror y llevar a cabo cualquier atrocidad para conseguir ambas cosas —Royce mantuvo la mirada fija en el conde—. ¿Usted o Kilworth conocen los nombres de algún amigo de Roderick en Bombay? ¿Alguna vez mencionó a alguien como socio o amigo, alguien que podría estar implicado, o saber más?

—No sé nada de ninguna secta —el conde se tensó y levantó la cabeza—, es ridículo siquiera sugerir que mi hijo tenía algo que ver con esa gente.

—El sello de su hijo está en esa carta —le recordó fríamente Royce—. No hay ninguna duda de su implicación a algún nivel. La carta original, con el sello de Roderick, me será entregada en breve y, dado el interés que los depredadores de la secta de la Cobra Negra han generado en las más a altas esferas, esa carta, tarde o temprano, encontrará el camino hasta el público. Cualquier ayuda que su familia pueda proporcionar para identificar a la Cobra Negra, al hombre que mató a su hijo, por supuesto mitigaría una implicación adversa.

Gareth intercambió una mirada con Delborough y Christian a su lado, y vio que ellos, también, estaban conteniendo sonrisas de satisfacción. Bajo el delicado tono de Royce se percibía el acero, no dejando ninguna duda en la mente de nadie de qué podría suceder si la familia no colaboraba. Y, sin embargo, no se había formulado ninguna amenaza.

De sobra versado en sutilidades como esa, el conde oyó claramente la advertencia.

—¡Eso es una tontería! —su rostro enrojeció mientras miraba furioso—. Mi hijo ha sido asesinado, eso es lo único que importa —se dio media vuelta y se abrió paso empujando a Christian para salir de la habitación.

Dejando a Kilworth, que ni siquiera se parecía a su padre físicamente, pues era un caballero alto delgado de ojos oscuros, a diferencia de los fríos ojos azul claro de su padre y hermano, para que intentara suavizar el momento.

—Está conmocionado —observó Kilworth como si intentara exculparlo—, bueno, y yo también —añadió mientras se mesaba los cabellos—. Roderick era su favorito —el tono de voz dejaba claro de que, si hubiera sido él el muerto sobre ese banco, dudaba mucho que su padre se hubiera mostrado la mitad de afectado. Gesticuló hacia la puerta—. Vengan. Les acompañaré hasta sus caballos.

Mientras caminaba junto a Royce por los largos pasillos, Kilworth continuó hablando, era de esa clase de hombre. Y los demás estuvieron más que encantados de escuchar.

—Verán, no sabíamos nada… Lo último que oímos fue que se había marchado a la India a hacer fortuna. No era de los que escribía cartas. Bueno, ni siquiera sabíamos que había vuelto a casa —miró a Royce—. ¿Acababa de llegar?

—Llegó a Southampton el seis de este mes —contestó Delborough.

—Entiendo —el expresivo rostro de Kilworth se ensombreció antes de hacer una mueca—. Como habrán comprobado, no estamos unidos… estábamos. Roderick y yo. Pero aun así… me sorprende que no contactara con mi padre.

—¿Está seguro de que no lo hizo? —preguntó Christian.

—Sí, estoy seguro —Kilworth percibió sus dudas y sonrió—. A los sirvientes nunca les gustó Roderick, pero yo sí les gusto, y siempre me cuentan… cosas como esa. Ninguno de los que estamos aquí sabíamos que Roderick estaba en Inglaterra, de eso estoy completamente seguro.

Habían llegado a los caballos, sujetos por mozos de cuadra en un patio lateral.

Kilworth se detuvo, esperó a que hubieran montado, y levantó la vista hacia Royce.

—Dudo que consiga nada de mi padre y, cuanto más lo intente, más se resistirá y soltará bravuconadas. Pero… contactaré con los amigos de Roderick que conozco aquí, en Inglaterra, y preguntaré si alguno de ellos sabe a qué se dedicaba en la India, y si alguna vez mencionó quiénes eran sus más íntimos amigos allí.

—Gracias —Royce inclinó la cabeza—. Me encontrará en Elveden Grange hasta que esto haya terminado.

—¿No ha terminado? —Kilworth frunció el ceño.

—Ni de lejos —Royce sacudió la cabeza mientras hacía girar al caballo.

Regresaron a Elveden Grange y descubrieron que las damas habían retrasado la cena por ellos. En cuanto hicieron su entrada en el salón, Minerva se levantó y los condujo a todos al comedor. Sobre una relajante comida los hombres informaron de la actitud recalcitrante del conde y de la posibilidad de que Kilworth pudiera conseguir averiguar más.

—Hace mucho que murió la condesa, y sus hermanas… —apuntó Minerva— dudo que sepan algo.

—Roderick era el favorito de su padre por una buena razón, padre e hijo estaban cortados por el mismo patrón —Letitia se reclinó en la silla—. Cualquier rasgo de crueldad que pudieras detectar en Ferrar lo aprendió de su padre. Kilworth, sin embargo, es una persona mucho más delicada y bastante erudita. Salió a la condesa, para gran disgusto de Shrewton, que nunca se molestó en disimularlo. Si lo tolera es únicamente porque es su heredero.

—Y ahora, además, es su único hijo vivo —Minerva se puso en pie y todas las damas la siguieron.

Royce miró a los hombres, y vio su propia disposición reflejada en sus rostros. Empujó la silla hacia atrás.

—Nos reuniremos en el salón, todavía quedan muchas cosas por hablar.

Mientras los hombres seguían a las damas por el vestíbulo, el mayordomo de Royce lo abordó con una misiva sobre una bandeja. Royce la tomó, la abrió y leyó el mensaje antes de deslizarla en su bolsillo y continuar detrás de los otros hombres hacia el salón.

En cuanto estuvieron sentados en los cómodos sillones y divanes, Royce empezó a hablar.

—Cando iniciamos esta misión —asintió hacia Del y Gareth—, cuando contactasteis conmigo y luego abandonasteis Bombay con los cuatro portarrollos, habríamos asegurado que la muerte de Ferrar supondría el final de la misión. Sin embargo, Ferrar está muerto y la Cobra Negra sigue ahí fuera. Esto se parece más al final del primer acto de un drama al que todavía le queda bastante por concluir.

—Estaba pensando —intervino Gareth— que, con la muerte de Ferrar, la amenaza de que el sello de la carta original saque a la luz su implicación ha desaparecido. Ferrar ya no puede revelar quién es la Cobra Negra. Sin embargo, aseguras que se mostró encantado de haber recuperado una copia, sugiriendo que en esa carta hay algo más, algo que se nos ha pasado. En cualquier caso, si después de hoy la Cobra Negra no retira a los sectarios que siguen a Monteith, podemos estar seguros de que hay algo más en esa carta que amenaza a la auténtica Cobra Negra.

—Así es —Royce asintió y miró a Emily—. ¿Tienes la copia?

Anticipándose a la petición, ella la llevaba en el bolsillo. La sacó, desplegó la hoja, y se la entregó.

Royce la tomó, la leyó en voz alta y pasó la carta a los demás.

—Tú estás más acostumbrado a valorar comunicaciones en clave que ninguno de nosotros aquí presentes —Del lo miró—. ¿Qué opinas?

Royce reflexionó sobre la carta, que para entonces estaba circulando entre las damas.

—Entiendo el propósito de la segunda mitad de la carta, donde la Cobra Negra hace insinuaciones claras. Pero ¿por qué molestarse con la primera mitad, con el cotilleo social?

—Alguien podría pensar que para los demás no es más que un camuflaje, pero —la copia estaba en manos de Minerva, que la estudió atentamente y levantó la cabeza hacia Royce—, pero para ti no.

—No, para mí no —Royce sonrió y miró a los demás antes de continuar—. Casi puedo asegurar que la primera mitad cumple algún propósito, pero está oculto.

—Entre los príncipes es habitual —Gareth frunció el ceño—, y Govind Holkar, a quien está dirigida la carta, es el epítome de esa clase de persona, ansía ser aceptado en los escalones más altos de la sociedad inglesa. Yo —miró a Devil—, todos nosotros, hemos interpretado la primera mitad de la carta en ese sentido. Si quieres, como un incentivo social.

—Podría ser —intervino Christian, recuperando la carta—, pero eso sugiere que ese tal Govind Holkar estaría específicamente interesado en saber que por lo menos una de estas diez personas que se citan aquí visitarían Poona. Dado que estaba negociando con la Cobra Negra, que sabemos es más de una persona, ¿qué probabilidades hay de que por lo menos una de estas personas forme parte de nuestra bestia de varias cabezas?

—Si los ataques contra Monteith continúan, entonces esas probabilidades aumentarán —Royce miró a Del—. Entiendo que Poona es un lugar de vacaciones, ¿es así?

—Así es —contestó Del—, durante los monzones sustituye a Bombay como capital. Todos los ingleses que pueden, incluyendo al gobernador y sus empleados, se trasladan allí durante la temporada. Las esposas y familiares suelen permanecer allí durante todo el periodo de los monzones, aunque los hombres a menudo van y vienen. Pero Poona fue antiguamente la capital Maratha, y muchos de los príncipes, como Govind Holkar, viven allí la mayor parte del tiempo. Por eso, cuando pensábamos que la Cobra Negra era únicamente Ferrar, tomamos la primera mitad de la carta como... bueno, simple información que el escritor, Ferrar, sabía que a Holkar le gustaría tener.

—De haber sabido que esos nombres podrían tener mayor significación —Gareth hizo una mueca—, podríamos haber averiguado más antes de marcharnos.

—No miremos hacia atrás —puntualizó Royce—. Ahora que lo sabemos, ¿cómo podemos averiguar más?

—¿Conoces a alguna de estas personas citadas? —Gareth se volvió hacia Emily.

Christian le devolvió la carta. Ella la tomó y repasó los nombres que había transcrito el día anterior.

—Solo estuve en la India seis meses, pero por otra parte estaba en casa del gobernador —hizo una pausa con la mirada fija en la hoja antes de hacer una mueca—. Tal y como yo lo recuerdo, todas estas personas son miembros de lo que comúnmente se conoce como la Casa del Gobernador, que os aseguro no tiene nada que ver con el propio gobernador.

Son un grupo de jóvenes bastante salvajes, y Ferrar era una figura relevante dentro de ese grupo.

—¿De modo que él debería conocer a esos diez personalmente? —preguntó Royce.

—No puedo decirlo con seguridad —Emily hizo una mueca—. Desde luego los conocería a todos socialmente, pero hasta dónde… Yo no tuve prácticamente nada que ver con ese grupo. Como solía decir mi tía, eran más bien «rápidos», y ella es una maestra de la moderación.

—Lo cual —Clarice enarcó las cejas— hace que esa parte de la carta resulte aún más creíble como soborno social.

—En cualquier caso —Royce recuperó la copia y la dobló—, pronto sabremos la verdad, mañana como muy tarde —miró a los demás—. He recibido la confirmación de que Monteith llegó ayer a Oxford. Debería estar en Bedford esta noche. Con suerte, él y su escolta se reunirá con nosotros mañana.

—¿Su escolta? —preguntó Gareth.

—Otros dos de mis antiguos operativos —explicó Royce—. Charles St. Austell, conde de Lostwithiel, y Deverell, vizconde Paignton.

—Ah… —Minerva se levantó y tiró del llamador—. Eso significa que Penny y su prole, y Phoebe y la suya, llegarán mañana. Debo preparar sus habitaciones.

Royce la miró, pero no hizo ningún comentario mientras ella hablaba rápidamente con el mayordomo que había aparecido.

Cuando el mayordomo se retiró y Minerva regresó para sentarse a su lado, Royce continuó.

—Al parecer, Monteith también trae consigo a una dama.

—¿Una dama? —Del frunció el ceño—. ¿De dónde viene?

—Al parecer de Guernsey. Por algún motivo, el mayor acabó allí, y entonces… —Royce frunció el ceño—. No conozco todos los detalles… St. Austell ha mostrado su habitual opacidad, pero supongo que ella fue fundamental en facilitar el viaje de Monteith hasta Plymouth y, consiguientemente, él juzgó necesario mantenerla a su lado, a salvo de los sectarios.

Gareth y Del intercambiaron sendas miradas. Ellos lo sabían todo sobre mantener a su lado a quienes les habían ayudado a escapar de los sectarios. Sobre todo a las mujeres.

—Así pues —continuó Royce—, si Monteith no encuentra nuevos obstáculos, sabremos que sacar a la luz a Ferrar como parte de la Cobra Negra era lo único que temía la Cobra Negra de esa carta. Por el contrario, si los sectarios siguen atacando, intentando conseguir la copia que lleva Monteith, entonces será evidente que en estas palabras hay algo más, y tienen que ser los nombres lo que el resto de la Cobra Negra teme que averigüemos.

—Pero nosotros ya tenemos una copia la carta —Emily parpadeó perpleja—, ya conocemos esos nombres.

—Cierto, pero la Cobra Negra no lo sabe —Royce la miró a los ojos y sonrió—. ¿Para qué íbamos a molestarnos en hacer otra copia si, en nuestra opinión, la clave está en el sello? —le sostuvo la mirada, la suya propia volviéndose distante, antes de mirar a los demás—. Pero eso sugiere una cuestión interesante. Ya tenemos el texto de la carta, pero sus nombres no significan nada para ninguno de los que estamos aquí. Por lo que dice Emily, esos nombres no serán fácilmente reconocibles por muchas personas en Inglaterra, no en cuanto a lo que esas personas hayan podido estar haciendo en la India.

Royce hizo una pausa antes de continuar.

—La Cobra Negra teme que mostremos esa carta a alguien. Alguien para quien esos nombres, o por lo menos algunos de ellos, significarán algo, lo suficiente como para identificar a uno o más como estrecho colaborador de Ferrar.

—Los candidatos más evidentes estarían entre la familia —observó Christian—, pero no creo que Shrewton mintiera, mucho menos Kilworth. Ellos no tienen ni idea de con quién se estaba relacionando Ferrar en la India.

—Quizás no fuera en la India —intervino a Emily—.

Quizás fuera aquí, en Inglaterra, antes de que Ferrar se marchara. Si estaba unido a alguien aquí, y esa misma persona apareció allí, sin duda sería uno de sus amigos más cercanos.

—Cercano, y probablemente habiendo trabajado con él para montar la secta de la Cobra Negra —Gareth miró a Del—. Dado que la génesis de la secta se produjo poco después de la llegada de Ferrar a Bombay, estamos seguros de que estuvo implicado en su nacimiento, pero eso no significa que los amigos que se unieron a él poco después no pudieran haber echado una mano.

—No, desde luego. Incluso puede que fueran los instigadores —Del asintió—. Emily tiene razón. Tenemos que averiguar quiénes eran los amigos más cercanos de Ferrar en Inglaterra, y luego comprobar si alguno de ellos aparece en la carta.

—Y eso —sentenció Royce—, convierte a Kilworth en nuestra mejor apuesta —reflexionó durante unos segundos antes de hacer una mueca—. Veamos qué sucede mañana con Monteith, pero, si la Cobra sigue atacando, entonces desde luego deberíamos poner más esfuerzo en averiguar quiénes eran los viejos amigos de Roderick Ferrar.

Una hora después, Emily precedía a Gareth al interior del dormitorio que le habían asignado. Él tenía su propio dormitorio en el mismo pasillo, mucho más pequeño, más un lugar para dejar el equipaje que cualquier otra cosa.

Nadie de esa casa se preocupaba en fingir.

Prácticamente bailando, ella giró en redondo, deteniéndose ante la chimenea donde ardía y crujía un agradable fuego. Fuera estaba helando, pero dentro… Nunca se había sentido tan relajada, tan victoriosa, en su vida.

Con los brazos extendidos, se volvió sonriente hacia Gareth. Él había cerrado la puerta y la había seguido de cerca.

—¡Hemos llegado! —Emily lo agarró de las solapas y lo acercó a ella, sonriente, mirándolo resplandeciente—. Casi no me lo puedo creer. Después de tantos kilómetros, de tantos ataques, de todos esos horriblemente peligrosos momentos, aquí estamos, sanos y salvos —lo miró a los ojos y se hundió en las profundidades color avellana—. Y estamos juntos.

Gareth la agarró de la cintura y la abrazó con delicadeza mientras asentía.

—Lo estamos. Pero debo confesarte algo.

Sorprendida, Emily buscó en su mirada, pero no vio nada aparte de la calidez a la que se había acostumbrado ver resplandecer hacia ella. Tranquilizada, preguntó en tono apremiante:

—¿Qué?

—Sí, bueno, esa es la cosa —él sonrió con expresión de arrepentimiento, aunque relajado—. Estaba decidido a no permitir que las palabras salieran de mi boca, había jurado que jamás las pronunciaría, pero después de hoy, después de estar sentado en ese carruaje, ciego, habiéndote perdido de vista, sin saber si estabas en peligro, si un destino terrible te estaba amenazando… —su expresión mudó, toda la calidez abandonándolo, dibujando una emoción mucho más cruda y poderosa sobre los esculpidos rasgos de su rostro.

El corazón de Emily galopaba mientras, impresionada, reconocía esa emoción.

—Estuve a punto de venirme abajo. A punto de ignorar toda precaución, todo sentido común y abrir la puerta del carruaje para correr detrás de ti.

—Pero no lo hiciste —Emily le sostuvo la mirada, le soltó una solapa y deslizó esa mano sobre su torso, sobre su corazón.

—No, no lo hice. Estuve a punto, pero no lo hice —él asintió, apretó los labios y clavó la mirada en la de ella—. De modo que sí, Emily Ensworth, vamos a tener una vida de compañerismo, vamos a tener la confianza, vamos a compartir todos los desafíos de la vida. Antes, cuando hablábamos de esto, yo no estaba seguro de hasta dónde podría llegar, de cuánto de lo que tú querías podría darte yo, pero ahora lo sé.

Hoy se me ha mostrado claramente. No que estuvieras a la altura de la tarea, eso jamás lo dudé, desde el instante en que te conocí en Bombay después de que hubieras cabalgado hasta allí con la carta de James. Me sentí tan orgulloso de ti, te admiré tanto, admiré tu fuerza y carácter desde entonces. Sabía desde hacía mucho antes de hoy que tú serías capaz de hacer frente a cualquier cosa, incluyendo el desafío de compartir tu vida conmigo. Pero hoy he descubierto que yo también estoy a la altura de esa tarea, que podría, si fuera necesario, confiar en tu fuerza y tener fe en tus habilidades del mismo modo que tú, tan a menudo durante nuestro viaje, tuviste fe en las mías.

Gareth respiró hondo, su pecho hinchándose bajo la mano de Emily. Ella no pronunció ni una palabra, demasiado embelesada, demasiado ansiosa de lo que seguiría.

Él contempló los brillantes ojos, el brillante verde musgo, lanzando unos destellos de ánimo y amor que él jamás habría pensado encontrar.

—Nunca aceptaré de buen grado verte correr peligro sin tenerme a mí a tu lado, pero hoy he aprendido que soy capaz de soportar la vulnerabilidad, de modo que ya no tiene ningún sentido no decir las palabras que había jurado que jamás pronunciaría.

—¿Qué palabras? —Emily prácticamente se estremecía en sus brazos, tan viva, tan vibrante, toda suya.

Él sonrió y permitió que las palabras surgieran libremente, permitió que surgieran por propia voluntad y simplemente existieran, como un testamento de su realidad.

—Te amo. Eres el sol, la luna y las estrellas para mí. No me imagino una vida sin ti en el centro. Sí, quiero casarme contigo, en realidad deseo desesperadamente casarme contigo, pero ese deseo responde únicamente a mi necesidad. Yo te necesito, necesito tu amor. Necesito que seas mi futuro. Hace poco, empezamos a dibujar en mi pizarra en blanco, pero no puedo terminar el dibujo de mi futuro si tú no apareces en el centro.

Emily se apretó más contra él, deslizó las manos hasta sus hombros, rodeándole el cuello con los brazos.

—Hoy me he sentido tan orgullosa de ti —una pura felicidad burbujeaba en su voz—, cuando me permitiste hacer lo que yo podía hacer. Jamás sentí la más mínima atracción hacia MacFarlane, pero las mujeres también pueden tener honor, y yo quería, necesitaba, hacer algo, algo real, para ayudar a capturar a la Cobra Negra. Y ahora lo he hecho, y puedo dejarte a ti y a los demás hombres la tarea de atrapar al enemigo, quienquiera que sea, y llevarlo ante la justicia.

Emily se puso de puntillas y acercó sus labios, prácticamente pegándolos a los de Gareth.

—Ahora puedo centrar mi atención, toda mi atención y energía, en nosotros dos. En nuestro compañerismo, nuestro futuro… Nuestro matrimonio.

Sus ojos brillaban, cargados de emoción mientras lo miraba.

—Tú eres mi «él», al que he estado esperando encontrar tanto tiempo, al que fui a buscar a la India, al que amo con todo mi corazón. Ahora que te he encontrado, jamás te dejaré marchar.

Gareth sintió curvarse sus labios.

Él la besó, o ella lo besó. Entre verdaderos compañeros no importaba quién diera el primer paso. Lo único que importó fue el calor que inmediatamente prendió, que llameó y los envolvió reconfortantemente.

Que los atrajo y los sedujo.

Que prendió fuego.

La ropa quedó tirada con abandono.

Y apenas consiguieron llegar a la cama.

Después, ya no hubo nada más allá de las llamas y la pasión, el deseo y la necesidad de ser uno.

Juntos.

Unidos, enlazados, fundiéndose.

Dando y tomando y buscando más.

Poseyendo antes de rendirse.

A Emily le gustaba mucho el dicho de que las acciones siempre hablaban más fuerte que las palabras. Si él hubiese dudado de la veracidad de esa afirmación, esa noche ella le habría convencido.

Pues ella lo tomó con una alegría que eclipsó todo lo que él hubiese conocido antes, lo abrazó y le dio más de lo que él hubiese podido imaginar.

Emily era toda suya, su todo, entonces y para siempre. Emily no se imaginaba mayor felicidad que cuando estalló debajo de él y, mirando a través de sus ojos asombrados y cargados de amor, vio el rostro de Gareth en el instante en que se perdió dentro de ella.

Vio todo lo que él había intentado ocultar hasta entonces.

Vio la aceptación de la vulnerabilidad, su reconocimiento.

Vio amor y devoción absoluta en sus ojos.

Y finalmente lo vio a él, todo lo que era, claramente... su guerrero sin armadura.

Juntos se dejaron caer, abrazados, posesivos incluso en las postrimerías, esperando a que sus atronadores corazones se calmaran, esperando a que la realidad los reclamara.

Cuando él al fin se soltó de su abrazo, se retiró de su interior y se dejó caer boca abajo a su lado, ella ya estaba haciendo planes.

—Esperaremos aquí —Emily giró la cabeza y atrajo su mirada—. Me encantará esperar aquí hasta que los otros dos, Monteith y Carstairs, lleguen. Hasta que los vea a salvo —se deslizó sobre la cama junto a él y levantó una mano para dibujar el contorno de su ancho hombro—. Hasta entonces tú no vas a poder concentrarte en nuestro futuro, y la verdad es que yo tampoco.

Gareth le sostuvo la mirada antes de soltar un bufido y girar la cabeza completamente.

—Llegarán pronto. Logan lo hará mañana y, aunque Royce no ha dicho nada sobre cuándo se espera a Rafe, estoy seguro de que no serán más de dos días.

—Bien —Emily sonrió perezosamente con anticipación.

Y siguió sonriendo, aunque su mirada se había vuelto lejana. Con la mano continuó acariciando el hombro desnudo de Gareth. Después de que pasara un minuto, curioso, él preguntó:

—¿En qué estás pensando?

—Estaba pensando —Emily volvió a enfocar la mirada en él y su sonrisa se hizo más profunda—, que ojalá pudiera verme mi familia ahora.

Gareth la miró con expresión de fingido horror antes de levantar la cabeza y dejarla caer sobre la almohada.

—Gracias a Dios que no puede.

—Entiendes que tenía que morir, ¿verdad? —en el salón de la casa que habían convertido en su cuartel general, en Bury St. Edmunds, Alex llenó la copa de Daniel del decantador de brandy que Roderick había encontrado en el aparador cerrado con llave.

Mientras tomaba un buen trago, a Daniel le pareció muy oportuno. Como de costumbre, Alex se mantenía abstemio, pero esa noche él también había tomado un pequeño sorbo.

—Pobre Roderick —Alex sacudió la cabeza y dejó el decantador en el aparador—. Tan… tristemente ineficaz.

—Así es —Daniel bebió otro trago. Todavía estaba ligeramente conmocionado, no por la muerte de Roderick, pues eso, sospechaba, se lo llevaba buscando desde hacía tiempo, pues había sido la falta de previsión del idiota de su hermanastro ante las posibles consecuencias lo que había terminado con los tres en esa situación. Aun así, él no lo había visto venir, no había visto la Muerte en los ojos de Alex hasta que la daga había encontrado su entrada.

Pero Alex tenía razón. Roderick tenía que morir, allí y entonces, en ese momento. Gracias a la agilidad mental de Alex, ellos dos habían conseguido escapar.

Daniel alzó su copa y sostuvo la mirada de Alex, que se había sentado en el sofá.

—Por Roderick, el muy idiota, que estuvo convencido hasta el último momento de que nuestro padre siempre lo salvaría. Era un imbécil, pero era nuestro hermano —bebió.

—Medio hermano —le corrigió Alex mientras sus labios se curvaban—. Por desgracia, le faltaba la mejor mitad, la mitad más lista.

Daniel inclinó su copa en un gesto de reconocimiento, pero no dijo nada. Alex y él compartían padre, pero sus madres habían sido distintas, de manera que la mitad más lista a la que había aludido Alex, le faltaba a él también. Contempló su copa y decidió que sería mejor dejar de beber.

—Pero Roderick ya no importa, querido. Nosotros sí —la voz de Alex era baja aunque clara, y siempre atrayente—. Y debemos dar los pasos necesarios para asegurar que nuestros cuellos permanezcan libres de la soga.

—Desde luego —Daniel soltó la copa y sostuvo la mirada de Alex—. Como siempre, estoy a tus órdenes, pero sospecho que lo mejor sería que fuera a vigilar a Monteith. Necesitamos su copia de la carta.

—Mientras estás en ello —Alex asintió—, yo organizaré el siguiente paso. Por desgracia, aquí, estamos demasiado cerca de donde Roderick encontró su final. Nuestros enemigos podrían pensar en buscar por aquí. Buscaré otro sitio, no demasiado lejos, para cuando regreses con la carta de Monteith.

—Y luego necesitaremos un lugar para darle la bienvenida a Carstairs.

—En efecto —los ojos de Alex brillaron—. Empezaré a trabajar en ello mañana también. Ahora que sabemos que viene por el Rin, y con bastante rapidez, es casi seguro que pasará por Rotterdam. Ya he dado órdenes a todos a los que están al otro lado del canal para que se aseguren de que reciba una muy cálida recepción. Pero, dado que los otros tres han venido por aquí, ¿qué probabilidades crees que hay de que se dirija hacia Felixstowe o Harwich? A fin de cuentas, son los puertos más cercanos y convenientes a este lado del país.

—Será él quien lleva la carta original, ¿verdad?

—El hecho de que venga por la ruta más directa… —Alex asintió—. La persona que controla todo esto no está intentando atraer a los sectarios hacia él, sino proporcionarle la ruta más corta y segura, la mayor posibilidad de llegar hasta su amo. Por eso es el último, y también por eso Monteith viene desde la dirección opuesta.

—De modo que Carstairs no tardará mucho.

—No, pero lo que tengo planeado para él en Rotterdam, por lo menos lo retrasará, y eso es todo lo que necesitamos —Alex miró a Daniel—. Tú ocúpate de Monteith y déjame a mí organizar la bienvenida a Carstairs. Para cuando regreses con la carta de Monteith, todo estará preparado —Alex sonrió maliciosamente—. Quienquiera que sea quien dirige esto te aseguro que Carstairs nunca llegará a él.

—Será mejor que me ponga en marcha si quiero reunirme esta noche con los hombres —Daniel asintió y se puso de pie.

—¿Exactamente dónde están?

—En un granero desierto a las afueras de un pueblo llamado Eynsbury. Los dejé allí con órdenes estrictas de mantener la vigilancia sobre Monteith y asegurarse de que no llegue a Cambridge. Sabrán dónde pasa la noche —Daniel sonrió, imaginándose la masacre—. Creo que voy a hacerle al mayor Monteith una visita a medianoche.

—Muy bien —Alex entendió lo que estaba planeando su hermanastro—. Y quién sabe qué posibilidades nos traerá el mañana. Cuídate, querido, te veré mañana, en cuanto hayas conseguido la copia de Monteith.

—Hasta mañana —Daniel se despidió.

Dándose media vuelta, echó a andar hacia la puerta, y por eso no vio la mirada que Alex posaba sobre él.

No sintió el frío y penetrante peso de esos ojos color azul hielo.

Después de que hubiera cruzado el umbral y desaparecido, Alex permaneció contemplando el espacio vacío.

Debatiendo.

Pasaron varios minutos.

Hasta que se volvió y miró hacia la puerta situada en el extremo más lejano de la habitación.

—¡M'wallah!

Cuando la fanática cabeza de su guardia personal apareció, Alex le habló con frialdad:

—Que ensillen mi caballo, y preparen mis pantalones y chaqueta de montar, y mi abrigo. Tengo previsto estar fuera toda la noche.

www.ingramcontent.com/pod-product-compliance
Lightning Source LLC
LaVergne TN
LVHW091611070526
838199LV00044B/760